PASCAL ENGMAN
DER PATRIOT

THRILLER

TROPEN

Tropen
www.tropen.de
Die Originalausgabe erschien unter dem Titel »Patrioterna«
bei Piratförlaget, Stockholm
© 2017 by Pascal Engman
Published by arrangement with Nordin Agency AB, Sweden
Für die deutsche Ausgabe
© 2019 by J. G. Cotta'sche Buchhandlung
Nachfolger GmbH, gegr. 1659, Stuttgart
Alle deutschsprachigen Rechte vorbehalten
Printed in Germany
Cover: Zero – Media.net, München
Unter Verwendung einer Abbildung von FinePic®, München
Gesetzt von C.H.Beck.Media.Solutions, Nördlingen
Gedruckt und gebunden von CPI – Clausen & Bosse, Leck
ISBN 978-3-608-50365-4

Zweite Auflage, 2019

Für dich, Opa. Ich vermisse dich sehr.
//Deine Knalltüte

Man braucht nichts zu tun, als dem Volk zu sagen, es würde angegriffen, und den Pazifisten ihren Mangel an Patriotismus vorzuwerfen und zu behaupten, sie brächten das Land in Gefahr. Diese Methode funktioniert in jedem Land.

Hermann Göring, Interview mit Gustave M. Gilbert in der Gefängniszelle, 18. April 1946

PROLOG

Hannah Löwenström saß am Schreibtisch in ihrer Wohnung in Hägerstensåsen im Stockholmer Süden und las die Reaktionen auf den Artikel, den sie für das *Sveriges Allehanda*, die größte Morgenzeitung des Landes, geschrieben hatte.

Er sorgte für großes Aufsehen. Twitter brodelte. Ihr Posteingang quoll über vor zornigen Mails. Auf Facebook war der Ton noch schroffer. Die Leute machten sich über ihr Aussehen lustig, schrieben, sie sei eine fette Kuh, und wollten wissen, warum sie so gern Araberschwänze lutsche.

»Hure!!! Hoffentlich wirst du von den ganzen Sandnegern vergewaltigt«, schrieb ein Olof Jansson.

Sie besuchte sein Profil und sah sich seine Fotos an. Olof Jansson hatte Frau und zwei Kinder – einen Sohn und eine Tochter. Er wohnte in Bengtsfors, mochte Oldtimer und arbeitete in einem Lager.

Sie blätterte die Fotos von einem Urlaub auf Gran Canaria durch, von einem Grillfest, von Olof vor einem Auto. Unter die Bilder hatten Verwandte und Freunde witzige Kommentare geschrieben.

Olof Jansson war ein ganz gewöhnlicher Mann mit einem ganz gewöhnlichen Leben.

Hannah konnte es nicht begreifen: Woher kam dieser ganze Hass?

Die Drohungen – sie solle Schwänze lutschen, bis sie nicht mehr sprechen konnte, sie solle gewürgt, vergewaltigt und in jedes ihrer Löcher gebumst werden und danach solle man ihr mit einem Messer die Fotze aufschlitzen – nahmen kein Ende. Die Einfallsreichsten manipulierten Bilder von toten nackten

Frauen und fügten ihren Kopf auf die Leichen. Andere fotografierten ihr Geschlechtsteil vor dem Bild in ihrer Verfasserzeile oder vor anderen Bildern von ihr, die sie im Netz fanden.

Eigentlich hatte sie aufgehört, sich darum zu scheren. Sie war nicht besonders ängstlich, außerdem waren diese Drohungen seit Jahren Teil ihres Alltags, Teil ihrer Arbeit als Kulturjournalistin. Und Hannah wusste, dass das für alle Frauen galt, die für Zeitungen und fürs Fernsehen arbeiteten.

Der aktuelle Artikel hatte ihr zweiundzwanzig regelrechte Todesdrohungen eingebracht. Sie verschob sie mechanisch in den Ordner mit der Bezeichnung *Polizeilich erfassen.* Viel mehr gab es da nicht zu tun.

Sie ging in die Küche, schenkte sich ein Glas Rotwein ein und nippte daran.

Hannah Löwenström vermisste ihren Sohn Albin, der diese Woche bei seinem Vater verbrachte. Am Montag würde sie ihn von der Vorschule abholen. In vier Tagen. Bis dahin würde sie zusehen, dass sie Ordnung in ihre Wohnung brachte, Umzugskartons auspackte und das Zimmer strich, das Albins werden sollte. Seit dem Umzug hatte er in ihrem Bett geschlafen.

Im Wohnzimmer begann ihr iPhone zu piepen – um kundzutun, dass die Wäsche fertig war.

Hannah seufzte, stellte das Weinglas auf dem Schreibtisch ab und sah sich nach dem Überfallalarm um, den sie stets bei sich trug, wenn sie die Wohnung verließ.

Andererseits hatte sie keine Kraft mehr, Angst zu haben, sie wollte sich von den Drohungen nicht kleinmachen lassen.

Und genau genommen gehe ich ja gar nicht nach draußen, sondern bleibe im Gebäude, dachte sie. Dennoch spähte sie wie immer vorsichtig durch den Spion, ehe sie ins Treppenhaus trat. Es war leer.

Sie öffnete die Tür und ging die Treppen hinunter, schloss die

Metalltür auf, die in den Keller hinabführte, und betätigte den Lichtschalter.

Der Wäschetrockner lief noch. In einer Minute war das Programm beendet. Als Hannah sich auf einen wackligen Plastikstuhl setzte, um zu warten, glaubte sie zu hören, wie jemand die Türklinke runterdrückte. Sie hielt den Atem an und versuchte, das unverdrossene Brummen des Trockners zu überhören. Nichts. Vermutlich hatte sie sich das nur eingebildet.

Der Trockner verstummte. Die Luke klickte und sprang auf. Hannah sammelte die Wäsche zusammen und stopfte sie in die blaue Ikea-Tasche, reinigte den Filter und schaltete das Licht aus.

Sie atmete tief ein, als sie behutsam die Tür aufmachte und durch den Spalt lugte. Das Treppenhaus war leer. Sie schüttelte über sich selbst den Kopf und ging die zwei Stockwerke in ihre Wohnung hinauf.

Als sie die Wohnungstür aufschloss, hörte sie, wie jemand hinter ihr die Treppe hinaufkam. Sie drehte sich um und sah einen großen Mann mit braunen Haaren, dunklem Mantel, Jeans und schwarzen Handschuhen. Er grüßte lächelnd. Hannah grüßte zurück und machte die Tür auf. Als sie sie wieder schließen wollte, hielt der Mann die Tür fest. Hannah konnte nicht dagegenhalten. Sie floh in ihre Wohnung. Suchte panisch nach dem Überfallalarm. Rief um Hilfe.

Der Mann schloss die Tür. Plötzlich stand er vor ihr im Wohnzimmer. Er packte sie, legte ihr die Hand auf den Mund und schubste sie vor sich her Richtung Wand, die Linke an ihrer Gurgel. Mit der Rechten griff er in seine Manteltasche – das Messer bekam sie nicht mehr zu sehen.

Es drang in ihren Magen, durch die Muskulatur, in die Leber.

Er drehte es und stieß noch einmal zu. Dann trieb er es durch den Leib nach oben.

Sie versuchte zu schreien, brachte keinen Laut heraus, nur ein Röcheln.

Als das Messer auf ihr Brustbein traf, zog er es mit einem Ruck wieder heraus.

Hannah sackte zusammen, kippte auf die Seite, schlug sich im Fallen den Hinterkopf und blieb liegen. Sie presste die Hände auf den Bauch, befühlte mit den Fingern die Wunde.

Wenige Minuten später war Hannah Löwenström tot.

KAPITEL 1

»**Stört dich das** überhaupt nicht, wie die dich anschauen?«, fragte Valeria Guevara und sah ihn an. August Novak drehte sich verwundert nach einer Traube Schulkinder um, die an ihnen vorbeiging. Sie trugen die Uniformen des Colegio Ambrosio O'Higgins, der einzigen Privatschule in Vallenar.

Einige von ihnen drehten sich gleichzeitig um und musterten Valeria und August.

»Es sind ja nicht nur die Kinder«, fuhr Valeria fort. »Es ist die ganze Stadt. Alle starren dich an. Ich bin es gewohnt, dass die Männer mir ihre Blicke zuwerfen oder mir hinterherpfeifen. Aber wenn du neben mir gehst, bin ich praktisch Luft.«

August lächelte und drückte ihre Hand.

»Es gibt ja nicht so viele Europäer hier im Norden von Chile. Gerade mal fünf in ganz Vallenar. Ich bin exotisch. Findest du nicht, dass ich exotisch bin?«, fragte er.

Valeria blieb stehen, stellte sich auf die Zehen und gab ihm einen Kuss.

»Doch, du bist sehr exotisch, *mi amor*. Besonders, wenn du darauf bestehst, in der Sonne zu gehen. Schau uns an, wir sind fast die Einzigen auf dieser Seite der Straße.«

»Wir Schweden nutzen die Sonne eben bei jeder Gelegenheit.«

Die Ladenbesitzer waren dabei, ihre Läden zu schließen, es war Zeit für die Siesta. Auf der Avenida Prat, Vallenars Hauptstraße, wimmelte es vor Menschen, die auf dem Weg nach Hause waren, um zu Mittag zu essen und sich anschließend auszuruhen, ehe sie sich wieder ihren Tätigkeiten widmeten.

Die meisten Einwohner der Stadt gingen auf der anderen Straßenseite, um sich vor der grellen Sonne zu schützen. Die Temperatur betrug etwa dreißig Grad, es war ungewöhnlich warm für November. Schon jetzt hieß es, dass der kommende Sommer sämtliche Hitzerekorde übertreffen würde.

Sie bogen rechts in die Seitenstraße Avenida Faez, wo das Sportgeschäft lag, Deportes Orlando. Der Inhaber, Don Orlando, saß schon im Auto und wollte gerade den Motor anlassen, um nach Hause zu fahren und sein Geschäft später gegen fünf Uhr wieder aufzumachen. Als er Valeria und August kommen sah, stieg er aus und kam auf sie zu.

»Schön, dich zu sehen, Don Augusto. Und dich auch, Señorita. Wollt ihr zu mir?«

August schüttelte seine Hand.

»Ja, aber wenn du nach Hause willst, ist das in Ordnung. Wir können auch nach der Siesta wiederkommen.«

»Aber nein, ihr braucht doch nicht zu warten«, sagte er und suchte in seiner Hosentasche nach dem Schlüssel, um das Gitter aufzusperren. Zwei Straßenköter, die dort einen Schattenplatz gefunden hatten, trotteten davon. »Was braucht ihr denn?«

»Eine Yogamatte. Meine hat der Hund zerfetzt«, sagte Valeria.

»Schon wieder?« Don Orlando lachte.

»Diese *gringos* … August lässt die Hunde einfach immer ins Haus«, erklärte Valeria und machte eine ausholende Geste.

Sie betrat den Laden als Erste.

August blieb vor einer Vitrine stehen und sah sich die Angelutensilien an. Don Orlando gesellte sich zu ihm.

»Die ist neu«, sagte er und nickte in Richtung einer Harpune. »Ich habe sie letzte Woche reinbekommen, neun Meter Reichweite. Deine geht bis sechs Meter, wenn ich mich nicht täusche, stimmt's?«

»Im Ernst? Neun Meter?«, fragte August skeptisch.

»Neun Meter, Don Augusto. Und sie hat einen Aalstecher mit fünf Zahnblättern. Aber der, den du zu Hause hast, passt natürlich auch. Und wenn nicht, dann feile ich ihn dir zurecht.«

August nickte.

»Ich nehme sie.«

Valeria stellte sich hinter die Männer. Sie hatte sich eine hellblaue Yogamatte unter den Arm geklemmt und schüttelte den Kopf, als Don Orlando die Vitrine aufschloss und die Harpune herausnahm.

»Frischer Fisch«, sagte August und nahm sie entgegen.

Sie fuhren an den farbigen Zelten der Roma am Stadtrand vorbei, ließen die Polizeidienststelle an der Autobahn hinter sich und fuhren weiter Richtung Küste. Zu ihrer Rechten fiel die Landschaft steil in ein grünes Tal ab, und hinter ihnen ragten die Berge empor.

»Ich muss wieder in der Stadt sein, wenn die Siesta vorbei ist«, sagte August.

»Kommt er heute zurück?«, fragte Valeria und seufzte.

»Ja, er landet heute Abend.«

»Wir hatten eine gute Woche, während er weg war«, meinte Valeria. »Ich wünschte, es wäre immer so.«

»Bald ist es ja so weit. In fünf Jahren«, erwiderte August.

»In fünf Jahren. Dann bin ich dreißig und du sechsunddreißig. Können wir nicht doch schon früher nach Europa gehen?«

»Du weißt doch, dass das unmöglich ist.«

In Maitencillo, dem kleinen Ort, der zwei Kilometer von ihrem Haus entfernt lag, drosselte er das Tempo. Danach bogen sie auf einen Schotterweg, der ins Tal hinabführte und von Avocadoplantagen gesäumt wurde. Sie überquerten die Bahnschienen und fuhren durch das Tor.

Señora Maria, ihre Haushälterin, war im Hof, um sie zu begrüßen. Aus den Olivenhainen kamen die Rottweiler Salvador und Aragon angerannt.

Sie aßen vor der weißen Villa auf der Terrasse mit Blick auf das Tal und die Berge zu Mittag. Einige Wildpferde hatten unten am

Fluss einen Weg durch den Zaun gefunden und grasten zwischen den Olivenbäumen. Don Julio, der Gärtner, hatte gerade den Pool gereinigt und kam nun auf sie zugeschlendert.

Er war fünfundsiebzig Jahre alt und bewohnte allein ein kleines Haus in der Nähe. Heute wirkte er ausnahmsweise einigermaßen nüchtern. Als er ihnen gegenüberstand, nahm er den Hut ab, trocknete sich den Schweiß auf der Stirn und setzte sich neben Valeria.

Sie erhob sich, um ein Glas für ihn zu holen.

»Ich habe eben mit Manuel, meinem Neffen, gesprochen«, sagte Don Julio. »Es sieht ganz danach aus, dass es diese Woche noch Ärger geben wird.«

»Wegen der Fabrik?«

Don Julio nickte.

»Das Problem ist, dass wir mittendrin hocken«, sagte er. »Die Straßensperren werden sie wahrscheinlich in Maitencillo aufstellen. Und sie werden keinen durchlassen.«

»Nicht mal uns Anwohner?«, wollte August wissen.

»Sie haben lauter Abschaum aus Südchile hergeholt. Kommunisten und Krawallmacher aus Valdivia. Die von hier kennen Sie, aber die anderen sind Extremisten. Ihr Anführer ist Alfonso Paredes, haben Sie von ihm gehört?«

Valeria kam mit einem Glas zurück, woraufhin August nach der Limonade griff und Don Julio einschenkte.

»Ich gehe an den Pool«, sagte sie dann.

August nickte und wandte sich an Don Julio.

»Ich weiß, wer das ist. Ich habe über die Besetzung des Hotels in Pucón gelesen.«

»Er ist ein *hijo de puta*, der so tut, als stünde er auf der Seite der Armen, in Wirklichkeit will er aber nur Streit anzetteln. Und die jungen Leute, auch mein Neffe Manuel, glauben den Mist, den er erzählt, und das ist das Problem.«

»Vladimir kommt diese Woche wieder zurück, das heißt, ich

bin dann recht viel unterwegs. Denkst du, du kannst hierbleiben, damit Valeria nicht allein ist?«

»Ja, klar, machen Sie sich keine Sorgen. Die Señorita ist bei mir in Sicherheit.«

»Danke. Du kannst das Gästezimmer nehmen, wie immer. Was macht denn dein Bein? Was hat der Arzt gesagt?«

»Ich soll mich schonen.«

»Dann mach das doch auch.«

»Vierzehn Hektar Land bewirtschaften sich nicht von selbst«, stellte Don Julio fest und deutete mit dem Kinn Richtung Tal.

»Du kannst doch mehr Personal einstellen, jedenfalls, bis es deinem Bein wieder besser geht. Das ist gar kein Problem, das weißt du doch.«

»Wie Sie wollen, Señor.«

Don Julio erhob sich und ging ins Haus.

August schüttelte lachend den Kopf. Der alte Mann war Alkoholiker, und an manchen Tagen tauchte er überhaupt nicht auf. Die meisten waren der Meinung, August sollte ihn entlassen, aber er ließ auf Don Julio nichts kommen.

Er blieb sitzen und ließ den Blick über die Olivenhaine schweifen.

Noch fünf Jahre, grübelte August. Das ist noch einmal die Hälfte der Zeit, die ich schon fort bin. Aber danach habe ich genügend Geld, um mit Valeria in Schweden ein neues Leben anzufangen.

Als Señora Maria den Tisch abdeckte, ging er ins Haus und nahm die Treppe nach oben ins Schlafzimmer.

Oben auf dem Kleiderschrank lag seine Képi blanc von der Fremdenlegion. Das weiße Käppi erhielt man nach vier Monaten als Rekrut, nachdem man einen Test bestanden hatte in Form einer dreitägigen Wanderung durch die Pyrenäen. Es war fast zehn Jahre her, dass er sie bekommen hatte.

Das Käppi war das Einzige, was August von fünf Jahren Fremdenlegion geblieben war. Er machte den Schrank auf und nahm seinen Revolver heraus, einen schwarzen Smith & Wesson Combat, kontrollierte gewohnheitsmäßig, ob er geladen war, und streifte sein Schulterholster und ein dunkelblaues Sakko über. Er begutachtete sein Spiegelbild.

Die letzten Monate hatte er seine braunen Haare wachsen lassen. Bald waren sie wieder genauso lang wie damals, als er Schweden verlassen hatte.

Er dachte an Valerias Bemerkung, dass die Leute ihn anstarrten, wenn sie ihm auf der Straße begegneten. Das taten sie allerdings nicht nur, weil er Ausländer war, helle Augen hatte und ein Meter neunundachtzig groß war. Sondern eigentlich, weil die meisten Angst vor ihm hatten. Denn sie wussten, dass er für Vladimir Ivanov als Leibwächter arbeitete.

Alle in der kleinen Stadt dachten zudem, August sei ein *gringo*, ein Amerikaner.

Das sagte er, wenn er gefragt wurde, und das stand auch in dem gefälschten Pass, den er seit einigen Jahren verwendete. Dem Pass zufolge war er in Iowa geboren und hieß Michael Johnson.

Valeria lag in einem Liegestuhl und hörte über Kopfhörer Musik.

»Ich fahre jetzt«, sagte August.

Sie nahm die Kopfhörer ab.

»Das sieht aber sehr warm aus«, bemerkte sie.

August legte vielsagend eine Hand auf das Sakko, das den Revolver verbarg.

»Ach, stimmt ja. Und wann kommst du zurück?«

»Nicht so spät. Don Julio bleibt hier, bis ich wieder da bin.«

»Kann ich nicht mit dir mitfahren, Liebling? Ich kann in der Stadt auf dich warten, die Geschäfte haben bis zehn auf.«

»Ja, gut. Dann musst du dich aber beeilen, ich bin schon spät dran.«

Als sie durch den Ort fuhren, waren mehr Leute auf den Beinen als sonst. Ein Dutzend Männer war dabei, trockene Bäume zu fällen und auf die Straße zu bugsieren. August ging vom Gas, um zu sehen, was los war.

»Glaubst du, sie fangen schon heute Abend mit den Protesten an?«, fragte Valeria.

»Vielleicht. Es ist bestimmt besser, dass du mitgekommen bist«, sagte er und beschleunigte wieder.

»Warum wollen sie hier eigentlich keine Fabrik haben? In dieser Region gibt es die Jobs ja nicht gerade wie Sand am Meer.«

»Das Unternehmen hat Peruaner eingestellt, weil sie für die Hälfte des Lohns arbeiten. Es geht um einhundertfünfzig Arbeitsplätze.«

»Dann verstehe ich ihre Wut«, meinte Valeria.

»Ich auch«, sagte August.

Die Fahrt nach Vallenar dauerte rund zwanzig Minuten, auf den Straßen war es ruhig. Die meisten Autos, die ihnen begegneten, waren rote Pick-ups, die den ausländischen Bergwerksbetreibern gehörten. August setzte Valeria am Marktplatz ab und bog in die Avenida Prat. An einem Tisch im El Minero wartete Ilja Fjodorowitsch. Der Club sah wie eine ganz gewöhnliche Bar aus, aber alle in Vallenar wussten, dass er ein Bordell war, das Augusts Chef gehörte.

Ilja trug ein türkisfarbenes Hawaiihemd und weiße Shorts. Seine Füße steckten in Adidas-Sneakers. Seit ihrem letzten Treffen vor einer Woche trug er die dunkelblonden Haare kürzer, und er hatte auf die Rasur verzichtet.

Sie begrüßten sich, und August ließ sich am Tisch nieder.

Die Bedienung brachte ihm ein Bier.

»Die Ferien sind jetzt erst mal vorbei«, sagte Ilja und hob sein Cristal in Augusts Richtung, der zurückprostete.

»Wann landet Vladimir?«, fragte August.

»Heute Abend um acht. Er will sich morgen früh mit uns treffen.«

17

»Klingt gut«, sagte August tonlos und nahm die Sonnenbrille ab. »Was weißt du über den Käufer, den wir treffen sollen?«

»Er nennt sich Charlie. Er bekommt Ware aus unseren syrischen Waffenlagern. Nichts Außergewöhnliches, fünf Kalaschnikows und ein paar Makarovs. Wir geben ihm nur Zeit und Ort durch.«

»Wohin geht die Lieferung?«

»Tallinn. Am Hafen. Das gleiche Prozedere wie immer.«

»Wo kommt der denn her, dieser Charlie?«

Ilja schüttelte den Kopf.

»Keine Ahnung.«

»Organisation?«

Der Russe machte eine unwissende Geste.

»Du weißt doch, dass Vladimir nur das Allernötigste erzählt. Wenn du mehr wissen willst, frag den Typen nach einem Date.«

Zehn Minuten später gesellte sich der Mann, der sich Charlie nannte, zu ihnen. Er war in den Vierzigern, groß, trug Jeans und ein grünes T-Shirt. Die hellen Haare waren raspelkurz. Sein Gesicht war pockennarbig und rot von der Sonne. August überfiel so eine Ahnung, dass er Schwede war, und das machte ihn aus irgendeinem Grund nervös. Er hatte seit Jahren kein Schwedisch mehr gesprochen und würde es auch jetzt nicht tun. Der Typ durfte, wenn er denn Schwede war, auf keinen Fall Verdacht schöpfen, dass der Mann, der ihm gegenübersaß, Schwede sein könnte.

Sie gaben sich die Hand, und Ilja begann, die praktische Abwicklung des Geschäfts zu erläutern. August musterte Charlie schweigend. Als er ihn Englisch reden hörte, waren alle Zweifel beseitigt – der Mann war Schwede. Aber wozu brauchte ein Schwede solche Waffen?

Es war ungewöhnlich, dass Vladimir Ivanov mit Europäern Geschäfte machte. Die Europapipeline des Russen, die vom Mittleren Osten über die Türkei verlief, kam immer seltener zur

Anwendung. Der Waffenschmuggel wurde mittlerweile hauptsächlich über Frachter für den lateinamerikanischen Markt abgewickelt, wo russische Waffen von den Straßengangs in dem stän-
digen Kampf darum, Kokain unters Volk zu bringen, sehr gefragt
waren. Könnte Charlie in einem Motorradclub sein? Nein, die
schwedischen Motorradclubs hatten ihre eigenen Händler. Und
ein schwedischer Polizeibeamter, der in einen Einsatz gegen russische Gangster in Südamerika involviert war – das war vollkommen ausgeschlossen. Vermutlich sogar illegal. Je länger August
darüber nachdachte, desto verwirrter wurde er.

Ilja schob einen Zettel über den Tisch.

»Datum und Autokennzeichen. Das Personal im Hafen von Tallinn regelt alles. Sie können also jede beliebige Fähre nehmen, in
Stockholm, Helsinki oder Riga, egal, Ihnen stellt keiner Fragen.«

Charlie nickte, faltete den Zettel und schob ihn in seine Jeanstasche.

»Tja, dann«, sagte er und lehnte sich zurück.

»Wo sind Sie denn abgestiegen in der Stadt?«, erkundigte sich
Ilja.

»Im Hotel Atacama, gleich um die Ecke«, antwortete Charlie.
»Komische Unterkunft übrigens. Die sind offenbar keine Ausländer gewohnt. Die starren mich an, als wären sie im Zoo.«

Ilja lachte auf.

»Dabei war der Gründer der Stadt sogar ein Europäer, Ambrosio O'Higgins, ein Ire. Er hat sie nach seiner Heimatstadt in Irland
benannt, Ballynary.«

»Daraus ist dann über die Jahre Vallenar geworden«, warf August ein.

Es war das erste Mal während des Treffens, dass August den
Mund aufmachte.

»Faszinierend. Sind Sie Amerikaner?«

»Yes, Sir. Und Sie?«, fragte August und versuchte, so beiläufig
wie möglich zu klingen.

»Das tut nichts zur Sache«, antwortete Charlie.

Stattdessen stand er auf und verabschiedete sich mit Handschlag. Dann verließ er die Bar. Ilja und August blickten ihm schweigend hinterher.

»Das stinkt doch nach Bulle, riechst du das nicht?«, fragte August.

Ilja riss die Augen auf und schnaubte.

»Du spinnst. Einen Bullen riech ich auf zwei Kilometer Entfernung. Und Vladimir kann sogar den Cousin eines Bullen kilometerweit gegen den Wind riechen. Entspann dich. Komm, wir bestellen ein paar Drinks. Was macht deine bezaubernde puertoricanische Freundin, ist sie mit dir in die Stadt gefahren?«

»Ja.«

»Ruf sie an, dann trinken wir was zusammen.«

»Hier? Sie ist ohnehin schon nicht begeistert, dass wir uns in Vladimirs Hurentempel treffen. Ich weiß nicht, was sie sagen würde, wenn ich sie auch noch hierher einlade.«

Ilja lachte.

»Du hast recht. Sag ihr, wir treffen uns im El Club Social. Und wenn sie in Begleitung einer Freundin ist, soll sie die einfach mitbringen.«

»Abgemacht«, sagte August. »Aber für deine Gesellschaft musst du schon selbst sorgen.«

Es war kurz nach elf geworden, als August und Valeria sich ins Auto setzten, um nach Hause zurückzufahren. Bereits drei Kilometer vor Maitencillo bemerkten sie den Rauchgeruch. Als sie näher kamen, sahen sie, dass es in dem kleinen Ort auf der Straße brannte. Eine Gruppe Männer stand ein Stück von dem brennenden Unrat entfernt und hielt Wache.

Sie hatten Baumstämme als Sperren über beide Fahrspuren gelegt. Es war unmöglich, vorbeizufahren, ohne sie vorher zur Seite zu räumen. August ging vom Gas, griff nach seinem Revolver und legte ihn unauffällig neben Valerias Schenkel auf den Sitz.

Wortlos warf sie einen Blick darauf.

Ein Mann, der August fremd war, trat auf die Fahrbahn und bedeutete ihm, anzuhalten. Er bremste ab und stieg aus.

Seine Augen begannen vom Qualm sofort zu tränen. Es gab nach seiner Zeit als Soldat in Afghanistan und dem Irak nur wenige Dinge, die August so sehr mit dem Tod verband, wie Rauch. Die Luft stach in seiner Lunge. Als er auf den Mann zuging, kam auch in die anderen Männer Bewegung und sie traten näher. Einige von ihnen erkannte August, es waren Einwohner von Maitencillo.

Auch Don Julios Neffe, Manuel Contreras, war darunter.

»Was willst du, *gringo?*«, fragte einer der Fremden.

August grinste den Mann an, den er auf Anhieb von den Fotos in der Zeitung wiedererkannte. Alfonso Paredes aus Valdivia. Hinter dessen Rücken registrierte August, wie die Einwohner beunruhigt zu ihm herüberschielten.

Manuel steckte sich eine Zigarette an und stellte sich neben die Männer.

»Ich wohne hier unten, *amigo*. Ich und mein Mädchen waren in Vallenar auf ein paar Drinks. Und jetzt wollen wir wieder nach Hause.«

Alfonso Paredes hatte einen dunklen Bart und war fast genauso groß wie August, was ungewöhnlich war für einen Chilenen. Zwei weitere Männer stellten sich hinter ihn, ihre feindseligen Blicke auf August gerichtet.

»Ist das ein Lexus?«, fragte Alfonso und nickte Richtung Wagen.

»Hör zu, ich will keinen Stress. Ich will nach Hause und schlafen. Mein Mädchen ist müde, und ich bin es auch.«

»Und wieso sollte ich dich durchlassen, *gringo*? Die anderen müssen auch warten. Heute Abend kommt hier keiner durch.

Wenn du glaubst, du bist was Besseres, weil du blaue Augen und ein schönes Auto hast, dann irrst du dich.«

August beschloss, die Kommentare, dass er Ausländer war, zu ignorieren.

»Ich finde es genauso schlimm, dass die Arbeitsplätze nicht an die Männer aus der Gegend vergeben wurden. Ich bin auf eurer Seite. Aber ich will auch nach Hause. Bitte sag deinen Männern, sie sollen die Sperren zur Seite räumen und mich durchlassen.«

»Für wen hältst du dich?«

August seufzte. Er wurde langsam ungeduldig.

»Die Männer hinter dir wissen, wer ich bin. Ich schlage vor, du fragst sie.«

Manuel tippte Alfonso Paredes auf die Schulter und räusperte sich zögerlich.

»Alfonso«, sagte er. »Das ist Augusto. Er wohnt wirklich hier unten, da können wir ihn doch vielleicht durchlassen? Er ist okay. Mein Onkel arbeitet mit ihm.«

»Hör auf, die Ausländer an den Eiern zu lecken«, knurrte Alfonso über die Schulter und wandte sich wieder an August. »Du kommst hier nicht durch, *gringo*. Dreh um und fahr nach Vallenar zurück oder sonst wohin, das ist mir scheißegal.«

August warf einen raschen Blick auf sein Auto. Valeria hatte die Scheibe heruntergelassen, um zu hören, worum es ging. Sie war ganz offensichtlich besorgt.

»Hör zu, ich weiß, dass du keinen Schimmer hast, wer hier vor dir steht. Du hast eine Riesenwut auf die Fabrik und musst deinen Leuten zeigen, dass du Mumm hast. Ich versteh schon, wie das läuft. Deswegen gebe ich dir noch eine Chance, mich durchzulassen.«

»Ist das so?«, lachte Alfonso Paredes. »Und was, wenn nicht, du widerwärtiger *gringo*?«

Er ließ die Hand vorschnellen und versetzte August eine Ohrfeige.

»Da musst du schon härter zuschlagen, wenn du bei deinen Revoluzzern Eindruck schinden willst«, sagte August genervt.

Paredes hatte ihn mit der linken Hand geohrfeigt, er war also höchstwahrscheinlich Linkshänder. Der erste Schlag würde folglich Augusts rechte Seite treffen.

Alfonso Paredes ballte die Faust und setzte seinen linken Fuß unauffällig zurück, um mit Schwung auszuholen.

Statt zurückzuweichen, wie Kampfsportler das tun, um anschließend kontern zu können, machte August einen langen Schritt auf Alfonso zu, als der Schlag kam, und hob die Ellenbogen als Schutzschild vor sein Gesicht. Der Schlag traf die Luft hinter ihm, gleichzeitig rannte August, die Ellenbogen voraus, mit voller Wucht in Paredes' Gesicht und Brust.

Alfonso Paredes stolperte rückwärts.

August ging hinterher, befingerte Paredes' Gesicht, bis er mit seinen Daumen die Augen fand, und drückte zu. Parades schrie auf vor Schmerz. August packte ihn am Nacken, drückte seinen Kopf nach unten und führte mit dem Knie die Gegenbewegung aus. Alfonso Paredes sackte zusammen und verlor das Bewusstsein, noch ehe er am Boden aufschlug.

Einer der anderen Männer kam angerannt, nahm August in den Schwitzkasten und hielt ihn auf Hüfthöhe umklammert.

August hieb ihm in den Schritt, und der Kerl ließ los.

Irgendwo hinter sich hörte August Valeria schreien.

Er schlug seinem Gegner ein zweites Mal in den Schritt, führte sein linkes Bein nach hinten, sodass er sich nun schräg hinter dem Mann befand, legte ihm den linken Arm um den Hals und drückte unterhalb des Adamsapfels zu. Der Mann ließ sofort von ihm ab, griff sich an die Kehle und schnappte nach Luft.

Dann wankte er benebelt wieder auf August zu.

August deutete mit der Rechten einen Schlag an und trat stattdessen gegen das Knie des Mannes, spürte durch die Schuhspitze, wie Knorpel und Menisken knacksten, noch bevor das Bein einknickte und der Mann stürzte.

Die anderen Männer wichen zurück.

Außer Atem wandte August sich an Manuel Contreras.

»Manuel, kannst du dafür sorgen, dass das hier wegkommt und ich durchfahren kann?«

Manuel Contreras nickte, und zwei der Einwohner beeilten sich, mit ihm die Sperren zur Seite zu räumen. August lehnte sich ans Auto und klopfte sich Staub und Erde aus den Kleidern, während die Männer die Baumstämme aus dem Weg schoben. August hatte die Fahrertür geöffnet und wollte sich gerade hinter das Steuer setzen, als Alfonso Paredes aufstand und auf ihn zukam.

»Wenn wir uns wiedersehen«, rief er röchelnd, »wirst du dabei zusehen, wie ich deine Hure von Freundin in deinem eigenen Bett vergewaltige, *gringo*.«

August knallte die Fahrertür zu, öffnete die hintere, holte die Harpune heraus und montierte den Aalstecher. Mit der Harpune in der Hand ging er Alfonso Paredes entgegen, der beim Anblick der Waffe zurückwich.

Mit wenigen schnellen Tritten brachte August ihn zu Fall.

Die anderen Männer waren wie gelähmt. Keiner griff ein, als August Alfonso Paredes das Knie in den Rücken stemmte und seinen linken Arm auf den Boden drückte.

»Du hättest mich einfach nur durchlassen müssen, du sturer Bock«, raunte er.

Er setzte die Zahnblätter des Aalstechers auf Paredes' behaarte Hand und drückte ab. Alfonso Paredes brüllte vor Schmerz.

Der Aalstecher hatte sich durch die Hand in den Schotter gebohrt, sie würden ihn vermutlich absägen müssen, um Paredes freizubekommen.

August machte kehrt und ging.

KAPITEL 2

Ibrahim Chamsai würde rund einen Monat später eine Bombe in seinem Taxi-Stockholm-Wagen deponieren, zweiunddreißig Schweden in die Luft sprengen und damit den bislang blutigsten Terroranschlag verüben. Doch davon hatte er keine Ahnung, als er vor dem McDonald's im Sveavägen auf Fahrgäste wartete. Untätige Einwandererjungs lungerten vor dem Eingang herum. Aus der Bar La Habana auf der anderen Straßenseite scholl Salsamusik. Ein paar farbige Kubaner rauchten Zigaretten und unterhielten sich. Unweit von Ibrahims VW Passat strichen Bettler herum und durchwühlten die Mülleimer. Es war Freitagabend, aber das Geschäft lief zäh. In fünf Stunden hatte Ibrahim nur zwei Fahrgäste gehabt. Zuerst eine ältere Dame, die zum Flughafen Arlanda wollte, um nach Genf zu fliegen und dort ihre Tochter zu besuchen. Anschließend fuhr er eine Familie mit Kindern, die in Palma gewesen war, vom Flughafen zu ihrer Wohnung auf Södermalm.

Nette Menschen, allesamt. Das waren die meisten.

Ibrahim Chamsai las die *Aftonposten* und trank Kaffee. Fikapause, wie die Schweden das nannten. Ein schöner Brauch. Er legte die Zeitung auf den Beifahrersitz, als sein Mobiltelefon klingelte. Seine Frau Fatima rief an.

»Hej, mein Herz«, sagte er auf Arabisch.

»Ich rufe nur an, um dir Gute Nacht zu sagen. Was machst du gerade?«

Ibrahim warf einen Blick auf die Uhr im Armaturenbrett.

»Bis jetzt ist alles ruhig. Ich trinke Kaffee.«

»Welchen Kaffee? Ich habe gesehen, dass du die Thermoskanne zu Hause vergessen hast.«

Ibrahim lachte.

»Ja, ich war spät dran und habe mir dann bei McDonald's einen gekauft. Schmeckt längst nicht so gut wie deiner.«

»Das dachte ich mir schon. Pass auf dich auf heute Nacht.«

»Das werde ich. Bis morgen.«

Er hatte noch neun Stunden seiner Schicht vor sich, er hatte keine Eile. Also konzentrierte er sich wieder auf den Zeitungsartikel. Die Sozialdemokraten waren übel dran, schrieb Anders Gustafsson von der *Aftonposten*. Mittlerweile waren die Schwedendemokraten die zweitgrößte Partei im Land. Nach der letzten Wahl hatten sie ihre Prozente fast verdoppelt. Nur noch einige wenige Prozentpunkte trennten sie von den Sozialdemokraten. Ibrahim tat Staatsminister Stefan Löfven leid. Der Bursche sieht immer so bedrückt aus, dachte Ibrahim, während er ein Foto von ihm betrachtete.

Schweden war ein großartiges Land, in dem ein Schweißer Staatsminister werden konnte. Ibrahim hatte immer die Sozialdemokraten gewählt. Schließlich waren Olof Palme und die Sozialdemokraten es gewesen, die ihn und seine Frau Fatima 1985 in Schweden willkommen geheißen hatten. Und ziemlich genau dreißig Jahre später tat Schweden das Gleiche für die Syrer, die vor dem Bürgerkrieg flohen. Aber weil seine Tochter Mitra sich seit ein paar Jahren in der Zentrumspartei engagierte, hatte Ibrahim bei der letzten Wahl dieser Partei seine Stimme gegeben.

Im Stillen hatte er dennoch gehofft, dass die Sozialdemokraten die Macht zurückeroberten. Aber eigentlich spielte es keine große Rolle, wer das Sagen hatte. Auf die Schweden war Verlass. Die Politiker arbeiteten für das Volk. Sie waren keine Diebe und Mörder, wie es in den meisten anderen Ländern auf der Welt der Fall war.

Viele Schweden wollten jedoch, dass die Anzahl der aufgenommenen Flüchtlinge sank. Über die Hälfte der Befragten, laut der jüngsten Novus-Umfrage. Und Ibrahim konnte sie verstehen, er war selbst unschlüssig in Bezug auf diese Frage. Ja, die Syrer waren seine Landsleute, und er litt mit ihnen. Sie flohen sowohl vor dem IS als auch vor dem Schlächter Baschar al-Assad. Die Lage in Syrien war verheerender denn je.

Aber Schweden war ein kleines Land und es hatte seinen Beitrag geleistet. Mehr europäische Länder müssten helfen.

Außerdem hatte Ibrahim in der Zeitung gelesen, dass seine Landsleute so dieses und jenes einforderten, wenn sie in Schweden ankamen. Dass sie undankbar waren, sich wie verwöhnte Schweine benahmen. Sich weigerten, aus den Bussen auszusteigen, sich über die ihnen zugeteilten Unterkünfte beschwerten, nicht die Kleider anziehen wollten, die ihnen gegeben wurden. Begriffen sie denn nicht, dass die Schweden ihr Bestes taten?

Andererseits war auch er bei seiner Ankunft den schwedischen Behörden mit Misstrauen begegnet. War man daran gewöhnt, dass der Staat der Feind war, dass die Polizei Schlagstöcke zum Einsatz brachte, dass der Krankenhausdirektor sich bestechen ließ, damit die Ärzte die Familienangehörigen behandelten, ja, da war es nicht leicht zu verstehen, wie das alles in Schweden funktionierte.

Deutschland, die USA und Kanada sollten erst mal vor ihrer eigenen Tür kehren. Schweden gehörte zu den besten Ländern der Welt. Schweden hatte ihm die Staatsangehörigkeit zugesprochen, ihm Arbeit und Sicherheit gegeben. Hatte ihm stets Respekt entgegengebracht.

Als Ibrahims und Fatimas Sohn Muhammed im Sommer 1991 an Leukämie erkrankt war, hatten die Ärzte alles in ihrer Macht Stehende getan, um ihn zu retten. Aber es war aussichtslos gewesen. Muhammed war im Alter von vier Jahren im Krankenhaus von Danderyd verstorben.

Ibrahim war am Boden zerstört gewesen, hatte seinen Tränen keinen Einhalt gebieten können.

Nachdem sie Muhammed beerdigt hatten, war Ibrahim klar

gewesen, dass sie kinderlos sterben würden. Alt werden, ohne jemals das Getrappel von Kinderfüßen zu hören, die ihn morgens weckten. Nie Enkel haben. Er und Fatima würden kinderlos sterben, in einem Land, das meilenweit von ihrer Heimat entfernt war.

Sie hatten sogar erwogen, wieder nach Syrien zurückzugehen. Denn was spielte es noch für eine Rolle, wo sie wohnten, oder ob sie ums Leben kamen? Sie waren wegen Muhammed, wegen seiner Zukunft, nach Schweden gekommen.

Fatima war sechsunddreißig Jahre alt gewesen, als Muhammed zur Welt gekommen war. Eigentlich war es zu spät, um es noch mal zu versuchen.

Aber ein Jahr nach Muhammeds Tod war Fatima wieder schwanger gewesen, und mit einundvierzig hatte sie Mitra geboren. Ein Wunder. Ibrahim klappte seine Brieftasche auf und sah sich ihr Foto an: Mitra und Fatima, sein Leben, seine Engel.

Er hatte eine Fahrt. Norr Mälarstrand.

Bestimmt ein paar Teenies, die ausgehen und Spaß haben wollten.

Er drückte dem Foto einen Kuss auf, steckte es wieder in die Brieftasche zurück und fuhr pfeifend den Sveavägen hinunter.

KAPITEL 3

Madeleine Winther, Journalistin beim *Nyhetsbladet*, lehnte am offenen Fenster ihrer Wohnung, rauchte eine Zigarette und blickte auf die Hagagatan hinab.

Im Bett lag ihr Chef Markus Råhde, mit seinem Laptop auf dem Schoß.

»Alle Achtung, Anita Sandstedt bringt morgen Hannah Löwenströms Namen mitsamt Foto auf der ersten Seite. Man kann ja einiges über unsere Chefredakteurin sagen, aber feige ist sie nicht. Ich glaube nicht, dass die *Kvällspressen* oder die *Aftonposten* das machen.«

Madeleine gab keine Antwort.

Vermutlich wusste er, dass sie ihn ignorierte.

»Leider ist damit dein Interview mit dem Vorsitzenden der Moderaten weg von Seite eins. Das hier wird stattdessen dann die Schlagzeile werden.«

Madeleine nahm einen tiefen Zug und folgte zwei Männern auf der Straße mit ihrem Blick. Sie kaute am Daumennagel der Hand, die die Zigarette hielt, und hörte, wie Markus sich am Bauch kratzte. Sie stellte sich vor, wie sich Hautschuppen unter seinen Nägeln sammelten. Sie verabscheute dieses Geräusch.

Konnte er nicht einfach verschwinden? Er hatte schließlich erledigt, weswegen er gekommen war, warum musste er dann noch in ihrem Bett ein mobiles Redaktionsbüro installieren und haarklein auseinanderdividieren, was morgen in der Zeitung stehen würde?

Wenn sie ehrlich zu sich war, kannte sie die Antwort.

Aus unerfindlichen Gründen, dachte sie, glauben Männer, Frauen gefällt es, wenn sie arbeiten. Sie glauben, sie können so zeigen, was für großartige Familienversorger sie sind. Diese These, auf die sie sich seit ihrer Zeit am Enskilda-Gymnasium berief, wurde kürzlich von einer Studie untermauert, die von der Boston University erhoben worden war.

Einunddreißig Prozent der Männer, die an der Studie teilgenommen hatten, allesamt aus der Finanzbranche, arbeiteten in Wahrheit dreißig Stunden weniger pro Woche, als sie vorgaben. Daran störte Madeleine besonders, dass die Männer, indem sie systematisch über ihr Arbeitspensum logen, die Meinung vertraten, dass es unmöglich war, im Beruf Karriere zu machen, wenn man neben der Arbeit auch noch ein Privatleben haben wollte.

Gerade das aber wollten viele Menschen, vor allem Frauen.

Auf diese Weise schützten sie bewusst oder unbewusst ihre Arbeitsplätze.

Madeleine lächelte in sich hinein, schnippte die Zigarette aus dem Fenster und hüpfte am Fußende auf das Bett. Dann kam sie langsam auf Markus zugekrochen.

»Du siehst verdammt heiß aus, wenn du arbeitest, weißt du das?«, sagte sie und sah ihn mit ihren großen blauen Augen an.

Er runzelte die Stirn.

»Das ist so ... sexy«, fuhr sie fort. »Ich weiß wirklich nicht, wie du das schaffst. Wie viele Stunden am Tag arbeitest du eigentlich?«

»Da kommt schon was zusammen. Sechzehn, siebzehn Stunden vielleicht. Manchmal mehr. Es hängt nicht gerade wenig von mir ab, wir wollen schließlich jeden Tag eine Zeitung drucken.«

Sie kicherte, und er sah sie fragend an.

»Was denn? Wieso lachst du?«

Sie ließ sich vom Bett gleiten und ging ins Bad, machte die Tür zu, stellte sich vor den Spiegel und begann, Markus stumm nachzuäffen.

»Es hängt nicht gerade wenig von mir ab ...«

Madeleine musste laut loslachen. Sie hielt sich den Mund zu, damit er sie nicht hörte.

Seit einem guten halben Jahr hatten sie nun schon ein Verhältnis. Sicher, anfangs war sie ein bisschen verliebt in ihn gewesen, hatte sich amüsiert, wie zerstreut und verlegen der um fast dreißig Jahre ältere Nachrichtenchef wurde, sobald sie sich in seiner Nähe aufhielt. Von seiner Miene gar nicht zu reden, als er sie zum ersten Mal nackt gesehen hatte. Vor allem aber war es spannend gewesen, der absoluten Oberliga der Zeitung so nahe zu kommen, an redaktionellen Beschlüssen teilzuhaben, die sonst weit über ihr gefasst wurden. Zu verstehen, wie jene dachten, die das Sagen hatten, zu lernen, welche die Mechanismen waren, die hinter den Kulissen die drittgrößte Abendzeitung Schwedens lenkten.

Das *Nyhetsbladet* war ein Emporkömmling, der vor fünf Jahren den Kampf mit den beiden schwedischen Boulevardzeitungen *Kvällspressen* und *Aftonposten* aufgenommen hatte. Die beiden anderen verkauften mehr gedruckte Exemplare, aber an den digitalen Lesern gemessen, war das *Nyhetsbladet* genauso groß wie die *Kvällspressen*. Viereinhalb Millionen Schweden besuchten jede Woche die Seiten dieser beiden Zeitungen. Die *Aftonposten* war mit ihren sechs Millionen Lesern nach wie vor die unangefochtene Nummer eins.

Madeleine hatte sich innerhalb von zwei Jahren einen Namen in der Branche gemacht. Es war nicht gerade an der Tagesordnung, dass Vierundzwanzigjährige derartige Prestigeaufträge bekamen, die nunmehr zu ihrem täglichen Brot gehörten. Das beruhte natürlich in erster Linie darauf, dass sie eine kompetente und geschickte Journalistin war. Ihr Foto in der Verfasserzeile war ungewöhnlich groß, auch schon, bevor sie angefangen hatte, mit Markus ins Bett zu gehen.

Madeleine war eine anerkannte Stilistin. Aber ihr größtes Talent bestand darin, dass sie die Menschen zu packen wusste. In

Interviews gab sie ihnen das Gefühl, etwas Besonderes zu sein, als wäre ihre Geschichte einzigartig auf der Welt.

Vor allem Männer sprangen darauf an. Mit Markus war es im Grunde genau das Gleiche. Sie hatte ihn wie einen Gesprächspartner in einem ihrer Interviews behandelt, ihm das Gefühl gegeben, er wäre interessant und würde von ihr wahrgenommen.

Ihre Beziehung mit Markus hatte ihrer Karriere Auftrieb gegeben. Sie wollte weiterkommen, sie hatte keine Zeit, dazusitzen, Wettermeldungen zu schreiben und darauf zu warten, bis jemand ihr Talent entdeckte. Dabei war es nicht so, dass Markus ihr bewusst eine Sonderbehandlung zuteilwerden ließ, dafür war er zu idealistisch. Man konnte über ihn sagen, was man wollte, er war aufgeblasen, ein wenig verrückt und selbstgefällig, wie fast alle männlichen Journalisten, aber er war auch von der alten Schule. Er war konsequent, kompromisslos, glaubte an die Wirkung des Journalismus und seine Bedeutung für die Gesellschaft.

Madeleine hatte sich ihrerseits für den Journalismus entschieden, weil sie wusste, dass sie rasch Erfolg haben würde. Auch wenn sie das ihren Kollegen gegenüber nicht zugeben konnte.

Denn in ihrer zwei Jahre währenden Karriere war Madeleine kein einziger Journalist begegnet, der nicht von sich behauptet hätte, Idealist zu sein. Sie hatte sogar gehört, wie ihre Kollegen ernsthaft behaupteten, nicht sie hätten den Journalismus gewählt, sondern der Journalismus hätte sie ausersehen.

»Was machst du morgen Vormittag noch mal?«, rief Markus.

Sie seufzte, öffnete die Badezimmertür einen Spaltbreit und bürstete ihre blonden Haare.

»Ich muss zu diesem Königsding. Der König und Silvia besuchen eine Glashütte in Östergötland. Und wenn ich das richtig verstanden habe, soll ich um sie rumscharwenzeln und fragen, wie es um ihre Enkelkinder steht.«

»Warum macht Håkan das nicht?«

Håkan Järeskog war Hofreporter beim *Nyhetsbladet*.

»Weiß ich nicht. Vielleicht baut er Überstunden ab. Er ist mit denen doch den ganzen Herbst lang rumgefahren.«

»Fotograf?«

»Haben wir doch immer, wenn's königlich wird. Hast du das nicht selber so entschieden?«

»Ach ja, stimmt. Wer ist es denn?«

»Dahlström. Er holt mich um acht ab.«

Madeleine hörte Markus im Schlafzimmer grummeln.

Dahlström war der ungekrönte Casanova der Zeitung. Es war eher die Regel denn die Ausnahme, dass Hampus mit den Journalistinnen ins Bett stieg, mit denen er gemeinsam auf Außenreportage war.

Markus war eifersüchtig, auch wenn er das niemals zugeben würde, und Madeleine genoss es. Sie kam aus dem Bad, machte die Deckenlampe aus, kroch unter die Bettdecke, knipste die Nachttischlampe an und reckte sich nach der Ulrike-Meinhof-Biografie, die sie sich in der Akademibokhandeln gekauft hatte. In letzter Zeit las sie nichts anderes und hatte nur noch ein Dutzend Seiten vor sich. Aber sie kam nur wenige Zeilen weit, bis sie seine Hand an der rechten Innenseite ihres Schenkels spürte.

»Es ist spät«, sagte sie, ohne den Blick von ihrem Buch abzuwenden.

Innerlich erbrach sie sich bei dem bloßen Gedanken daran, noch mal mit ihm zu schlafen.

»Ich weiß«, sagte er. »Ich gehe gleich.« Markus fuhr den Laptop herunter, drehte sich auf die Seite und schaute sie an. »Nächstes Wochenende …«

»Ja?«

»Wollen wir nicht zusammen wegfahren? Nach Mitteleuropa irgendwo? Es ist so anstrengend, sich die ganze Zeit zu verstecken. Ich habe die Nase voll von dieser Heimlichtuerei.«

»Das wäre wundervoll«, sagte sie tonlos.

Dabei konnte Madeleine sich nichts Tristeres vorstellen, als mit Markus Hand in Hand durch Prag oder Wien zu schlendern.

»Gut«, sagte er beschwingt. »Ich schau mal, was es gibt.«

Er zog die Decke weg, küsste ihren Bauch und begann, nach seiner Unterhose zu suchen. Als er angezogen war, stieg sie aus dem Bett und begleitete ihn nackt in die Diele. Ehe er ins Treppenhaus trat, musterte er sie lange.

»Ich fasse es nicht, wie man so aussehen kann wie du. Du hättest genauso gut Model werden können.«

»Gewöhn dich dran.«

»Ich versuch's.«

»Und weißt du, was das Beste ist ...«, wisperte sie, nahm seine Hand und führte sie an ihrem Körper hinab, »... das alles gehört dir.«

Er zog sie an sich und beugte sich vor, um sie zu küssen. Madeleine gab ihm einen flüchtigen Kuss auf den Mund und machte rasch die Tür zu. Sie holte ihr Buch, trat ans Fenster und zündete sich noch eine Zigarette an.

KAPITEL 4

Es hatte etwas Verlockendes, sich auszumalen, wie sein Leben in Biografien oder TV-Dokumentationen dargestellt werden würde.

In den letzten Wochen hatte Carl Cederhielm sich immer öfter bei solchen Träumereien ertappt. Wenn er nicht irrte, hatte er auch als Jugendlicher so eine Phase gehabt. Aber damals war es hauptsächlich darum gegangen, wie er für Schweden die Fußball-Weltmeisterschaft gewinnen würde. Er legte Serranoschinken in den roten Einkaufskorb, suchte den Käse, entschied sich für ein Stück Ziegenkäse und ging weiter.

Der ICA Esplanad im Karlavägen in Stockholm war voller Familien mit Kindern. Carl hielt inne und lächelte, als ein kleines Mädchen von ihrer Mutter hochgehoben wurde, damit sie sich die Chipstüte selbst aus dem Regal nehmen konnte.

Carl sehnte sich nach Kindern. Die Sehnsucht war so stark, dass sie physisch wehtat. Er fragte sich, ob das normal war bei achtundzwanzigjährigen Männern? Wohl eher nicht. Vater zu werden, darüber hatte er als Kind viel nachgedacht, fiel ihm ein. Er warf einen Blick auf den Zettel in seiner Hand. Schinken und Käse, das hatte er. Es fehlten noch Sesam, Frischkäse und Baguette. Wein hatte er zu Hause.

Immer wieder strich er sich über sein Jackett und die Pistole darunter, eine Glock 19, die er in einem Holster trug.

Carl entschied sich für die Schlange ganz rechts, neben den Zeitschriftenregalen. Das machte er immer, selbst wenn die Schlange dort länger war als die an den anderen Kassen – feste Abläufe und Disziplin waren die Dinge, die einen starken Menschen ausmachten. Eine Sekunde lang stellte er sich vor, wie es wäre, wenn er plötzlich seine Waffe ziehen und um sich schießen würde. Würde er es schaffen, alle umzulegen?

Vermutlich nicht, einige wenige würden sicher davonkommen.

Die Mutter hatte sich mit ihrer kleinen Tochter an derselben Schlange angestellt wie Carl. Das Mädchen hielt die Chipstüte fest umklammert.

»Du darfst sie aufmachen, wenn wir bezahlt haben«, sagte die Mutter zu ihr.

Das Mädchen streckte sich nach einer Schachtel mit Bonbons und sah die Mutter bettelnd an.

»Nein, die nicht auch noch. Du kannst wählen, Saga. Entweder die Chips oder die Bonbons.«

Das Mädchen legte die Schachtel wieder zurück.

Die Mutter wandte sich zu Carl um, lächelte und verdrehte die Augen. Er erwiderte das Lächeln. Es gefiel ihm, wenn Menschen nett zueinander waren.

Die Schlange kam nicht vorwärts. Ein älterer weißhaariger Mann im Tweedjackett seufzte. Carl reckte den Hals, um zu sehen, was da so lange dauerte. An der Kasse diskutierte ein fremdländischer Mann in den Fünfzigern mit der Kassiererin. Die Diskussion wurde immer lauter.

Plötzlich schlug der Mann mit der Faust auf die Plexiglasscheibe neben dem Kartenlesegerät. Das Mädchen mit der Chipstüte griff nach der Hand ihrer Mutter. Die Kassiererin sah ängstlich aus.

Carl stellte seinen Einkaufskorb ab und ging an den Wartenden vorbei bis zur Kasse. Der Mann begann, wild zu gestikulieren, aber unterbrach sich, als Carl ihm auf die Schulter tippte und fragte, was los sei.

Er musterte Carl überrascht. Dann drehte er sich wieder zur Kassiererin um und wetterte weiter drauflos. Sie sah den Kunden hilflos an. Auf dem Band zwischen ihnen lag ein Paket Hackfleisch. Carl nahm an, dass es die Ursache der Auseinandersetzung war.

»Beruhigen Sie sich, Sie können sich hier doch nicht so aufführen. Sie machen ihr Angst, und den anderen Kunden gegenüber sind Sie respektlos. Entweder Sie bezahlen Ihre Ware, oder Sie verschwinden von hier«, sagte Carl ruhig.

»Er will es zurückgeben, weil es gemischtes Hack ist, aber die Packung ist geöffnet, und ich versuche, ihm zu erklären, dass das nicht geht«, sagte die Kassiererin.

»Es steht eindeutig drauf, dass es gemischtes ist. Sie haben das Paket geöffnet und wollen es zurückgeben? Wer soll das denn noch essen? Verschwinden Sie jetzt«, sagte Carl, nun mit mehr Nachdruck.

Der Mann maß ihn mit Blicken. Dann sagte er etwas, das Carl für Arabisch hielt, drehte sich um und steuerte auf den Ausgang zu.

»Tausend Dank für Ihre Hilfe«, sagte die Kassiererin, legte das Fleisch beiseite und winkte den nächsten Kunden heran.

»Kein Problem«, entgegnete er und reihte sich wieder in die Schlange ein.

Die Mutter des Mädchens klopfte ihm auf die Schulter.

»Gut gemacht. Ich verstehe wirklich nicht, wie manche Menschen gepolt sind«, sagte sie.

Der ältere Mann im Tweedjackett drehte sich um und sagte: »Wir holen die rein in unser Land, kümmern uns um sie, zahlen für den ganzen Hokuspokus, und dann benehmen die sich so. Es ist richtig, dass junge Männer wie Sie den Mund aufmachen. Man selbst traut sich ja nicht mehr, die sind doch gemeingefährlich.«

Draußen war es dunkel. Der blaue Bus der Linie 1 fuhr die Haltestelle an, und Fahrgäste stiegen aus. Carl war keine zwanzig Meter weit gegangen, als er auf seinen Klassenkameraden aus der Östra Real stieß, Nils Hermelin. Er schüttelte seine ausgestreckte Hand. Nils war fast genauso groß wie Carl, trug einen dunklen Trenchcoat und Jeans.

»Cool, dich zu sehen, Calle. Gehst du heute Abend noch weg?«, erkundigte sich Nils.

Carl verabscheute es, wenn er Calle genannt wurde, aber er ließ es durchgehen.

»Das habe ich vor. Ein Kumpel vom Bund kommt nachher zum Abendessen vorbei«, sagte er und hielt die Supermarkttüten hoch. »Danach gehen wir vielleicht noch in die Stadt.«

»Wehrdienst. Ist auch schon wieder eine ganze Zeit her. Warst du nicht bei den Fallschirmjägern?«

Carl schüttelte den Kopf.

»Küstenjäger.«

»Klingt krass. Ich muss weiter, ich besuch Per ... Per Nordmark. Kennst du den noch?«

»Klar«, gab Carl zurück. »Grüß ihn von mir. Wir sehen uns.«

Es war halb acht, als er in der Grevgatan 18 seine Wohnungstür aufschloss. Er hängte seinen beigefarbenen Burberrymantel auf, zog die Schuhe aus, blieb vor dem Flurspiegel stehen, schob die Schultern zurück und betrachtete seinen Körper. Er war top in Form. Seit einem halben Jahr lief er jede zweite Nacht acht Kilometer. Und wenn er nicht joggte, ging er ins Fitnessstudio, das hatte rund um die Uhr offen. Carl stemmte hundertdreißig Kilo beim Bankdrücken und würde demnächst weitere Scheiben auf die Stange schieben. Er zückte seine Pistole, hielt sie mit beiden Händen im Anschlag und zielte auf sein Spiegelbild.

»Mona Sahlin, du kleine Hure«, flüsterte er.

Er steckte die Waffe in ihr Holster zurück, streifte es ab und legte es in die oberste Kommodenschublade. Dann packte er seine Einkäufe aus, legte Käse und Schinken auf einen Teller, hackte Sellerie, holte Kekse und Chips, rührte in einer kleinen Schale Sesam und Frischkäse an, gab einen Schuss Sojasoße hinzu und trug alles ins Wohnzimmer.

Anschließend suchte er Streichhölzer und zündete die Kerzen auf dem Wohnzimmertisch an. Nun blieb er mitten im Zimmer stehen und betrachtete zufrieden sein Werk.

Als er sich umdrehte, um wieder in die Küche zu gehen, blieb sein Blick an dem Foto seines jüngeren Bruders Michael auf dem Kaminsims hängen.

Carl nahm zwei Kerzen vom Wohnzimmertisch und stellte sie zu beiden Seiten des gerahmten Bildes auf.

»Was meinst du, sieht das schön aus?«, sagte er zu dem Foto und ging in die Küche.

Um Punkt acht klingelte Emil Forsén. An der Tür gaben sie sich die Hand, und Carl führte Emil ins Wohnzimmer.

»Ich habe was für dich dabei«, sagte Emil und überreichte ihm eine Flasche Famous-Grouse-Whisky.

Carl bedankte sich und stellte sie auf das Lowboard neben den Samsung-Fernseher. Seit zwei Jahren mied er Hochprozentiges, aber das behielt er für sich. Er und Emil hatten sich vier Jahre lang nicht gesehen. Damals war Emil nach Lund gezogen, um Medizin zu studieren.

»Ist das eine Zweizimmerwohnung?«, fragte Emil und ließ seinen Blick durch das Wohnzimmer schweifen.

Carl nickte.

»Unsereiner wohnt auf achtzehn Quadratmetern ... Was ist denn mit deinen Koteletten passiert? Und deine Haare sind ja fast so kurz wie damals zu unseren Musikerzeiten«, sagte Emil lachend, setzte sich aufs Sofa und nahm einen Keks. »Du siehst ein bisschen so aus wie Joel Kinnaman.«

Carl wusste nicht, wer Joel Kinnaman war, nahm wortlos Emil gegenüber Platz und schenkte Wein ein.

Emil war der Einzige aus dem Wehrdienst, mit dem er Kontakt hatte. Er hatte ihn immer gemocht, aber mit einem Mal fühlte er sich unwohl in seiner Gegenwart.

Carl ging auf, dass es keine gute Idee gewesen war, ihn einzuladen. Sie würden nur dasitzen und in Erinnerungen schwelgen, über die alten Zeiten in Berga reden, eine Kneipenrunde drehen und sich betrinken.

Im Grunde genommen war das kindisch und sinnlos. Und Carl hatte keine Zeit, kindisch zu sein.

Aber es war wichtiger denn je, eine korrekte Fassade aufrechtzuerhalten, sich nicht abzuschotten. Carl musste ein normales Leben führen, wenn sein Plan gelingen sollte.

Nach einer Weile Small Talk blieb Emils Blick an Michaels Foto hängen.

»Dein Bruder?«

Carl nickte. Emil stand auf und nahm den Rahmen vom Sims.

»Ihr seht euch verdammt ähnlich. Wie das war, als du den Anruf gekriegt hast, werde ich nie vergessen. In der letzten Woche draußen war das, stimmt's?«

»In der vorletzten«, korrigierte Carl.

Er hatte nie jemanden das Foto betrachten sehen, geschweige denn über Michael reden hören, und er wusste nicht recht, was er davon halten sollte.

Es entstand eine Pause. Dann stellte Emil das Foto zurück.

»Wie alt war er denn?«, fragte er und ging wieder zum Sofa.

»Er wäre siebzehn geworden«, sagte Carl und musterte seine Hände.

»Heroin?«

»Im Hauptbahnhof, auf dem Klo«, sagte er und schüttelte den Kopf. »Total sinnlos. Aber das war schon lange so gegangen. Er war ziemlich schwierig, Michael.«

»Wie haben eure Eltern das verkraftet?«

»Nicht so gut. Meine Mutter hat einen anderen kennengelernt und ist nach Norwegen gezogen.«

»Und dein Vater?«

»Er wohnt zwei Stockwerke über mir, im vierten.«

Es wurde wieder still. Carl nahm einen Keks. Von seinem Bruder zu sprechen, hatte ihn nicht traurig gemacht, im Gegenteil. Es gab ihm Energie. Und mit der wollte er etwas Besseres anstellen, als in irgendein Lokal zu gehen.

»Du«, begann Carl. »Ich wollte es dir am Telefon nicht sagen, aber es geht mir nicht so gut. Ich glaube, ich kann heute Abend nicht weggehen.«

Emil stellte sein Weinglas ab und runzelte die Stirn.

»Was meinst du damit?«

»Ich bin ein bisschen angeschlagen.«

»Soll ich lieber wieder gehen?«

»Entschuldige, ich dachte, das legt sich wieder, aber mir ist irgendwie übel.«

Emil warf ihm einen skeptischen Blick zu.

»Dass ich nach deinem Bruder gefragt habe, tut mir leid.«

»Nein, nein, schon gut, mach dir keine Gedanken«, entgegnete Carl und rang sich ein Lächeln ab.

Er erhob sich, um seinen Gast zur Tür zu begleiten. Emil musterte ihn ratlos und stand auf.

»Pass auf dich auf. Wir hören uns«, sagte er und hielt Carl die Hand hin.

»Auf jeden Fall.«

Als die Tür ins Schloss gefallen war, ging Carl ins Wohnzimmer zurück, nahm sein Weinglas und holte seinen Laptop, der im Schlafzimmer auf dem Bett lag. Dann setzte er sich wieder aufs Sofa, den Rechner auf dem Schoß, und ging auf die Webseite des *Nyhetsbladet*. Die Zeitung hatte als Erste die Meldung gebracht, dass die schwedische *Allehanda*-Journalistin Hannah Löwenström tot in Hägerstensåsen aufgefunden worden war. Auf Facebook schrieben viele »Endlich« und freuten sich ungeniert über ihren Tod. Carl lächelte in sich hinein und nahm einen Käsewürfel.

41

Er ging die Artikel auf *Entpixelt* durch.

Milchbärte aus Afghanistan hatten aus einem Badehaus in Gävle Kleinholz gemacht. Zwei Asylanten hatten eine Frau in Örebro vergewaltigt. In einer Flüchtlingsunterkunft in Varberg hatte es eine Messerstecherei gegeben. Carl schüttelte den Kopf. Um solches Gesocks ins Land zu lassen, brachten Personen wie Hannah Löwenström ihren medialen Einfluss zum Einsatz. Begriffen diese Leute denn nicht, was sie Schweden damit antaten? Ein illegaler Einwanderer hatte auf der Drottninggatan Menschen überfahren – und trotzdem wollten sie noch mehr aufnehmen. Der Wahnsinn kannte keine Grenzen.

Zahlreiche Kommentare zu den Artikeln auf *Entpixelt* zeugten von einer gewissen Schadenfreude darüber, was die Einwanderer anstellten, und schrieben ironisch, das sei »das neue spannende Schweden«.

Carl war nicht fähig, etwas anderes als Bestürzung für das zu empfinden, was da passierte.

Er hatte Hannah Löwenström umgebracht, um sich im Spiegel endlich wieder in die Augen sehen zu können, um sich nicht länger als Opfer zu fühlen.

Vor ein paar Jahren hatte er sich eine Zeit lang mit dem Gedanken getragen, auszuwandern, sich geschlagen zu geben und den ganzen Wahnsinn einfach hinter sich zu lassen. Er kannte mehrere Leute, die das getan hatten. Einige waren in rein weiße Gebiete auf Åland gezogen. Andere waren nach Ost- und Mitteleuropa gegangen, wo sich das multikulturelle Gift noch nicht ausgebreitet hatte, weil die osteuropäischen Staatsoberhäupter sich dem beflissenen Bestreben der Kosmopoliten entgegenstellten, die Kultur der westlichen Welt zu vernichten.

Carl hatte sich umgehört, viel gelesen und war für einen Neuanfang gewappnet gewesen. Aber irgendetwas hatte ihn daran gehindert. Anfänglich hatte er gedacht, es wäre Feigheit. Das hatte ihn umgetrieben. Aber dann war ihm aufgegangen, was ihn hier hielt: die Liebe zu seinem Land und zu seinem Volk, zu der Nation, die seine Vorväter geschaffen hatten.

Carl war niemand, der leicht aufgab, er war kein Opfer. Diese Erkenntnis hatte ihn entschlossener werden lassen, ihn froh gestimmt. Statt sich an einen anderen Ort zu wünschen, hatte er beschlossen, sich zu verteidigen. Diejenigen zu rächen, die sich nicht mehr rächen konnten. Die Opfer der Drottninggatan, all die vergewaltigten Frauen und sein Bruder Michael waren nur wenige von Tausenden, die der Welle der Gewalt ausgesetzt waren, die die Masseneinwanderung mit sich brachte.

Und die Schuldigen, die Täter, waren immer noch da draußen, auf freiem Fuß.

Die Journalisten, Politiker und die anderen Kulturmarxisten konnten nachts gut schlafen, sie waren es ja nicht, die von der Gewalt beeinträchtigt wurden, der die Regierung die Bevölkerung aussetzte. Doch Carl war schwedischer Küstenjäger, er hatte geschworen, das Land vor Feinden zu beschützen. Und das schloss auch die Feinde im Inneren mit ein, ebenso wie die Verräter, die die Entscheidungen fällten. Er hatte angefangen, im Netz und in seiner Umgebung nach Gleichgesinnten zu suchen, hatte sich über terroristische Vereinigungen in der europäischen Geschichte informiert, über den Baader-Meinhof-Komplex, die IRA, die ETA.

Sein Leben hatte sich schlagartig und für immer verändert, in dem Moment, als er seine Fesseln gesprengt und aufgehört hatte, sich als Opfer zu sehen.

Würde die Polizei ihn jemals schnappen, würden sie ihn als Nazi, Psychopathen, Verrückten beschimpfen. Die Journalisten würden darum wetteifern, ihn zu vernichten. Sie würden ihn verfolgen mit allen Waffen, die ihnen zur Verfügung standen. Sie würden ihn dämonisieren, sich auf seine Familie stürzen und alles, was ihm lieb war. Seine Kindheit und Jugend zerpflücken. Aber das war ein Preis, den zu zahlen er bereit war.

Er scrollte die Kommentare auf *Entpixelt* durch. Er erkannte mehrere Benutzernamen wieder. Plötzlich hielt er inne und zog den Pfeil der Maus auf den Benutzernamen Wilddrude. Die Person hinter diesem Alias wetterte gegen die Schwedenfreunde, die ihren Unmut und ihre Besorgnis über die Entwicklung und Konsequenzen der Masseneinwanderung zum Ausdruck brachten. Wilddrude nannte sie spöttisch »ungebildete Assi-Rassisten«.

Vor zwei, drei Jahren hatte Carl einmal mit Wilddrude diskutiert, aber er hatte nur Hohn und Spott geerntet. Die Person, die sich hinter dem Pseudonym verbarg, war ein Aufwiegler und Besserwisser.

Der Mann war ganz offensichtlich ein Idiot, oder er glaubte die Lügen der Medien wirklich. Carl hatte wissen wollen, wie so ein Mensch aussah, unzählige Male hatte er erfolglos versucht, die wahre Identität des Wilddruden herauszufinden.

Ohne sich große Hoffnungen zu machen, kopierte er nun die E-Mail-Adresse, die zu dem Alias gehörte, in die Google-Suchmaske. Er keuchte auf und traute seinen Augen kaum, als er merkte, dass dieselbe Adresse mittlerweile auch auf *familjeliv.se* registriert war.

Und dort fand er den Namen: Sonny Lindell war sechsundvierzig Jahre alt, wohnte in Sätra und war Lehrer am Kärrtorpsgymnasium. Sein Facebook-Profil zeigte einen Mann mit braunen Haaren und runder Brille, der zurückgelehnt dasaß und Bassgitarre spielte.

Carl ballte triumphierend die Faust und stand auf.

»Du Ratte«, murmelte er.

Er sah sich suchend nach seinem Mobiltelefon um, fand es neben sich auf dem Sofa und rief Fredrik Nord an.

»Ich habe Wilddrude gefunden. Er ist Lehrer und wohnt in Sätra«, berichtete Carl aufgeregt.

»Wie das?«, fragte Fredrik.

Carl begann, in der Wohnung auf und ab zu gehen.

»Vor einer Woche hat er sich auf *familjeliv.se* registriert, mit derselben E-Mail-Adresse, die er auch auf *Entpixelt* verwendet«, sagte er.

»Was für ein Idiot«, entgegnete Fredrik. »Aber nur Journalisten. Keine Zivilisten, keine Politiker, keine Muslime. Sonst bringen wir die Bevölkerung gegen uns auf. Das hast du selbst gesagt.«

»Ich weiß«, sagte Carl seufzend. »Aber dieses Aas ist Lehrer. Er verbreitet seinen Dreck unter seinen Schülern. Lass uns darüber reden, wenn wir uns morgen treffen.«

Sie beendeten das Gespräch, und Carl setzte sich zurück aufs Sofa.

Er öffnete die Datei, die in einem verschlüsselten Ordner auf der Festplatte seines Rechners lag. Die Datei bestand aus einer Liste, die er vor vier Jahren zu erstellen begonnen hatte und die persönliche Daten über nahezu fünfhundert Menschen enthielt, die in irgendeiner Form Schuld daran hatten, dass Schweden im Begriff stand unterzugehen.

Es handelte sich dabei um Politiker, Journalisten und Moderatoren. Am Ende des Dokuments gab es eine weitere Liste mit zehn Namen.

Carl Cederhielm tippte hinter den Namen Hannah Löwenström ein »x«.

Er überlegte kurz, ergänzte die Liste um den Namen Sonny Lindell und setzte ein Fragezeichen dahinter.

Dann machte er die Seite upplysning.se auf und kopierte Sonny Lindells Privatadresse in das Suchfeld. Upplysning.se stellte Informationen von verschiedenen Behörden über Firmen und Privatpersonen zusammen und machte sie öffentlich zugänglich.

KAPITEL 5

Obwohl es noch vor neun Uhr morgens war, wehte ein warmer Wind von den Bergen herunter. August und Valeria saßen auf der Terrasse und frühstückten.

»Genau deswegen habe ich dich seit zwei Wochen jeden Tag darum gebeten, die Finger davon zu lassen«, sagte sie ernst.

Ihre dunkelbraunen Haare hatte sie hastig zu einem Dutt aufgesteckt. August gefiel es, wenn sie diese Frisur trug.

»Warum willst du unbedingt weg von hier?«, fragte er und blickte über die Olivenhaine und Berge. »Sieh dich um. Das ist doch die schönste Aussicht der Welt.«

Valeria beugte sich vor und legte ihre schmale Hand auf seine.

»Ich will nicht, dass unser Kind hier aufwachsen muss. Vor allem will ich sicher sein, dass sein Vater jeden Tag wieder nach Hause kommt«, sagte sie.

»Was gestern passiert ist, war eine einmalige Ausnahme. Es tut mir leid, dass du das mitansehen musstest. Gestern war kein normaler Tag, und das weißt du.«

»Wir wissen doch beide, was dein Chef für ein Typ ist. Das ist nicht gerade ein Süßigkeitenladen, der ihm da gehört.«

»Du hast in Cartagena doch schon gewusst, wer ich bin und was ich mache. Und trotzdem bist du mit mir hierhergegangen. Ich kann nicht nach Schweden. Wahrscheinlich könnte ich mich zwar vor der Polizei verstecken, aber ich müsste mich immer umschauen, verstellen und jeden belügen.«

»Das machst du hier doch auch, wo ist da der Unterschied?«, fragte Valeria schnell.

August schwieg. Eine kleine Spinne kroch am Tischbein herauf. August zerdrückte sie mit seiner freien Hand.

»Ich weiß es nicht«, sagte er dann.

»Ich liebe dich, und ich will mit dir zusammen sein, egal, wo du bist. Aber denk darüber nach. Wir müssen ja nicht nach Europa. Schlimmstenfalls können wir bei meinen Eltern in Puerto Rico wohnen«, meinte sie.

August fuhr langsam Richtung Vallenar. Er brauchte Zeit zum Nachdenken. Als er Maitencillo passierte, lag noch immer der Geruch von Qualm und verbranntem Gummi in der Luft, aber die Straßensperren waren zur Seite geräumt worden. Der Rauchgeruch rief ihm das Gesicht eines Mädchens ins Gedächtnis. August war nach einem Selbstmordattentat in Bagdad mit ihrem leblosen Körper auf dem Arm weggerannt. Wenige Minuten später war sie gestorben. Die gefällten Bäume lagen noch in ihrer Glut. Die Fahrbahn war schwarz vor Ruß. Kein Mensch war zu sehen. Hinter ihm hupte ein weißer Chevrolet Pickup und blendete auf. August fuhr seinen Lexus rechts an den Rand und ließ ihn überholen.

Er folgte ihm mit dem Blick, als der Fahrer beschleunigte, und stöhnte auf. Es hieß immer, Kinder veränderten das Leben ihrer Eltern. Augusts ungeborenes Kind hatte seines bereits verändert. Valeria würde nicht lockerlassen, so gut kannte er sie bereits nach drei gemeinsamen Jahren. Aber Fakt war, dass es für ihn in Schweden nichts mehr zu holen gab. Seine Mutter lebte in einer verlotterten Wohnung in Farsta und hatte ein Alkoholproblem. Er wusste nicht mal, ob sie noch lebte.

»Schweden«, murmelte er vor sich hin.

Unerbittlich tauchte ein weiteres Gesicht aus der Vergangenheit in seiner Erinnerung auf: Amanda Lilja. Er schüttelte den Kopf und fuhr ein bisschen schneller, in der Hoffnung, dass sein Gehirn sich auf das Fahren konzentrierte, anstatt an sie zu denken. Nach dreihundert Metern war ihm klar, dass das nicht funktionierte.

Er ging wieder runter auf achtzig.

August Novak freute sich darauf, Vater zu werden. Aber er konnte nicht anders, er wünschte, dass Amanda die Mutter seines Kindes wäre. Das schlechte Gewissen versetzte ihm einen Stich. Was würde Valeria sagen, wenn sie das wüsste? August liebte Valeria, aber Amanda Lilja liebte er noch mehr. Das würde immer so sein, egal, wie viel Zeit verging.

Manchmal ging er abends, wenn Valeria schlief, auf die Webseite Nyhetsbladet.se und las Amandas Texte.

Nachdem August Schweden verlassen hatte, hatte sie eine Tochter bekommen. Eigentlich war es nicht verwunderlich, dass sie nicht lange gezögert hatte. Niemanden sonst hatte er so verletzt, wie er sie verletzt hatte. Seit er nach Marseille und zur Fremdenlegion gegangen war, war ein halbes Jahr verstrichen, bis er sich bei ihr gemeldet und erzählt hatte, wohin es ihn verschlagen hatte.

Tief im Innersten hatte er immer gehofft, eines Tages wieder nach Schweden und zu ihr zurückzukehren und so zu leben, wie sie es sich als Zwanzigjährige zusammen ausgemalt hatten. Doch vielleicht würde das Kind in Valerias Bauch mit der Zeit die Erinnerung an Amanda Lilja verblassen lassen.

Auf der Avenida Prat machten gerade die Geschäfte auf. Weil Samstag war, taten sie dies später als unter der Woche. Die arbeitslosen Männer standen wie immer auf den Bürgersteigen und rauchten.

Die Arbeitslosigkeit in Chiles dritter Region war die höchste im Land. Die Armut führte dazu, dass jeder käuflich war.

Unter anderem deswegen hatte Vladimir Ivanov Vallenar als Basis für seine Geschäfte, die hauptsächlich aus Waffenhandel und Drogenschmuggel bestanden, ausgewählt. August bog auf die kleine Brücke, überquerte den Fluss und hielt sich nordwärts. Wie jeden Samstag fanden in der stillgelegten Pelletsfabrik in den Bergen Hundekämpfe statt.

Als August den Motor abstellte, konnte er das Hundege-
bell und die Rufe der Zuschauer durch die Wellblechwände
hören. Vladimir Ivanov wartete vor dem grünen Gebäude.
Nach zwanzig Jahren bei der Zweiten Abteilung des russischen Militär-Nachrichtendienstes GRU, die für den Sektor
Nord- und Südamerika verantwortlich war, war Vladimir Ivanov ausgestiegen. Solnetsevskaja Bratva, die Russische Mafia,
die in den Neunzigern an der amerikanischen Ostküste um
ihr Überleben kämpfte, hatte ihn daraufhin sofort angewor-
ben.

In den Jahren danach hatte Vladimir größtenteils in Chicago
und New York gelebt und für Vjateslav »Japontiik« Kozlov gearbeitet, der 2009 in Moskau erschossen wurde. Die Racheaktionen
in Gestalt von russischen Leichen in Griechenland, Großbritan-
nien und Frankreich, die immer wieder auftauchten, hatten Vladimir vor ein paar Jahren dazu veranlasst, seine gesamten Geschäfte nach Südamerika zu verlegen.

August spürte sofort, dass der ehemalige GRU-Offizier schlechte
Laune hatte.

»Wie war die Reise?«, erkundigte sich August.

»Kolumbien ist immer noch ein Land voller abgehalfterter Bau-
ern«, brummte der Russe.

»Das hast du doch gewusst.«

»Ja, das habe ich gewusst. Und wir haben Wichtigeres zu bereden, als alte Erinnerungen aufzufrischen«, sagte Vladimir und
fischte eine Zigarette aus seiner Schachtel. »Die amerikanische
Polizei hat letzte Woche in New York die Juan Sebastián de Elcano
gestürmt.«

Offiziell war die Juan Sebastián de Elcano eine spanische Fre-
gatte aus dem achtzehnten Jahrhundert, die geschichtsinteres-
sierte Touristen herumschipperte. Doch in den letzten Monaten
hatte die kolumbianische Familie Mendoza das Schiff als Tar-
nung verwendet, um Heroin zu transportieren. Und Vladimir

hatte sich darum gekümmert, dass Geheimfächer in das Schiff eingebaut worden waren.

»Pech für sie«, sagte August neutral.

»Pech für sie? Es ist ein Riesenpech für *uns*, weil die *motherfucking* Gringobullen sofort auf die Geheimfächer zugeschossen sind, die wir vor vier Monaten für die Mendozas eingebaut haben. Jemand, der davon wusste und der auch wusste, dass sie dreißig Kilo Heroin enthielten, muss das der Polizei gesteckt haben. Ohne exakte Beschreibung war es völlig ausgeschlossen, sie zu finden. Und laut Jaime Mendoza waren wir die Einzigen, die davon wussten.«

»Wenn das so ist, haben wir ein echtes Problem«, musste August zugeben.

Vladimir murmelte etwas Unverständliches in seinen Bart. Er sog gierig an seiner Zigarette, schnippte sie mit Daumen und Zeigefinger in hohem Bogen weg und machte die Tür auf, die in die Fabrikhalle führte.

»Was machen wir eigentlich hier?«, fragte August.

»Der fette Polizeichef will ein Treffen mit uns«, gab Vladimir wütend zurück.

Zwei Hunde, ein Dobermann und ein Pitbull, rissen sich in einer Grube gegenseitig in Stücke. Um sie herum standen knapp vierzig Männer, die rauchten und grölten.

August erkannte Luis Garcia sofort. Vallenars Polizeichef begeisterte sich sehr für Hundekämpfe und zog eigens dafür Hunde auf. Luis Garcia stand, wie die meisten bedeutenden behördlichen Amtsinhaber, auf Vladimirs Gehaltsliste.

»In diesem Land haben die Menschen ein seltsames Verhältnis zu ihren Hunden«, sagte Vladimir nachdenklich und musterte die Zuschauer. »Habe ich dir erzählt, was sie während der Diktatur mit den Hunden gemacht haben?«

August schüttelte den Kopf.

»Flüchtlinge, die in den Siebzigern zu uns in die Sowjetzone gekommen sind, haben erzählt, dass die Soldaten ihre Schäferhunde die weiblichen Gefängnisinsassen besteigen lassen haben.«

August verzog wortlos das Gesicht. Vladimir nahm noch eine Zigarette.

»Sag Garcia, dass wir hier sind«, trug er ihm auf und verschwand.

August holte Luis Garcia, und sie ließen sich in der Ecke der Fabrikhalle nieder, in die eine Bar eingebaut worden war.

Luis Garcia überschüttete Vladimir mit Höflichkeitsfloskeln.

»Halt's Maul, du Bastard. Sag lieber, wieso du mich treffen wolltest«, sagte Vladimir und beugte sich über den Tisch.

Luis Garcia ließ Vladimirs Ton kalt, er schielte zu den Hundekäfigen hinüber und trocknete sich beherrscht die Stirn.

»Wir haben ein Problem, meine Herren«, begann er. »Alfonso Paredes ist nach Valdivia zurückgefahren. Der Protest ist nun in der Hand der lokalen Anführer aus Vallenar, Freirina und Maitencillo.«

Vladimir sah Garcia verständnislos an und massierte sich die Schläfen.

»Da stellen sich mir sofort zwei Fragen, Garcia«, sagte er. »Die erste: Warum bestellt der örtliche Polizeichef einen arbeitsamen russischen Immigranten zu einem Treffen, um Dinge zu bereden, die die Polizeibehörde selbst lösen sollte? Die zweite: Warum redest du von Problemen, wenn dieser Kommunistenbandit doch nach Hause gefahren ist?«

Luis Garcia lachte leise, als Vladimir sich selbst als russischen Immigranten bezeichnete. Er reckte sich nach der Zigarettenschachtel auf dem Tisch, klopfte eine Zigarette heraus, klemmte sie in seinen Mundwinkel und sah sich nach einem Feuerzeug um. Vladimir warf ihm einen ungehaltenen Blick zu.

»Dass die Proteste nun auf lokaler Ebene stattfinden, ist ein großes Problem, weil in diesem Tal jeder jeden kennt. Alle meine

Polizeibeamten sind verschwippt oder verschwägert mit irgendeinem von den Kommunistenschweinen. Es wird nicht leicht sein, sie zu überzeugen, hart zuzupacken. Und der Grund, warum ich mit dir darüber rede, ist der, dass dein amerikanischer Freund hier«, Luis Garcia zeigte auf August, »Alfonso Paredes eine Harpune durch die Hand gejagt hat.«

Vladimir sah August wortlos an und wandte sich dann wieder an den Polizeichef.

»Garcia, du fetter Esel. Komm endlich zur Sache und sag, was du sagen willst.«

»Kümmert euch um ein, zwei Kommunisten, dann legt sich der Protest wieder.«

»Gut, machen wir«, seufzte Vladimir.

»Schön«, entgegnete Garcia.

Andrei Pulenkov kam an den Tisch, begrüßte Vladimir und den Polizeichef und setzte sich zu ihnen.

August verachtete ihn, und diese Ablehnung beruhte auf Gegenseitigkeit. Seit August nach Vallenar gekommen war, hatte ihn Vladimirs rechte Hand allenfalls wie Luft behandelt. Bisweilen war er sogar regelrecht feindselig gewesen. Polizeichef Luis Garcia entschuldigte sich, stand mühsam von seinem Stuhl auf und ging, um seinen Einsatz für den nächsten Kampf loszuwerden. Vladimir erläuterte Andrei in groben Zügen, was der Polizeichef gesagt hatte.

»Wir müssen uns diese Woche noch darum kümmern. In zwei Wochen kommen unsere Gäste aus Valparaiso, und bis dahin muss alles erledigt sein«, sagte Andrei, nachdem sein Chef seine Ausführungen beendet hatte.

Im letzten Jahr war die Gewalt unter den Gangs in der chilenischen Hafenstadt Valparaiso geradezu explodiert. Vor allem, weil Vladimir Ivanov preisreduzierte Automatikwaffen an die Cerro Este Gang verkaufte, was die Machtverhältnisse ins Wanken gebracht hatte. Nach Beschwerden der Brüder Giménez,

52

ihres Zeichens Machtfaktor Nummer zwei in der Unterwelt von Valparaiso, hatte Vladimir sich erboten, als Gastgeber einer Zusammenkunft zu fungieren, bei der die territorialen Grenzen der Gangs klarer abgesteckt werden sollten. In vierzehn Tagen würde dieses Treffen zu Hause bei Vladimir stattfinden.

August erhob sich.

»Wohin willst du?«, fragte Andrei und fuhr sich mit seiner Serviette über die Stirn.

»Ich gehe kurz nach draußen. Den Lärm von den Hunden halte ich nicht aus«, gab er zurück.

Andrei Pulenkov grinste ihn höhnisch an.

»Weichei«, sagte er.

Draußen in der Sonne umrundete August das Gebäude.

Alte Müllsäcke gammelten im Kies unter den Eukalyptusbäumen vor sich hin. In der Ferne thronten die Anden, die Chile und Argentinien voneinander trennten. Ein grüner Container war in die Erde eingelassen worden, nur die Kanten ragten noch einen halben Meter aus dem Boden heraus. August öffnete die Luke und zuckte sofort zurück bei dem Gestank, der ihm entgegenschlug. Er wedelte mit der Zigarette vor der Nase, sog den Rauch ein und warf einen Blick in den Container.

Mindestens zwanzig übel zugerichtete Hundekadaver lagen darin. Die Körper waren zerfetzt. Schnell schloss er die Luke wieder, als die Hintertür des Gebäudes aufging. Ein Mann mit bloßem Oberkörper, roter Baseballkappe und heller Jeans trat heraus und schleifte den Dobermann hinter sich her, den August vor wenigen Minuten noch kämpfen gesehen hatte. Die Zunge hing aus seinem Maul, der rechte Vorderlauf war über dem Gelenk abgebissen worden. Der Hund winselte leise. Der Mann stieß mit dem Fuß die Luke auf, um den Hund in den Container zu schleudern, und rümpfte bei dem Gestank die Nase.

»Oye, der lebt noch«, rief August.

Der Mann hielt inne, musterte den Hund und zuckte mit den Schultern.

»Und?«

August schüttelte den Kopf und warf die Zigarette weg.

»Warte«, sagte er. Dann schob er die Hand unter sein Sakko und zog seinen Revolver.

Der Mann warf ihm einen unsicheren Blick zu.

»Entspann dich«, sagte August. »Leg ihn auf die Erde.«

Der Hund war kaum noch bei Bewusstsein. August legte ihm eine Hand auf den Kopf, kraulte seinen Nacken, hielt ihm mit der Linken die Augen zu und drückte ab.

Der Mann zog den toten Hund an den Hinterläufen mit sich und achtete dabei peinlich genau darauf, dass seine Hose keine Blutflecke bekam. Er warf den Hund in den Container und ging wieder hinein.

August betrachtete die Blutspur im Kies, dann setzte er sich auf den Deckel des Containers und steckte sich noch eine Zigarette an.

Dass er Vater werden würde, hatte etwas ausgelöst in ihm, der Gedanke an Schweden ging ihm nicht mehr aus dem Kopf. Seit er Stockholm verlassen hatte, hatte er – oft mit Erfolg – alles verdrängen können, was mit seiner Heimat zu tun hatte, denn er wusste, dass die Verjährungsfrist für seine Straftaten fünfzehn Jahre betrug. Davon waren noch fünf Jahre übrig. Wenn man an Dinge dachte, die man nicht beeinflussen konnte, verlor man den Fokus.

Als Fallschirmjäger der Fremdenlegion in Afghanistan waren Grübeleien der direkte Weg in den Tod. Seit er Schweden den Rücken gekehrt hatte, hatte er sich kein einziges Mal bei seiner Mutter gemeldet. August nahm sein Mobiltelefon aus der Hosentasche und wog es in der Hand. Die Nummer der Wohnung in Farsta wusste er noch immer. Vermutlich würde er sie sein Leben lang nicht vergessen. Er gab die Nummer ins Telefon ein, den Blick auf die Ziffern geheftet.

Was sollte er sagen?

Und wenn sie gestorben war – was sollte er dann machen?

Nichts, leben, Vater werden.

Eltern starben. Das gehörte zum Leben. Sie wäre früher oder später ohnehin gestorben, auch wenn August in Schweden geblieben wäre. Er tippte auf das Display, hielt das Telefon ans Ohr und schloss die Augen. Der Anschluss existierte nicht mehr. Er hätte sowieso nicht gewusst, was er sagen sollte, wenn sie abgenommen hätte.

Als er aufsah, bemerkte er, wie Andrei Pulenkov ihn beobachtete. August schob das Telefon in die Hosentasche zurück und ging auf ihn zu.

»Wen hast du angerufen?«, fragte Andrei.

»Das geht dich nichts an.«

»Nein?«

»Nein.«

Andrei ließ seinen Blick auf ihm ruhen.

»Vladimir ist gleich fertig, du Schlappschwanz«, sagte er dann, ließ ihn stehen und verschwand um die Ecke der Fabrikhalle.

August setzte Vladimir Ivanov vor dem Bordell ab.

»Bleib in der Nähe, vielleicht brauche ich dich noch«, sagte Vladimir, ehe er die Autotür zuschlug.

August zückte sein Telefon, rief Ilja an, und sie verabredeten sich im El Club Social. Als August ankam, unterhielt Ilja sich gerade mit einer der Serviererinnen, er hatte zwei Tassen Kaffee bestellt. Als die Frau August entdeckte, küsste sie Ilja auf die Wange und verschwand. Der Russe sah ihr nach.

August schnippte mit den Fingern vor seinem Gesicht.

»Hast du gehört, was mit dem Schiff passiert ist, das wir präpariert haben, der Juan Sebastián de Elcano?«, fragte August und setzte sich.

Ilja nickte.

»Das Problem ist, dass Jaime Mendoza ein paranoider Psychopath mit einer kleinen Armee im Rücken ist. Und wenn er meint, dass es bei unseren Leuten ein Leck gibt, dann wird er ganz Vallenar plattmachen, um das zu beweisen«, sagte der Russe.

»Paranoider Psychopath hin oder her ... Dass das Schiff gestoppt und die DEA schnurstracks in den Rumpf marschiert ist, um gleich darauf mit dreißig Kilo Heroin wieder rauszukommen, und das nur ein paar Monate, nachdem wir die Geheimfächer eingebaut haben, sieht nicht besonders gut aus. Wer könnte ihnen das gesteckt haben, was meinst du?«, wollte August wissen.

»Wenn ich die Antwort wüsste, würde ich nicht mit dir hier sitzen und Pulverkaffee trinken. Wie ist Vladimir drauf?«

»Misstrauisch und durchgedreht.«

Ilja lachte auf.

»Also wie immer.«

»Außerdem will Garcia, dass wir uns um das Problem mit der Fabrikblockade kümmern. Und Valeria hat heute Morgen erzählt, dass sie schwanger ist«, sagte August.

Ilja riss die Augen auf und prostete August mit der Kaffeetasse zu, um ihm zu gratulieren.

»August«, sagte er dann mit gerunzelter Stirn und legte die Hände auf den Tisch. »Eine Sache ist mir immer noch nicht ganz klar. Was machst du eigentlich hier?«

»Wie meinst du das?«

Ilja stellte die Tasse ab und sah ihm in die Augen.

»Fünf Jahre bist du in der Legion gewesen. Drei Jahre bei Blackwater. Dann bist du plötzlich in dieser beschissenen Stadt aufgetaucht, und Vladimir hat verkündet, dass du sein neuer Leibwächter bist. Dabei weiß ich doch, dass du eigentlich gar kein Gangster bist. Warum also hast du die Seiten gewechselt?«

»Du bist doch auch Soldat? So wie Vladimir und Andrei.«

Ilja überging Augusts Antwort.

56

»Deine Freundin ist so schön, dass es wehtut, und jetzt ist sie auch noch schwanger«, fuhr er fort. »Warum setzt du das alles aufs Spiel? Geht's dir ums Geld?«

August ließ seinen Blick auf Ilja ruhen.

Den Russen würde er am ehesten noch als seinen Freund bezeichnen hier in Chile, aber solche Fragen hatte er sich bislang nie gestellt. Zumindest nicht in nüchternem Zustand. Musste er auf der Hut sein? Hatten Andrei und Vladimir gewollt, dass Ilja sich umhörte, hatten sie August im Verdacht?

»Verglichen mit Kolumbien oder Afghanistan, ist das hier das reinste Disneyland. Das solltest du eigentlich wissen, du warst doch in Tschetschenien. Überhaupt, warum diese plötzliche Sorge um mein Leben?«

Ilja schnaubte.

»Weil du mein Freund bist. Du bist zwar ein verweichlichter Skandinavier mit dem Gewissen einer katholischen Nonne, aber trotzdem bist du mein Freund. Du bist anders. Ich weiß, dass du all das hier sowieso irgendwann hinter dir lassen willst. Warum schnappst du dir Valeria also nicht gleich und verschwindest von hier?«

»Du klingst schon genauso wie sie«, sagte August leise und ließ seinen Blick über die anderen Gäste schweifen.

»Valeria?«

»Ja.«

»Sie ist nicht dumm, August. Und sie bekommt ein Kind von dir. Liebst du sie?«

August nickte.

»Aber?«

»Es gibt kein Aber.«

Ilja musterte ihn skeptisch.

»Vor drei Monaten warst du ausnahmsweise mal besoffener als ich. Wir saßen in Jony's Bar in Huasco. Weißt du noch, was du da gesagt hast?«

August überlegte.

»Nein.«

»Der Zigeuner, der an dem Abend gesungen hat, hat doch diesen Song von Victor Jara gespielt, *Te recuerdo Amanda*. Da bist du plötzlich ganz komisch geworden und hast von irgendeiner Amanda gefaselt. Wer ist das denn?«

»Die kannte ich früher mal.«

»Eine Freundin?«

August senkte den Blick und starrte auf die Tischplatte. Ilja schüttelte lachend den Kopf.

»Bevor ich dir sage, dass das zehn Jahre her ist und du sie vergessen sollst, sag mir verdammt noch mal, wer diese Amanda ist.«

»Ein andermal.«

Ilja griff nach seiner Kaffeetasse.

»Wie du willst, nicht so wichtig. Wichtig ist, was jetzt passiert.« Ilja führte die Tasse zum Mund und trank einen großen Schluck. »Valeria ist schwanger, Vladimir ist verrückter und paranoider denn je, und du bist ein ganz normaler Typ, der zufällig gut darin ist, Leute um die Ecke zu bringen. Nimm Valeria und hau einfach ab.«

»Und wo soll ich hin? Nach Schweden?«

»Weiß nicht. Spielt keine Rolle. Angenommen, Jaime Mendoza kommt her, um den zu suchen, der geredet hat. Glaubst du, der geht rum, zieht den Hut, macht einen Diener und fragt höflich? Nein, er wird mit zwanzig Kolumbianern und seinem Riesen-Pablo-Escobar-Komplex in die Stadt einfallen und alles abknallen, was sich bewegt. Menschen werden sterben. Das passiert nun mal in dieser Branche.«

»Es würde verdächtig wirken, wenn ich jetzt plötzlich verschwinde.«

»Ja, da hast du wohl recht. Aber mach dich bereit abzuhauen, sobald das hier vorbei ist. Das bist du Valeria schuldig.«

Als es dunkel geworden war, rief Vladimir an und bat August, ihn nach Hause zu fahren. August holte seinen Chef vor dem El Minero ab, und sie verließen die Stadt Richtung Küste. Es war wenig Verkehr.

»Wen hast du heute angerufen?«, erkundigte sich Vladimir.

August ließ die Straße eine Sekunde aus den Augen und sah den Russen an.

»Was meinst du?«

»Als du raus bist. Andrei hat gesagt, dass du mit jemandem telefoniert hast.«

Sie fuhren an den Zigeunerzelten am Stadtrand vorbei. In der Mitte des Lagers brannte ein Feuer.

»Das war privat. Das hat nichts mit unseren Geschäften zu tun. Oder mit Mendozas Heroin, wenn du das meinst.«

»Dann hast du also nichts dagegen, dass ich einen Blick in dein Telefon werfe?«

August machte eine Vollbremsung. Vladimir wirkte unbeteiligt und machte keine Anstalten, etwas zu sagen. Ein Auto hupte wütend und überholte.

»Hast du den Verstand verloren?«, fragte August.

Vladimir sah den Rücklichtern des anderen Wagens nach.

»Deine Geschichte mit den Mendozas verkompliziert die ganze Sache«, sagte er ruhig.

August hob die Schultern.

»Als du mich eingestellt hast, hast du gewusst, was in Kolumbien passiert ist. Wenn du wirklich denkst, ich habe mit der DEA, oder wer auch immer den Zugriff geplant hat, Kontakt aufgenommen, um den Heroinschmuggel der Mendozas auffliegen zu lassen, als Rache für das, was sie vor zwei Jahren getan haben, dann bist du entweder ein Idiot oder verrückt.«

»Vergiss nicht, mit wem du hier redest«, sagte Vladimir gedämpft.

Die restliche Fahrt über wechselten sie kein Wort mehr, bis sie Vladimirs Haus erreichten.

Wieder zu Hause auf seinem Anwesen, sah August, dass Don Julio noch auf war und die Avocadobäume wässerte. August blickte über das dunkle Tal. Die Silhouette der Berge schimmerte im Vollmondlicht. August wurde mutlos, als er daran dachte, was Vladimir im Auto gesagt hatte. Bisher war es ihm gar nicht in den Sinn gekommen, dass die Sache mit den Mendozas irgendwann zum Problem werden konnte. Noch ein Problem.

Don Julio stellte sich neben ihn und spähte in die Dunkelheit. Den Schlauch hielt er noch immer in der Hand und ließ das Wasser ins Gebüsch rechts neben August fließen.

»Ich habe gehört, was Sie gestern mit Alfonso Paredes' Hand gemacht haben«, sagte er und grinste.

»Glaubst du, das kann Ärger geben?«, fragte August.

»Ich weiß es nicht, *patrón*, möglich. Er ist ein blutrünstiger Teufel und ein *hijo de puta*. Aber machen Sie sich keine Sorgen. Ich bleibe so lange, wie Sie mich abends hier haben wollen.«

»Mir kommt es so vor, als gäbe es in dieser Stadt mittlerweile lauter *hijos de puta*«, entgegnete August, klopfte dem alten Mann auf die Schulter und ging ins Haus, um nach Valeria zu sehen.

In dem Moment, als er die Schlafzimmertür aufmachen wollte, klingelte sein Mobiltelefon. Es war Andrei Pulenkov.

»Vladimir will, dass du zu uns stößt.«

»Jetzt?«

»Ja, jetzt.«

August seufzte und warf einen Blick auf die Uhr.

»Ich bin eben erst zur Tür rein. Wo?«

»Bei ihm zu Hause.«

»Soll ich Ilja anrufen?«

»Nein.«

Der Russe legte auf. August ging ins Zimmer und gab der schlafenden Valeria einen Kuss auf die Wange.

KAPITEL 6

Ibrahim Chamsai wartete ein paar Minuten, bis die drei Burschen aus dem Hauseingang im Norr Mälarstrand traten. Sie waren in den Zwanzigern, trugen dunkle Mäntel und Lederschuhe mit schmaler Spitze. Jeder hatte eine Flasche Corona in der Hand.

Eigentlich war Alkohol im Wagen nicht erlaubt. Aber Ibrahim sah normalerweise darüber hinweg – die jungen Leute sollten ihren Spaß haben am Wochenende. Solange sie sich benahmen und nichts verschütteten, war das kein Problem. Alle drei zwängten sich auf die Rückbank.

Ibrahim grüßte, aber sie erwiderten den Gruß nicht.

»Soll ich den Beifahrersitz vorziehen, dann habt ihr mehr Platz für die Beine?«, fragte er, als sie die Türen zugeschlagen hatten.

Sie überhörten die Frage, und der Typ in der Mitte sagte nur »Stureplan«.

»Ja, dann fahren wir mal«, sagte Ibrahim.

Die Fahrgäste redeten über den Abend, welche Clubs sie besuchen wollten.

Ibrahim hörte nicht mehr hin und wendete. Er fuhr den Norr Mälarstrand geradeaus Richtung Rathaus. Sein Wagen fuhr am Regierungssitz Rosenbad und an der Oper vorbei. Am anderen Ufer des Strömmen lag das angestrahlte Schloss. Stockholm ist eine schöne Stadt, dachte Ibrahim. Am besten gefiel ihm die Västerbron. Er liebte es, abends von Södermalm nach Kungsholmen rüberzufahren und den Blick über die erleuchtete Stadt schweifen zu lassen. Morgen hatte er frei. Seine Tochter Mitra würde zum Mittagessen vorbeikommen, zu Hause in Tensta. Er und Fatima hatten sie seit einer Woche nicht gesehen, und er brannte darauf, zu hören, wie es ihr ergangen war. Wie wohl die Prüfung in Gesellschaftsrecht gelaufen war, vor der sie so nervös gewesen war?

Er schmunzelte, während sie am Grand Hôtel vorbeifuhren.

Vor Prüfungen war Mitra immer nervös. Und hinterher stellte sich heraus, dass sie die Bestnote bekommen hatte. In einem Jahr würde seine Tochter fertige Juristin sein, mit gutem Job und gutem Gehalt. Richtig schwedisch sein.

So, wie er, das war ihm seit Langem klar, es nie werden konnte, mit seinem gebrochenen Schwedisch. Mitras Schwedisch war perfekt.

Fatima und Ibrahim waren sich einig gewesen, dass sie nicht zusammen mit den anderen Einwandererkindern in Tensta zur Schule gehen sollte. Als sie in die Mittelstufe kam, haben sie alle Schulen in der Innenstadt durchtelefoniert und gebettelt und gefleht, ihre Tochter aufzunehmen.

Die Direktorin der Östermalmsschule, Ibrahim wusste noch, wie sie hieß – Agneta Lundskog –, hatte ihnen einen Termin gewährt. Eine Woche darauf war alles geregelt gewesen. Eine Sekretärin der Schule hatte angerufen, um ihnen mitzuteilen, dass ihre Tochter nach den Sommerferien willkommen war. Als sie ihr davon erzählten, hatte sie protestiert. Sie wollte mit ihren Freunden aus Tensta in eine Klasse gehen.

Aber Fatima und Ibrahim wussten, was das Beste für sie war. Jeden Morgen, wenn Ibrahim seine Nachtschicht beendet hatte, fuhr er sie in die Östermalmsschule in die Banérgatan. In der ersten Woche weinte sie während jeder Fahrt, wollte nicht aussteigen, wenn sie am Ziel waren. Ibrahim musste sie an die Hand nehmen und ins Klassenzimmer begleiten.

Doch schon nach ein paar Monaten hatte sie sich richtig gut eingewöhnt. Sie hatte neue Freundschaften geschlossen mit Mädchen, die Sophie, Alice und Nicole hießen. Mädchen, die im Stadtzentrum wohnten, Reit- und Klavierstunden nahmen und

Sommerhäuser in den Schären hatten. Manchmal übernachtete Mitra am Wochenende bei ihnen. Ibrahim schob Doppelschichten, um Mitra Swartlings Reitschule im Valhallavägen zu ermöglichen und die richtigen Kleider zu kaufen, Markenjeans und jeden Winter eine neue Jacke. Mitra wollte Klavier lernen, Tennis spielen.

Selbstverständlich, überhaupt kein Problem.

»Du verwöhnst sie«, hatte Fatima eingewandt.

Ibrahim hatte genickt, aber er liebte Mitra zu sehr, als dass er ihr etwas abschlagen konnte, das als normal galt in der Welt, in die sie sie gesteckt hatten. Seine Tochter sollte sich niemals und nirgends als Außenseiterin fühlen. Alles oder nichts. Andernfalls könnte sie genauso gut wieder in ihre Schule in Tensta zurück. Sollte Mitra in diesem Land eine Chance haben, musste sie schwedisch werden.

»Habt ihr gehört, was der widerliche Schweißer auf der Pressekonferenz gesagt hat?«

Der Mittlere war es, der redete, die beiden anderen schwiegen.

Er fuhr fort: »Und dieser Irrsinn geht weiter. Die Araber kommen immer noch zu Tausenden jeden Monat.«

»Letzte Woche hat dir doch im V eine Türkenbraut einen geblasen. Dafür kannst du dich bei dem Schweißer und den Sozen bedanken.«

Die drei Burschen lachten.

Ibrahim bog am Dramaten in die Birger Jarlsgatan. Der Verkehr stand beinahe still, wie üblich, sie kamen nur im Kriechtempo voran.

»Ich weiß, was du meinst.« Jetzt hatte der Typ hinter Ibrahim das Wort. »Guck dir doch an, wie die Vororte aussehen. Das ist ja nicht nur Rinkeby und die anderen Gettos, in denen Chaos herrscht, brennende Autos und Steine, die durch die Gegend fliegen. Mein Kollege ist letzte Woche am Karlaplan von einer Gang Molukken ausgeraubt worden. Mitten auf Östermalm. Die alte

Romson ist am schlimmsten. Obwohl sie zurückgetreten ist, nervt sie mich immer noch.«

»Romson, die Hure? Die müsste mal ordentlich durchgefickt werden«, meinte der Typ in der Mitte.

Erneutes Gelächter.

»Aber nicht von dir. Sie bläst nur Kanakenschwänze«, sagte der Kerl hinter Ibrahim.

Vor dem Riche wurden sie von einer roten Ampel gestoppt.

»Krass, wie voll das ist. Guck sie dir an, die Loser in der Schlange. Die stehen rum wie eine Herde Schafe. Ich würde mich hier nie in eine Schlange stellen. Total krank, wie sich manche Leute erniedrigen, um da reinzukommen.«

»Völlig verrückt. Aber im Ernst. Araber haben einen niedrigeren IQ als Europäer. Dazu gibt es Tests«, sagte der Typ in der Mitte.

»Araber? Ja, klar.« Der Kerl hinter Ibrahim kicherte. »He du, kannst du lesen?«

Ibrahim überhörte es. Doch dann tippte ihm einer der drei auf die Schulter.

»Hör zu, wir reden mit dir. Wie lange bist du schon hier?«

»Entschuldigung, ich habe nicht zugehört«, sagte Ibrahim sachlich. »Seit 1985.«

»Warum hast du kein anständiges Schwedisch gelernt?«

»Ich …«

Sie hörten nicht mehr zu, sondern äfften seine Aussprache nach.

»Neinzähnchundertfeeenfundachzich.«

Das versetzte ihm einen Stich. Ibrahim biss sich auf die Lippe. Am Svampen war Stau, die Autoschlange kroch nur langsam voran. Alles, was er wollte, war, dass sie ausstiegen und verschwanden.

Vor dem Seven Eleven am Stureplan hielt er an. Das Taxameter zeigte hundertachtundneunzig Kronen an. Der Typ in der Mitte reichte eine American Express Gold nach vorn und gab seinen Code in das Lesegerät ein. Ibrahim mied seinen Blick.

Die drei Männer stiegen aus und überquerten den Stureplan.

Ibrahim warf einen Blick auf den Rücksitz. Alle drei Corona-Flaschen lagen im Wagen und liefen aus, auf den Sitz, in den Fußraum. Er seufzte, stieg aus, betrat den Seven Eleven und holte Papierservietten. Dann machte er den Kofferraum auf, wo er die Putzmittel aufbewahrte.

Sie sind jung und betrunken, das ist alles, dachte er, während er sich ins Auto beugte und den Sitz sauber machte.

KAPITEL 7

Madeleine Winther saß auf ihrem Platz in der Redaktion und aß einen Apfel, während sie Mails mit Hinweisen von Lesern beantwortete und Belege sortierte, als die Chefredakteurin vom *Nyhetsbladet*, Anita Sandstedt, an ihrem Schreibtisch vorbeiging. Madeleine dachte auch jetzt wieder, dass ihre Chefin permanent nach einer Zigarette gierte, so sah sie jedenfalls aus. Als das *Nyhetsbladet* gegründet wurde, war Anita von ihrem Posten als Redaktionschefin bei der *Aftonposten* abgeworben und zur Chefredakteurin bei der erfolgreichen Start-up-Zeitung ausersehen worden. Da sie die Sechzig bereits überschritten hatte, spekulierten sowohl die Branchenmedien als auch ihre Mitarbeiter fleißig auf ihren Abgang.

»Meeting für alle in fünf Minuten«, sagte sie und ging weiter, ohne eine Antwort abzuwarten.

Madeleine war enttäuscht. Sie hatte gedacht, Anita würde Madeleines großen Auftritt heute Abend ansprechen und ein paar aufmunternde Worte sagen. Sie hatte immerhin eine richtige Sensationsmeldung an der Angel. Das musste ihr doch klar sein.

Nicht genug damit, dass sie mit dieser Geschichte viele Zeitungen verkaufen würden, wenn alles glattging, würde sie sogar den TV-Rekord des *Nyhetsbladet* schlagen.

Zum ersten Mal würde sie mit versteckter Kamera arbeiten. Madeleine hatte mehrere Tage darauf verwendet, Anita Sandstedt und Markus Råhde davon zu überzeugen, dass sie wie gemacht für diese Aufgabe war.

Auf dem Flur begegnete sie ihrem Freund und Kollegen Erik Gidlund, der in der einen Hand einen Kaffeebecher hielt und auf der anderen einen Stoß Zeitungen balancierte.

»Von diesen Meetings wird mir immer schlecht«, bemerkte er.

Madeleine nickte. Sie mochte Erik, er war einer der wenigen in der Redaktion, vielleicht auf der ganzen Welt, mit dem sie es interessant fand zu reden.

»Diesmal geht's bestimmt nicht um Kündigungen«, sagte sie.

»Nein, natürlich nicht. Vermutlich geht's um Hannah Löwenström. Kanntest du sie?«, fragte Erik.

»Nein, gar nicht. Ich habe nie mit ihr gesprochen, aber manchmal habe ich ihre Texte gelesen.«

»Was denkst du, wer das war? Nazis?«

»Keine Ahnung«, gab Madeleine zurück.

Erik blickte über den Nachrichtentresen.

»Ich mache Schluss für heute. Ich gehe mit ein paar anderen noch ins Dovas. Hast du Lust mitzukommen?«

»In diese Spelunke in der St. Eriksgatan?«

»Eigentlich ist es immer ganz nett da, das Bier ist günstig und so.«

»Nein, danke. Ich muss heute Abend arbeiten«, entgegnete Madeleine und wandte sich ab.

Sie wunderte sich ein bisschen darüber, dass Erik sie gefragt hatte, ob sie mitkommen wollte. Als sie neu gewesen war bei der Zeitung, war sie zwar oft mitgegangen zu den Kneipenrunden, um ihre Kollegen kennenzulernen, aber mittlerweile hatte sie sich seit über einem Jahr solchen Unternehmungen nicht mehr angeschlossen. Sie fühlte sich über derlei kindische Traditionen erhaben. Seit ihrer Festanstellung arbeitete sie in den gewöhnlichen Bürozeiten von Montag bis Freitag. Der heutige Abend, an dem sie ins Grand Hôtel sollte, war eine Ausnahme.

Die Chefredakteurin kam vom anderen Ende des Flurs und stellte sich an den Tresen.

»Dieses Meeting habe ich wegen Hannah Löwenström einberufen«, begann sie mit ihrer rauen Stimme. »Ihr sollt wissen, dass wir in der Redaktionsleitung die Sache sehr ernst nehmen. Und ich verstehe das, wenn es Kollegen gibt, denen dieser Vorfall Angst macht. Meine Tür steht offen, für alle, die reden wollen, jederzeit.«

Sie unterbrach sich und sah sich um. Einer aus der Anzeigenabteilung versuchte fahrig, sein klingelndes Handy stumm zu schalten. Anita schenkte ihm keine Beachtung und fuhr fort:

»Auch wenn die Polizei noch nicht beweisen konnte, dass der Mord an Hannah Löwenström mit ihrem Beruf zu tun hat, ist das kein Schuss ins Blaue. Für uns, die wir im Journalismus tätig sind, besteht kein Zweifel, dass in Schweden das Klima rauer geworden ist in den letzten Jahren. Wir alle erhalten fast täglich Drohungen. Deswegen übergebe ich das Wort jetzt an Roger.«

Madeleine hörte nur mit halbem Ohr hin, als der Sicherheitsbeauftrage der Redaktion, Roger Jansson, sich räusperte und zu erläutern begann, dass es wichtiger denn je war, mit den sozialen Medien maßvoll umzugehen. Die Journalisten des *Nyhetsbladet* durften unter keinen Umständen auf Twitter oder Instagram ihren Aufenthaltsort mitteilen. Es war strengstens untersagt, Unbefugten Zutritt in das Gebäude zu gewähren. Zu Hause sollten vor allem jene Kollegen, die Meinungsbeiträge oder für den Politikteil schrieben, auf fremde Autos in ihrer Nähe achten.

Nach dem Meeting kehrte Madeleine an ihren Platz zurück. Sie ging ins Intranet, um zu sehen, wer am Abend Chef vom Dienst war – Markus, natürlich. Madeleine hatte versucht, ihm aus dem Weg zu gehen, um sich keine müden Ausflüchte ausdenken zu müssen dafür, dass sie nicht mit ihm nach Prag fahren können würde.

Der Nachmittag zog sich. Zwei Stunden, bevor es so weit war, ins Taxi zu steigen, ging sie auf die Toilette, zog sich um und schminkte sich.

Ihr Herz hämmerte in ihrer Brust, als sie die Lobby des Grand Hôtel betrat. Sie trug ihre langen Haare offen, ein schwarzes Kleid mit Pailletten und hochhackige Valentinos.

Vor dem Spiegel auf der Toilette hatte sie sich einen Schönheitsfleck auf die rechte Wange gemalt. Der Oberkellner nickte, als sie »Forsman« sagte, und führte sie durch die laute, überfüllte Cadier Bar auf die verglaste Terrasse mit Blick auf das Schloss.

Madeleine blickte über den Strömmen und musste daran denken, wie sie in ihrem ersten Sommer, als sie beim *Nyhetsbladet* ihr Volontariat gemacht hatte, mehrmals stundenlang draußen vor der Bar gesessen und auf irgendeinen Popstar gewartet hatte. Alles, um eine einzige Frage zu stellen: »Was hältst du von Schweden?«

Sie war froh, dass ihr so etwas mittlerweile erspart blieb.

Staatsanwalt Leif Forsman war ein Mittfünfziger in dunklem Anzug mit grüner Krawatte. Über seinen grünen Augen thronten buschige, pechschwarze Brauen.

Der Oberkellner rückte den Stuhl zurück. Madeleine nahm Platz und schickte Forsman ein schüchternes, aber verführerisches Lächeln.

»Tut mir leid, ich bin zu spät«, sagte sie und legte sich die Serviette auf den Schoß.

In dem Moment, als sie das tat, bereute sie es auch schon wieder. Diese eingeübten Bewegungen passten nicht zu der Rolle, die sie spielen sollte.

»Kein Problem. Fangen wir doch mit einem Drink an«, schlug er vor.

Leif Forsman wandte sich an den Oberkellner und bestellte Madeleine, ohne zu fragen, einen Cosmopolitan. Für sich selbst bat er um einen trockenen Martini.

Als der Kellner wieder gegangen war, beugte er sich über den Tisch und grinste.

»Ich habe ein schönes Zimmer für uns gebucht.«

»Hier im Hotel?«, fragte Madeleine und machte große Augen.

Leif Forsman schüttelte den Kopf und nestelte am weißen Tischtuch.

»Nein, nicht hier. An einem diskreteren Ort. Nach dem Essen nehmen wir ein Taxi.«

»Das wird großartig.«

Leif Forsman lehnte sich zurück.

»Erzähl was von dir, Petra.«

»Wie ich schon geschrieben habe, studiere ich Politikwissenschaften«, begann sie.

»Du bist nicht aus Stockholm, hast du geschrieben?«, warf er ein.

»Nein, stimmt. Ich bin in Nyköping aufgewachsen.«

Sicherheitshalber hatte Madeleine überprüft, dass es an der Stockholmer Uni eine Studentin im Grundstudium gab, die Petra Lundblad hieß und aus Nyköping kam.

»Schön«, sagte Leif Forsman und nickte.

Madeleine wunderte sich, warum er das gut fand, aber beschloss, nicht nachzufragen. Sie verstummten, während die Bedienung ihre Drinks servierte. Leif Forsman hob sein Glas, und sie lächelte unsicher.

»Weißt du, wer ich bin?«, fragte er mit plötzlicher Härte in der Stimme.

Madeleine überlegte und entschied, weiterhin die ahnungslose Unschuld vom Lande zu spielen.

»Nein, aber das sollte ich vielleicht. Bist du Schauspieler oder so was? Du siehst irgendwie ... wichtig aus.«

Der Staatsanwalt lachte.

»Du bist ja lustig«, sagte er knapp.

Madeleine schwankte zwischen Caesar Salad mit Krabben und geräucherter Entenbrust mit Sojamayo und Minigurken an Zitronengrasmarinade. Schließlich entschied sie sich für den Caesar

71

Salad, während Forsman Dorsch mit Panko-Panade bestellte und dazu für sie beide eine Flasche Weißwein.

Madeleine entschuldigte sich und verschwand auf die Toilette. Sie spürte, wie er ihr mit dem Blick folgte.

Eine Pianistin spielte *Love Me Tender*, und noch mehr Gäste drängten in die Cadier Bar.

Auf dem WC ging Madeleine zuerst sicher, dass sie allein war, ehe sie ihr eng anliegendes Kleid glattstrich, den Ausschnitt etwas tiefer zog und überprüfte, dass die stecknadelknopfgroße Kamera da saß, wo sie sollte.

Noch hatte sie eine Stunde Konversation vor sich, ehe er in die Falle tappen würde; eine junge Frau im Grand Hôtel zum Abendessen und zu alkoholischen Getränken einzuladen, war nicht verboten. Gegen Bezahlung Sex mit ihr zu haben allerdings schon, und als Staatsanwalt war das besonders kompromittierend.

Um Leif Forsman dranzukriegen, musste sie ihn dazu bringen, vor der Kamera den Preis zu wiederholen, den zu bezahlen er bereit war, um mit ihr zu schlafen. Am Telefon hatte er ihn bereits genannt, und sie hatte das Gespräch auch aufgenommen.

Aber um einen richtigen Scoop zu landen, musste er es vor laufender Kamera sagen. Sie sah vor sich, wie die Bilder vom Grand Hôtel im Schwedischen Fernsehen SVT Rapport und in den Nachrichten auf TV4 gezeigt wurden.

Alle in der Branche würden erfahren, dass Madeleine Winther bewiesen hatte, dass einer der angesehensten Staatsanwälte Schwedens für Sex mit jungen Studentinnen bezahlte. Der Skandal würde unumstößlicher Fakt sein.

Es war fast zu schön, um wahr zu sein.

Zumal, da sich Leif Forsman Anfang 2000 in einem komplizierten Fall einen Namen gemacht hatte, bei dem es um die Zwangsprostitution von Mädchen aus Osteuropa gegangen war. Dass er die Zuhälter mit Erfolg hinter Schloss und Riegel gebracht hatte,

hatte ihn vor allem in feministischen Kreisen zum Helden gemacht. Da er Beamter war, und somit die schwedischen Bürger sein Gehalt zahlten, herrschte kein Zweifel, dass das *Nyhetsbladet* seinen Namen und sein Bild veröffentlichen würde.

Göran Höglund von den Sozialdemokraten, der als Abgeordneter im Parlament saß, sollte das gleiche Schicksal ereilen. Schlagzeile, Name und Bild. Vermutlich würde ihre Chefredakteurin bei dem dritten Freier zurückhaltender sein: Polizeiinspektor Henrik Eriksson. Er war keine Person, die in der Öffentlichkeit stand, auch wenn er ebenfalls mit Steuergeldern entlohnt wurde.

Madeleine rückte ein letztes Mal die Kamera zurecht und ging zurück.

Nach vier Monaten harter Arbeit würde sie endlich den größten Scoop des Jahres fix und fertig eintüten.

»Das sieht wirklich köstlich aus«, sagte sie mit funkelnden Augen, als das Essen gebracht wurde.

»So was kommt bei dir wohl nicht so oft auf den Teller, was?«, fragte Leif Forsman.

»Nein, absolut nicht«, gab sie zurück und lächelte verstohlen. »Meistens gibt es Nudeln mit Ketchup.«

Madeleine wurde langsam ungeduldig. Sie beugte sich vor.

»Ich habe das ja noch nie gemacht ... mich mit jemandem so zu treffen. Aber ich brauche das Geld«, wisperte sie.

Leif Forsman runzelte die Stirn und warf ihr einen unwirschen Blick zu.

»Darüber reden wir später«, herrschte er sie an und führte die Gabel zum Mund.

Madeleine lächelte, nun völlig ungeniert, sah ihm tief in die Augen und ließ ihre Hand unauffällig unter den Tisch gleiten, fand sein Knie und strich die Innenseite seines Schenkels hinauf.

Staatsanwalt Leif Forsman erstarrte, begann, schwer zu atmen, und schob ihr sein Becken entgegen.

»Was hast du gesagt?«, fragte sie.

Er legte das Besteck aus der Hand.

»Ich habe deine fünftausend Kronen«, sagte er.

Wenige Minuten später hatte Leif Forsman das Abendessen bezahlt, und sie verließen das Lokal durch den Haupteingang. Madeleine blickte sich suchend nach ihrem Fotografen Hampus Dahlström um, der mit Kamera und Mikrofon draußen warten und die Konfrontation verewigen sollte.

Er saß auf einer Bank auf der anderen Straßenseite. Madeleine nickte ihm zu. Hampus begann, in seiner Tasche zu kramen, holte ein Mikrofon mit gelbem Muff und dem Logo des *Nyhetsbladet* heraus, schulterte die Kamera und ging auf sie zu.

Leif Forsman fiel die Kinnlade herunter, als Hampus Madeleine das Mikrofon gab und die Kamera justierte.

»Leif Forsman. Ich heiße Madeleine Winther und bin Reporterin beim *Nyhetsbladet*. Hier drinnen«, sie wandte sich zum Haupteingang des Grand Hôtel um, »haben Sie versucht, für Sex mit mir zu bezahlen. Für fünftausend Kronen sollte ich mit Ihnen auf ein Hotelzimmer gehen …«

Sie streckte das Mikrofon vor und versuchte, Leif Forsmans Blick zu erhaschen. Der Staatsanwalt befand sich in einer Art Schockstarre. Er war kreideweiß im Gesicht, machte den Mund auf, machte ihn wieder zu, dann drehte er sich auf dem Absatz um und ging. Madeleine überlegte, ihm hinterherzulaufen, um ihn mit weiteren Fragen zu bombardieren, befand jedoch, dass es genug war.

Seine Karriere war ruiniert, ihre eigene dagegen hatte eben erst richtig Fahrt aufgenommen.

KAPITEL 8

Carl Cederhielm saß im Grand Hôtel und las Zeitung, wie jeden Samstag. Ein Mann in seinem Alter servierte Kaffee in einer Silberkanne und sprach ihn mit »mein Herr« an. Carl mochte es, wenn die Menschen höflich und respektvoll ihm gegenüber waren.

Er saß an einem Tisch mit Blick aufs Wasser. Die Sonne schien, es war ein schöner Tag. Um ihn herum aßen Freunde und Familien zusammen, ein friedliches Bild. Als Carl und Michael Kinder gewesen waren, war ihr Vater mit ihnen an den Wochenenden ins Grand Hôtel gegangen, obwohl keiner der beiden Brüder sonderlich versessen darauf gewesen war, so lange still zu sitzen. Seit dem Tod seines Bruders hatte Carl oft gedacht, er würde alles darum geben, um mit Bruder und Vater wieder so zusammenzusitzen. Obwohl sie im selben Haus wohnten, hatten Carl und sein Vater seit zwei Jahren nicht mehr gemeinsam zu Abend gegessen.

Er griff nach seiner Kaffeetasse.

Wenn sein Vater starb, würde Carl rund zweihundert Millionen Kronen in Aktien und Wertpapieren erben. Sicher, er würde tief und aufrichtig um seinen Vater trauern. Er liebte ihn. Aber die Demütigung, zu bitten und zu betteln, um seine Geschäftsidee in die Tat umsetzen zu dürfen, würde dann endlich vorbei sein. Carl hatte sich in seinem Leben mehr als genug erniedrigt und war auf den Knien gerutscht. Könnte er über die Gelder verfügen, wie er wollte, sie nach eigenem Gutdünken investieren, hätte sich der Betrag nach einem Jahr bereits verdoppelt, davon war er überzeugt.

Es fiel ihm schwer, sich beim Lesen zu konzentrieren. Die

Buchstaben hüpften vor seinen Augen auf und ab. Im Laufe der Jahre hatte er gelernt, wie er sie meistern, wie er sie bremsen konnte. Genau, wie er es mit dem Stottern getan hatte, das ihn in seiner Kindheit so sehr geplagt hatte.

Doch heute hatte er keine Energie, um sich mit den Buchstaben herumzuschlagen.

Er legte die Zeitung aus der Hand.

Carl hatte geglaubt, es wäre schwieriger zu töten – besonders wenn es sich um eine Frau handelte. Er hatte sich selbst herausfordern, das Schwierigste zuerst angehen wollen, deshalb hatte er beschlossen, mit Hannah Löwenström zu beginnen.

Auch deswegen hatte er es allein getan, die anderen beiden hatten so lange im Auto gewartet.

In Hannah Löwenströms Wohnung hatte er keine Sekunde gezögert. Ihr Verrat an Schweden war zu immens. Die Tatsache, dass er ihren Sohn zum Halbwaisen gemacht hatte, verdrängte er. Man musste die Dinge sachlich sehen.

Denn wie viele Leben hatte er gerettet, indem er sie umgebracht hatte?

Wie viele Frauen entgingen nun einer Vergewaltigung?

Wie viele junge Menschen weniger starben nun an einer Überdosis, weil kriminelle Gangs auf offener Straße mit Drogen dealten?

Und schon bald würde der nächste Journalist seine verdiente Strafe erhalten. Carl sah auf die Uhr – am Abend würden sie wieder zuschlagen. Anders Gustafsson, der Kommentare bei der *Aftonposten* schrieb, würde in seinem Treppenhaus hingerichtet werden.

Carl faltete die Zeitung zusammen, gab der Bedienung einen Wink, zahlte und gab die halbe Summe Trinkgeld. Auf der Treppe bat er einen Hotelangestellten in Livree, ihm ein Taxi zu rufen.

Zu Hause zog er sich um, Jeans und weißes T-Shirt, schnallte sich das Holster um und entschied sich für eine grüne Armee-jacke. Das Messer, das er am rechten Schienbein getragen hatte, legte er in die Schublade des Vertikos im Schlafzimmer.

Er ging die zwei Treppen zur Wohnung seines Vaters hinauf und öffnete die Tür.

Georg Cederhielm saß in der Küche und blickte konzentriert auf seinen Computer. Als Carl eintrat, sah er auf, ohne zu grüßen.

»Ich fahre zum Sommerhaus. Aber heute Abend bin ich wieder da«, sagte Carl.

Das Landhaus der Familie lag auf Djurö.

Georg seufzte, setzte die Lesebrille ab und legte sie vor sich auf den Tisch.

»Allein?«

Carl nickte.

»Vorhin war ich im Grand Hôtel und habe daran gedacht, wie du mich und Michael früher immer dorthin mitgenommen hast. Vielleicht können wir morgen Abend dort zusammen essen?«, sagte er dann.

Georg Cederhielm griff sich wieder seine Lesebrille, klappte die Bügel auf und schob sie sich auf die Nase. Er schüttelte den Kopf.

»Ich fliege nachher nach Zürich.«

»Und was machst du da?«

»Interessiert's dich wirklich, oder willst du nur Small Talk betreiben?«, fragte Georg Cederhielm matt.

Carl verstummte. Er war verunsichert. Sein Vater sah ihn an und senkte den Kopf, damit er ihn über den Rand seiner Brille hinweg mustern konnte.

»Als ich dir vor zwei Jahren die Wohnung gekauft habe, habe ich gedacht, das würde dich motivieren, etwas anzupacken. Nicht mehr wie ein Taugenichts rumzuhängen, eine Ausbildung anzufangen, dir eine Freundin zuzulegen. Nichts davon ist eingetreten. Du bist jetzt achtundzwanzig und immer noch eine Enttäuschung.«

Carl machte den Mund auf, wollte etwas sagen, machte ihn dann aber wieder zu. Sein Vater sah ihn fragend an.

»Hast du eine Antwort darauf, oder willst du nur dumm glotzen?«

»Eines Tages wirst du stolz auf mich sein. Das verspreche ich dir«, sagte Carl ruhig.

Georg Cederhielm schnaubte.

»Na, da sagst du aber was«, erwiderte er. »Wie zum Teufel soll das denn gehen?«

Carl verharrte ein paar Sekunden. Dann drehte er sich um und ging aus der Küche.

Carl fuhr zum Elektronikhandel Siba in Kungens Kurva. Vor dem Geschäft hatte die Western Union Bank eine mobile Filiale aufgemacht, damit die Araber Geld in ihre Heimatländer schicken konnten. Das war zum Haare Raufen, dachte Carl, alles war auf ihre Bedürfnisse abgestimmt. Selbst, wenn sie ihr Sozialgeld außer Landes schicken wollen, kommen wir ihnen entgegen.

Nicht nur die Regierung tat alles, um auf die Schweden zu spucken, sogar die Unternehmen hatten jetzt begriffen, wie sie mit den Steckenpferden der Sozen Geld verdienen konnten.

Carl beschloss, die Western Union zu boykottieren.

Bei Siba tummelten sich die Einwanderer, sie unterhielten sich lautstark, drängten sich in die Warteschlangen und benahmen sich generell unschwedisch und aggressiv. Es war widerlich. Manchmal wusste man nicht, ob man in Stockholm oder Bagdad war. Und ihre Kinder waren auch nicht so wie schwedische Kinder. Sie rannten durch den Laden, stritten sich und fingerten an der Ware herum. Sie nahmen keinerlei Rücksicht. In ein paar Jahren würden dieselben Kinder durch die Vororte ziehen, Polizisten und Sanitäter angreifen, Schweden ausrauben und Frauen begrapschen – wenn sie das alles nicht schon längst getan hatten.

Arabische und afrikanische Kinder, das wusste Carl, waren früher geschlechtsreif als nordische Kinder.

Er kaufte zwölf Handys ohne Vertrag und zahlte bar. Er war erleichtert, als er wieder aus dem Laden trat.

Eine Stunde später schloss er das Sommerhaus auf Djurö auf.

Zuerst ging Carl nach oben in den ersten Stock, um die Aussicht zu genießen. Es war wirklich ein schöner Tag. In der Bucht war es vollkommen windstill, in der Fahrrinne hinter der Insel kreuzte eine Fähre. Bald würden die Wellen die Bucht erreichen. Wenn das hier vorbei war, wenn die Verräter ihre Strafe erhalten hatten, würde er wieder anfangen zu segeln. Aber das musste warten. Die Pflicht ging vor. Er musste sich konzentrieren, es blieben nur noch wenige Stunden, bis Anders Gustafsson von der *Aftonposten* seine rechtmäßige Strafe erhalten würde.

Carl folgte der Fähre mit dem Blick, dann setzte er Kaffeewasser auf und stellte Tassen auf den Tisch. Dann holte er die Tüte mit den Mobiltelefonen, nahm sie aus ihren Schachteln und legte sie dazu. Als er drei Stapel aufgeschichtet hatte, hörte er ein Auto und sah durchs Fenster. Sie kamen in Lars' schwarzem SAAB 9–3.

Er beobachtete, wie Lars Nilsson und Fredrik Nord ausstiegen und auf das Haus zugingen.

Fredrik Nord war fünfundzwanzig, groß und muskulös. Carl erinnerte sich daran, wie er vor zweieinhalb Jahren ausgesehen hatte. Zu dem Zeitpunkt war Fredrik erst seit ein paar Monaten von seinem Einsatz in Afghanistan zurück. Er war ein Wrack, abgemagert, als wäre er in einem Gefangenenlager gewesen. Er hatte dunkle Ringe unter den Augen und eine gelbstichige Haut. Fredrik hatte an einer schweren posttraumatischen Störung gelitten und wurde von Selbstmordgedanken gequält. Auf jedes noch so leise Geräusch hatte er mit einer extremen Reaktion geantwortet und war deshalb krankgeschrieben. Schweden hatte ihm, trotz allem, was er für sein Land getan hatte, den Rücken gekehrt, hatte ihm lediglich eine Einzimmerwohnung in irgendeinem Vorort zugeteilt, wo er langsam, aber sicher zugrunde gegangen war, bis er Carl getroffen hatte.

Carl wusste, dass er Fredrik das Leben gerettet hatte.

Lars Nilsson war über zwanzig Jahre älter als Fredrik und einen halben Kopf kleiner. Sein Schädel war fast kahl. Nach dem Verlust seiner Frau war auch er ein paar Jahre lang haltlos umhergeirrt, ehe er bei *Flashback* auf Carl getroffen war.

Nach ein paar Monaten hatten sie sich in einem Café auf Ekerö verabredet.

Genau wie Fredrik hatte Carl auch ihm eine Aufgabe und seinem Leben einen neuen Sinn gegeben, ihm allmählich seine Menschenwürde zurückgegeben.

Fredrik und Lars konnten beide mit Waffen umgehen, waren fähige, rechtschaffene Männer, die alles gaben, wenn es darauf ankam.

Carl machte ihnen die Tür auf, begrüßte sie knapp, und ohne viele Worte ließen sie sich in der Küche nieder.

Lars begutachtete die Mobiltelefone auf dem Tisch.

»Was machen wir mit den alten?«, wollte er wissen und fischte ein gleiches Modell aus seiner Jeanstasche.

»Weg damit. Wir wechseln die Handys nach jeder Aktion«, entgegnete Carl.

»Gut. Fredrik hat erzählt, dass du Wilddrude gefunden hast«, sagte Lars.

Carl mochte es nicht, wenn die anderen über ihn redeten, wenn er nicht dabei war. Davon wurde ihm übel.

»Weißt du jetzt, was du mit ihm machen willst?«, erkundigte sich Fredrik.

»Eigentlich ist es ganz einfach«, begann Carl. »Bringen wir Politiker um, stärken wir damit ihre Parteien. Ich weiß nicht, wie es euch geht, aber ich will in diesem Land nicht dazu beitragen, den Einfluss der Sozialdemokraten zu stärken. Und wenn wir ganz normale Leute umlegen, bringen wir die Bevölkerung gegen uns auf. Deswegen lassen wir Wilddrude erst mal in Ruhe.«

»Wir können den Kulturfuzzis doch einen Schrecken einjagen, indem wir zum Gegenschlag ausholen«, meinte Lars und machte eine weltmännische Geste. »Die sind es doch, die uns ausnutzen und vergewaltigen.«

Diese Diskussion hatten sie nicht zum ersten Mal. Carl beschloss nichtsdestotrotz, sich in Geduld zu üben. Das war jetzt nicht der richtige Zeitpunkt, um aus der Haut zu fahren.

»Ich will nichts lieber als Vergeltung, um zu zeigen, dass wir Schweden uns verteidigen können. Aber das ist nicht der richtige Weg. Ein toter Parasit mehr oder weniger spielt keine Rolle. Diejenigen, die diesem Wahnsinn, dem wir tagtäglich ausgesetzt sind, den Weg geebnet haben, sitzen in der Medienbranche. Sie haben die Bevölkerung mit ihren Lügen jahrelang in die Irre geführt und die Politiker unter Druck gesetzt. Diese Journalisten wohnen in weißen und sicheren Gegenden und haben bislang gedacht, sie können nachts ruhig schlafen. Wenn wir ihnen aber zeigen, dass sie aus ihren Lügen die Konsequenzen ziehen müssen, dann lügen sie auch nicht mehr. Und diese ganze Irreführung hat ein Ende. Das ist schon alles, keine große Hexerei«, sagte Carl.

Lars und Fredrik wirkten zwar schon überzeugt, aber zur Sicherheit fuhr er fort.

»Die Meinung, dass Journalisten Abschaum sind, ist weit verbreitet. Es gibt Leute, die stehen hinter uns, und das soll auch so bleiben. Gleichzeitig kriegen es die anderen Journalisten mit der Angst zu tun, und sie überlegen zweimal, was sie schreiben.«

Sie schwiegen eine Weile, dann räusperte Carl sich.

»Anders Gustafsson von der *Aftonposten* war jahrelang unübertroffen in seinem Eifer, die Schweden und die schwedische Kultur herabzusetzen. Er ist der renommierteste Kommentarschreiberling der Zeitung. Tausende lesen seine Texte. Das Schwein ist indirekt verantwortlich für mehrere Gruppenvergewaltigungen und Morde an Schweden, die sich nicht gegen die Täterhorden zur Wehr setzen konnten, die Gustafsson unbedingt im Land haben will. Und heute Abend rächen wir sie«, sagte Carl und nickte in Lars' Richtung.

»Anders Gustafsson geht heute Abend ins Restaurant Tennstopet«, begann Lars sachlich. Er zog die Nase hoch, ehe er fortfuhr. »Er ist jeden Samstag da, es sei denn, die Kinder sind bei ihm. Nach der Sperrstunde geht er zu Fuß nach Hause in seine Wohnung in der Västmannagatan. Und da schlagen wir dann zu ... genau wie geplant.«

»Gut«, sagte Carl. »Dann schreib mir eine SMS, sobald Gustafsson das Tennstopet verlässt.«

Fredrik Nord spielte an seiner Makarov herum. Gelegentlich nahm er die acht Patronen aus dem Magazin und steckte sie wieder zurück. Lars hatte per SMS bestätigt, dass Anders Gustafsson im Tennstopet war. Die Sache würde also laufen, Carl konnte aufatmen. Es war halb zwölf, das Lokal machte um eins zu. Jetzt mussten sie nur noch warten.

Eine Streife fuhr mit heulender Sirene am Odenplan vorbei.

»Ich mache das«, sagte Fredrik plötzlich.

Carl, der vom Fahrersitz aus die Fassade auf der gegenüberliegenden Straßenseite im Blick gehabt hatte, sah ihn fragend an.

»Okay«, gab er überrascht zurück. »Und wieso?«

Fredrik nahm das Magazin wieder heraus und schüttelte die Patronen in die Hand.

»Als ich in Afghanistan war, hat Anders Gustafsson einen Artikel geschrieben, den ich nie vergessen werde. Ich habe ihn einen Tag, nachdem sich ein Selbstmordattentäter auf einem Markt in Kabul in die Luft gejagt hatte, gelesen. Zwanzig Tote.« Fredrik unterbrach sich und sah einer Frau in rotem Mantel hinterher. »Ich und drei andere schwedische Soldaten wären um ein Haar bei der zweiten Explosion draufgegangen. Die machen das ja oft so, wie du vielleicht weißt. Zuerst sprengt sich einer in einer Menschenmenge in die Luft. Wenn dann die Rettungsarbeiten in vollem Gange sind, kommt der zweite Idiot und drückt ab.«

Carl schwieg. Er hatte keine Ahnung, wie Selbstmordattentäter vorgingen.

»Gustafsson hat uns so dargestellt, als hätten wir es genossen, dort zu sein. Als wären wir irgendwelche blutrünstigen Machos, die Spaß am Töten haben. Dieser dreckige Wichser. Der hat doch keine Ahnung, was wir durchgemacht haben. Er saß da oben auf seinem Schreibtischstuhl in Sicherheit und hat rumfantasiert«, sagte Fredrik und zeigte auf das Haus gegenüber.

»Solche Leute wie Gustafsson setzen doch nie auch nur einen Fuß in die Wirklichkeit, die sind viel zu feige dafür«, sagte Carl.

Fredrik lachte auf. Es war ein heiseres, kurzes Lachen.

»Habe ich erzählt, dass wir unsere schusssicheren Westen selbst bezahlen mussten? Das stimmt wirklich. Die alten waren zu unpraktisch, die Schützen im Turm auf dem Panzer konnten sich nicht ducken, weil die Kanten der Westen zu sperrig waren. Und die Nachtsichtgeräte waren uralt und haben nicht mehr funktioniert.« Fredrik holte tief Luft. »Ich hätte nicht gedacht, dass es mal so weit kommt, aber Menschen wie Anders Gustafsson verdienen es nicht, zu leben.«

»Pazifisten wie Gustafsson glauben, dass man den Feind zu Tode umarmen kann. Die sollten lieber ihn, Mona Sahlin und Åsa Romson nach Afghanistan schicken.«

Carl glaubte, sein Scherz würde Fredriks Laune aufhellen, aber sein Kamerad ließ nur das Magazin mit einem Klicken in die Pistole einrasten.

»Die Flüchtlingsbastarde werden versorgt, kriegen psychologische Hilfe und Wohnungen. Die sind ja so arm dran. Ich habe nur ein Rezept für Angstlöser gekriegt. So sah die Hilfe für mich aus. Der Psychotherapeut, bei dem ich war, hat mir nicht geglaubt, was ich erlebt habe. Die verdammten Erinnerungen haben mich richtig fertiggemacht. Ich habe zweimal versucht, mich umzubringen. In den ersten Monaten bin ich mit einer Handgranate in der Tasche auf dem Gullmarsplan herumspaziert. Ich bin ja so froh, dass ich dich kennengelernt habe, sonst wäre ich jetzt nicht mehr hier, glaube ich.«

Carl spürte, wie das Mitgefühl ihn übermannte. Er streckte die Hand aus und klopfte Fredrik auf die Schulter.

»Kein schwedischer Soldat soll jemals wieder das durchleiden müssen, was du durchlitten hast. Wir kämpfen gegen eine Besatzungsmacht. Es gelten die Kriegsgesetze.«

Kaum hatte Carl den Satz beendet, meldete sich sein Mobiltelefon mit einem Pling.

»Ich gehe nach Hause«, schrieb Lars in seiner SMS. Das hatten sie als Zeichen vereinbart, wenn Anders Gustafsson das Tennstopet verlassen hatte.

Fredrik sah Carl erwartungsvoll an.

»Es ist so weit«, sagte Carl.

Sie versicherten sich, dass die Straße verlassen war, stiegen aus dem Auto, eilten zum Hauseingang und tippten den Türcode ein: 2004. Das Licht im Treppenhaus ging automatisch an, als sie eintraten.

Sie zogen ihre Sturmhauben auf und postierten sich zu beiden Seiten der Haustür.

Nach einer Minute lag das Treppenhaus wieder im Dunkeln.

KAPITEL 9

August Novak saß in dem spartanisch möbliertem Wohnzimmer seines Chefs Vladimir Ivanov. Vladimir zielte mit seiner Pistole auf Augusts Brust. Andrei Pulenkov konnte nur schwer verbergen, dass ihn die Situation amüsierte, und ging hektisch hinter August auf und ab.

Sie hatten auf ihn gewartet. Sobald er zur Tür hereingekommen war, hatte Vladimir seine Waffe gezückt, während Andrei ihm mit ausgestreckter Hand bedeutet hatte, August solle seine Smith & Wesson rausrücken.

Zuerst hatte August geglaubt, es handele sich um einen von Vladimirs eigenartigen Scherzen. Aber als der Russe nach dreißig Sekunden seine Waffe immer noch nicht gesenkt hatte, zückte August in Zeitlupe seinen Revolver und legte ihn auf Andreis Hand.

»Was wird das hier, Vladimir?«, fragte August ruhig.

Der Russe schwieg beharrlich. Andrei baute sich vor August auf.

»Stell dich nicht dumm, du weißt, worum es geht«, sagte er.

August suchte Vladimirs Blick, der jedoch fixierte die Wand hinter ihm.

»Jaime Mendoza kommt nach Vallenar. Er will, dass wir denjenigen finden, der über sein Heroin gequatscht hat. Und die Mendozas sind nicht unser einziges Problem. Andrei glaubt, dass, wer auch immer der Polizei das Heroinversteck verraten hat, sie beim Valparaiso-Treffen auch auf uns hetzen wird«, erklärte der Russe.

August rang um Fassung.

»Und warum bin ich dann hier?«, fragte er.

»Weil du der Einzige bist, der den Mendozas was anhängen will«, sagte Andrei.

August musste lachen. Die anderen beiden musterten ihn, ohne eine Miene zu verziehen.

»Ist das euer Ernst?«

»Ich hab gestern mit Jaime Mendoza geredet. Die haben dich überprüft. Du ...«

Vladimir hob eine Hand, und Andrei verstummte abrupt.

»Als ich mit Andrei letzte Woche in Kolumbien war, was hast du da gemacht?«, fragte Vladimir.

»Ich war mit Valeria zusammen.«

»Ilja hat gesagt, er hat dich die ganze Woche nicht gesehen«, warf Andrei ein.

»Das stimmt. Ich habe mich erst am Nachmittag, bevor ihr gelandet seid, wieder mit ihm getroffen«, entgegnete August, den Blick auf Vladimir geheftet. Er hatte beschlossen, Andrei zu ignorieren.

»Erzähl mir, was du gemacht hast, als ich weg war«, sagte Vladimir.

»Soll ich für jeden einzelnen Tag Rechenschaft ablegen?«, fragte August.

»Ganz genau.«

Andrei legte sein Mobiltelefon auf Augusts Armlehne, um aufzunehmen, was er sagte. August dachte kurz nach, ehe er Luft holte und begann.

Sie ließen ihn erzählen, ohne ihm ins Wort zu fallen.

»Das war alles«, schloss er.

»Und jetzt ...«, sagte Andrei.

August stöhnte auf.

»... muss ich alles rückwärts erzählen, ich weiß, Andrei. Aber selbst wenn ich alles erfunden hätte, könnte ich das. Die Welt hat sich weitergedreht, seit mutige Typen wie du in den Achtzigern in Afghanistan Kinder vor den Augen ihrer Mütter in die Luft gesprengt haben. In der Fremdenlegion war ich bei den Fallschirmjägern, wie du vielleicht weißt. Da haben wir die Hälfte der Zeit damit verbracht, zu trainieren, wie man lügt, falls was nach hinten losgehen sollte und wir gefangen genommen werden würden.«

»Was hast du zu mir gesagt?«, brach es aggressiv aus Andrei heraus.

»Dass mich keine Männer beeindrucken, die damit prahlen, Frauen gefoltert zu haben.«

Andrei holte aus, um zuzuschlagen, aber Vladimir hielt ihn zurück.

»Auf die Rückwärtsversion können wir verzichten«, sagte Vladimir, an August gewandt. »Erzähl lieber, was zwischen dir und den Mendozas in Kolumbien passiert ist.«

»Auch die Hintergründe?«, fragte August.

Vladimir nickte.

»Das weißt du doch alles. Ich habe für Blackwater gearbeitet, die heißen inzwischen Academi. Unsere Aufgabe war es, die Kolumbianer im Kampf gegen die Kokainkartelle zu unterstützen. Ich war in Cartagena stationiert. Zusammen mit der DEA und kolumbianischen Sicherheitskräften haben wir das Lager der Mendozas unweit des Hafens gestürmt. Dabei haben wir einen Cousin von unserem Freund Jaime umgelegt ...«

»Drauf geschissen. Erzähl, was Mendoza gemacht hat«, sagte Andrei gereizt.

»Drei Tage später folgte die Vergeltung. Sie haben zwei DEA-Agenten und vier Beratern von Blackwater die Kehle durchgeschnitten und ihre Köpfe in mexikanischer Manier im Foyer des Marriott-Hotels in Bogotá entsorgt.«

»Die getöteten Männer waren also deine Kollegen?«, fragte Vladimir tonlos.

August entschied sich, so ruhig und sachlich wie möglich zu antworten.

»Ja, alle vier. Bevor wir nach Kolumbien geschickt worden sind, waren wir schon in Bagdad zusammen im Dienst.«

»Warum haben sie dir nicht den Hals umgedreht?«, fragte Vladimir.

»Weil ich nach dem Zugriff auf das Lager meinen Bericht abgeliefert habe und mit offizieller Genehmigung mit Valeria nach Havanna gefahren bin. Als ich zurückgekommen bin und erfahren habe, was passiert war, habe ich dein Angebot angenommen und bin nach Chile gekommen, um für dich zu arbeiten.«

»Warum hast du das getan?«, wollte Vladimir wissen.

»Das Land verlassen? Wäre ich in Kolumbien geblieben, hätte man am Ende irgendwo Valerias und meine Leiche gefunden. Die Alternative wäre gewesen, nach Schweden zurückzukehren, aber da werde ich von der Polizei gesucht.«

»Warum hast du mir nichts davon gesagt, dass sie deine Kollegen umgebracht haben?«, fragte Vladimir.

»Ich hielt das nicht für relevant. Was ich auch immer noch nicht tue. Außerdem dachte ich, du wüsstest das. Du überlässt doch sonst nichts dem Zufall.«

Vladimir sah ihn an und nickte bedächtig.

»Wen hast du heute bei der Fabrik angerufen?«, fragte Andrei, der von Vladimirs Reaktion enttäuscht zu sein schien.

August seufzte.

»Meine Mutter. Ich weiß nicht, ob sie noch am Leben ist, ich habe vor zehn Jahren das letzte Mal mit ihr gesprochen. Kannst du jetzt endlich die Pistole runternehmen?«, sagte er, an Vladimir gewandt.

»Noch nicht«, gab er knapp zurück. »Warum hast du sie ausgerechnet heute angerufen?«

Vladimir hielt die Pistole mit seiner Rechten, der Finger lag nicht am Abzug. Die Linke ruhte im Schoß. Keine zwei Meter Abstand. Hätte er einen Meter näher gesessen, hätte August vielleicht eine Chance gehabt, die Pistole zu erreichen. Aber so war es aussichtslos.

Sein Chef wiederholte die Frage. August erwog, die Wahrheit

zu sagen, dass Valeria schwanger war, aber verbannte den Gedanken aus seinem Kopf.

»Ich weiß es nicht, aus irgendeinem Grund musste ich an Schweden denken.«

»Nach zehn Jahren?«, sagte Vladimir skeptisch. »Einfach so?«

August nickte.

»Ich habe nie und werde auch nie mit der Polizei oder sonst wem über deine Geschäfte reden. Du hast dein Wort gehalten und mir ein halbes Vermögen dafür gezahlt, damit ich dein Leben beschütze. Vor drei Minuten hätte ich dieses Versprechen brechen und dich umbringen können, das wissen wir beide.«

Andrei grinste ihn spöttisch an.

»Ach ja? Und wie hättest du das wohl gemacht?«, fragte er und sah abwechselnd Vladimir und August an.

»Ohne es zu merken, hast du, du Trottel, dich in seine Schusslinie gestellt, als ich dich provoziert habe. Ich hätte dich k.o. geschlagen, deinen Körper als Schutzschild verwendet und unbeschadet Vladimirs Waffe an mich genommen. Zumindest wären die Chancen fifty-fifty gewesen. Deshalb hat er dich auch daran gehindert, mir eine runterzuhauen, nur hast du das nicht kapiert.«

Andrei stieg die Röte ins Gesicht, aber er sagte nichts. August wandte sich an Vladimir.

»Sind wir jetzt bald fertig mit diesem Spielchen?«

»Noch nicht«, gab Vladimir zurück. »Es gibt da noch etwas, das du für mich tun musst, danach ist die Sache aus der Welt.«

KAPITEL 10

Um zehn vor drei in der Nacht winkten zwei junge Männer vor der Spy Bar Ibrahim Chamsais Auto heran.

Hinter ihnen herrschte das reine Chaos. Die Türsteher des Clubs hatten alle Hände voll damit zu tun, die Besucher zurückzudrängen, die eingelassen werden wollten. Die Leute schrien und schubsten. Ein Mann stand vorgebeugt an einem Baum und kotzte. Eine Mädchenclique saß auf dem Gehweg, eines von ihnen weinte, schüttelte den Kopf und fuchtelte herum, während ihre Freundinnen sie zu trösten versuchten. Ibrahim hielt am Straßenrand, um sie nicht anzufahren.

Hinter ihm hupte ein wütender Autofahrer. Ibrahim ließ die Scheibe auf der Beifahrerseite herunter und beugte sich rüber.

»Wir wollen nach Åkersberga«, sagte der Typ.

Das war eine einträgliche Fahrt, Ibrahim nahm sie an.

»Sagen wir fünfhundert Kronen? In bar.«

Ibrahim winkte ab.

»Nein, ich fahre mit Taxameter.«

»Warte, ich frage meinen Kumpel.«

Der Mann ging zu seinem Freund zurück und zeigte auf das Taxi. Der andere wirkte stark angetrunken. Nach kurzer Diskussion stiegen sie ein und setzten sich auf die Rückbank. Ibrahim musterte sie im Rückspiegel.

Sie konnten genauso gut am Ziel abhauen, ohne zu zahlen.

Das kam jeden Monat ein paarmal vor. Besonders an den Wochenenden.

Vor ein paar Jahren hatte er in Rågsved die Verfolgung eines Zechprellers aufgenommen, was damit geendet hatte, dass er

Ibrahim das Nasenbein gebrochen hatte. Außerdem hatte er Ibrahims Brieftasche mit dem Wechselgeld gestohlen.

Danach war Ibrahim kurz davor gewesen, es vielen anderen Kollegen gleichzutun, den Arbeitgeber zu wechseln und bei Uber anzufangen, obwohl Uber schlechter zahlte. Bei Uber wurden sämtliche Fahrgäste über ihre Kreditkarten registriert. Fahrer und Kunden bewerteten sich gegenseitig, unverschämte Kunden bekamen kein Taxi, und der Fahrer musste nicht mit dem ganzen Bargeld durch die Gegend fahren, da die Bezahlung über Kreditkarte abgewickelt wurde.

Aber Ibrahim war Taxi Stockholm schon seit über zwanzig Jahren treu, und nachdem er länger darüber nachgedacht hatte, entschied er sich dafür, zu bleiben. Er hatte daraufhin lediglich ein Schild im Auto angebracht, dass der Innenraum videoüberwacht war. Das stimmte zwar nicht, aber er glaubte, dass es eine abschreckende Wirkung hatte. Außerdem hatte er Fatima versprechen müssen, nicht mehr hinterherzusetzen, wenn sich ein Fahrgast aus dem Staub machte.

»Lass sie laufen. Natürlich ist das ärgerlich, aber es ist wichtiger, dass dir nichts passiert. Denk dran, du wirst langsam alt«, hatte sie gesagt.

Und natürlich – Fatima hatte recht. Ibrahim war alt, im April wurde er vierundsechzig. Was sollte er tun, wenn er den flüchtenden Fahrgast einholte? Sich wie ein Zwanzigjähriger mit ihm prügeln? Nein, wenn der Kunde nichts zahlte, konnte er nichts dagegen machen.

Ibrahim schämte sich, weil er zugelassen hatte, dass die Angst ihn übermannte. Es war so demütigend, durchs Leben zu gehen und Angst zu haben, eigentlich war das noch schlimmer, als hilflos zuzusehen, wie sie wegrannten. Aber Ibrahim konnte nicht anders, er verfiel in Schockstarre bei dem Gedanken, niedergerungen und getreten, vielleicht sogar mit einem Messer bedroht zu werden.

Mehreren Kollegen war das schon passiert, und vor einigen Jahren war einem Taxi-Kurir-Fahrer draußen in Hammarbyhöjden der Bauch mit einem Stilett aufgeschlitzt worden, als er ein paar Teenager verfolgt und eingeholt hatte.

Der Kollege hatte Glück gehabt und überlebt, aber danach aufgehört, Taxi zu fahren. Wie es mit ihm weitergegangen war, wusste Ibrahim nicht.

Bei Albano war wenig Verkehr, die meisten fuhren stadteinwärts. Ibrahim nahm die Gesichter seiner Fahrgäste nur schemenhaft wahr. Keiner von ihnen hatte gesprochen, seit sie das Chaos vor der Spy Bar hinter sich gelassen hatten. Ibrahim dachte, es wäre das Beste, freundlich zu sein und zu reden. Er drehte den Kopf leicht Richtung Rückbank.

»Hattet ihr einen schönen Abend, Jungs?«, fragte er.

»Klar, es war superlustig.«

Der Typ hinter dem Fahrersitz antwortete, er war es auch gewesen, der Ibrahim herangewunken hatte.

»Nächste Woche soll es wieder schön werden, sagen sie.« Ibrahim machte eine Geste Richtung Scheibenwischer, die beharrlich arbeiteten. »Ich habe diesen Regen satt.«

»Ja, ich auch.«

Der junge Mann gähnte. Der andere schwieg noch immer. Ibrahim versuchte, die Unterhaltung in Gang zu halten.

»Was machst du so? Studierst du?«

»Nein, ich tu eher wenig. Ein bisschen arbeiten. Aber es ist gar nicht so einfach, einen Job zu finden.«

Ibrahim versuchte, den Blick des Typen im Spiegel einzufangen.

»Ja, die jungen Leute müssen ewig auf eine feste Anstellung warten. Wie sollt ihr da eine Wohnung finden und eine Familie gründen? Nein, ich sehe das genauso wie du. Vielleicht kannst du so lange studieren? Studieren ist immer gut. Meine Tochter Mitra geht an die Uni hier in Stockholm. Sie wird Juristin.«

»Schön für sie«, gab der junge Mann zurück.

Die Konversation verebbte. Seine Fahrgäste waren offenbar nicht an einer Unterhaltung interessiert. Ibrahim blieb nichts anderes übrig, als es zu akzeptieren, auch wenn er sich immer gern unterhielt – nicht nur dann, wenn er nicht recht wusste, was seine Fahrgäste im Schilde führten.

Als er den Norrtäljevägen Richtung Åkersberga verließ, hörte er, dass sich der schweigsame Fahrgast rührte. Suchte er nicht etwas in seinen Taschen? Was sollte Ibrahim tun, wenn er ein Messer zog und es ihm an die Kehle drückte?

Hör doch auf, dachte Ibrahim, du wirst langsam paranoid.

Aber er fand das Schweigen unbehaglich. Bedrohlich.

»Soll ich die Heizung aufdrehen?«, fragte er, hauptsächlich, um das Schweigen zu brechen.

»Egal.«

Am Golfplatz fragte er, wo in Åkersberga er sie absetzen sollte.

»Ich sage Bescheid, fahr einfach weiter, Richtung Zentrum«, sagte der Kerl hinter ihm.

Ibrahim holte tief Luft. Seine Unruhe wuchs, und er schämte sich für seine Feigheit und Unmännlichkeit. Aber er konnte nichts machen. Was sollte er denn tun, sie bitten, vor dem Ziel aus seinem Taxi zu steigen?

Es ist bestimmt nichts, redete er sich ein. Wenn man nicht mal mehr seinen Mitmenschen vertraute, wohin sollte das noch führen? Wenn er in Schweden etwas gelernt hatte, dann, dass man den Menschen vertrauen konnte. Und in ein paar Minuten würde er schon auf dem Rückweg sein, nach Hause zu seiner Frau, zu seinem Bett.

Wenn er ein paar Stunden geschlafen hatte, würde wie immer Mitra hereinkommen und sich auf seine Bettkante setzen, ihn an der Schulter wachrütteln und ihm einen guten Morgen wünschen, obwohl es Mittag war.

Dann würde sie von ihrer Prüfung, ihrer Woche und ihren Freunden erzählen und sich mit Fatima über eine Fernsehserie austauschen, die sie beide verfolgten. Ibrahim würde im Wohnzimmersessel sitzen, süßen Tee trinken, ihnen zuhören und das Leben schön finden. Gelegentlich würde er eine Frage einwerfen, über die sie lachen würden. Ibrahim zuckte zusammen, als sich der Fahrgast hinter ihm plötzlich nach vorn beugte und den Arm ausstreckte.

»Im Kreisel rechts«, diktierte er.

Sie fuhren an einer Tankstelle vorbei und querten die Gleise der Roslagsbanan. Das Zentrum von Åkersberga war menschenleer.

»Hier irgendwo kannst du halten«, sagte der Kerl.

Ibrahim spannte jeden Muskel an, fuhr an den Straßenrand, sog die Luft ein und zog die Handbremse an. Er warf einen Blick auf das Taxameter und griff nach dem Kartenlesegerät, während er sie über den Rückspiegel im Auge zu behalten versuchte.

Sie erwiderten seinen Blick.

»Das macht tausendvierundvierzig Kronen. Mit Karte, nehme ich an?«, sagte er und streckte seinen Arm zwischen Fahrer- und Beifahrersitz hindurch, um ihnen das Gerät zu reichen.

Einer von ihnen packte ihn am Handgelenk und riss seinen Arm so abrupt nach hinten, dass er das Kartenlesegerät fallen ließ.

KAPITEL 11

Der Beitrag mit dem völlig am Boden zerstörten Staatsanwalt Leif Forsman wurde in allen Nachrichtensendungen gebracht: im TV4 in den Nyheterna, im SVT in Rapport und Aktuellt, in den Morgenmagazinen, im Radio, im Netz. Forsman trat noch am selben Tag zurück, an dem der Artikel auf Nyhetsbladet.se veröffentlich wurde.

Madeleine Winther bekam anerkennende Briefe und Mails von Lesern aus dem ganzen Land. Zahlreiche Studentinnen meldeten sich bei ihr, um zu berichten, dass sie von dem Staatsanwalt und von dem sozialdemokratischen Göran Höglund, der im Parlament saß, für Sex bezahlt worden waren. Madeleine dankte ihnen für ihre Nachrichten. Sie hatte ihren Job erledigt. Seit sie sich als Studentin Petra ausgegeben hatte, die Sex gegen Bezahlung anbot, hatte sich alles in ihrem Leben darum gedreht, die Sexkäufer zu überführen.

Zwei Tage später fühlte sich alles leer an.

Das Leben war wieder trist und ohne Sinn.

Markus Råhde rief sie pausenlos an und sagte, er wolle über die Arbeit reden, aber Madeleine wusste, dass er wegen dieser Reise eine Antwort von ihr ersehnte. Sie wehrte seine Anrufe ab unter dem Vorwand, dass sie mit ihrem Vater zusammen war. Doch schon bald würde er wohl vor ihrer Tür stehen. Er war einer von der Sorte, die so etwas machten. Er hoffte wohl, sie würde das als romantische Geste verstehen. Je unnahbarer sie sich gab, desto aufdringlicher wurde er.

Madeleine lag zu Hause in ihrem Bett und starrte an die Decke, als Erik Gidlund ihr eine SMS schickte. Sie las seine Nachricht und seufzte. Er fragte, ob sie in eine Kneipe mitkommen wollte.

Erik war ihr einziger Freund in der Redaktion. Außerdem war er ein guter Journalist.

Madeleine wusste, dass der einzige Grund, warum sie sich das eingestehen konnte, der war, dass sie nicht um dieselben Aufträge konkurrierten. Erik hatte kein Prestige, nahm jeden Job an und erledigte ihn mit Begeisterung.

Doch es waren die anderen mit ihrem ewigen öden Mittelmaß, die in der Kneipe dabei sein würden, die sie nicht ertrug. Die, die andauernd über Journalismus und klassische Enthüllungen diskutieren wollten und sie mit ihren tiefschürfenden Analysen fürchterlich langweilten.

Aber es war trotzdem besser, im Dovas zu sitzen und über den Skandal des Schwedischen Geheimdienstes von 1973, die sogenannte IB-Affäre, zu reden, als Markus Råhde davon schwärmen zu hören, was Prag für eine faszinierende Stadt war und wie herrlich romantisch sie es dort haben würden.

Dann also lieber ins Dovas.

Madeleine nahm ein Uber und ließ sich auf Kungsholmen rüberfahren.

Erik Gidlund, Peter Jansson, Emma Axelsson und Nina Shalawy saßen in einer Nische mit ihrem Bier vor sich. Sie rückten zusammen, um ihr Platz zu machen. Im Fernsehen lief ein Fußballspiel. Abgesehen von ein paar raubeinigen Stammgästen an der Bar, waren Madeleine und die anderen Journalisten vom *Nyhetsbladet* die einzigen Gäste. Peter Jansson und Nina Shalawy, das neueste Paar der Zeitung, turtelten miteinander.

Alle lobten Madeleine für ihre Forsman-Enthüllung und hoben ihr Glas auf sie. Trotzdem spürte sie, dass die Stimmung in der Gruppe umgeschlagen hatte, seit sie dazugestoßen war. Sie beschloss, das zu ignorieren. Sie war es gewohnt, dass ihr andere ihren Erfolg neideten.

»Also, was ich eben meinte, ich finde das ganz schön unheimlich«, sagte Peter.

»Was denn?«, wollte Madeleine wissen, während sie versuchte, mit der Bedienung in Augenkontakt zu treten, um einen Drink zu bestellen.

»Ich bin da an einer Sache dran über die Bürgerwehr. Die patrouilliert durch die Stadt, besonders in der Nähe von Asylantenheimen und Flüchtlingsunterkünften. Sie haben auch schon Flüchtlinge aufgemischt. Nicht nur Flüchtlinge übrigens, vor allem Leute mit ausländischem Aussehen. Diese Bürgerwehr ist ein ganz anderes Kaliber als die Soldiers of Odin.«

»Die reinsten Nazi-Methoden«, warf Nina ein und schüttelte den Kopf.

»Die jetzt anscheinend Stockholm erreicht haben – wieder. Als ich aus der Redaktion raus bin, haben wir gerade einen Tipp gekriegt. Laut einem Flugblatt, das zurzeit zirkuliert, will eine Handvoll von Leuten die Stadt von kriminellen Einwanderern säubern, die Schwedinnen belästigen. Das Gleiche wie bei den Soldiers of Odin. Die Absender des Flugblatts sind noch unbekannt, es soll sich aber um eine Rotte von Hooligans und Nazis handeln«, sagte Peter.

»Aber genau da platzt deine Story doch«, stellte Madeleine fest und konnte nur mit Mühe verbergen, dass sie diese Tatsache amüsierte.

»Wieso?«

»Das ist doch keine Enthüllung mehr, wenn sie sich selbst verraten, indem sie schlägernd durch die Stadt ziehen und vorher Flugblätter verbreiten«, erklärte Madeleine.

»Da hast du natürlich recht«, sagte Peter. »Dann muss das eben umgeschrieben werden, damit so etwas wie eine landesweite Untersuchung der Bürgerwehren daraus wird. Aber findest du das nicht auch beängstigend, dass hier bald irgendwelche Nazis durch die Straßen laufen?«

»Wirklich, total beängstigend«, entgegnete Madeleine.

Sie konnte das Gefühl nicht loswerden, dass die anderen sie

mit Skepsis und Neid beäugten. Sie fühlte sich alles andere als wohl und bereute, dass sie hergekommen war. Sie fühlte sich ausgegrenzt, wie immer. Trotzdem konnte sie sich nicht aufraffen zu gehen.

Als sie schließlich gemeinsam aufbrachen, nahm Erik sie auf die Seite. Mitternacht war schon durch. Die St. Eriksgatan war beleuchtet und ruhig. Im U-Bahn-Aufgang auf der anderen Straßenseite lagen ein paar Obdachlose in ihren Schlafsäcken. Erik zündete sich eine Zigarette an und musterte Madeleine.

»Ich dachte mir, ich sollte dir das sagen«, begann er. »In der Redaktion wird über dich geredet.«

»Aha?«

»Ich ... Also ... Ein paar Kollegen behaupten, dass du mit Markus ein Verhältnis hast. Ich weiß nicht, ob das stimmt. Und es ist mir auch egal. Aber du weißt, dass er mit Petra Nyman von der Fernsehredaktion verheiratet ist?«

Madeleine spürte einen Stich in der Magengegend.

Idiot, dachte sie. Markus hatte sich in einer Kneipe volllaufen lassen. Hatte sich gegenüber einem Kollegen wie ein liebeskranker Teenager aufgeführt und sich beklagt, wie kalt Madeleine zu ihm war, und jetzt war die Affäre kein Geheimnis mehr.

Es war nur eine Frage der Zeit, bis das ganze *Nyhetsbladet*, inklusive der Leute am Empfang, davon wusste.

»Okay, was willst du hören?«, sagte Madeleine schroff.

»Ich erzähle dir das, weil ich finde, du solltest es wissen. Wir sind doch Freunde, du und ich«, sagte Erik und blies Zigarettenrauch in die Luft.

»Ich weiß. Entschuldige.«

Madeleine kam sich dumm vor.

»Stimmt es denn?«, fragte Erik plötzlich.

Madeleine seufzte und streckte sich nach seiner Zigarette, entschied sich dann aber doch dagegen, sie wollte am nächsten Tag zum Fitness.

»Ja, klar stimmt das.«

»Seit wann?«

»Frühjahr oder so.«

»Mein Gott, Madeleine ...«

»Ich weiß ... Aber er ist doch der Idiot, der das nicht für sich behalten kann. Das ist typisch Mann. Er hat geflennt wie ein Baby, wie schlecht es ihm damit geht. Es ist nichts weiter passiert, außer dass wir gelegentlich zusammen im Bett waren und er sich verliebt hat.«

»Dir ist schon klar, wonach das aussieht?«, fragte er.

»Es ist mir egal, wonach das aussieht.«

»Das kann dir aber nicht egal sein. Er hat Macht in der Zeitung. Nach dem Chefredakteur und dem Redaktionschef ist er derjenige, der das Sagen hat. Dann heißt es, du hast dich hochgeschlafen zu deiner Verfasserzeile, so reden die anderen doch. Seine Frau wird aus allen Wolken fallen. Die beiden haben zwei Kinder zusammen. Außerdem ist er doch bestimmt dreißig Jahre älter als du.«

»Siebenundzwanzig«, gab Madeleine zurück und verdrehte die Augen. »Gib mir deine Zigarette.«

Er reichte sie ihr und steckte sich eine neue an.

Madeleine inhalierte den Rauch und blickte über die St. Eriksgatan. Für einen Sekundenbruchteil wünschte sie, sie könnte mit den Obdachlosen in ihren Schlafsäcken tauschen. Sie schliefen zwar im Freien, dafür hatten sie aber Madeleines Probleme nicht.

»Ich weiß, das war keine gute Idee«, sagte sie. »Klar, am Anfang war's irgendwie lustig, aber in den letzten Monaten hat er angefangen, immer öfter Blumen zu schicken, er will mit mir nach Prag fahren und redet davon, seine Frau zu verlassen. Verdammt, was ist nur los mit den Männern?«

»Ich weiß, dass es genauso sein Fehler ist, aber auf dich wird's zurückfallen«, sagte Erik und beobachtete sie.

»Es sind doch immer wir Frauen, die den ganzen Mist ausbaden müssen«, sagte sie und zog aufgebracht an der Zigarette. Sie legte den Kopf in den Nacken, blies den Rauch in die Luft und schaute zu, wie er in den dunklen Himmel verschwand. »Wissen die anderen davon?«, fragte sie mit einer Geste Richtung Eingang.

Erik nickte.

»Dann waren sie deshalb so komisch.«

»Nicht nur deshalb, Madeleine.«

»Was meinst du damit?«, zischte sie.

»Wir haben zur gleichen Zeit beim *Nyhetsbladet* angefangen, du und ich. Wir sind durch die Kneipen gezogen, haben schlechte Artikel geschrieben und uns langsam nach oben gearbeitet. Wir waren froh, dass wir einen Job hatten. Haben alles super und cool gefunden. Als Lisa und ich uns getrennt haben, durfte ich auf deinem Sofa schlafen. Aber in letzter Zeit … Ich weiß nicht. Du bist so anders.«

»Menschen verändern sich, Erik. Im Grunde ist das ein gesunder und ziemlich natürlicher Vorgang.«

»Aber du bist nur noch mit dir selbst beschäftigt. Du benimmst dich, als wärst du besser als alle anderen.«

»Das bin ich ja auch«, sagte sie und grinste.

Erik musste lachen.

»Das weiß ich doch. Und ich weiß, dass du es nicht böse meinst. Aber die anderen kennen dich nicht so wie ich. Vielleicht wäre es klüger, nicht ganz so hochnäsig zu tun. Warum zeigst du nicht, dass deine Kollegen dir nicht egal sind, dass du ein netter Mensch bist?«

»Findest du das denn?«, murmelte Madeleine.

Erik sah sie forschend an.

»Ja, das finde ich durchaus. Noch bist du kein hoffnungsloser Fall …«

Sie lächelte und boxte ihm freundschaftlich in den Arm.

»Und was soll ich jetzt mit Markus machen?«

»Entweder musst du ihn heiraten oder mit ihm Schluss machen. Ist doch gar nicht so schwer.«

»Es ist nur Pech, dass Petra Nyman beim Fernsehen arbeitet«, sagte Madeleine.

»Warum das?«, wollte Erik wissen.

»Markus hat versprochen, mir dabei zu helfen, eine Talkshow beim Nyhetsbladet-tv zu bekommen. Wenn Petra das erfährt, kann ich das vergessen«, sagte Madeleine, ließ die Zigarette fallen und trat die Glut aus.

KAPITEL 12

Das Treppenhaus lag im Dunkeln.

Carl Cederhielm konnte Fredrik Nord nicht sehen, aber er wusste, dass sein Freund etwa zwei Meter von ihm entfernt stand, auf der anderen Seite der Haustür. Er hörte, wie ein Auto vorbeifuhr. Carl umklammerte mit der Rechten seine Makarov und konzentrierte sich auf seine Atmung.

Er wollte auf keinen Fall die Kontrolle über die Situation verlieren. Er hatte noch nie gesehen, wie ein Mensch erschossen wurde, und fragte sich, wie das aussah. Doch jeden Moment würde Anders Gustafsson den Code eingeben, dann würde der Journalist eintreten und dem Tod begegnen. Vielleicht würde er gar nicht erst erfassen, was mit ihm passierte. Und solange keiner von den Nachbarn beschloss, einen Abendspaziergang zu machen, konnte nichts schiefgehen.

Carl hörte Schritte auf der Straße, reckte den Hals und kniff die Augen zu, um besser sehen zu können. Das musste Anders Gustafsson sein. Carl schluckte und hielt den Atem an. In der nächsten Sekunde hörte er, wie jemand auf den kleinen Treppenabsatz trat und den Code eintippte. Die Tür sprang auf, das Licht ging an.

Carl und Fredrik rührten sich nicht und fixierten Anders Gustafssons Rücken. Als die Tür ins Schloss gefallen war, machten sie gleichzeitig einen Schritt auf Gustafsson zu, der sie noch nicht bemerkt hatte.

»Anders Gustafsson ...«, begann Fredrik.

Der Journalist fuhr zusammen und drehte sich um. Er sah sie aus aufgerissenen Augen an. Carl brachte seine Waffe in Anschlag und zielte auf Anders Gustafssons Gesicht. Er roch schwach nach Alkohol, seine Nase war gerötet.

»Was ... was soll das?«, fragte Anders Gustafsson.

Weder Carl noch Fredrik gaben eine Antwort.

»Wollt ihr Geld?«, sagte er und klopfte seine Jeans ab. Er fand seine Brieftasche und hielt sie ihnen hin.

Carl schielte zu Fredrik hinüber. Er wirkte angespannt. Zögerte er? Anders Gustafsson schob seinen Jackenärmel hoch und wollte seine Armbanduhr abnehmen. Fredrik hob die Hand und zog sich die Sturmhaube vom Kopf.

Anders Gustafsson blieb der Mund offen stehen.

»Mein Name ist Fredrik Nord, und ich bin Soldat in der Schwedischen Armee.«

Anders Gustafsson starrte ihn an.

»Feige Schweine wie du lügen über den Zustand unseres Landes. Ihr habt es gegen die Wand gefahren. Es den Okkupanten und Terroristen in die Hände gespielt. Aber damit kommt ihr nicht mehr durch, die Zeiten sind vorbei.«

»Ich, ich ...«, stammelte Anders Gustafsson.

Carl genoss die Situation und die Art, wie Fredrik sie im Griff hatte.

»Du bist ein Landesverräter. Du hast dich des Mordes und der Vergewaltigung deiner Landsleute schuldig gemacht«, sagte Fredrik und wurde lauter. »Ich war in Afghanistan, du verfluchte Hure!«

Fredrik machte ein paar Schritte auf ihn zu. Anders Gustafsson war ein kleiner Mann, kleiner, als er auf dem Foto neben der Verfasserzeile und in den beiden Talkshows wirkte, zu denen er eingeladen worden war.

Fredrik war fast zwei Köpfe größer als der Journalist.

»Bitte ... Bitte ... lasst mich gehen. Ich schreibe nicht mehr, versprochen, ich kündige ... bitte ...«

Anders Gustafsson ging vor Fredrik auf die Knie. Er presste die Hände zusammen, als betete er wirklich zu höheren Mächten.

Fredrik wirkte vollkommen gelassen. Er lachte und senkte die Waffe.

»Nein«, sagte er nur.

»Lasst mich am Leben, ich habe Kinder. Ich habe Familie ...«

»Du wirst sterben für das, was du getan hast. Für das Leid, das du deinen unschuldigen Landsleuten zugefügt hast, für deine selbstgefälligen Texte über Soldaten, die ihr Leben riskieren. Du bist ein wertloser Mensch.«

Fredrik musste eine andere Miene aufgesetzt haben, denn Anders Gustafsson stieß einen Schrei aus. Fredrik hob seine Pistole und feuerte in rascher Folge drei Schüsse ab.

Gustafssons Kopf wurde nach hinten geschleudert und schlug mit einem dumpfen Knall gegen die Wand. Es dröhnte in Carls Ohren. Er hatte nicht damit gerechnet, dass Fredrik so unvermittelt schießen würde. Ihm war schwindelig.

»Wir müssen weg«, raunte er, sowie er wieder klar im Kopf war.

Fredrik beugte sich vor und musterte Anders Gustafssons leblosen Körper.

Sein Gesicht sah grotesk aus – entstellt, in eine blutige Masse verwandelt. Carl stieß die Tür auf.

»Fredrik, jetzt ...«

Fredrik zuckte zusammen, drehte sich um und zog die Sturmhaube wieder auf. Carl hatte den Autoschlüssel schon in der Hand und schloss aus zehn Metern Entfernung auf. Er warf sich ins Auto und drehte den Zündschlüssel.

Fredrik kam im Laufschritt und hechtete auf den Beifahrersitz. Carl legte den ersten Gang ein und fuhr mit quietschenden Reifen die Västmannagatan hinunter Richtung Innenstadt.

Er sah in den Rückspiegel. Der Odenplan wurde immer kleiner. Er bog rechts ab, dann links in die Dalagatan. Auf der rechten Seite lagen der Vasaparken und das Sabbatsbergskrankenhaus. Die Route hatten sie vorher besprochen. Fredrik nahm die Sturmhaube ab. Carl tat es ihm gleich. Sein Haar war feucht. Er bog wieder rechts ab und fuhr über die Brücke nach Kungsholmen rüber. An der Fleminggatan sprang die Ampel auf Rot. Carl trat das Bremspedal durch und schielte nervös in den Rückspiegel. Er war darauf gefasst, jeden Moment Sirenen zu hören und Blaulicht zu sehen. Von Polizisten umzingelt und festgenommen zu werden.

Ein paar Halbwüchsige gingen über den Zebrastreifen vor ihnen.

Eines der Mädchen warf einen Blick auf das Auto. Carl musste sich zwingen, ruhig zu atmen, er versuchte, entspannt auszusehen. Fredrik schien gelassen aus dem Fenster zu blicken. Als die Ampel auf Grün sprang, fuhr Carl auf den Kungsholmstorg zu.

Sie passierten das Polizeipräsidium und das Rathaus, fuhren in Richtung Norr Mälarstrand. Da hörte Carl die ersten Sirenen. Er beschleunigte, aber die Streifenwagen fuhren von ihnen weg Richtung Vasastan. Er atmete durch.

Fredrik schaltete das Radio ein. Es lief *Sailing* von Rod Stewart. Carl wechselte den Sender und stellte die Wiederholung von Studio Eins auf P1 ein. Er hörte zwar nur mit halbem Ohr hin, aber die Stimmen beruhigten ihn.

»Warst du da nicht?«, fragte Fredrik und schielte zu Carl hinüber.

In der Sendung ging es um die Privatschule Lundsberg und einen ehemaligen Schüler, der gemobbt worden war.

»Was? Ach so, ja. Aber das letzte Jahr habe ich am Enskilda-Gymnasium gemacht.«

Fredrik runzelte die Stirn.

»Warum hast du gewechselt?«

»Weil ich Unternehmer bin. Ich habe eigentlich keine Ausbildung gebraucht, aber mein Vater war da anderer Meinung. Also wurde ich am Enskilda-Gymnasium angemeldet, als ich nach Stockholm zurückgekommen bin. Wenn ich das Gymnasium abgeschlossen und die Wehrpflicht hinter mich gebracht haben würde, sollte ich die Gelder erhalten, um das Unternehmen zu

105

gründen, von dem ich geträumt hatte. Einen Gründungszuschuss gibt's ja nur für Einwanderer.« Carl unterbrach sich. »Aber ihre Erklärung lautete natürlich, dass sie nicht an meine Idee glaubten. Darum musste ich zu meinem Vater gehen.«

Fredrik hielt den Blick streng geradeaus auf die Straße gerichtet.

»Wie viel hat dein Pa dir gegeben?«

»Mein *Vater*«, erwiderte Carl, »hat mir eine Million Kronen gegeben.«

Fredrik stieß einen Pfiff aus.

»Und was hast du mit dem Schotter gemacht?«

»Ich wollte eine Community gründen. Im Netz.«

»Und was ist passiert?«

»Facebook ist eingeschlagen wie eine Bombe. Hätte ich den Zuschuss oder das Geld von meinem Vater eher gekriegt, dann wäre Facebook jetzt schwedisch.«

Fredrik schwieg.

Carl verstummte und blickte über die Västerbron.

Er dachte an jene Jahre nach der missglückten Geschäftsidee zurück, als er ziellos durchs Leben getaumelt war. Wie er sich gebrandmarkt an der Universität Uppsala für Klassische Nationalökonomie eingeschrieben hatte, wie sein Vater es gewollt hatte. Wie die Professoren ihn abgekanzelt hatten, als er ihre Theorien in den Vorlesungen infrage gestellt hatte. Carl war noch immer davon überzeugt, dass sie aus dem Grund seine Noten manipuliert hatten. Und die Kommilitonen hatten kein Verständnis für seine Ideen, seine Visionen und schlossen ihn aus. Sie ließen keine Gelegenheit aus, ihn zu schikanieren und hinter seinem Rücken schlechtzumachen.

Schließlich setzte er sich zur Wehr, schlug einen der übelsten Schikaneure nieder. Drohte einem anderen, ihn umzubringen. Neun Monate, nachdem er in Uppsala angefangen hatte, wurde er rausgeworfen.

Er war zweiundzwanzig, als er wieder zu seinem Vater in die Wohnung auf Östermalm ziehen musste. Die finsteren Jahre, wie Carl sie nannte. Bei seinem Vater zog er sich in sich selbst zurück, machte die Nacht zum Tage, saß ständig vor dem Computer und spielte *World of Warcraft*.

Der Vater weigerte sich, ihm nochmals Geld für eine Firmengründung zu geben. Behandelte ihn wie einen Aussätzigen, einen Schwachsinnigen. Demütigte ihn, lachte über seine Ideen und nannte ihn verzogen.

Er begriff nicht, dass Carl die gesamte IT-Welt hätte revolutionieren können, wenn nur jemand auf ihn gehört hätte. Dann hatte Carl eine weitere brillante Idee, diesmal ging es um ein Bürohotel. Er bewarb sich um den Gründungszuschuss, ging wieder betteln, aber bekam nur Absagen. Schweden konnte es sich leisten, Fremde aus der ganzen Welt aufzunehmen, undankbare Menschen, die in den Vororten Autos anzündeten und Schweden bestahlen, aber das Land hatte offenbar keine Mittel, um sich seiner eigenen Söhne anzunehmen. Carl hatte Unternehmergeist und großartige Ideen, die Wohlstand und Tausende Arbeitsplätze hätten schaffen können. Ähnlich erging es ihm, als er für kurze Zeit einen Job als Telefonverkäufer hatte, er erhielt die Kündigung, weil er eine Reihe von Vorschlägen zur Verbesserung der Unternehmensstrategie gemacht hatte. Er hatte Mails geschrieben, mit Vorgesetzten telefoniert. Schließlich hatten sie ihn rausgeschmissen. Dann lernte er Fredrik und Lars kennen.

Das erste Gespräch mit Fredrik war der Anfang eines neuen Kapitels in Carls Leben. Ihm war klar geworden, dass er den Fehler nicht bei sich suchen durfte, sondern dass er systematisch sabotiert wurde. Er konnte sich in Selbstmitleid ergehen, so viel er wollte, oder er konnte etwas dagegen unternehmen. Er entschied sich für Letzteres. Niemand würde ihn je wieder auslachen, aus dem einfachen Grund, weil er nie wieder Schiffbruch erleiden würde.

Am nächsten Tag wachte Carl in seinem Bett in der Grevgatan auf.

Er hatte den Wecker auf zehn Uhr gestellt, aber irgendwie hatte er ihn im Schlaf wieder ausgestellt. Es war kurz vor zwölf, als er aufstand. Die Sonne schien durchs Fenster. Er spürte, wie die gespannte Erwartung ihn packte, als er den Fernseher anstellte und nach seinem iPhone griff, um zu lesen, was die Zeitungen über den Vortag schrieben. Niemand war bis jetzt mit dem Namen des Opfers an die Öffentlichkeit gegangen. Das bedeutete, wenn Carl richtig informiert war, dass die Angehörigen noch nicht benachrichtigt worden waren.

Die *Kvällspressen* titelte *Bekannter Journalist in Vasastan hingerichtet*, während die *Aftonposten* zurückhaltender war: *Wieder ein Journalist ermordet aufgefunden*. Das *Nyhetsbladet* überschrieb seine Seite mit *Journalist in der City erschossen*.

Innerhalb einer Woche waren zwei bekannte linke Journalisten getötet worden. Bei der Polizei kann jetzt kein Zweifel mehr darüber bestehen, dass der Mord an Hannah Löwenström mit der Hinrichtung des gestrigen Tages zusammenhängt, dachte Carl. Auch der Artikel im *Nyhetsbladet* bestätigte, dass die Polizei nun diese Theorie verfolgte. Die Sicherheitspolizei war ebenfalls eingeschaltet. Irgendein Medienprofessor von der Hochschule Södertörn faselte etwas davon, dass die Morde »eine Gefahr für die Demokratie« darstellten.

Carl musste grinsen. Bei ihrem nächsten Ziel würden sie es schwerer haben, da das Überraschungsmoment dahin war. Aber die Redaktionen konnten nicht alle ihre Journalisten schützen.

Bislang hatten Carl, Fredrik und Lars nicht eine einzige Spur hinterlassen. Die Polizei hatte nichts in der Hand. Möglicherweise gab es den einen oder anderen Zeugen in der Västmannagatan, der vom Fenster aus einen schwarzen VW Golf rasch davonfahren gesehen hatte. Das Auto, das Lars bei einer Tankstelle am Globen gemietet und bar bezahlt hatte, würde im Laufe des

Tages zurückgegeben werden. Die Waffen, die Handys und die Kleider, die sie getragen hatten, lagen im Kofferraum und würden vernichtet werden. Das war Lars' Aufgabe. Eine weitere triumphal gewonnene Schlacht. Bisher war alles problemloser verlaufen, als er es sich vorgestellt hatte.

In wenigen Tagen schon würden sie erneut zuschlagen.

KAPITEL 13

August fand Vladimirs Worte bei ihrer letzten Begegnung beunruhigend. Aber noch hatte der Russe sich nicht erklärt, was er von August wollte, damit dieser ihm seine Loyalität beweisen konnte.

Um nicht ins Grübeln zu verfallen, fuhr er mit Valeria hinunter zum Hafen in Huasco.

Sie spazierten an den vertäuten Fischerbooten entlang, und über ihnen kreisten Pelikane und Sturmmöwen. Unterhalb des Piers bei den Anlegern spielten zwei große Seelöwen, kleine Kinder warfen Fischreste zu ihnen hinunter.

August räusperte sich. »Habe ich dir von meinen Müttern erzählt?«

Valeria schüttelte den Kopf.

»Waren das Lesben?«

August lachte.

»Nein, aber ich hatte zwei. Die erste heißt Helena und hat im Krankenhaus geputzt. Sie war und ist vermutlich immer noch Alkoholikerin. Wenn sie noch lebt.«

»Hat sie dich schlecht behandelt?«

»Nein, sie war nie schlecht zu mir. Weder zu mir noch zu sonst jemandem. Sie war nur … traurig.«

Valeria nickte.

»Deshalb liegt dir so viel an Don Julio, du willst ihn nicht entlassen, obwohl er manchmal nicht auftaucht.«

»Ja, er liebt seine Blumen und seine Olivenbäume. Und uns hat er auch sehr gern. Ihm würde nicht viel bleiben im Leben, wenn er den Garten und uns nicht hätte.«

Sie gingen runter zum Strand. Jetzt, im November, war er verlassen. Die Pazifikwellen rollten auf die Sanddünen zu.

»Ich mag ihn auch gern«, sagte Valeria nachdenklich. »Und wer war deine zweite Mutter?«

»Wenn ich von der Schule nach Hause kam, war Helena nie da. Sie saß in der Kneipe, und als ich älter wurde, auf einer Bank beim Bolzplatz. Aber in dem Häuserblock, wo ich aufgewachsen bin, gab es mehrere Kinder. Ein Junge hieß Leandro Lopez. Er war mein bester Freund. Seine Mutter Giselda hat mich jeden Tag zum Abendessen dabehalten. Einmal, als sie mich nach Hause begleitet hat, ich weiß gar nicht mehr, warum sie das gemacht hat, war niemand da. Giselda hat sich in der leeren Wohnung umgesehen, mich an die Hand genommen und wieder zu sich nach Hause mitgenommen. In der Woche danach habe ich in Leandros Bett geschlafen, dann hat Giseldas Mann mir ein eigenes gekauft.«

»Was hat deine Mutter dazu gesagt?«

»Nichts. Zuerst ist es ihr wahrscheinlich gar nicht aufgefallen, dass ich weg war. Als sie dahintergekommen ist, was passiert war, war sie froh, glaube ich. Sie hat eingesehen, dass es so besser für mich war.«

Valeria griff wortlos nach Augusts Hand.

»Giselda hatte drei Kinder und hat auch als Putzfrau gearbeitet, so wie Helena. Ihr Mann Arturo war Hausmeister in einer Schule.«

»Und dein Vater?«

»Keine Ahnung. Ich habe nie erfahren, wer es ist. Ich glaube, nicht mal Helena wusste das.«

Sie blieben stehen und blickten über den öden Strand, der sich vor ihnen erstreckte. Erst ein paar Kilometer weiter gingen die Berge in Klippen über, die steil ins Meer abfielen.

»Ich habe schon lange nicht mehr an Familie Lopez gedacht und an meine Mutter auch nicht. Aus irgendeinem Grund habe ich sie gestern angerufen. Aber den Anschluss gab es nicht mehr.«

Valeria sah ihn fragend an.

»Ich habe viel darüber nachgedacht, was du gesagt hast. Dass wir all das hier hinter uns lassen sollten. Ich liebe dich, Valeria, und du hast recht. Ich kann dieses Leben hier nicht weiterleben. Ich will nicht, dass sich eine andere Familie um unser Kind kümmern muss.«

Sie schlang die Arme um ihn.

»Wann?«, fragte sie dann.

»In ein paar Monaten. Es gibt noch einige Dinge, die ich vorher erledigen muss.«

»Aber bevor unser Kind zur Welt kommt?«

»Ja, bevor unser Kind zur Welt kommt.«

August setzte Valeria zu Hause ab und fuhr weiter nach Vallenar. Señora Maria hatte ihm eine lange Liste mit Dingen geschrieben, die er einkaufen sollte. Das würde einige Stunden in Anspruch nehmen. Im Santa Isabel, dem einzigen Supermarkt von Vallenar, wimmelte es von Kunden. August hatte längst verinnerlicht, dass in Südamerika alles länger dauerte. Aber allmählich verlor er die Geduld. Er konnte keinen von den Russen telefonisch erreichen. Nicht mal Ilja nahm ab. Hatte Vladimir seine Meinung geändert, hatte er noch immer August im Verdacht? Oder hatte der Russe nur so getan, als kaufe er August seine Erklärung ab, damit er sich wieder entspannte? Jetzt bereute August, dass er Valeria allein zu Hause gelassen hatte. Er rief sie an, aber auch sie meldete sich nicht. Im Radio wurde von neuen Protesten in Maitencillo berichtet, die es in den nächsten Tagen geben würde, da kommende Woche die Arbeiter aus Peru eintreffen sollten. Im Supermarkt waren die Proteste und die neue Fabrik das einzige Gesprächsthema.

Um halb zehn bog August auf die bekieste Auffahrt seiner Villa. Im Hof parkte Vladimirs schwarzer Mercedes-SUV. August führte unbewusst die Hand an seinen Revolver. Die Hunde Salvador und Aragon hatten das Auto gehört und kamen auf ihn zugelaufen.

Er ließ die Einkäufe, abgesehen von den Tüten mit dem Fleisch, im Kofferraum und ging rasch ins Haus.

Scheinbar war niemand da. August verstaute das Fleisch im Kühlschrank. Als er durch das Küchenfenster schaute, entdeckte er Valeria und Vladimir auf der Terrasse. Beide lachten und amüsierten sich offenbar. Auf dem Tisch vor ihnen standen ein Glas Wein und eine Limonade. Als er auf sie zutrat, drehten sie sich um.

August gefiel die Situation gar nicht, er fühlte sich unwohl in seiner Haut. In all den Jahren, die er für Vladimir arbeitete, war dieser nur drei, vier Mal bei ihm zu Besuch gewesen.

Normalerweise legte August immer sein Holster ab, wenn er nach Hause kam, aber diesmal entschied er, es anzubehalten, bis der Russe erklärt hatte, was er hier wollte.

Vladimir lachte ihm ins Gesicht.

»Deine bezaubernde Frau hat gerade erzählt, wie ihr euch kennengelernt habt in Cartagena«, sagte er und zwinkerte Valeria zu. »Dass du überredet werden musstest, einer so schönen Frau einen Drink zu spendieren.«

Valeria lachte und sah Vladimir an.

»Weißt du, was das Schlimmste ist? Ich habe ganz vergessen, dir das zu erzählen. Am Ende war ich es, die ihn auf einen Drink eingeladen hat. Er sagte, wenn ich unbedingt mit ihm reden wolle, würde das zwanzigtausend Kolumbianische Pesos kosten. Sonst könnte ich es gleich bleiben lassen.«

Vladimir prostete August zu.

»Gute Arbeit, mein Freund«, sagte er lachend.

August setzte sich. Vladimir trank von seinem Wein und stellte das Glas wieder ab.

»Ich schaue drinnen nach dem Essen, Liebling«, sagte Valeria und stand auf. »Ich habe Señora Maria heute früher freigegeben.«

Als Valeria ins Haus gegangen war, warf August Vladimir einen fragenden Blick zu. Der Russe wirkte unbedarft.

»Sie ist wunderbar. Ich glaube, ich habe noch nie eine schönere Frau gesehen. Du bist ein glücklicher Mann«, sagte Vladimir und blickte zum Haus.

»Was willst du hier?«, fragte August barsch.

»Ich wollte dich treffen. Aber sie haben gesagt, dass du in der Stadt bist. Valeria hat mir angeboten zu warten, und wir haben hier gesessen, etwas getrunken und über alte Zeiten geredet.«

»Ich habe den ganzen Tag lang versucht, dich zu erreichen. Die anderen auch. Aber keiner hat sich gemeldet.«

Vladimir griff nach seinem Mobiltelefon und hielt es August entgegen.

»Ich habe es auf Lautlos gestellt.«

»Gestern hast du mit einer Waffe auf mich gezielt und mir vorgeworfen, ich hätte dich verraten. Heute sitzt du in meinem Haus und trinkst mit meiner Freundin meinen Wein. Was soll das, Vladimir?«

Vladimir ließ seinen Blick auf ihm ruhen.

»Dass du zeigst, wie loyal du bist«, entgegnete er nach einer kurzen Pause.

»Was zum Henker soll ich denn machen?«

Der Russe erhob sich, trank seinen Wein aus und stellte das Glas klirrend ab.

»Komm, wir müssen los.«

August ging nach drinnen und erklärte Valeria, dass er noch mal fortmusste.

Sie wirkte verwundert, aber widersprach nicht. Vladimir und August stiegen in ihre Autos. Als der Russe zurückgesetzt hatte, sah August, dass Don Julio winkte. Er bedeutete Vladimir zu warten, stieg wieder aus und ging Don Julio entgegen.

»Verzeihung, *patrón*, ich wollte nur fragen, ob ich heute Abend hierbleiben und Señorita Valeria Gesellschaft leisten soll?«

»Das wäre gut. Ich muss nämlich noch mal weg«, erwiderte August und zeigte auf Vladimirs Wagen.

Don Julio runzelte die Stirn.

»Probleme, *patrón*?«

»Das Übliche. Ich bin froh, wenn du bleibst und auf alles ein Auge hast.«

»Machen Sie sich keine Sorgen«, sagte Don Julio.

»Das tue ich nie, wenn du hier bist«, antwortete August und klopfte ihm auf die Schulter. »Valeria hat gekocht, im Kühlschrank ist kaltes Bier, und Colo-Colo spielt gegen Universidad Católica.«

An der breiten Straße bog Vladimir gen Westen ab, Richtung Huasco und Küste.

Sie passierten das Dorf Freirina. Kurz vor Huasco fuhr Vladimir langsamer und bog auf einen Weg, der zum Tal hinabführte. Nach ein paar Kilometern kamen sie zu einer Brücke, die sie über den Fluss brachte. Sie fuhren weiter in Richtung Berge und erreichten eine grüne Hütte. Davor parkten zwei Autos. August erkannte sofort den schwarzen Pick-up von Polizeichef Luis Garcia und Iljas weißen Toyota Land Cruiser. Er stellte seinen Wagen ab und ging zu Vladimir, der an die Hüttentür klopfte.

Ilja machte auf. Er trug ein schwarzes Hemd und Jeans. Die Ärmel hatte er aufgekrempelt, an seinen Unterarmen und Händen klebte frisches Blut. Die Hütte bestand aus einem einzigen Raum. Auf einem Stuhl an der Wand saß ein Mann, die Hände hinter dem Rücken gefesselt. Er war in sich zusammengesackt, sein Kopf ruhte auf der Brust, sein Gesicht war geschwollen. Polizeichef Luis Garcia stand daneben und kaute auf einem Stück Trockenfleisch, das er mit Bier hinunterspülte.

»Lebt er noch?«, fragte Vladimir beinahe fasziniert.

»Kaum«, gluckste Luis Garcia.

Vladimir packte den Mann mit seinen großen Händen am

Schopf und hob den Kopf, um in sein Gesicht zu sehen. Jetzt erst erkannte August, wer der Mann war – Manuel Contreras, Don Julios Neffe.

Wortlos ballte er die Fäuste.

»Wo ist der andere?«, fragte Vladimir.

»Tot. Liegt draußen«, gab Ilja mit einem Schulterzucken zurück.

»Gut. Ruf die Zigeuner an. Sie sollen herkommen.« Vladimir wandte sich an August. »Manuel hat die Führung übernommen, als Alfonso Paredes abgehauen ist.«

»Das ist Don Julios Neffe«, sagte August dumpf.

Vladimir breitete die Arme aus.

»Was soll ich sagen? Wir suchen uns unsere Familien nicht aus, oder? Wie dem auch sei, Garcia und ich wollen uns ein bisschen mit ihm unterhalten. Unser geschätzter Polizeichef wird uns eine kleine Lektion in Geschichte erteilen und uns zeigen, wie man früher in diesem Land mit Kommunisten geredet hat. Danach wirst du Manuel töten.«

»Vergiss es. Ich scheiß drauf, was er ...«

Vladimir hob abwehrend die Hand.

»Ich bin noch nicht fertig ... Garcia wird dich dabei filmen.«

»Hast du den Verstand verloren?«, platzte August heraus.

»Polizisten und Leute, die mit Polizisten zusammenarbeiten, bringen niemanden um«, fuhr Vladimir fort und wandte sich an Luis Garcia. »Oder?«

Der Polizeichef lachte auf. Der Russe musterte August.

»Wir wollen nur sichergehen, dass du uns nicht verpfiffen hast. Das ist alles«, sagte er ernst.

August versuchte, Iljas Blick zu begegnen, aber sein Freund hatte die Arme vor der Brust gekreuzt und sah Manuel an.

Vladimir trat einen Schritt auf August zu und legte einen Arm um ihn.

»Ich weiß, dass du das alles hinter dir lassen willst. Wir wollen nur sichergehen, dass dein Gewissen dich nicht plagt, wenn du mit Valeria ein neues Leben anfängst. Ich behalte den Film als Andenken an unsere gemeinsame Zeit.«

Vladimir trat zu Manuel Contreras und verpasste ihm ein paar Ohrfeigen. Als er die Augen aufschlug, schob Vladimir ihm den Pistolenlauf in den Mund und brüllte ihm ins Ohr. Manuel verzog keine Miene. Vladimir beugte sich hinunter.

»Dir werd ich's zeigen, du überheblicher Teufel«, sagte er.

Begriff Manuel, dass er sterben würde?

Vermutlich nicht.

Noch nicht.

Manuel glaubte wahrscheinlich, der Russe würde ihn zwar misshandeln, aber dann gehen lassen. Er sah August ruhig an, doch der wandte den Blick ab.

Plötzlich trat Vladimir den Stuhl unter Manuel weg, und er landete mit einem kurzen Aufschrei auf dem Boden.

»Packt ihn an Armen und Beinen und streckt ihn mal ordentlich«, sagte Vladimir zu Ilja und Luis Garcia.

Sie schnitten das Seil von seinen Handgelenken und stellten sich auf seine Arme und Füße. Manuel wimmerte, es war ihm anzusehen, wie schwer es ihm fiel, die Schmerzensschreie zu unterdrücken. Vladimir setzte sich rittlings auf ihn und prügelte auf sein Gesicht ein. Die Haut platzte auf, Blut strömte über Manuels Wangen und tropfte auf den Boden. Danach peilte Vladimir die Weichteile an. Er stand auf und trat zu. Manuels rechter Arm brach. Don Julios Neffe schrie auf, konnte den Schmerz nicht länger schlucken.

Schließlich war er kaum noch bei Bewusstsein.

»Dreht ihn um«, keuchte Vladimir und betrachtete seine Knöchel, die langsam anschwollen.

Während sie ihn auf den Bauch drehten, kam Manuel wieder etwas zu sich. Doch alle Würde und Ausdauer waren aus seiner

Miene verschwunden, dort herrschten nur noch Angst und Entsetzen.

»Bitte, lasst mich gehen«, flüsterte er.

»Dafür ist es jetzt zu spät, du Bastard«, sagte Vladimir Ivanov und streckte Ilja die Hand entgegen. »Gib mir dein Messer und halt sein Bein fest.«

Ilja reichte ihm sein Spec Plus U.S. Army Quartermaster. Die Klinge war zwanzig Zentimeter lang und aus schwarzem Karbonstahl.

»Halt seinen Fuß fest«, sagte Vladimir. »Ja, genau so.«

Ilja drückte Manuels Fußsohle nach unten, sodass die Ferse unter Spannung stand.

Er brüllte, als Vladimir ihm die Achillessehne durchtrennte. Luis Garcia und Ilja ließen von Manuel ab, ohne erkennbare Regung. Er hielt sich den Fuß, wälzte sich hin und her und hörte nicht mehr auf zu schreien. Vladimir musterte ihn gleichgültig.

Im Raum stank es nach Urin und Blut.

Nach einer Weile verstummte Manuel und robbte zur Wand. Hinter ihm zog sich eine Blutspur über den Holzboden.

Vor der Wand krümmte er sich zitternd zusammen. Er sieht aus wie ein gefangenes Tier, dachte August.

»Bitte. Lasst mich am Leben«, flüsterte Manuel.

»Wärst du nicht rumgerannt, um Che Guevara zu spielen, würdest du jetzt in deinem Bett liegen und schlafen, du degenerierter Schwanzlutscher«, sagte Vladimir.

Mit einem Nicken wandte er sich an August. Dann gab er Luis Garcia sein Mobiltelefon, der damit ein Stück zur Seite trat und die Kamera auf August richtete.

August ging langsam auf Manuel zu. Den Blick heftete er auf seine Schuhspitzen, damit er ihm nicht ins Gesicht sehen musste.

»Lass mich leben«, bat Manuel. »Für meinen Onkel.«

August mahlte mit den Kiefern – er wusste, er musste ihn umbringen. Andernfalls würde er Vladimirs und Andreis Verdächti-

118

gungen nie los. Nur, wenn Vladimir etwas gegen August in der Hand hatte, würden er und Valeria lebendig aus Vallenar rauskommen.

Zwei Meter vor Manuel hielt August inne.

Der kleine Arbeiter kniff die Augen zusammen, als August seinen Revolver zog und zielte. In dem Moment, als August schoss, riss Manuel die Augen auf. August feuerte zwei Kugeln in sein Gesicht.

Keiner sagte etwas. August steckte den Revolver wieder zurück, stellte den Stuhl auf, auf dem Manuel vorher festgebunden war, und setzte sich, den Kopf in die Hände gestützt. Luis Garcia gab Vladimir das Mobiltelefon. Minuten verstrichen. Die anderen machten sich ein Bier auf. Ilja fragte August, ob er eines wollte, doch der schwieg.

Als vor der Hütte ein Auto hielt, gingen sie nach draußen. Die Zigeuner Hector und Ramón waren gekommen, um die Leichen abzuholen.

Vladimir trat vor und gab ihnen die Hand.

»Es sind zwei, meine Herren. Bringt ihr erst noch die Hütte auf Vordermann?«

Ramón, der Ältere der beiden, nickte.

»Sollen die Toten in den Fluss, *patrón*?«, fragte er.

»Ja, aber nicht in Vallenar, sondern in Maitencillo. Gut sichtbar am Ufer. Sorgt dafür, dass sie nicht Richtung Huasco weggeschwemmt werden.«

Ramón grinste, im Oberkiefer fehlte ein Zahn.

»Ganz, wie Sie wollen, Sie haben hier das Sagen.«

Vladimir zückte ein weißes Kuvert, Ramón nahm es entgegen und ging in die Hütte.

Eine halbe Stunde später fuhr August auf dem schmalen Schotterweg nach Hause. Er blinzelte, um einen Blick auf die Berge zu erhaschen, aber er konnte nicht mal die Konturen erkennen. Es war stockfinster. Das Haus lag im Dunkeln. Er stoppte seinen Wa-

119

gen und stieg aus. Um ihn herum Stille. Es war offenbar wieder bewölkt, denn über ihm waren nur ein paar schwach glimmende Sterne zu sehen. Er blieb stehen und lauschte. Plötzlich wurde ihm bewusst, dass die Hunde nicht angelaufen kamen, um ihn zu begrüßen. Sie hätten sein Auto hören müssen.

Er zückte seine Waffe und ging ums Haus herum. Die Terrassentür war aufgebrochen. Salvador lag tot neben der Glastür. August ging in die Hocke und untersuchte den Hund. Der Rottweiler hatte eine Schusswunde in der Flanke. August hörte seinen anderen Hund irgendwo in der Dunkelheit winseln. Aragon hatte sich unter den Esstisch auf der Veranda geschleppt. Der Hund röchelte schwach, als August ihn am Hals streichelte. Dann erhob er sich wieder und spähte ins Haus.

Er griff nach seinem Mobiltelefon, machte die Taschenlampe an und stützte damit die Hand, die den Revolver hielt. Die Waffe dreißig Zentimeter vor der Brust, schob er mit dem Fuß die Tür auf und trat einen Schritt ins Haus. Im Wohnzimmer herrschte ein einziges Durcheinander. Einschüsse in den Wänden, zerborstenes Glas. Er holte tief Luft. Wo waren Valeria und Don Julio? August zwang sich, ruhig zu atmen, während er sich vorwärtsbewegte. Er zielte mit Revolver und Taschenlampe in verschiedene Richtungen und arbeitete sich so durch den Raum, bis er die Treppe erreichte.

Sie knarrte unter seinem Gewicht. Als er die ersten Stufen erklommen hatte, sah er Don Julio vor der Schlafzimmertür auf der Seite liegen. In seinem Oberkörper klafften große rote Löcher. Die Wände waren blutverspritzt. Neben Don Julio lag seine Schrotflinte.

Er musste sie noch in der Hand gehabt haben, als er tot umgefallen war. Bis zuletzt hatte er Valeria verteidigt. August wappnete sich für den Anblick, der ihn im Schlafzimmer erwartete.

Er senkte den Revolver, leuchtete ins Zimmer und stieg mit einem großen Schritt über Don Julios leblosen Körper.

KAPITEL 14

Ibrahim Chamsai versuchte verzweifelt, sich aus dem Griff des Mannes zu befreien, aber wie aus dem Nichts trafen ihn zwei Faustschläge ins Gesicht. Er fuchtelte panisch mit dem rechten Arm und wollte sich losreißen, aber sein Gegner war zu stark. Der andere Mann lief um das Auto herum und riss die Fahrertür auf. Ibrahim schrie und dachte auf einmal, dass er seine eigene Stimme nicht mehr wiedererkannte. Sie klang fremd und schien aus weiter Ferne zu kommen.

»Nein, bitte, hört auf!«, keuchte er, als sie ihn aus dem Wagen zerren wollten.

Er hielt das Lenkrad fest umklammert. Der Mann prügelte auf ihn ein. Schließlich konnte er nicht mehr und ließ los. Er schlug neben dem linken Vorderrad auf dem Boden auf, versuchte, sich aufzurappeln, aber sofort traf ihn ein Schlag in die Magengrube, der ihn wieder in die Knie zwang. Er schnappte nach Luft, während Schläge und Tritte auf ihn niederhagelten und er sich die Arme schützend vor den Kopf hielt.

Warum taten die Männer das?

Konnten sie nicht einfach wegrennen?

Ein fester Tritt traf ihn in den Bauch.

Mit einem Stoß entwich die Luft aus seiner Lunge, er musste würgen.

Vor seinen Augen drehte sich alles.

Er schloss die Augen, während die Männer seine Taschen durchsuchten. Er rührte sich nicht und ließ sie gewähren. Er hatte Angst, sie würden wieder auf ihn einprügeln.

Sie nahmen ihm die Brieftasche mit dem Foto von Mitra und sein Mobiltelefon ab.

Dann sah Ibrahim die Männer Richtung Bahnsteig laufen, bis sie aus seinem Blickfeld verschwanden. Er versuchte aufzustehen, aber er konnte nicht. Wenn er sich ein paar Minuten ausruhen würde, Atem schöpfen konnte, dann würde es sicher gehen. Seine Kleider waren nass und verschmutzt. Er befühlte sein Gesicht, es schrinnte und schmerzte. Die Männer hatten ihn grün und blau geschlagen. Der Arm, an dem der Mann ihn aus dem Wagen gezerrt hatte, war wahrscheinlich ausgekugelt. Als er ihn vorsichtig bewegte, knirschte es.

Nein, Ibrahim konnte so nicht liegen bleiben. Dann würde er erfrieren. Er stemmte sich gegen den Reifen, hievte sich langsam hoch, stützte sich am Auto ab und ließ sich auf den Fahrersitz fallen. Im Rückspiegel besah er sein Gesicht und erkannte sich kaum wieder. Ibrahim beugte sich vor, lehnte den Kopf gegen das Lenkrad und begann zu weinen.

Am nächsten Tag wachte er auf dem Wohnzimmersofa im Sotarvägen in Tensta auf. Fatima und Mitra beugten sich über ihn.

Sie starrten sein Gesicht an und flüsterten aufgeregt miteinander.

Nach dem Überfall war Ibrahim langsam nach Hause gefahren, hatte unterwegs mehrmals angehalten, um sich zu übergeben. Immer wieder war er hinter den Standstreifen gestolpert, hatte sich erbrochen und wieder zurück zum Auto geschleppt. Hatte ein paar Minuten verschnauft, war weitergefahren. Alles, was er wollte, war, nach Hause kommen und unter seinem eigenen Dach schlafen. Er hatte keine Ahnung, wie viele Stunden er für die Rückfahrt gebraucht hatte.

Er konnte sich vage erinnern, dass er das Taxi im Sotarvägen in der Garage abgestellt hatte, wo Mustafa, mit dem er sich den Wagen teilte, es abholen würde, um die Tagesschicht zu beginnen. Ibrahim hatte sich nicht zu Fatima ins Bett legen wollen und stattdessen auf dem Sofa geschlafen.

»Was ist passiert, Papa?«

In Ibrahims Ohren dröhnte es, sein Mund war trocken. Mitras braune Augen blickten ihn an. Für eine Antwort fehlte ihm die Kraft.

Mitra strich ihm übers Haar. Fatima reichte ihm ein Glas Wasser, aber Ibrahim schüttelte den Kopf.

Er machte den Mund auf, um etwas zu sagen, doch er brachte kein Wort heraus. Er wollte einfach nur daliegen und ihre Hand auf seinem Kopf spüren. Fatima tupfte ihm mit einem feuchten Handtuch das Gesicht ab. Das fühlte sich gut an. Ibrahim musste weinen. Er konnte die Tränen nicht zurückhalten. Er schluchzte, und Fatima und Mitra nahmen ihn in ihre Arme, ganz vorsichtig.

»So«, sagte er nach einer Weile. »Genug jetzt.«

Sie halfen ihm auf und führten ihn in die Küche, wo er auf einem Stuhl zusammensank.

Er verzog das Gesicht. Sein Kopf drohte zu zerspringen, sein Gesicht spannte, die Schulter pochte. Er befühlte mit den Fingerkuppen sein Gesicht. Es war heiß und geschwollen.

Ibrahim erzählte stockend, was passiert war, während Fatima das Mittagessen vorbereitete. Immer wieder hielt sie inne und schüttelte den Kopf. Mitra saß ihm gegenüber.

Ihre kleine zarte Hand streichelte seine große behaarte. Ibrahim fühlte sich miserabel. Er war doch der Vater. Er sollte trösten und beschützen. Nicht umgekehrt. Die ganze Zeit musste er sich zusammennehmen, um nicht wieder zu weinen.

»Du musst Anzeige erstatten, Papa. Sobald es dir besser geht, müssen wir zur Polizei. Ich komme mit«, sagte Mitra.

Ibrahim starrte verdrossen auf den Tisch.

Mitra seufzte.

»Die suchen sich ein neues Opfer und tun das wieder. Verstehst du das nicht? Beim nächsten Mal schlagen diese Idioten vielleicht jemanden tot. Und du kannst das verhindern, indem du dazu beiträgst, dass sie geschnappt werden.«

»Was soll die Polizei denn da machen, liebste Mitra? Sie wird die Verbrecher nie finden. Ich weiß nicht mal, wie sie ausgesehen haben. Es ging alles so schnell ...«

Fatima stellte resolut einen Topf auf die Anrichte.

»Sei nicht so stur, alter Mann, und tu, was deine Tochter dir sagt. Solche Schurken dürfen nicht frei herumlaufen«, sagte sie mit Nachdruck.

Mitra überging den emotionalen Ausbruch ihrer Mutter und sah Ibrahim in die Augen.

»Die Polizei wird ihre Arbeit schon machen, sie finden, verurteilen und hinter Schloss und Riegel bringen«, sagte sie. »Es muss zwar nicht so sein, aber stell dir vor, du bringst das nicht zur Anzeige, und in einem Monat oder in einem Jahr schlagen sie wieder zu. Wie fühlst du dich dann?«

»Ich weiß es nicht, Liebes. Und ich will jetzt auch nicht darüber nachdenken«, sagte er leise.

»Ist ja gut, Papa. Ruh dich ein bisschen aus, wir reden später weiter. Aber ich muss auf jeden Fall deine Verletzungen fotografieren. Dann entscheidest du selbst, was du tun willst«, sagte sie behutsam.

Mitra erhob sich, um den Reis auf den Tisch zu stellen. Ibrahim ließ seinen Blick über Tensta schweifen. Die gelben Fußgängerbrücken über den Straßen, der Beton, das Grau, das Düstere, das Ärmliche. In der Ferne ragte der Kista Tower in den Himmel.

»Beinahe hätte ich's vergessen.« Ibrahim wandte sich zu seiner Tochter um. »Wie war die Prüfung?«

Mitras Miene hellte sich auf.

»Die war kinderleicht. Gesellschaftsrecht ist wirklich viel leichter, als ich dachte.«

Als Ibrahim lächelte, spannte seine Gesichtshaut, seine Wange schmerzte. Aber er konnte das Lächeln einfach nicht unterdrücken.

»Für dich ist alles kinderleicht, kleine Mitra«, sagte er.

Ibrahim saß mit einer Tasse Kaffee im Sessel am Fenster. Er hatte nicht mal einen Löffel Reis essen können. Eigentlich hätte er sich bei Taxi Stockholm melden müssen, um zu berichten, was passiert war, es gab Regeln, die die Fahrer befolgen mussten, wenn sie angegriffen worden waren. Aber er wollte keine Umstände machen. Sie konnten ohnehin nichts tun.

Fatima und Mitra unterhielten sich auf dem Sofa und tranken Tee. Mitra saß im Schneidersitz wie auf dem Foto aus der Kindergartenzeit, das in ihrem Zimmer hing. Er lächelte vor sich hin, als er daran dachte. Die Zeit verging so schnell. Fatima fragte Mitra über ihre Freundinnen von der Östermalmsschule aus. Ihre Tochter antwortete geduldig und erzählte, dass sie einige von ihnen manchmal traf. Nicht mehr so oft wie zur Gymnasialzeit, aber manchmal tranken sie einen Kaffee zusammen, schrieben sich über Facebook oder nahmen über Instagram am Leben der anderen teil. Außer Mitra hatte bisher nur Alice angefangen zu studieren.

»Sie will Zivilökonomin werden.«

»Das klingt gut. Und die anderen?«, wollte Fatima wissen.

Mitra dachte nach und erzählte dann, dass sie im Ausland waren. Lisa arbeitete in einer Modeboutique in London. Sophie und Nicole reisten durch Australien, wahrscheinlich machten sie hauptsächlich Party.

»Und Maja hat ein Café im Karlavägen aufgemacht. Sie wusste nicht, was sie studieren sollte, und hat dann beschlossen, sich selbstständig zu machen.«

»Maja war schon immer tüchtig. Ihre Eltern sind genauso, ihnen gehören doch verschiedene Firmen, oder? Maja kommt nach ihnen«, stellte Fatima fest.

Später musste Mitra wieder aufbrechen. Am Abend wollte sie eine Kommilitonin treffen und mit ihr ein Bier trinken gehen.

»Nicht schlecht«, sagte Ibrahim.

»Du trinkst doch wohl kein Bier?«, fragte Mitra überrascht.

»Nicht mehr. Eigentlich nur noch Wein. Aber als dein alter Vater noch jung war, konnten seine Freunde und er an einem Abend das Bier von ganz Aleppo wegtrinken.«

Sie verdrehte die Augen und lachte.

Sie gingen nebeneinander durch das Zentrum von Tensta. Ibrahim hinkte, deshalb kamen sie nur langsam voran. Er hatte mit Vehemenz darauf bestanden, sie zur U-Bahn zu begleiten. Zuerst hatte er sich angeboten, sie nach Hause zu fahren, aber das hatte sie strikt abgelehnt.

Vor den Durchgängen mit den Kartenlesern blieben sie stehen. Mitra schaute Ibrahims Gesicht an und tätschelte ihm vorsichtig die Wange.

»Tut es sehr weh?«

Er stöhnte auf.

»Ehrlich gesagt – ja, es tut wirklich weh.«

Mitra schüttelte den Kopf.

»Papa, morgen erstatten wir Anzeige. Du wirst sehen, das geht schnell, und du wirst dich hinterher besser fühlen. Niemand darf dich so behandeln, und es ist auch für dich selbst wichtig, dass du das machst. Mein Leben lang hast du mir damit in den Ohren gelegen, wie wichtig es ist, sich einzufügen und schwedisch zu werden. In Schweden zeigen wir Straftaten an, das weißt du.«

»Okay«, sagte er mit einem Lächeln. »Vor allem, wenn man eine Tochter hat, die Anwältin wird. Dann hat man gewisse Pflichten als Vater, oder nicht?«

Mitra lächelte und nahm ihn behutsam in den Arm.

Er verzog vor Schmerz das Gesicht.

»Vor allem dann, ja«, sagte Mitra.

»Ich weiß nicht, was ich getan habe, dass ich eine Tochter wie dich verdiene, Mitra. Weißt du, dass ich mich das oft frage?«

Sie schüttelte den Kopf und rollte wieder mit den Augen. Ibrahim sah ihr nach, wie sie durch das Drehkreuz ging und die Treppe zur U-Bahn hinunterstieg.

Er liebte sie mehr als alles andere.

KAPITEL 15

Madeleine Winther fror, und ihre Laune war grauenerregend. Während sie am Odenplan auf den Bus wartete, warnten die Meteorologen auf ihrem Smartphone vor einem weiteren Sturm mit lächerlichem Namen. Der zweite Grund für ihre miese Laune war, wie so oft in letzter Zeit, Markus Råhde.

»Ich sollte lesbisch werden«, murmelte sie vor sich hin und zog an ihrer Zigarette. Eine ältere Dame im Wartehäuschen warf ihr einen empörten Blick zu.

Als Madeleine am Morgen aufgewacht war, hatte sie fünfzehn verpasste Anrufe von Markus auf ihrem iPhone. Sie überlegte, wo er sich wohl versteckte, um nicht gesehen zu werden, wenn er sie anrief. Jedenfalls wusste Madeleine sicher, was diese Verzweiflung zu bedeuten hatte: Seiner Frau waren die Gerüchte der Redaktion zu Ohren gekommen.

Markus schob Panik. Er würde von ihr verlangen zu lügen. Sie anflehen, ihm den Gefallen zu tun, alles Menschenmögliche zu unternehmen, um seine miserable Ehe zu retten.

Petra Nyman würde entweder vollkommen außer sich oder am Boden zerstört sein. Madeleine hoffte auf außer sich, denn weinende Frauen hatte sie noch nie ertragen können. Sie fand es pathetisch zu weinen. Besonders wegen Männern.

Madeleine hatte sich auf dem Gymnasium schon einmal in einer ganz ähnlichen Situation befunden. Damals hatte es damit geendet, dass mehrere ihrer Freundinnen sich die restliche Schulzeit über weigerten, mit ihr zu reden, weil Madeleine auf einer Skifreizeit in Chamonix mit dem Freund einer anderen ins Bett gegangen war. Sie konnte sich nicht mal an seinen Namen erinnern. Und an den Namen seiner Freundin ebenso wenig.

Sie zog ein letztes Mal an der Zigarette, drückte die Kippe aus und beschloss, mit dem Rauchen aufzuhören.

Als Madeleine die Redaktion betrat, konnte sie kaum die Jacke aufhängen, bevor Markus schon an ihrem Platz war und mit ihr reden wollte. Er war ein bodenloser Schauspieler, aber bemühte sich dennoch, förmlich zu sein. Madeleine folgte ihm mit einem Seufzer über den Flur und in einen Konferenzraum am anderen Ende der Redaktion. Er war mit einem roten Sofa, einem Schreibtisch und einem Stuhl aus hellem Holz bestückt.

Markus schloss die Tür hinter ihnen.

»Petra weiß alles«, sagte er und schüttelte den Kopf.

Madeleine setzte sich auf das Sofa, schlug die Beine übereinander und blickte aus dem Fenster. Kahle Baumkronen waren alles, was unter dem grauen Himmel zu sehen war.

»Die Schulterklopfer waren's hoffentlich wert«, sagte sie leise.

»Was meinst du damit?«, fragte Markus mit einer Stimme, die ins Falsett umzuschlagen drohte.

Er war rot im Gesicht.

»Wenn du mit deinem Kumpel nicht im Riche gesessen und geprahlt hättest, was für ein toller Hecht du bist, wäre das alles nie passiert. Aber du hast ja einfach nicht den Mund halten können. Du wolltest unbedingt die Lacher und das Schultergeklopfe auf deiner Seite haben. Auf Fragen antworten, wie sich Silikonbrüste so anfühlen. So war's doch, oder?«

Es war Markus anzumerken, dass Madeleine nicht so reagierte, wie er sich das vorgestellt hatte.

»Oder warst du beleidigt, weil ich mich nicht von jetzt auf gleich in den Flieger nach Prag gesetzt habe, und musstest deshalb dein Herz ausschütten, wie gemein ich bin?«

»Was machen wir denn jetzt?«

»Erst mal hättest du darauf verzichten können, regelmäßig

deinen Schwanz in mich reinzustecken, schließlich bist du verheiratet.«

Markus stützte den Kopf in die Hände. Madeleine war die ganze Situation völlig gleichgültig. Sie wollte ihn am liebsten gar nicht mehr sehen.

»Was machen wir denn jetzt?«, wiederholte er.

»Wir? Keine Ahnung. Sofern du nicht noch eine letzte schnelle Nummer willst, werde ich wieder an die Arbeit gehen. Ich muss, um dich zu zitieren, mich um eine Zeitung kümmern«, sagte sie und stand auf.

»Und du willst einfach so tun, als wäre nichts gewesen?«, fragte er.

Sie setzte sich wieder und holte tief Luft.

»Was soll ich denn deiner Meinung nach machen? Mir den Kopf kahl rasieren? Mir ein Schild um den Hals hängen, auf dem ›Ehezerstörerin‹ steht? Nein, Markus, ich gehe jetzt da raus und mache meinen Job. Und ich schlage vor, du machst das auch«, sagte Madeleine.

Er sprang vom Stuhl auf und trat einen Schritt auf sie zu.

»Du verdammtes Luder«, rief er und spuckte ihr vor die Füße. »Ich hätte alles aufgegeben für dich.«

Madeleine sah ihn fasziniert, beinahe gerührt an. Sie lachte auf, erhob sich und machte die Tür auf.

»Ich bin übrigens schwanger«, sagte sie.

Markus riss die Augen auf.

»Was hast du gerade gesagt?«

»Ich habe gesagt, dass das Luder einen Braten in der Röhre hat.«

Madeleine machte die Tür hinter sich zu, schüttelte den Kopf und ging wieder an ihren Platz. Sie war natürlich gar nicht schwanger. Sie hatte das nur so gesagt, spontan, damit Markus sich noch mehr quälte. Was sie an der Sache am meisten störte, war die Tatsache, dass ihr nun die Fernsehsendung durch die

Lappen gehen würde, die Markus ihr in Aussicht gestellt hatte. Madeleine hatte in letzter Zeit jede freie Minute darauf verwendet, an der Programmidee für die Talkshow zu arbeiten, mit der das *Nyhetsbladet* zukünftig freitags auf Sendung gehen sollte. Diese Talkshow hätte ihr Sprungbrett zu den großen Sendern werden können. Es war ein harter Schlag für sie, dass diese Gelegenheit sich in Luft aufzulösen schien.

Die Kollegen sahen sie scheel an. Aber das kümmerte sie nicht. Sie hatte alle Hände voll damit zu tun, einen neuen Scoop zu finden. Sie konnte es nicht ausstehen, sich nutzlos und durchschnittlich zu fühlen. Eigene Enthüllungen, eigene Schlagzeilen, das war ihr Ding. Sich über das Privatleben oder die schiefen Blicke der Kollegen den Kopf zu zerbrechen, das konnten andere tun.

Deswegen war sie ein Star und würde das auch bleiben.

Aber an diesem Tag ging nichts vorwärts. Sie surfte ziellos auf verschiedenen Seiten herum und erledigte ein paar Telefonate, aber es tauchte nichts Interessantes auf. Sie drehte rastlos eine Runde durch die Redaktion und holte sich einen Kaffee. Madeleine spürte, wie die Kollegen ihr immer noch verstohlene Blicke zuwarfen, die in ihrem Rücken brannten.

Am Kaffeeautomaten traf sie auf Amanda Lilja.

Madeleine verachtete Amanda Lilja und ihre gekünstelte Art. Ihr perfektes Leben in ihrer Riesenhütte in Bromma, die oberschlauen Interviews, die sie in Zeitschriften wie *Mama* und *Wochenschau* darüber gab, was für eine großartige Mutter sie war.

Und sie war schön. Mehr als das. Amanda Lilja war wunderbar, der uneingeschränkte Liebling der Redaktion. Jeder Text, den sie schrieb, wurde von Lesern wie Journalisten gleichermaßen vergöttert, als stammten die Worte von Mutter Teresa. Außerdem war sie stellvertretende Feuilletonchefin und saß in der Redaktionsleitung. Amanda lächelte Madeleine an und erkundigte sich nach ihrem Befinden. Madeleine murmelte eine unverständliche

Antwort und wollte wieder gehen. Aber Amanda war hartnäckig und legte ihr eine Hand auf die Schulter.

»Was du mit den Studentinnen gemacht hast, die für Sex bezahlt worden sind – großartiger Job. Und so ungeheuer wichtig«, sagte Amanda anerkennend.

»Danke, das war keine große Sache«, entgegnete Madeleine und konzentrierte sich auf ihren Kaffeebecher.

»Du«, Amanda sah sich um, »wenn du reden willst, ich bin für dich da. Wir kennen uns zwar nicht so gut, aber das sollst du einfach wissen. Ich bin schon ein paar Jahre hier, seit Gründung der Zeitung, um genau zu sein, ich weiß, wie das hier läuft.«

»Ich weiß nicht, was du meinst.«

»Weißt du, was? Wir sind uns vermutlich ähnlicher, als du glaubst.«

»Ach, wirklich?«

»Ja, zum Beispiel sind wir beide aufs Enskilda-Gymnasium gegangen ...«

Madeleine hatte keine Ahnung, woher Amanda das wusste. Sie fühlte sich wider Willen geschmeichelt. Aber sie hatte nicht vor, wie der Rest der Menschheit, Amanda auf den Leim zu gehen.

»Also nur, weil wir auf dieselbe blöde Schule gegangen sind, sollen wir plötzlich zusammen Tee trinken und über dumme Jungs reden?«

»Ich dachte eher daran, dass wir Mädels zusammenhalten sollten. Gerade in dieser Branche«, sagte Amanda.

»Danke, Simone de Beauvoir. Wenn die Jungs mich ärgern, renne ich damit ab jetzt sofort zu dir.«

Nach dem Lunch rief Markus Råhde zum Meeting am Nachrichtentresen. Die meisten Kollegen waren auf Außenreportage. Gegenwärtig waren außer Madeleine Winther nur Erik Gidlund, Peter Jansson, Emma Axelsson und Olof Göransson anwesend.

Markus war es offenbar gelungen, seine havarierte Ehe für einen Augenblick beiseitezulegen.

»Am Wochenende ist Anders Gustafsson vor seiner Haustür erschossen worden«, begann er. »Und gestern wurde der Journalist Jan Malmberg von der *Veckans Politik* umgebracht. Wir haben den Namen noch nicht veröffentlicht, werden dies aber in der morgigen Ausgabe tun.«

Markus unterbrach sich und warf einen Blick in die Runde.

»Einer oder mehrere haben sich auf die Fahnen geschrieben, Journalisten umzubringen. Die Polizei hat keine Ahnung, wer dahintersteckt. Der Nachrichtendienst Säpo ist eingeschaltet worden, da wir es mit drei politisch motivierten Morden zu tun haben. Etwas Derartiges hat es in unserem Land noch nie gegeben.« Er hustete, ehe er fortfuhr. »Die Sicherheitsmaßnahmen werden natürlich erhöht. Und ich will, dass alle, und damit meine ich, wirklich alle, Morddrohungen umgehend gemeldet werden. Was da gerade passiert, ist ein Desaster. Ich weiß, dass das eine absurde Situation ist, aber wir müssen das tun, was wir am besten können: Journalismus. Gibt es Vorschläge, wie wir damit umgehen sollen?«

Madeleine räusperte sich.

»Da draußen gibt es Menschen, in den Foren und auf Facebook, die die Morde bejubeln. Die meinen, Löwenström, Malmberg und Gustafsson hätten ihren Tod verdient. Jemand sollte einen Artikel daraus machen, im Stil von ›So werden die Mörder gefeiert‹. Ich sage nicht, dass das in die Papierausgabe muss, aber ich denke, das wäre ein guter Ansatz für die Onlineausgabe.«

»Sehr gut. Emma, du kümmerst dich um diese Zusammenstellung. Wir nehmen das auch in die Papierausgabe. Weitere Vorschläge? Wenn nicht, habe ich noch ein paar Aufgaben für euch«, sagte Markus und blickte in die Runde. Er hatte konsequent vermieden, Madeleine anzusehen. »Jansson, du rufst die Angehörigen an und schreibst etwas über Anders Gustafssons Leben. Wollen die Angehörigen nichts sagen, ist das in Ordnung, aber die Telefonate müssen sein. Erik, du hilfst Peter mit dem Text. Ruf auch ehemalige Kollegen an und erkundige dich, ob der Chefredakteur der *Aftonposten* einen Kommentar abgeben will. Das Gleiche macht ihr bei der *Veckans Politik*. Das ist ja eine kleinere Zeitung, das dürfte also nicht weiter schwierig sein.«

»Und ich?«, fragte Madeleine ungeduldig.

Alle richteten ihre Blicke auf sie.

»Ich dachte, du könntest etwas tun, was zu diesem Zeitpunkt einer Ermittlung üblicherweise noch nicht gemacht wird, soweit ich weiß. Das ist vielleicht ein bisschen sehr britisch, aber keine schlechte Idee, denke ich. Ich will, dass du dich mit einem Experten für Profiling triffst und ihn oder sie zu den Morden interviewst.«

»Am Telefon?«

»Nein, Herrgott, fahr hin. Wenn das gut wird, bringen wir es in der Ausgabe von morgen«, entschied Markus.

Das Meeting war beendet, und Madeleine kehrte an ihren Schreibtisch zurück. Auf dem Weg dorthin begegnete sie der Feuilletonjournalistin Ingrid Törnblom.

»Ich hab dich schon länger nicht mehr beim Spinning gesehen«, begrüßte Ingrid sie.

Madeleine rang sich ein Lächeln ab. Sie begriff nicht, wie Ingrid glauben konnte, dass sie Freundinnen waren, nur weil sie sich manchmal beim Fitness trafen.

»Es war einfach zu viel los«, erwiderte sie.

»Dann kommst du heute Abend auch nicht?«, fragte Ingrid und rückte ihre Brille gerade.

»Mal sehen. Ich muss jetzt los, und der Job geht wahrscheinlich auch in den Abend rein.«

»Ich werde wohl hingehen, aber mein Sohn fühlt sich nicht so gut, deshalb bleibe ich wahrscheinlich nur eine halbe Stunde.«

Als Ingrid gegangen war, loggte Madeleine sich in den Newspilot ein. Das Programm enthielt die Kartei mit den Kontakten der Zeitung. Es gab fünf Experten – vier Männer und eine Frau. Sie entschied sich für Thomas Sandberg und rief ihn an.

Er bat sie, noch am selben Nachmittag vorbeizukommen.

KAPITEL 16

Carl Cederhielm nahm die rote U-Bahn-Linie am Östermalmstorg. Er wusste nicht, wann er das letzte Mal U-Bahn gefahren war. Im Wagen standen die Fahrgäste dicht gedrängt, die meisten hatten Feierabend und fuhren nach Hause. Carl hielt sich an seinem Regenschirm fest und versuchte, Körperkontakt zu vermeiden. Es roch nach Schweiß und klammen Kleidern. Über dem Tunnel, durch den sie fuhren, ging der Regen nieder.

Am T-Centralen stieg er in die grüne Linie Richtung Hässelby Strand um. Er wusste, dass Fredrik Nord sich in derselben Bahn befand, wenige Wagen weiter, aber sie hatten beschlossen, sich nicht mehr als notwendig zusammen zu zeigen. Carl war überzeugt, dass weder die Polizei noch die Säpo ihnen auf der Spur war, aber zusätzliche Sicherheitsmaßnahmen schadeten nie.

Wurde einer von ihnen geschnappt, würde der andere gemeinsam mit Lars Nilsson weitermachen. Eine Woche war vergangen, seit sie Anders Gustafsson erledigt hatten. Und vor vier Tagen war der Journalist Jan Malmberg vor der eigenen Haustür erschossen worden. Wieder war Fredrik es gewesen, der abgedrückt hatte.

Am Odenplan musste er erneut umsteigen, zurück zum T-Centralen fahren und in die rote Linie Richtung Ropsten steigen. Durch diesen U-Bahn-Wechsel wollten Carl und Fredrik eventuelle Verfolger abschütteln.

Lars hatte erzählt, dass sämtliche Redaktionen ihre Bewachung verstärkt hatten, er war herumgefahren, um das mit eigenen Augen zu sehen. Vor der *Aftonposten*, der *Kvällspressen*, dem *Nyhetsbladet* und dem *Sveriges Allehanda* waren rund um die Uhr Streifenwagen postiert. Das Gleiche galt sicherlich auch für das schwedische Fernsehen SVT, Sveriges Radio und TV4, auch wenn Lars das nicht überprüft hatte.

Aber Carl wusste, dass die Polizei nicht alle Journalisten schützen konnte. In einer knappen Stunde würde ein weiterer Journalist sterben. Der vierte innerhalb von zwei Wochen. Die Panik bei den Pressehäusern würde keine Grenzen kennen. Carl würde ihnen zeigen, dass sie nirgends sicher waren, dass er überall zuschlagen und dass es jeden treffen konnte.

Zuerst hatte er jemanden von seiner Liste aus dem Weg schaffen wollen, der in dem Pressehaus arbeitete, in dem *Sveriges Allehanda* und die *Kvällspressen* untergebracht waren.

Letzte Woche war er sogar hingefahren und hatte sich in dem Gebäude umgesehen. Mehrere Journalisten hatte er erkannt. Aber sowohl Lars als auch Fredrik hatten sofort ihr Veto eingelegt gegen die Idee, in deren eigenen Räumen zuzuschlagen. Zum einen patrouillierten Polizeibeamte, sowohl in zivil als auch uniformiert, durchs Gebäude. Und zum anderen waren sämtliche Fluchtwege abgeschnitten, durch das Wasser rundherum und die Russische Botschaft gegenüber. In der Gegend waren viele Menschen unterwegs, also waren zu jeder Zeit potenzielle Zeugen und potenzielle Möchtegern-Helden in der Nähe. In der Redaktion des *Nyhetsbladet*, die im Garnison-Karree residierte, war die Sicherheitsstufe nicht ganz so hoch. Das Risiko wäre dennoch zu groß gewesen, Ingrid Törnblom, eine der beiden *Nyhetsbladet*-Journalisten, die auf der Liste standen, dort umzubringen. Auch wenn Carl nicht umhinkonnte, die Vorstellung spektakulär und verlockend zu finden. Allmählich begann er, sich unbesiegbar zu fühlen, er spürte nichts als Entschlossenheit, seine Nervosität war wie weggeblasen.

Die Feuilletonjournalistin war in den Vierzigern und hatte sich jahrelang für quasi offene Grenzen ausgesprochen, Åsa Romson verteidigt, behauptet, dass sie von der Öffentlichkeit schärfer verurteilt worden war, weil sie eine Frau war, und gefordert, die heimkehrenden IS-Terroristen sollten mit Samthandschuhen angefasst werden. Ingrid Törnbloms krankem Weltbild zufolge sollte man »ihre Beweggründe nachvollziehen«. Carl schnaubte laut, als die U-Bahn am Karlaplan einfuhr.

Sie hatten sich darauf geeinigt, sie im Gustav Adolfsparken in der Nähe der Kirche umzubringen. Das setzte eine gewisse Planung voraus, aber im Park war es dunkel, und vor allem wurde er nicht videoüberwacht. Es gab Fluchtwege in alle Richtungen, und nach sechs Uhr abends waren nur noch wenige Passanten unterwegs.

Lars hatte Ingrid Törnblom ausgekundschaftet. Dienstags und donnerstags ging sie zum Spinning ins Fitnessstudio Fältherren, das lag ebenfalls im Garnison-Karree. Lars hatte sogar zwei Trainingseinheiten mitgemacht, um Ingrid Törnblom möglichst nahe zu kommen. Carl gefiel diese Sorgfalt. Sie ließ auf eine gewisse Hingabe schließen.

Ingrid Törnbloms Spinningstunde war um sieben Uhr zu Ende. Kurz darauf würde sie, geduscht und umgezogen, am Coop vorbeigehen, wo sie normalerweise für das Abendessen einkaufte, ehe sie den Park durchquerte und den Weg in die Sandhamnsgatan auf Gärdet einschlug, wo sie mit ihrem Mann und ihren zwei Kindern wohnte.

Sie hätten sie auf dem Weg überfallen können, obwohl er beleuchtet war, doch schlussendlich hatten sie sich für eine andere Taktik entschieden. Die Idee stammte von Lars. Einhundert Meter von dem Weg entfernt, den Ingrid Törnblom entlangkommen würde, lag ein Kindergarten mit Spielplatz. Sie würden an ihre mütterlichen Instinkte appellieren – Fredrik würde rufen, dass seine Tochter nicht mehr atmete und Hilfe brauchte. Und wenn Ingrid Törnblom den beleuchteten Weg verlassen hätte, würde es für Fredrik und Carl ein Leichtes sein, sie zu überwältigen und zu töten.

Carl ging den Karlavägen entlang und tastete seine Hosentasche nach seinem Mora-Messer ab. Es war neu. Das Messer, mit dem er Hannah Löwenström erstochen hatte, hatte er einen Tag nach dem Mord von der Djuröbrücke geworfen. Und bei einer Hure wie Ingrid Törnblom wollte er nicht sein Armeemesser nehmen, das war sie nicht wert. Am Fußballplatz neben der Östermalmsschule blieb er stehen und wartete auf Fredrik.

Carls Telefon piepte.

»Vor Ort?«, schrieb Lars.

»Ja«, antwortete Carl und schob das Mobiltelefon in seine Tasche zurück.

Er warf einen Blick über die Schulter, aber er konnte Fredrik nirgends entdecken. Carl hatte einen trockenen Mund, doch im Kiosk am Karlaplan hatte er nichts kaufen wollen. Der Laden war mit Sicherheit videoüberwacht. Er hielt inne und spähte in den dunklen Park, bis Fredrik über die Banérgatan den Hügel hinunterkam. Sie nickten sich unauffällig zu, und Fredrik ging weiter.

Carl folgte ihm mit ein wenig Abstand. Eine Frau mit Schal, die eine große Plastiktüte in der Hand hielt, ging herum und suchte in den Mülltonnen nach Pfandflaschen. Sie stellten sich ein Stück weiter oben an den Weg, der in den Park führte.

»Kann die Zigeunerschlampe ein Problem für uns werden?«

»Glaub ich nicht«, sagte Carl und blickte den Weg entlang. Zweihundert Meter vor ihnen begannen die Wohnhäuser, sich aneinanderzureihen.

Am Abend, bevor sie Jan Malmberg von der *Veckans Politik* umgebracht haben, waren sie dort gewesen, um zu proben. Carl machte es stolz, wie professionell und vorausschauend sie waren.

»Du lockst die Schnalle her«, sagte er und zeigte auf das Gebüsch, das sie zuvor für ihre Aktion ausgesucht hatten. Es war aber nicht zu sehen, weil ihnen die Gustaf Adolfskyrkan die Sicht nahm. »Ich komme von hinten angelaufen. Es soll so aussehen, als hätte ich die Rufe gehört und wollte dir helfen. Passiert etwas

Unerwartetes, müssen wir improvisieren, ansonsten hältst du sie fest und ich lösche ihr elendiges Leben aus.«

Fredrik grinste ihn an.

»Eigentlich tun wir dem Luder einen Gefallen«, sagte er und ging auf seinen Posten.

Carl merkte, wie sein Telefon in der Tasche vibrierte, er hatte eine SMS bekommen.

»Warte kurz«, zischte er.

Er nahm das Mobiltelefon heraus und las die Mitteilung. Ingrid Törnblom war schon auf dem Weg. Aus irgendeinem Grund hatte sie früher mit dem Spinning aufgehört. Carl atmete tief durch. Was sollte das bedeuten? Nichts, vermutlich. Vielleicht hatte sie sich eine Zerrung zugezogen? Fredrik sah ihn fragend an und wartete darauf, dass Carl etwas sagte.

»Sie ist schon unterwegs«, murmelte Carl.

Fredrik nickte und lief los. Nach hundert Metern hielt er auf die Gustav Adolfskyrkan zu. Carl ging in Richtung der Treppe, die Ingrid Törnblom nehmen würde. Er hielt im Dunkeln nach Fredrik Ausschau, konnte ihn aber nicht entdecken. Er trat neben eine Bank und blickte auf das Garnison-Karree. Durch die skelettartigen Büsche erkannte er den hell erleuchteten Eingang des Coop. Noch war niemand zu sehen. Er hielt inne und schloss die Augen, um sich zu konzentrieren. Hoch über ihnen zog ein Flugzeug vorbei. Als er die Augen wieder aufmachte, fiel sein Blick auf eine Frau.

War das Ingrid Törnblom?

Er versuchte, nicht zu starren, er wollte keine Aufmerksamkeit auf sich ziehen. Aber die Frau, die an ihm vorbeiging, war mindestens zehn Jahre älter und hatte lange rote Haare. Ingrid Törnblom hatte kurze blonde Haare und war mindestens eins achtzig. Carl setzte sich auf die Bank, doch ihm war kalt, deshalb stand er gleich wieder auf. Außerdem wäre es verdächtig, plötzlich aufzustehen, wenn Ingrid Törnblom vorbeiging. Er begann, die Arme hin und her zu schwingen, um sich ein wenig aufzuwärmen.

Eine weitere Frau kam auf ihn zu, sie telefonierte. In der anderen Hand hielt sie eine weiße Coop-Tüte. Diesmal war es Ingrid Törnblom, ohne Zweifel. Carl ging langsam Richtung Kirche. Nach einigen Metern überholte sie ihn. Er zückte sein Mobiltelefon und schrieb Fredrik.

Es waren noch fünfzig Meter bis zu der Stelle, an der Fredrik um Hilfe rufen sollte.

Der Park war menschenleer. Die Frau mit den Pfandflaschen war nirgends zu sehen. Carl ging schneller, versuchte, Ingrid Törnbloms Telefongespräche mitzuhören, aber er konnte nur Wortfetzen aufschnappen. Sie klang fröhlich. Vielleicht sprach sie mit einem ihrer Kinder, dachte Carl.

Noch zwanzig Meter. Carl schielte zum Gebüsch hinüber. Jetzt, Fredrik, dachte er.

Im nächsten Moment stürzte Fredrik auf den Weg zu. Ingrid Törnblom blieb stehen und starrte ihn an.

»Hilfe ... bitte ... meine Tochter ... sie atmet nicht mehr«, keuchte Fredrik und winkte. Carl konnte sich das Lachen kaum verkneifen, als er sein Gesicht sah.

Ingrid Törnblom beendete sofort ihr Telefongespräch, stellte die Tüte ab und folgte Fredrik. Carl setzte sich ebenfalls in Bewegung. Er sah, wie Ingrid Törnblom beinahe in dem nassen Gras ausgerutscht wäre, aber sich gerade noch halten konnte.

»Wo ist sie?«, rief Ingrid.

»Ein Stück weiter vorn, schnell!«

Carl war nur wenige Schritte hinter ihr, als Fredrik sich plötzlich umdrehte und auf sie stürzte.

Sie schrie. Es war ein geller, panischer Schrei. Carl sah, wie sie zu Boden gingen. Fredrik bekam sie am Genick zu fassen und drückte sie auf die Erde. Sie zappelte mit den Beinen und versuchte erneut zu schreien, aber Fredrik hielt ihr den Mund zu.

Er umklammerte sie mit seinen Beinen und drehte sie auf den Rücken, sodass er unter ihr lag. Carl sah sich um. Kein Laut war zu hören. Er nahm das Messer aus seiner Tasche und kniete sich neben sie. Sie fuchtelte mit dem rechten Arm und sah ihm in die Augen. Dann fiel ihr Blick auf das Messer. Ihre Bewegungen wurden hektischer, verzweifelter. Ein erstickter Schrei entrang sich ihrer Kehle.

Eine Sekunde, bevor Carl ihr das Messer in den Unterleib rammte, schloss sie die Augen, als wollte sie nicht sehen, was passierte. Carl hielt seinen Blick auf ihr Gesicht geheftet, um zu sehen, wie es sich jedes Mal, wenn er ihr das Messer durch die Jacke in den Bauch stieß, vor Schmerz verzerrte.

Fredrik ließ sie los, schob ihren Körper zur Seite und stand auf. Ingrid Törnblom lag bewegungslos da.

»Ist sie tot?«, sagte Fredrik gedämpft. Er atmete schwer.

»Ich glaube schon«, entgegnete Carl und betrachtete den reglosen Körper.

»Wie oft?«

»Mindestens acht Mal. Wenn sie jetzt noch nicht tot ist, dann wird sie es bald sein ... Lass die Hure hier liegen und verbluten. Der weint keiner eine Träne nach.«

Carl drehte sich um und blickte Richtung Kirche und Weg.

Ein Mann ging auf die Östermalmsschule zu.

Sie klopften sich ihre Kleider ab. Im Vorfeld hatten sie beschlossen, sich auf dem Weg hinter der Kirche zu trennen. Fredrik sollte den Karlavägen entlanggehen und dann den Narvavägen Richtung Strandvägen einschlagen. Carl würde den Valhallavägen nehmen – um dann links abzubiegen und zur Tekniska Högskolan zu laufen. Dort würde er in den Bus nach Lilla Essingen steigen, um Lars im Restaurant Rosa Drömmar zu treffen.

KAPITEL 17

Das Schlafzimmer war leer.

August Novak leuchtete mit dem Licht seines Mobiltelefons durch den Raum, aber er war leer. Er atmete hörbar aus. Genau davor hatte er sich gefürchtet. Er brauchte zehn Minuten, um die übrigen Zimmer zu durchsuchen. Valeria war verschwunden. Es gab also noch eine Chance, dass sie lebte, dachte August und setzte sich an den Tisch auf der Terrasse.

Er blinzelte in die Dunkelheit und versuchte, einen klaren Gedanken zu fassen. Er war nass geschwitzt, aber der Wüstenwind verschaffte ihm eine Abkühlung. Es mussten Alfonso Paredes und seine Leute gewesen sein, die sich für das, was in Maitencillo passiert war, rächten. Wie hatte er nur so dumm und leichtsinnig sein und Valeria mit Don Julio allein im Haus lassen können? Er hatte Alfonso Paredes unterschätzt.

Er hatte angekündigt, dass er Valeria vergewaltigen würde, war sie deshalb verschleppt worden? Würden sie ihm einen Film schicken, auf dem zu sehen war, wie sie sich an ihr vergingen?

August barg sein Gesicht in den Händen.

Valeria war ganz allein. Sie musste vollkommen verängstigt sein.

Allerdings gab es noch eine andere Möglichkeit, eine, an die August gar nicht zu denken wagte: auch Vladimir und die Russen konnten dahinterstecken. Allerdings wären die vorsichtiger gewesen – sie wussten, dass August noch am selben Abend wieder nach Hause zurückkommen, Don Julio und die Hunde tot vorfinden und sofort nach Valeria zu suchen anfangen würde.

Doch Andrei Pulenkov war nicht in der Hütte gewesen, als er Manuel Contreras umgebracht hatte. Wo hatte er gesteckt? Und wenn die Russen Valeria hatten, was hatten sie dann mit ihr vor? Sie verhören, um herauszufinden, ob Augusts Bericht über die Kolumbianer und die Familie Mendoza stimmte? Sie wusste von alldem ja gar nichts. Das mussten Vladimir und Andrei doch einsehen. Und in dem Fall musste auch Ilja involviert sein. Hatte August ihre Freundschaft falsch eingeschätzt?

Nein, das, was passiert war, ging auf Alfonso Paredes' Kappe. Das konnte gar nicht anders sein.

Wo sollte er anfangen, nach ihr zu suchen? Und wenn sie tot war, was würde er dann machen?

Es war halb zwei Uhr nachts. Irgendwo im Dunkeln jaulte ein einsamer Hund. August musste Don Julio schnellstmöglich beerdigen, noch vor Sonnenaufgang. Es musste die reinste Hölle gewesen sein, an ihm vorbeizukommen und in Valerias Zimmer einzudringen, dachte er. Don Julio hatte sich mit ganzem Stolz und ganzer Kraft bis zuletzt zur Wehr gesetzt. August stand vom Tisch auf und ging ins Haus.

Als die ersten Sonnenstrahlen auf die Berge fielen, war August unten am Fluss. Neben einem großen Eukalyptusbaum befand sich zu seinen Füßen ein frisches Grab, in dem Don Julios Leiche lag. August nahm einen spitzen Stein und ritzte ein »X« in den Stamm. Er würde Don Julios Verwandten sagen, wo das Grab lag, damit sie es pflegen konnten. August machte kehrt und ging zum Haus zurück.

Im Auto auf dem Weg nach Vallenar rief er Ilja an. Der Russe klang sofort hellwach, als August erzählte, was passiert war.

»Was hast du vor?«, fragte Ilja.

»Alfonso Paredes finden und das Beste hoffen.«

»Wo treffen wir uns?«

»Im El Minero.«

»Ich bin in einer halben Stunde da. Hast du mit Vladimir und Andrei gesprochen?«

»Noch nicht.«

»Wir finden die Gangster, die das getan haben, mach dir keine Sorgen. Das verspreche ich dir, *amigo*, wir finden sie und bringen sie um.«

August legte auf, dann rief er Vladimir an, erzählte auch ihm, was passiert war, und bat ihn, ins El Minero zu kommen.

Eine Stunde später betraten Vladimir und Andrei die Bar. August stand sofort vom Tisch auf, an dem er mit Ilja gesessen hatte, zog seinen Revolver und setzte Andrei die Mündung auf die Stirn. Vladimir sah August überrascht an, aber wartete ab. Andrei rührte sich nicht und blickte starr geradeaus.

»Wo warst du letzte Nacht?«, fragte August.

»Ich ...«

August stürzte sich auf den Russen, schleifte ihn mit sich, drückte ihn mit dem Gesicht auf die Tischplatte und hielt ihm die Waffe ins Genick.

»Bleib ruhig, August«, sagte Vladimir. »Ich verstehe, dass du dich aufregst über das, was passiert ist, aber tu jetzt nichts, was du später bereust.«

»Ich war zu Hause. August, ich könnte Valeria niemals etwas antun, das weißt du ja wohl.«

»Warum warst du gestern überhaupt zu Hause? Das machst du doch am liebsten, Leute umlegen, die sich nicht wehren können.«

»Ich war in Kontakt mit Jaime Mendoza«, sagte Andrei und suchte Vladimirs Blick. »Um ihn zu beruhigen und zu erklären, dass wir die Situation unter Kontrolle haben.«

Ilja legte August behutsam eine Hand auf die Schulter.

»Das stimmt«, bestätigte Ilja. »Ich habe ihn zu Hause abgesetzt.«

August sah sich um. Vladimir beobachtete ihn in aller Ruhe, fast ein wenig neugierig. Dann nahm er den Revolver von Andreis Hinterkopf, hielt ihn aber noch im Anschlag.

»Keiner von uns hat etwas mit Valerias Verschwinden zu tun. Alfonso Paredes und seine Kommunisten haben sie sich geschnappt«, versicherte Vladimir.

August machte einen Schritt auf ihn zu.

»Wenn du nicht so verdammt paranoid gewesen wärst, wäre das nicht passiert. Dann wäre ich zu Hause gewesen, und die anderen wären jetzt tot.«

Vladimir machte eine ausholende Geste. Er war unrasiert, seine Augen waren blutunterlaufen. Die Haare standen wild zu allen Seiten ab.

»Es gibt ein Leck. Da musste ich doch was unternehmen, um sicherzugehen, dass nicht du das bist. Und wenn du ein bisschen darüber nachdenkst, kapierst du auch, dass ich richtig gehandelt habe.«

»Valeria ist weg. Don Julio ist tot. Ja, das hast du wirklich vorbildlich gelöst.«

»Wir finden Alfonso Paredes. Und wenn wir ihn haben, dann wissen wir auch, was mit Valeria passiert ist. Hoffentlich ist sie unverletzt. Mit etwas Glück finden wir sie noch heute. Luis Garcia und seine Männer krempeln gerade ganz Maitencillo um. Wenn Alfonso Paredes sich dort versteckt, dann finden sie ihn … Und wenn nicht, dann fahren sie nach Freirina und machen da das Gleiche.«

August seufzte, schob den Revolver ins Holster zurück und ließ sich auf einen Stuhl fallen.

Andrei strich sein Hemd glatt und reckte sich.

»Und was jetzt?«, fragte August.

»Alle suchen sie und Alfonso Paredes«, gab Vladimir zurück. »Wir müssen abwarten, mehr können wir nicht tun. Du solltest dich aufs Ohr legen, denn wenn wir sie gefunden haben, musst du fit sein.«

August schloss die Augen und nickte. Er wusste, dass Vladimir recht hatte. Man konnte viel über den Russen sagen, aber in einer

146

Situation wie dieser war er froh, dass Männer wie Vladimir und Ilja, selbst wie Andrei, ihm zur Seite standen. Sie würden Valeria finden und ihre Entführer umbringen.

»In dem Raum neben dem Lager steht ein Bett. Leg dich hin, wir kümmern uns um alles Nötige«, sagte Ilja.

Als August aufwachte, stand Ilja vor ihm. Die Sonne schien durch das Dachfenster. Der Russe wirkte verbissen.

»Haben sie Valeria gefunden?«

Ilja nickte langsam.

»Wo?«

»Am Fluss, es tut mir leid ... Sie ...«

August hob den Arm und ballte die Hand zur Faust. Er holte aus, um gegen die Wand zu schlagen, im letzten Moment aber beherrschte er sich.

»Wer hat sie gefunden?«, fragte er stattdessen.

»Ein paar Frauen ... Sie ...«

August biss sich auf die Lippe, um die Tränen zurückzuhalten. Er setzte sich auf.

»Ich will sie sehen ...«

»Das ist keine gute Idee, mein Freund. Sie haben ... Sie ist übel zugerichtet und lag im Wasser. So willst du sie nicht in Erinnerung behalten.«

August hörte gar nicht zu und erhob sich.

»Wo ist sie?«

»Im Krankenhaus.«

Ilja legte ihm eine Hand auf die Schulter. August schob sie fort.

»Lass mich. Es ist meine Schuld, dass sie tot ist. Ich will sie ein letztes Mal sehen. Sie war schwanger, verstehst du? Sie wollte weg von hier. Sie hat mich gebeten, sie hier rauszuholen, und sie hatte Angst, dass ich umgebracht werden könnte. Stattdessen ... stattdessen wird sie aus diesem verfluchten Fluss gezogen.«

Ilja sagte nichts.

»Wenn du dich nützlich machen willst, dann bring diesen *hijo de puta* Alfonso Paredes her. Lebend. Ich will ihm das Herz bei lebendigem Leib rausreißen.«

»Mach dir keine Sorgen. Ich werde ihn finden und zu dir bringen ... Willst du, dass ich dich ins Krankenhaus begleite?«

»Nein, ich fahre allein. Finde ihn!«

Auf der Fahrt ins Krankenhaus weinte und brüllte er abwechselnd. Er riss das Steuer herum, und der Wagen geriet ins Schleudern. Es war ihm gleichgültig, dass ihn die Leute aus den anderen Autos mit großen Augen anstarrten. Alfonso Paredes oder Vladimirs Paranoia – wer oder was Valeria auch immer auf dem Gewissen hatte, im Grunde war es Augusts Schuld. Ihr Leben lag in seiner Verantwortung. Sie hatte ihn gebeten, mit ihr aus Vallenar wegzugehen, und jetzt war sie tot, weil er nicht auf sie gehört hatte.

Ilja hatte recht, August wusste nicht, was ihn erwartete, was sie ihr angetan hatten. Vielleicht war es das Beste, im Auto sitzen zu bleiben und umzukehren, sie so in Erinnerung zu behalten, wie sie war, als sie noch lebte.

Er hatte schon einmal Leichen gesehen, die aus einem Fluss gezogen worden waren, und das war kein schöner Anblick gewesen.

Trotzdem musste er sie sehen, das war er Valeria und ihrem ungeborenen Kind schuldig.

Ein Arzt begrüßte ihn und führte ihn mit ernster Miene in die Leichenhalle. Er bat ihn, auf einem Stuhl in einem Raum Platz zu nehmen, in dem Obduktionen durchgeführt wurden, wie August annahm. Nach einer Weile kam der Arzt zurück. Er schob eine Bahre vor sich her. Ein Fuß mit lackierten Zehennägeln ragte unter dem weißen Laken hervor. Der Arzt stellte die Bahre mitten im Raum ab.

»Ich lasse Sie jetzt allein. Wenn Sie etwas brauchen, dann drücken Sie einfach auf diesen Knopf«, sagte er und ging.

August blieb sitzen. Er konnte sich nicht überwinden, an Valerias Leiche heranzutreten. Schließlich zwang er sich doch, aufzustehen und das Tuch von ihrem Gesicht zu nehmen.

Jemand hatte ihre Lider geschlossen, dafür war er dankbar. Ihr Gesicht war grün und blau geschlagen und geschwollen. Er streckte eine Hand aus und strich über ihr schwarzes Haar.

Es war noch feucht.

Er zog das Laken weiter herunter.

Ihr Hals war mit dunkelvioletten Blutergüssen übersät.

Sie war mit bloßen Händen erwürgt worden, oder mit einem dickeren Seil. Er ballte die Faust, wandte den Blick ab und holte tief Luft. Er streichelte ein letztes Mal ihre Wange und flüsterte »*Perdón, mi amor*«. Dann deckte er behutsam ihr Gesicht wieder zu und drückte auf den Knopf, den der Arzt ihm gezeigt hatte.

Er musste in der Nähe gewartet haben, denn er trat sofort in den Raum und sah August mitfühlend an.

»Ich habe noch ein paar Fragen«, sagte August und versuchte, sich zu sammeln.

Der Arzt nickte.

»Wissen Sie, wer ich bin?«

Der Arzt nickte erneut.

»Ich weiß, wer Sie sind. Ich muss Ihnen sagen, dass wir sie noch nicht obduziert haben, nur äußerlich untersucht. Ich beantworte Ihre Fragen, so gut ich kann.«

»Soweit ich sehen kann, ist sie erdrosselt worden.«

»Es deutet vieles darauf hin, ja.«

»Den Blutergüssen nach zu urteilen, ist das entweder mit bloßen Händen, einem Seil oder einem Stück Stoff geschehen, denn es gibt keine offenen Verletzungen.«

»Da bin ich Ihrer Meinung«, sagte der Arzt.

»Ich könnte ... Ich will gar nicht sehen, wie ihr Körper geschunden worden ist. Haben sie ... Ist sie ...«

»... vergewaltigt worden?«

Der Arzt verstummte und sah zu Boden. August musterte ihn eindringlich. Seine Nervosität war ihm deutlich anzumerken.

»Ich will nur wissen, was passiert ist«, erklärte August gedämpft.

»Ja, es deutet einiges darauf hin.«

»Dann müsste man doch DNA-Spuren finden?«

Der Arzt nickte.

»Vermutlich. Außerdem hat sie getrocknetes Blut unter den Fingernägeln. Auch dort müssten wir DNA finden. Sie muss ihren Angreifer ganz schön gekratzt haben.«

August lächelte traurig.

»Werden Sie die Obduktion durchführen?«

»Zusammen mit einem Kollegen.«

»Gut. Ich will der Erste sein, der erfährt, wessen DNA Sie gefunden haben. Nicht die Polizei, nicht der Staatsanwalt, sondern ich.«

»Das wird aber ein paar Tage dauern, vielleicht eine Woche. Die Proben werden nach Iquique geschickt und ...«

»Das ist in Ordnung, solange ich als Erster davon erfahre. Versprechen Sie mir das?«

»Ich verspreche es Ihnen. Mein Name ist Doktor Gonzales, und wenn Sie noch Fragen haben, rufen Sie im Krankenhaus an und verlangen nach mir.«

KAPITEL 18

Nachdem Ibrahim Chamsai und Mitra im Polizeipräsidium auf Kungsholmen Anzeige erstattet hatten, gingen sie zu McDonald's in der St. Eriksgatan. Seine Glieder schmerzten noch immer, und sein Gesicht war geschwollen, aber er wollte keine Gelegenheit versäumen, gemeinsam mit seiner Tochter Zeit zu verbringen.

Ibrahim war gern mit Mitra allein, doch mittlerweile kam das nur noch selten vor. Als sie noch ein Kind gewesen war, hatten sie oft zu zweit etwas unternommen. Im Sommer hatte er sich manchmal freigenommen, wenn Fatima arbeiten musste, damit Mitra nicht die ganze Zeit im Hort war. Dann hatten sie einen Ausflug zum Lappkärrsberget gemacht. Sie hatten gebadet, Wikingerkegeln gespielt und Comics gelesen. Abends hatten sie ein Feuer gemacht und Würste in die Flammen gehalten. Ibrahim hatte aus seiner Kindheit erzählt, von Mitras Großeltern, die damals schon seit Langem verstorben waren.

Im hinteren Teil des Lokals verteilte ein Mädchen in kariertem Hemd Luftballons an eine Gruppe Kinder.

»Weißt du noch, wie wir deinen Geburtstag bei McDonald's gefeiert haben, als du klein warst?«, fragte Ibrahim.

Mitra verdrehte die Augen und trank von ihrer Cola.

»Weißt du, was? Im Sommer, an deinem Geburtstag, feiern wir wieder hier. Ich rufe diesen Robert McDonald an und mache das fix. Wenn du Glück hast, erinnert er sich an dich und macht mir einen guten Preis«, sagte Ibrahim und zwinkerte.

»Er heißt Ronald McDonald, Papa. Aber ja, warum nicht?«

Ibrahim blieb beinahe eine Pommes im Hals stecken.

»Willst du das wirklich?«

Sie schüttelte lachend den Kopf.

»Nein, ich mache nur Spaß. Ich werde zweiundzwanzig. Als Mama und du das letzte Mal eine Geburtstagsfeier für mich ausgerichtet habt, war ich in der Mittelstufe, und ich kann immer noch nicht fassen, wie ihr das alles bezahlen konntet. Ist das nicht richtig teuer? Ihr habt schließlich meine ganze Klasse und auch noch die Parallelklasse eingeladen. Möchtest du Kaffee?«

»Gerne. Hier, nimm meine Karte«, gab Ibrahim zurück.

»Ich lade dich ein, Papa. Du hast schon das Essen bezahlt.«

Er hielt ihr trotzdem seine Visa Card hin.

»Du kannst dir lustigere Sachen von deinem Geld kaufen als einen Kaffee für deinen Vater«, sagte er.

»So pleite bin ich auch wieder nicht. Außerdem habe ich bei ICA gejobbt.«

»Wieso das denn?«, fragte Ibrahim verwundert.

»Weil ich im Sommer mit einer Freundin wegfahren will. Und ich bin alt genug, um dafür selbst aufzukommen. Oder nicht?«

»Ja, aber du weißt doch, wenn du etwas brauchst, dann ...«

Sie tätschelte seine Hand.

»Ich weiß. Aber das ist schon in Ordnung so. Es tut mir sogar ganz gut, nebenher ein bisschen zu arbeiten. Das ist auch gar nicht langweilig. Ich wollte doch schon als Kind im Supermarkt arbeiten. Weißt du noch?«

»Ja, genau. Und dann wolltest du Tierärztin werden und danach Astronautin, um auf dem Mond herumzuspazieren. Was auch immer du da verloren hattest ...«

Ibrahim folgte Mitra mit dem Blick, als sie sich in die Schlange stellte und ihr Mobiltelefon aus der Tasche holte. Er berührte seine verletzte Schulter. Die Schmerzen waren nicht mehr so schlimm, wenn er sie nicht allzu viel bewegte. Er lehnte sich zurück und steckte sich eine Pommes in den Mund. Mitra kam zurück und schob ihm einen Kaffeebecher über den Tisch.

»Achtung, der ist heiß.«

Sie schwiegen und pusteten in den Becher, damit der Kaffee abkühlte.

Mitra sah bedrückt aus. Ibrahim kannte seine Tochter. Sie wollte ihm etwas sagen. Er wartete.

»Papa, ich muss dir was erzählen.«

Ibrahim stellte seinen Kaffee ab und sah sie ruhig an.

»Eigentlich wollte ich dir das schon eher erzählen, aber dann bist du nach Hause gekommen und ...«

Ibrahim nickte.

»Was ist es denn, mein Schatz?«

»Ich habe jemanden kennengelernt. Jemanden, den ich gernhabe.«

Ibrahim brauchte ein paar Sekunden, bis er begriff, was Mitra ihm da gerade mitgeteilt hatte. Sie sah ihn unverwandt an und wartete, dass er etwas sagte.

»Aber ... wie schön«, sagte er, als er sich wieder gefasst hatte.

»Findest du?«

»Ja, natürlich finde ich das. Was hast du denn gedacht, liebste Mitra?«

Sie wirkte erleichtert.

»Ich weiß auch nicht. Ich habe ja nicht gerade am laufenden Meter meine Freunde bei euch angeschleppt. Aber ich glaube ... na ja, dass es was Ernstes ist. Ich mag ihn wirklich sehr.«

»Ist es jemand aus deinem Semester?«

»Nein, er studiert nicht Jura, sondern Geologie.«

»Was ist das?«

»Steine und Bodenklassifikationen und so was. Er heißt Åke.«

»Und wann können wir ihn kennenlernen?«

»Ich wollte mit ihm mal bei euch vorbeikommen, wenn euch das recht ist?«

Ibrahim lächelte und tätschelte ihre Wange.

»Es wird sicher nett, ihn zu treffen.«

»Ich treffe ihn nachher noch«, sagte sie und sah auf ihre Uhr.

»Wir wollen ins Kino. In ein paar Wochen fährt er nach Island. Aber wenn er wieder zurück ist, stelle ich ihn euch vor.«

»Schön. Ich muss jetzt auch los. Ich habe deiner Mutter versprochen, die Wäsche fertig zu machen, bevor sie nach Hause kommt. Sie hat heute Abend einen von ihren Kursen. Weißt du, was sie jetzt vorhat? Das Neueste ist, dass sie Spanisch lernen will. Deine Mutter ist doch verrückt.«

Mitra lachte.

»Ja, davon hat sie erzählt. Weißt du, was? Du solltest dir auch ein Hobby zulegen.«

»Was denn für eins?«

»Fang mit Salsa an. Nimm Mama mit, sie würde sich freuen. Und ihr hättet Spaß daran, etwas zusammen zu machen. Zu Hause sitzt ihr doch immer vor dem Fernseher und schaut euch Let's dance an.«

Ibrahim dachte darüber nach. Tatsächlich war er wieder guter Dinge, fast schon voller Tatendrang.

»Ja, vielleicht frage ich sie wirklich. Mal sehen, was die alten Hüften noch draufhaben«, sagte er.

Vor dem McDonald's blieben sie stehen.

Mitra wollte in der Fleminggatan in den Bus steigen, Ibrahim die blaue U-Bahn-Linie am Fridhemsplan nehmen.

Sie umarmten sich.

»Ich freue mich wirklich sehr für dich, Mitra«, sagte Ibrahim.

»Ich freue mich auch, Papa. Ich hab dich lieb. Pass auf dich und auf Mama auf. Wir sehen uns dann am Wochenende.«

»Das werde ich. Ich habe dich auch lieb, mein Mädchen.«

Mitra wandte sich zum Gehen, dann aber drehte sie sich noch mal um und rannte zurück. Sie kramte die Visitenkarte aus ihrer Tasche, die der Polizeibeamte ihr gegeben hatte.

»Die hätte ich fast vergessen. Die Karte von dem Polizisten ...«

Sie las. »Polizeiinspektor Lars Nilsson.«

»Wenn du sie abfotografierst und mir das Bild schickst, haben wir sie beide«, sagte Ibrahim. Er nahm Mitra noch mal in den Arm und sog den Duft ihres Shampoos ein, dann ging er Richtung U-Bahn davon.

KAPITEL 19

Die Praxis des Psychiaters Thomas Sandberg lag in der Skånegatan auf Södermalm. Sandberg trug ein Tweedjackett, darunter ein schwarzes T-Shirt und eine Brille mit rechteckigem, grünem Gestell. Seine Haare waren kurz mit akkuratem Seitenscheitel. Nachdem er Madeleine eine Tasse Kaffee gereicht hatte, bot er ihr einen Platz an.

»Madeleine Winther? Sind Sie das nicht, die diesen Staatsanwalt hingehängt hat?«, fragte Thomas Sandberg und setzte sich ihr gegenüber.

»Ja, genau. Die bin ich«, sagte Madeleine und spürte, wie sie unweigerlich den Rücken durchdrückte.

»Gute Arbeit«, entgegnete Thomas Sandberg.

Das Zimmer war genau so möbliert, wie Madeleine sich vorgestellt hatte, dass die Praxis eines Psychiaters aussehen sollte. Zwischen ihnen gab es keinen Tisch. Madeleine lächelte in sich hinein und dachte, dass das Gespräch zwischen Patient und Seelenklempner dadurch so persönlich wie möglich sein sollte. Der Schreibtisch war aufgeräumt. Dahinter stand ein Bücherregal. Die grünen Wände waren kahl bis auf ein großes abstraktes Bild in grellen Farben.

»Wie kann ich Ihnen helfen?«

»Wie ich am Telefon schon sagte, stehen die Ermittlungen noch am Anfang. Wir können uns nur an das halten, was wir von den polizeilichen Quellen erfahren. Aber ich denke, es könnte trotzdem hilfreich sein, wenn Sie mir sagen, was Sie über den Täter denken.«

»Oder die Täter«, warf Sandberg ein. »Ja, ich will es versuchen. Ich bin ja nicht mehr beim Nachrichtendienst, ich kann also frei sprechen. Außerdem habe ich mich bemüht, zu verfolgen, was die Medien darüber schreiben.«

»Sehr schön«, rief Madeleine aus und legte ihr Diktafon auf die Armlehne von Sandbergs Sessel.

»Zunächst kann ich meine Meinung als Psychiater darlegen. Dass solche Taten heutzutage in Schweden verübt werden, ist keine große Überraschung.«

»Nein?«

Madeleine hatte befürchtet, sie würde Sandberg alles aus der Nase ziehen müssen, aber nun lief es fast schon zu gut, um wahr zu sein.

»Schauen Sie sich doch an, was für ein Wind im Netz weht. Rassistische Parolen, die vor ein paar Jahren nur von sogenannten Netztrollen publik gemacht wurden, sind jetzt in fast aller Munde. Menschen mit abweichenden Ansichten werden als ›Schweine‹ oder ›Hunde‹ bezeichnet. Wissen Sie, warum wir das tun?«

»Nein.«

Madeleine runzelte die Stirn.

»Um zu entmenschlichen«, fuhr Sandberg fort. »So erklären sich die Wissenschaftler, wie augenscheinlich mental gesunde deutsche Männer und Frauen als Aufseher in den KZs arbeiten konnten. Die Forschungen über politisch motivierte Terroristen bestätigen diese These. Die Opfer werden nicht als Menschen betrachtet, sie werden nicht bei ihrem Namen genannt, und es wird auch sonst alles dafür getan, um sie nicht als gleichwertig anzusehen. Das ist ein unbewusster Prozess, ein Mechanismus, um sich vor Gewissensbissen zu schützen.«

»Und auf welche Forschungsarbeiten berufen Sie sich da?«

»Unter anderem auf *The Search for the Terrorist Personality* von John Horgan aus dem Jahr 2002. Leider basiert der Text, wie ein Großteil der übrigen Forschung auf diesem Gebiet auch, auf Interviews, die mit linken Terroristen in den Siebzigern geführt wurden.«

»Ulrike Meinhof?«, fragte Madeleine und beugte sich vor.

»Ich glaube nicht, dass sie interviewt worden ist, aber es waren Terroristen aus ihrer Generation, ja.«

»Entschuldigung, ich habe Sie unterbrochen. Erzählen Sie weiter ...«

»Also, was Menschen dazu bringt, zum Terroristen zu werden, darüber gehen die Meinungen auseinander. Die Forschung ist da leider unzureichend, was unterschiedliche Gründe hat. Aber der erste Schritt besteht darin, sich bedroht und seiner Freiheiten beraubt zu fühlen. Sei dies tatsächlich der Fall oder nur eingebildet. Im nächsten Schritt überzeugt man sich davon, dass diese Bedrohung der Freiheit ein von anderen geschaffenes Konstrukt ist, und folgert daraus, dass die Bedrohung aufhören kann. Die Situation ist also nicht zwangsläufig hoffnungslos. Und schließlich muss der Betreffende selbst glauben, dass Gewalt der einzige Weg ist, um an der Situation etwas zu ändern und der Bedrohung ein Ende zu machen.«

»Das klingt plausibel. Aber warum wird dann nicht jeder, der sich bedroht fühlt, zum Terroristen?«

Thomas Sandberg nickte.

»Genau diese Frage haben sich viele Ermittler auch gestellt. Es gibt ein paar gemeinsame Nenner bei Terroristen, mit denen man arbeiten kann, auch um potenzielle Gefährder noch vor dem finalen Schritt abzufangen. Narzisstische Verletzungen der Persönlichkeit, schlechtes Selbstwertgefühl, in früher Kindheit erfahrene Demütigungen, Missbrauch, geringes Vertrauen in andere, Inhaftierung, persönliche Verbindungen zu Mitgliedern von Terrororganisationen und noch ein paar mehr.«

Er unterbrach sich und fingerte an seiner Kaffeetasse.

»Eine nicht unerhebliche Anzahl von Schweden spricht von einem Establishment, das mit Repressalien und Zwang arbeitet. Sie behaupten, dieses Establishment mache ihr Land kaputt und setze alles Schwedische herab, um im Gegenzug fremde Kulturen hervorzuheben. Das ist ein ausgezeichneter Nährboden, um den Entschluss zu rechtfertigen, Gewalt anzuwenden. Da genügt es ja schon zu lesen, wie der Neonazi und Mörder John Ausonius, auch bekannt als der Lasermann, seine Hinrichtungen entschuldigt hat. Er hat geglaubt, die schweigende Mehrheit stünde hinter ihm. Der- oder diejenigen, die Ihre Kollegen umgebracht haben, erfahren in den Webforen Zustimmung. Viele sehen in dem Täter einen Helden, oder nicht?«

»Doch, doch das stimmt. Hat der Mörder eine psychische Störung?«, wollte Madeleine wissen.

Thomas Sandberg schüttelte resolut den Kopf.

»Die Forschung hat ergeben, dass vereinzelte Terroristen psychopathische Charakterzüge hatten. Das kann eine Verletzung ihres Selbstwertgefühls sein, Probleme, Kritik zu akzeptieren, der Glaube, das eigene Weltbild sei dem der anderen überlegen und so weiter.«

»Aber?«

»Aber Terroristen sind nicht psychisch krank. Terrorismus ist politisch motivierte Gewalt, die von rationalen, intelligenten Personen angewandt wird, die ausreichend starke Motive dafür haben. Außerdem braucht es Leidenschaft, Planung und Altruismus, um einen Anschlag durchzuführen. Diese Eigenschaften fehlen einem Psychopathen.«

Madeleine dachte nach. Thomas Sandberg musterte sie in aller Ruhe.

»Breivik gilt auch nicht als gestört«, stellte sie dann fest.

»Nein. Breivik hat sogar erzählt, wie sehr es ihn belastet habe, dass er auf Utøya Kinder erschossen hat. Aber er habe es tun müssen, um der Sache willen. Und im Zusammenhang mit Breivik muss man auch sagen, dass es eigentlich keinen Sinn hat, Terroristen in Haft zu nehmen«, sagte Sandberg.

»Wie meinen Sie das?«

»Nur ein geringer Prozentsatz von religiös motivierten Terroristen, die eine Strafe absitzen, geben nach ihrer Haft an, dass sie sich von ihrer Organisation entfernt haben. Zweiundsechzig Prozent der säkularen Terroristen, also der linksextremen oder rechtsextremen Terroristen, kehren nach ihrer Haftentlassung zu ihrer Organisation zurück. Bei den religiös motivierten liegt der Prozentsatz sogar bei achtundvierzig Prozent«, sagte Thomas Sandberg und setzte seine Brille ab.

»Dieses Phänomen, die Opfer zu enthumanisieren, oder wie Sie das nennen, können Sie das noch mal etwas erläutern?«, fragte Madeleine, da sie nicht sonderlich an Sandbergs Ausführungen darüber, inwiefern Haftstrafen Terroristen prägten, interessiert war.

»Selbstverständlich. Indem man seine Feinde als Nicht-Menschen ansieht und ihnen ihre menschlichen Eigenschaften abspricht, werden die moralischen Zweifel schon blockiert, bevor man überhaupt damit begonnen hat zu töten. Oftmals werden sie herabsetzend als ›Schwein‹ oder ›Hund‹ bezeichnet, also in die Nähe von schmutzigen Tieren gerückt. Della Porta beschrieb 1992, wie italienische Terroristen ihre Opfer ›Werkzeuge des Systems‹, ›Schweine‹ und ›Wachhunde‹ nannten.«

Der Psychiater machte eine kleine Pause.

»Terroristen meinen, dass die Sünden der Feinde auf die restliche Bevölkerung übergehen können, wenn sie nichts dagegen unternehmen. Aber das wichtigste ist, dass sie die Dinge nur schwarz oder weiß sehen. Alle Menschen sind entweder böse oder gut, es gibt keine Grauzonen«, schloss er.

»Ja, so klingen sicher viele Beiträge, die gepostet werden. Glauben Sie, der oder die Täter könnten aus der Naziszene kommen?«, fragte Madeleine, so beiläufig sie konnte.

Würde ein relativ renommierter Psychiater als mögliche Täter Nazis nennen, würde das eine gute Story abgeben. Thomas Sandberg blickte auf seine Brille, die er mit einem roten Tuch putzte.

»Das weiß ich nicht. Aber die Polizei sollte sich in jedem Fall mal überall dort umhören, wo Journalisten als ›Werkzeuge des Systems‹ und ›Schweine‹ angesehen werden.«

Er war nicht in die Falle getappt, stellte Madeleine enttäuscht fest.

»Was können Sie mir über den oder die Mörder sagen?«

Thomas Sandberg überlegte.

»Ich will lieber nicht darüber spekulieren, wer der Täter sein könnte.«

»Ich verstehe.« Madeleine schaltete das Diktafon aus. »Haben Sie vielen Dank, dass Sie sich die Zeit genommen haben, mich zu treffen. Kann ich Ihnen Ihre Zitate heute noch schicken?«

»Sehr gerne. Wann soll das denn veröffentlicht werden?«

»In der Ausgabe von morgen. Ich fahre jetzt wieder in die Redaktion und tippe ab, was Sie gesagt haben. Dann maile ich Ihnen Ihre Zitate. Es wäre gut, wenn Sie Ihr Mobiltelefon heute Abend anlassen, dann schicke ich Ihnen eine SMS, sobald die Mail rausging.«

»Das mache ich, kein Problem«, sagte Thomas Sandberg und verabschiedete Madeleine mit Handschlag.

Um halb neun Uhr abends war Madeleine Winther mit ihrem Artikel fertig.

Eineinhalb Stunden später saß sie längst zusammen mit Anna af Klercker im Riche. Sie hatte den Gedanken nicht ausgehalten, allein zu Hause zu hocken. Außerdem feierte sie, dass ihr Interview mit Sandberg morgen die erste Seite des *Nyhetsbladet* zieren würde. Am Nachmittag hatte sie Anna gesimst, sie war eine der wenigen, die sie am Enskilda-Gymnasium näher kennengelernt hatte und mit der sie auskam.

Obwohl Madeleine ihre Verabredung schon in dem Moment bereute, als sie sie abgemacht hatte, war der Abend bisher unterhaltsam und lustig gewesen. Ein paar Tische weiter saßen Alex Schulman und Sigge Eklund mit ihren Gattinnen Amanda und

161

Malin. Alex Schulman war an ihren Tisch getreten und hatte ihre Forsman-Enthüllung gepriesen.

»Ein Klassiker, Winther, weißt du das? Ein waschechter TV-Klassiker«, hatte er gesagt, ehe er wieder an seinen Tisch zurückkehrte.

Anders Timell, der Oberkellner, war vorbeigeeilt und hatte ihr mit einem High Five gratuliert. Anna war Maklerin bei einem Immobilienbüro in der Innenstadt. Bei ihren Geschichten über Besichtigungstermine, die ein Reinfall gewesen waren, und Interessenten, deren Sinn für Inneneinrichtung in den Straftatbestand aufgenommen werden sollte, hatte Madeleine sich vor Lachen geschüttelt. Sie hatten sich gerade eine weitere Flasche Wein bestellt, als Madeleines Mobiltelefon klingelte. Auf dem Display erschien eine Nummer vom *Nyhetsbladet.* Vielleicht, dachte sie, wollte jemand, dass sie in ihrem Artikel noch etwas ergänzte. Sie erhob sich vom Tisch.

»Einen Augenblick«, sagte Madeleine zu dem Anrufer, entschuldigte sich, schob sich durch das Gedränge an der Bar und trat auf die Birger Jarlsgatan. »Madeleine Winther«, sagte sie und ging ein paar Schritte Richtung Dramaten.

»Ist das wahr?«, sagte die Frauenstimme am anderen Ende.

Madeleine war sofort klar, dass Petra Nyman in der Leitung war.

»Wer ist denn da?«, fragte sie trotzdem, um Zeit zu gewinnen.

»Du weißt, wer ich bin«, entgegnete Petra Nyman verärgert.

Ihre Stimme war kratzig, sie klang angetrunken. Madeleine sah ihr Gesicht vor sich.

»Nein, das weiß ich nicht.«

»Ich bin Petra Nyman.«

»Ah, ja, hej«, gab Madeleine wachsam zurück. Eigentlich wollte sie einfach nur auflegen.

»Stimmt es, dass du mit Markus gevögelt hast?«

Sie blieb stehen und seufzte. Man konnte von Petra Nyman

nicht behaupten, dass sie lange um den heißen Brei herumredete.

Was sollte Madeleine tun? Die Unschuld vom Lande spielen, die sich von dem mächtigen Nachrichtenboss hatte verführen lassen und jetzt alles bereute, oder sollte sie sagen, wie es wirklich war? Doch im Grunde genommen spielte das keine Rolle. Es war ihr egal, was Petra Nyman über sie dachte oder ob sie sie verletzt hatte.

»Bist du noch dran?«

»Ja, es stimmt. Wir hatten ein Verhältnis«, sagte Madeleine trocken.

Petra Nyman schniefte.

»Wieso? Um alles in der Welt, wieso?«

»Ich weiß nicht wirklich, was für eine Antwort du hören willst.«

Ein paar junge Männer drängten sich an ihr vorbei und warfen ihr eindeutige Blicke zu. Madeleine ignorierte sie.

»Beantworte einfach die Frage … Warum?«

»Keine Ahnung. Ich hatte das nicht geplant.«

»Das kannst du doch besser«, sagte Petra Nyman laut. »Scheiße, weißt du, wie sich das anfühlt? Wir haben zwei Kinder zusammen. Ein Leben. Ein verdammtes Sommerhaus. Weißt du, wie lange wir schon zusammen sind? Vierzehn Jahre. Vierzehn verdammte Jahre. Und dann finde ich heraus, dass er … Ich weiß nicht einmal, wie lange das schon …«

»Ein halbes Jahr etwa«, warf Madeleine ein und bereute es sofort.

Petra Nyman keuchte auf. Dann begann sie zu kreischen.

»Ein gottverdammtes halbes Jahr hat er also eine vierundzwanzigjährige Kollegin bestiegen. Das darf nicht wahr sein. Das darf doch echt nicht wahr sein.«

Es wurde still. Madeleine erwog, die Verbindung zu beenden.

»Du musst doch wissen, warum du das gemacht hast. Er ist

fast dreißig Jahre älter als du. Was habt ihr gemeinsam? Worüber habt ihr geredet?«, sagte Petra Nyman etwas ruhiger.

Madeleine seufzte, sie begann, sich zu langweilen.

»Ehrlich, Petra, es tut mir wirklich leid für dich, aber ich habe zu dem Thema nichts mehr zu sagen. Ich kann dir da keine große Hilfe sein. Außerdem muss ich zurück an meinen Tisch.«

»Du gehst aus und hast Spaß, dabei hast du mein Leben zerstört ...«

Madeleine beendete das Gespräch mitten im Satz und ging wieder ins Riche. Anna schenkte gerade Wein nach.

»Sorry, die Arbeit«, entschuldigte Madeleine sich und hielt das Mobiltelefon hoch.

KAPITEL 20

Carl Cederhielm hatte sich gegen den Bus und für ein Taxi entschieden. Er instruierte den Taxifahrer, am Västerbroplan zu halten, zahlte, stieg aus und schlenderte, so gelassen er konnte, am Pressehaus und der Russischen Botschaft entlang. Vor dem Zeitungshochhaus stand, wie Lars gesagt hatte, ein Streifenwagen.

Die beiden Beamten, ein Mann und eine Frau, hatten den Eingang im Blick. Wenn die wüssten, dass sich der Grund, weshalb sie da saßen, zwanzig Meter von ihnen entfernt befand, dachte Carl. Er musste darüber lachen, wie dilettantisch das war.

Ein paar Kilometer entfernt lag eine weitere tote Journalistin. Bislang wussten in ganz Schweden nur drei Personen davon. Aber morgen würden es alle wissen, und alle würden darüber reden. Carl würde wieder gepriesen werden, auch wenn niemand wusste, dass er der unbekannte Held war.

Auf seinem Smartphone hatte er den Link zu den Kommentaren zu den Morden an Anders Gustafsson von der *Aftonposten* und Jan Malmberg von der *Veckans Politik* gespeichert. Er las sie nochmals im Gehen. Jemand hatte sogar auf Facebook eine Gruppe gegründet, die sich »Schwedische Helden« nannte und die Täter bejubelte, die die Journalisten zum Schweigen gebracht hatten, mit der gleichen Schrift und dem gleichen Logo der Kampagne der *Aftonposten* über schwedische Helden. Dreihundertfünfzehn Personen hatten sich der Gruppe angeschlossen. Carl lachte vor sich hin. Alles war viel glatter gelaufen als gedacht. Journalisten umzubringen, war viel leichter gewesen, als er zu träumen gewagt hatte, als er Gleichgesinnte gesucht und eine Liste schwedischer Verräter erstellt hatte. Gleichzeitig galt es jedoch, nicht übermütig zu werden. Aber sobald der Mord an Ingrid Törnblom bekannt werden würde, würden sämtliche Kollegen von ihr in heller Aufruhr sein. Vier tote Journalisten innerhalb von zwei Wochen, das hatten sie selbst in ihren schlimmsten Albträumen nicht vorhergesehen.

Auf der Brücke Richtung Lilla Essingen pfiff ein eisiger Wind. Auf der E4 glitten die Autos vorbei. Er schob das Mobiltelefon in die Tasche und presste die Arme eng an den Körper, damit die kalte Luft nicht unter die Jacke kroch. Er überquerte die Straße auf Höhe des Brückenpfeilers bei der Bushaltestelle und schaute beim Restaurant Rosa Drömmar ins Fenster. Das Lokal war nur halb voll. Carl zog die Tür auf und trat ein. Lars hatte einen Tisch etwas abseits gewählt, Carl steuerte darauf zu, schob einen Stuhl vom Tisch weg und setzte sich.

»Interessanter Ort«, stellte er fest.

Lars wirkte entspannt. Er sagte nichts, versuchte nur, mit dem Barkeeper in Augenkontakt zu treten. Als das geschehen war, hielt er zwei Finger in die Luft. Der Barkeeper streckte den Daumen hoch und begann, zwei Biere zu zapfen.

»Hier bin ich oft gewesen, bevor ich Malou getroffen habe«, sagte Lars und wandte sich Carl zu. »Cooler Laden, coole Leute. Abends fast nur Stammgäste. Stig Larsson, der Autor, ist auch oft hier.«

»Und wie ist er so?«, erkundigte sich Carl.

»Er redet nicht viel. Trinkt meistens. Und liest. Manchmal kommt irgendein überdrehter Journalist oder Literaturwissenschaftler rein und schmiert ihm Honig ums Maul. Er ist nett zu ihnen, aber wohl nur, weil er muss. Der Stig ist in Ordnung. Hast du gewusst, dass er und Stieg Larsson, der mit der *Millennium*-Trilogie, um ihren Namen eine Münze geworfen haben?«

»Nein.«

»Ja, sie hatten einfach die Nase voll davon, ständig verwechselt zu werden. Schließlich haben sie sich getroffen und eine Münze darum geworfen, wer die Schreibweise seines Namens ändern muss. Und Stieg Larsson, also der Tote, hat verloren.«

Der Barkeeper kam gerade mit zwei Bier an ihren Tisch, als die Tür aufging und ein übergewichtiger Mann mit grau melierten Haaren das Restaurant betrat. Als er Lars entdeckte, kam er hinkend an seinen Tisch.

»Na, so was, der Kommissar«, sagte der Mann.

»Sieh mal an, wie geht's?«

»So lala. Aber immerhin kann man manchmal hier runterkommen und sich die Zeit vertreiben. Und wie geht's dir? Was hältst du von den Morden an den Schreiberlingen?«

Carl konnte nicht anders, er fühlte Stolz, als die Sprache auf die Morde kam.

»Die hab ich nicht auf meinem Tisch, also ist mein Tipp genauso gut wie deiner. Und, knackst du heute noch die Million?«, sagte Lars und nickte Richtung Spielautomat.

»Man tut, was man kann. Aber jetzt lasse ich euch in Ruhe.«

Der Mann ging an die Theke, um mit dem Barkeeper ein paar Worte zu wechseln. Dann ließ er sich vor einem der Automaten nieder.

»Viele Stammkunden, wie gesagt. Forsberg ist ein guter Typ. Alter Lagerarbeiter, aber seit Ende der Neunziger krankgeschrieben. Redet nur ein bisschen viel.« Lars trank einen Schluck Bier. »Und, alles klar?«

Carl nickte bedächtig.

»Ja, alles in Butter«, fügte er hinzu.

»Morgen werden sie Todesangst haben«, gluckste Lars. »Das haben sie nicht kommen sehen, diese Pfeifen. Plötzlich werden die blasierten Kommunisten selbst zur Zielscheibe. Endlich kapieren die, was es heißt, nicht mal mehr im eigenen Land sicher zu sein. Und was, glaubst du, passiert jetzt?«

»Ich weiß nicht. Wir warten einfach ab. Die Polizei kann nicht alle Verräter schützen. Und das wissen die auch. Auf unserer

Liste stehen noch sechs Namen. Wir warten eine Weile, bis sie glauben, dass alles wieder ruhig ist, und dann eröffnen wir die Schlussphase.«

Lars wischte sich weißen Speichel aus dem Mundwinkel. Sie schwiegen. Eigentlich war Carl müde, wollte nach Hause und sich hinlegen.

»Gibt es etwas zu besprechen, oder warum wolltest du mich treffen?«, fragte er.

»Ich wollte dir danken, Carl«, entgegnete Lars.

Carl war überrascht und hob die Brauen.

»Wofür denn?«

»Du hilfst mir dabei, die Erinnerung an Malou in Ehren zu halten.«

Durch die Musik, Summer of '69 von Bryan Adams, drang das Rauschen des Straßenverkehrs auf dem Essingeleden an ihren Tisch. Lars rückte seinen Stuhl näher an Carl heran. Carl war neugierig. Lars hatte Malou bisher immer nur kurz erwähnt. Carl wusste, dass sie verstorben war und ihr Tod den Ausschlag für Lars' Entscheidung gegeben hatte, sich gegen das Establishment zur Wehr zu setzen. Aber der Polizist hatte nie erzählt, was passiert war.

»Es war Malous Idee, hier wegzuziehen«, sagte er. »Sie wollte einen Garten und hat immer von Sommerabenden geredet, an denen wir mit Freunden zusammensitzen und Wein trinken würden. Wie unsere Kinder auf dem Rasen herumhüpfen würden. Und dann haben wir ja tatsächlich dieses Reihenhaus in Hökarängen gefunden.«

»Was hat sie denn beruflich gemacht?«

»Sie war Krankenschwester. Im Krankenhaus auf Södermalm. Verdammt, sogar einen Hund haben wir uns angeschafft. Sie wollte einen Golden Retriever. Ich wollte lieber einen Schäferhund, aber was soll's.« Lars machte eine ausholende Geste. »Ich tat ihr den Gefallen. Wir sind nach Markaryd gefahren und haben einen Welpen abgeholt. Die ganze Rückfahrt von Småland nach Hause hatte sie ihn auf dem Schoß.«

Carl schwieg und wartete, dass Lars fortfuhr.

»Sie hat ihn Lucky getauft. Er hat Glück, dass er in so ein glückliches Haus wie unseres eingezogen ist, hat sie gesagt, als ich sie gefragt habe, warum sie sich für diesen Namen entschieden hat. Einen Monat, nachdem wir eingezogen waren, uns bei Ikea eingedeckt hatten und der Hund stubenrein geworden war, bekam sie die Diagnose. Die Ärzte haben gesagt, dass man da nichts mehr machen kann. Der Krebs war aggressiv und hatte schon gestreut. Ihr ganzer Körper war voll davon.«

Der Polizist konnte seinen Schmerz kaum noch verbergen.

»Malou ließ sich nicht unterkriegen. Mit ein bisschen Glück schaffen wir das, du wirst sehen, sagte sie. Nächsten Sommer sitzen wir ganz bestimmt im Garten. Am besten kümmerst du dich schon mal um die Gartenmöbel, damit wir draußen sitzen können.«

Lars spannte die Kiefermuskeln an. Carl schüttelte langsam den Kopf.

»Aber den Sommer hat sie nicht mehr erlebt. Es gab keine Kinder, keine Sommerabende, keinen Wein und keine verfluchten Rosenbüsche. Die weißen Gartenmöbel liegen noch in ihren Kartons. Ich habe neben ihr gesessen, ihr die Hand gehalten und gesehen, wie sie immer weniger wurde.«

Carl hörte Lars' Ausführungen gebannt zu.

Er hatte sich krankschreiben lassen, einsam in der Küche gehockt, gesoffen und auf dem neuen Ikea-Sofa im Wohnzimmer geschlafen. War wochenlang nicht mehr aus dem Haus gegangen. Lucky, der Hund, war im Haus herumgerannt, hatte gebellt und in die Zimmer gemacht. Eines Abends hatte Lars die Nase voll davon und erschlug den Hund mit einem Hammer. Er begrub ihn im Wald und soff weiter.

Als er einen Monat später wieder an seinen Arbeitsplatz zurückkehrte, bekam er andere, einfachere Aufgaben zugeteilt. Wurde wie ein Kind behandelt. Viel Schreibtischarbeit. Die Tage vergingen wie in Zeitlupe, und Lars fühlte sich immer nutzloser. Seine Arbeit erledigte er immer nachlässiger.

»Weißt du, was ich mich gefragt habe?«, schloss der Polizeibeamte.

»Nein?«

»Warum der Krebs nicht schon früher entdeckt worden ist. Schließlich hat Malou doch im Krankenhaus gearbeitet, sogar in der Onkologie. Ich habe mich dann informiert. Darüber, wie Station um Station geschlossen worden ist. Überall wurden Stellen abgebaut. In Uppsala ist die Abteilung für krebskranke Kinder geschlossen worden. In Mölndal war es die Säuglingsstation, in Ängelholm die Psychiatrie. Krankenschwestern streikten landesweit, wegen zu großer Arbeitsbelastung«, sagte Lars.

Er hatte seinen Blick unentwegt auf Carl geheftet.

»Schweden hat sich langsam, aber sicher in eine Bananenrepublik verwandelt, in der es nicht mal die Mittel gibt, um den schwächsten Mitbürgern zu helfen. Das soziale Netz für durchschnittliche Schweden hat Löcher bekommen. Malou ist nur eines von vielen Todesopfern. Das Schlimmste aber ist, dass ja eigentlich genug Geld da ist. Alle wissen das. Malous Tod war völlig überflüssig. Aber die Regierung zieht es vor, lieber für den Rest der Welt das Sozialamt zu spielen.«

»Lars …«, versuchte Carl, ihn zu unterbrechen.

Lars hob eine Hand.

»Gleich. Die Medien lügen und tun so, als wäre alles Friede, Freude, Eierkuchen. Sie vertuschen die ganze Sache und lassen uns Bürger im Ungewissen, während uns unsere Rechte genommen werden. Ich weiß, du gehörst zur Oberschicht. Wählst du die Moderaten?«

»Früher habe ich das getan, ja.«

»Ich war mein Leben lang Sozialdemokrat. Bulle und Sozi. Aber die Sozialdemokraten haben keine vernünftigen Führungsköpfe. Keiner von denen hat richtig Fuß gefasst. Zuerst war es Mona Muslim, gefolgt von diesem Windhund Håkan Julholt, der gemauschelt und getrickst und sich lächerlich gemacht hat. Danach kam die Katastrophe Stefan Löfven ...«

Carl lachte und schüttelte den Kopf, aber Lars ging nicht darauf ein.

»Wie viele unschuldige Schweden haben seit Malou ihr Leben gelassen? Ich habe in Diskussionsforen im Netz mitgemacht, habe diskutiert, Kommentare zu Zeitungsartikeln geschrieben und versucht, die Leute wachzurütteln. Ich begreife nicht, wie ich dermaßen im Dunkeln tappen konnte. All die Jahre habe ich die Wahrheit nicht gesehen, habe die Lügen und die Propaganda geglaubt, die sie verbreiten ...«

»Da bist du nicht der Einzige. Aber außer dir sind auch noch ein paar andere aufgewacht«, sagte Carl.

»Das hat mein Weltbild völlig aus den Angeln gehoben. Verstehst du? Ich hatte keine Freunde mehr. All unsere Freunde sind eigentlich ihre gewesen. Und mit Malou sind auch sie verschwunden. Aber jetzt ... Was wir hier machen ... wozu du mich gebracht hast ... das ist verdammt wichtig. Wir stehen für die Schwachen ein, für die, die sich nicht selbst verteidigen können. Du hilfst mir dabei, die Erinnerung an Malou hochzuhalten. Das wollte ich dir sagen. Deshalb wollte ich dich treffen.«

»Es freut mich, dass du das so siehst, denn genau deswegen wollte ich dich dabeihaben«, sagte Carl. »Auch wenn ich nichts von deiner Malou und ihrem Schicksal gewusst habe.«

»Du kannst dich hundertprozentig auf mich verlassen. Ich bin an deiner Seite, egal, was passiert. Ich vertraue dir voll und ganz«, sagte Lars.

Es wurde still.

»Ich habe auch jemanden verloren«, sagte Carl dann. »Ich weiß, wie das ist, wenn man sich schuldig fühlt. Ich weiß, was diese Schuld mit einem Menschen macht.«

»Dein Bruder?«

Carl nickte. Zum ersten Mal seit Jahren war er bereit, über Michael zu sprechen.

»Weißt du, wann mir klar geworden ist, dass ich nicht länger das Opfer sein darf?«

Lars schüttelte den Kopf.

»Ich war in der Garage, unten in unserem Haus. Da saßen zwei Araber in einem Auto und haben gewartet. Die wollten wohl was mitgehen lassen. Einer von ihnen hat etwas zu mir gesagt, ich habe es mit der Angst gekriegt und bin weggegangen. Aber als ich wieder oben in der Wohnung war, ich habe zu der Zeit noch mit meinem Vater zusammengewohnt ... Ich weiß nicht, wie ich das beschreiben soll ... ich habe mich geschämt, weil ich Angst hatte. Ich dachte, wenn ich mit einer von Vaters Schrotflinten da runtergehen und die Zecken abknallen würde, dann würde das wie eine Abrechnung unter Gangstern aussehen. Niemals würde mir jemand auf die Schliche kommen.«

Lars ließ seinen Blick auf ihm ruhen.

»Wann war das?«, fragte er schließlich.

»Vor drei Jahren.«

»Und dann hast du das alles ... geplant?«

»Nicht gleich, aber das war der Anfang«, erwiderte Carl. »Eine Zeit lang bin ich allein in die Vororte rausgefahren, habe Autos demoliert und mit einem Luftgewehr aus dem Auto auf Nigger geschossen. Ich habe eingesetzt, was ich als Küstenjäger gelernt habe. Schnell zuschlagen, sofort verschwinden. Aber je mehr Schweden den Bach runterging, desto klarer wurde mir, dass ich richtigen Widerstand leisten muss. Und so kam mir die Idee mit der Stadtguerilla. Dafür habe ich dann dich und Fredrik ausgewählt.«

172

»Es ist unglaublich, dass es nur zwei Jahre her ist, dass wir uns kennengelernt haben«, stellte Lars fest.

»Und in zwei Wochen haben wir mehr für dieses Land getan als jeder Politiker.«

»Ja«, gab Lars zurück und rutschte auf seinem Stuhl hin und her. »Entschuldige, aber ich muss kurz aufs Klo.«

Carl griff nach seinem Mobiltelefon, um nachzusehen, ob schon Meldungen über Ingrid Törnblom kursierten. Seither war noch keine Stunde vergangen, und er hatte keine großen Hoffnungen, als er auf Nyhetsbladet.se nachsah.

Doch oben auf der Seite stand:

»Eilmeldung: Schwerverletzte Frau auf Östermalm gefunden.«

Carl las die kurze Notiz.

»Gegen 19:00 Uhr am heutigen Abend ist eine schwerverletzte Frau im Gustav Adolfsparken von Spaziergängern gefunden worden. Der herbeigerufene Krankenwagen brachte die Frau mit lebensbedrohlichen Verletzungen nach Danderyd ins Krankenhaus. In Kürze mehr.«

Carl las den Text ein zweites Mal.

Ihm wurde schlecht.

Ingrid Törnblom war noch am Leben.

KAPITEL 21

Vier Tage waren vergangen, seit Valeria Guevara am Flussufer gefunden worden war. Die Proteste in Maitencillo hatten nachgelassen und ihre Wucht verloren, nachdem Manuel Contreras' Leiche entdeckt worden war. Ilja hatte einen Elektriker bei August zu Hause vorbeigeschickt, der die Stromversorgung reparierte.

Außerdem waren zwei Frauen aufgetaucht, die rasch wieder Klarschiff im Haus gemacht hatten. August ging davon aus, dass Ilja auch für sie verantwortlich war.

August verbrachte fast seine ganze Zeit auf der Terrasse, wo er mit leerem Blick auf den Olivenhain und die Bergkette starrte, die dahinter aufragte. Er aß das, was Señora Maria ihm vorsetzte. Mit der Abenddämmerung ging er wieder ins Haus und schlief einen traumlosen Schlaf auf dem Sofa im Wohnzimmer. Seit Valerias Tod hatte er das Schlafzimmer nicht mehr betreten.

Ilja schaute jeden Abend vorbei, um zu sehen, wie es ihm ging. Die anderen Russen hatten sich nicht blicken lassen.

Am fünften Tag rief August Señora Maria zu sich, als er beim Frühstück saß. Er bat sie, Platz zu nehmen. Sie strich sich unsicher ihre Schürze glatt, aber kam seiner Aufforderung nach. August versuchte sich an einem Lächeln, doch er spürte, wie es zu einer Grimasse entgleiste.

»Ich weiß, dass du mir gestern etwas sagen wolltest. Und ich wollte mich für mein Benehmen entschuldigen.«

Sie lächelte ihn mütterlich an.

»Señor, Don Julios Bruder Humberto bat mich, Ihnen sein aufrichtiges Beileid auszusprechen, und er lässt fragen, ob Sie ihm sagen können, wo die letzte Ruhestätte seines Bruders ist. Die

Familie möchte sein Grab besuchen. Sie haben es gerade nicht leicht ...«

»Humberto, ist das Manuel Contreras' Vater?«

Señora Maria nickte langsam.

»Ich habe Don Julio am Flussufer begraben«, sagte August. »Er liegt unter einem Eukalyptusbaum, den ich gekennzeichnet habe. Es ist ein guter, schöner Platz. Don Julio und ich waren oft zum Fischen dort. Sag Humberto Contreras, dass mir der Tod seines Bruders und der Tod seines Sohnes leidtut. Ihre Familien sind jederzeit willkommen, wenn sie das Grab besuchen wollen. Wenn sie den Leichnam an einem anderen Ort bestatten wollen, können sie das natürlich tun, ich habe nichts dagegen.«

»Ich werde es ausrichten, Señor.«

»Ich werde Don Julios ausstehenden Lohn an die Familie aus- bezahlen, plus drei weitere Jahresgehälter. Sag Humberto, er soll hier vorbeikommen, dann regeln wir das.«

Señora Maria machte den Mund auf, doch sie brachte kein Wort heraus.

»Was wolltest du sagen?«, fragte August freundlich.

»Im Dorf heißt es, dass Sie Humbertos Sohn Manuel getötet haben. Das ist sicher nur dummes Gerede, aber ...«

»Nein, das ist wahr, Señora Maria. Ich habe ihn umgebracht«, sagte er.

Señora Maria bekreuzigte sich.

»Möge Gott Ihrer Seele gnädig sein. Was wollen Sie jetzt ma- chen?«

»Ich weiß es nicht, ich weiß es einfach nicht. Aber hier kann ich nicht länger bleiben. Alles erinnert mich an Valeria ...«

»Sie war schwanger«, stieß sie aus und ließ ihren Tränen freien Lauf.

»Ich weiß.«

»Verzeihung, ich wollte nicht ... Ich wusste nicht, ob Valeria Ihnen davon erzählt hat ...«

August legte seine Hand auf ihre.

»Schon gut. Sie hat es mir erzählt. Valeria hat dich sehr geschätzt.«

Señora Maria sah zu Boden.

»Es wird dir an nichts fehlen, wenn ich nicht mehr hier bin. Du hast einen Sohn und einen Enkel in Tocopilla, richtig?«, fragte August.

Señora Maria trocknete sich mit ihrer Schürze die Augen und sagte: »Sí.«

»Fahr zu ihnen. Such dir ein Haus in der Nähe von deinem Sohn, ich schicke dir Geld. Wenn du mehr benötigst, lass es mich wissen«, sagte August.

»Aber Señor, das ist …«

»Valeria hätte es so gewollt. Du warst ihre Freundin.«

»Das kann ich nicht annehmen.«

»Wie du meinst«, gab er zurück.

Alfonso Paredes war offenbar noch mal davongekommen. Niemand konnte sich länger als drei Tage im Huascotal aufhalten, ohne entdeckt zu werden. August wollte noch bis zum Ende der Woche abwarten und sich dann in die Heimatstadt des Anführers begeben, nach Valdivia in Südchile, um ihn aufzuspüren. Er wusste, auch wenn er Alfonso Paredes unschädlich machte, würde ihm das Valeria nicht zurückbringen, aber er bildete sich ein, dass ihm diese Tat Ruhe schenken würde. Und sie würde sein Leben mit Sinn füllen. Er stellte sich vor, wie er ihn zu Tode folterte, seine Kenntnisse der menschlichen Anatomie zur Anwendung brachte, um seine letzten Stunden so qualvoll wie möglich zu machen.

Was er allerdings mit Alfonso Paredes' Leiche anstellen sollte, das wusste er noch nicht. Er hatte auch an Selbstmord gedacht, aber das hätte ihn zu viel Überwindung gekostet.

Und Valeria hätte das auch nicht gewollt.

In den Nachrichten hatte er den Kampf der kurdischen Peschmergatruppen gegen den IS in Syrien und im Irak verfolgt. Sie konnten jede Hilfe gebrauchen. Sie würden ihn aufnehmen, und er würde den Rest seines Lebens damit verbringen, gegen das Böse zu kämpfen – statt dafür.

Ungefähr so weit waren seine Überlegungen zu seiner Zukunft gediehen, als August von seinem Platz auf der Terrasse aus die Sonne untergehen sah. Über ihm färbte sich der Himmel langsam rosa.

Es würde eine wolkenverhangene, sternlose Nacht werden.

August warf einen Blick auf die Uhr. Ilja war noch immer nicht da, doch jeden Moment müsste er eintreffen. Auch wenn August es sich nicht hatte anmerken lassen, wusste er es zu schätzen, dass Ilja bei ihm vorbeikam. Er fühlte sich dann nicht so einsam, auch wenn sie meist nur schweigend zusammensaßen. August ging ins Haus, um eine Flasche Wodka und zwei Gläser zu holen.

Er wartete bis zum späten Abend, bis es draußen stockdunkel war, aber Ilja kam nicht. Schließlich trug er mit einem Seufzer Flasche und Gläser wieder hinein und legte sich mit angezogenen Beinen aufs Sofa. Wenige Minuten später fiel er in einen tiefen Schlaf.

August wusste nicht, wie lange er geschlafen hatte, als das Klingeln seines Mobiltelefons ihn weckte. Schlaftrunken tastete er danach und sah auf das Display. Es war Vladimir. Die Uhr zeigte 23:48.

»Komm zur Hütte in Huasco«, sagte der Russe.

»Jetzt?«

»Wir haben ihn gefunden.«

»Paredes?«, fragte August und spürte, wie ein Ruck durch ihn hindurchging.

»Nein, den Verräter, der uns verpfiffen hat, der schuld ist an allem, was dir passiert ist. Es tut mir leid, dass ich geglaubt habe, dass du es wärst. Über Alfonso Paredes machen wir uns später Gedanken. Ich brauche dich hier, und dir tut es sicher gut, aus dem Haus zu kommen«, erklärte Vladimir.

August schlüpfte rasch in seine Kleider, schnallte sich das Schulterholster um und spritzte sich kaltes Wasser ins Gesicht. Zwanzig Minuten später bog er auf den Schotterweg Richtung Hütte, in der er vor einer Woche Manuel Contreras umgebracht hatte. Ein Hase flitzte über die Straße und verschwand in der Dunkelheit. August ging noch einmal das Gespräch mit Vladimir durch. Der Russe hatte am Telefon nicht sagen wollen, wer der Verräter war. Gab es überhaupt einen Verräter, oder hatte Vladimir am Ende doch entschieden, dass August ein Risiko für ihn und seine Geschäfte darstellte, obwohl er nicht derjenige war, der sie verraten hatte?

Waren es doch die Russen, die Valeria auf dem Gewissen hatten? Das DNA-Ergebnis stand noch nicht fest. Vielleicht wollten sie ihn in die Falle locken, weil sie ahnten, dass August bald wissen würde, wer der Mörder war, und ihn aufspüren würde?

Aber eigentlich spielte das gar keine Rolle. Wenn sie ihn aus dem Weg räumen wollten, würde das schnell und ohne Risiko über die Bühne gehen. Vielleicht würde einer von Mendozas Kolumbianern den Job erledigen. Vielleicht lauerte der Mörder schon im Dunkeln, und wenn August die Autotür aufmachte, würde er von hinten eine Kugel in den Kopf bekommen. Vor seinen Augen würde alles schwarz werden, ehe er reagieren könnte. Aber der Tod machte ihm keine Angst. Er hatte nichts, wofür es sich noch zu leben lohnte.

Vor der Hütte parkten zwei Wagen: der Pick-up von Polizeichef Luis Garcia und Andrei Pulenkovs silberner BMW. August hielt an, machte die Scheinwerfer aus und spähte nach draußen, bevor er die Tür aufmachte. Dann griff er nach seinem Revolver und stieg aus. Alles wirkte ruhig. Die Bäume knarrten im Wind. Kein Laut drang aus der Hütte. August blickte in den Himmel. Der

Mond schien blass durch die dunkle Wolkendecke. Würde er ihn heute zum letzten Mal sehen?

Er öffnete die Tür zur Hütte. Auf demselben Stuhl, auf dem Manuel Contreras gesessen hatte, bevor August ihn umgelegt hatte, saß nun Ilja, gefesselt und blutüberströmt.

KAPITEL 22

Ibrahim und Fatima saßen im Wohnzimmer und verfolgten die Nachrichten auf TV4. In der Meldung ging es um die Suche nach den Tätern, die die Journalistin Ingrid Törnblom überfallen und mit einem Messer attackiert hatten. Sie hatte unwahrscheinliches Glück gehabt. Nur drei der insgesamt acht Messerstiche hatten ihre Jacke durchstoßen und waren in ihren Körper eingedrungen. Danach hatte Ingrid Törnblom sich tot gestellt. Als die beiden Männer von ihr abgelassen und sich aus dem Staub gemacht hatten, hatte die Journalistin sich mit letzter Kraft zu dem Weg an der Gustav Adolfskyrkan geschleppt. Dort war sie ohnmächtig geworden, aber von einer Frau entdeckt worden, die ihren Hund ausgeführt hatte. Zu dem Zeitpunkt hatte Ingrid Törnblom trotz ihres Glücks im Unglück mit dem Tode gerungen. Doch im Krankenhaus hatten die Ärzte ihr das Leben retten können.

Die Polizei hatte ein Phantombild von einem der beiden Täter veröffentlicht, den Ingrid Törnblom von ihrem Krankenbett aus beschreiben konnte. Es handelte sich um einen Schweden, fünfundzwanzig bis dreißig Jahre alt, mindestens einen Meter fünfundachtzig groß und von kräftiger Statur. Sein gezeichnetes Porträt, das sämtliche Medien des Landes erhalten hatten, zeigte einen Mann mit hellen Augen, breiter Kieferpartie, schmalen Lippen und dunkler Mütze.

»Sieht er nicht ein bisschen so wie dieser Schauspieler aus?«, sagte Fatima.

»Wer?«

»Joel ...«

»Joel Kinnaman. Ja, doch, ein bisschen, du hast recht«, gab Ibrahim zurück.

An den anderen Mann, der sie dazu gebracht hatte, den Weg zu verlassen, konnte Ingrid Törnblom sich allerdings nur vage erinnern. Laut Polizeiangaben waren die beiden Männer mit hoher Wahrscheinlichkeit auch für die Morde an den Journalisten Hannah Löwenström, Anders Gustafsson und Jan Malmberg verantwortlich.

»Das ist ja fürchterlich. Und es sind ja nicht nur diese Terroristen. Die Bürgerwehr streift durch die Stadt und hält nach Einwanderern Ausschau, um sie zusammenzuschlagen, Asylantenheime werden in Brand gesteckt, Flüchtlinge werden angegriffen. Das ist zu viel, viel zu viel Hass. Das ist nicht Schweden«, sagte Fatima auf Arabisch, als der Beitrag zu Ende war.

Ibrahim ergriff ihre Hand.

»Die Polizei macht ihre Arbeit und wird die Täter schnappen. Es kann sich nur noch um Tage handeln.«

»Meinst du? Der Lasermann hat über ein Jahr lang gemordet. Der andere verrückte Rassist, Peter Mangs, hat fast zehn Jahre lang gemordet. Und ich befürchte, dass diese Zustände, die Lynchmobs und die Brände, zum neuen Schweden dazugehören ... und Mitra damit groß werden muss.«

»Mitra ist schon groß. Und in diesem Land haben wir uns früher auch schon aufgerappelt. Außerdem soll man nicht immer glauben, dass alles nur schlechter wird, das stimmt nicht. Heute leiden weniger Menschen Hunger als noch vor ein paar Jahren. Und schwere Zeiten hat es schon immer gegeben.«

»Auch so schwere wie jetzt?«

»Ja, du hast doch eben selbst den Lasermann erwähnt. Und 1999 hatten wir die Polizistenmorde in Malexander, dann die Hinrichtung des Syndikalisten in Sätra. Björn ... Söderberg.«

Fatima nickte.

»Und der arme Journalist und sein Sohn, die beinahe gestorben sind, als irgendwelche Nazis eine Autobombe gezündet haben«, warf sie ein.

Ibrahim seufzte.

»Hunderttausende Menschen sind nach Schweden gekommen, sie geraten in Streit in den Unterkünften, gehen mit Messern aufeinander los ... Kein Wunder, dass die Schweden es mit der Angst kriegen, wenn die sich so benehmen«, meinte Ibrahim.

»Ich ...«

»Was wolltest du sagen, meine Liebe?«

»Mir geht der Gedanke einfach nicht aus dem Kopf, dass es niemanden kümmern würde, wenn ein neuer Lasermann oder ein neuer Peter Mangs Immigranten erschießen würde«, sagte sie leise und wich seinem Blick aus.

Ibrahim schüttelte den Kopf.

»Das darfst du nicht denken. Denn das stimmt nicht.«

»Ich kann es auch nicht ändern, ich habe einfach Angst. Die sind so voller Hass ... Sie hassen uns, Ibrahim. Sie hassen uns! Lies, was sie auf Facebook über uns schreiben. Sie halten uns für den IS, für sie sind wir wie der Idiot, der in der Drottninggatan mit einem LKW in die Passanten vor dem Kaufhaus Åhléns gerast ist. Was können wir denn dafür? Ich liebe Schweden, das ist auch unser Land. Und vor allem Mitras Land«, rief Fatima aus.

Ibrahim streichelte ihre Wange.

»Das wird sich bestimmt bald wieder beruhigen. Alles wird gut.«

Sie erhoben sich, gingen in die Küche und nahmen den Abwasch in Angriff. Schweigend hingen sie ihren Gedanken nach. Ibrahim trocknete ab und stellte die Teller in den Geschirrschrank, während Fatima abspülte. Plötzlich legte er das Tuch aus der Hand, war mit einem Schritt beim Radio und drehte es laut.

Dann ließ er sich zu ein paar Tanzschritten hinreißen. Fatima machte große Augen.

»Was ist denn mit dir los?«

Er schenkte ihr keine Beachtung, probte einen Hüftschwung,

machte ein paar Schritte im Takt der Musik. Dann griff er sich einen Stuhl, hob ihn vor die Brust und tanzte weiter.

»Ich tanze Salsa«, verkündete er außer Atem.

Er stellte den Stuhl wieder ab, nahm Fatima bei der Hand, führte sie aus der Küche und hopste vor und zurück.

Sie begann zu lachen.

»Das soll Salsa sein?«

»Als ich jung war, nannten mich alle den John Travolta von Aleppo«, sagte Ibrahim mit einem Grinsen.

Seine Bewegungen wurden immer wilder. Fatima trat zurück, hielt sich die Hand vor den Mund und lachte. Ibrahim schunkelte vor und zurück, eine Hand auf dem Bauch, mit der anderen winkte er Fatima zu.

»Pass auf, dass du dir nicht die Knochen brichst, du Salsameister«, sagte sie und rollte mit den Augen.

»Du hast recht. Ich bin kein Meister. Aber ich dachte, wir könnten zusammen einen Kurs machen, wenn du willst.«

Fatima beugte sich vor und gab ihm einen Kuss. Sie sieht glücklich aus, dachte er.

KAPITEL 23

Madeleine Winther saß auf dem WC und sah sich den Schwangerschaftstest an. Dann brach sie in schallendes Gelächter aus. Ohne es zu wissen, hatte sie die Wahrheit gesagt, als sie Markus Råhde erzählt hatte, sie sei schwanger. Ob das Kind in ihrem Bauch wirklich von ihm war, stand allerdings auf einem ganz anderen Blatt. Es gab noch zwei weitere Kandidaten.

Einer war der Fotograf Hampus Dahlström. Sie hatten auf der Rückbank seines Autos miteinander geschlafen, als das Königspaar Linköping besucht hatte und mit einer Schulklasse beim Kaffeetrinken gewesen war. Madeleine hatte sich gelangweilt, und Hampus in seiner grünen Armeejacke und mit seiner Sonnenbrille hatte ihr gefallen. Außerdem hatte sie gewusst, dass Markus aus der Haut fahren würde, wenn er davon erfuhr. Es war einfach witzig gewesen. Danach hatte Hampus ein paarmal angerufen, wahrscheinlich, weil er sich mit ihr verabreden wollte, aber Madeleine hatte seine Anrufe ignoriert.

Dann war da noch Göran Höglund, der ehemalige Politiker von den Sozialdemokraten, der ebenfalls in den Prostitutionsskandal verwickelt war. Er war der Erste der drei Sexkunden, mit dem sie sich verabredet hatte. In der Redaktion hatten Anita Sandstedt und Markus Råhde ihr für das bevorstehende Treffen genaue Instruktionen gegeben. Sie sollte sofort alles abbrechen, wenn er zudringlich wurde. Egal, was passierte, Madeleine sollte unter keinen Umständen mit ihm aufs Zimmer gehen. Sie sollte mit dem Mikrofon, das in ihrer Handtasche versteckt war, vor dem Omena Hotel nur die Unterhaltung über die Bezahlung aufnehmen.

Aber Göran Höglund wollte erst auf dem Zimmer über das Geschäftliche reden. Zuerst hatte Madeleine gezögert, dann aber doch gegen sämtliche Abmachungen entschieden, ihn zu begleiten. Auf dem Zimmer hatte sie schließlich versucht, Ort und Zeit für ihr nächstes Treffen aus ihm herauszubekommen.

Doch plötzlich hatte er seine Hand unter ihre Bluse geschoben und angefangen, ihre Brust zu massieren. Im Nachhinein war das alles schwer zu erklären. Sie hatte wahrscheinlich einfach wissen wollen, wie es sich anfühlte, wenn man sich kaufen ließ, wenn man seinen Körper verkaufte. Sie hatte nicht einmal protestiert, als er sie aufs Bett schubste, sie auf den Bauch drehte und ihr Hose und Slip herunterzog. Es ging schnell, dauerte höchstens drei, vier Minuten. Hinterher empfand sie – anders, als sie es sich vorgestellt hatte – keine Scham. Eher eine Leere. Das Kuvert mit den dreitausend Kronen, das er ihr wortlos gab, warf sie am Odenplan in einen Mülleimer.

Ihren Chefs in der Redaktion sagte sie, dass er gar nicht erst aufgetaucht war, dass er angerufen und erklärt hatte, er sei verhindert und müsse das Treffen verschieben. Sie wusste, dass Göran Höglund sie anrufen würde, um sie wiederzusehen, und dann würde sie ihn drankriegen und ihren Triumph genießen. Er war nicht nur ein Freier, sondern auch ein Vergewaltiger. Die Konfrontation mit dem sozialdemokratischen Politiker hatte ihr deshalb auch am besten gefallen. Als sie sich eine Woche später mitten in der Regeringsgatan als Journalistin vom *Nyhetsbladet* vorstellte, blickte er sie voller Verwunderung und Abscheu an. Woraufhin sie sich ein zufriedenes Grinsen nicht verkneifen konnte.

Eine Menschentraube bildete sich um sie. Göran Höglund zog sich das Jackett über den Kopf, um sich zu schützen, während Hampus Dahlström ihn mit der Kamera umkreiste und ihn immer wieder fotografierte.

»Ich lege das so aus, dass du nicht kommentieren willst, warum du junge Frauen für Sex bezahlst«, sagte sie, ehe der Politiker auf dem Absatz kehrtmachte und ging.

Was würde passieren, wenn jemand herausfand, dass sie mit ihm Sex gehabt hatte? Rein rechtlich gesehen, nichts. Und presseethisch? Es war sinnlos, darüber nachzudenken. Das Risiko, dass er das ausplauderte, ging gegen null. Und selbst, wenn er es tat, würde das lediglich als Versuch ausgelegt, die Journalistin zu kompromittieren, die seine Karriere beendet hatte. Es würde Aussage gegen Aussage stehen, Beweise gab es keine.

Madeleine warf den Schwangerschaftstest in den Papierkorb und ging ins Schlafzimmer, um das Krankenhaus auf Södermalm anzurufen. Sie hatten einen Termin frei, der ihr passte. Nach diesem Termin würde sie erfahren, wann die Abtreibung vorgenommen werden konnte.

Eine Weile später ging sie zum Odenplan und nahm den Bus Nummer 4 zum Funkhaus. Sie hatte ihren Vater seit zwei Monaten nicht mehr gesehen. Madeleine fragte sich, warum er sie angerufen und ausgerechnet an diesem Abend zum Essen eingeladen hatte. Ihre Stiefmutter und die Halbgeschwister mussten weggefahren sein. Andernfalls hätte ihr Vater, Chefjurist des schwedischen Arbeitgeberverbands und der Interessenvereinigung der Wirtschaft, Svenskt Näringsliv, nie erlaubt, dass Madeleine ihn zu Hause besucht. Üblicherweise trafen sie sich immer im Restaurant. Madeleine glaubte, dass Erik Winther seiner Frau nicht mal erzählte, dass er seine Tochter traf. Linda Winther hatte Madeleine sogar das Gästezimmer verwehrt, als vor einem Jahr ihre Wohnung in der Hagagatan renoviert worden war.

Doch was Madeleine am meisten verletzte, war nicht der Hass ihrer Stiefmutter, sondern dass ihr Vater es zuließ, dass Linda sie so behandelte.

Madeleine konnte nicht begreifen, warum er seiner Frau nicht klarmachen konnte, dass seine älteste Tochter selbstverständlich jederzeit willkommen war – und nicht still und heimlich zu

Besuch kommen und durch die Hintertür ins Haus schlüpfen musste.

Die Wohnung lag im obersten Stock eines Hauses aus der Jahrhundertwende in der Kaptensgatan beim Östermalmstorg. Madeleine nahm die Treppen. Ehe sie an der Wohnungstür klingelte, atmete sie durch und richtete ihre Frisur. Trotz ihres komplizierten Verhältnisses zueinander lag ihr noch immer viel daran, einen guten Eindruck zu machen. Sie wollte, dass ihr Vater stolz auf sie war, auch wenn er alles andere als einverstanden war mit ihrer Berufswahl. Journalisten, das hatte Erik Winther klargestellt, als sie ihm erzählt hatte, sie wolle an der Hochschule für Journalismus anfangen, waren Idioten und gescheiterte Schriftsteller.

Ihr Vater öffnete die Tür. Er trug ein weißes Hemd über dunklen Jeans.

»Du hast dich doch wohl nicht scheiden lassen, oder warum lädst du mich plötzlich zum Abendessen bei dir zu Hause ein?«, begrüßte sie ihn und bereute ihre Frage sofort.

Erik Winther ignorierte ihren Kommentar. Während sie die Schuhe auszog, ging er in die Küche und stellte Teller bereit.

»Wie gut das duftet«, rief sie aus der Diele.

»Das ist nicht mein Verdienst«, sagte er und deutete auf zwei weiße Take-Away-Boxen neben dem Herd.

»Sturehof?«

Er nickte.

»Zwei blutige Entrecôtes mit extra viel Sauce béarnaise. Genau so, wie wir's mögen.«

»Der Verzehr erfolgt vorzugsweise vor dem Fernseher«, fügte sie mit gekünstelter Stimme hinzu.

»Ich dachte eigentlich, dass wir heute ausnahmsweise mal am Tisch essen. Wir haben uns so lange nicht mehr gesehen und sicher eine ganze Menge zu besprechen«, meinte ihr Vater.

Madeleine war überrascht, aber auch erfreut. Sie überlegte zu fragen, wo ihre Stiefmutter und die Halbgeschwister waren, aber entschied sich dagegen. Zu Hause bei ihrem Vater am Tisch zu sitzen und zu essen – das hat es in den letzten fünf Jahren nicht gegeben, dachte sie und deckte die beiden Teller, die er ihr reichte. Als sie am Kühlschrank vorbeiging, fielen ihr die Fotos der beiden jüngsten Kinder ins Auge, die an der Tür befestigt waren. Von ihr war keines dabei. Das wunderte sie zwar nicht, machte sie aber trotzdem traurig. Sie beschloss, nicht darüber zu streiten. Jedenfalls nicht heute.

»Ich habe gesehen, wie ihr diesen Politiker drangekriegt habt«, begann Erik Winther, als sie am Tisch Platz genommen hatten.

Madeleine war erstaunt. Ihr Vater hatte bisher noch nie über ihre Arbeit gesprochen oder auch nur angedeutet, dass er sich für ihre Karriere beim *Nyhetsbladet* interessierte.

»Das war wirklich nett von denen, dass du das machen durftest«, fuhr er fort. »Aber … von den älteren Kolleginnen hätte das natürlich auch keine machen können, in Anbetracht der Umstände.«

»Wie meinst du das? Das war ganz allein meine Idee«, sagte Madeleine.

»Ach so, das habe ich nicht gewusst.«

Madeleine war irritiert.

»Nein, schon klar. Denkst du wirklich, dass die mir sagen, was ich zu tun habe?«

Erik Winther seufzte und führte seine Gabel zum Mund.

»Nein, ich habe keine Ahnung, wie das abläuft.«

»Aber du hast einfach mal so angenommen, dass jemand anders die Idee hatte und die ganze Arbeit erledigt hat und ich mir dann nur noch ein enges Kleid anziehen, die Brüste bis unters Kinn pushen und einem alten Sack versprechen musste, die Beine breitzumachen?«

Erik Winther hob die Hand in dem Versuch, sie zu bremsen.

»Madeleine, so habe ich das nicht gemeint …«

»Ist doch auch egal«, sagte Madeleine und schob sich einen Bissen Fleisch, den sie vorher in die Soße getunkt hatte, in den Mund.

Erik Winther konzentrierte sich auf sein Essen. Dann tupfte er sich mit der Serviette den Mund ab und legte sie aus der Hand.

»Ich wollte eigentlich mit dir über einen deiner Kollegen reden«, begann er. »Irgendwer bei euch, ein gewisser Erik Gidlund, glaube ich, beschäftigt sich mit ... Ich glaube, er nannte das Untersuchung unserer Konferenzreisen.«

Er räusperte sich und griff nach seinem Weinglas. Madeleine musterte ihn neugierig.

»Ja, also ich schätze, ihr habt da so eine Art System, da könnt ihr sehen, was die anderen in der Redaktion so machen ...«

»Du willst, dass ich einem Kollegen nachspioniere und herausfinde, was er über eure Reisen zusammengetragen hat und was er darüber schreiben will?«, fragte Madeleine brüsk und spürte, wie Wut in ihr aufstieg.

Erik Winther wirkte erleichtert.

»Es ist sicher nichts, aber es ist auch nie verkehrt, einen Schritt voraus zu sein. Ich meine das nicht böse, aber die Abendzeitungen haben ja doch eher den Hang, alles Mögliche aufzubauschen. Du kannst mir das dann per Mail ...«

Madeleine legte geräuschvoll das Besteck aus der Hand. Das Messer fiel zu Boden.

»Hast du mich nur deswegen hergebeten?«, fragte sie harsch.

»Nein, nicht ...«

»Ist dir wirklich klar, worum du mich da bittest? Begreifst du überhaupt, was ich mache, was mein Job ist? Seit der Mittelstufe hast du dich nicht mehr dafür interessiert, was ich mache, und ganz plötzlich interessiert es dich doch wieder, aber dann stellt sich natürlich heraus, dass es wieder mal nur um dich geht.«

»Madeleine, beruhige dich, ich ...«

»Ich werde dir gar nichts sagen. Kein Wort. Alle, die Abgaben an den Arbeitgeberverband zahlen, haben ja wohl ein Recht darauf, zu erfahren, was ihr mit dem Geld macht, meinst du nicht auch?«

»Das ist hier kein Interview, Madeleine. Ich wollte nur ...«

»Wo ist die Alte mit ihren Kindern?«

»Sie besuchen die Großeltern in Täby.«

»Und da hast du gedacht, du kannst mich noch schnell dazwischenschieben, den Stress in der Arbeit klären, bevor sie wieder zurück sind und die Sportschau anfängt?«

Erik Winther starrte auf die Tischplatte.

»Ich hoffe, wir ziehen euch bis aufs letzte Hemd aus. Und weißt du, was, vielleicht stelle ich mich sogar als Quelle zur Verfügung – wir von der Boulevardpresse arbeiten ja oft mit so was – und plaudere darüber, wie der Chefjurist vom Svenskt Näringsliv versucht hat, vor der Veröffentlichung an den Artikel zu kommen.«

»Das kannst du beim besten Willen nicht ...«

»Warum denn nicht? Schließlich stimmt es doch. Oder ist das auch wieder nur so ein Boulevard-Hirngespinst, das ich mir ausgedacht habe?«

Ihr Telefon vibrierte – sie hatte es auf Lautlos gestellt, um nicht gestört zu werden. Hastig warf sie einen Blick auf das Display und erkannte eine Nummer vom *Nyhetsbladet*. Sie nahm das Gespräch an. Der Anrufer meldete sich nicht mit Namen, sondern bombardierte Madeleine gleich mit einer Suada, aus der sie nur die Wörter »Terroristen« und »London« heraushören konnte. Das musste eine neue Vertretung sein, dachte sie. Sie stand vom Tisch auf und ging in die Diele.

»Also, jetzt komm erst mal runter«, sagte sie mit Nachdruck. »Wer ist da überhaupt, und was willst du?«

»Entschuldigung ... Ich bin David Holmlund aus der Redaktion«, sagte der Reporter kleinlaut. »Ich bin ... Alle sollen so schnell wie möglich herkommen. In London, Berlin und Paris hat es Explosionen gegeben, fast gleichzeitig. Und bei einem Fußballspiel in ... Madrid ... Wir müssen was darüber bringen. Bis jetzt wissen wir zwar nur wenig, aber es scheint sich um koordinierte Anschläge gegen mehrere europäische Metropolen zu handeln.«

»Gibt es Tote?«

»Hunderte.«

»Ich komme«, sagte Madeleine und legte auf.

Fünf Minuten später lief sie die Banérgatan hinunter Richtung Garnison-Karree und Redaktion. Sie war froh, dass sie der Wohnung ihres Vaters entfliehen konnte.

KAPITEL 24

Carl Cederhielm besah sich sein Gesicht im Spiegel.

Seine Haare waren kurz. Seit er wusste, dass Ingrid Törnblom überlebt hatte, rasierte er sich nicht mehr und ging regelmäßig ins Solarium. Die Polizei konnte zwar nicht viel in der Hand haben, und das Phantombild sah ihm auch nicht besonders ähnlich, fand er, trotzdem war er beunruhigt.

Es ärgerte Carl, dass er nicht sorgfältiger gewesen war. Das sah ihm gar nicht ähnlich. Er hätte zehn Mal zustechen oder ihr die Kehle durchschneiden sollen. Er ging ins Wohnzimmer, trat ans Fenster und zog die Gardine auf, um freien Blick auf die Straße zu haben.

Alles sah aus wie immer. Er schüttelte den Kopf über seine Bedenken. Die Polizei hatte nichts. Er war nicht in ihrer Datenbank, selbst wenn sie seine DNA gefunden hätten, gäbe es folglich keinen Treffer. Das Gleiche galt für Fredrik. Alles, was sie hatten, war ein Phantombild, das zehntausend Schweden ähnlich sah.

Dennoch begann Carl, immer unruhiger zu werden, weil er sich seit dem missglückten Mord fast nur noch im Haus aufgehalten hatte. Er wusste, Rastlosigkeit war gefährlich, man fing an zu schludern und fällte voreilige Entscheidungen, die wiederum zu Fehlern führten.

Carl brauchte etwas, um die Polizei von sich abzulenken.

Durch die Attentate in London, Paris, Berlin und Madrid hatten sich die Medien vorübergehend mit etwas anderem beschäftigt als mit ihren ermordeten Kollegen. Fünf Tage waren seit den Terroranschlägen, die die europäischen Hauptstädte erschüttert hatten, vergangen. Über vierhundertfünfzig Todesopfer waren zu beklagen gewesen.

Auch in Schweden hatte dies Polizeieinsätze zur Folge gehabt. Die Nationalen Einsatzkräfte hatten landesweit in den Vororten und Asylunterkünften jeden Stein umgedreht, um mutmaßliche islamistische Terroristen aufzuspüren. Aber keine achtundvierzig Stunden später waren die Muslime wie gewöhnlich aus Mangel an Beweisen wieder laufen gelassen worden.

Carl hatten die Anschläge nicht überrascht – dass Muslime blutrünstig waren und alles taten, um der Bevölkerung im Westen den Garaus zu machen, wusste doch wohl jeder. Doch was würde passieren, wenn die Medien kaum noch darüber berichteten und jeder schwedische Polizeibeamte wieder nach ihm suchen würde? Carl brauchte ein Ablenkungsmanöver, auf das die Polizei dann ihren Fokus richten und für das sie all ihre Ressourcen aufbringen musste. Eigentlich ist es sogar schade, dachte er, dass keiner der Asylanten, die die Nationalen Einsatzkräfte geschnappt hatten, beim IS war. Das hätte den Schweden einen anderen Gesprächsstoff als die toten Journalisten gegeben. Und ein Terroranschlag mit schwedischen Opfern, das würde die Leute richtig wachrütteln. Vielleicht würden dann endlich die Grenzen dichtgemacht, egal, wie gern die Politiker und Journalisten auch weiterhin Luxusflüchtlinge, Terroristen und Gewalttäter importierten. In der jetzigen Situation würde ein weiterer muslimischer Terrorist für andere Voraussetzungen sorgen, und Carl würde zum größten Teil ungestört seinen Plan umsetzen können. Die schwedische Bevölkerung würde begreifen, dass der Kuschelkurs und die Liebesbekundungen nach dem Anschlag in der Drottninggatan nur Quatsch und muslimische Propaganda waren.

Er ging noch mal ins Bad, fuhr sich mit der Hand über seinen Stoppelbart und griff nach der Flasche Acqua di Giò, die neben dem Waschbecken stand. Wollte Carl sich die europäische Tragödie wirklich zunutze machen, musste er schnell handeln. Dadurch zeichnete sich ein genialer Stratege aus – umgehend, und ohne zu hadern, auf den Feind zu reagieren.

Carl musste Lars und Fredrik davon überzeugen, dass man manchmal gezwungen war, Opfer zu bringen, um sein Ziel zu erreichen. Er wusste, dass er dazu geboren war, andere Menschen zu führen. Auch wenn die anderen beiden sich anfangs dagegen aussprechen würden, würde er sie schlussendlich auf seine Seite ziehen. Mit etwas Überredungskunst würden sie verstehen und sich seinem Willen fügen.

Sie trafen sich in dem Haus auf Djurö, zum ersten Mal, seit dem gescheiterten Mord an Ingrid Törnblom. Auf dem Sofatisch standen neun Flaschen Heineken und zwei Gläser. Lars trank lieber aus der Flasche. Carl war es, wie von ihm befürchtet, anfänglich schwergefallen, sie von der Notwendigkeit zu überzeugen, den Plan auszuführen, den er im Laufe des Tages geschmiedet hatte.

»Klar, der Preis ist hoch. Ein Dutzend tote Schweden. Aber wie viele Leben wird es kosten, wenn der Schweißer Löfven unser Land weiterhin vor die Hunde gehen lässt? Wenn wir ihn wirklich loswerden wollen, dann müssen die Menschen begreifen, dass er und die restliche Bagage in der Regierung sie weder schützen können noch wollen«, sagte Carl.

»Und wenn wir auffliegen ...« Fredrik schüttelte den Kopf. »Ich will gar nicht daran denken. Ich weiß auch nicht, ob ich das packe, so ein Ding durchzuziehen.«

Carl deutete auf Lars.

»Lars hat seine Frau verloren. Mein Bruder Michael ist tot. In ein paar Jahren hast du vielleicht eine Frau, die krank ist, aber sterben muss, weil ein Terrorist eine Aufenthaltsgenehmigung braucht oder weil die Regierung noch ein Teppichknüpferkind hier haben will ... Fredrik, so kann das nicht weitergehen. Es muss was passieren. Die Kulturmarxisten dürfen nicht gewinnen. Sie wollen Schweden zerstören, und sie haben schon ganze Arbeit geleistet. Der Rest der Welt lacht über den Wahnsinn, der hier abläuft. Ich will auch nicht noch mehr tote Schweden, aber vielleicht ist genau das nötig, damit die Bevölkerung aufwacht«, sagte Carl.

Fredrik rutschte hin und her, sagte aber nichts.

»Ich glaube, du hast recht«, sagte Lars gedämpft. Er führte die Flasche zum Mund und streckte seine Glieder. Dann wandte er sich an Fredrik, der neben ihm saß. »Der Preis ist hoch, aber im Grunde ist das eine simple Rechenfrage. Wie viele Patienten sterben Tag für Tag in den Pflegeeinrichtungen, weil die Ärzte keine Zeit für sie haben? Wie viele Frauen werden auf der Straße angegriffen? Wie viele schwedische Männer begehen Selbstmord, weil sie wegrationalisiert werden zugunsten von Frauen oder Arabern? Verdammt noch mal, erinnert euch nur an das Gemetzel auf der Drottninggatan. Der Krieg gegen uns Schweden hat längst begonnen, wenn auch unterschwellig. Die Regierung fährt jeden Tag Menschenleben ein. Egal, wie viele dabei draufgehen – wir werden mehr Leben retten als auslöschen.«

Carl sah ihn an und nickte nachdenklich. Ihm gefiel diese Art zu rechnen. Sie war offensichtlich und einleuchtend. Dann sah er zu Fredrik hinüber, der ins Leere starrte.

»Wir sind es unserem Land schuldig, diesen Irrsinn zu bekämpfen, den uns die Politiker aufgezwungen haben«, sagte Carl. »Keinem ist das mehr zuwider als mir, aber wir müssen es tun. Wir müssen zu Ende bringen, was wir angefangen haben, die Menschen müssen sich erheben. Alleine schaffen wir das nicht. Außerdem wird es unter den Toten auch Verräter geben, Schweine, die für unsere Regierung gestimmt haben, Idioten, die die Zeitungen lesen, ihr Gift geschluckt haben und es weiterverbreiten.«

Nach einer weiteren halben Stunde Herumdiskutieren war Fredrik überzeugt.

Nun kam die nächste Phase. Wie wollten sie vorgehen? Und vor allem: Wie sollten sie sich den Täter beschaffen, dem sie die Schuld für den Anschlag anhängen konnten?

»Wir dürfen nicht zu lange warten. Wenn wir's machen, dann diese Woche noch«, entschied Carl.

»Ich glaube, ich habe die Lösung«, sagte Lars.

Die beiden anderen sahen ihn an.

»Wir brauchen jemanden, den wir erpressen können. Beispielsweise wäre doch jeder bereit, sein Leben für das seines Kindes zu opfern«, fuhr er fort.

Fredrik schnaubte.

»Gilt das auch für Araber? Die lassen doch sogar zu, dass sich ihre Kinder in die Luft jagen.«

Lars überhörte die Bemerkung und beugte sich vor.

»Wir entführen ein Kind und bringen den Vater dazu, den Anschlag für uns auszuführen.«

Carl und Fredrik musterten ihn gespannt.

»Wie das?«, fragte Carl.

»Meine alten Aufgaben bei der Polizei werden mir zwar noch immer nicht zugeteilt, aber manchmal sitze ich auf Kungsholmen im Präsidium und nehme Anzeigen auf. Vor einer Weile war ein Araber mit seiner Tochter da und hat behauptet, dass er in seinem Taxi überfallen worden ist«, sagte Lars. »Seine Personalien kann ich rausfinden.«

Carl und Fredrik saßen in einem neuen Mietwagen am Docentbacken unweit der Universität. Sie hatten beschlossen, sofort zur Tat zu schreiten. Das wichtigste war, das Mädchen zu finden, um ihren Vater so schnell wie möglich unter Druck zu setzen. Deshalb hatten sie nicht so viel Zeit wie sonst gehabt für ihre Vorbereitungen, das machte Carl nervös. Zur gleichen Zeit saß Lars in Sätra bei der Werft und prägte sich die Tunnelbaustelle ein, die Teil der neuen E4-Umgehung im Westen Stockholms war. Seine Aufgabe war es zu prüfen, wie schwierig es wäre, einen Teil des Dynamits zu stehlen, das dort gelagert wurde. Wäre dies nicht durchführbar, würde

Fredrik selbst eine Bombe bauen, mit Ammoniumnitrat und Dieselöl.

Carl warf Fredrik einen Blick zu. Er schaute finster drein.

»Ich habe gelesen, dass eine von vier Schwedinnen irgendwann in ihrem Leben vergewaltigt wird. Indem wir tun, was wir vorhaben, können wir das verhindern. Es ist nicht leicht, aber die Geschichte wird uns recht geben«, sagte Carl.

»Trotzdem, es sind die Politiker und Journalisten, die diese Strafe verdienen, nicht die gewöhnlichen Schweden. Die sind ja genauso Opfer der Propaganda, wie wir es früher waren«, sagte Fredrik mit leerem Blick.

Carl nickte. Er dachte im Grunde genommen dasselbe.

»Ja, aber um Großes zu erreichen, muss man große Opfer bringen. Manche von den Toten werden schuldig sein, andere unschuldig. Aber wie Lars vorhin gesagt hat: Im großen Ganzen retten wir Leben. Es ist unsere Pflicht, die zukünftigen Generationen vor diesem Wahnsinn zu bewahren.«

Carl sah auf die Uhr, es war halb zehn. Da es Sonntag war, waren nicht viele Passanten unterwegs. Auf die Windschutzscheibe nieselte feiner Regen. Carl beschloss, Fredrik jetzt nicht auf Teufel komm raus zu überzeugen, das konnte warten. Jetzt mussten sie erst einmal zur Tat schreiten.

»Wir verschaffen uns Zutritt in ihr Studentenzimmer. Wenn die Tür verschlossen ist, nimmst du deine Sperrpistole. Wir ziehen das jetzt durch, wir haben keine Zeit zu verlieren«, sagte Carl.

Sie schlüpften hinter einem jungen Mann mit Einkaufstüten durch die Haustür. Fredrik nahm als Erster die Treppen. Carl blieb immer wieder stehen und blickte durch die Glastüren in die Stockwerke. Im zweiten Stock stand eine junge Frau am Fenster und rauchte. Ihre Blicke trafen sich, Carl und Fredrik nickten ihr zu und sahen dann zu Boden.

Mitra Chamsais Zimmer lag ganz hinten im grünen Korridor.

Sie gingen langsam an den anderen Türen vorbei und horchten auf Geräusche. Musik und laufende Fernseher, Gelächter und Stimmen drangen zu ihnen heraus. Das Haus schien hellhörig zu sein. Schließlich blieb Fredrik vor Mitra Chamsais Tür stehen. Carl stand einen Meter hinter ihm und behielt den Flur im Blick. Fredrik holte die Sperrpistole hervor, ging in die Knie und machte sich am Schloss zu schaffen.

Es dauerte exakt dreiundzwanzig Sekunden, bis Fredrik die Tür aufriss und ins Zimmer stürmte. Carl spürte sein Herz rasen, seinen Puls in den Schläfen pochen, als er ihm nachsetzte und die Tür hinter sich schloss.

Mitra Chamsai hatte sich umgedreht und war vom Schreibtisch aufgesprungen, als Fredrik mit seiner Pistole auf sie zielte. Zuerst war sie wie erstarrt, dann begann sie plötzlich, panisch zu schreien. Carl rannte an Fredrik vorbei und warf sich auf sie. Er drückte sie aufs Bett und hielt ihr mit der Hand den Mund zu.

Nachdem sie sich anfänglich noch wehrte, schien sie allmählich zu begreifen, dass es zwecklos war. Sie beruhigte sich und blieb still unter Carls Gewicht liegen. Er flüsterte, er würde die Hand wegnehmen, wenn sie versprach, leise zu sein. Sie nickte.

Carl ließ von ihr ab, und sie setzte sich auf. Aber wenn nötig, würde er sich jeden Moment wieder auf sie werfen und sie zum Schweigen bringen. Ihre schwarzen Haare standen zu allen Seiten ab, die braunen Augen waren weit aufgerissen, aber sie blieb ruhig. Wo Carl ihr den Mund zugehalten hatte, war ein roter Handabdruck zu sehen.

»Was soll das?«, fragte sie heiser.

Sie sieht gar nicht schlecht aus, dachte Carl. Fredrik blickte sich gleichgültig im Zimmer um.

»Du kommst mit uns mit.« Carl versuchte, ihren Blick einzufangen. »Keine Angst, wenn du tust, was wir dir sagen, passiert dir nichts.«

»Ich komme nicht mit«, gab Mitra Chamsai zurück. Sie wirkte

plötzlich überraschend ruhig. »Was Sie tun, ist strafbar. Das ist Freiheitsberaubung.«

Carl grinste.

»Ganz genau, Mitra.«

Sie fuhr zusammen, als er ihren Namen sagte.

»Wenn Sie Geld wollen, haben Sie die Falsche erwischt. Mein Vater fährt Taxi, meine Mutter ist Kindergärtnerin.«

Carl fiel auf, dass er die Situation regelrecht genoss. Sie amüsierte ihn sogar. Er hatte Macht über Leben und Tod. Und das wollte er ihr unbedingt zeigen.

»Wir wollen kein Geld«, entgegnete er. »Entweder gehst du freiwillig mit, oder ich verpasse dir eine Spritze mit Schlafmittel, und wir nehmen dich in ein paar Stunden mit, wenn die anderen alle schlafen.«

Sie hatten gar keine Spritze dabei. Die Alternative war, sie k. o. zu schlagen, und das wollte Carl vermeiden. Mitra Chamsai überlegte.

»Ich stoße dir die Spritze in den Hals«, sagte Carl. »Das ist ziemlich unangenehm, und ich würde dich lieber unbeschadet lassen.«

Bei diesen Worten gab Mitra Chamsai nach.

»Ich komme mit«, wisperte sie.

»Gut. Wartet jemand auf dich, wenn du verschwindest, oder fängt an, dich zu suchen?«

Mitra sah ihn an, ohne zu antworten.

»Wer sind Sie?«

Carl begriff, dass sie Zeit schinden wollte. Vielleicht war ja jemand auf dem Weg hierher.

»Das tut nichts zur Sache. Beantworte einfach meine Frage«, forderte er sie schroff auf.

»Mein Freund ruft mich nachher an, um Gute Nacht zu sagen«, meinte sie.

»Gib mir das Handy«, sagte Carl zu Fredrik und zeige zum

199

Schreibtisch, wo ihr Mobiltelefon lag. Fredrik reichte es Carl, der es Mitra gab.

Fredrik stand auf und drückte ihr die Mündung seiner Pistole an die Stirn. In Mitra Chamsais Blick lag Todesangst.

»Alles wird gut. Schreib ihm, dass du müde bist und dich hinlegen willst. Und dass du in den nächsten Wochen viel lernen musst und deshalb nur schwer erreichbar bist«, sagte Carl, so gefasst er konnte.

Mit zitternden Fingern schrieb Mitra Chamsai die Nachricht. Fredrik hielt ihr die ganze Zeit den Lauf seiner Waffe an den Kopf, damit sie gar nicht erst auf die Idee kam, etwas anderes zu schreiben als das, was Carl ihr gesagt hatte. Als sie fertig war, zeigte sie Carl den Text.

»Gut, schick's ab«, sagte er und erhob sich. Fredrik senkte die Pistole wieder.

Mitra Chamsai drückte auf »Senden«, und Carl nahm das Telefon an sich, entfernte die SIM-Karte, ging ins Bad und spülte sie im Klo runter. Das Telefon würde er ins Wasser werfen, wenn sie über die Djuröbron fuhren. Carl sah sich im Zimmer um. Mitra Chamsai hatte Fotos von ihrer Familie an den Wänden hängen. Die Einrichtung bestand aus einem Schreibtisch mit Stuhl, einem Bett, einem weißen Kleiderschrank sowie einem Unterschrank für den Fernseher am Fußende des Bettes.

Carl trat vor eine der Fotografien, die Ibrahim Chamsai zeigte, und betrachtete sie eingehend. Die anderen beiden warteten schweigend.

»Mach bloß keinen Blödsinn, sonst müssen wir dir wehtun«, sagte er zu Mitra, als er sich umdrehte. Sie schüttelte den Kopf.

»Versprochen«, sagte sie.

KAPITEL 25

Vladimir Ivanov, Andrei Pulenkov und Polizeichef Luis Garcia umringten Ilja Fjodorowitsch. Seine Hände waren auf dem Rücken gefesselt. Sie hatten ihn geschlagen, aber er schien nicht ernsthaft verletzt zu sein. Die anderen drei wirkten angespannt und entschlossen.

»Jaime Mendoza ist auf dem Weg hierher«, sagte Andrei zu August. »Er landet in ein paar Stunden. Er will ihn selbst verhören.«

August sah Andrei gleichgültig an, ohne zu antworten. Dann wandte er sich an Vladimir.

»Woher weißt du, dass du diesmal den Richtigen hast?«, fragte er.

»Die Kolumbianer haben ihre Hausaufgaben gemacht«, sagte Vladimir tonlos. »Außerdem hat er es zugegeben.«

August drehte sich zu Ilja um.

»Stimmt das?«, fragte er.

Ilja hielt seinem Blick stand.

Andrei trat vor und spuckte ihn an.

»Wieso zum Teufel hast du das getan?«, wollte August wissen.

Ilja hob die Schultern.

»Ich hatte einfach die Nase voll davon, dabei zuzusehen, wie Vladimir alle umlegt, die ihm im Weg sind.«

»Spar dir das für Jaime Mendoza auf«, sagte Vladimir. »Es wäre nicht schlecht, wenn du noch was zu sagen hast, bevor sie dir deine Eingeweide um den Hals hängen.«

»Du hast uns wirklich verpfiffen?«, fuhr August ihn an.

»Ich habe versucht, dich dazu zu bringen, von hier zu verschwinden. Monatelang habe ich versucht, dich dazu zu bewegen, mit Valeria wegzugehen. Ich habe dir tausendmal gesagt, dass du nicht so bist wie wir, aber du wolltest ja unbedingt bleiben.«

August nahm einen Stuhl und stellte ihn vor Ilja.

»Du kannst genauso gut gleich alles erzählen. Wenn du Glück hast, bringen sie dich um, bevor Mendoza herkommt«, sagte er.

Ilja schüttelte düster den Kopf.

»Es spielt doch sowieso keine Rolle, was ich sage.«

»Verdammt noch mal. An wen hast du uns verraten? An die DEA?«, schrie August ihn an und rückte mit seinem Stuhl ein Stück vor.

Ilja legte den Kopf in den Nacken, ohne August aus den Augen zu lassen.

»An die PDI«, gab er zurück. »Die wollten Mendozas Stoff als eine Art Geschenk für die DEA, um sicherzugehen, dass ich die Wahrheit gesagt habe. Aber ihr eigentliches Ziel war die ganze Zeit das Valparaiso-Treffen.«

Die PDI war die chilenische Kriminalpolizei.

»Solltest du ein Abhörsystem installieren?«, fragte August.

»Ja, nächste Woche, bei Vladimir zu Hause und im El Minero.«

August wandte sich an Vladimir.

»Wie zur Hölle haben die Kolumbianer rausgekriegt, dass er es war?«

»Die Infos kamen von der PDI und der BRIANT-Gruppe. Die Mendozas haben ihre Leute überall. Selbst hier in Chile.«

BRIANT-Gruppe hieß die Sondereinheit der chilenischen Polizei, die für die Bekämpfung des organisierten Verbrechens zuständig war.

August spürte, wie kalte Wut von seinem Körper Besitz ergriff.

»Du bist schuld an Valerias Tod, du verfluchter Verräter. Wenn du nicht gewesen wärst, wäre ich an dem Abend gar nicht weg gewesen. Und ich hätte Manuel Contreras nicht umlegen müssen. Ich hoffe, Jaime Mendoza weiß, was er tut, wenn er dich foltert. Sonst komme ich ihm gerne zu Hilfe.«

»Guck dich doch an. Guck, was die Menschen hier aus dir gemacht haben«, entgegnete Ilja dumpf.

August sprang so unvermittelt vom Stuhl auf, dass er umfiel.

»Halt die Schnauze, sonst puste ich dir den Schädel weg«, brüllte er.

Polizeichef Luis Garcia klopfte ihm auf die Schulter und reichte ihm eine Flasche Jack Daniel's. August führte sie an den Mund, ohne Ilja aus den Augen zu lassen.

»Das wird eine lange Nacht, am besten teilst du dir deine Kräfte ein«, meinte der Polizeichef.

August gab Luis Garcia die Flasche zurück.

»Wenigstens brauchen wir ihn nicht in den Süden zu schicken«, scherzte Garcia und trank einen Schluck.

»Was meinst du damit?«, fragte August.

Der Polizeichef wischte sich den Mund ab.

»In den Süden runterschicken. Das haben wir mit besonders wichtigen Gefangenen gemacht, als ich für die DINA gearbeitet habe. Sie sind mit kleinen Flugzeugen hier hinten auf dem Plateau abgeholt und zu den Deutschen nach Parral runtergeflogen worden. Und die Deutschen haben gewusst, was sie tun. Die Roten haben gesungen wie Kanarienvögel«, gluckste Garcia, ehe er fortfuhr. »Diese Hütte war das einzige Gebäude in Flugplatznähe hier im Tal. Und manchmal kam es eben vor, dass wir sie nicht mehr am Leben lassen konnten, bevor sie ausgeflogen werden sollten.«

»Ihr habt sie oben auf dem Plateau hingerichtet?«, fragte August mit hochgezogenen Brauen.

Luis Garcia schüttelte den Kopf.

»Nein, wir haben sie hier umgebracht und auf dem Plateau begraben. Der Berg ist voll mit toten Roten. Am Anfang haben wir nicht so recht gewusst, was wir mit ihnen machen sollten. Die Tage nach dem Putsch waren total chaotisch. Dann aber sind die Gefangenen hier einfach vergessen worden.«

»Ich muss raus, pinkeln.«

August stand auf.

»Ich komme mit«, sagte Luis Garcia.

Sie traten in die Dunkelheit und umrundeten die Hütte. August hörte, wie der Polizeichef den Reißverschluss öffnete und der Strahl die Erde traf.

»Die Deutschen konnten auch noch andere Sachen, nicht nur Kommunisten zum Reden bringen. Von ihnen habe ich gelernt, wie man Hunde erzieht. Auch wenn ich ihre Methoden noch ein wenig verfeinert habe«, fuhr Luis Garcia fort.

August schwieg.

»Wenn die Welpen gerade mal ein paar Monate alt sind, sperre ich sie ein. Sie bekommen Futter und Wasser, ich will ja schließlich, dass sie groß und stark werden, aber jeden Abend nach Sonnenuntergang geht einer von meinen Männern rein zu ihnen und verpasst ihnen Tritte und Schläge, bis sie halb ohnmächtig sind. Davon abgesehen, haben sie keinen Kontakt, weder zu anderen Hunden noch zu Menschen. Wenn sie dann ein halbes Jahr alt sind, gehe ich selbst zu ihnen rein.«

Luis Garcia zog den Reißverschluss zu und hantierte mit Feuerzeug und Zigarette.

»Ich lasse sie raus, wasche sie und nehme sie mit zu mir ins Haus, gebe ihnen Fleisch und Zuwendung, kraule sie. Klar, es gibt welche, die's nicht schaffen und vorher sterben. Aber die anderen sind mir treu bis in den Tod.«

August wollte wieder zurück zur Hütte gehen, doch Luis Garcia hielt ihn auf. Der Polizeichef wirkte ernst.

»Und ich quatsche hier die ganze Zeit, entschuldige. Das mit deiner Freundin und deinem Kind tut mir leid. Sie war eine hübsche, bezaubernde Frau. Sie wäre bestimmt eine gute Mutter gewesen«, sagte er.

August musterte den Polizeichef.

»Danke«, sagte er.

Ilja war auf seinem Stuhl zusammengesackt, sein Kopf ruhte auf der Brust. August ging an ihm vorbei zu Andrei und Vladimir, die schweigend am Tisch saßen.

»Was Neues von Alfonso Paredes?«, fragte er.

»Leider.« Vladimir schüttelte den Kopf. »Er hat die Flucht ergriffen und ist runter nach Valdivia. Wenn wir hier fertig sind, müssen wir uns entscheiden, wann wir hinfahren und ihn uns vornehmen.«

»Wir kümmern uns um ihn, August. Ich weiß, wir beide hatten so unsere Meinungsverschiedenheiten, aber bei dieser Sache stehe ich voll und ganz hinter dir«, sagte Andrei.

Ilja musste lachen. Andrei verpasste ihm eine Ohrfeige.

»Glaubst du immer noch, dass Alfonso Paredes Valeria auf dem Gewissen hat?«, fragte Ilja und drehte den Kopf in Augusts Richtung.

Andrei schlug ihn erneut, machte ein paar Schritte zurück und trat ihm in den Bauch. Ilja krümmte sich, röchelte und schnappte nach Luft.

»Der letzte Versuch eines verzweifelten Mannes, der um sein Überleben kämpft«, lachte Vladimir verächtlich. »Ilja, halt jetzt dein Maul, sonst zeigt Luis dir, was er von den Deutschen gelernt hat. Wo ist der Fettsack überhaupt?«

»Beim Rauchen. Wann kommt Jaime Mendoza?«, fragte August.

»Sein Flieger landet in einer halben Stunde in Copiapó. In anderthalb Stunden müsste er hier sein«, sagte Vladimir.

Ilja stöhnte auf.

»Alle außer Andrei sind hier in der Hütte gewesen, um sich mit Manuel Contreras zu befassen«, sagte er. »Glaubst du, das war Zufall? Glaubst du, der bärtige Idiot Alfonso Paredes würde es riskieren, sich an Valeria zu vergehen, nach dem, was du mit ihm gemacht hast, und sich danach im Tal verstecken, ohne von uns gefunden zu werden? Wach auf, August. Alfonso Paredes ist tot.

Vladimir will dich glauben machen, dass Paredes lebt, damit du versuchst, ihn zu finden.«

»Gesetzt den Fall, du hast recht«, sagte Vladimir und wandte sich an Ilja. »Warum hast du August dann nicht schon früher erzählt, dass wir Valeria umgebracht haben? Warum erst jetzt, wo du hier gefesselt bist und darauf wartest, dass Mendoza dir die Augen auskratzt?«

August ging vor Ilja in die Hocke und zog seinen Revolver.

»Halt's Maul, sonst puste ich dir gleich den Schädel weg.«

Vladimir legte August eine Hand auf die Schulter.

»Vielleicht können wir Mendoza überreden, Ilja dir zu überlassen, wenn er mit ihm fertig ist.«

Iljas Lippe war aufgeplatzt, wo Andreis Schlag ihn getroffen hatte. Blut lief ihm über Zähne und Kinn.

»Ich hätte nie etwas getan, was dir oder Valeria geschadet hätte«, sagte er und spuckte Blut auf die Erde.

»Nimm ihren Namen ja nicht in den Mund«, sagte August, ging um Ilja herum und drückte ihm die Revolvermündung in den Nacken. »Ich meine es ernst, ich knall dich ab.«

Vladimir klatschte in die Hände.

»Wollen wir Jaime ein bisschen Arbeit ersparen? Ich habe genug von diesem Gequatsche. Er hat bestimmt nichts dagegen, wenn wir unseren kleinen Freund hier schon mal vorwärmen, bevor die anderen übernehmen. Was meinst du, August, eine Kugel in die Kniescheibe? Wir können ja immer noch sagen, wir wollten nur sichergehen, dass er nicht flieht.«

Andrei packte Ilja am rechten Fuß und hielt ihn fest. Ilja wehrte sich und versuchte, Andreis Nase mit seinem Kopf zu erwischen. August baute sich vor ihnen auf, die Waffe im Anschlag.

»Tu's nicht«, flehte Ilja und schloss die Augen.

August legte den Finger an den Abzug, und Ilja stieß einen panischen Schrei aus.

KAPITEL 26

Ibrahim Chamsai wusste nicht recht, was das für einen Sinn haben sollte, frei zu haben. Fatima war bei einer Freundin in Bollnäs, und Mitra hatte das ganze Wochenende für eine Prüfung gelernt. Er wollte sie nicht stören. Vielleicht hatte seine Tochter recht, er brauchte ein Hobby.

Ibrahim ging runter ins Zentrum von Tensta. Er wollte in Jacobs Café einen türkischen Kaffee trinken. Das tat er manchmal und las dazu die Zeitung. Auf dem Weg dorthin begegnete er Mitras ehemaliger Klassenkameradin aus der Unterstufe, Farah Saed. Ibrahim hatte Farah immer gemocht.

»Hej, Farah, wie geht's?«, grüßte er und blieb stehen.

Sie ging weiter, ohne ihn anzusehen. Ihr Mann warf Ibrahim einen unfreundlichen Blick zu. Seit Farah geheiratet hatte, grüßte sie nicht mehr. Sie ging auch nicht mehr ohne ihren Mann Ahmed auf die Straße. Er war strenggläubig. Ibrahim mochte ihn nicht. Er konnte nicht nachvollziehen, warum sich manche seiner Landsmänner so sehr an ihren Glauben klammerten. Er selbst war ein Muslim, der manchmal eine Bratwurst aß, wenn er Hunger hatte, nicht mehr und nicht weniger.

In den letzten Jahren waren viele Einwohner von Tensta mit Wurzeln im Mittleren Osten immer religiöser geworden. Ibrahim hatte kein Verständnis dafür. Manche Männer erdreisteten sich sogar, die Kleidung der Frauen zu kommentieren, oder verurteilten sie, wenn sie allein und ohne männliche Begleitung unterwegs waren.

Er hatte Fatima schon mehrmals gefragt, ob sie umziehen wollte, aber seine Frau hatte jedes Mal den Kopf geschüttelt. Sie hatte ihre Freundinnen hier in der Gegend, und sie arbeitete ehrenamtlich beim Roten Kreuz, das am Marktplatz in Tensta ein Büro hatte. Ibrahim selbst war es egal, wo er wohnte. Sein Zuhause war da, wo Fatima war.

Er wollte gerade die Tür zum Café aufmachen, als sein Mobiltelefon klingelte. Eine Sekunde lang hoffte er, es wäre Mitra, blieb stehen und fischte das Telefon aus der Jackentasche. Es war eine Privatnummer. Er runzelte die Stirn. Vermutlich ein Verkäufer. Ibrahim zuckte mit den Schultern und nahm das Gespräch an. Manchmal fand er es sogar ganz nett, mit Telefonverkäufern zu reden, auch wenn er selten etwas kaufte.

»Hallo?«, meldete er sich.

»Ibrahim Chamsai?«, fragte eine Männerstimme.

»Ja, ich bin dran. Wer ist denn da?«

»Bist du allein?«

Ibrahim lachte auf und sah sich um.

»Mit wem spreche ich?«

»Hör gut zu. Wer ich bin, tut nichts zur Sache. Deine Tochter Mitra ...«

Er spürte einen Stich im Herzen. War Mitra etwas passiert?

»Sind Sie von der Uni? Was ...«

»Du sollst zuhören, habe ich gesagt. Wir haben deine Tochter. Wenn du zur Polizei gehst, ist sie tot.«

»Ich verstehe nicht ... Mitra ... Wieso? Kann ich mit ihr ...«

»Du brauchst nur zu wissen, dass wir deine Tochter haben. Es geht um ihr Leben. Wenn du der Polizei oder sonst wem von diesem Telefonat erzählst, ist sie tot.«

Ibrahim Chamsai holte tief Luft. Seine Beine gaben unter ihm nach, er ging mit schwankenden Schritten zurück auf den Platz und schob sich an einer Traube Halbwüchsiger in Trainingsklamotten vorbei.

»Ist das ein Scherz? Soll das ein ... ein Witz sein? Kann ich mit Mitra sprechen?«

»Nein, das ist kein Scherz. Das ist purer Ernst. Wir treffen uns morgen, du und ich.«

»Morgen? Nein, ich will Sie jetzt treffen, bitte. Ich weiß nicht, was Mitra getan hat oder ob sie was angestellt hat, aber wenn Sie mich jetzt treffen, dann lässt sich das alles klären.«

»Morgen. Um Mitternacht auf dem Parkplatz hinter der Djurgårdsbron beim Junibacken. Du bleibst im Auto sitzen und wartest. Ich nehme Kontakt mit dir auf, wenn du vor Ort bist«, sagte der Mann. »Ich meine es ernst. Wenn du irgendwem davon erzählst oder zu den Bullen gehst, siehst du sie nie wieder. Du kommst allein und hörst dir an, was ich dir sage.«

»Bitte ... können wir ...«

Die Verbindung wurde unterbrochen.

Ibrahim rief sofort Mitra an.

»Bitte, geh ran, Liebes ...«

Doch es meldete sich nur die Mailbox.

Er rief noch vier weitere Male an. Dann rannte er denselben Weg zurück, den er gekommen war. Im Laufen prüfte er, ob er die Autoschlüssel in der Tasche hatte. Er lief in die Garage und hechtete ins Auto.

Am Docentbacken stellte er den Wagen direkt vor dem Hauseingang ab, er hatte keine Zeit, einen Parkplatz zu suchen.

Den Türcode kannte er nicht, also hämmerte er mit der Faust gegen die Tür und fluchte laut.

Die Straße war menschenleer. Warum kam denn hier niemand?

Ibrahim nahm seinen Schlüsselbund, an dem auch der Schlüssel von Mitras Studentenzimmer hing, heraus und schob den Schlüssel mit zitternden Fingern ins Schloss. Er passte. Er riss die Tür auf, rannte zum Fahrstuhl und drückte den Knopf. Mit der flachen Hand schlug er gegen die Lifttür, er hatte keine Zeit zu warten. Er lief zur Treppe, nahm, trotz Schulterschmerzen, zwei

Stufen auf einmal und eilte dann den Korridor entlang bis zu Mitras Zimmer.

Keuchend blieb er stehen.

Sie liegt bestimmt im Bett und schläft, sie haben die Falsche entführt, ich bin verrückt, das muss alles ein Missverständnis sein, dachte er und drückte außer Atem die Klinke hinunter. Die Tür war offen.

»Hallo?«, rief er. »Liebes, Mitra, dein Papa ist hier ...«

Das kleine Zimmer war leer. Auf dem Rechner war der Bildschirmschoner zu sehen, ein Foto von Fatima und Mitra an ihrem zwanzigsten Geburtstag, an dem sie sich in einem Restaurant in Gamla stan zum Essen getroffen hatten. Ibrahim Chamsai setzte sich aufs Bett.

Was war passiert?

Wer war der Mann, der ihn angerufen hatte?

Warum hatte er Mitra in seiner Gewalt?

Er begann, aufs Geratewohl die Schreibtischschubladen aufzuziehen. Warf einen Blick unters Bett. Aber er hatte keine Ahnung, wonach er suchen sollte. Ibrahim sank wieder auf das Bett seiner Tochter und blickte zur Decke. Nahm ein Kissen und sog ihren Duft ein. Er warf das Kissen gegen die Wand und vergrub seinen Kopf in den Händen.

»Das ist nur ein Albtraum, bald wachst du wieder auf«, redete er sich ein.

Dann sah er sich ein weiteres Mal im Zimmer um und versuchte dahinterzukommen, was geschehen war.

In der Hoffnung, Mitra über den Weg zu laufen, fuhr er zur Universität. Erst, als es dunkel wurde, gab er auf und fuhr wieder nach Hause. Dort holte er die Whiskyflasche hervor, die er vor über zehn Jahren von einem Kollegen zum Geburtstag geschenkt bekommen hatte, schraubte sie auf, nahm sich ein Glas und setzte sich in seinen braunen Sessel.

Der Drink schmeckte bitter. Ibrahim verzog das Gesicht, zwängte aber auch den Rest die Kehle hinunter. Was sollte er Fatima sagen? Konnte er sie dazu bringen, niemandem etwas zu erzählen, sie davon überzeugen, dass sie die ganze Sache für sich behalten mussten? Nein, er musste tun, was der Mann ihm gesagt hatte. Er durfte nichts riskieren. Mitras Leben stand auf dem Spiel. Niemand durfte etwas erfahren. Er musste das allein lösen. Morgen würde er sich mit dem Mann treffen und alles aufklären. Bald würde er Mitra wiedersehen. Alles würde wieder wie immer sein. Das Ganze war nur ein Irrtum. Schließlich war es Mitra, in Gottes Namen. Sie war noch nie in Schwierigkeiten gewesen, hatte nie Probleme gemacht. Keiner wollte ihr etwas Böses, alle mochten Mitra. Was auch immer passiert war, es musste sich um ein Missverständnis handeln. Nächsten Sonntag würden sie alle zusammen am Esstisch sitzen und zu Abend essen, Mitra würde erzählen, was sie unter der Woche gemacht hatte, sie würden lachen und Tee trinken. Vielleicht einen Film anschauen. Wenn er jetzt nur die Ruhe bewahrte und einen kühlen Kopf behielt, bis er den Anrufer traf, dann würde alles gut werden.

Er stand auf, stellte die Flasche wieder weg und spülte das Glas aus.

KAPITEL 27

Madeleine Winther kochte vor Wut. Zwei Wochen lang hatte sie in der Redaktion gesessen, die Botschaften abtelefoniert, im Netz nach neuen Videoclips gesucht und verfolgt, was sich in den sozialen Medien abspielte, um weitere Perspektiven und Berichte von Überlebenden der Bombenattentate aufzutreiben. Insgesamt hatte das *Nyhetsbladet* sechzehn Journalisten nach Paris, London, Madrid und Berlin geschickt. Und dass Madeleine mit ihrem nahezu perfekten Französisch nicht darunter gewesen war, war nichts als ein Racheakt von Markus Råhde. Nicht einmal während der arbeitsintensivsten Tage hatte sie ihre alten Aufgaben zurückbekommen. Stattdessen hatte er sie gebeten, einen Artikel über irgendein spektakuläres Unwetter zu verfassen.

Madeleine hatte genug.

Dieser Blödsinn muss ein Ende haben, dachte sie und verließ ihren Schreibtisch. Markus saß an seinem Platz am Nachrichtentresen und aß einen Hamburger, die Füße auf dem Tisch. Er hatte einen Sieben-Tage-Bart und schien seit den Terroranschlägen nicht mehr geduscht zu haben, was wohl auch tatsächlich der Fall war. Wie konnte ich überhaupt jemals mit diesem Ekel ins Bett gehen, dachte Madeleine, als sie auf ihn zusteuerte. Er tat, als würde er sie nicht bemerken, kaute weiter seinen Hamburger und starrte auf den Bildschirm.

Mehrere Kollegen schielten ungeniert zu ihnen herüber. Inzwischen wusste fast jeder über ihre Affäre Bescheid.

»Ich muss mit dir reden«, begann Madeleine.

Markus drehte sich langsam zu ihr um. In seinem Mundwinkel klebte Dressing.

»Okay, dann rede.«

»Nicht hier.«

»Dann gehen wir in mein Büro, wenn Fräulein Winther nichts dagegen hat«, bellte er sarkastisch.

Als er die Tür zugemacht hatte, nahm er hinter seinem Schreibtisch Platz. Madeleines Blick fiel unweigerlich auf die gerahmten Fotografien von seiner Frau und den Kindern. Sollte er die nicht bald mal ersetzen? Madeleine setzte sich ihm gegenüber und sah ihn schweigend an. Eine halbe Minute lang saßen sie so da. Markus seufzte.

»Wenn du nichts zu sagen hast, kann ich ja auch wieder gehen. Wie du vielleicht mitbekommen hast, werden in ganz Europa mit Hochdruck Terroristen gesucht. Außerdem laufen hier mindestens zwei Leute herum, die Journalisten umbringen.«

Madeleine holte tief Luft und hatte Mühe, nicht die Beherrschung zu verlieren.

»Das ist mir nicht entgangen. Außerdem habe ich bemerkt, dass ich bei den ganzen Botschaften anrufen durfte, während die meisten Pflaumen der Zeitung völlig verplant in Paris und Madrid rumgesprungen sind.«

»Pflaumen?«

Markus sah sie fragend an.

»Ich glaube, das entspricht genau deiner Wortwahl, als du dich nach dem Sex über ihre mangelnden journalistischen Fähigkeiten beklagt hast«, sagte Madeleine ohne Umschweife.

Sie grinste. Dann griff sie nach ihrem iPhone, suchte nach einer vierminütigen Tonaufnahme, die sie in ihrem Mailkonto gespeichert hatte, und legte das Telefon auf den Schreibtisch.

Markus bezeichnete darin eine junge Vertretung als »Matratze«, nachdem herausgekommen war, dass sie auf einem Redaktionsfest mit einem Sportreporter in die Kiste gehüpft war. Den Schriftleiter Pontus Olsson hatte er mit den vernichtenden Worten »nicht nur ein Dyslektiker, sondern offenbar auch ein Idiot« herabgewürdigt. Und auch fünf Mitarbeiter der Zeitung wurden mit wenig schmeichelhaften Worten bedacht. Markus wurde rot.

»Was zum Henker soll das?«

»Ich dachte mir nur, das sind interessante Bezeichnungen für einige von denen, die ausgesandt wurden, die größte Nachrichtensensation des Jahres zu kommentieren. Ich kenne ein paar smarte Reporter bei den *Dagens Media*, die jedenfalls würden das so sehen.«

»Du dreckiges Luder«, zischte Markus. »Willst du mir drohen?«

Madeleine sah ihm tief in die Augen und lehnte sich vor.

»Ja, Markus. Ich drohe dir. Weil du ganz offensichtlich deinen Job nicht richtig machst und mich hier in Stockholm hocken lässt, um Twitter-Meldungen von schwedischen Austauschstudenten durchzugehen. Entweder schickst du mich nach Paris und lässt mich meinen Job machen, oder ich schicke diese Aufnahme zusammen mit ein paar anderen aus meinem Fundus vor der nächsten Redaktionssitzung rum. Das wird bestimmt lustig.«

Madeleine stand auf und wandte sich zum Gehen. Aber Markus wirkte wider Erwarten nicht sonderlich betroffen. Plötzlich wurde Madeleine unsicher.

»Du fährst nirgendwohin«, sagte er seelenruhig.

Madeleine seufzte und setzte sich wieder. Begriff er denn nicht, was das für ihn bedeutete, wenn die Aufnahmen publik wurden?

»Was glaubst du, was passiert, wenn die *Dagens Media* das in die Finger kriegt? Du wärst weg vom Fenster, Markus, und ich weiß, wie sehr du deinen Job liebst. Und was würde Anita sagen, wenn sie das erfährt? Also hör auf, den Coolen zu spielen.«

»Du schickst diese Aufnahmen nicht an die *Dagens Media*.«

»Und warum, kleiner Markus, sollte ich das nicht tun?«

Madeleine wurde langsam ärgerlich.

»Göran Höglund«, entgegnete Markus leise.

Madeleine sah ihn forschend an. Wie meinte er das?

»Du hast gesagt, er wäre gar nicht erst aufgetaucht. Aber ich weiß, dass das gelogen war«, sagte Markus und verzog angewidert das Gesicht.

»Ich habe keine Ahnung, wovon du redest«, sagte Madeleine kalt. Sie spürte, wie ihr Puls schneller wurde.

»Oh, doch, das weißt du«, erwiderte Markus lachend. »Es hat sich herausgestellt, dass Göran Höglund ein Faible dafür hat, sich selbst zu filmen. Manche stehen ja auf so was. Auf dem Nachttisch im Omena Hotel war eine Kamera versteckt. Sie hat alles aufgezeichnet, Madeleine. Ich habe den Film gesehen. Die Star-Journalistin vom *Nyhetsbladet*, die von dem Politiker von hinten genommen wird, den sie eigentlich beschatten sollte. Wenn, dann wäre das eine interessante Story für die *Dagens Media*.«

Madeleine schluckte trocken. Sie spürte, wie sie rot wurde, sie wusste nicht, ob aus Wut oder Scham.

»Du bist eine verfluchte Hure, mehr nicht«, sagte Markus gedämpft.

Madeleine wollte etwas sagen, brachte aber kein Wort heraus. Sie betrachtete das gerahmte Foto von Petra Nyman.

»Er hat den Film an Anita geschickt, um sie davon abzubringen, ihn zu entlarven. Anita hat ihn dann mir geschickt, und wir haben beschlossen, deinen Artikel trotzdem zu bringen. Auch wenn das Video für uns und für die gesamte Zeitung natürlich kompromittierend war. Letzten Endes hat er wohl eingesehen, dass es seine Position kaum stärken würde, wenn der Film im Internet kursierte. Aber das, Madeleine, hindert mich nicht daran, den Film selbst ins Netz zu stellen.«

Madeleine spürte eine einzige Leere.

»Und jetzt?«, fragte sie.

»Jetzt gehst du wieder an deinen Schreibtisch und liest Twitter-Meldungen oder rufst Meteorologen an, oder was auch immer ich dir im Meeting heute Morgen aufgetragen habe. Die schwierigen Jobs überlässt du schön den richtigen Journalisten. Für dich ist hier Endstation.«

KAPITEL 28

Seit das Phantombild in den Zeitungen war, ging Carl nur noch nachts nach draußen, ausgenommen den Abend, an dem sie Mitra Chamsai gekidnappt hatten. Tagsüber hatte er sich in dem Haus auf Djurö oder in der Wohnung in der Grevgatan aufgehalten. Aber es war nichts passiert. Und Carl hatte keine Lust mehr gehabt, drinnen herumzusitzen. Die Tatenlosigkeit setzte ihm zu.

Am frühen Nachmittag blickte er die Grev Turegatan hinunter und ging Richtung Birger Jarlsgatan. Hinter den Fenstern der Restaurants sah er die Gäste die letzten Bissen essen. Auf der Terrasse des Café Fresco trotzten ein paar unerschütterliche Teenies der Kälte. Kapierten sie, was er für sie tat, damit sie sicher waren? Damit sie auch in Zukunft als freie Frauen in Cafés auf Terrassen sitzen konnten und nicht auf offener Straße vergewaltigt oder mit einem bärtigen Imam zwangsverheiratet wurden. Er hatte so viel geopfert für andere Menschen. Und dankten sie es ihm?

Nein, er musste sich noch immer verstecken und konnte sich nur nachts frei bewegen.

Was hätte er gemacht, wenn er einen Job gehabt hätte? Er wäre seiner Arbeit nachgegangen, hätte seinen üblichen Trott weitergelebt. Wenn man seine Gewohnheiten änderte, wurde man leichter geschnappt. Oder wenn man leichtsinnig wurde.

Dass Carl sich immer einsamer fühlte, war ein Problem. In ein paar Stunden würde er Fredrik treffen, und sie würden in Sätra bei der Werft zuschlagen, um an das Dynamit zu kommen. Lars musste arbeiten. Er saß auf Kungsholmen im Präsidium und nahm Anzeigen auf. Mitra Chamsai lag gefesselt in einem der

Gästezimmer im Sommerhaus auf Djurö. Carl hatte ihre Schluchzer nicht länger ertragen können. Schließlich hatte er ihr eine Ohrfeige gegeben, ihr ein Kissen in den Mund gestopft, das Ganze verklebt, war aus dem Haus gerannt, hatte sich ins Auto gesetzt und war in die Stadt gefahren. Was Schweden aus ihm gemacht hatte, war ungerecht: einen Mann, der im eigenen Land untertauchen musste. Doch rein moralisch gesehen, wusste er, dass er das Richtige tat. Trotz aller Aufopferungen war es die Sache wert. Vielleicht konnte er später ein Buch über seinen Kampf und die Stadtguerilla, die ihm unterstand, schreiben? Daraus könnte ein Klassiker werden, den die zukünftigen Generationen im Widerstand gegen den Islam anwandten. Außerdem konnte er so seine Gedanken und Vorstellungen zu Papier bringen, wie die Gesellschaft aussehen und organisiert werden sollte.

Die Idee gefiel ihm, und er beschleunigte seinen Schritt.

Er würde ein Manifest schreiben. Carl war nicht nur ein Krieger und Stratege, sondern auch ein Denker. Wenn ihm etwas zustieß, würden all seine Gedanken, all seine Träume mit ihm sterben. Deshalb musste er dieses Buch einfach schreiben. Aber abgesehen davon, alles schriftlich festzuhalten, brauchte er auch jemanden, dem er sich anvertrauen konnte. Der Wunsch, Vater zu werden, ließ ihm noch immer keine Ruhe. Wenn Carl zu Tode kam und sein Manifest nicht zu Ende bringen konnte, würde nichts von ihm auf der Welt zurückbleiben. Das machte ihm mehr Angst als der Tod. Aber er konnte nicht irgendeine nehmen. Die Mutter seines Kindes musste schön, intelligent und loyal sein.

Die Frage war, ob es diese Art von Frau in Schweden überhaupt noch gab.

In den letzten Tagen hatte er auf verschiedenen osteuropäischen Escort-Seiten gesurft. Frauen aus Osteuropa waren, wie er wusste, treusorgend und anhänglich. Alles, was sie wollten, war ein Mann, der sie versorgte und beschützte. Ein Plan nahm lang-

217

sam Form an in seinem Kopf: Er würde eine von ihnen retten. Er würde die schönste Frau auswählen, die er finden konnte, sie in ihrer Heimat besuchen und ihr erklären, dass es ihr freistand, diese Hölle hinter sich zu lassen – unter der Bedingung, dass sie nie wieder zurückblickte und nie wieder mit ihrer Familie Kontakt aufnahm. Dann würde er sie nach Schweden mitnehmen und sich um sie kümmern. Ihr ein Zuhause, eine Familie und eine Zukunft geben.

Aber vorher musste Ibrahim und Mitra Chamsais Schicksal besiegelt werden. Sie mussten sterben, beide, sie durften nicht zum Risiko werden.

An der Birger Jarlsgatan bog Carl rechts ab Richtung Stureplan. Vor dem Fridays saß eine Frau mit Kopftuch und hielt den Passanten einen Becher entgegen. Ihm lief es eiskalt den Rücken hinunter. War das nicht dieselbe Frau, die im Gustav Adolfsparken vor dem misslungenen Mordversuch an Ingrid Törnblom Pfandflaschen gesammelt hatte?

Er starrte sie an, sie glotzte hohläugig zurück und schüttelte ihren Becher. Ein paar Münzen klimperten darin. Carl ging schneller und überlegte, welcher Mensch, der noch Herr seiner Sinne war, kriminellen Zigeunern freiwillig Geld gab.

Er warf einen flüchtigen Blick auf die weiße Händlerschürze des *Nyhetsbladet*, die neben den gelben der *Aftonposten* und der *Kvällspressen* hing. Carl wollte nicht zu interessiert erscheinen, um nicht verdächtig zu wirken. Doch in keiner der Schlagzeilen ging es um ihn. Das enttäuschte ihn irgendwie. Carl betrat den Kiosk und kaufte die *Aftonposten* und das *Nyhetsbladet*, obwohl er die Lügenpresse eigentlich nicht unterstützen wollte. Aber er musste ein wenig zur Ruhe kommen, sich irgendwo hinsetzen. Er entschied sich für das Riche. Der größte Ansturm zur Mittagszeit musste mittlerweile vorbei sein.

Die Zeitungen unter dem Arm, ging er erneut an der Bettlerin vorbei und registrierte befriedigt, dass niemand ihr Geld zu geben schien. Der Oberkellner begrüßte ihn gut gelaunt und wies ihm einen freien Tisch am Fenster zu. Und nachdem er ein Ramlösa bestellt hatte, ging ihm ein prickelnder Gedanke durch den Kopf: Alle Gäste im Riche hatten an ihn gedacht. Sich ausgemalt, wer er war. Wenn sie gewusst hätten, dass der meistgesuchte Mann Schwedens mitten unter ihnen saß und Zeitung las wie ein gewöhnlicher Mensch. Was würde passieren, wenn er sich zu erkennen gab? Würden sie applaudieren? Das war nicht ganz unwahrscheinlich. Er sah sich noch mal das Phantombild im *Nyhetsbladet* an. Doch es bestand kein Grund zur Sorge. Plötzlich kam Carl sich lächerlich vor, weil er so vorsichtig war. Die schwedische Polizei war viel zu inkompetent. Und er war viel zu schlau für sie.

Eine Stunde später schlug er die Zeitungen zu, zahlte und verließ das Lokal. Er wollte endlich anfangen, sein Manifest zu schreiben.

Auf Höhe der Reitschule bei der Sätra-Werft hatten Fredrik und Carl ihre Fahrt verlangsamt und waren mit ausgeschalteten Scheinwerfern an dem Zaun vorbeigefahren, der die Baustelle umgab. Nach kurzer Diskussion beschlossen sie, oben im Wald zu parken. Nun blickten sie über das Gelände, auf dem im Rahmen des Projekts der E4-Umgehung Hafen und Tunnel entstehen sollten. Riesige Scheinwerfer beleuchteten die Baustelle. Der Wind blies landeinwärts, die Temperatur hatte den Gefrierpunkt erreicht.

Lars hatte ihnen eine Skizze der Baustelle mitgegeben, die Carl in seiner Jackentasche aufbewahrte. Er faltete das Papier auseinander und studierte es, dann reichte er es an Fredrik weiter. Soweit er wusste, befanden sie sich etwa dreihundert Meter vom Sprengstofflager entfernt. Leider war das Schloss zu kompliziert für die Sperrpistole. Deshalb musste Fredrik, um sich Zutritt zu verschaffen, den Wachmann überwältigen, ohne dass die slowakischen Gastarbeiter, die auf der Baustelle arbeiteten, etwas bemerkten. Sie hatten entschieden, dass Fredrik das Ding allein durchziehen sollte. Außerdem hatten sie dafür sorgen müssen, dass Ibrahim Chamsai für diesen Zeitpunkt kein Alibi hatte. Deshalb hatten sie Lars Nilssons Treffen mit dem Araber auf den späteren Abend verlegt, nach dem Bruch auf der Sätra-Werft, aber sie durften es nicht riskieren, dass zwei Personen im Zusammenhang mit dem Diebstahl gesehen wurden. Nach dem Anschlag sollten die Ermittler davon überzeugt sein, dass Ibrahim Chamsai keine Komplizen gehabt hatte.

»Bist du bereit?«, wollte Carl wissen.

»Ja, alles klar. Ich überwältige den Wachmann und lasse ihn gefesselt im Sprengstofflager zurück, wie besprochen«, sagte Fredrik ruhig.

»Es ist unglaublich, dass an einem Ort, wo Dynamit verwahrt wird, die Sicherheitsmaßnahmen so stümperhaft sind«, bemerkte Carl kopfschüttelnd.

Fredrik hob die Schultern.

»Wir werden ja sehen, ob das wirklich so ist«, sagte er. »Wenn ich zehn Meter vom Auto entfernt bin, wirfst du den Motor an. Nicht vorher. Vergiss nicht, die Scheinwerfer aus zu lassen. Am besten prüfst du das gleich noch mal, damit sie nicht aufleuchten, wenn du den Zündschlüssel drehst.«

»Verstanden«, gab Carl zurück.

Fredrik machte sich bereit zum Aufbruch.

»Warte kurz«, sagte Carl. »Ich bin stolz auf dich, weißt du das? Was wir hier machen, ist wirklich einzigartig.«

Carl sah ihm nach, als er geduckt zum Zaun lief. Er war nicht besonders hoch, Fredrik kletterte behände darüber und war von der Bildfläche verschwunden.

KAPITEL 29

Die Kugel flog einen guten Meter durch die Luft, ehe sie in Andrei Pulenkovs rechtes Auge eindrang und am Hinterkopf wieder austrat. Der Russe kippte zur Seite.

Vladimir Ivanov zog seine Pistole und feuerte einen Schuss in Augusts und Iljas Richtung ab.

Die Kugel sauste an August vorbei und traf den sitzenden Ilja rechts in die Brust. Gleichzeitig gab August drei Schüsse auf Vladimir ab, die ihn in den Bauch trafen. Er ging zu Boden.

August blieb mit erhobener Waffe stehen. Wo hatte der Russe seine Pistole gehabt? Er war unwahrscheinlich schnell schussbereit gewesen. Hatte er womöglich etwas geahnt, als Luis Garcia nicht gleich wieder zur Hütte zurückgekommen war? August machte Ilja los, der seine Wunde betastete und das Gesicht verzog. August zog sein Hemd aus und drückte es auf den Einschuss, um den Blutfluss zu stoppen.

»Warum hast du deine Meinung geändert?«, fragte Ilja.

»Garcia.«

»Garcia?«

»Er hat bedauert, dass Valeria schwanger war. Sie muss es erzählt haben, als sie … als sie um ihr Leben gebettelt hat«, erwiderte August mit zusammengebissenen Zähnen. Er versuchte, sich auf den Druckverband zu konzentrieren.

»Wo ist er?«, fragte Ilja.

»Tot.«

Der Russe schüttelte den Kopf und lachte trocken auf.

»Wir sitzen so richtig in der Scheiße. Schön, dass wir wenigstens zu zweit sind. Und jetzt?«

»Keine Ahnung. Jaime Mendoza wird bald hier sein. Wir müssen weg«, sagte August.

Drüben neben dem Tisch röchelte Vladimir. August stand auf und ging zu ihm. Sein Chef lag auf dem Rücken und blickte an die Decke. Dunkles Blut pulsierte aus seinem Magen. Ein Schuss schien die Lunge getroffen zu haben. Hellrotes, schäumendes Blut lief ihm aus dem Mundwinkel und färbte die Zähne rot. Es war nur noch eine Frage von Minuten, bis er tot sein würde.

August setzte sich neben ihn auf einen Stuhl.

»Valeria ...?«, fragte er.

Vladimir schüttelte gequält den Kopf und schnitt vor Schmerzen eine Grimasse.

»Andrei?«

Der Russe wimmerte und nickte langsam.

»Warum?«

Vladimir gab keine Antwort, drehte den Kopf weg und starrte die Wand an.

August hob sein Bein und stellte den Fuß auf Vladimirs Bauch. Der Russe brüllte vor Schmerz. August nahm den Fuß wieder herunter, und sein Schreien ging in ein keuchendes Röcheln über.

»Das war ein Versehen, ich schwör's. Er sollte nur mit ihr reden. Wir haben nichts davon gewusst, dass Don Julio da war. Er hat sich geweigert, ihn reinzulassen ... Sie haben das Feuer eröffnet ...«

August hob eine Hand, um ihn zum Schweigen zu bringen.

Er warf einen Blick auf Andreis Leiche, zielte mit seiner Waffe und schoss Vladimir ins Gesicht. Er musterte den kraftlosen Körper und schwor sich, dass dies das letzte Mal war, dass er einen Menschen tötete. Er beugte sich vor und steckte Vladimirs Mobiltelefon in seine Tasche.

Ilja versuchte, sich aufzurappeln.

»Wir müssen weg von hier«, sagte er.

August half ihm auf die Beine, legte sich seinen rechten Arm um den Nacken und stützte ihn. Sie traten ins Freie. Luis Garcias Leiche lag unter einem Baum, nur der Unterleib war in der Dunkelheit auszumachen. August hatte ihm den Kehlkopf zerquetscht. Er öffnete die Autotür und half Ilja, sich auf die Rückbank zu legen. Dann ging er um den Wagen herum und setzte sich ans Steuer.

»Wie fühlst du dich?«, fragte er.

»Als wäre ich erschossen worden«, entgegnete Ilja und biss die Zähne zusammen. »Was ist dein Plan?«

»Ich lasse dich vor dem Krankenhaus raus und haue ab.«

»Nein.«

»Wieso nein?«

»Du musst mich mitnehmen. Sonst findet mich Jaime Mendoza.«

»Du krepierst, wenn du nicht versorgt wirst«, sagte August und startete den Motor.

»Dann ist das so«, sagte Ilja.

»Wie du willst. Aber ich muss noch kurz ein paar Sachen von zu Hause holen. Ich habe Morphinspritzen und Verbandszeug da. Das wird deine Schmerzen lindern, aber ... Die PDI? Was ist, wenn ich dich bei denen absetze?«

»Von denen hat mich einer den Mendozas ans Messer geliefert. Die finden mich doch überall ... Verdammt, tut das weh.«

Das Gespräch verebbte.

Zehn Minuten später erreichten sie die Abzweigung, die zu Augusts Villa führte. Kies spritzte unter den Reifen weg, und er bremste ab. Jetzt war nicht der richtige Zeitpunkt für einen aufgeschlitzten Reifen.

Wo sollten sie hinfahren?

Würde Jaime Mendoza nach August suchen? Nicht unbedingt. Allerdings war der Kolumbianer hinter Ilja her, den Russen mitzunehmen stellte also ein Risiko dar. Aber ohne ärztliche Versorgung würde Ilja sterben.

Verräter hin oder her – zu viele hatten schon dran glauben müssen. August musste Ilja beschützen, auch wenn er damit sein eigenes Leben in Gefahr brachte.

Er eilte ins Haus. Dort nahm er Geld und Kreditkarten aus dem Tresor, steckte seinen amerikanischen Pass ein und auch eine Schachtel mit Patronen für seine Smith & Wesson. Er sah sich um. Brauchte er noch etwas? Vermutlich würde Mendoza das Haus niederbrennen lassen. Das war nicht wirklich wichtig, ohne Valeria bedeutete ihm dieser Ort nichts mehr. Andererseits war der wasserreiche Grund ein Vermögen wert.

Er kramte Zettel und Stift hervor und schrieb auf Englisch ein kurzes Vermächtnis, welches besagte, dass das Anwesen der Haushälterin Señora Maria Jimenez zufiel, und setzte seine Unterschrift darunter. Dann fälschte er Valerias Unterschrift und nach kurzem Zögern auch Don Julios, datierte das Schriftstück einen Monat zurück, schob es sich in die Tasche und ging ins Bad, um den Verbandskasten zu holen.

Ein paar Minuten später hielt er vor Señora Marias kleinem Haus in Maitencillo und klopfte. Es war zwei Uhr nachts. Bekleidet mit einem rosafarbenen Morgenmantel, kam sie an die Tür.

»Ich muss verschwinden«, sagte August ohne Umschweife und hielt ihr das Schriftstück hin. »Haus und Grund fallen dir zu. Das ist auf Englisch geschrieben, aber es müsste trotzdem gültig sein. In ein paar Monaten melde ich mich bei dir und erkundige mich, ob alles geklappt hat.«

Er legte das gefaltete Blatt Papier in ihre Hand.

Señora Maria starrte auf das Dokument und dann auf Augusts weißes Unterhemd. Es war von Blutflecken übersät.

»Sind Sie verletzt?«

»Nein«, erwiderte er mit einem Kopfschütteln.

»Danke … ich …«

August nahm sie in den Arm.

»Verkauf das Anwesen, fahr zu deinem Sohn und deinem Enkel«, flüsterte er ihr ins Ohr. Die Hunde im Dorf waren durch das Motorengeräusch seines Autos wach geworden und heulten. Señora Maria blieb wie angewurzelt stehen und sah ihm nach, als er davonfuhr.

Vor Vallenar stoppte er an einer Tankstelle, die vierundzwanzig Stunden geöffnet hatte, tankte und kaufte Sandwiches und Wasser. Als er zurückkam, war Ilja bewusstlos. August machte Licht im Auto und untersuchte das Einschussloch. Die Blutung hatte nachgelassen. Etwas von der Tankstelle entfernt, fuhr er an die Seite, weckte Ilja auf, entkleidete seinen Oberkörper und verband die Wunde. Anschließend zog er eine Spritze auf und setzte sie in Iljas Armbeuge.

»Werd ich's überleben?«

August lächelte und tätschelte seine Schulter.

»Ich weiß es nicht. Aber hier können wir nicht bleiben.«

Jaime Mendoza und seine Schergen müssten längst in der Gegend sein. Vielleicht haben sie sogar schon die Leiche vor der Hütte gefunden. August beschloss, Richtung Domeyko zu fahren, eine halbe Autostunde südlich von Vallenar.

Von dort wollte er an die Küste fahren oder hoch in die Berge, wo es genügend verlassene Fischer- beziehungsweise Schäferhütten gab, in denen er sich verstecken konnte. Wie er es außer Landes schaffen konnte, musste er sich später überlegen.

KAPITEL 30

Ibrahim Chamsai stellte seinen Wagen auf dem Parkplatz ab. Nur drei andere Fahrzeuge standen in der Nähe, sie alle hatten keine Insassen, soweit Ibrahim sehen konnte. Richtung Gröna Lund und Djurgården fuhr gelegentlich ein Auto vorbei. Ibrahims Kopf dröhnte. Er hatte die ganze Nacht kein Auge zugetan. Er hatte wach gelegen, sich in den Laken gewälzt, an Mitra gedacht und sich gefragt, was der Mann am Telefon von ihm gewollte hatte. Er würde es bald erfahren.

Er versuchte, Ruhe zu bewahren.

Ibrahim war noch immer überzeugt, dass es sich um ein Missverständnis handelte. Keiner konnte Mitra etwas antun wollen. Und ihm selbst ebenso wenig. Ibrahim war ein Mann, der keine Feinde hatte.

Das schlechte Gewissen Fatima gegenüber plagte ihn. Sie wusste nichts davon, dass ihre Tochter entführt worden war. Dabei hatte er seine Frau noch nie belogen. Hatte ihr immer alles erzählt, seine innersten Ängste, Träume und Gefühle mit ihr geteilt. Darum ging es in einer Ehe, fand Ibrahim. Bevor er am Vorabend schlafen gegangen war, hatte Fatima aus Bollnäs angerufen und gefragt, ob er mit Mitra gesprochen hatte.

»Ich habe sie den ganzen Tag nicht erreicht«, hatte sie gesagt.

»Ich habe vorhin mit ihr gesprochen. Sie war beschäftigt. Sie muss sicher jede Menge lernen«, hatte er geantwortet und gespürt, wie ihm die Röte ins Gesicht gestiegen war.

Fatima hatte sich damit zufriedengegeben.

Aber wie lange würde sie das tun?

Ibrahim wurde von einem Auto, das auf den Parkplatz bog und dreißig Meter von ihm entfernt hielt, aus seinen Gedanken gerissen. Er bekam Herzklopfen und versuchte auszumachen, wer am Steuer saß.

Der andere stellte den Motor ab, stieg aus und kam auf ihn zu. Der Mann trug eine Mütze und eine dunkle Militärjacke. Als Ibrahim in ihm den Polizisten Lars Nilsson erkannte, brach ihm der kalte Schweiß aus. Woher wusste dieser Polizist, dass Mitra in Gefahr war? Und was würden ihre Kidnapper tun, wenn sie glaubten, er wäre zur Polizei gegangen?

Der Polizeibeamte öffnete die Beifahrertür und ließ sich auf den Sitz fallen.

»Sie dürften nicht hier sein«, sagte Ibrahim.

Lars Nilsson musterte ihn wortlos.

»Sie gefährden Mitras Leben ... Ich weiß nicht, woher Sie wissen, dass sie verschwunden ist, aber ihre Entführer sagen, dass ich allein kommen muss«, sagte Ibrahim und konnte seine Tränen nur mit Mühe zurückhalten.

»Ich habe dir was zu sagen«, sagte Lars Nilsson. »Unterbrich mich nicht, hör einfach nur zu.«

Es dauerte eine Weile, bis Ibrahim begriff, wovon Lars Nilsson redete. Während der Polizist erzählte, wurde Ibrahim übel. Sein Magen krampfte sich zusammen, er spürte einen Würgereiz.

»Wie du weitermachen willst, liegt ganz bei dir«, schloss Lars Nilsson und legte die Hände in den Schoß.

Ibrahim stockte die Stimme. Er wollte nur noch aus diesem Albtraum aufwachen, den Lars Nilsson eben geschildert hatte. Er zitterte am ganzen Körper, schlug die Hände an den Kopf und kniff die Augen zusammen.

»Aber ... aber warum machen Sie das? Das ... sind unschuldige Menschen. Sie werden sterben. Und Mitra und ich haben Ihnen doch nichts getan ...«

Lars Nilsson nickte, ohne etwas zu erwidern. Er blickte starr durch die Frontscheibe.

»Und wenn ich's nicht mache?«, flüsterte Ibrahim.

»Dann ist deine Tochter tot.«

»Wie soll ich wissen, dass sie nicht sowieso sterben muss?«

»Das kannst du nicht wissen.«

Ibrahim wurde klar, dass er keine Wahl hatte. Wenn er nicht tat, was Lars Nilsson von ihm verlangte – das Schweden zu verraten, das ihn aufgenommen, ihm ein Leben und seiner Tochter eine Ausbildung und Zukunft gegeben hatte –, würden sie Mitra umbringen.

Und ein Leben ohne Mitra war nicht lebenswert.

Dann könnte er genauso gut tot sein.

Aber was für ein Leben würde Mitra erwarten, wenn Ibrahim ausführte, wozu er genötigt wurde? Sie würde für immer die Tochter eines muslimischen Terroristen sein. In dieser Entscheidung konnte ihm niemand beistehen. Fatima nicht und die Polizei auch nicht.

Der verlängerte Arm des Gesetzes saß ja hier vor ihm und zwang ihn dazu, zu wählen zwischen dem Leben des Menschen, den er am meisten auf dieser Welt liebte, und dem Tod vieler seiner Landsmänner. Und Ibrahim hatte sich entschieden. Mitra sollte leben. Mitra musste leben.

»Ich will mit ihr sprechen, ich muss sicher sein, dass es ihr gut geht. Dass sie unverletzt ist«, flüsterte er.

Lars Nilsson nahm sein Mobiltelefon aus der Jackentasche und reichte es Ibrahim.

»Und kein Wort darüber, was du tun sollst. Das ist zu ihrem eigenen Besten. Und du musst Schwedisch mit ihr reden. Kapiert?«

Ibrahim nickte und nahm das Telefon. Ein Mann meldete sich barsch und sagte, er solle warten. Ein paar Sekunden verstrichen, dann hörte er Mitras Stimme.

»Papa?«

Ibrahim schloss die Augen.

»Mitra ... Ich ...«

Ihm versagte die Stimme. Er hörte, wie sie weinte. Ibrahim atmete tief ein und versuchte, sich auf das zu konzentrieren, was er sagen musste. Vielleicht telefonierten sie zum letzten Mal miteinander.

»Liebes, mein Liebes. Es tut mir so leid. Sie werden dich freilassen, es wird alles gut. Ich muss nur ... tun, was sie sagen. Dann lassen sie dich gehen, und alles wird gut.«

»Was musst du denn tun?«, fragte sie heiser zwischen den Schluchzern.

Ibrahim konnte nicht länger an sich halten, er brach in Tränen aus.

»Es wird alles gut, Mitra. Versprochen«, sagte er nur.

»Wann sehen wir uns wieder? Sag ihnen, dass wir uns treffen müssen. Hörst du mich, Papa?«

Ibrahim biss sich auf die Fingerknöchel.

»Ich liebe dich, Mitra. Was immer geschieht, ich liebe dich.«

Widerstrebend beendete er die Verbindung und gab Lars Nilsson, der ihn, ohne eine Miene zu verziehen, ansah, das Telefon zurück.

Was sind das für Leute, dachte Ibrahim. Wie kann man nur so herzlos sein?

»Sie lassen Mitra ganz bestimmt frei? Sie weiß von nichts. Ich habe nichts gesagt.«

Lars Nilsson nickte.

»Ich versprech's«, sagte er und sah Ibrahim in die Augen.

Ibrahims Hände wollten nicht aufhören zu zittern. Lars Nilsson räusperte sich.

»Ich melde mich wieder«, sagte er, ehe er ausstieg und zu seinem Auto zurückging.

Ibrahim beschloss, nicht nach Hause zu fahren. Er blieb sitzen und stützte den Kopf auf das Lenkrad.

Als er mit den Entführern seiner Tochter geredet hatte, war er überzeugt gewesen, dass er tat, was sie wollten. Doch je länger er darüber nachdachte, desto unsicherer wurde er.

Er fuhr die Kungsgatan in Richtung Kungsholmen hinunter. Er parkte vor dem Polizeipräsidium, setzte die Warnblinker und ließ die Seitenscheibe herunter. Sirenen kamen näher. Drei Löschfahrzeuge der Feuerwehr preschten die Hantverkargatan entlang. Als sie verschwunden waren, versuchte er, die Situation aus einem anderen Winkel zu betrachten. Vielleicht gab es ja eine andere Möglichkeit, die er bisher noch nicht gesehen hatte.

Sie wollten einen Mörder aus ihm machen, einen Terroristen. Mitras und Fatimas Leben wäre zerstört, wenn er diese schreckliche Tat begehen würde, die der Polizist von ihm verlangte. Mitra hätte gewollt, dass er zur Polizei ging, da war Ibrahim sich ganz sicher.

Ihm wurde schwindelig, als er aus dem Wagen stieg. Er steuerte auf eine Bank zu und setzte sich. Ihm war kalt, aber das spielte jetzt keine Rolle.

Wild durcheinandergewürfelte Erinnerungen zogen vor seinem inneren Auge vorbei.

Eine Unterhaltung mit Mitra. Sie hatten in der Küche gesessen, nur Mitra und er. Er hatte die Einladung zu ihrer Abifete in der Hand.

»Soll ich wirklich kommen, willst du das?«, hatte er gefragt.

Sie hatte die Stirn gerunzelt.

»Was meinst du damit, Papa?«

»Ich weiß auch nicht ... ich muss ja nicht kommen. Du kannst sagen, dass ich krank bin oder so.«

»Aber natürlich will ich, dass du kommst«, hatte sie geantwortet.

»Bist du dir sicher? Ich ... mein Schwedisch ... und die Eltern von deinen ganzen Klassenkameraden sind Schweden mit guten Jobs. Alices Vater ist doch Arzt, und Nicoles Vater arbeitet bei einer Bank. Und dann kommst du mit deinem an, der Taxifahrer ist. Ich weiß nicht, Mitra, ich ...«

»Papa«, hatte sie gesagt und seine Hand ergriffen, »denkst du, meine Schulfreunde wissen nicht, was du machst?«

Er wusste nicht, warum, aber er hatte sich nicht vorstellen können, dass sie das ihren Klassenkameraden von der Östermalmsschule erzählt hatte. Er hatte den Kopf geschüttelt, den Blick auf die Tischplatte gesenkt und nicht gewusst, was er darauf sagen sollte.

»Ich bin stolz auf dich, Papa, verstehst du das nicht? Was du für mich getan hast ... Ich kenne keinen anderen Vater, der seine Tochter so sehr liebt, wie du mich liebst. Es gibt nichts, was du nicht für mich tun würdest. Das ist mir wichtig, nicht, wie gut du Schwedisch kannst oder was für einen Job du hast«, hatte sie gesagt und ihn angesehen.

Ibrahim hatte einen Kloß im Hals gespürt, und seine Augen hatten angefangen zu brennen. Er hatte nur nicken können.

Er war kurz davor, in Tränen auszubrechen, erhob sich von der Bank und blickte zum Präsidium hinüber. Vielleicht konnte ihm die Polizei ja doch helfen. Der Polizist, der Mitra entführt hatte, war schließlich ein Verbrecher. Und Mitra hätte gewollt, dass er zur Polizei ging. Er konnte all diese Menschen nicht in die Luft jagen, wie sehr er seine Tochter auch liebte.

KAPITEL 31

Sie hatte gegen Markus Råhde verloren, daran bestand kein Zweifel. Auch wenn es nur reines Pech gewesen war, dass Göran Höglund den Film an die Zeitung geschickt hatte, war Madeleine in der Bredouille. Markus konnte ihre Karriere zerstören. Und ihr Leben. Für eine Journalistin beim *Nyhetsbladet* war es ausgeschlossen, mit einem Politiker ins Bett zu gehen. Vor allem nicht mit einem, den man observierte. Vielleicht würden die Verantwortlichen von *Dagens Media* und *Resumé* wenigstens zu dem Schluss kommen, den Film mit verpixelten Gesichtern zu publizieren, um ihre Identität nicht preiszugeben.

Aber auch das würde nichts ändern. Alle in der Branche würden wissen, dass es Madeleine war. Und selbst wenn keine der Zeitungen den Film veröffentlichte, gab es noch genügend andere Kanäle. Markus konnte den Film an *Entpixelt* oder Nya Tider schicken, die ihn mit Freuden online stellen würden. Und auf *Flashback* wäre der Film ein Knüller. Da hatte sie schon zahlreiche Follower, die nach Fotos von ihr verlangten, auf denen sie leichtbekleidet war, und sich in Spekulationen über ihr Sexleben ergingen.

Wie hatte sie nur dermaßen verblendet und unvorsichtig sein können?

Wenn der Film öffentlich wurde, war sie erledigt. Nicht mal der ICA-*Kurier* würde ihr noch einen Job geben. Sie musste sich diesen Film also irgendwie beschaffen. Sonst war alles vorbei und ihre Karriere beendet. Da half es auch nichts, zu Hause zu sitzen und sich selbst leidzutun. Schlimmstenfalls musste sie das Verhältnis mit Markus wieder aufwärmen.

Madeleine fuhr zusammen, als es an der Tür klingelte. Sie stand auf und sah durch den Spion. Draußen stand Amanda Lilja in beigefarbenem Mantel und dunklen Jeans. Sie sah wie immer fantastisch aus. Madeleine seufzte und musterte sich im Flurspiegel. Sie trug eine graue Schlabbertrainingshose und ein Rolling-Stones-T-Shirt. Die Haare standen ihr zu Berge. Amanda klingelte erneut. Madeleine fluchte leise und machte auf.

»Ich komme mit einem Friedensangebot«, sagte Amanda und hielt eine weiße Papiertüte von NK hoch.

Madeleine sah sie fragend an.

»Eis, Kaffee, süße Stückchen.« Amanda lächelte und fügte mit gekünstelter Stimme hinzu: »Damit wir über Jungs lästern können. Der Kaffee ist vom ICA unten, er ist noch warm.«

»Super«, sagte Madeleine ironisch, trat zur Seite und ließ sie eintreten.

Amanda schlüpfte aus ihren Schuhen, und Madeleine führte sie in die Küche.

»Du hast es wirklich schön hier.«

Madeleine schwieg und nahm am Küchentisch Platz. Amanda suchte in den Küchenschubladen nach Löffeln und Tellern.

»Du warst seit drei Tagen nicht mehr in der Redaktion«, stellte sie fest.

»Ich war krank«, entgegnete Madeleine verdrossen und trank einen Schluck Kaffee. »Dein Text aus Paris ist übrigens echt unglaublich«, sagte sie und stellte den Pappbecher auf dem Tisch ab.

Amanda war noch am Abend des Terroranschlags nach Paris geschickt worden. Drei Tage darauf war ihre sechsseitige Reportage erschienen. Und es war bereits die Rede davon, dass sie bei der Gala des Großen Journalistenpreises zur Berichterstatterin des Jahres auserkoren werden sollte.

»Danke«, sagte Amanda. »Es war unfassbar. Aber ich konnte nicht aufhören, darüber zu grübeln, warum du hiergeblieben bist ...«

Madeleine hob die Brauen.

»Warum interessiert dich das überhaupt?«

»Weil ich dich gernhabe, Madeleine. Ich finde, du bist eine gute Journalistin, und außerdem bist du eine Frau. Und wir Frauen sollten zusammenhalten, in unserem Job besonders. Bist du in ihn verliebt?«

»In wen?«, fragte Madeleine verwundert.

»In Markus ...«

Madeleine brach in schallendes Gelächter aus. Amanda schien ihre Reaktion zu belustigen.

»Oh, Gott, denkst du, ich sitze deshalb hier zu Hause rum? Weil ich unglücklich in Markus Råhde verliebt bin?«, rief Madeleine aus, als sich ihr Lachanfall wieder gelegt hatte.

Amanda biss von ihrer Plunderstange ab.

»Warum hattest du dann eine Affäre mit ihm?«

»Ich weiß auch nicht ... Das war absolut idiotisch. Am Anfang war es noch irgendwie cool, wegen der Aufmerksamkeit und so, aber dann war es fast nur noch nervig. Ich habe einfach nicht nachgedacht.«

Amanda nickte.

Musste sie immer so verdammt verständnisvoll sein, dachte Madeleine.

»Und er hat dir nichts in Aussicht gestellt? Einen besseren Job oder so was?«

»Nein, da war nichts dergleichen.«

Amanda seufzte und schnippte ein paar Krümel von ihrer Bluse.

»Ich trenne mich gerade«, sagte sie unvermittelt.

Madeleine versuchte, nicht zu überrascht zu wirken. Möglich, dass hinter der Fassade, die Amanda nach außen hin aufrechterhielt, doch nicht alles so perfekt war. Insgeheim freute sie das.

Sie wusste nicht sonderlich viel über Christoffer Lundgren,

Amandas Mann, außer dass er in der Immobilienbranche arbeitete und sehr reich war.

»Das tut mir leid«, sagte Madeleine knapp. »Wie schade.«

»Ich komme schon klar. Es ist nur schwierig wegen Andrea, unserer Tochter. Wir haben ihr noch nichts erzählt, und, ehrlich gesagt, weiß ich auch nicht, wie ich das angehen soll.«

»Wie alt ist sie denn?«, erkundigte sich Madeleine.

»Sie wird zehn.«

»Es könnte schlimmer sein …«

»Ach ja?«, sagte Amanda verdutzt.

»Meine Mutter ist gestorben, als ich zehn war«, sagte Madeleine und war selbst erstaunt über ihre Offenheit.

»Das habe ich nicht gewusst.«

Amanda schien darauf zu warten, dass Madeleine fortfuhr, so kam es ihr jedenfalls vor. Aber sie beschloss, sich in Schweigen zu hüllen, und schließlich gab Amanda auf.

»Wir haben den gleichen Hintergrund, du und ich«, sagte sie dann. »Was sagt dein Vater denn dazu, dass du Journalistin geworden bist? Er ist in der Wirtschaft, oder?«

»Er hat wohl geglaubt, ich würde da wieder rauswachsen.«

»Meiner auch«, sagte Amanda und lächelte. »Weg vom Journalismus und weg von den Jungs aus der Arbeiterschicht, die ich angeschleppt habe.«

»Jungs aus der Arbeiterschicht? Das klingt aber ernst«, sagte Madeleine mit aufgesetztem Oberschicht-Akzent.

»Eigentlich hatte ich nur einen Freund aus der Arbeiterschicht. August hieß er. Du weißt schon, aufgewachsen in Farsta, alleinerziehende Mutter und so. Er kam aus einer ganz anderen Welt, könnte man sagen.«

»Und wie ist er dann in deine Welt gekommen?«

Amanda trank einen Schluck Kaffee.

»Er hatte gerade den Wehrdienst beendet und hat in einem Café auf Värmdö gejobbt. Ein paar Freunde und ich wollten zu einer Party dort und sind mit dem Bus hingefahren, aber unsere Mitfahrgelegenheit, die uns an der Bushaltestelle abholen sollte, kam nicht. Sie haben mich zu dem Café geschickt, um zu fragen, ob dort jemand ein Auto hätte und uns nach Feierabend zur Party fahren würde. Zuerst hat er abgewunken. Es war irgendwie ... Ich war ja eigentlich daran gewöhnt, meinen Willen durchzusetzen. Du auch, nehme ich an.«

Madeleine nickte bestätigend, und Amanda dachte nach.

»Ich hab ihn dann überredet. Als wir auf dem Fest eintrafen, habe ich ihn eingeladen mitzufeiern, aber er ist wieder gefahren. Irgendwie völlig unbeeindruckt von mir. Am nächsten Tag bin ich noch mal alleine zu dem Café. Und das habe ich dann jeden Tag gemacht, eine Woche lang. Habe dagesessen, Kaffee getrunken und Zeitung gelesen ...«

»Dann hast du ihn ja eigentlich ein bisschen gestalkt.«

»Das kann man so sagen. Er hat gedacht, ich wohne da draußen und säße deswegen jeden Tag im Café. Als ich ihm die Wahrheit gesagt habe«, Amanda lachte auf, »hat er mich nur ganz komisch angeschaut und gefragt, ob er mich in die Stadt fahren kann, wenn er mit der Arbeit fertig ist ...«

»Und was ist dann passiert?«

»Auf dem Weg zum Auto hat er meine Hand genommen, einfach so. Dann hat er mir die Tür aufgehalten und ist dann zur Fahrertür gegangen. Während der Fahrt lag seine Hand auf meinem Schenkel. Das war irgendwie überhaupt nicht ... Er hat mich total fasziniert. Er war anders, stiller«, sagte Amanda Lilja.

»Was ist aus ihm geworden?«

»Zwei Jahre waren wir zusammen. Dann ist er verschwunden.«

»Verschwunden?«

»Sein bester Freund ist von der Polizei geschnappt worden. Und August war auf einmal weg, ohne zu sagen, wohin. Ein halbes Jahr später hat er mich aus Frankreich angerufen. Ich bin in den nächstbesten Flieger und habe ihn in einem Hotel in Paris getroffen. Er war in die Fremdenlegion eingetreten.«

Amanda verstummte und schüttelte den Kopf.

»Und dann?«

Amandas Geschichte begeisterte Madeleine.

»Die Hälfte der Zeit waren wir im Bett, die andere Hälfte haben wir gestritten. Dann bin ich wieder zurück und habe nie wieder von ihm gehört. Das ist jetzt zehn Jahre her.«

»Ist er ...«

»Tot? Ich weiß es nicht. Kann sein. Er hat sich geweigert, mir zu sagen, welchen Namen er in der Fremdenlegion bekommen hat. Jedenfalls bin ich aus Paris zurückgeflogen und habe Christoffer kennengelernt. Und dann kam Andrea.«

»Und jetzt lasst ihr euch scheiden«, warf Madeleine ein.

»Und jetzt lassen wir uns scheiden.«

Madeleine stand auf und holte das Eis, das Amanda ins Gefrierfach getan hatte, und stellte es zwischen sie auf den Tisch.

»Offensichtlich brauchst du das dringender als ich«, sagte sie und lachte.

Himmel, dachte Madeleine, sie ist sogar sexy, wenn sie Eis isst.

»Madeleine, warum bist du so kalt?«, fragte Amanda zwischen zwei Löffeln Eis.

»Ich mag Menschen nicht besonders.«

»Warum nicht?«

Madeleine zuckte mit den Schultern.

»Die meisten gehen mir einfach auf die Nerven.«

Als Amanda eine halbe Stunde später gegangen war, hatte Madeleine bessere Laune. Sie begann, einen Plan auszuarbeiten, wie sie Markus den Film abnehmen wollte. Es würde nicht leicht werden, und es würde Zeit brauchen, aber sie war überzeugt, dass es ihr gelingen würde.

Bevor sie ins Bett ging, rief sie ihren Vater an, um zu fragen, ob er im Grand Hôtel mit ihr zu Mittag essen wollte. Er klang überrumpelt, aber erfreut, und sagte sofort zu.

»Dann sehen wir uns Freitag«, sagte Madeleine und beendete das Gespräch.

KAPITEL 32

Carl Cederhielm hielt sich im Sommerhaus auf Djurö auf. Vor dem Fenster ging der Regen in die dunkle Bucht nieder. Der Wind hatte aufgefrischt. Er war nervös. Hinter ihm saß Fredrik Nord am Küchentisch und beklebte die Dynamitladung mit großen Nägeln und Schrauben. Sie hatten entschieden, dass fünfzehn Kilogramm Dynamit mehr als ausreichend waren. Schon ein halbes Kilo konnte ein Auto in Stücke reißen. Das verbleibende Dynamit sollte Ibrahim Chamsai vor dem Anschlag bei den Sommerreifen in seiner Garage deponieren. Dort sollte es die Polizei später, wenn alles vorbei war, finden.

»Können wir uns auch darauf verlassen, dass er das so macht?«, erkundigte sich Carl.

»Lars meint, er weiß, dass es uns ernst ist«, murmelte Fredrik.

Carl blickte wieder aus dem Fenster.

Sie waren alles zehn Mal durchgegangen. Hatten jedes Detail gedreht, gewendet und geprüft. Ihr Plan war perfekt. Nachdem Ibrahim Chamsai ausgeführt haben würde, was sie ihm aufgetragen hatten, würde alles auf einen extremistischen muslimischen Einzeltäter hindeuten.

Mitra Chamsai, die gefesselt im ersten Stock lag, würde sterben. Sie war die Einzige, die sie verraten konnte. Was sie ihrem Vater versprochen hatten, war nicht von Bedeutung.

»Ich habe da noch eine Bitte an dich«, sagte Fredrik plötzlich. »Ich will nicht derjenige sein, der sie umbringt.«

»Das musst du auch nicht«, entgegnete Carl. »Das mache ich, sobald der Araber seinen Job erledigt hat.«

Was würde passieren, nachdem Ibrahim Chamsai die Bombe in die Luft gejagt hatte, die Fredrik gerade vorbereitete? Vielleicht würde es Neuwahlen geben, schließlich würde es wieder einmal offensichtlich sein, dass Stefan Löfven die Bürger des Landes nicht schützen konnte. Die Lügen über die friedlichen Araber würden wieder einmal aufgedeckt werden. In zwei Tagen, dann war es so weit. Wie sollte Carl bis dahin die Ruhe bewahren?

Er verließ die Küche und stieg langsam die Treppe hinauf. Er zögerte kurz, ehe er die Schlafzimmertür aufmachte, hinter der Mitra Chamsai lag. Es war stockfinster und roch nach Schweiß. Sie hatten ihr keine Dusche gewährt, seit sie sie ins Haus gebracht hatten. Wenn sie die Toilette benutzen wollte, führten sie sie ins Erdgeschoss und bewachten sie die ganze Zeit.

Mitra Chamsai hob den Kopf und blinzelte, als er das Deckenlicht anmachte.

»Wie spät ist es?«, fragte sie sofort.

Carl zückte sein Mobiltelefon und setzte sich auf den Stuhl am Fenster.

»Halb zwei Uhr nachts«, sagte er.

Mitra Chamsai rieb sich die Augen und setzte sich im Bett auf. Sie wand sich, um eine bequemere Position einzunehmen, denn sie war mit ihrem rechten Handgelenk am Kopfteil des Bettes festgebunden.

»Warum weckst du mich?«

»Ich dachte, wir reden ein bisschen.«

»Worüber?«, wisperte sie. »Ich weiß ja nicht mal, wer ihr seid oder was ihr von mir wollt.«

Carl grinste sie an. Er war gut drauf, die Anspannung ließ langsam nach. Es war schön, dass diese Phase bald vorbei sein würde.

»Wir sind drei Schweden, die die Nase voll haben von Arabern und anderen unterentwickelten Völkern, die nach Schweden kommen und massenweise Vorteile kriegen, von denen normale Schweden nur träumen können.«

Mitra Chamsai sagte nichts.

»Deine Landsleute vergewaltigen Frauen und begrapschen

junge Mädchen im Freibad, und die Regierung hat jahrelang nichts dagegen unternommen. Im Gegenteil, von den Gutmenschen bei den Medien ist sie sogar noch angefeuert worden. Nicht mal der Terroranschlag in Stockholm hat zu Protesten gegen die Islamisierung geführt. Diese Leute haben ihr Land verraten, und dafür werden sie büßen. Zum Glück fällt es immer mehr Leuten wie Schuppen von den Augen, was da vorgeht.«

Als er geendet hatte, kratzte er sich am Hals.

»Habt ihr die Journalisten umgebracht?«, fragte Mitra Chamsai.

Die Frage erstaunte ihn, aber Carl hob die Schultern. Er musste sie in dem Glauben lassen, dass sie am Leben bleiben würde. Sie war offenbar nicht dumm. Wenn er anfing, ihr gegenüber Dinge zuzugeben, würde sie begreifen, dass sie dieses Haus niemals lebend verlassen würde.

»Was wir gemacht haben oder nicht, tut nichts zur Sache«, sagte er.

Carl ließ den Blick über ihren Körper gleiten, unter ihrem weißen Unterhemd konnte er die Konturen ihrer Brustwarzen sehen. Er konnte nicht umhin, er fand sie attraktiv.

Sie bemerkte, wie er sie anstarrte, und zog die Decke bis ans Kinn.

»Ich und meine Familie haben euch nichts getan. Ich bin hier geboren. Schweden ist meine einzige Heimat. Es ist genauso mein Land wie eures«, sagte sie.

»Schweden wird niemals dein Land sein. Verstehst du das? Wir wollen euch hier nicht. Alles, was ihr könnt, ist zerstören, die Polizei mit Steinen bewerfen, von Sozialleistungen leben. Sobald ihr auf den geringsten Widerstand stoßt, schreit ihr ›Rassismus‹. Und die Politiker, diese Idioten, glauben euch das auch noch.«

»Ich bin demnächst examinierte Juristin. Mein Vater hat sich tagein, tagaus tot geschuftet für mich und mein Studium. Meine Mutter genauso. Es kann wirklich niemand behaupten, wir hätten irgendwas geschenkt bekommen.«

Carl war perplex. Ihm gefiel es nicht, dass sie Widerworte gab. »Denkst du, das ist wichtig? Guck doch die an, die jetzt kommen. Die Teppichknüpferkinder, die auf den Straßen rumspringen und grapschen und schwedische Mädchen vergewaltigen. Primitive Tiere sind das, primitive Tiere. Verstehst du das Gefühl, ein Bürger zweiter Klasse zu sein, im eigenen Land? Das hier ist mein Land, meine Vorfahren haben es mit ihren bloßen Händen zu dem gemacht, was es heute ist.«

Sie schnaubte verächtlich und schüttelte den Kopf. Carl kannte diesen Blick. Er hatte ihn früher schon oft gesehen – in seiner Jugend, bei den Lehrern, bei den anderen Studenten an der Universität in Uppsala, bei seinem Vater.

So durfte sie nicht mit ihm umspringen. Das ließ er sich nicht gefallen. Carl erhob sich vom Stuhl und trat ans Bett. Mitra Chamsai drückte sich an die Wand und hob ihre freie Hand, in dem Versuch, ihn abzuwehren. Er packte ihren linken Arm und begann, sie mit seiner Rechten zu betatschen.

Er hielt sie fest und führte einen Finger in sie ein. Sie wehrte und wand sich, schrie, er solle aufhören.

»Eigentlich sollte ich dich vergewaltigen, damit du verstehst, was unsere Frauen durchmachen müssen. Aber das werde ich nicht tun. Wir Schweden vergewaltigen nämlich keine Frauen, nicht mal billige Araberhuren, wie du eine bist«, sagte er, den Mund an ihrem Ohr, und ließ sie los.

Sie atmete schwer und sah ihn aus aufgerissenen Augen an. Dann brach sie in Tränen aus. Carl setzte sich wieder auf den Stuhl. Nach einer Weile verstummte sie.

»Das ist ja nicht mal wahr«, sagte sie unvermittelt.

»Was ist nicht wahr?«, fragte er.

Mitra Chamsai holte tief Luft und wischte sich mit der linken Hand die Tränen weg.

»Die Anzahl der schweren Straftaten in Schweden ist in den letzten Jahren zurückgegangen.«

»Sieh dich doch um. Sieht das etwa so aus, als würde hier irgendwas zurückgehen? Ich scheiß drauf, was Behörden und Lügenpresse behaupten. Diese Schweine in der Regierung haben das Land gegen die Wand gefahren, und es ist höchste Zeit, dass jemand etwas dagegen unternimmt.«

»Und wie soll mein Vater dabei helfen, etwas dagegen zu tun?« Carl lachte hohl.

»Ihr seid krank«, sagte sie. »Ihr seid verrückt. Begreift ihr nicht, dass ihr Menschenleben in Gefahr bringt? Ihr seht die Welt genauso schwarz-weiß wie die Irren vom IS.«

»Wie bitte?«

»Ihr hasst alles, was anders ist, ihr hasst Frauen, ihr hasst alle, die nicht eure Weltsicht teilen, ihr hasst ... Die wollen ein muslimisches Kalifat ausrufen, die sagen, dass wir im Westen Muslime hassen. Ihr wollt die Zivilisation des Abendlandes hochhalten, die ihr als bedroht anseht. Ihr hasst. Das tut ihr, mehr nicht. Ihr nehmt euch die Luft zum Atmen, ihr macht euch gegenseitig zu Idioten. Und wir, die ganz normalen Menschen, die einfach nur in Frieden leben wollen, wir kriegen euren verrückten Krieg ab. Mehr habt ihr ja auch nicht, nur euren wahnsinnigen Hass und euren Krieg gegen alles, was anders ist. Und ihr rechtfertigt euer Morden damit, dass ihr euer Volk verteidigt ... Erkennst du die Parallelen wirklich nicht?«

Carl verpasste ihr einen Faustschlag ins Gesicht. Das Kinn fiel ihr auf die Brust, sie verstummte.

»Vergleich mich nie wieder mit diesen Schweinen«, fauchte er.

KAPITEL 33

Ilja Fjodorowitsch lag im Sterben.

Er lag in einer verlassenen Schäferhütte einhundert Kilometer südlich von Vallenar im Bett, August saß neben ihm. Zwei Tage waren vergangen seit ihrer Flucht, und Iljas Zustand verschlechterte sich stündlich. Nachts ging die Temperatur in der Hütte runter auf null Grad. Dann legten sie sich dicht nebeneinander in das schmale Bett, um sich zu wärmen.

August hob die mottenzerfressene Decke hoch, mit der er Ilja zugedeckt hatte, und besah sich die Wunde.

»Sieht's besser aus, Doktor?«, fragte Ilja matt.

Die Wunde hatte sich entzündet und stank. August schüttelte den Kopf und fühlte dem Russen die Stirn. Das Fieber war gestiegen. Ilja war schweißüberströmt. Es handelte sich nur noch um Stunden, bis er das Bewusstsein verlor und nicht mehr ansprechbar war.

»Du überlebst nur, wenn ich dich ins Krankenhaus bringe«, sagte August.

Ilja schlug die Augen auf und schüttelte langsam den Kopf.

»Lieber sterbe ich hier mit einem Freund an meiner Seite, als dass ich Mendoza in die Finger gerate und gefoltert werde. Meine Zeit ist reif. Ist schon in Ordnung.«

Innerhalb einer Woche hatte August Don Julio und Valeria verloren. Und nun sollte der einzige Mensch, den er die letzten zwei Jahre als Freund betrachtet hatte, auch noch sterben. Bisher hatte August Ilja nicht gefragt, warum er sie verraten hatte. Doch wenn er es jetzt nicht tat, würde er nie eine Antwort bekommen. Während er Ilja musterte, fragte er sich, was das überhaupt noch für eine Rolle spielte. Er holte ein Glas

244

Wasser, drückte es Ilja in die Hand und setzte sich auf die Bettkante.

»Warum hast du es getan?«, fragte August.

»Zur PDI gehen?«

»Sí.«

»Ich hatte genug. Ich habe angefangen, mich dafür zu schämen, was wir mit dieser Stadt gemacht haben. Vladimir war ja nicht unter Kontrolle zu kriegen. Ich musste irgendetwas Gutes tun, damit ich wieder in den Spiegel schauen konnte.«

»Und du hast wirklich gedacht, du würdest damit durchkommen?«

Vor Schmerzen verzog Ilja das Gesicht zu einer Fratze. Er hustete, und August nahm ihm rasch das Wasserglas ab.

»Nein«, sagte Ilja. »Mir war schon klar, dass es früher oder später so kommen würde. Leider früher als später. Und was machst du, wenn du nicht länger wie ein katholischer Priester hier rumsitzen kannst, um dir meine Beichte anzuhören?«

August hatte in den Tagen auf der Hütte viel darüber nachgedacht. Doch noch hatte er nicht entschieden, was er tun wollte.

»Erst einmal fahre ich nach La Serena, werde das Auto los und nehme den Bus nach Santiago. Und dann ... wer weiß.«

»Deine Familie in Schweden?«

»Ich weiß nicht, ob meine Mutter noch lebt«, sagte August. »Ich habe früher meistens bei unseren Nachbarn gewohnt, bei Familie Lopez. Ihr Sohn Leandro und ich waren wie Brüder.«

»Ich habe auch einen Bruder. Er ist tot. Die Männer der Fjodorowitschs haben einen Hang zum frühen Tod«, sagte Ilja.

»Lass mich dich nach La Serena in ein Krankenhaus bringen, Ilja. Vielleicht hast du Glück, und Jaime Mendoza findet dich nicht.«

»Nein, ich will hier sterben. Es könnte schlimmer sein, glaub mir. Gib mir bitte noch mal das Wasserglas.«

August stützte Iljas Kopf, und der Russe führte mit zitternden

Händen das Glas an die Lippen. Als er getrunken hatte, goss er sich etwas Wasser in die Hand, um sein Gesicht zu erfrischen.

»Schon komisch«, sagte Ilja, »aber nichts lässt einen dermaßen altern wie der bevorstehende Tod. Ich komme mir plötzlich klüger vor.«

»Das wurde aber auch Zeit, *amigo*.«

Ilja lachte auf.

»Da hast du recht ... Diese Amanda, von der du nichts sagen wolltest, wer ist das?«

»Die lässt dir keine Ruhe, was?«

»Dir aber auch nicht, mein Freund.«

»Ich habe sie ein paar Wochen nach meinem Wehrdienst kennengelernt. Aber ich musste das Land verlassen, ohne mich von ihr verabschieden zu können.«

»Warum?«

»Weil Leandro und ich zwei Geldtransporter überfallen haben. Die Polizei hat ihn eingebuchtet, und mich hätten sie auch bald geschnappt.«

»Hat sie das gewusst?«

»Amanda?«

Ilja nickte.

»Nein«, entgegnete August.

»Und jetzt?«

»Nach fünfzehn Jahren ist die Tat verjährt. Das wären noch fünf Jahre, aber ich bin sicher, dass Leandro mich nicht verraten hat. Wenn ich also nach Schweden zurückgehe, wäre das schon ein Riesenpech, wenn sie mich nach so langer Zeit kriegen. Suchen werden sie kaum nach mir.«

»Hast du Geld, damit du über die Runden kommst?«

»Ja, mehr als genug.«

»Fahr nach Hause, August. Ich würde alles darum geben, St. Petersburg noch mal zu sehen. Und krepier nicht auf der Flucht.

246

Keiner will auf der Flucht sterben. Guck mich an, ich liege auf der anderen Seite des Planeten in einer Wüste.«

August schwieg. Ilja rutschte hin und her und versuchte, eine bequemere Position zu finden.

»Warum hast du das getan?«

»Die Überfälle?« August legte den Kopf in den Nacken und stöhnte. »Darüber habe ich viel nachgedacht, besonders in den ersten Jahren bei der Fremdenlegion. Ich habe mir einzureden versucht, dass ich das wegen meiner Mutter gemacht habe. Damit sie keine Toiletten mehr putzen muss, damit sie mit dem Trinken aufhört und glücklich ist. Natürlich war das eine Lüge. Der wahre Grund ist sehr viel weniger ehrenhaft.«

»Unsere Beweggründe sind meistens nicht sonderlich edel.«

»Ich glaube, ich hatte Angst, Amanda würde eines Tages aufwachen und erkennen, dass ich ein Verlierer bin, dass ich ihr nie das Leben ermöglichen könnte, das sie gewohnt war, und dass sie in die Welt zurückkehren würde, in die sie gehörte.«

»Glaubst du das wirklich?«

»Ich weiß auch nicht. Vielleicht hätte sie das tatsächlich getan. Das Leben ist kein Film.«

»Nein. Das Leben ist oft ziemlich grausam. Und wenn es dann mal schön ist, haben wir nicht den Mumm, daraus etwas zu machen. Als Kind wollte ich später immer ein eigenes Geschäft haben und Fernseher verkaufen. Ich wünschte, ich hätte diesen Laden gehabt«, sagte Ilja mit einem schwachen Lächeln.

Wenige Stunden später starb er.

August beerdigte ihn in dem feinen Sand unter einem dunklen Felsen mit Blick auf den Stillen Ozean. Weil er keine Schaufel hatte und mit Brettern vom Bett graben musste, arbeitete er die ganze Nacht. In der Morgendämmerung legte er sich kurz schlafen, wurde nach ein paar Stunden wieder wach und setzte sich ins Auto.

Der Sprit reichte gerade noch, um ihn nach La Serena zu bringen, wo er das Auto im Zentrum in einer Seitenstraße abstellte. In einer einfachen Bar aß er Huhn mit Reis und ging dann zu Fuß zum Bahnhof, um ein Busticket nach Santiago zu kaufen. Die Fahrt dauerte sieben Stunden.

In Santiago eingetroffen, vergeudete er keine Zeit und setzte sich in ein Taxi zum Flughafen. Iljas Worte darüber, im eigenen Land sterben zu wollen, hatten ihn zu dem Entschluss gebracht, nach Hause, nach Schweden zu fliegen. Trotz allem. Die früheste Maschine nach Europa, KLM Flug 0702, ging am nächsten Morgen nach Amsterdam. Als er gezahlt hatte, fuhr er zum Flughafenhotel.

Zwei Tage später, an einem Donnerstag um halb zwölf, setzten die Räder in Arlanda auf festem Boden auf.

KAPITEL 34

Ibrahim Chamsai ergriff die pure Panik, als er an der Ecke beim Max-Schnellrestaurant zum Kungsträdgården einbog. Nach der Detonation würde er fliehen und untertauchen. Die Polizei durfte ihn nicht bei lebendigem Leib fassen. Das war die Bedingung für Mitras Leben.

Die Sonne schien. Im Park tummelten sich Spaziergänger. Andere saßen mit dicken Daunenjacken zum Lunch draußen. Mütter in Elternzeit schoben ihre Kinderwägen vor sich her. Es kam ihm so vor, als würde jeder sein Auto vorwurfsvoll taxieren, als er vorbeifuhr.

Es würde viele Tote geben. Und danach würde der Wahnsinn losbrechen. Im Kofferraum transportierte Ibrahim eine Bombe aus fünfzehn Kilogramm Dynamit. Jemand, Ibrahim tippte auf Lars Nilsson, hatte Schrauben und Nägel darauf festgeklebt. Diese Schrauben und Nägel würden bald die Körper unschuldiger Menschen zerfetzen. Der Fernzünder für die Sprengstoffladung lag in der Innentasche von Ibrahims schwarzer Taxi-Stockholm-Jacke. Fünf weitere Kilogramm Dynamit hatte er in der Garage bei den Sommerreifen versteckt, genau wie Lars Nilsson es ihm aufgetragen hatte.

Ibrahim war kurz davor gewesen, auf Kungsholmen durch das Tor ins Präsidium zu gehen und sie anzuzeigen, aber er hatte kehrtgemacht und war wieder weggefahren.

Er wusste, es wäre richtig gewesen, zur Polizei zu gehen, alles zu erzählen und sie ihre Arbeit machen zu lassen. Vielleicht könnten sie Mitra befreien. Doch was, wenn ihnen das nicht gelang? Ibrahim hatte bereits ein Kind verloren, er würde es nicht ertragen, noch eines zu verlieren. Von Fatima ganz zu schweigen.

Ibrahims Tod würde sie besser wegstecken als Mitras. Ibrahim würde sein Leben für das seiner Tochter opfern.

Würden Fatima und Mitra überhaupt zu seiner Bestattung gehen, würden sie jemals wieder mit seinem Namen in Verbindung gebracht werden wollen? Wahrscheinlicher war, dass sie eine neue Identität annahmen, flohen und irgendwo noch mal von vorn anfingen. Vielleicht in einem anderen Land? Doch Mitra würde leben. Und eines Tages vielleicht vergessen, was er getan hatte, und glücklich werden.

Im Radio war von einem Konzert die Rede, das nächste Woche stattfinden würde. Zu dem Zeitpunkt würde Ibrahim vermutlich nicht mehr am Leben sein. Schweden würde ein anderes Land sein, ein Land in Schockstarre. Mitras und Fatimas Leben würde in Trümmern liegen.

Ein blauer Bus wechselte an der roten Ampel direkt vor ihm die Spur. Ibrahim wünschte, er würde für immer dort stehen bleiben, damit er nie ans Ziel käme. Vor dem Bus ragte das Schloss auf. Er musste an den Brief denken, den er vom König erhalten hatte und in dem stand, dass er die schwedische Staatsangehörigkeit erhalten hatte. Morgen würde der König aller Wahrscheinlichkeit nach wissen, wer Ibrahim Chamsai war. Er würde auf seine ganz eigene Weise Schweden und seinem König danken, indem er Unschuldige in Stücke sprengte.

Er schluckte trocken, um seine Tränen zurückzuhalten, als die Ampel auf Grün sprang und er links zum Grand Hôtel abbog.

Touristen und Familien mit Kindern spazierten an der Uferpromenade entlang.

Ibrahim versuchte, den Menschen in die Augen zu sehen, die er bald umbringen würde. Er sah vor sich, wie der Platz in wenigen Minuten aussehen würde.

Ein kleiner Junge in grüner Jacke lief vor ihm auf die Straße, und Ibrahim machte eine Vollbremsung. Der Vater kam hinterhergerannt, schnappte seinen Sohn und nahm ihn auf den Arm.

Bitte, bitte, geh weg, dachte Ibrahim. Nimm dein Kind und verschwinde von hier.

Im Vorbeifahren musterte er das Gesicht des Vaters. Es war ein junger Mann. Er wusste nicht, was im Leben noch auf ihn zukam. Würde er für sein Kind das Gleiche tun wie Ibrahim für seins?

Er ging davon aus – alle Eltern würden lieber ihr Leben lassen, als ihre Kinder sterben zu sehen. Er fand eine freie Parklücke gegenüber vom Hotel Lydmar und stellte das Auto ab. Er war schweißüberströmt und zitterte am ganzen Leib.

Er warf einen Blick auf die Uhr.

Es war zehn vor zwei.

Er hatte noch zehn Minuten. Danach war er ein gehetztes Tier. Es war Zeit, Fatima anzurufen, um sich von ihr zu verabschieden. Sie würde nichts verstehen, ihn für verrückt halten, aber das machte keinen Unterschied. Wo wohl die Männer waren, die Mitra gekidnappt hatten? Vermutlich ganz in der Nähe. Vielleicht beobachteten sie ihn sogar in diesem Moment. Ibrahim sah sich um, aber er entdeckte kein bekanntes Gesicht am Kai.

Er lehnte sich im Sitz zurück und machte die Augen zu, versuchte, sich zu entspannen, aber er zitterte immer noch wie Espenlaub. Mit zitternden Fingern fischte er sein Mobiltelefon aus der Jackentasche. Er hatte Mühe, Fatimas Nummer aufzurufen. Als sie sich meldete, war er zuerst ganz still. Was sollte er nur sagen?

»Hallo, Ibrahim, bist du das?«

»Hej, mein Schatz …«

»Weinst du?«

»Ja …«

»Was ist los?«

»Fatima, geliebte Fatima, wir werden uns nicht wiedersehen. Ich muss … es ist wegen Mitra.«

»Wovon redest du? Wir sehen uns doch später. Wir wollten heute doch zusammen Abend essen.«

»Nein ... nein.«

Fatima klang plötzlich unsicher.

»Was meinst du? Du machst mir Angst.«

»Du hast mich glücklich gemacht. Es gibt keine bessere Ehefrau als dich, keine bessere Freundin als dich. Jeden Tag bin ich mit dir an meiner Seite aufgewacht und habe gedacht, was habe ich doch für ein Glück, mit einer Frau wie dir zusammenzuleben.«

Er konnte nicht weitersprechen. Ibrahim legte auf und trocknete sich die Augen. Sekunden später klingelte das Telefon. Er drückte den Anruf weg, legte das Mobiltelefon auf den Beifahrersitz und hielt mit beiden Händen das Lenkrad umklammert. Noch eine Minute. Er drehte den Zündschlüssel, wendete, hielt mit einer Vollbremsung vor dem Haupteingang des Grand Hôtel, stellte den Motor ab, machte die Autotür auf, ließ das Telefon liegen, obwohl es wieder klingelte, und rannte ins Hotel. Der Portier und das Sicherheitspersonal riefen ihm nach. Ein paar Gäste, die gerade das Hotel verlassen wollten, drehten sich nach ihm um. Ein Mann zeigte auf Ibrahims Auto und schüttelte den Kopf.

Begriffen sie?

Mit gesenktem Blick ging Ibrahim rechts an der Rezeption vorbei. Er konnte nicht anders, als die Gäste verstohlen zu mustern, die in der Lobby und auf der Veranda saßen.

Bald würden sie tot sein.

Ibrahim lief schneller. Er gelangte in den Korridor, der zum Spiegelsaal führte. Eine junge Frau, die an einer Garderobe saß, sah ihn an und lächelte höflich. Ibrahim griff nach dem Fernzünder, kniff die Augen zusammen und löste ihn aus.

Die Explosion folgte unmittelbar. Das ganze Gebäude bebte. Er wäre beinahe gestürzt, konnte sich gerade noch halten.

Wie vereinbart, lief er den Gang entlang Richtung Hinterausgang. Ibrahim stieß die Tür auf und rannte auf die Straße. Zwei Frauen mit Kinderwagen waren stehen geblieben und blickten sich um. Eines der Kinder brüllte. Ibrahim drängte sie zur Seite und lief zum Strandvägen.

KAPITEL 35

Madeleine Winther sah sich benebelt um. Sie lag in der Cadier Bar am Boden, um sie herum hörte sie Schmerzensschreie von anderen Gästen. Einige starrten mit leerem Blick vor sich hin. Auf Madeleines Beinen lag ein Stuhl. Ihre Ohren dröhnten, die Glieder schmerzten, Blut lief ihr über die Stirn und tropfte in ihre Augen. Sie wischte es mit dem Ärmel ihres Pullovers nachlässig weg. Dicker schwarzer Qualm drang von der Straße in den Raum und brannte in ihren Augen.

Ein paar Meter neben ihr lag ihr Vater reglos auf der Seite.

Madeleine kroch zu ihm hinüber, Glassplitter schnitten ihr in die Knie. Blutüberströmte Menschen schleppten sich durch den Raum, einige murmelten verwirrt vor sich hin. Ein paar schrien ihre Begleiter an, damit sie aufwachten, andere brüllten unverständliche Laute. Madeleine kniete sich neben ihren Vater und versuchte zu begreifen, was los war und was ihm fehlte. Aus seinem Rücken ragte ein Metallsplitter. Madeleine legte ihm zwei Finger an den Hals, der Puls war schwach, aber er lebte.

Was war geschehen?

Sie hatten in der Cadier Bar ganz hinten gesessen, beim Klavier – der Pianist hatte Pause. Sie hatte jemanden vom Sicherheitspersonal rufen hören, dann war sie mindestens vier Meter in das Lokal hineinkatapultiert worden.

Eine Bombe?

So unbegreiflich das war, aber es musste so gewesen sein.

In der Ferne heulten Sirenen. Madeleine stand mühsam auf und ging auf die Terrasse. Ihre Knie schmerzten. Die Sonnenstrahlen kämpften gegen den schwarzen Rauch an. Madeleine hustete, sie konnte kaum etwas sehen. Die Terrasse lag komplett in Schutt und Asche, die Möbel waren in alle Richtungen verstreut. Neben ihr lag ein abgetrenntes Bein. Eine Frau schrie ununterbrochen, sie hielt ihre Eingeweide in Händen, als müsse sie sie festhalten, damit sie ihr nicht entglitten. Ein Toter saß in einem Sofa, das nach hinten gekippt war, ihm fehlte der halbe Kopf. Madeleine krümmte sich und musste sich übergeben.

Hinter einem Tisch weinte ein kleines Mädchen. Gesicht und Arme waren blutig, aber es schien unverletzt zu sein. Madeleine ging auf es zu und nahm es auf den Arm. Sie drückte es fest an sich und blieb verwirrt stehen. Das Weinen erstarb und ging in Schluchzen über. Madeleine hielt dem Mädchen die Augen zu, damit es die Toten und Verletzten nicht sehen musste. Manche um sie herum kamen wieder zu sich, sie stolperten wie Gespenster durch die Gegend und riefen nach ihren Angehörigen oder knieten neben ihnen und versuchten, ihre Schmerzen zu lindern.

Die Sirenen wurden lauter.

Die Menschen schrien immer gellender, verzweifelter.

Durch den Qualm erkannte Madeleine die Umrisse des Kais. Es sah aus, als hätte dort jemand mit einer riesigen Sense gewütet. Überall auf der Promenade lagen Menschen verstreut. Einige versuchten panisch, diejenigen zu retten, die in das eiskalte Wasser geschleudert worden waren.

Sie setzte das Mädchen ab, das sofort wieder zu weinen begann.

»Warte kurz«, sagte Madeleine.

Es kam ihr herzlos vor, das Mädchen wieder abzusetzen, aber es war ja nicht verletzt, ein paar tröstende Worte mehr oder weniger würden da auch nicht helfen. Madeleine fühlte sich gezwungen, ihrer Pflicht als Journalistin nachzukommen und das Geschehen zu dokumentieren. Sie zog ihr Mobiltelefon aus der Jeanstasche. Das Display hatte einen Sprung, aber die Kamera funktionierte noch. Mit zitternden Händen filmte sie die Verwüstung. Der Wind schien sich gedreht zu haben, der Rauch hatte etwas nachgelassen. Dennoch war es schwierig, sich einen Überblick zu verschaffen. Sie ging in die Cadier Bar zurück, das Telefon von sich gestreckt, arbeitete sich noch mal durch das Lokal bis vor zur Terrasse und verließ das Gelände. Ein riesiger Krater klaffte mitten auf der Straße. Madeleine stieg über die Verletzten hinweg und filmte das Wasser, auf dem weitere Opfer schwammen. Ein Streifenwagen hielt ein paar Meter entfernt mit quietschenden Reifen. Zwei Polizistinnen stiegen aus. Sie versuchten, sich ein Bild von der chaotischen Situation zu machen. Sie bückten sich und musterten hastig einen Toten, während sie in ihr Funkgerät sprachen. Hinter ihnen hielt ein Krankenwagen.

Die Polizeibeamtinnen legten ihre Gürtel auf dem Kai ab und sprangen ins Wasser, um dabei zu helfen, die Ertrinkenden zu retten. Weitere Freiwillige schlossen sich ihnen an.

Kurz darauf drängten sich uniformierte Beamte am Ufer, gaben Anweisungen und kümmerten sich um Zivilisten, die sich nützlich machen wollten oder nur mit aufgerissenen Augen dastanden. Menschen strömten von allen Seiten hinzu. Überall klingelten und piepten Mobiltelefone.

Madeleine ging wieder in die Bar, um nach ihrem Vater zu sehen. Es würde noch eine Weile dauern, bis ihm geholfen werden konnte. Er war noch immer ohnmächtig. Sie konnte nicht viel für ihn tun. Ihre Aufnahmen hatte sie bereits an die Redaktion geschickt und mitgeteilt, dass sie auch bald käme.

Eine Frau blieb neben ihr stehen.

»Hej, ich bin Ärztin, kennen Sie diesen Mann?«, sagte sie und beugte sich über Madeleines Vater.

Die Ärztin wirkte ruhig, aber energisch. Wahrscheinlich war sie nur zufällig hier vorbeigekommen, dachte Madeleine.

»Ja, das ist mein Vater.«

Die Frau untersuchte das Metallstück in seinem Rücken.

»Wollen Sie den Splitter entfernen?«

»Nein, er muss so bleiben, bis Ihr Vater im Krankenhaus ist. Lassen Sie ihn auf der Seite liegen. Wenn er aufwacht, darf er sich nicht von der Stelle rühren. Wenn der Splitter bewegt wird, kann er noch größeren Schaden verursachen.«

Die Ärztin ging weiter. Madeleine griff nach ihrem Mobiltelefon, um nachzusehen, ob ihre Aufnahmen schon auf Nyhetsbladet.se abrufbar waren. Sie waren es nicht, zuerst mussten wahrscheinlich noch die Gesichter der Toten und Verletzten verpixelt werden. Bislang gab es nur eine kurze Meldung darüber, dass es in der Nähe des Grand Hôtel eine Explosion gegeben hatte. Madeleines Telefon klingelte, es war Erik Gidlund aus der Redaktion.

»Hallo?«, sagte sie.

Erik erkundigte sich, wie es ihr ging, und wollte dann wissen, ob sie eine Liveschaltung machen könne.

»Ja, kann ich«, gab sie zurück.

»Gut, in zwanzig Sekunden«, sagte er.

Madeleine begann, ihre Arme zu schwenken, damit wieder Leben in ihren Körper kam. Ihr Kopfschmerz wurde dadurch zwar schlimmer, aber wenigstens fühlte sie sich auch etwas munterer. Lisa Rönnskog, die Programmleiterin im Studio, schien unkonzentriert. Madeleine versuchte zu beschreiben, was sie sah.

»Wie schlimm sind die Schäden?«, fragte Lisa kurz angebunden.

»Verheerend.« Madeleine holte tief Luft und suchte nach Worten. »Hier herrscht das reine Chaos, totale Verwirrung. Überall Tote und Verletzte. Die Sanitäter tun alles, um den Verletzten zu helfen. Menschen springen ins Wasser, um Opfer zu bergen.«

»Ins Wasser?«

»Durch die Detonation sind auch Menschen in den Strömmen geschleudert worden. Freiwillige Helfer haben Ketten gebildet, um sie aus dem Wasser zu ziehen«, sagte Madeleine.

Lisa Rönnskog versuchte, für die Fernsehzuschauer die wenigen Informationen zusammenzufassen, die es bislang gab. Madeleine wartete geduldig und sah sich nach dem kleinen Mädchen um. Es war nirgends zu sehen.

»Madeleine Winther vom *Nyhetsbladet* ist aktuell im Grand Hôtel, wo sich kürzlich die Explosion ereignet hat«, schloss Lisa Rönnskog ihre Zusammenfassung ab. »Madeleine, wenn du den neu zugeschalteten Zuschauern kurz erzählen könntest, was du siehst?«

Madeleine seufzte und schilderte, was sie erlebt hatte und was nun um sie herum passierte. Sie war noch immer auf Sendung, als wenig später zwei Sanitäter ihren Vater untersuchten.

»Ruf mich in ein paar Minuten noch mal an«, sagte sie zu Lisa Rönnskog mitten in der Sendung. »Ich muss mit den Sanitätern sprechen, die sich um meinen Vater kümmern.«

Zwanzig Minuten später war der Krankenwagen mit ihrem Vater abgefahren. Madeleine lief Richtung NK, um ein Taxi zu erwischen, das sie in die Redaktion auf Östermalm rüberfahren konnte. Im Auto versuchte sie zu rekapitulieren, was passiert war, um die Ereignisse in Textform bringen zu können. Vor der Redaktion sprang sie aus dem Taxi und eilte durch die Glastür. Im Lift konnte sie sich nicht sofort an den Code ihrer Einlasskarte erinnern. Dann fiel er ihr wieder ein: 2948. Madeleine tippte die Ziffern ein und fuhr nach oben. Sie betrachtete ihr Gesicht im Spiegel. Sie hatte eine Platzwunde am Kopf, die Haare standen zu allen Seiten ab, ihre Haut war mit angetrocknetem Blut bespritzt, ihre Kleider waren staubig. Das Personal am Empfang sah sie entsetzt an, als sie die Tür aufstieß und die Redaktion betrat. Sie eilte zum Nachrichtentresen. Die Kollegen drehten sich nach ihr um, wollten ihr Fragen stellen, aber sie hörte nicht hin. Es herrschte Hektik. Die Leiter riefen ihre Anweisungen in den Raum. Dann griff die TV-Chefin Isabella Cervin Madeleine am Arm.

»Kannst du dich auch noch kurz ins Studio setzen?«

Madeleine nickte.

»Soll ich mich vorher frisch machen?«

»Nein, nicht nötig.« Isabella Cervin brachte sie ins Studio. »Und absolut keine Spekulationen, was passiert ist oder wer dahinterstecken könnte. Du darfst nur das erzählen, was du gesehen und erlebt hast. Wie geht es dir überhaupt, sollen wir einen Arzt rufen, der dich in der Pause mal untersucht?«

»Nein, mir geht es gut. Aber ein Glas Wasser wäre klasse«, sagte Madeleine.

»Das kriegen wir hin.«

Isabella Cervin steckte den Kopf zur Tür des Kontrollraums hinein, um Bescheid zu geben, dass Madeleine bereit war.

»Noch zwei Minuten. Wir müssen nur die Schalte zu den Reportern vor Ort machen, dann kann Madeleine reinkommen«, gab der Produzent zurück.

»Noch zwei Minuten«, wiederholte Isabella Cervin, an Madeleine gewandt.

»Ich hab's gehört.«

Ein Studiomitarbeiter, der nach Schweiß roch, klemmte ihr ein Mikrofon an die Kleider.

»Habt ihr schon einen Terrorexperten gefunden?«, rief der Produzent in Isabella Cervins Richtung.

»Ulf Torstensson ist unterwegs. Er wird jeden Moment hier sein.« Und zu Madeleine sagte Isabella Cervin: »Okay, geh jetzt rein. Sag Bescheid, wenn du noch was brauchst. Dein Wasser ist schon drin.«

Die Tür zum Studio ging auf. Sie nickte Lisa Rönnskog kurz zu, die ihren Blick kaum vom Laptop hob, und setzte sich auf einen Stuhl. Dann wandte Lisa Rönnskog sich zur Kamera um.

»Danke, Peter Jansson, der sich in diesem Augenblick direkt vor dem Grand Hôtel befindet. Die Behörden rufen alle, denen es möglich ist, dazu auf, sich baldmöglichst in die Krankenhäuser zum Blutspenden zu begeben. Der Rettungsdienst vor Ort hat bislang zwölf Todesopfer bestätigt. Die Zahl wird vermutlich noch steigen. Hier ist das Nyhetsbladet-tv, wir senden live aus Stockholm aufgrund einer schweren Explosion vor dem Grand Hôtel. Im Studio ist nun unsere Journalistin Madeleine Winther, die sich zum Zeitpunkt der Explosion im Hotel aufhielt ...«

Madeleine wiederholte, was sie vorhin per Telefon berichtet hatte, und fügte noch ein paar Details hinzu, die sie sich im Taxi überlegt hatte. Während sie sprach, hielt sie mit Lisa Blickkontakt. Aus dem Augenwinkel bemerkte sie auf dem Bildschirm unter der Kamera, dass ihr derangiertes Gesicht herangezoomt wurde. Mittlerweile hatte Lisa Rönnskog die Situation im Griff und wechselte routiniert zwischen Studio und Grand Hôtel hin und her. Unterdessen traf der Terrorexperte Ulf Torstensson ein und verkündete, es sei noch zu früh, um etwas Konkretes zu sagen. Noch konnte man nicht ausschließen, dass es sich um einen Unfall handelte, auch wenn das sehr unwahrscheinlich war.

»Es hat in den letzten Jahren in ganz Europa Anschläge gegeben. Vor einiger Zeit haben Terroristen Anschläge in mehreren europäischen Hauptstädten verübt. Wir in Schweden haben die Drottninggatan noch in lebendiger Erinnerung. Kann der IS erneut in Stockholm zugeschlagen haben?«, fragte Lisa Rönnskog.

»Das lässt sich nicht vollkommen ausschließen. Und im Hinblick auf die vorangegangenen Terroranschläge liegt es nahe, davon auszugehen, dass es sich nicht um einen Unfall handelt«, sagte Ulf Torstensson.

»Müssen wir heute mit weiteren Anschlägen rechnen?«, fragte Lisa Rönnskog.

»Wenn der IS dahintersteckt, was wir nicht wissen, gibt er sich selten mit einem Anschlag zufrieden, im Regelfall werden mehrere, aufeinanderfolgende Anschläge verübt«, sagte Ulf Torstensson.

Lisa Rönnskog blickte wieder in die Kamera.

»Wir schalten zurück zum Grand Hôtel, wo neue Erkenntnisse über die Explosion vorliegen. Peter Jansson, was gibt es Neues?«

»Die Zeugen, mit denen ich in den letzten Minuten gesprochen habe, haben gesagt, dass vor dem Eingang ein Taxi in die Luft gesprengt worden ist. Eine Frau hat gesehen, wie ein Mann aus dem Taxi gestiegen und ins Hotel verschwunden ist. Kurz darauf, sie kann den Zeitraum nicht genau eingrenzen, ereignete sich die Explosion.«

Im Studio entstand eine kurze Pause, der Produzent gab Lisa Rönnskog über den Knopf im Ohr Instruktionen. Madeleine dachte nach. War da nicht ein ausländisch aussehender Mann in einer Taxi-Stockholm-Jacke, der an der Bar vorbeigegangen war, oder bildete sie sich das nur ein?

Nein, sie war sich sicher.

Sie hatte gestutzt, weil der Mann mit der Jacke so fehl am Platz gewirkt hatte.

»Lisa, darf ich noch etwas hinzufügen?«

»Bitte«, erwiderte Lisa Rönnskog.

»Mir ist ein Taxifahrer begegnet. Es gibt einen Eingang in die Cadier Bar, der ist hinten beim Klavier, und da habe ich gesessen und gegessen. Der Mann trug eine Taxi-Stockholm-Jacke und hat einen Blick ins Lokal geworfen, bevor er weitergegangen ist.«

Lisa Rönnskog forderte sie mit einem Nicken auf fortzufahren.

»Ich weiß natürlich nicht, ob es sich dabei um den Täter handelt oder ob er etwas mit dem Vorfall zu tun hat. Aber angesichts der Zeugenaussagen, die Peter vorgetragen hat, denen zufolge ein Taxi in die Luft gejagt worden ist, kann meine Beobachtung von Bedeutung sein.«

Madeleine blieb bis sechs Uhr im Studio. Die Gäste lösten sich in fliegendem Wechsel ab. Die Polizei hatte die Bevölkerung aufgerufen, Menschenmengen zu meiden und sich im Stadtzentrum mit größter Vorsicht zu bewegen. Sämtlicher Flug- und Zugverkehr von und nach Stockholm war bis auf Weiteres eingestellt worden. Die Polizei patrouillierte mit Maschinengewehren durch das Zentrum und hatte Beamte vor den öffentlichen Gebäuden postiert. Ein Regierungssprecher hatte verlauten lassen, dass Staatsminister Stefan Löfven für sieben Uhr eine Pressekonferenz einberufen hatte. Ein Journalistenteam des *Nyhetsbladet* wartete bereits vor dem Regierungssitz Rosenbad.

Madeleine setzte sich an ihren Schreibtisch. Markus Råhde trat zu ihr und sagte mit einem matten Lächeln, er sei froh, dass sie unverletzt war.

»Willst du nach Hause fahren?«, fragte er.

»Nein, ich bleibe. Wie viele Opfer?«

»Zweiundzwanzig. Bisher. Taucher suchen im Strömmen nach weiteren Opfern. Außerdem gibt es mindestens dreizehn Schwerverletzte.«

»Weiß sonst jemand etwas darüber, was passiert ist? Was sagt die Konkurrenz?«

»Keine Sorge, wir haben die Nase vorn. In einer Viertelstunde wird Löfven reden. Unseren Quellen in Rosenbad zufolge wird er verkünden, dass es sich um eine Bombenexplosion handelt. Polizei und Säpo haben vermutlich schon die Bilder der Überwachungskameras im Hotel erhalten. Wenn wir Glück haben, veröffentlichen sie die Bilder des Mannes, den du gesehen hast. Bist du sicher, dass du dich nicht kurz ausruhen willst?«

»Ich warte bis nach der Pressekonferenz.«

Markus nickte und kehrte an seinen Platz zurück. Madeleine fuhr ihren Rechner hoch, um sich die Rede des Staatsministers anzuhören.

Nachdem er exakt sieben Minuten gesprochen hatte, verschwand Stefan Löfven, ohne die Fragen der Journalisten zu beantworten. Stattdessen ergriff der Chef der Sicherheitspolizei das Wort und zeigte Überwachungsbilder von einem Mann in einer Taxi-Stockholm-Jacke, nach dem nun landesweit gefahndet wurde.

Zwei Stunden später berief die Säpo erneut eine Pressekonferenz ein, diesmal im Präsidium auf Kungsholmen, um mitzuteilen, dass der Name des Mannes Ibrahim Chamsai lautete und es sich bei ihm höchstwahrscheinlich um den Täter handelte. Madeleine rief ihren Vater an. Er meldete sich nicht. Sie überlegte, ihre Stiefmutter anzurufen, entschied sich aber dagegen.

Als Madeleine schließlich mit dem Taxi nach Hause fuhr, war es nach zwei Uhr nachts. Streifenwagen mit Blaulicht fuhren durch das Zentrum, sonst war kein Verkehr. Auf der kompletten Heimfahrt sah sie nur vier Menschen auf der Straße. Stockholm war eine Geisterstadt geworden.

KAPITEL 36

Mitra Chamsai betrachtete die gelbe Flamme, die aus dem Feuerzeug aufstieg, dann führte sie sie an die Kuppe ihres Zeigefingers.

Sie verzog das Gesicht und nahm das Feuerzeug wieder weg. Sie hatte keine Ahnung, wo sie war. Als die Männer sie aus dem Studentenwohnheim entführt hatten, hatten sie sie gezwungen, zusammengekrümmt auf der Rückbank zu liegen. Die Autofahrt hatte keine Stunde gedauert, also konnte sie nicht weit von Stockholm entfernt sein.

Dreimal am Tag kam einer der Männer in ihr Zimmer, schnitt ihr die Handgelenkfessel durch und brachte sie die Treppe hinunter, durch die Diele und in ein kleines weiß gestrichenes WC.

Sie musste ihre Notdurft bei offener Tür verrichten, während sie sie beobachteten. Auf ihrem Weg durchs Haus kam sie an vier Fenstern vorbei. Jedes Mal warf sie einen Blick nach draußen, um sich wenigstens grob zu orientieren. Aber draußen gab es nur Wald und Wasser. Und einen schwarzen SUV. Sie meinte, es war ein Volvo.

Zweimal am Tag brachten sie ihr eine Schale Nudeln und einen Löffel, die sie auf den Schreibtisch neben dem Bett stellten. Sie aß ihre Mahlzeiten im Bett sitzend, die Schüssel auf dem Schoß, den Löffel in der linken Hand. Mitra Chamsai war sicher, dass Carl, wie er sich nannte, aus der Oberschicht stammte. Nachdem sie zuerst die Östermalmsschule besucht hatte und danach die Östra Real, wusste sie genau, an welchen Attributen man einen Typen aus der Oberschicht erkannte. Es hatte mit ihrer selbstsicheren Art, sich zu bewegen und zu reden, zu tun.

Abgesehen von dem einen Mal, als Carl ausgerastet war und sie begrapscht und dann geschlagen hatte, redeten sie kaum mit ihr. Der andere war verschlossener und nicht so leicht zu durchschauen. Mitra war sicher, dass sie nicht dieselbe soziale Herkunft hatten.

Aber was hatte die beiden dann zusammengebracht? Sie wusste nicht, warum sie sie gefangen hielten oder was sie von ihrem Vater verlangten, damit sie wieder freikam.

Die ersten Tage hatte sie ununterbrochen geweint. War in Panik geraten. Hatte gegen die Wand getreten, damit sie nach oben kamen und ihr erklärten, warum sie entführt worden war.

Danach hatte sie aufgegeben. Ihr war alles egal, selbst die Mahlzeiten, die sie ihr brachten, aß sie nicht mehr.

Aber dann lag auf dem kleinen Tisch in der Diele plötzlich das schwarze Feuerzeug. Sie hatte keine Ahnung, wie es dorthin gekommen war. Weder Carl noch der andere rochen nach Zigarettenrauch. Mitra war an dem Feuerzeug vorbei zur Toilette gegangen und hatte auf dem Rückweg den Gott angefleht, an den sie nicht glaubte, dass es noch daliegen würde, wenn sie das nächste Mal hinuntergeführt wurde.

Als sie am Abend die Treppe hinabstieg, wagte sie kaum zu atmen. Der Schweigsame ging ein paar Schritte hinter ihr. Er wirkte gestresst und nicht bei der Sache. Als sie am Tisch vorbeikam, stieß sie mit dem linken Knie dagegen, tat so, als stütze sie sich am Tisch ab, griff nach dem Feuerzeug und ging weiter.

Er hatte kaum wahrgenommen, dass sie gestolpert war.

Als sie auf der Toilette fertig war, klemmte sie sich das Feuerzeug zwischen die Pobacken und zog Unterhose und Jeans hoch. Sie schielte zu dem Mann hinüber, der im Gegensatz zu Carl immer wegschaute, wenn sie keine Hosen anhatte. Er hatte nichts bemerkt. Mitra wäre am liebsten die Treppe hochgetanzt, konnte sich jedoch beherrschen.

265

Jetzt war sie sich nicht mehr so sicher. Es würde schrecklich wehtun, die Kabelbinder anzusengen. Aber sie hatte keine andere Wahl. Es gab nur diesen einen Weg hier raus, denn Mitra wusste, dass sie sie töten würden, egal, was sie ihrem Vater versprochen hatten.

Carl Cederhielm und Fredrik Nord parkten Carls schwarzen Volvo XC90 in der Regeringsgatan im NK-Parkhaus. Während der Fahrt hatten sie kaum geredet. Beide hatten nach draußen auf die Geisterstadt geblickt, in die sich Stockholm vierundzwanzig Stunden nach dem Terroranschlag verwandelt hatte.

Es war kaum jemand unterwegs.

Und die wenigen, die auf den Beinen waren, eilten die Bürgersteige entlang. Die Geschäfte im Zentrum hatten nicht geöffnet.

Diesmal hatten sich das Establishment und die Bürger nicht versammelt, um für Nächstenliebe zu demonstrieren.

Immer wieder heulten Sirenen. Einsatzwagen der Polizei fuhren durch die Stadt, die Jagd auf Ibrahim Chamsai war in vollem Gang. Der Polizeinotruf war aufgrund der zahllosen Anrufe überlastet, und die Behörden hatten stattdessen andere Notrufnummern eingerichtet.

Wie Carl vermutet hatte, war Schweden eine Bananenrepublik, ein schwaches Land.

Wenn es darauf ankam, funktionierte nichts.

Gleichzeitig geschah etwas in diesem Land, die Schweden schwiegen nicht länger. Sie hatten kapiert, dass Demonstrationen für Toleranz und ähnliches Tamtam die Terroristen nicht stoppen konnten. Die Bevölkerung war aufgewacht aus ihrem Dämmerschlaf und lehnte sich auf gegen die Besatzer. Am Vorabend war am Medborgarplatsen auf zwei Männer eingestochen worden, die in der dortigen Moschee arbeiteten. Einer von ihnen war seinen Verletzungen erlegen, der andere schwebte in Lebensgefahr. In der Nacht waren bei vier Asylantenheimen Molotowcocktails durch die Fensterscheiben geworfen worden, und sie waren in Flammen aufgegangen. Auf Facebook wurde zum Boykott von Läden und Restaurants aufgerufen, die Muslimen gehörten. Einige Männer der Schwedenfreunde waren sogar zur Öresundbrücke gefahren, um die Autos zu kontrollieren, die aus Dänemark kamen.

Stefan Löfven und die Regierung riefen dazu auf, Ruhe zu bewahren, doch niemand hörte darauf. In wenigen Stunden, wenn die Dämmerung sich über Schweden gesenkt hatte, würden weitere Asylunterkünfte brennen, weitere Einwanderer überfallen werden. Die Bombe vor dem Grand Hôtel war der Funke, der den schwedischen Widerstand entzündet hatte.

Carl bückte sich und band den Schnürsenkel seines Nike-Sneakers strammer. Diese Bewegung war ihm zur Gewohnheit geworden, um zu prüfen, ob er verfolgt wurde. Sie gingen Richtung Treppenhaus, das aus dem Parkdeck führte.

»Wir gehen kurz vorbei, schauen uns an, wie's aussieht, und verschwinden wieder.«

»Okay.«

»Du hattest recht, Carl«, sagte Fredrik mit gesenkter Stimme. »Ich bin froh, dass wir das gemacht haben. Der Preis war zwar brutal hoch, die vielen schwedischen Menschenleben ... Aber was jetzt im ganzen Land passiert, ist großartig. Davon hat die Bewegung der Schwedenfreunde davor nicht mal zu träumen gewagt.«

Sie erreichten die Hamngatan, und weil gerade kein Auto kam, überquerten sie die Straße und liefen zum Kungsträdgården. Carl warf Fredrik einen Blick zu und nickte.

»Unsere Aufgabe besteht darin, die Grenzen des Möglichen zu erweitern. Wir sind Führungsmenschen. Führer, die den Weg aufzeigen. Durch unsere Aktionen werden sich immer mehr Menschen der Bewegung anschließen. Die Hemmschwelle der folgenden Generationen, dem Staat und den Einwanderern den Krieg zu erklären, wird niedriger sein, als es bei uns der Fall war. Wir haben ihnen den Weg bereitet«, sagte er.

Sie mussten noch einhundert Meter durch den Kungsträdgården, dann war das Grand Hôtel in Sichtweite. Je näher sie kamen, desto schneller gingen sie.

Carl war neugierig, wie das Schlachtfeld aussah. Fernsehbilder waren eine Sache, die Wirklichkeit eine ganz andere.

Die Absperrgitter begannen schon an der Strömbron. Davor drängten sich etwa fünfzig Schaulustige. Als Erstes stachen Carl die großen Kräne mit Scheinwerfern ins Auge, die in der Nacht hertransportiert worden waren. Ihr gelber Schein verlieh der Szenerie eine geradezu surreale Stimmung. Die Zerstörung war enorm. Carl war überwältigt von dem Bild, das sich ihm bot. An dem Platz, wo Ibrahim Chamsai sein Taxi abgestellt hatte, klaffte ein dunkler Krater.

Wo sich vorher Eingang und Terrasse des Grand Hôtel befunden hatten, gähnte ein tiefes Loch. Die Fassade war bis zum zweiten Stock schwarz vor Ruß. Selbst mehrere Häuserblöcke entfernt waren noch sämtliche Fenster zerborsten. Techniker in hellblauen Schutzanzügen und Masken bewegten sich in den Ruinen oder kletterten durch das Loch in der Fassade. Ausgebrannte Autos lagen auf der Seite. Taucher in schwarzer Montur arbeiteten im Strömmen. Ein Kran auf einem LKW zog einen silbernen Minibus aus dem Wasser. Carl reckte den Hals, um festzustellen, ob es darin Leichen gab.

»Hast du so was schon mal gesehen?«, flüsterte Carl Fredrik zu.

»Ja«, entgegnete Fredrik gedämpft, ohne das Grand Hôtel aus den Augen zu lassen. »In Kabul.«

Die Todesopfer waren offensichtlich schon alle abgeholt worden. Inzwischen lag die Zahl bei achtundzwanzig, konnte aber noch immer steigen, wie die Behörden mitgeteilt hatten.

Carl war unsicher, ob er das wollte. Je mehr Tote, desto größer waren Wirkung und Wut. Doch zugleich handelte es sich bei den Opfern um unbescholtene Schweden, die für die Zukunft ihres Landes ihr Leben gelassen hatten.

Zwei halbwüchsige Mädchen standen vorne an den Polizeigittern, bargen ihre Gesichter in Händen und weinten. Eine Traube von Journalisten und Fotografen drängte sich an den Absperrungen, und alle, die nicht auf Sendung waren und in eine der vielen Kameras sprachen, blickten ernst und schweigend Richtung Grand Hôtel. Carl registrierte, dass sie erschöpft und geschockt aussahen. Einige standen sicher schon seit Stunden dort. Carl erkannte ein paar von ihnen wieder. Zu ihnen gehörte auch Erik Gidlund vom *Nyhetsbladet*. Er stand vor einer Kamera, die zum Kai zeigte.

Carl legte Fredrik eine Hand auf die Schulter.

»Komm«, sagte er. »Wir haben genug gesehen.«

Als sie fünfzig Meter gegangen waren, warfen sie noch einen letzten Blick zurück auf die Zerstörung.

Mitra Chamsai weinte vor Schmerz und biss in das Kissen, das sie sich in den Mund gestopft hatte, um ihre Schreie zu ersticken. Sie saß über das Kopfende des Bettes gebeugt, das Gesicht zur Wand neben dem Fenster gedreht, und hielt die Flamme unter ihr Handgelenk. Im Zimmer roch es nach Schwefel, ihre Haut hatte Blasen und Brandwunden. Ihr ganzer Arm fühlte sich taub an. Sie ließ die Flamme erlöschen und besah sich das Ergebnis.

Mitra legte das Feuerzeug beiseite und versuchte, ihre Hand aus der Schlaufe zu ziehen. Sie schrie laut auf, als das Kabel in die verbrannte Haut einschnitt. Aber es lockerte sich nicht. Noch nicht.

269

Wie lange würde es dauern, bis sie zurückkamen?

Sie rammte ihre Zähne in das Kissen und führte erneut die Flamme an den Kabelbinder.

Carl setzte Fredrik vor seiner Wohnung in Årsta ab. Er wollte sich frische Kleider holen. Sie hatten entschieden, dass sie in Carls Wohnung bleiben würden, sowie sie Mitra Chamsai aus dem Weg geräumt hatten. Das Sommerhaus auf Djurö würde ihnen als Lager und Versteck dienen, falls etwas nicht nach Plan verlief. Carls Vater war seit Jahren nicht mehr dort gewesen, und die Wahrscheinlichkeit, dass er mitten im Winter hinfahren würde, ging gegen null.

Carl hielt den Blick auf die gelbe Haustür geheftet, durch die Fredrik verschwunden war. Daneben stand ein Mülleimer, der vor Abfall überquoll. Das ganze Viertel war völlig heruntergekommen.

Vielleicht, überlegte Carl, kann ich einen Teil des Geldes von den Konten, die Vater im Ausland eröffnet hat, in eine Wohnung in der Innenstadt stecken, die ich dann an Fredrik vermiete. Sein Vater hatte die sechsstelligen Transaktionen, die Carl getätigt hatte, noch nicht bemerkt.

Fredrik war für Carl wie ein kleiner Bruder. Er wollte ihn nicht in diesem Getto dahinvegetieren lassen. Er ist mehr wert, nach all den Opfern, die er gebracht hat, dachte Carl, als Fredrik wieder aus der Tür trat, eine Sporttasche über der Schulter. Er warf die Tasche auf die Rückbank und sprang ins Auto. Die Sonne war längst untergegangen.

Es war halb elf, in einer Dreiviertelstunde würden sie wieder auf Djurö sein. Carl hatte gute Laune. Fredrik war einer der wenigen Menschen, in deren Gesellschaft er sich wohlfühlte.

Sie brauchten nicht zu reden, sie verstanden sich auch so. Sie waren Brüder.

Mitra Chamsai schrie laut auf, aber es konnte sie ohnehin niemand hören.

Kurz zuvor hatte sie das Kissen quer durch den Raum geschleudert, jetzt lag es an der Tür. Wollte sie jemals ihre Eltern wiedersehen, musste sie weitermachen, der höllischen Schmerzen zum Trotz. Sie war allein in der Hütte, und es kam ihr vor, als würde die Tatsache, dass sie so laut schreien konnte, wie sie wollte, die Qual, das eigene Fleisch zu verbrennen, lindern. Endlich hatte der Kunststoff der Fessel zu schmelzen begonnen, aber nun lief das flüssige Plastik in die versengte Haut am Handgelenk.

Sie erinnerte sich kurz daran, wie sie sich als Zehnjährige im Vanadisbad den Arm gebrochen hatte. Der Schmerz damals war nichts gewesen gegen den von jetzt.

Dass sie ihn trotzdem aushielt, machte sie irgendwie stolz. Die Würde, die ihr abhandengekommen war, weil sie sich den Monstern beugen musste, die sie gefangen hielten, weil sie sich nicht hatte wehren können, als Carl sie begrapscht hatte, war zu ihr zurückgekehrt.

»Okay, Mitra«, keuchte sie hörbar. »Jetzt brennst du noch den Rest weg, und dann haust du ab.«

Zwei Sekunden später schrie sie ein letztes Mal auf, nach weiteren zwanzig Sekunden war das Band ganz geschmolzen oder hatte sich mit ihrer Haut verbunden.

Sie war endlich frei.

Sie fuhren zum Max-Schnellrestaurant und kamen kurz vor Ladenschluss an. Carl parkte auf dem leeren Kundenparkplatz und beschloss, die Wohnungsfrage anzusprechen.

»Mein Vater hat im Ausland mehrere Konten auf meinen Namen laufen«, sagte Carl. »Das Geld für unsere Aktionen stammt von diesen Konten. Mit einem anderen Teil will ich eine Wohnung für dich kaufen. Wir kaufen sie auf meinen Namen, und du kannst sie dann von mir mieten.«

Fredrik ließ seinen Blick über das Industriegebiet schweifen, das vor ihnen lag.

»Ich weiß nicht, was ich sagen soll, Carl. Das brauchst du nicht zu tun. Ich …«

»Du musst jetzt nichts sagen. Ich will das machen, du hast mehr als irgendjemand sonst für unser Land geopfert. Morgen fange ich an, nach einer geeigneten Wohnung für dich zu suchen.«

Mitra Chamsai zerrte den weißen Bezug vom Kopfkissen, wickelte ihn sich um die verletzte Hand und rannte die Treppe hinunter in die Küche. Sie machte die Deckenlampe an. Auf dem Tisch lagen einige Schachteln mit Mobiltelefonen, in einer Tüte daneben mehrere SIM-Karten. Sie griff sich eine der Schachteln und zog eine SIM-Karte aus der Tüte. Sie hatte nie gehört, dass im Haus ein Festnetztelefon geklingelt hatte, und ging deshalb davon aus, dass es auch keines gab. Weg, du musst weg, dachte sie. Sie machte die Haustür auf. Draußen war es stockfinster.

Ihr schlug Kälte entgegen. Sie holte tief Luft, blickte auf ihre Füße und stellte fest, dass sie barfuß war. Sie wusste nicht, wie lange sie gehen musste, bis sie in Sicherheit war. Mitra fluchte, nahm sich eine weite Winterjacke und ein paar große Gummistiefel und hastete über den gefrorenen Rasen. Hinter ihr führte eine Straße in den Wald, vor ihr erstreckte sich das Wasser. Sie begann zu rennen und hielt immer wieder inne, um sich zu orientieren. Ihr Atem ging schwer. Wo war sie? Der Weg führte immer tiefer in den Wald hinein. Andere Häuser gab es hier nicht. Im Laufen versuchte sie mit ihrer unversehrten Hand, die Schachtel mit dem Mobiltelefon zu öffnen. Schließlich gelang es ihr, sie hielt das Telefon hoch und hoffte, dass man es nicht zuerst aufladen musste, bevor man es benutzen konnte. Mitra schaltete es ein, und das Display wurde hell. Sie stieß einen Juchzer aus und rannte weiter.

Nach fünfhundert Metern hatte sie einen kleinen Hügel hinter sich gelassen und sah das erste Haus. Es lag im Dunkeln.

Und es stand auch kein Auto davor. Sie lief trotzdem auf die Haustür zu, klopfte und schrie. Aber es machte niemand auf. Sie spähte durch ein Fenster und musste einsehen, dass niemand zu Hause war. Sie beschloss, sich von der Straße fernzuhalten und parallel zu ihr im Waldesinnern weiterzugehen. Carl oder der andere konnte jeden Moment hier vorbeifahren, und dann wären all ihre Mühen vergebens gewesen. Sie wagte sich gar nicht auszumalen, was Carl mit ihr anstellen würde, wenn sie ihm in die Fänge lief.

Doch zuerst musste sie sich ausruhen. Sie querte die Straße und verschwand zwischen den Bäumen. Dort blieb sie stehen und legte mit zitternden Fingern die SIM-Karte ein. Sie fluchte ein paarmal laut, aber schließlich gelang es ihr. Der PIN-Code stand auf der Verpackung: 0982. Mitra gab die Ziffern ein.

»Bitte, bitte funktionier«, beschwor sie das Gerät und wartete auf ein Signal.

Das Netz war einwandfrei. Sie gab die 112 ein und ging weiter. Plötzlich hörte sie Motorengeräusche, die sich näherten, dann sah sie zwei Scheinwerfer.

Sie warf sich auf den Boden und wagte kaum zu atmen.

»Hast du das Licht in der Küche angelassen?«, fragte Carl mit gerunzelter Stirn, während sie durch den Garten gingen.

»Nein, ich mach's immer aus«, erwiderte Fredrik und sah zum Küchenfenster.

Die Haustür stand offen. Sie gingen schneller. Fredrik zog seine Pistole aus dem Hosenbund. Carl lief sofort in den ersten Stock rauf.

»Sie ist weg«, brüllte er.

Fredrik suchte das Erdgeschoss ab.

»Die kleine Schlampe«, schrie Carl. »Sie muss die Kabelbinder durchgebrannt haben. Im ganzen Haus riecht es nach verbranntem Plastik. Wo hatte sie ein Feuerzeug her, verdammt?«

Er kam die Treppe herunter, das Telefon am Ohr, und verpasste einer Schranktür einen Tritt.

»Ich sage Lars, er soll herkommen, wir müssen sie suchen. Wenn sie sich bei der Polizei meldet, kannst du unseren Plan vergessen. Sie kann alles kaputt machen.«

Carl bekam Panik.

»Lars müsste schon auf dem Weg hierher sein«, sagte Fredrik.

Carl warf einen Blick auf die Uhr, sie zeigte ein Uhr nachts an.

»Ich sage ihm, er soll sich beeilen. Dann gehen wir raus, du und ich. Wir müssen sie heute Nacht noch finden«, sagte er.

Mitra Chamsai versuchte, im Gehen zu telefonieren. Es hatte zu regnen begonnen. Die Notrufnummer war tot. Sie probierte es fünf, sechs Mal ohne Erfolg. Sie schüttelte den Kopf und zog die Jacke fester um sich. Dann rief sie ihren Vater an, aber sein Telefon war ausgeschaltet. Das ihrer Mutter genauso. Das waren die einzigen Nummern, die sie auswendig wusste.

In der Ferne tauchten weitere Häuser auf, sie ließ den Wald hinter sich und erreichte eine asphaltierte Straße.

Sie folgte ihr.

Wen sollte sie anrufen? Warum funktionierte die 112 nicht? Es war ihr unerklärlich. Ihr Atem ging schneller, sie schluckte die aufsteigende Panik hinunter. Ein Stück entfernt erblickte sie einen ICA-Supermarkt, einen Parkplatz und eine Bushaltestelle. Sie wankte darauf zu. Sah sich die Karte an. Djurö, da war sie also. Sie ging zum Supermarkt und sah durch die Fensterscheibe. Es brannte kein Licht. Dann fiel ihr Blick auf das Plakat, das am Fenster klebte.

IST ER DER GESUCHTE
GRAND-HÔTEL-ATTENTÄTER?

Das unscharfe Foto zeigte, wie ein Mann durch eine Hotellobby ging. Mitra trat näher und schnappte nach Luft. Sie schlug sich die Hand vor den Mund, sie musste würgen. Der Mann auf dem Foto war ihr Vater. Sie musste sich an der Wand abstützen, während sie sich nach einer Sitzgelegenheit umsah. Ihr war übel, in ihren Ohren dröhnte es. Der Boden schwankte unter ihren Füßen. Ein paar Meter weiter gab es eine Bank unter dem vorstehenden Dach.

Mitra setzte sich, ihr Blick ging ins Leere. Die Erleichterung darüber, frei zu sein, war wie weggeblasen. Die Energie, die sie eben noch gefühlt hatte, war mit einem Mal von ihr abgefallen. All ihre Glieder fühlten sich bleischwer an. Der Regen ging nieder, und ihr kamen die Tränen.

Sie angelte das Mobiltelefon aus ihrer Jeanstasche und förderte dabei einen kleinen Zettel zutage. Sie las, was darauf stand, und ihr Herz tat einen Freudensprung – endlich hatte sie Glück.

Es war die Visitenkarte von Lars Nilsson, dem Polizisten, der

275

die Anzeige ihres Vaters aufgenommen hatte. Auf der Karte stand die Nummer seines Diensthandys.

»Wir müssen sofort los«, entschied Carl, als Lars in die Küche trat. »Nichts, außer sie zu finden, spielt jetzt eine Rolle. Es ist alles vorbei, wenn wir sie nicht finden. Kapiert ihr das?«

Fredrik und Lars nickten. Carl konnte es nicht fassen, wie die beiden so ruhig bleiben konnten. Er selbst war kurz vor der Schnappatmung. Begriffen sie denn nicht, was da gerade passierte? Aber gleichzeitig schämte er sich, er war nicht gern derjenige, der am schnellsten nervös wurde. Schließlich war er ihr Anführer.

»Wenn sie jemandem erzählt, dass sie entführt worden ist, kann die Polizei uns drankriegen. Dann kommt raus, dass wir den Araber zu der Tat gezwungen haben. Und dann haben wir für nichts und wieder nichts gekämpft«, sagte er mit etwas festerer Stimme.

»Das wird auch nicht besser, indem ...«, begann Lars, aber wurde von seinem Mobiltelefon unterbrochen.

Fredrik und Carl starrten ihn an, während er seine Jackentaschen abklopfte. Dann fand er sein Telefon und blickte auf das Display, runzelte die Stirn und nahm das Gespräch an.

Der Polizist riss die Augen auf. Das Telefonat dauerte nur dreizehn Sekunden, ehe er »Bleib, wo du bist« sagte und auflegte.

»Wer war das?«, knurrte Carl.

Lars erwiderte seinen Blick, dann grinste er.

»Mitra Chamsai.«

KAPITEL 37

Über Stockholm war der Belagerungszustand verhängt worden, so schien es jedenfalls.

Einsatzfahrzeuge fuhren durch die Straßen, Polizeikräfte mit Maschinengewehren patrouillierten an den U-Bahn-Haltestellen und in den Einkaufszentren. August hatte vor ein paar Tagen schwedischen Boden betreten, aber zu dem, was um ihn herum passierte, hatte er keinen Bezug.

Er nahm die Geschehnisse als Unbeteiligter wahr und verfolgte die Jagd auf den Terroristen Ibrahim Chamsai nur sporadisch in den Medien. Nachdem August gelandet war, hatte er im Nobis Hotel am Norrmalmstorg eingecheckt. Er hatte die Detonation gehört – der Knall war durch die gesamte Innenstadt gehallt. Von seinem Hotelzimmer aus hatte er die Einsatzfahrzeuge sehen können, die mit heulenden Sirenen zum Ort des Anschlags gefahren waren.

Eine Stunde nach der Explosion hatte August beobachtet, wie die Menschen geisterhaft über den Norrmalmstorg geirrt waren. Sie standen unter Schock, waren blutüberströmt und desorientiert, ihre Kleider waren schmutzig. August hatte sofort entschieden, das Grand Hôtel zu meiden.

Was Bomben mit Gebäuden und Menschen anrichten konnten, wusste er nur zu gut. Nach der Explosion waren die Geschäfte und Lokale im Zentrum geschlossen geblieben. Polizei und Behörden hatten die Stockholmer dazu aufgerufen, Menschenmengen zu meiden. Die Stadt lebte in der Angst, Ibrahim Chamsai könne jeden Moment wieder zuschlagen.

Mitten in dem Chaos beschloss August, mit Leandro Lopez, seinem Freund aus Kindertagen, Kontakt aufzunehmen.

Er richtete ein Fake-Profil bei Facebook ein, verzichtete auf ein Profilbild und schrieb Leandro, dass er wieder in Schweden war.

August fuhr mit der U-Bahn zur Slussen.

Am Götgatsbacken spielte ein langhaariger Mann auf einer Gitarre mit Stahlsaiten *Streets of London*. Vereinzelte Passanten eilten vorbei. August hörte eine Weile zu, bückte sich und legte einen Fünfzig-Kronen-Schein in den Gitarrenkoffer, der vor dem Mann stand. Dann ging er Richtung Medborgarplatsen.

Im Gröne Jägaren saß Leandro bereits in einer Nische, vor ihm standen zwei Biergläser. Als er August entdeckte, sprang er auf und begrüßte ihn mit offenen Armen. Sein Freund trug Jeans und ein schwarzes T-Shirt. Die muskulösen Arme waren mit Tätowierungen bedeckt, der Schädel fast kahl rasiert. Narben in den raspelkurzen Haaren zeugten davon, dass das Leben nicht immer gut zu ihm gewesen war. Sie umarmten sich lange.

August schluckte und hatte Mühe, die Tränen zurückzuhalten. Leandro verströmte den gleichen Duft wie früher. Jedes Mal, wenn er bei Familie Lopez in Farsta durch die Tür getreten war, war er ihm entgegengeschlagen. Sie nahmen am Tisch Platz. Keiner von ihnen hatte bisher ein Wort gesagt.

»Ich glaub's nicht. Zehn Jahre«, sagte Leandro schließlich. »Zehn verdammte Jahre.«

August nahm einen Schluck Bier, um sich zu sammeln.

»Es war ein langer Urlaub«, sagte er dann. »Wie geht es dir und deiner Familie?«

»Denen geht's allen gut. Meine alten Herrschaften wohnen immer noch in Farsta. Ich habe ihnen erzählt, dass du wieder hier bist, und meine Mutter ist ein bisschen enttäuscht, weil du nicht vorbeigekommen bist. Pamela und Fernanda sind schon lange zu Hause ausgezogen. Und sie sind jetzt Mütter.«

»Die kleinen Schwestern sind gar nicht mehr so klein«, sagte August lachend. »Und du?«

»Ich bin Vater geworden, kannst du dir das vorstellen? Eine Tochter, Patricia. Sie ist zehn Monate alt und ein Engel.«

August hob das Bierglas, sie stießen an, und Leandro trank ein paar große Schlucke.

»Und wo hast du dich rumgetrieben?«, fragte Leandro und stellte das Bierglas wieder ab. Dann lachte er und fügte hinzu: »In der Fremdenlegion, oder?«

»Fünf Jahre auf Korsika. Fallschirmjäger«, erwiderte August rasch.

Leandro riss die Augen auf.

»Machst du Witze?«

»Nein.«

»Hätte ich mir eigentlich denken können. Wie war's?«

August dachte nach. Ihm war klar, dass er sich daran gewöhnen musste, Fragen über seine Zeit als Fremdenlegionär zu beantworten.

»Du und ich, wir sind in Farsta rumgesprungen und haben uns für obercool gehalten«, sagte er und lachte. »Aber man kommt sich nicht mehr sonderlich cool vor, wenn ein Gangsterboss aus Marseille eine Glasflasche köpft und sie dir an den Hals drückt, weil du beim Poker gegen ihn gewonnen hast. Das war eine andere Liga.«

»Und wo haben sie dich hingeschickt?«

»Afghanistan und Mali. Ein paar kleinere Einsätze in Bagdad.«

»Shit. Bist du verwundet worden?«, fragte Leandro und beugte sich über den Tisch.

»Ja, in Afghanistan«, sagte August und klopfte sich auf die linke Schulter.

»Verdammt. Und was hast du nach den fünf Jahren Fremdenlegion gemacht?«

»Kennst du Blackwater?«

Leandro nickte.

»Die amerikanische Privatarmee.«

»Genau. Drei Jahre habe ich für die gearbeitet. Zuerst in Bagdad, wo ich Diplomaten und Unternehmer, die dort zu Besuch waren, beschützt habe. Danach haben sie mich nach Kolumbien geschickt, wo wir die Regierung im Kampf gegen die Drogenkartelle unterstützt haben.«

»Krass ... du hast dich mit Pablo Escobars alten Freunden geprügelt?«, fragte Leandro ungläubig. »Im Ernst?«

»Eher mit seinen alten Feinden. Aber ja, mit dem Mendoza-Clan und dem Cali-Kartell.«

Leandro lehnte sich zurück und machte eine ausholende Geste.

»Und ich dachte, du wärst überrascht, wenn ich dir erzähle, dass ich Türsteher bei der Sturecompagniet bin. Und warum bist du jetzt wieder nach Hause gekommen?«

Wie viel konnte er Leandro erzählen? Alles, eigentlich. Aber er war noch nicht so weit, über die Geschehnisse in Vallenar und über Valerias Tod zu reden.

»Es war einfach an der Zeit.«

Leandro beugte sich wieder über den Tisch.

»Als sie mich eingebuchtet haben, bevor du weg bist ... Du weißt, dass ich kein Wort gesagt habe über dich. Oder?«

»Ich weiß. Da habe ich mir nie Sorgen gemacht. Wie ist es dir denn ergangen?«

»Drei Jahre habe ich gekriegt. Aber ich habe dann noch mal gesessen wegen einer Lappalie. Meine Mutter war völlig außer sich. Als ich nach eineinhalb Jahren wieder draußen war, hat es mir gereicht. Zeit, erwachsen zu werden. Ich habe Camilla, Patricias Mama, kennengelernt und in der Hästhagschule als Hausmeister angefangen. Das Geld war wirklich nicht der Rede wert, aber immerhin ehrlich verdient.«

Leandro sah auf, als die Bedienung an ihrem Tisch vorbeikam. Er hielt zwei Finger hoch und zeigte auf die Biergläser, die fast leer waren.

»Und jetzt?«, fragte August.

»Ich arbeite als Türsteher für verschiedene Clubs in der Innenstadt. Das ist okay, man tut, was man kann.«

»Wir sind beide älter geworden.«

Die Bedienung kam mit zwei neuen Biergläsern zurück und stellte sie auf den Tisch. Leandro nahm einen Schluck und sah August mit ernster Miene an.

»Ich ... ich weiß nicht recht, wie ich dir das sagen soll, also sag ich's einfach. Helena, deine Mutter, ist tot.«

»Ich habe nicht mal versucht, sie zu erreichen, seit ich wieder hier bin. Aber ich hab mir so was fast gedacht.«

»Es tut mir wirklich leid.«

»Wie ist sie gestorben?«

»Sie hatte Krebs. Sie hat die Diagnose eine Weile nach deiner Abreise bekommen. Aber nach ein paar Monaten hatte sie es überstanden. Sie war ja schon ziemlich geschwächt. Meine Mutter war am Schluss oft bei ihr.«

August senkte den Blick.

»Eigentlich hätte ich bei meiner Mutter sitzen sollen.«

»Sie hat oft nach dir gefragt«, sagte Leandro, ohne darauf einzugehen. »Sie hat einen Brief für dich hinterlassen, meine Mutter hat ihn aufbewahrt. Sie ist auch auf die Beerdigung gegangen. Ich habe ja gesessen. Helena liegt auf dem Waldfriedhof. Wenn du willst, gehen wir zusammen hin und besuchen sie ... Oder wie das heißt.«

»Mal sehen.«

August erhob sich, um zur Toilette zu gehen. Leandro deutete an, in welcher Richtung die Herrentoiletten lagen. August kam an einem Blackjack-Tisch vorbei, an dem ein Croupier Löcher in die Luft starrte, ging eine schmale Treppe hinunter und dann links.

Im Pissoir war niemand.

August betrachtete sein Gesicht im Spiegel und versuchte zu

begreifen, was er fühlte. Nichts, stellte er fest. Er hatte mit dieser Nachricht gerechnet.

Plötzlich tauchte Valerias Gesicht vor seinem inneren Auge auf. Es war noch gar nicht lange her, da hatten sie zusammen auf der Terrasse gesessen, auf die Olivenbäume geblickt und über ihr Kind gesprochen.

August kam zum Tisch zurück.

»Ich bin echt froh, dass du wieder da bist, August«, sagte Leandro, als er sich setzte. »Hast du einen Plan?«

»Offen gestanden, nein. Ich habe keine Ahnung. Können wir das nicht später noch bereden?«

»Klar, kein Stress. Aber du musst unbedingt Camilla und Patricia kennenlernen.«

»Sehr gerne«, erwiderte August.

Leandro griff nach seinem Mobiltelefon, das schon die ganze Zeit auf dem Tisch gelegen hatte, und streckte es August entgegen.

»Das sind sie.«

Das Foto zeigte ein kleines Mädchen mit pechschwarzen Haaren und großen dunklen Augen. Hinter ihr lachte eine hübsche blonde Frau in die Kamera. August lächelte.

»Ich verstehe, dass du stolz bist.«

»Mehr als das ... Eigentlich kann ich das gar nicht beschreiben. Alles andere spielt jetzt überhaupt keine Rolle mehr«, sagte Leandro, ließ seinen Blick kurz auf dem Bild ruhen und legte dann das Telefon wieder auf den Tisch. »Hast du Kinder?«

August schüttelte abrupt den Kopf. Leandro zögerte. War ihm aufgefallen, dass Augusts Blick unsicher geflackert hatte? Vermutlich. Er kannte ihn besser als jeder andere. Eigentlich, dachte August, sollte ich ihm von Valeria erzählen.

»Hast du mit Amanda gesprochen?«, fragte Leandro.

August überraschte diese Frage, aber er ließ sich nichts anmerken.

»Wir wollen uns sogar treffen«, gab er zurück und spürte, dass er rot wurde. »Ich habe mit ihr Kontakt aufgenommen, genauso wie mit dir.«

Leandro blickte sich im Lokal um, als wollte er sichergehen, dass niemand zuhörte.

»Du weißt schon, dass sie jetzt berühmt ist?«

»Berühmt?«

»Sie arbeitet ja in den Medien. Beim *Nyhetsbladet.* Und ich habe sie auch schon im Frühstücksfernsehen gesehen, oder wie das heißt. Camilla war schwer beeindruckt, als ich ihr erzählt habe, dass ich sie von früher kenne«, sagte Leandro mit einem Zwinkern.

August führte sein Glas zum Mund.

»Ich weiß. Ich bin immer einigermaßen auf dem Laufenden geblieben.«

»Stell dir vor, das mit euch wird wieder was«, sagte Leandro begeistert. »Was für eine Story wäre das, nach all den Jahren.«

»Sie ist verheiratet und hat ein Kind.«

»Das wird sich dann ja zeigen, wenn Mr. Fremdenlegion nach Hause kommt. Wann trefft ihr euch?«

»Am Samstag.«

»Sehr gut, aber am besten am Abend. Meine Mutter will, dass du bei ihr vorbeikommst und mit uns zu Mittag isst. Wenn du nicht kommst, wird sie wirklich enttäuscht sein. Du weißt, dass du wie ein Sohn für sie bist.«

»Ist doch klar, dass ich komme.«

KAPITEL 38

Madeleine Winther ließ unbewusst die Hand über ihren Bauch gleiten, ehe sie sich dabei ertappte und sie auf den Schreibtisch legte. Sie seufzte. Die Stimmung am Nachrichtentresen war aufgeheizt. Den polizeilichen Quellen zufolge befand sich die Fahndung nach Ibrahim Chamsai in der Endphase.

Die Nationalen Einsatzkräfte waren in einem Waldstück auf Lidingö im Einsatz, wo eine von der Polizei als glaubwürdig eingestufte Person Ibrahim Chamsai vor einer guten Stunde beobachtet hatte. Zwei Kamerateams der Zeitung waren unterwegs dorthin. Nachrichtenchef Ingvar Hellström brüllte in sein Telefon, dass die Speichelfäden flogen. Madeleine ließ das alles kalt.

Sie stand ja auch sprichwörtlich in der Kälte. Markus Råhde sorgte dafür, dass sie nicht mal in die Nähe einer Meldung kam, die mit der Jagd auf den Terroristen zu tun hatte. Offiziell begründete er das damit, dass Madeleine selbst Opfer war, aber auf diese Erklärung gab sie nichts.

Ihre Rolle als Zaungast sollte nur vorübergehend sein. Doch wenn sie wieder in die Wärme zurückwollte, musste sie Markus Råhde noch einmal um den Finger wickeln. Und alles dafür tun, dass er ihr den Film überließ, damit sie wieder nach vorne blicken konnte, damit sie wieder unerpressbar war.

Sie setzte sich an ihren Rechner, rief das Mailprogramm auf und klickte markus.rahde@nyhetsbladet.se an. Es war an der Zeit, verliebt zu spielen.

»Ich vermisse dich«, schrieb sie und klickte auf »Senden«.

Sie lächelte, als er keine Minute später zu ihrem Schreibtisch hinübersah. Es brauchte ein bisschen Zeit, aber Madeleine war überzeugt, dass sie Erfolg haben würde.

Erik Gidlund zufolge hatte Petra Nyman ihren Mann zu Hause rausgeworfen. Die Nächte, die er nicht im Hotel übernachtete, schlief er in der Redaktion. Er war einsam und verwundbar. Er würde seinen Stolz hinunterschlucken und bei Madeleine angekrochen kommen – schließlich war er in sie verliebt. Und sie würde mitspielen und so verliebt tun wie am Anfang.

Aber zuerst würde Madeleine die große politische Meldung vom Stapel lassen. Ihrem Informanten bei den Moderaten zufolge plante die Opposition zusammen mit den Schwedendemokraten ein Misstrauensvotum gegen den Staatsminister, sobald die Jagd auf Ibrahim Chamsai beendet war.

Das klang plausibel. Mittags würde das Meinungsforschungsinstitut Sifo die vom *Nyhetsbladet* in Auftrag gegebene Vertrauensumfrage präsentieren. Laut Nachrichtenchef, dem die vorläufigen Zahlen bereits vorlagen, brachten nur 7,3 Prozent der Befragten Stefan Löfven ihr Vertrauen entgegen. Das war das schwächste Ergebnis, das ein schwedischer Staatsminister jemals erzielt hatte. Schweden hatte die Asylgesetze verschärft und unbefristete Aufenthaltsgenehmigungen in befristete umgewandelt. Für das Aufspüren illegaler Einwanderer standen der Polizei größere Ressourcen zur Verfügung. Und dennoch hatte ein weiterer Terroranschlag das Land erschüttert. Die Schweden waren der Flüchtlinge, der missglückten Integration und der rotgrünen Regierung überdrüssig. Und nach dem jüngsten Anschlag hatte ihr Unmut einen neuen Höhepunkt erreicht.

Als Ingvar Hellström aufstand, um sich einen Kaffee zu holen, eilte Madeleine ihm nach, um ihm ihre Informationen zu präsentieren.

»Das ist eine Superstory, Madeleine, vorausgesetzt, sie stimmt. Aber wenn wir daraus einen Artikel machen wollen, brauchen wir Zitate, die wir drucken dürfen. Sowohl von den Schwedendemokraten als auch von einer Koalitionspartei«, sagte der Nachrichtenchef und drehte seinen Kaffeebecher in der Hand.

»Das könnte schwierig werden.«

Madeleine spürte sofort ihren Mut sinken.

Sie wusste, dass ihr Informant sich auf keinen Fall öffentlich zu erkennen geben würde, und sie wusste auch nicht, wer sich sonst dazu bewegen lassen würde – zu viel stand auf dem Spiel.

»Nur so können wir das bringen. Wir dürfen uns keinen Fehler erlauben, wenn es um ein Misstrauensvotum gegen den Staatsminister geht«, sagte er resolut. »Ist deine Quelle sich wirklich sicher, dass die Zentrumspartei da mitmacht?«

»Absolut sicher«, gab Madeleine düster zurück. »Aber es ist ausgeschlossen, dass mein Informant unter seinem richtigen Namen an die Öffentlichkeit geht.«

»Tu, was du kannst.«

Ingvar Hellström nickte ihr zu und ging.

Keine anonymen Quellen, keine Informanten.

Das war ein Ding der Unmöglichkeit. Der Vertreter einer Partei, der die Sache zu diesem Zeitpunkt bestätigte, würde von der Regierung umgehend beschuldigt werden, die Tragödie vom Grand Hôtel für seine Zwecke auszuschlachten.

Madeleine nahm ihr Telefon zur Hand und rief den Pressechef der Schwedendemokraten, Linus Fahlström, an.

»Können wir zuerst *off the record* reden?«, fragte er, nachdem sie ihr Anliegen geschildert hatte.

»Ja«, entgegnete Madeleine. »Zunächst schon. Aber für eine Veröffentlichung benötige ich eine Bestätigung von jemandem in einer entsprechend kompetenten Position. Du kannst da nicht irgendeinen Kommunalpolitiker vorschicken. Das reicht nicht.«

Es entstand eine Pause.

Sie hörte ihn eine Tür schließen.

»Okay«, sagte er dann. »Ich erzähle dir, was los ist. Aber du zitierst mich nicht.«

»Versprochen.«

»Unser Parteivorsitzender hat sich gestern mit seiner Kollegin von den Christdemokraten getroffen. Wir lassen die Verhandlungen über die beiden laufen, weil sie nicht so in der Schusslinie stehen wie die anderen. Die Moderaten sind bereits an Bord. Das war auch schon vor dem Anschlag vom Grand Hôtel der Fall. Ihr seid ganz schön spät dran«, freute er sich.

»Wo hat das Treffen stattgefunden?«, fragte Madeleine und überging seinen provokanten Tonfall.

»Bei ihm zu Hause.«

»In seiner Wohnung im Regierungssitz?«, rief Madeleine überrascht aus.

»Nein, da doch nicht. In Sölvesborg.«

»Gibt es davon Fotos?«

»Nein, natürlich nicht.«

Madeleine seufzte.

»Was wollt ihr damit eigentlich bezwecken?«

Linus Fahlström lachte leise.

»Ist das nicht offensichtlich? Der Vorsitzende der Moderaten wird Staatsminister und bildet, gesetzt den Fall, die Meinungsumfrage stimmt, eine Minderheitenregierung mit den anderen Koalitionsparteien. Wir bleiben in der Opposition, aber die Berührungsängste mit uns sind komplett vom Tisch.«

Madeleine holte tief Luft. Das war ganz klar ein Scoop und genau das, was sie jetzt brauchte.

»Wer muss noch überzeugt werden?«, wollte sie wissen.

»Die Zentrumspartei mauert. Und die Volkspartei, ich meine die Liberalen, haben ja das eine oder andere Lager, das nicht mit uns in Verbindung gebracht werden will. Der Parteivorsitzende hat Angst vor einem Bürgerkrieg. Aber genau das wollen die Wähler, und sie lassen sich von den Meinungsumfragen beeinflussen.«

»Und wenn sich die Liberalen und die Zentrumspartei weigern?«

»Dann versuchen wir, die Moderaten und die Christdemokraten dazu zu bringen, nach den Neuwahlen mit uns die Regierung zu bilden. So, wie es jetzt aussieht, ist es nicht ausgeschlossen, dass wir eine Mehrheitsregierung stellen. Vorausgesetzt, die Christdemokraten schaffen die Vier-Prozent-Hürde. Aber die Moderaten bevorzugen natürlich die Zentrumspartei und die Liberalen.«

Das war höchst brisant. Aber Madeleine musste auf dem Teppich bleiben. Aus dem Plan B konnte sie einen hervorragenden Folgeartikel machen. Sie dachte nach. Sie brauchte Zitate, die sie veröffentlichen konnte. Die einzige andere Möglichkeit war, dass die Story zumindest nicht dementiert wurde.

»Können wir das so machen, dass ich bestenfalls euren Parteivorsitzenden oder aber wenigstens einen eurer Abgeordneten mit der Information über das Treffen in Sölvesborg konfrontiere? Ich lasse nicht locker, bitte schließlich um ein Dementi, er aber gibt keinen Kommentar ab?«

Sie sagten beide nichts.

»Ich muss das checken«, sagte Linus Fahlström dann unsicher. »Klingt aber nicht völlig unmöglich. Schließlich wollen wir die Sache aus verständlichen Gründen ja selber beschleunigen.«

»Schön. Ich mache richtig Druck und habe das Fernsehen dabei. Du musst denjenigen, den ich treffe, darauf vorbereiten. Rufst du zurück, oder soll ich mich in einer Stunde wieder melden?«

»Gib mir eine halbe Stunde«, entgegnete der Pressesprecher und legte auf. Das war viel einfacher als erwartet, dachte Madeleine, während sie Markus Råhde von seiner Kaffeepause zurückkommen sah. Er sah wirklich mitgenommen aus. Sein Hemd war zerknittert, seine Augen blutunterlaufen und geschwollen. Er sah zu Boden und mied ihren Blick. Fast tat er Madeleine sogar leid.

Ihr Telefon klingelte. Es war Linus Fahlström. Es waren keine drei Minuten vergangen.

»Hej noch mal«, sagte er fröhlich. »Ich habe unseren Vorsitzenden eben erreicht. In zwei Stunden landet er in Bromma. Er gibt dir einen Kommentar, wenn du hinfährst und ihn abfängst.«

Madeleine bedankte sich. Als sie aufgelegt hatte, ballte sie die Faust im Triumph. Markus versuchte, sie mundtot zu machen und aus allem rauszuhalten, aber sie saß auf politischem Sprengstoff. Ein Misstrauensvotum und die Schwedendemokraten als Unterstützer. Das war politische Geschichte, das war schwedische Geschichte. Vielleicht würde dieser Tag viel besser, als sie zu hoffen gewagt hatte.

Vor der Ankunftshalle in Bromma traf sie auf den Parteivorsitzenden der Schwedendemokraten. Er grüßte sie professionell, rückte seine Brille zurecht und erkundigte sich nach ihrem Befinden.

»Ich bin froh, dass es Ihnen gut geht«, sagte er und sah ihr in die Augen, nachdem sie versichert hatte, dass alles in Ordnung war. Dass ihr Vater noch im Krankenhaus lag, behielt sie für sich.

Madeleine fühlte sich von ihm angezogen. Nicht, wenn sie ihn im Fernsehen oder auf Fotos sah, aber bei jeder ihrer bisherigen Begegnungen hatte sie ein Kribbeln im Bauch gespürt, wenn er sie angesehen hatte.

Sie fragte sich, ob er genauso empfand. Sie vermutete es, denn die meisten Männer gingen in ihren Fantasien mit ihr ins Bett.

Die Personenschützer sahen sich wachsam um. Eine Menschentraube hatte sich um sie gebildet. Der Parteivorsitzende seufzte und zog den Schlipsknoten fester.

»Am besten fangen wir gleich an«, sagte Madeleine rasch.

Er nickte und strich sich routiniert durchs Haar. Madeleine warf dem Fotografen Rolf Lennartsson einen Blick zu, er hob den Daumen. Sie hielt das Mikrofon höher.

»Sie kommen jetzt gerade aus Sölvesborg, wo sich Ihr Wohnsitz befindet. Meinen Informationen zufolge waren Sie dort nicht nur mit ihrer Familie zusammen, sondern haben auch politische Absichten verfolgt«, sagte sie.

»Aufgrund der Entwicklungen in den letzten Tagen müssen wir als Politiker jederzeit erreichbar sein.«

»Den gleichen Informationen zufolge soll es sich dabei um ein Treffen mit der Parteivorsitzenden der Christdemokraten gehandelt haben.«

Er zuckte lächelnd mit den Schultern, ohne die Frage zu beantworten. Madeleine hielt ihm das Mikrofon dichter unter das Gesicht, aber der Schwedendemokrat schwieg beharrlich.

»Kann ich Ihr Schweigen als Bestätigung deuten, dass Sie gestern die Vorsitzende der Christdemokraten getroffen haben?«

»Das können Sie deuten, wie Sie wollen. Ich kommentiere nicht, ob ich irgendeinen Vorsitzenden irgendeiner anderen Partei getroffen habe«, erwiderte er ruhig.

Madeleine nickte und konzentrierte sich. Es durfte nicht zu sehr nach einem abgekarteten Spiel aussehen.

»Sie können also auch nicht dementieren, dass Sie gestern Ihre Parteikollegin getroffen haben?«, fragte sie.

»Ich gebe, wie gesagt, keinen Kommentar.«

Ihr Puls beschleunigte sich, obwohl sie mit dieser Antwort gerechnet hatte. Sie versuchte, ihre Stimme nicht zu angestrengt klingen zu lassen.

»Meinen Hinweisen zufolge ist der Grund für Ihr Treffen, dass die Schwedendemokraten zusammen mit einigen Koalitionsparteien ein Misstrauensvotum gegen den Staatsminister planen.«

Er runzelte die Stirn und schüttelte den Kopf.

»Ich kommentiere keine Spekulationen, wie Sie wissen.«

»Aber Sie können auch nicht dementieren, dass Sie mit der Parteivorsitzenden der Christdemokraten gesprochen haben?«

»Nein, ich kann das weder dementieren noch bestätigen.«

»Danke für Ihre Zeit«, sagte Madeleine mit einem Lächeln.

»Ich danke Ihnen«, erwiderte der Parteivorsitzende und blickte ihr auch noch in die Augen, als Rolf Lennartsson die Kamera gesenkt hatte. »Passen Sie auf sich auf«, sagte er.

»Sie auch«, sagte Madeleine und sah ihm nach, wie er mit seinen Bodyguards zu einem schwarzen Volvo mit getönten Scheiben ging.

Rolf Lennartsson trat zu ihr.

»Verrückt. Er hat fast alles bestätigt. Da hast du echt einen Wahnsinnsjob gemacht. Und jetzt?«

Es kam selten vor, dass Rolf Lennartsson nicht darüber lamentierte, dass Fotografen vom Aussterben bedroht, alle in den Führungspositionen Dummköpfe und die jungen Reporter Grünschnäbel waren, die nicht einen Tag überlebt hätten, wenn sie mit dabei gewesen wären, als er in den Achtzigern für die *Aftonposten* gearbeitet hatte.

»Danke«, sagte sie mit einem Grinsen. »Fahr in die Redaktion zurück und stell den Film ins Netz. Schick mir die Tonaufnahme, ich schreibe den Artikel dann zu Hause.«

»Gut, mach ich«, sagte Rolf Lennartsson.

Als er gefahren war, ging sie noch mal zurück in die Ankunftshalle, kaufte sich einen Kaffee und begann, ihren Text zu schreiben. Auf dem Weg nach Bromma hatte sie im Auto schon mit einem Pressesprecher der Christdemokraten telefoniert, der bestätigt hatte, dass ihre Vorsitzende sich am gestrigen Tag in Sölvesborg aufgehalten hatte. Wen die Parteivorsitzende dort getroffen hatte, wollte der Pressesprecher allerdings nicht sagen.

Madeleine kicherte vor sich hin, als sie daran dachte, wie das Gespräch geendet hatte.

»Bei allem Respekt für Sölvesborgs Fähigkeiten als Touristenmagnet, aber wenn sie nicht dort war, um den Vorsitzenden der Schwedendemokraten zu treffen, warum dann?«

»Dazu kann ich nichts sagen, aber es gibt in Sölvesborg sehr viel zu sehen und zu tun«, hatte der Pressesprecher unbekümmert geantwortet.

Madeleine beschloss, diesen Teil wortwörtlich in ihren Text zu übernehmen. Der Artikel sollte ein Klassiker werden.

Es war völlig ausgeschlossen, dass sie falschlag. Es würde ein Misstrauensvotum geben, und der Staatsminister würde gezwungen sein, Neuwahlen auszurufen. Sie hatte den Artikel gerade fertig geschrieben, als eine Bedienung auf sie zukam, um ihr mitzuteilen, dass die Cafeteria zumachte. Sie griff nach ihrem Mobiltelefon und ging ihre Mails durch.

Markus hatte ihr noch nicht geantwortet.

Offenbar funktionierte es nicht, das reumütige Mädchen zu spielen. Madeleine sah sich nach der Damentoilette um, steckte ihren Laptop in die Tasche und stand auf.

Sie schloss die Tür hinter sich und warf einen Blick in den Spiegel. Es war an der Zeit, dem alten geilen Bock ein bisschen Futter zu geben. Sie zog den Pullover über den Kopf und knöpfte ihren BH auf. Dann hielt sie ihr Telefon hoch, schob die Brust raus, öffnete leicht die Lippen, machte ein paar Fotos und begutachtete das Ergebnis. Dem würde er ihr nicht mehr widerstehen können, ohne Zweifel würde er wieder zu ihr zurückgekrochen kommen. Es ging nur darum, ihn daran zu erinnern, was ihm entging, wenn er sie auf Abstand hielt. Sie schickte ihm die Bilder auf sein Arbeitshandy und zog sich wieder an. Dann ging sie Richtung Ausgang und steuerte auf die Schlange der wartenden Taxis zu.

KAPITEL 39

Carl Cederhielm hörte, wie der Regen an die Scheibe prasselte und der Wind an den Bäumen zerrte.

»Wo ist sie?«, fragte Carl, der kaum glauben konnte, was Lars Nilsson eben gesagt hatte.

»Sie wartet beim ICA Djurö auf mich«, gab der Polizist zurück.

»Wie ... Wieso das?«, rief Fredrik Nord und stand auf.

»Sie muss die Visitenkarte noch gehabt haben, die ich ihr gegeben habe, als sie die Anzeige gemacht haben. Der Polizeinotruf funktioniert immer noch nicht, und sie kannte die zusätzlichen Nummern nicht, die extra eingerichtet worden sind«, sagte Lars und schüttelte den Kopf. »Sie hat mich hier draußen nie zu Gesicht bekommen, für sie bin ich nur der Polizist, der ihrem Vater geholfen hat, weiter nichts.«

Carl rieb sich das Kinn und spürte, wie ihn die Erleichterung erfasste. Das war wirklich Glück im Unglück. Jetzt mussten sie Mitra nur noch aus dem Weg räumen.

Sie gingen nach draußen und setzten sich in Lars' Saab. Fredrik und Carl setzten sich auf die Rückbank, um sich ducken zu können, sobald sie sich dem ICA-Supermarkt näherten.

Lars kurbelte das Fenster herunter, zündete sich eine Zigarette an und rauchte zum Fenster raus.

»Mir tut sie fast leid«, murmelte er, als er den dunklen Waldweg entlangfuhr.

Ein paar Tropfen regneten ins Auto und trafen Carl im Gesicht.

»Sie gehört zum Feind und hat indirekt genauso viel Schuld an der Okkupation wie jeder andere von ihnen«, sagte Carl. »Die Aufgabe ihrer Frauen besteht darin, Kinder zu kriegen und die

nächste Generation Steine schmeißender Sozialhilfeempfänger
großzuziehen. So wird Europa vom Islam einverleibt.«

Lars nickte wortlos, warf die Zigarette aus dem Fenster und
kurbelte es wieder hoch. Die Scheibenwischer arbeiteten beharrlich. Carl blickte in den dunklen Wald. Er sah Mitra Chamsai vor
sich, wie sie vor Kurzem hier herumgestolpert sein musste. Er
empfand Hass für sie, weil sie ihm einen Schreck eingejagt und
ihn vor den anderen aus der Fassung gebracht hatte. Heute Nacht
musste sie sterben.

Der Regen ging in dicken Schnüren nieder.

Mitra bekam etwas ab, obwohl sie unter dem Dach saß, vorgebeugt und mit vor der Brust gekreuzten Armen. Es war purer
Zufall, dass sie die Karte des Polizisten bei sich hatte. Trotzdem
fühlte sie sich nicht sonderlich erleichtert.

Ihr Vater war gezwungen worden, zum Terroristen zu werden.
Sie hatten ihn mit ihrem Leben erpresst. Er hatte sich zwischen
ihrem Leben und dem von vielen anderen unschuldigen Schweden entscheiden müssen.

Dennoch, weder aus juristischer noch aus moralischer Sicht
war es möglich, die Tatsache schönzureden, dass er eine Menschenmenge in die Luft gesprengt hatte. Sie hatte keine Ahnung,
wie viele es waren. Es war einerlei, dass das Leben seiner Tochter
auf dem Spiel stand. Er war ein Mörder. Ein unfreiwilliger zwar,
aber dennoch ein Mörder und ein Terrorist.

Es war vollkommen irreal, wozu diese Leute imstande waren.
Sie schreckten vor nichts zurück. Wer steckte dahinter? Abgesehen von Carl und dem zweiten Mann, musste es noch andere geben.

An manchen Abenden, als sie ans Bett gefesselt gewesen war,
hatte sie aus der Küche eine weitere Stimme gehört. Außerdem

bewies das Feuerzeug, dass noch jemand im Haus gewesen sein musste. Mitra war sicher, dass weder Carl noch der andere rauchte. Sie waren wie Spitzensportler gebaut – groß, muskulös und geradezu militärisch in ihrer Haltung. Wie waren sie überhaupt auf ihren Vater und sie selbst gekommen, warum hatten sie ausgerechnet sie ausgesucht? Vielleicht hatten sie über eine ihrer Freundinnen von ihr gehört. Sie brauchten jemanden mit arabischem Aussehen, um die Polizei glauben zu machen, dass ein islamistischer Terrorist die Tat begangen hatte. Mitra schloss die Augen und versuchte, ihr Gehirn einzuschalten.

Die dritte Person im Sommerhaus war ein Mann, höchstwahrscheinlich ein Raucher. Kannte sie ihn? Ihr Blick fiel auf Lars Nilssons Visitenkarte, die sie noch immer in Händen hielt. Sie war klamm vom Regen geworden. Sie sah die Straße entlang. In der Ferne näherte sich ein Auto. Konnte der Polizist wirklich schon hier sein?

Nein, das war ausgeschlossen, außerdem kam das Auto aus der falschen Richtung. Lars Nilsson müsste aus Stockholm kommen. Mitra seufzte und heftete ihren Blick wieder auf die dunkelblaue Schrift auf der Karte.

Sie war aufgewühlt und in Panik. Wer auch immer sie in diese Lage gebracht hatte, ihr Leben war zerstört und das ihrer Eltern ebenso.

Das Auto kam näher. Als der Fahrer den Blinker setzte, um links auf den Parkplatz abzubiegen, sprang Mitra auf, ließ die Visitenkarte fallen und rannte los.

»Verflucht«, rief Lars und beschleunigte.

Fredrik und Carl, die auf der Rückbank in Deckung gegangen waren, setzten sich zeitgleich wieder auf. Das Auto schlingerte, als Lars wendete, und sie hielten sich an den Türen fest.

»Sie ist weggerannt, als sie uns gesehen hat«, schrie Lars.

Sie rasten am Parkplatz vorbei, dann machte Lars eine Vollbremsung, und Carl und Fredrik sprangen aus dem Wagen. Der Polizist zeigte, in welche Richtung Mitra Chamsai verschwunden war.

»Sie hat hundert Meter Vorsprung. Beeilt euch«, rief er, während sie über den Asphalt und in den Wald spurteten.

Mitra Chamsai war speiübel. Sie wusste nicht, ob das ihrer Angst geschuldet war, oder weil ihre Lunge zu bersten drohte.

Um sie herum wurde der Wald immer dichter, sie tastete sich in der Dunkelheit voran. Als sie losgerannt war, hatte sie gehört, wie das Auto hinter ihr beschleunigt hatte und die Autotüren aufgerissen wurden. Da war ihr klar gewesen, dass sie eine Gejagte war.

Direkt vor ihr müsste das Ufer sein, dachte sie und arbeitete sich weiter vorwärts. Nach zweihundert Metern schlug sie einen Haken nach rechts, um ihre Verfolger zu verwirren. Mitra lief schneller, stolperte und schlug der Länge nach hin. Sie kam schnell wieder auf die Füße und schmeckte Blut. Sie musste sich beim Sturz gebissen haben. Sie blieb stehen und schloss die Augen, um zu lauschen, wie dicht die Verfolger ihr auf den Fersen waren. Aber sie hörte nur das Rauschen des Regens.

Sie setzte sich wieder in Bewegung.

Wie lange würde sie noch fliehen müssen?

Wie lange würden ihre Kräfte noch reichen?

Ihre Beine schmerzten, doch sie stolperte weiter. Die Gummistiefel waren viel zu weit und zu hoch, sodass sie kleinere Schritte machen musste. Zweige schlugen ihr ins Gesicht. Sie keuchte, weinte, stürzte nochmals und stand wieder auf.

Vorwärts, du musst vorwärts, war das Einzige, woran sie denken konnte.

Der Wald wurde noch dichter, und sie beschloss, sich dies zunutze zu machen. Unter keinen Umständen würde sie diesen Männern noch einmal in die Hände fallen.

Auf keinen Fall, nicht nach dem, was sie ihr und ihrer Familie angetan hatten. Sie würde der ganzen Welt zeigen, was das für Monster waren.

Carl und Fredrik trennten zwanzig Meter voneinander. Carl hielt sein Mobiltelefon in der Hand und leuchtete mit der Taschenlampe auf den Boden, um nicht zu straucheln.

Immer wieder blieben sie stehen, beide gleichzeitig, um auf Geräusche zu lauschen. Einmal meinte Carl, Schritte zu hören. Er rief Fredrik zu, er solle anhalten, und sie gingen schnell aufeinander zu. Beide waren außer Atem, Fredrik wirkte verbissen.

»Wir teilen uns auf«, entschied Carl. »Du nimmst den Wald, ich laufe runter zum Ufer. Leg sie um, wenn du sie erwischst.«

Fredrik rannte los. Carl blickte ihm nach, bis er nicht mehr zu sehen war. Dann lief auch Carl los.

Das Adrenalin rauschte durch ihre Blutbahn. Ihre Füße trugen sie wieder etwas leichter. Mitra hatte einen schmalen Sandstrand erreicht. Einige Hundert Meter weiter rechts lag ein großes Haus. Die Fassade wurde von hellen Scheinwerfern angestrahlt. Sie lief darauf zu. Zwischen ihr und dem Haus ragten dunkle Klippen auf. Der Regen peitschte ihr ins Gesicht. Sie stemmte versuchsweise einen Fuß gegen den nassen Stein. Die Klippen waren glatt wie Glas. Sie holte ein paarmal tief Luft, versuchte, sich zu beruhigen und ihre Bewegungen zu kontrollieren. Es war nicht besonders steil, aber aufgrund der Dunkelheit und der Feuchtigkeit musste sie sich langsam vorwärtsschieben. Sie befühlte den kalten Fels und begann, auf allen vieren zu klettern. Plötzlich hörte sie oben am Waldrand Schritte.

Sie erstarrte und hielt den Atem an. Dann drückte sie sich flach gegen den Felsen.

War das Einbildung?

Oder nur der Wind?

Sie ließ langsam die Luft aus ihrer Lunge entweichen und schluckte – dann hörte sie das Geräusch erneut. Kein Zweifel, über ihr war jemand.

Sie versuchte, den Abstand abzuschätzen. Wieder hörte sie Schritte. Ihr Verfolger musste etwa zwanzig Meter über ihr stehen, und Mitra vermutete, dass er über die Klippen spähte. Sie kauerte sich zusammen, machte sich so klein wie möglich.

Sie musste an ein Foto von dem Amoklauf auf Utøya denken. Das Foto zeigte in weiße Laken gewickelte Leichen, die verstreut auf den Klippen am Meeresrand lagen. Als sie das Bild gesehen hatte, hatte sie versucht, die Angst der jungen Leute nachzuempfinden und das, was sie im letzten Augenblick ihres Lebens gefühlt haben mochten. Ihre Panik, als Anders Breivik über ihnen gestanden hatte und sie nicht wussten, ob er sie entdeckt hatte. Jetzt wusste Mitra, wie es den Opfern ergangen war. Ihre Glieder waren wie gelähmt, ihr Verstand paralysiert. Sie presste sich gegen den Fels, als wollte sie eins werden mit dem harten Gestein. Sie wollte weg, nach Hause zu ihren Eltern. Sie zwang sich, klar zu denken, und spannte die Kiefermuskeln an, um nicht vor Kälte mit den Zähnen zu klappern. Wenn sie entdeckt wurde, würde sie sich in die kalten Fluten stürzen. Das war ihre beste und vielleicht einzige Chance.

Sie hörte den Verfolger über ihr keuchen.

Als sie den Lichtkegel etwa vier Meter von ihr entfernt am Abgrund entdeckte, glaubte sie, ihr Herz hätte aufgehört zu schlagen. Der Lichtkegel zuckte hin und her und tanzte um sie herum.

Bitte, lieber Gott, ich will nicht entdeckt werden. Mach, dass er wieder verschwindet, dachte sie.

Carl hörte das Rauschen der Wellen unter sich, während er den Blick über die schwarze Brandung schweifen ließ. Er ging langsam auf die Klippen zu. Der Fels war rutschig unter seinen Sohlen. Er ging in die Hocke, streckte den Arm aus und leuchtete mit der Taschenlampe nach unten. Er versuchte, sich in Mitra Chamsai hineinzuversetzen. Rannte sie immer noch vor ihnen davon, oder hatte sie sich irgendwo versteckt und wartete auf die Morgendämmerung?

Im Grunde genommen war das egal.

Sie würden sie kriegen.

Sie *mussten* sie kriegen.

Der Lichtkegel streifte ihren rechten Fuß und entfernte sich.

Sollte sie noch näher an den Abgrund rutschen? Nein, das menschliche Auge war darauf trainiert, Bewegungen zu registrieren. Sie musste reglos liegen bleiben und das Beste hoffen. Mitra spannte all ihre Muskeln an, bereit, schnell auf die Füße zu kommen und ins Wasser zu springen. Vielleicht würde er auf sie schießen, er war bestimmt bewaffnet, aber mit etwas Glück würde sie überleben. Sie wollte leben.

Carls Herz tat einen Sprung, als er etwas anleuchtete, das er sofort als grünen Gummistiefel identifizierte.

Er stieß einen leisen Pfiff aus, er hatte sie gefunden. Aber er musste cool bleiben. Sie durfte nicht noch einmal entwischen. Jetzt hatte er die Oberhand. Ihm war klar, dass sie nicht wusste, dass er sie entdeckt hatte. Er schob sein Mobiltelefon in die Tasche und schlich sich von rechts näher heran. Dann legte er sich auf den Rücken und ließ sich mit den Füßen voran den Fels hinabgleiten.

Mitra drehte leicht den Kopf, um zu sehen, was über ihr passierte. Abgesehen von dem Regen und den Wellen, die gegen die Klippen brandeten, war alles still. War er weg? Sie fragte sich, ob es Carl oder der andere war. Sie bewegte kaum merklich ihren Arm, der sich taub anfühlte. Sie hatte in einem unbequemen Winkel auf ihm gelegen und hatte sich nicht rühren wollen. Plötzlich hörte sie ein schurrendes Geräusch und nahm eine hastige Bewegung zu ihrer Linken wahr. Mitra erschrak, als Carl sich auf sie stürzte. Sie hing schon über dem Abgrund, auf dem Weg in die Fluten, als er sie packte. Sie schrie auf, sträubte sich, versuchte, nach ihm zu schlagen und ihn zu kratzen. Doch schnell hatte er sie im Würgegriff, und sie konnte sich nicht mehr wehren, aber sie schrie immer weiter. Vielleicht konnte sie so jemanden in dem Haus wecken.

Während er ihr Gesicht nach unten drückte, brachte sie ihren Mund neben seine Hand und biss zu. Er schrie auf und knallte ihren Kopf mit voller Wucht gegen den Fels. Die Welt drehte sich, ihr wurde schwindelig. Carl setzte sich rittlings auf sie. Sie spürte seine nassen Finger am Hals. Er drückte zu. Mitra bekam keine Luft, Panik stieg in ihr auf. Sie trat um sich, versuchte, sich mit letzten Kräften zu befreien, bevor die Dunkelheit sie einhüllte und sie das Bewusstsein verlor.

Obwohl sie zu zappeln aufgehört hatte, blieb er auf ihr sitzen und drückte ihr die Kehle zu. Es war so dunkel, dass er ihr Gesicht kaum erkennen konnte, aber Carl ging kein Risiko ein. Schließlich erhob er sich schwer atmend. Dann zückte er sein Mobiltelefon. Das Display hatte einen Sprung, aber die Taschenlampe funktionierte noch. Er leuchtete Mitra Chamsai an. Ihr Mund stand offen. In ihren aufgerissenen Augen waren die typischen punktförmigen Einblutungen erkennbar, ihr Gesicht war geschwollen und bläulich angelaufen.

Das Gurgeln aus ihrer Kehle hallte noch immer in seinem Kopf nach.

KAPITEL 40

Giselda Lopez nahm August auf die Seite und bat ihn, sich auf die Küchenbank zu setzen, während die übrigen Familienmitglieder sich im Wohnzimmer versammelten. Es duftete nach gebratenen Zwiebeln und Karotten, die Bank knarrte unter seinem Gewicht, Giselda am Herd, die fröhlichen Stimmen aus dem Wohnzimmer – das war die Essenz seiner Kindheit.

Sie legte ein paar Fleischstücke in den großen Schmortopf, würzte mit Salz und Pfeffer und drehte sich um, trat auf August zu und bat ihn aufzustehen. Sie reichte ihm bis zur Brust. Sie schlang die Arme um ihn und trocknete sich eine Träne aus dem Augenwinkel.

»Jetzt ist hier dein Zuhause, mehr denn je. Wenn du ein Bett zum Schlafen brauchst, etwas zu essen oder jemanden zum Reden, dann weißt du, wo du deine Familie findest«, sagte sie.

»Hier ist immer mein Zuhause gewesen. Was Arturo und du für mich getan habt ... dafür kann ich euch nie genug danken«, entgegnete er.

Giselda wischte sich die Hand an ihrer Schürze ab und brachte ein weißes Kuvert zum Vorschein.

»Am Schluss habe ich oft bei Helena gesessen. Sie hat nach dir gefragt und wollte wissen, wo du steckst. Ich konnte ihr nichts darauf sagen, weil ich es ja selbst nicht wusste. Aber was ich weiß, ist, dass deine Mutter eine gute Frau gewesen ist. Sie hatte ein großes Herz. Das Leben ist hart für sie gewesen, aber sie hat das Beste daraus gemacht. Sie war ein Mensch und eine Mutter, auf die du stolz sein kannst. Ich hoffe, dass du mich verstehst und sie so in Erinnerung behalten wirst.«

Giselda gab August das Kuvert. Er betrachtete es und wog es in der Hand. Mit Tinte stand sein Name darauf geschrieben.

»Ich weiß nicht, wo du all die Jahre gewesen bist, was du durchgemacht hast. Ich nehme an, du willst nicht darüber sprechen. Leandro hat erzählt, du bist in Afghanistan gewesen, im Mittleren Osten … Aber jetzt bist du wieder zu Hause, unter Menschen, die dich lieben. Was gewesen ist, ist gewesen. Wenn jemand weiß, was das mit einem Menschen macht, wenn er aus seinem Land vertrieben wird, dann bin ich das.«

August fand, dass Giselda müde aussah.

»Ich war zweiundzwanzig, als Arturo und ich hierhergekommen sind«, sagte sie. »Die ersten fünf Jahre habe ich nur von Chile geträumt, von Valparaiso, von meinen Freunden, meiner Familie. Ich war voll und ganz damit beschäftigt, zu vermissen, statt zu leben. Jetzt bin ich seit fünfzehn Jahren nicht mehr in Chile gewesen. Weißt du, warum? Weil Schweden meine Heimat geworden ist. Schweden hat mir alles gegeben. Schweden hat mir meine Kinder und meine Enkel geschenkt.«

Sie legte den Kopf schief und musterte ihn.

»Als du heute zur Tür hereingekommen bist, habe ich diesen Blick sofort wiedererkannt. Er gehört der zweiundzwanzigjährigen Giselda, die zu verstehen versuchte, wie eine Spülmaschine funktioniert, die zum ersten Mal auf Schwedisch gefragt hat, wo die Bushaltestelle ist. Ich weiß, was du durchmachst.«

August ging in Gamla stan vorne beim Schloss am Ufer entlang. Die Temperaturen waren in den letzten vierundzwanzig Stunden auf den Gefrierpunkt gefallen, und kleine Schneeflocken segelten vom Himmel herab. Obwohl es Samstagabend war, waren kaum Leute draußen unterwegs. Ein Grüppchen Touristen blickte sich verwirrt um. Der Verkehr hatte stark abgenommen, es waren fast nur noch Taxis auf der Straße. Der Brief, den Giselda ihm gegeben hatte, brannte in seiner Tasche. August blieb auf der

Strömbron stehen und nahm ihn in die Hand. Auf der anderen Straßenseite ging eine Clique Halbwüchsiger vorbei.

»Das sind doch nur Buchstaben auf einem Stück Papier«, sagte er sich und blickte übers Wasser.

Sie konnten niemandem wehtun, sie konnten nichts ändern. August riss den Umschlag bis zur Hälfte auf, doch dann hielt er mitten in der Bewegung inne. Noch ein Blick auf das schwarze Wasser, dann ließ er das Kuvert los und sah ihm nach, wie es durch die Luft wirbelte.

Gegenüber lag das, was einmal der Eingang des Grand Hôtel gewesen war. Zerbombte Gebäude, zerfetzte Menschen, zumindest das kommt mir irgendwie bekannt vor, dachte er und ging weiter.

Am Abend um viertel vor neun betrat er das Restaurant East, in dem er sich mit Amanda Lilja verabredet hatte. Trotz der Dezemberkälte standen etwa zehn Tische mit Stühlen draußen, doch die meisten waren nicht besetzt. Wärmelampen waren unter der Überdachung aufgestellt worden. August entschied sich für einen Tisch an der Straße und bestellte bei dem untätigen Barkeeper ein Bier.

Amanda war neunzehn gewesen, als er sie zuletzt gesehen hatte, nächstes Jahr würde sie dreißig werden.

Sie hatte ein Kind bekommen, geheiratet und ihr Leben in Angriff genommen, nachdem August sie verlassen hatte. Warum sollte er sich das antun, sie wiederzusehen? Eigentlich sollte er Amanda ignorieren, wie er es auch mit dem Brief seiner Mutter getan hatte. Sie kam nicht wieder zurück, indem er ihren Brief las. Und indem er sich mit Amanda traf, bekam er auch sie nicht zurück. Trotzdem konnte er sich nicht dazu durchringen, aufzustehen und wieder zu gehen. Er wusste nur, dass er sich jahrelang nach ihr gesehnt hatte. Und um nach vorn blicken zu können, musste er diese Sehnsucht stillen und einsehen, dass sie nur ein Mensch war – und nicht die mythische Fantasiegestalt, zu der sie in seinem Kopf geworden war.

Es ging ihm durch Mark und Bein, als er sie die Birger Jarlsgatan überqueren sah. Sie blieb mitten auf der Straße stehen, um einen blauen Bus vorbeizulassen, dann steuerte sie auf das Restaurant zu. Amanda trug einen beigefarbenen Mantel, um den Hals hatte sie einen breiten weißen Schal geschlungen, ihre Haare waren hochgesteckt. Sie lächelte die Männer von der Security an, die für sie zur Seite traten. August war so hingerissen von ihrem Anblick, dass er ihren Namen erst rief, als sie im Begriff war, ins Restaurant hineinzugehen. Sie hielt inne und sah sich um. Als sie ihn entdeckte, hellte sich ihre Miene auf. August erhob sich. Amanda sah ihn wortlos an, dann drückte sie ihn an sich.

Sie bestellte ein Glas Weißwein und legte ihre Schachtel Marlboro in die Mitte des Tisches.

»Eigentlich habe ich aufgehört, aber ich dachte, wir könnten das vielleicht brauchen«, sagte sie.

August nahm die Schachtel, zog eine Zigarette heraus, und Amanda gab ihm Feuer.

»Gute Idee«, sagte er in aufgesetzt belanglosem Ton. »Wie geht es dir?«

Sie lachte auf. Sie merkt bestimmt, wie angespannt ich bin, dachte August.

»Seit einer Woche rede ich nur noch mit Überlebenden vom Grand Hôtel, mir geht's beschissen«, sagte Amanda und blies den Rauch aus. »Aber ich freue mich, dich zu sehen.«

»Ich habe deinen Artikel von letztem Sonntag gelesen«, sagte August. »Die Stelle am Schluss, dass es unmöglich ist, Blut zu Tinte werden zu lassen … das ist wirklich großartig.«

»Danke. Das habe ich allerdings von Tomas Tranströmer.«

»Wie waren die Reaktionen der Leser?«

Amanda nahm hektisch einen Zug und biss sich auf die Lippe.

»Auf den Artikel, meinst du? Die üblichen Morddrohungen, die man kriegt, wenn man über Muslime schreibt. Es sei denn, man schreibt, dass sie deportiert werden sollten. Vergewaltigung, Mord, ich soll nach Saudi-Arabien, weil die Frauen dort ja schon unter der Scharia leben, genau, wie ich das will. Mails in dem Stil eben.«

August war sprachlos. Er wusste nicht recht, ob sie das ernst meinte.

»Amanda ... ich ...«

Sie wischte seine Worte beiseite.

»Egal«, sagte sie, drückte ihre Zigarette aus und zündete sich sofort eine neue an. »Ich hätte nicht davon anfangen sollen. Vergessen wir's einfach.«

Ein dunkelhäutiges Mädchen in den Zwanzigern kam an ihren Tisch und fragte, ob sie ein Foto mit Amanda machen dürfe. Das Mädchen gab August ihr Mobiltelefon und beugte sich vor, damit ihr Gesicht auf gleicher Höhe mit Amandas war.

»Ich habe dich im Vorbeigehen gesehen und musste dich einfach ansprechen. Du bist klasse«, sagte das Mädchen und ging wieder.

»Mist«, sagte Amanda. »Ich wollte ihr noch sagen, das Foto nicht gleich online zu stellen und nicht zu schreiben, wo ich gerade bin.«

August wollte wissen, was sie damit meinte, aber stattdessen fragte Amanda, wie es ihm ergangen sei in all den Jahren. Keine Frage, sie ist Journalistin, dachte August und versuchte, so ausführlich er konnte, zu antworten. Als sie auf seine familiäre Situation zu sprechen kamen, zögerte er – und ohne richtig zu verstehen, warum, beschloss er, alles zu erzählen. Amanda hatte schon immer diese Wirkung auf ihn gehabt. Ganz gleich, welche Mauern er errichtet hatte, sie hatte sie stets zum Einstürzen gebracht.

August rekapitulierte sachlich und geradezu unbeteiligt seine

Jahre in Chile: Valerias Tod und Don Julios, den er am Flussufer unter einem Baum begraben hatte. Er ließ nichts aus. Nachdem er auch noch berichtet hatte, wie er Ilja in der Wüste begraben hatte, schwieg Amanda.

»Entschuldige. Ich weiß einfach nicht, was ich sagen soll«, sagte sie schließlich.

»Du brauchst nichts zu sagen. Ich habe das bisher noch niemandem erzählt und werde es auch nie wieder tun. Aber dir bin ich es irgendwie schuldig, dir das zu erzählen, so kommt es mir jedenfalls vor.«

»Warum das?«

»Ich möchte, dass du weißt, wofür ich dich verlassen habe, was aus mir geworden ist«, sagte er.

Amanda lächelte bedrückt.

»Wechseln wir das Thema«, sagte sie. »Bist du froh, wieder zu Hause zu sein?«

»Das alles ist total unwirklich.«

»Und natürlich eine interessante Zeit für dich, gerade jetzt nach Schweden zurückzukommen«, sagte sie ironisch.

»Du meinst den Anschlag?«

»Glaubst du, sie kriegen ihn?«, fragte sie.

»Ja, da bin ich ziemlich sicher.«

»Gestern sind fünf Kilo Dynamit in seiner Garage gefunden worden«, sagte Amanda und blies Zigarettenrauch aus.

August runzelte die Stirn.

»Das ist das Einzige, was mir dabei komisch vorkommt«, sagte er.

»Was?«

»Das Dynamit.«

Amanda legte den Kopf schief. August liebte diese Geste an ihr.

»Und wieso?«

»Soweit ich weiß, hat Ibrahim Chamsai drei Jahre Chemie studiert an der Uni in Aleppo«, sagte er. »Warum sollte er da das

Risiko eingehen, zu einer Baustelle zu fahren, den Wachmann zu überwältigen und Dynamit zu klauen, wenn er sich hätte Dieselöl und Kunstdünger besorgen können, um die Bombe selbst zu bauen?«

»Warum überhaupt dreißig Menschen in die Luft sprengen?«, wandte Amanda ein. »Was ich damit sagen will, ist, dass es unmöglich ist, sich in ein dermaßen krankes Hirn hineinzuversetzen.«

August spürte, dass Amanda lieber von etwas anderem reden wollte.

»Was du vorhin gesagt hast, über die Morddrohungen, was hast du damit gemeint?«, erkundigte er sich vorsichtig.

»Ich weiß nicht, ob du das verstehst. Und es würde viel zu lange dauern, es dir zu erklären. Außerdem brauche ich noch ein Glas Wein.«

August stand auf und ging an die Bar.

»Ich weiß nicht, wo ich anfangen soll«, sagte sie, als er mit vollen Händen zurückgekehrt war. »Aber hörst du die Sängerin?«

»Ja.«

»Sie heißt Zara Larsson, ist minderjährig und nennt sich Feministin.«

»Und?«

»Das bringt Männer, erwachsene Männer dazu, Morddrohungen gegen sie auszusprechen. Zu schreiben, dass es keine unterdrückten Frauen gibt, und sie als wertlose eklige Hure zu bezeichnen, die mal richtig durchgefickt werden muss.«

»Wieso das denn?«

»So ergeht es jeder Frau in Schweden, die in der Öffentlichkeit steht und die Frechheit besitzt, eine Meinung über die Zustände in dieser Welt zu haben«, sagte sie lapidar. »Das, was in diesem Land in den letzten Jahren passiert ist, lässt sich schwer beschreiben, August. Ich kann's probieren, aber da muss ich ein bisschen weiter ausholen.«

»Zeit haben wir ja genug.«

Amanda überlegte.

»Die meisten Dinge werden in Schweden ja besser«, begann sie. »Wir mussten den Anschlag in der Drottninggatan verkraften, aber Stockholm ist dennoch eine Hauptstadt, die von ihren Einwohnern als äußerst sicher angesehen wird. Die Wirtschaft boomt überdurchschnittlich stark, die Arbeitslosenzahlen sinken. Soll ich weitermachen?«

»Gerne.«

»Schweden ist nicht perfekt. Wir haben große Probleme mit der Integration, wir haben zwei Terroranschläge zu verzeichnen, die Vororte stehen in Flammen, die Bandenkriminalität ist so schlimm wie nie. Aber im Großen und Ganzen ist das Land auf dem richtigen Weg. Dennoch gibt es eine bedeutende Zahl von Schweden, die bewusst oder unbewusst das Bild eines Landes verbreiten, das im Zerfall begriffen ist. Eines Landes, das von allen Seiten angegriffen wird, nicht zuletzt von innen. Ein Bild, das vollkommen realitätsfern ist und im Widerspruch zu den Fakten steht«, sagte Amanda.

»Warum behaupten sie das?«

Sie schüttelte den Kopf.

»Weil sie die Einwanderung zurückschrauben wollen und in den Immigranten die Wurzel allen Übels sehen. Sie nennen die Flüchtlinge, die zu uns ins Land kommen, Luxusflüchtlinge.«

»Luxusflüchtlinge?«

»Sie seien keine echten Flüchtlinge, weil sie nicht in ihre Nachbarländer fliehen, sondern sich stattdessen quer durch Europa schlagen, um bis nach Deutschland oder Schweden zu kommen, und auf ihrer Route sogenannte sichere Länder passieren. Ich weiß nicht, ob sie die Flüchtlinge aus dem Balkan in den Neunzigern als echte Flüchtlinge bezeichnen, oder die Juden, die von Polen oder Ungarn nach Israel geflohen sind. Aber was die denken, spielt eigentlich gar keine Rolle.«

»Ach so?«, sagte August verwundert.

»Nein, am Beispiel der Flüchtlinge zeigt sich nur die Intoleranz. Alles wird banalisiert, die Gesellschaftsdebatte wird polemisiert. Diesen Leuten sind Fakten egal. Schweden steht auf der Liste der korruptesten Länder an drittletzter Stelle, und trotzdem reden sie über unsere Politiker, als wären das Verbrecher, die alles an sich raffen, und halten sie für Landesverräter, die bestraft gehören. Sie gebrauchen tatsächlich das Wort Landesverräter. Davon, wie sie über uns Leute von den Medien denken, gar nicht zu reden.«

August mochte es, wenn Amanda so emotional war und wild gestikulierte, um ihren Worten mehr Nachdruck zu verleihen.

»Die glauben, wir halten mit irgendwelchen Wahrheiten hinter dem Berg. Eine gängige Meinung bei denen ist, dass wir Fotos von Straftätern mit ausländischen Wurzeln verpixeln. Natürlich hat es nichts damit zu tun, wo jemand herkommt, ob wir verpixeln oder nicht. Sondern, ob er oder sie vor Gericht verurteilt worden ist oder nicht. Im Ausnahmefall veröffentlichen wir auch vor der Verurteilung Name und Bild des Täters, aber dann liegen uns Beweise gegen ihn vor. Schreiben wir dagegen was über die Schwedendemokraten, ist ihnen egal, was die gemacht haben, und sie behaupten, dass wir eine Hetzkampagne gegen die Schwedendemokraten fahren.«

»Tut ihr das denn nicht?«

»Frag Mona Sahlin, frag Håkan Juholt oder Åsa Romson, ob wir sie unter die Lupe genommen haben. Eines der Standardargumente zum Thema Moscheebau lautet beispielsweise: Was glaubst du, würden die in Saudi-Arabien oder im Iran sagen, wenn wir dort eine Kirche bauen würden wollen? Die kapieren einfach nicht, dass gerade durch diese Intoleranz Diktaturen und Hass entstehen. Wir sollten uns ja wohl kaum am Iran oder an Saudi-Arabien ein Beispiel nehmen. Viele sind sogar davon überzeugt, dass wir bereits in einer Diktatur leben. Sie sind gegenüber den Opfern des Kommunismus dermaßen ignorant und respektlos, dass sie Schweden mit der Sowjetunion vergleichen.«

»Du meinst also, die glauben wirklich, Schweden sei eine Diktatur?«

»Sie nennen das Demokratur«, sagte Amanda und schnaubte. »Sie behaupten, es gäbe keine Meinungsfreiheit, und dass man die Einwanderungspolitik nicht kritisieren kann, ohne als Rassist beschimpft zu werden. Einer von denen schreibt, dass alle Muslime Vergewaltiger sind, dann hält jemand dagegen, und der Erste erwidert, dass man in diesem Land ein Recht dazu hat, alles zu sagen, was man will. Und das ist ja auch so.«

August lachte auf, ohne so recht zu wissen, warum. Amanda überging das und fuhr mit ihrer Erläuterung fort.

»Alle können sagen, was sie wollen, aber genauso habe auch ich das Recht, gegen diese gequirlte Scheiße, die sie von sich geben, was zu sagen. Vor allem, wenn sie gar nicht stimmt. Letzten Monat haben wir das Foto von einer Mutter veröffentlicht, die irgendwo in Mazedonien ihr Neugeborenes in einer Schlammpfütze waschen musste. Ein Politiker der Schwedendemokraten hat dazu geschrieben: ›Schweine baden doch gern im Matsch, die mögen das.‹«

Sie schüttelte den Kopf.

»Kurz gesagt: Sie nehmen die Flüchtlinge gar nicht mehr als Menschen wahr und sagen, wir sollen keine Mitleidsreportagen über Flüchtlinge schreiben. Was wir gerade erleben, ist die größte humanitäre Katastrophe seit dem Zweiten Weltkrieg, aber das begreifen die ja nicht.«

»Wahrscheinlich haben sie bloß Angst«, sagte August.

»Sicher haben sie das. Aber ich habe auch Angst. Ich habe vor Extremisten wie Ibrahim Chamsai genauso viel Angst wie vor den Verrückten, die meine Kollegen umbringen.«

»Deine Kollegen?«

»Wann bist du nach Schweden gekommen?«

»Ein Tag vor dem Anschlag.«

Amanda griff nach der Zigarettenschachtel und hielt sie August entgegen. Er nahm eine und griff nach dem Feuerzeug, zündete erst seine, dann Amandas Zigarette an.

Sie blies eine weiße Rauchwolke aus.

»Drei Journalisten sind ermordet worden. Eine Kollegin von mir, Ingrid Törnblom, wurde schwer verletzt. Der gemeinsame Nenner ist der, dass sie alle kritisch über die Schwedendemokraten und ihre Einwanderungspolitik geschrieben haben. Zwei von ihnen sind Leitartikelschreiber, die sich dafür ausgesprochen haben, es den Flüchtlingen zu erleichtern, Asyl zu beantragen.«

Plötzlich warf sie einen Blick auf die Straße und rief »Mist!«. August folgte ihrem Blick, aber wusste nicht, warum sie sich so erschrocken hatte.

»Was ist los?«, wollte er wissen.

»Christoffer.«

»Dein Mann?«

Amanda wollte ihm antworten, aber ein hoch aufgeschossener Mann in den Vierzigern mit grauem Mantel, weißem Hemd und dunkler Anzughose trat an die Balustrade, die die Tische von der Straße trennte. Er war offensichtlich angetrunken.

»Was zum Teufel soll das hier? Wir wohnen noch nicht mal getrennt, und du hast schon ein verdammtes Date?«, brauste er auf und sah August höhnisch an. »Und dann mit diesem Loser?«

August blieb stumm und musterte ihn gelassen.

»Beruhig dich, Christoffer. Die Leute gucken schon. Das hier ist kein Date. Ich …«, begann Amanda.

»Ich soll mich beruhigen?«, fiel er ihr ins Wort. »Für wen hältst du mich? Denkst du, ich bin ein Idiot? Ihr sitzt hier und trinkt Wein, und was kommt danach? Geht ihr nach Hause zum Vögeln?«

»Nein, das werden wir nicht«, gab Amanda zurück und sah ihn durchdringend an. »Können wir uns ein Taxi nehmen und das wie erwachsene Menschen bereden?«

August streckte Christoffer seine Rechte entgegen, um sich vorzustellen und wenn möglich die Situation zu entschärfen. »Ich heiße August und bin ein alter Freund von Amanda. Das ist alles.«

Christoffer musterte Augusts ausgestreckte Hand und schnaubte. Dann wandte er sich an Amanda.

»Wo hast du denn diesen Schwätzer aufgegabelt – in einem Wohnwagen?«

August schielte zu Amanda hinüber, die sich offenbar sehr zusammennehmen musste, um sich nicht zu vergessen.

»Bitte, Christoffer, hör auf, so mit mir zu reden«, sagte Amanda, während sie sich erhob und versuchte, ihm eine Hand auf den Arm zu legen, um ihn zu beschwichtigen. »Lass uns fahren ...«

Er schubste sie, und sie stürzte zu Boden.

August sprang vom Stuhl auf, um ihr zu helfen. Amanda sah sich benommen um, als er sie behutsam wieder auf ihren Stuhl zog. Aus dem Augenwinkel bemerkte August, dass eine junge Frau ihr Mobiltelefon gezückt hatte und den Vorfall filmte.

»Bist du okay?«, fragte er und verstellte der Frau die Sicht, damit sie nicht weiterfilmen konnte. Amanda nickte. August strich ihr über die Wange und trat auf Christoffer zu, der mit vor der Brust verschränkten Armen dastand. August sah ihn hasserfüllt an.

»Und jetzt verschwinde.«

»Damit du den Helden spielen kannst und sie dich dann an die Wäsche lässt? Vergiss es, du erbärmlicher Sozialfall.«

»August ...«, sagte Amanda eindringlich.

August holte drei Mal tief Luft, drehte sich um und ging vor ihr in die Hocke.

»Es ist besser, wenn du jetzt gehst«, sagte sie.

»Ich lasse dich auf keinen Fall mit ihm allein. Ich bleibe auch ruhig, ich versprech's«, sagte er.

»Ich will, dass du jetzt gehst«, sagte sie bestimmt. »Verstehst du das?«

August sah sie forschend an. Er griff nach ihrem Mobiltelefon, das auf dem Tisch lag, und gab seine Nummer ein.

»Ruf mich an, wenn was ist«, sagte er, drückte ihr einen Kuss auf die Wange und ging.

»Feige Sau«, rief Christoffer ihm nach.

KAPITEL 41

Madeleine Winther setzte sich mit einem Ruck im Bett auf. Ihr Herz pochte, und sie hatte einen trockenen Mund. Sie ließ ihren Blick durch die Wohnung schweifen und versuchte, sich zu beruhigen. Zum zweiten Mal in dieser Woche hatte sie dasselbe geträumt. Wobei träumen nicht das richtige Wort dafür war. Was sie gesehen hatte, hatte sich tatsächlich zugetragen. Alte Erinnerungen von einem Parkhaus, Erinnerungen, die so greifbar waren, dass sie den Gestank der Abgase roch. Sie setzte die Füße auf den Boden.

Ihr Herz schlug noch immer zu schnell. Madeleine wankte auf zittrigen Beinen ins Bad und stellte sich vor den Spiegel. Ihre Haare waren völlig zerzaust. Sie griff nach ihrer Bürste und setzte sich auf den Toilettendeckel, um ihre Haare zu bearbeiten und wieder runterzukommen. Aber sie gab gleich wieder auf. Sie begrub ihr Gesicht in den Händen und wiegte sich vor und zurück, die Ellenbogen auf die Oberschenkel gestützt. Die Bürste fiel geräuschvoll zu Boden.

Acht Jahre waren seitdem vergangen.

Trotzdem wachte sie in manchen Nächten noch immer von ihren eigenen Schreien auf. Tabletten, Psychologen, bis zum Umfallen trainieren oder schreiben – nichts half. Sie sah alles genauso deutlich vor sich wie in jener Oktobernacht vor acht Jahren. Die aufgebrachten Stimmen. Die Abgase. Ihre Hilferufe. Das Gelächter, das von den Betonwänden zurückgeworfen wurde. Nicht der Schmerz und der Schrecken waren das Schlimmste, sondern das Gefühl der Hilflosigkeit und Demütigung. Das blieb.

Nachdem sie mit ihr fertig gewesen waren und ihr klar geworden war, dass sie nicht vorhatten, sie umzubringen, war sie auf dem kalten Betonboden liegen geblieben und hatte an die Decke gestarrt. Nach ein paar Stunden war sie aufgestanden, hatte sich die Hose hochgezogen und war aus der Garage gestolpert. Hatte den Bus vorbeifahren sehen mit fröhlichen Familien unterwegs nach Skansen.

Ein früher Morgen auf Östermalm, wie jeder beliebige andere Morgen auch.

Sie hatte besonnen reagiert. War ins Einkaufszentrum Fältöversten gegangen und hatte darauf gewartet, dass die Apotheke aufmachte. Hatte sich davor auf eine Bank gesetzt und sich gewundert, dass sich die Welt um sie herum weiterdrehte, als sei nichts geschehen.

Als Madeleine mit einer grünen Tüte, in der die Pille danach lag, den Karlaplan überquert hatte, hatte sie beschlossen, mit niemandem über das, was passiert war, zu reden. Niemals.

Sie erhob sich wieder vom Toilettendeckel, hob die Bürste auf und legte sie in den Schrank zurück. Dann wusch sie sich mit kaltem Wasser das Gesicht.

Auf dem Nachttisch im Schlafzimmer vibrierte ihr Mobiltelefon. Mit klopfendem Herzen las Madeleine die Nachricht. Der Absender verbarg sich hinter einer unbekannten Nummer und teilte ihr lediglich das Datum des heutigen Tages, eine Uhrzeit und einen Ort mit. Es konnte sich nur um eine Person handeln. Um einen Mann, mit dem Madeleine in den letzten sechs Monaten nur ein einziges Mal gesprochen hatte und den sie jeden Tag vermisste.

Bis zu ihrem Treffen beim Schmetterlingshaus im Hagaparken blieben ihr noch zwei Stunden. Ihr knurrte der Magen. Erst mal musste sie frühstücken. Sie zog sich einen Pullover über und schminkte sich sorgfältig. Dann griff sie nach ihrer Tasche, nahm die Jacke vom Haken, trat aus der Tür und schlug den Weg Richtung Odenplan ein. Der Asphalt glänzte vor Kälte. Als sie am ICA im Vanadisvägen vorbeikam, klingelte ihr Telefon. Es war Markus

Råhde. Eigentlich empfand sie nur Ekel, aber sie zwang sich, fröhlich zu klingen, als er sich meldete.

»Ich habe dich vermisst«, begrüßte sie ihn.

»Wir müssen damit aufhören, so miteinander umzugehen, Madeleine«, sagte Markus. »Ich liebe dich, und ich will mit keiner anderen Frau zusammen sein. Ich und Petra ... Du hast bestimmt schon gehört, dass es aus ist und wir uns getrennt haben. Ich bin bereit, alles für uns zu tun.«

Madeleine seufzte erleichtert. Bald würde sie den Film haben. Dann hätte diese idiotische Farce ein Ende. Und sie könnte sich rächen.

»Wann können wir uns sehen?«, fragte sie gekünstelt. »Ich habe solche Sehnsucht nach dir. Und ich möchte mich auf meine eigene Weise bei dir entschuldigen.«

Markus feixte. Madeleine widerte das an.

»Ich versuche, morgen früher rauszukommen. Ich kann es kaum erwarten. Kannst du mir nicht noch ein Bild schicken, dann weiß ich, worauf ich mich freuen kann?«

»Klar kriegst du noch eins, du Ärmster«, sagte sie. »Ich schicke es dir später.«

In einem Café in der Odengatan bestellte sie einen Schinken-Käse-Toast mit Kaffee. Heute konnte sie sich einfach nicht dazu durchringen, etwas Gesundes zu essen. Auf dem Tresen neben der Kasse lag das aktuelle *Nyhetsbladet*. Ihr Artikel prangte auf Seite eins:

Das Nyhetsbladet enthüllt:
So will die Opposition die Regierung stürzen – heimliches Treffen von Schwedendemokraten und Christdemokraten in Sölvesborg.

Madeleine nahm die Zeitung mit an ihren Tisch und blätterte sie durch, während sie auf ihr Frühstück wartete. Sie lächelte, als sie ihr Bild in der Verfasserzeile sah. Rund zweieinhalb Jahre zuvor hatte sie die Journalistenschule in Stockholm mit erstklassigen Noten abgeschlossen. Aber niemand, am allerwenigsten sie selbst, hatte ahnen können, dass sie so schnell auf die Position aufsteigen würde, die sie jetzt innehatte. Eigentlich war das nicht zu fassen. Wenn Markus Råhde erst einmal geschasst war, würde sie sogar Chancen auf den Posten der Nachrichtenchefin haben. Dann würde sie die jüngste Nachrichtenchefin des Nyhetsbladet aller Zeiten werden.

Sie sah Fredrik Nord schon von Weitem. Er trug eine dunkelgrüne Militärjacke und hatte eine schwarze Mütze in die Stirn geschoben. Madeleine verzog den Mund, weil er trotz der Kälte Sneakers trug. Die letzten Meter rannte sie auf ihn zu und warf sich in seine Arme. Alle Anspannung und Bedenken fielen von ihr ab, als sie ihren Kopf an seine Schulter schmiegte. Er duftete leicht nach dem Parfum, das sie ihm vor einem Jahr geschenkt hatte.

Fredrik machte sich los und flüsterte, es sei das Beste, wenn sie ein Stück gingen, um sich zu unterhalten, und schlug die Kapuze von seinem grauen Hoodie hoch, den er unter seiner Jacke trug. Madeleine wischte sich verstohlen eine Träne weg und schloss zu ihm auf. Sie gingen den Hügel hinunter und auf das Schloss Haga zu. Er ließ sich Zeit, dann sagte er:

»Ich muss mich bei dir entschuldigen, weil ich dich nicht früher treffen konnte. Wir hatten in letzter Zeit ziemlich viel um die Ohren.«

»Das macht nichts«, erwiderte Madeleine. »Ich bin ganz gut klargekommen.«

Er lachte auf.

»Ja, deine Erfolgswelle ist schwer zu ignorieren.«

»Eure auch«, erwiderte sie.

Für eine Zehntelsekunde huschte ein Schatten über Fredriks Gesicht. Ihn bedrückte etwas. Doch sie ging darüber hinweg. Den Grund dafür würde sie noch früh genug erfahren.

»Aber jetzt bin ich ja hier«, sagte er. »Was ist passiert?«

Madeleine zögerte, während ein Mann in schwarzer Sportklei-
dung an ihnen vorbeilief. Sie beschloss, ohne Umschweife zur
Sache zu kommen. »Jemand in der Redaktion ist in den Besitz eines Films gelangt
und setzt ihn gegen mich ein. Das kann meine Karriere beim
Nyhetsbladet ruinieren. Und meine gesamte journalistische Karriere in Gefahr bringen.«

»Wer?«, fragte Fredrik barsch.

»Markus Råhde. Einer von den Nachrichtenchefs.«

»Der Arsch, mit dem du was angefangen hast?«

Madeleine nickte.

»Okay«, sagte er. »Und was ist das für ein Film?«

»Er ist privat – sehr privat.«

Fredrik schien überrascht, ging aber unbekümmert weiter.

»Ich habe ihm vorgegaukelt, dass ich die Beziehung weiterfüh-
ren will. Er vertraut mir. Aber der Film ist ein Problem. Der kann
mich wirklich in Schwierigkeiten bringen«, sagte Madeleine.

»Mach dir keinen Kopf. Wenn du meinst, dass es notwendig ist,
kümmern wir uns drum. Wir brauchen dich beim Nyhetsbladet.«

»Wenn er weg ist, habe ich reelle Chancen, Nachrichtenchefin
zu werden«, sagte Madeleine. Sie konnte ihren Stolz kaum verbergen. Fredrik hielt mitten im Schritt inne.

»Und was heißt das für uns?«

»Nichts, außer dass ich mehr zu sagen haben werde. Auch auf
die Dinge hinter den Kulissen der Zeitung werde ich wesentlich
mehr Einfluss nehmen können. Ich wünschte nur, wir beide
könnten uns öfter sehen. Ich vermisse dich so sehr.«

»Ich dich auch. Aber wir müssen mehr als andere opfern. Carl
will das so. Eines Tages, Madeleine, werden wir zusammen sein.
Das verspreche ich dir. Aber wir sind im Krieg, und Leute wie wir
müssen in dieser Schlacht an der Spitze stehen.«

Madeleine überlegte, ob sie von dem Kind in ihrem Bauch erzählen sollte, aber sie wollte das lieber noch für sich behalten.

Sie musterte Fredrik, der in aller Seelenruhe neben ihr herging und dachte, dass er männlicher war als jeder andere, den sie je gekannt hatte. Sie wusste noch, wie Carl sie einander vorgestellt hatte und sie sich sofort in ihn verliebt hatte. Sie wollte ihn jeden Tag bei sich haben. Nicht getrennt voneinander leben, was sie den größten Teil ihrer Beziehung tun mussten.

»Ich weiß«, sagte sie kleinlaut. »Fast hätte ich's vergessen – ich bin auf die Weihnachtsfeier vom *Nyhetsbladet* eingeladen. Sie ist im Café Operan, am zwanzigsten Dezember.«

»Gut«, gab Fredrik zurück, und Madeleine war enttäuscht, weil er nicht weiter über ihre Beziehung redete. »Du hast einen großartigen Job gemacht und uns wichtige Informationen über die Verräter gegeben. Jetzt bleiben noch sechs Personen, die die Höchststrafe erhalten sollen, aber Carl hat davon gesprochen, dass wir ein paar der Verräter gegen gewöhnliche Sozis austauschen, die wir per Zufall auswählen und unschädlich machen.«

»Und der Plan, Löfven zu erschießen?«

Fredrik schüttelte den Kopf.

»Keine Politiker. Das ist Carls Anweisung. Das sind zu heikle Ziele, das Risiko aufzufliegen, ist zu groß. Aber Journalisten kann die Polizei nicht rund um die Uhr schützen, und normale Bürger auch nicht«, sagte er.

Auch wenn er es nicht aussprach, hörte Madeleine seinem Tonfall an, dass er mit Carl nicht einer Meinung war.

»Seit dem Anschlag vom Grand Hôtel wird die Redaktion strenger bewacht als bisher, nur dass ihr's wisst, aber das machen sie ja nur, damit die Muslime uns nicht umlegen«, sagte sie. »Für die Weihnachtsfeier wird die Redaktionsleitung die Sicherheitsmaßnahmen noch mal erhöhen und eine externe Security einsetzen, da bin ich sicher.«

Fredrik sah sie mit ernster Miene an. Er und Carl hatten sie um Informationen gebeten, wann die Chefs des *Nyhetsbladet* sich außerhalb des Redaktionsgebäudes aufhalten würden. Als sie ihm nun davon erzählte, wirkte er völlig desinteressiert, und sie schielte unsicher zu ihm hinüber.

»Ich muss dir noch was zum Thema Grand Hôtel erzählen«, sagte er zerknirscht. »Das waren wir.«

»Wie meinst du das?«, sagte Madeleine.

»Die Bombe vor dem Hotel. Dahinter stecken wir. Aber wir haben nicht gewusst, dass du auch da warst. Die Wahrscheinlichkeit war wirklich dermaßen gering, dass wir das gar nicht in Erwägung gezogen haben. Und wir hatten keine Zeit zu verlieren nach den Anschlägen in ganz Europa.«

»Aber Ibrahim Chamsai ist doch der Täter, oder nicht?« Madeleines Stimme klang etwas schrill.

Er sah sie durchdringend an.

»Nein«, entgegnete Fredrik. »Wir haben seine Tochter entführt. Gemessen an der Wirkung und der Reaktion und daran, dass wir dem schwedischen Volk endlich die Augen dafür geöffnet haben, wer die wahren Feinde sind, haben wir das Richtige getan.«

»Zweiunddreißig Schweden sind dabei draufgegangen«, sagte Madeleine verdrossen.

Fredrik ging schweigend weiter.

»Kapiert ihr, was für einen Rückschlag es bedeutet, wenn das rauskommt?«

»Jetzt beruhig dich, das Mädchen ist tot. Und Ibrahim Chamsais Frau wird im Verhör das Gleiche sagen, was alle anderen Terroristenschlampen sagen, nämlich dass sie keine Ahnung hatte. Es ist nur eine Frage der Zeit, bis die Polizei ihn umlegt. Und er wird sich ganz sicher nicht lebend festnehmen lassen, denn er weiß, dass wir dann seine Tochter abknallen.«

Madeleine atmete schneller.

»Aber du hast doch gerade gesagt ...«

»Er weiß ja nicht, dass sie schon tot ist.«

Madeleine musste sich zwingen, ruhig zu bleiben. Sie musterte ein junges Paar mit Kinderwagen – ein friedliches Bild, das in völligem Kontrast stand zu dem Mann, den sie liebte und der ihr eben erzählt hatte, dass er zweiunddreißig Menschen auf dem Gewissen hatte.

»Zuerst war ich auch unsicher, ob es die Sache wert ist, das eigene Volk dafür zu opfern«, sagte Fredrik. »Aber so, wie sich alles entwickelt hat, bin ich überzeugt, dass wir das Richtige getan haben. Was gerade in Schweden passiert, zeigt, dass das Volk hinter uns steht. Und die Polizei konzentriert ihre Ressourcen jetzt nicht mehr auf unsere Aktionen. Keiner denkt mehr an die toten Journalisten.«

Sie hatten den See umrundet und gingen an einer Blockhütte vorbei, die im Sommer als Kiosk benutzt wurde. Ein Paar in identischen neongrünen Sportoutfits und weißen Mützen lief an ihnen vorbei.

»Ich bin ganz sicher, wenn du darüber nachdenkst, wirst du auch zu dem Schluss kommen, dass wir das Richtige getan haben«, sagte Fredrik, als das Paar vorbeigejoggt war.

Madeleine nickte und schluckte trocken. Sie fühlte sich jetzt ruhiger.

»Willst du nicht noch mit zu mir kommen?«, fragte sie mit bettelndem Blick. »Nur kurz.«

Er schüttelte den Kopf.

»Carl braucht mich. Ich muss gleich wieder los«, sagte er.

Madeleine biss sich auf die Lippe und riss sich zusammen, um kein zweites Mal zu fragen. Er zog einen Handschuh aus und streichelte ihre Wange. Sie rang mit den Tränen.

»Ich liebe dich«, sagte er und drückte ihr einen flüchtigen Kuss auf den Mund. »Melde dich, wenn du weißt, wo Markus Råhde sich wann aufhält.«

Dann drehte er sich um und lief denselben Weg zurück, den sie gekommen waren. Madeleine sah ihm nach, seufzte und ging mit schnellen Schritten Richtung Vasastan.

Als sie fast wieder zu Hause war, rief sie Erik Gidlund mit ihrem Mobiltelefon an. Als er sich meldete, konnte sie nicht länger an sich halten und brach in Tränen aus.

»Was ist passiert?«, fragte Erik.

»Ich bin total fertig. Kann ich heute Abend nicht auf einen Kaffee bei dir vorbeikommen, und wir philosophieren über das Leben, so wie früher?«

»Ja, klar«, sagte Erik überrascht. »Klingel einfach.«

»Erik ...«, begann sie. »Ich weiß, dass ich in den letzten Monaten etwas komisch war. Das tut mir leid. Ich weiß auch nicht, was mit mir los war.«

»Du bist, wie du bist, Madeleine. Aber du bist auch eine gute Freundin, und ich habe dich sehr gern. Und ich weiß ja, dass du mich auch gernhast.«

KAPITEL 42

Die letzten Tage waren für jeden Einzelnen von ihnen aufreibend gewesen. Die ganze Sache mit Ibrahim und Mitra Chamsai war schrecklich gewesen und hatte ihnen alles abverlangt. In jener Nacht, in der Carl sie erwürgt hatte, hatten sie das Ruderboot vom Steg losgemacht und waren zwei Kilometer in die Dunkelheit hinausgerudert. Lars hatte Mitra zwei von Carls Fünfundzwanzig-Kilo-Hanteln an die Füße gebunden, und anschließend hatten sie ihre Leiche in der vierzig Meter tiefen Fahrrinne versenkt. Doch sie hatten diese schwere Zeit bewältigt, den Test überstanden. Carl war auf sie alle stolz.

Statt sich im Sommerhaus auf Djurö oder zu Hause bei Carl in der Grevgatan zu treffen, hatte er sie in die Nordiska Kompaniet bestellt. Es war Sonntagnachmittag, und die Kunden tummelten sich in dem Warenhaus. Das Weihnachtsgeschäft brummte, trotz allem. Carl war ausgelaugt, aber guter Dinge.

Fredrik war als Erster da. Er bestellte ein Krabbensandwich mit Kaffee und fasste das Wichtigste von seiner Unterhaltung mit Madeleine Winther zusammen. Als er berichtete, dass sie gute Chancen hatte, Nachrichtenchefin zu werden, hellte sich Carls Miene auf.

»Das ist ja krass«, sagte er.

»Aber zuerst müssen wir uns um den Arsch kümmern, der den Film hat.«

»Markus Råhde heißt der, oder? Was wissen wir denn über ihn?«

»Er war für Madeleine das Sprungbrett, um in der Hierarchie aufzusteigen und Karriere zu machen. Er ist einer der beiden

324

Nachrichtenchefs, die den größten Einfluss haben, auch bei Anita Sandstedt. Und jetzt erpresst er Madeleine«, schloss Fredrik.

»Unsere kleine Madeleine«, sagte Carl und verzog den Mund. »Was würden wir nur ohne sie machen? Sie soll ihn in ihre Wohnung locken, und wir bringen die Sache dann zu Ende. Wir dürfen die Dinge nicht zu sehr verkomplizieren.«

Die Bedienung kam mit Fredriks Krabbensandwich. Er bedankte sich und nahm sich Besteck.

»Wie geht es ihr sonst so?«, erkundigte sich Carl.

»Gut«, entgegnete Fredrik. »Sie ist stark.«

»Und die Nachricht mit dem Grand Hôtel?«

»Natürlich war sie außer sich. Aber ich konnte sie beruhigen und davon überzeugen, dass es notwendig war.«

Carl sah Fredrik, der ein paar Krabben auf seine Gabel piekste und sie sich in den Mund schob, nachdenklich an.

»Und du? Fehlt sie dir sehr?«

»Die aktuelle Situation, in der wir uns befinden, verlangt gewisse Opfer von uns, das haben wir ja so entschieden«, sagte er mechanisch.

»Das ist keine Antwort auf meine Frage.«

»Ja, sie fehlt mir.«

»Das verstehe ich, und es tut mir leid für euch«, sagte Carl. »Aber damit unser Vorhaben gelingt, brauchen wir einen Insider. Vor allem jetzt, wo wir in die Endphase gehen.«

»Ich weiß. Ich habe mich auch nicht beschwert«, gab Fredrik irritiert zurück.

»Ihr solltet euch mal einen Abend treffen. Aber ihr müsst vorsichtig sein. Wir können es nicht riskieren, dass ihr zusammen gesehen werdet.«

Ehe Fredrik etwas erwidern konnte, setzte sich Lars an den Tisch.

Keiner von ihnen hatte ihn kommen sehen. Der Polizist hatte

dunkle Ringe unter den Augen. Sein Gesicht war aufgedunsen und fahl. Er bestellte einen Kaffee, schwarz.

Als die Bedienung den Kaffee gebracht und wieder gegangen war, räusperte Carl sich.

Am Vorabend hatte er sich vorbereitet und niedergeschrieben, was er sagen wollte. Es stand viel auf dem Spiel. Fredrik und Lars mussten bei dem, was er vorhatte, mit ihm an einem Strang ziehen. Das würden sie sicher tun – Carl war ausgesprochen zufrieden mit der Rede, die er verfasst hatte. Es war eine jener Reden, die Geschichte schreiben konnten. Er hatte sowohl John F. Kennedys als auch Ronald Reagans berühmte Berlin-Rede studiert, um an den richtigen Stellen Pausen einzubauen und den passenden Tonfall zu finden.

»Meine Freunde«, begann er mit gedämpfter Stimme und beugte sich vor. »Es ist an der Zeit zu beschließen, wie wir weiter vorgehen wollen. Dank unserer Einsätze hat sich Schweden von Grund auf verändert. Die Schweden haben sich gegen die Regierung erhoben. Die Tage der Sozialdemokraten sind gezählt. Das Land steuert auf Neuwahlen zu. Wir haben ihren Bluff durchschaut, das trojanische Pferd enttarnt, das sie ins Land gelassen haben. Die Grenzen sind dicht, und zwar richtig. Wir haben eine schwere Zeit hinter uns, und nun müssen wir nach vorne schauen.«

Wie vorgesehen, machte er eine Pause, und sie sahen ihn gebannt an.

»Ich möchte, dass wir unseren Horizont erweitern. Es gibt immer noch Schweden – und ich sehe sie Tag für Tag –, die unsere Landsleute davon zu überzeugen versuchen, wie niedlich und friedlich die Muslime sind. Diese Männer und Frauen wollen unser Land den Parasiten überlassen. Sie sind keinen Deut besser als die Norweger und Dänen, die den Deutschen geholfen haben. Diese kranken Irren wollen, wie wir ja wissen, die Scharia einführen und uns die Freiheit nehmen, die unsere Vorväter erkämpft haben. Ich will, dass wir ihnen beweisen, dass nicht nur unehrenhafte Journalisten im neuen Schweden um ihr Leben fürchten müssen. Keiner soll denken, er könne das politisch korrekte Gift verspritzen in dem Glauben, das hätte keine Konsequenzen.«

Carl machte erneut eine Kunstpause. Am liebsten hätte er lauter gesprochen und wäre aufgestanden, damit er mit seiner Botschaft alle Gäste im Café erreichte. Er ließ seine rechte Handfläche geräuschvoll auf die Tischplatte niedersausen.

»Die Zeit der Journalisten ist vorbei«, sagte er. »Die haben jetzt eine Heidenangst, weil die Bevölkerung ein Auge auf sie hat. Ihre Vergehen an unserem Land sind nicht ungestraft geblieben. Aber es gibt auch ganz gewöhnliche, kleine feige Menschen, die dem Schweden im Weg stehen, das die Mehrheit von uns sich wünscht. Diese Menschen wissen es noch nicht, aber wir sehen sie. Wir haben sie die ganze Zeit schon im Blick, und ihren Verrat vergessen wir nicht. Ich möchte, dass wir uns in der nächsten Phase genau auf diese Leute konzentrieren.«

»Sehr gut«, rief Lars.

»Auf unserer Liste stehen noch sechs Journalisten. Aber ich möchte diese Liste auf einen Namen reduzieren«, fuhr Carl fort.

Er sonnte sich in ihren erwartungsvollen Mienen. Sie hörten ihm zu und reagierten auf jedes einzelne seiner Worte.

»Amanda Lilja. Ihr muslim-freundlicher, radikaler Feminismus und ihre Masche, Schweden in den Dreck zu ziehen, haben dazu geführt, dass sie andauernd im Fernsehen ist, um dort ihren pervertierten Sozialismus zu verbreiten. Diese kleine Hure ist eine Gegnerin von allem, was wir lieben, und von allem, was schwedisch ist. Ich will, dass wir sie aus dem Weg räumen.«

Plötzlich brach Jubel an den Nachbartischen aus.

Sie blickten sich verwundert um. Die anderen Gäste des Cafés schauten auf ihre Mobiltelefone und redeten wild durcheinander. Sogar die Bedienungen hatte ihre Telefone gezückt und sich hinter dem Tresen versammelt. Carl sah Fredrik und Lars fragend an. Fredrik griff nach seinem iPhone.

»Ibrahim Chamsai ist umzingelt«, sagte er aufgeregt.

»Kann ich mal sehen?«

Fredrik zeigte Carl das Display.

Terrorist Ibrahim Chamsai umzingelt – die Verfolgungsjagd der Polizei, stand im Nachrichtenticker des *Nyhetsbladet*.

Carl legte das Telefon auf den Tisch und schob seinen Stuhl zu den anderen rüber, damit sie alle nebeneinandersaßen. Die grobkörnigen Bilder zeigten ein Haus mit roter Klinkerfassade. Erik Gidlund vom *Nyhetsbladet* stand davor und berichtete, dass die Polizei den Terroristen Ibrahim Chamsai in einem Villenviertel in Axelsberg gesichtet hatte.

»Die Einsatzkräfte des Sonderkommandos sind vor Ort und treffen offenbar die nötigen Vorkehrungen, um das Gebäude zu stürmen. Bevor wir hier eintrafen, wurden Verhandlungen mit dem Terroristen geführt. Diese sollen nun eingestellt worden sein. Und damit zurück ins Studio«, schloss Erik Gidlund.

Carl lehnte sich zurück und atmete tief durch, um seinen rasenden Puls zu beruhigen. Im ganzen Warenhaus war es totenstill. Sowohl sämtliche Kunden als auch das Verkaufspersonal hielten plötzlich inne. Etwas Derartiges hatte er noch nie erlebt.

»Hoffentlich legen sie diesen Mistkerl um«, ereiferte sich ein älterer Herr im Tweedjackett ein paar Tische weiter.

Andere Gäste murmelten zustimmend.

Carl grinste. Er freute sich. Bald schon würde Ibrahim Chamsai ausgelöscht und zum Schweigen gebracht worden sein.

Zunächst hatte ihr Plan gelautet, dass er von seinem Taxi aus die Bombe zünden sollte. Aber dann waren sie zu dem Schluss gekommen, dass Ibrahim Chamsai im Zusammenhang mit dem Anschlag auch auf den Bildern der Überwachungskameras deutlich zu sehen sein sollte. Der Araber würde ohnehin niemals mit der Polizei reden, da Lars ihm klar zu verstehen gegeben hatte, dass sie seine Tochter ansonsten umbringen würden.

Im Fernsehstudio des *Nyhetsbladet* ging die Programmleiterin die vorliegenden Informationen durch. Die Hauseigentümer waren von ihrem Urlaub im Ausland zurückgekehrt, hatten bemerkt, dass sich jemand in ihrem Haus aufhielt, und umgehend die Polizei gerufen. Zwei Beamte waren gekommen, hatten sich unbemerkt Zutritt zum Haus verschafft und Ibrahim Chamsai identifiziert. Sie hatten sich wieder zurückgezogen und Verstärkung angefordert. Die Polizei ging davon aus, dass das Haus möglicherweise vermint war. Die Anwohner waren evakuiert worden. Die genaue Adresse gaben sie nicht bekannt. Carl mutmaßte, dass das *Nyhetsbladet* die Konkurrenz fernhalten wollte.

Ein Reporter war im Studio zu Gast und fasste die tagelange Fahndung nach Ibrahim Chamsai zusammen. Das Gespräch verstummte jedoch unvermittelt, als die Moderatorin Instruktionen über ihren Knopf im Ohr erhielt. Sie hatte Mühe, ihre Aufregung zu verbergen.

»Und nun geben wir noch mal zurück zu Erik Gidlund, der sich südlich von Stockholm vor dem Haus befindet, in dem sich der gesuchte Terrorist Ibrahim Chamsai aufhält«, sagte sie.

Die angespannte Stimmung, die in den letzten Minuten etwas abgenommen hatte, war sofort wieder da. Wieder war es ganz still. Carl sah vor sich, wie das ganze Land aufhorchte, um das Drama zu verfolgen.

»Rund dreißig schwer bewaffnete Polizeibeamten bereiten sich darauf vor, jeden Augenblick das Haus zu stürmen«, sagte Erik Gidlund atemlos und rückte seine Brille zurecht. Vereinzelte Schreie wurden laut. Erik Gidlund drehte der Kamera den Rücken zu.

Die schwarze Tür des Hauses, in dem Ibrahim Chamsai sich verschanzt hatte, flog auf.

Carl blieb fast die Luft weg.

»Die Haustür wurde soeben geöffnet«, flüsterte Erik Gidlund, der mit einem großen Schritt aus dem Bild getreten war.

Carl kniff die Augen zusammen, um besser zu sehen, während die Kamera auf die Tür zoomte. Jemand, vermutlich der Einsatzleiter, erteilte Anweisungen. Im Hintergrund erklang aufgeregtes Stimmengewirr.

Dann tauchte Ibrahim Chamsai im Türrahmen auf. Der Araber hatte einen Stoppelbart, trug ein viel zu weites graues Hemd und Jeans. In der Hand hielt er die Pistole, die Lars ihm gegeben hatte.

»Waffe fallen lassen«, brüllte eine Stimme.

Ibrahim Chamsai zögerte. Er trat auf der Stelle und schien unentschlossen, was er tun sollte. Die Polizei gab einen Warnschuss ab. Ibrahim fuhr zusammen und sah sich benommen um. Fredrik murmelte, dass er wie jemand auf einem Drogentrip aussehe. Für einen Moment blickte Ibrahim Chamsai direkt in die Kamera. Dann setzte er sich mit der Waffe im Anschlag in Bewegung.

In rascher Folge erschallten drei Schüsse. Ibrahim Chamsai wurde getroffen und nach hinten geschleudert. Eine Frau im Café schrie auf. Ein weiterer Schuss wurde abgefeuert. Ibrahim Chamsai blieb am Boden liegen, während maskierte Beamte auf ihn zustürmten.

»Die Polizei hat soeben auf Ibrahim Chamsai geschossen«, rief Erik Gidlund mit erstickter Stimme. »Noch ist unklar, ob er tödlich getroffen wurde, sicher ist nur, dass die Polizei geschossen hat, als Ibrahim Chamsai sich weigerte, seine Waffe niederzulegen.«

Im Warenhaus begannen die Kunden zu applaudieren. Sie klopften sich gegenseitig auf die Schulter und umarmten sich. Carl sog alles ein, was sich um ihn herum abspielte.

Diesen Moment würde er sein Leben lang nicht vergessen.

KAPITEL 43

Die Wohnung lag im obersten Stock eines Hauses in der Hornsgatan. Leandro Lopez hatte den Vertrag zur Untermiete ausgehandelt. Dreißig Quadratmeter für fünfzehntausend Kronen im Monat, die August leicht belustigt dem Kumpel seines Jugendfreundes bereitwillig bezahlte.

Ein durchgesessenes Sofa, eine weiße Kaffeemaschine und ein Futonbett waren inklusive. Ein kleiner Balkon zeigte auf einen Platz mit einem Imbiss, einer Kaffeebar und einem vegetarischen Restaurant.

August schlenderte ziellos durch sein neues Viertel, kaufte sich einen Döner bei dem Imbiss, setzte sich auf eine Bank und dachte an sein Treffen mit Amanda Lilja, das so abrupt geendet hatte. Er hatte sie am Vormittag angerufen, um zu hören, ob alles in Ordnung war, aber Amanda hatte den Anruf nicht angenommen. Sechs Stunden waren seitdem vergangen, und sie hatte noch immer nicht zurückgerufen. Gerade, als sich ein Obdachloser mit einem Bier in der Hand neben ihn setzte, klingelte Augusts Telefon. Er fischte es aus seiner Tasche und warf einen Blick auf das Display – es war Amanda. Er wischte sich die Finger an der Serviette ab, entschuldigte sich mit einer Handbewegung bei dem Obdachlosen und meldete sich.

»Entschuldige bitte«, sagte sie. »Das ist alles irgendwie schiefgelaufen.«

»Du weißt, dass du dich bei mir nie für etwas entschuldigen musst. Geht es dir gut?«, fragte er.

»Ja, mehr oder weniger.«

Sie schwiegen einen Moment.

»August, es war wirklich schön, dich gestern zu sehen. Ich

habe dich sehr vermisst. Aber ich denke, es ist nicht gut, wenn wir beide Kontakt haben. Jedenfalls nicht jetzt. Das wäre zu kompliziert.«

Sie klang ernsthaft bedrückt. August schloss die Augen. Auf der Hornsgatan hupte ein Auto.

»Ich verstehe«, sagte er, bemüht, unbekümmert zu klingen.

»Es tut mir leid. Aber es ist das Beste so. Ich habe es nicht leicht gehabt, und ich muss erst wieder Land sehen.«

»Du musst dich vor mir wirklich nicht rechtfertigen.«

Wieder entstand eine Pause, diesmal eine längere. August wollte das Gespräch noch nicht beenden, er wollte nicht daran denken, dass sie wieder aus seinem Leben verschwand.

»Wenn irgendwas ist, egal, was, kannst du mich immer anrufen. Rund um die Uhr«, sagte er und suchte fieberhaft nach weiteren Worten.

»Dass es so gelaufen ist, tut mir leid. Ich ... weiß gar nicht, was ich sagen soll. Aber es war schön, dich zu sehen, ehrlich«, sagte sie. »Pass auf dich auf.«

Amanda legte auf.

August blieb sitzen, das Telefon ans Ohr gedrückt. Merkwürdig, dachte er, welche Wirkung sie noch immer auf mich hat. Er hatte sie seit zehn Jahren nicht gesehen, und schon wenige Stunden in ihrer Gesellschaft reichten aus, dass er wieder genau an dem Punkt war, an dem er sie verlassen hatte.

Er warf den Rest seines Döners in den Abfallkorb neben der Bank. Augusts Sitznachbar erzählte gerade eine Geschichte von irgendeinem Marathon, den er 1993 gelaufen war. August stand wortlos auf und ging.

KAPITEL 44

Madeleine Winther beobachtete Markus Råhde, wie er sich Wein einschenkte. Sie schielte zu seiner Laptoptasche hinüber, die auf ihrem Bett lag, und dachte, dass sie ihn bald los sein würde. Als er das Wort an sie richtete, zwang sie sich, ihn anzusehen.

»Ibrahim Chamsai ist tot. Seine Tochter Mitra ist vor dem Terroranschlag spurlos verschwunden. Die Polizei geht von der Hypothese aus, dass sie in irgendeiner Form darin verwickelt gewesen sein muss. Sie hatte nur noch zwei Semester an der Juristischen Fakultät vor sich. Sie war beliebt und hatte viele Freunde. Niemand hat sie jemals über Religion sprechen hören. Das ist eigentlich unbegreiflich.«

»Warum das denn?«

Markus stellte sein Weinglas auf dem Tisch ab und nahm gegenüber von Madeleine Platz.

»Weil ich es unfassbar finde, wie man so ein Doppelleben führen kann. Selbst Fatima Chamsai, seine Frau, scheint von seinem Vorhaben nicht das Geringste gewusst zu haben. Die Polizei hat sie zwei Wochen lang vernommen, ohne Erfolg«, sagte er.

Madeleine lag auf der Zunge, dass er sechs Monate lang hinter dem Rücken seiner Frau eine Affäre gehabt hatte, aber sie beschloss, die Sache auf sich beruhen zu lassen. Markus nippte an seinem Wein, nickte und streckte ihr das Glas hin.

»Bist du sicher, dass du nicht probieren willst? Nimm einen Schluck, das schadet dem Kind nicht.«

»Ist schon gut, danke«, sagte Madeleine und rang sich ein Lächeln ab.

»Wie wollen wir denn Weihnachten feiern?«

»Wie meinst du das?«

Er schien verblüfft, aber besann sich.

»Ich dachte zuerst, wir könnten zusammen wegfahren«, sagte er. »Aber Petra will, dass ich die Kinder am 23. nehme. Ich dachte mir, das wäre eine gute Gelegenheit für sie, die Frau kennenzulernen, die ihr Geschwisterchen zur Welt bringen wird.«

»Das klingt gut«, sagte Madeleine rasch und wollte das Thema wechseln.

Markus wusste nicht, dass er seine Kinder nie wiedersehen würde. In weniger als einer Stunde würde er tot sein.

»Hast du schon eine Wohnung gefunden?«

»Ja, ich habe eine in der Luntmakargatan im Auge«, gab Markus zurück. »Ich möchte, dass du morgen mitkommst zum Besichtigungstermin.«

»Wieso das denn?«

»Weil wir zusammen darin leben werden. Du willst ja wohl nicht hier wohnen bleiben, wenn unser Kind auf der Welt ist.«

»Nein, natürlich nicht«, sagte Madeleine tonlos. »Ist sie schön?«

»Sie ist toll. Du wirst sie lieben. Aber lass uns eins nach dem anderen angehen. Weihnachten …«

»Ja, richtig.«

»Unsere Weihnachtsfeier ist am 20. Am 18. Dezember fahre ich nach Finnland und bin zwei Tage weg. Ich würde mir eine Woche vorher gerne freinehmen, dann können wir die Reise machen, von der wir gesprochen haben.«

»Was machst du denn in Finnland?«

»Irgendein Schlauberger hat eine Medienkonferenz in Helsinki anberaumt, eine Woche vor Weihnachten. Die Chefredakteurin will, dass die gesamte Redaktionsleitung hinfährt. Die *Aftonposten* und das *Sveriges Allehanda* schicken auch ihre Chefs.«

»Die Chefs von sämtlichen Redaktionen?«, fragte Madeleine und versuchte, teilnahmslos zu klingen, während ihr Herz einen Sprung machte.

»Ja, und Anita Sandstedt findet es lustiger, wenn wir mit der

Fähre rüberfahren. Sie will auch das *Sveriges Allehanda* und die *Aftonposten* dazu überreden. Sie hat außerdem jemanden eingeladen, der einen Vortrag hält und so. Das wird wohl eher eine Party als ein Vortrag, denke ich«, sagte Markus und lachte laut auf.

»Und die wollen alle mit der Fähre rüberfahren?«

»Ja, danach sieht's aus. Das wird sicher witzig, wenn die ganzen hohen Tiere alle an einem Ort versammelt sind. Aber so wirklich offiziell ist das noch nicht.«

»Aus Sicherheitsgründen?«, wollte Madeleine wissen.

»Ganz genau«, sagte er abwesend. »Aber was hältst du davon, Mitte Dezember für eine Woche wegzufahren? Du kannst ja bald nicht mehr fliegen.«

»Das wird herrlich.«

»Ich bin so froh, dass wir dieses kindische Getue hinter uns gelassen haben. Ich liebe dich.«

Nachdem sie miteinander geschlafen hatten, lagen sie im Bett und blickten an die Decke.

»Willst du nicht duschen gehen?«, fragte Madeleine.

Markus drehte sich zu ihr um, stützte den Kopf in die Hand und lächelte.

»Es gibt niemanden mehr, vor dem ich deinen Duft verbergen müsste.«

»Ich lasse dir ein Bad ein«, sagte Madeleine. »Du hast in letzter Zeit so viel gearbeitet, da wird dir die Entspannung guttun.«

Sie stand auf und ging ins Bad.

»Ich soll in die Wanne?«, rief Markus ihr nach.

Madeleine drehte den Hahn auf und kehrte ins Schlafzimmer zurück.

»Genieß es einfach«, sagte sie. »Und sobald du richtig entspannt bist, leiste ich dir Gesellschaft, und du besorgst es mir noch drei Mal.«

Als er in der Wanne lag, ging Madeleine in die Küche, deren Fenster auf die Hagagatan rausgingen. Sie nahm den Blumentopf, der neben dem Herd stand, und stellte ihn auf den Sims. Dann schloss sie die Wohnungstür auf.

»Das ist wirklich großartig«, rief Markus. »Du solltest auch reinkommen.«

Madeleine steckte den Kopf durch die Tür.

»Ich komme gleich«, sagte sie.

Es war zwanzig nach neun. Sie warf einen Blick auf die Straße. Die Hagagatan war verlassen. Madeleine griff nach ihrem Mobiltelefon, um nachzusehen, ob sie eine Nachricht erhalten hatte. In dem Moment hörte sie, dass die Türklinke langsam nach unten gedrückt wurde. Markus ließ noch mehr heißes Wasser nachlaufen. Carl und Fredrik blieben in der Diele stehen. Madeleine deutete Richtung Badezimmer. Carl nickte und zog die Tür lautlos hinter sich zu. In der Hand hielt er eine schwarze Pistole, der Schalldämpfer war bereits aufgeschraubt.

»Was meinst du, sollen wir nach Mauritius fliegen?«, rief Markus.

Carl feixte, als er die Stimme hörte. Madeleine folgte Carl und Fredrik ins Bad. Markus schrie auf beim Anblick der Männer.

»Wer zum Henker sind Sie?«, platzte er erschrocken heraus.

»Nur die Ruhe«, sagte Carl und zeigte auf seine Pistole, damit Markus sie auch ja nicht übersah. »Wir sind Freunde von Madeleine, und du hast einen Film, den sie gerne wiederhaben möchte.«

Markus sah geschockt aus.

»Was soll das, Madeleine? Hast du diese Auftragskiller angeheuert?«

Fredrik machte einen Schritt auf die Badewanne zu und nahm den Föhn aus dem Regal. Er sah sich nach einer Steckdose um, fand eine rechts neben dem Badezimmerschrank und steckte den Föhn ein.

»Was haben Sie vor?«, fragte Markus und musterte ihn ängstlich.

Fredrik hielt den Föhn einen halben Meter über die Badewanne. Markus krümmte sich zusammen. »Sie sind ja völlig übergeschnappt ... Der Film ist in meinem Mail-Eingang.«

»Gibt es Kopien davon?«

»Nein.«

»Sicher?«

»Ich schwöre.«

Madeleine holte den Laptop, klappte den Deckel auf und stellte ihn auf die Toilette neben der Badewanne.

»Lösch ihn«, sagte sie und zeigte auf den Bildschirm.

Markus sah sie perplex an. Dann machte Fredrik eine ausholende Armbewegung, um sich ein Handtuch zu schnappen – Markus fuhr zusammen. Wasser schwappte über den Badewannenrand und auf die Fliesen. Carl trat einen Schritt zurück.

»Du feige Sau«, sagte er. »Trockne dir die Hände ab.«

Madeleine starrte auf den Bildschirm, während Markus sein Outlook öffnete, den Ordner mit seinen gespeicherten Dateien anklickte und den Film öffnete.

»Lösch ihn«, wiederholte sie.

Als Markus ihrer Aufforderung nachgekommen war, klappte sie den Rechner mit einem Knall zu.

Carl fasste Markus unter den Achseln und hievte ihn in der Badewanne auf die Füße.

»Madeleine«, sagte Markus und versuchte gleichzeitig, seine Scham zu bedecken. »Wer sind diese Typen?«

Carl führte ihn ins Schlafzimmer und schubste ihn aufs Bett. Das Fenster stand offen, und er begann, vor Kälte zu zittern.

»Dir ist hoffentlich klar, dass ich dich nach diesem Vorfall rausschmeiße«, sagte er unsicher.

337

Sie bauten sich vor ihm auf. Fredrik sah Markus angewidert an. Madeleine trat vor und spuckte ihrem Chef ins Gesicht. Er ließ es über sich ergehen, ohne eine Miene zu verziehen.

»Ich verstehe nicht, Madeleine ... Was ... was soll das alles?«

»Leute wie du haben dieses Land gegen die Wand gefahren. Du stiftest deine Mitarbeiter zur Lügerei an und dazu, die Wahrheit zu verschweigen«, sagte Madeleine.

»Was für eine verdammte Wahrheit?«

Carl gluckste und tätschelte ihm die Wange.

»Markus, Markus ... Komm schon, du bist Linksextremist. Was ihr da treibt, ist Propaganda und kein Journalismus. Erst gestern wieder seid ihr für einen Pädophilen in die Bresche gesprungen ...«

»Wir sollen uns hinter einen Pädophilen gestellt haben?«

»Der Dreiundvierzigjährige, wie ihr ihn nennt. Der seine Tochter vergewaltigt hat, seit sie vier war. Bis sie in die Pubertät kam ... da war sie dann nicht mehr interessant für ihn.«

»Inwiefern haben wir ihn denn verteidigt?«

»Ihr habt ihn geschützt. Sein Gesicht verpixelt und euch hinter euren schönen Prinzipien versteckt.«

»In Schweden haben selbst Menschen, die wegen Vergewaltigung von Kindern angeklagt werden, das Recht, ihren Fall vor Gericht zu bringen. Darüber kann man denken, wie man will, aber so ist es nun mal. Ich begreife nicht, was das hiermit zu tun hat. Der Film ist gelöscht, und ich will jetzt gehen.«

»Pädophile sind degenerierte Vollidioten, die an den Pranger gestellt werden sollten. Man sollte ihnen vor der Hinrichtung den Schwanz abschneiden«, sagte Fredrik.

»Ich mache die Gesetze nicht«, entgegnete Markus kleinlaut. »Kann ich mich jetzt endlich anziehen und gehen?«

»Nein«, entgegnete Carl barsch. »Kannst du nicht.«

Er steckte die Hand in seine Jackentasche und holte ein Paar Handschellen heraus.

»Leg dich auf den Bauch, die Hände auf den Rücken, du ver-
fluchtes Dreckschwein.«

»Auf gar keinen Fall«, gab Markus panisch zurück.

Fredrik boxte ihn in den Unterleib. Markus stöhnte und
krümmte sich auf dem Bett. Sie packten ihn an den Armen und
legten ihm die Handschellen an. Dann setzten sie ihn wieder auf.
Er hatte einen roten Kopf und warf Madeleine einen flehenden
Blick zu.

»Sag ihnen, sie sollen aufhören«, bat er.

Er war den Tränen nahe. Madeleine empfand nichts als Ekel.

»Zu spät. Du hättest mir nicht drohen dürfen. Was hier passiert, ist deine Schuld«, sagte sie.

»Bist du etwa einer Meinung mit denen, findest du auch, dass
wir Pädophile mit Namen und Bild anprangern sollten, damit sie
gelyncht werden können? Willst du wirklich in so einer Gesellschaft leben?«

»Du kapierst überhaupt nicht, was hier abgeht«, sagte sie und
trat auf ihn zu. »Rückgratlose Menschen wie du haben jahrelang Misshandlungen und Vergewaltigungen von schwedischen
Frauen gebilligt. Aber damit ist jetzt Schluss.«

»Wovon redest du denn da?«, keuchte Markus. »Bist du total
verrückt geworden?«

Er begann, sich zu winden, und rief um Hilfe. Fredrik und Carl
drückten ihn auf die Matratze, und Fredrik presste ein Kissen auf
sein Gesicht, um ihn zum Schweigen zu bringen.

»Gib mir eine Plastiktüte«, sagte Carl.

Madeleine machte den Küchenschrank auf und nahm eine
Tüte vom Supermarkt ICA Vanadis heraus.

Sie gab sie Carl, der sie Markus über den Kopf zog. Seine Hals-
venen schwollen an, er zappelte und trat wie wild um sich.

Nach dreißig Sekunden wurden seine Bewegungen langsamer
und schwächer. Schließlich rührte er sich gar nicht mehr. Fredrik, der Markus' Oberkörper festgehalten hatte, erhob sich und

kam auf Madeleine zu. Sein schwarzes T-Shirt war völlig durchgeschwitzt.

»Bist du in Ordnung?«, fragte er.

Madeleine nickte und umarmte ihn.

Carl nahm Markus die Tüte wieder vom Kopf. Sein Gesicht war blau angelaufen, in seinen Augen waren Blutgefäße geplatzt, sein Mund stand offen, der Unterkiefer war ausgerenkt.

»In ein paar Stunden, wenn wir sicher sein können, dass wir nicht gesehen werden, bringen wir die Leiche weg«, sagte Carl. »So lange warten wir hier.«

KAPITEL 45

Carl Cederhielm ging auf die Webseite von TV4 Play, um das Morgenmagazin anzusehen, in dem Amanda Lilja mitwirkte. Ihre selbstgefällige Miene und ihr eingebildetes Gutmenschentum widerten ihn an. Eigentlich, dachte Carl, sollte sie ganz oben auf der Liste der Verräter stehen. Er hätte ihrem Auftreten längst Einhalt gebieten müssen. Andererseits: In den letzten Wochen war sie überall präsent gewesen und war in den Medien zu einer Art Sprachrohr für die Kommunisten geworden. Die schockierende Nachricht ihres gewaltsamen Todes würde einschlagen wie eine Bombe. Der Zeitpunkt hätte nicht besser sein können – die Reaktionen würden überwältigender sein als noch vor ein paar Wochen.

Die Journalisten hatten auch so schon eine Heidenangst. Madeleine Winther hatte erzählt, dass ein paar von ihren Kollegen keine Artikel über Flüchtlinge mehr schrieben, aus Angst, das nächste Opfer zu werden. Amanda Liljas Tod würde der gesamten Berufsgruppe der Journalisten den letzten Stoß geben. Daran waren sie selbst schuld. Seine Arbeit sowie die von Fredrik Nord und Lars Nilsson war so gut wie abgeschlossen.

Noch zwei Aktionen, dann war zumindest ein Jahr lang Ruhe. Dann würde die nächste Phase beginnen, in der sie sich auf die »gewöhnlichen« Widersacher konzentrieren wollten. Sie waren sich alle drei einig, dass sie sich bis dahin ausruhen und Kraft tanken mussten.

Sie hatten mehr zustande gebracht, als sie jemals zu träumen gewagt hatten. Abgesehen von dem Zwischenfall im Gustav Adolfsparken, waren sie weit davon entfernt gewesen, der Polizei ins Netz zu gehen. Niemand hatte Carls Strategie, seiner Art der Organisation einer Stadtguerilla, etwas entgegenzusetzen.

Statt sich auf die Weihnachtsfeier zu schmuggeln, was zunächst Carls Ziel gewesen war, hatte er mittlerweile beschlossen, in größeren Dimensionen zu denken.

Der Anschlag an Bord der Helsinki-Fähre auf die Redaktionschefs des *Sveriges Allehanda*, des *Nyhetsbladet* und der *Aftonposten* sollte für ein Jahr ihr letzter Coup sein. Sie würden mehrere Schlüsselpersonen der schwedischen Medien aus dem Weg räumen. Gegenwärtig befand Fredrik sich an Bord der Fähre, um alles auszukundschaften. Nichts durfte dem Zufall überlassen werden, wenn sie den Feind vernichten und davonkommen wollten.

Carl ging in die Diele, um sich im Spiegel zu betrachten. Ihm gefiel das gestandene Mannsbild, das seinen Blick erwiderte. Er hatte die Haare wachsen und den Bart stehen lassen. In den Tagen vor dem Anschlag auf das Grand Hôtel hatte er sein tägliches Training vernachlässigt, und Carl hatte schon geglaubt, einen Bauchansatz zu erkennen, doch davon war nichts mehr zu sehen. Er war in Bestform.

Jeden zweiten Abend war er auf Djurgården zwanzig Kilometer laufen gewesen. Und jede Nacht, ob er gelaufen war oder nicht, war er ins Fitnessstudio 24/7 gegangen, um Gewichte zu stemmen.

Carl schickte Madeleine eine verschlüsselte Nachricht mit der Bitte, mit ihm Kontakt aufzunehmen. Eine Stunde später rief sie an.

»Amanda Lilja«, begann Carl ohne Umschweife. »Was hältst du von ihr?«

»Frauen wie sie sind die schlimmsten. Sie hat die Regierung lautstark verteidigt und sich auf diese Weise des Verrats an ihren Mitschwestern schuldig gemacht.«

»Wir schnappen sie uns«, sagte Carl. »Und ich werde ihr Grüße von dir bestellen, wenn ich sie kaltmache.«

KAPITEL 46

August schlenderte durch Gamla stan, als sein Telefon klingelte. Er hielt an und warf einen Blick zum Schloss, bevor er den Anruf annahm. Es war Leandro Lopez.

»Wo bist du?«, wollte er wissen.

»In Gamla Stan. Bist du okay?«, fragte August.

»Nein ... verdammt. Kannst du ins Söderkrankenhaus kommen? So schnell du kannst.«

»Was ist passiert?«, fragte August, während er schon den Slottsbacken hinunterlief.

»Mein Vater ist überfallen worden. Mama ist mit ihm gerade in der Notaufnahme. Ich bin zu Besuch bei Camillas Eltern in Norrköping. Und ich kann meine Schwestern nicht erreichen.«

»Mach dir keine Sorgen«, sagte August. »Ich fahre sofort rüber. Schick mir Giseldas Nummer.«

Zwanzig Minuten später traf er Giselda Lopez im Flur des Söderkrankenhauses. Sie warf sich in seine Arme und weinte bitterlich.

»Sie haben ihn angegriffen, August. Sie haben meinen Arturo zusammengeschlagen ...«

»Ich verstehe, dass du aufgewühlt bist, aber du musst mir alles von Anfang an erzählen, damit ich dir folgen kann.«

Giselda brach zusammen. Es brauchte eine Weile, bis sie sich gesammelt hatte und ihr Weinen in Schluchzen überging.

»Wir waren zu Fuß im Zentrum unterwegs«, begann Giselda und schlug sich die Hand vor den Mund. »Plötzlich kamen sie angerannt, sie verfolgten einen jungen Burschen. Armer Arturo. Er wollte sich ihnen in den Weg stellen, und sie haben ihn einfach zur Seite geschubst.«

»Was ist dann passiert?«, sagte August, so behutsam er konnte.

»Sie haben den Kerl eingeholt«, sagte Giselda mit festerer Stimme. »Sie haben ihn getreten und auf ihn eingeschlagen. Keiner hat eingegriffen. Die Leute sind einfach weitergegangen und haben nur geguckt. Als Arturo dazwischengegangen ist, haben sie ihn auch geschlagen, und er ist gestürzt. Er hat versucht, sich zu verteidigen, aber keine Chance.«

»War er bei Bewusstsein, als sie ihn mitgenommen haben?«

»Die Sanitäter?«

»Ja.«

Giselda schüttelte den Kopf.

»Er war blutüberströmt. Ich habe versucht, ihn zurückzuholen, aber das war unmöglich.«

»Wo ist er jetzt?«

»Er wird gerade operiert.«

August legte einen Arm um sie.

»Es wird alles gut, Giselda. Arturo ist alt, aber er ist stark, Unkraut vergeht nicht.«

»Ich weiß nicht, was ich ohne ihn tun würde, August. Wenn er nicht wieder aufwacht …«, schluchzte Giselda.

»Mach dir darüber keine Sorgen. Alles wird gut«, sagte August und klang dabei überzeugter, als er war. Er sah sich nach einem Arzt oder einer Krankenschwester um, aber der Flur, der in einen kleinen Warteraum führte, war menschenleer. August wandte sich wieder an Giselda.

»Wir können nur abwarten, mehr nicht«, sagte er. »Aber es wird alles gut. Ich habe mit Leandro gesprochen, er ist unterwegs.«

Sie wischte sich mit der Handfläche die Tränen von den Wangen und ergriff Augusts Hand.

»Ich bin froh, dass du da bist«, sagte sie und lehnte ihren Kopf an seine Schulter. »Ich weiß nicht, ob ich das ausgehalten hätte, wenn ich hier alleine sitzen müsste.«

»Ich bleibe, so lange du willst. Was kann ich für dich tun?«
Giselda schüttelte den Kopf und drückte seine Hand.
»Bleib einfach nur bei mir.«

Vier Stunden später war Arturo Lopez noch narkotisiert. Der Chirurg versicherte ihnen, dass die Operation gut verlaufen war. Bald würde er wieder aufwachen. Zwei Rippen waren gebrochen, eine davon hatte seinen rechten Lungenflügel punktiert. Außerdem hatte er eine Jochbeinfraktur und einen gebrochenen Unterarm. Leandro und seine Schwester Pamela waren inzwischen eingetroffen. Zwanzig Minuten nach der Auskunft des Arztes tauchten zwei Polizeibeamte auf, um Giseldas Zeugenaussage aufzunehmen.

August wollte kein Risiko eingehen, verschwand unauffällig auf die Toilette und schloss die Tür hinter sich. Auch wenn keine Fahndung nach ihm lief, fühlte er sich unwohl in Gegenwart der Polizei.

Er klappte den Toilettendeckel herunter, setzte sich darauf und zückte sein Mobiltelefon. Amanda hatte sich nicht gemeldet. Er musterte sein Spiegelbild. Er konnte jetzt einfach nicht allein sein. Und obwohl es Arturo so schlecht ging, wanderten Augusts Gedanken immer wieder zu Amanda. Er öffnete die Tür und trat in den Flur, nahm eine Treppe nach unten, folgte den Schildern zum Haupteingang und betrat den Zeitungskiosk.

Er kaufte das *Nyhetsbladet* und *Café*, eine Modezeitschrift für Männer, vier Kaffee zum Mitnehmen, eine Schachtel Zigaretten und ein Feuerzeug. Der junge Mann an der Kasse zeigte auf das Cover der Zeitschrift.

»Der ist doch echt der King.«

August betrachtete das Cover. Zlatan Ibrahimović posierte mit nacktem Oberkörper und blickte direkt in die Kamera.

»Allerdings«, sagte August leidenschaftslos.

»Willst du einen Halter für die Kaffeebecher?«

»Ja, bitte.«

Der Bursche vom Zeitungskiosk nahm einen Halter aus Pappe für vier Becher und reichte ihn ihm.

August verließ das Krankenhaus durch den Haupteingang, stellte den Becherhalter auf einen grünen Mülleimer und zündete sich eine Zigarette an. Er inhalierte den Rauch. Am Himmel zogen langsam Wolken vorbei. Die Sonne war eine weiße Brausetablette, die durch das Grau hindurchschimmerte. Die Luft war klamm. Es würde jeden Moment anfangen zu schneien. Er sah Valeria vor sich und lachte auf. Er musste daran denken, wie sie ihn immer gedrängt hatte, mit ihr nach Schweden zurückzugehen. Jetzt sollte sie mal den Parkplatz des Söderkrankenhauses im Dezember sehen.

Er zog an seiner Zigarette und schüttelte den Kopf, um die Gedanken an Valeria zu verscheuchen. Sie war fort. Dennoch wurde er das Gefühl nicht los, dass er in ihrer gemeinsamen Zeit nur seine Sehnsucht nach Amanda stillen wollte. Es beschämte ihn, so zu denken, aber er wusste, dass es stimmte.

Wie sehr er Valeria auch geliebt hatte und wie sehr er sie jetzt auch vermisste, hatte er tief in seinem Innern doch immer gewusst, dass sie wie alle anderen Frauen, die er getroffen hatte, eine Zerstreuung gewesen war, um nicht an Amanda denken zu müssen.

Sein schlechtes Gewissen meldete sich. Eigentlich geschah es ihm ganz recht, dass sie keinen Kontakt mit ihm wollte. Was hatte er erwartet? Dass sie sich ewige Liebe schwören und Amanda ihre Tochter nehmen und zu ihm in seine Einzimmerwohnung in der Hornsgatan ziehen würde?

Er drückte seine Zigarette aus und wollte gleich nach einer neuen greifen, als er eine SMS von Leandro bekam, der wissen wollte, wo er steckte. August antwortete, und Leandro schrieb, dass er zu ihm kommen würde.

Nach einer Weile tauchte er auf.

»Wie ist es mit der Polizei gelaufen?«, fragte August.

Leandro schüttelte niedergeschlagen den Kopf.

»Gib mir auch mal eine Zigarette.«

August reichte ihm Schachtel und Feuerzeug.

»Danke«, sagte Leandro. »Mein Vater war nicht der Einzige, auf den diese Idioten es heute abgesehen hatten.«

»Nein, ich habe es schon gehört. Arturo hat versucht, sie daran zu hindern, einen anderen Kerl zu verprügeln.«

Leandro sah August an und nickte.

»Sie haben sich auf Papa gestürzt wegen seiner dunklen Hautfarbe. Der Typ, den sie verfolgt haben, war ja auch ein Schwarzer. Die waren von so einer verfluchten Bürgerwehr, die auf der Suche nach Einwanderern sind, um sie aufzumischen.«

August runzelte die Stirn.

»Arturo ist dreiundsechzig«, sagte er. »Bist du dir wirklich sicher?«

»Fünfundsechzig. Und ja, ich bin mir sicher. Die Polizei hat zwei von ihnen geschnappt. Sie hatten wohl nicht von Anfang an vor, meinen Vater anzugreifen, aber als er sich eingemischt hat, haben sie losgelegt. Hauptsache Ausländer.« Leandro spuckte vor seine Füße. »Was ist eigentlich los in diesem verdammten Land?«

August schwieg.

»Verdammt, ich habe wirklich versucht, das alles ganz nüchtern zu sehen. Gedacht, dass diese Massenpsychose vorübergeht. Aber ich weiß nicht, ob das jetzt noch passiert. Die Menschen sind total fixiert auf die Einwanderer. Die reden über nichts anderes mehr. Haben die Leute vergessen, dass es in Schweden auch vor zehn Jahren schon Straftaten gegeben hat? Und jetzt, nach dem, was beim Grand Hôtel passiert ist mit diesem Verrückten, der sein Auto in die Luft gesprengt hat ... wird es für uns Ausländer nicht wirklich besser werden«, sagte Leandro.

»Die Menschen haben Angst«, sagte August langsam. »Und wer Angst hat, denkt nicht mehr rational.«

»Ich hab verdammt noch mal auch Angst«, sagte Leandro aufbrausend, doch er besann sich gleich darauf wieder. »Aber deswegen renne ich nicht durch die Stadt und schlage Leute mit dunkler Hautfarbe zusammen. Und ich fahre auch nicht zu einem Flüchtlingsheim und zünde es an. Und weißt du, was mir gestern passiert ist?«

»Nein.«

»Ich war auf dem Weg nach Hause, stand in der U-Bahn und habe Musik gehört. Plötzlich deutet eine Frau auf mich und beginnt zu keifen. Ich kriege es mit der Angst zu tun und frage sie, was das soll und ob bei ihr alles in Ordnung ist. Weißt du, was sie da gesagt hat?« Leandro schüttelte lachend den Kopf. »Sie hat auf meine Sporttasche gezeigt und verlangt, dass ich sie öffne. Weil sie meinte, ich sehe wie ein Terrorist aus.«

»Und was hast du gemacht?«, fragte August.

»Das ist ja das Schlimme. Ich hab's gemacht. Ich habe die Tasche aufgemacht, und sie hat sich wieder beruhigt, die Fahrgäste haben komisch geguckt, und das war's. Einfach so.«

»Genau das wollen die.«

»Wer?«

»Die Terroristen natürlich. Geh denen bloß nicht auf den Leim.«

»Wie meinst du das?«

»Die wollen, dass die ganz normalen Leute voreinander Angst haben.«

»Oh, Mann, du klingst schon genauso wie eine von diesen verblendeten linken Schnepfen.«

August musste lachen, aber er hatte Rauch im Hals und musste husten. Leandro klopfte ihm auf den Rücken.

»In diesem Fall haben die verblendeten Schnepfen wohl recht«, sagte August, als er wieder zu Atem gekommen war. »Das ist eine ganz bewusste Taktik. Die Terroristen wollen uns dermaßen einschüchtern, dass wir die Kontrolle verlieren und gegenseitig auf uns eindreschen. Und sie sorgen dafür, dass die Muslime sich ausgestoßen und angegriffen fühlen und verdächtig wirken. So gehen sie auf Mitgliederfang. Sie wollen damit sagen: Seht ihr, wir hatten recht. Die Schweden hassen euch – also holt euch euren Stolz zurück, lasst euch nicht demütigen, kommt zu uns. Klar, wer das glaubt, ist ein Idiot. Eigenverantwortung und das alles. Aber manche Menschen sind eben einfach bescheuert.«

August zog an seiner Zigarette. Leandro beäugte ihn skeptisch.

»Mensch, Leandro, die wollen uns verunsichern. Damit wir hassen. Sie rennen mit Automatikwaffen durch Paris und schreien, dass sie das aus Rache für die Bomben tun, die auf Syrien fallen. Aber warum suchen sie sich dafür dann keinen Militärstützpunkt aus? Oder einen Fliegerhorst? Oder erschießen die Politiker, die das verbockt haben? Genau, weil sie die Zivilbevölkerung in Angst und Schrecken versetzen wollen. Sie schießen auf Jugendliche, ethnische Franzosen und Araber, die zusammen Kaffee trinken. Sie wollen Feindseligkeit säen, damit wir aufeinander losgehen. Und wozu?«

Leandro zuckte mit den Schultern.

»Weil erst dann der von ihnen behauptete Krieg zwischen der islamischen und der westlichen Welt wirklich stattfindet.«

Leandro musterte ihn, nickte und blies weißen Rauch aus.

»Und ich dachte, du bist einer von den ganz harten Kerlen«, sagte er und lachte.

»Es muss einem klar sein, gegen welchen Feind man kämpft. Die wissen genau, was sie tun. Die Idioten, die sich jetzt auf die Einwanderer stürzen, tun genau das, was die Terroristen von ihnen wollen. Sie sind die nützlichsten Werkzeuge der Terroristen. Das kapieren die nur nicht. Aber du bist zu schlau, um in ihre Falle zu tappen, Leandro.«

»Aber ich will wissen, wer die sind, die meinen Vater zusammengeschlagen haben.«

»Klar. Wir machen sie ausfindig und schnappen sie uns. Das ist das Mindeste. Ruf die ganze alte Farsta-Gang zusammen. Reza,

349

Muhammed, Andreas, Ignacio. Und wenn wir das dann erledigt haben, haben sie die Bestätigung, was für undankbare Schlägertypen die Ausländer sind. Und was machen sie dann? Ja, dann finden sie ein neues Opfer mit dunkler Hautfarbe, und alles fängt von vorn an und geht immer so weiter.«

KAPITEL 47

Madeleine Winther hatte ihre Journalistenkollegen zusammengerufen. Sie trank einen Schluck von ihrem Kaffee und räusperte sich, um sich Gehör zu verschaffen. Sie leitete zum vierten Mal das Morgenmeeting, und ihr gefiel diese Aufgabe immer besser.

»Guten Morgen zusammen«, begann sie. »Heute hat die Opposition eine Pressekonferenz einberufen. Ich gehe davon aus, dass sie das, was ich herausgefunden habe, öffentlich machen werden. Jetzt, nachdem Ibrahim Chamsai tot und die Fahndung abgeschlossen ist, wollen sie den Staatsminister zum Rücktritt zwingen, und zwar durch ein Misstrauensvotum. Und wenn die Politiker nicht vorhaben, das bekannt zu geben, will ich, dass ihr dazu Fragen stellt.«

»Wer von uns?«, warf Erik Gidlund ein.

»Ach so, ja. Emma und Peter. Und ich will, dass wir live von der Pressekonferenz senden.«

Emma Axelsson und Peter Jansson gingen an ihre Plätze zurück, um sich vorzubereiten.

»Die Übergriffe auf die Mädchen in Östersund«, fuhr Madeleine fort. »Ich will, dass wir jemanden rausschicken, der ein paar Tage bleibt und sorgfältig recherchiert, was wirklich passiert ist. Außerdem sollten wir uns Ibrahim Chamsai noch mal vornehmen. Die Leser wollen mehr über ihn erfahren. Ich schlage vor, wir probieren es mit einem Interview mit seiner Frau, wenn wir wissen, wo sie sich aufhält.«

Sie wählte Reporter für die verschiedenen Aufgaben aus, bedankte sich und kehrte an ihren Platz am Nachrichtentresen zurück. Erik Gidlund ließ sich neben ihr auf einen Stuhl fallen.

»Und wie fühlt es sich an, die jüngste Nachrichtenchefin aller Zeiten beim *Nyhetsbladet* zu sein?«, fragte er gut gelaunt.

»Eigentlich gar nicht so schlecht. Aber es ist ja nur stellvertretend, ich muss also brav sein«, sagte sie. »So, wie ich dich kenne, hast du eine Idee in petto, also lass hören.«

»Wir sollten uns auf die Journalistenmorde konzentrieren, jetzt, wo Ibrahim Chamsai tot ist.«

Madeleine spürte, wie sie ihren Körper anspannte, aber sie versuchte, gelassen zu wirken.

»Weiter«, sagte sie, ohne den Blick vom Bildschirm abzuwenden.

»Man wird nicht über Nacht zum Terroristen und begeht politisch motivierte Morde. Langer Rede kurzer Sinn: Ich glaube, die Mörder finden wir im Mail-Eingangsordner der Opfer.«

»Was meinst du damit?«

»Die Täter haben sich radikalisiert. Zuerst haben sie Drohmails geschickt, versucht, ihre Opfer so zum Schweigen zu bringen. Und am Ende haben sie sich physisch auf sie gestürzt. Ich will ihre E-Mail-Postfächer sehen. Also die von unseren toten Kollegen.«

Madeleine warf ihm einen skeptischen Blick zu.

»Die Mails an die Journalisten? Wie soll das gehen? Die Redaktionen haben der Polizei den Zugriff auf die Mails verweigert wegen Quellenschutz. Damit kommst du nie durch.«

»Jede Morddrohung, die von den Journalisten zur Anzeige gebracht worden ist, ist bereits bei der Polizei registriert. Von dort bekomme ich sie über meine Quellen. Es sind viele Mails, und ich werde eine ganze Weile brauchen, aber ein Versuch ist es wert. Ich will ein Muster finden.«

Die Idee war zu gut, um dagegen zu sein. Das wusste Erik auch, und das war das Problem. War Madeleine dagegen, würde das seltsam aussehen. Andernfalls würde er schnurstracks zu Anita Sandstedt gehen, und die Chefredakteurin würde ihm umgehend grünes Licht geben.

»Okay«, entschied sie. »Ein Versuch ist es wert.«

»Und noch was …«

»Ja, Erik?«, sagte Madeleine irritiert.

Erik überhörte ihren Tonfall.

»Alle Journalisten, die sie auf dem Gewissen haben, haben über Fremdenfeindlichkeit geschrieben oder Neonazis unter die Lupe genommen. Alle außer Markus Råhde. Er ist einfach nur verschwunden.«

Madeleine spürte einen Stich in der Magengegend. Hatte er einen Verdacht?

»Fang mal mit den Mails an, das dauert sicher drei bis vier Arbeitstage«, gab sie zurück.

»Klar, Chefin, so machen wir es«, sagte er und erhob sich.

Madeleine hielt ihn zurück.

»Hast du heute Lust auf Indisch? Ich werde etwas essen, während die Pressekonferenz läuft, die können wir ja dann zusammen anschauen?«

»Ja, gern. Ich gehe zum Karlaplan und hole was. Beef Madras?«

»Super, danke.«

Madeleine krampfte sich der Magen zusammen, als sie überflog, mit welchen Nachrichten die *Aftonposten* und die *Kvällspressen* aufwarteten. Aber sie konnte sich nicht konzentrieren.

Wie viel würde Erik herausfinden?

Als sie am Morgen mit Fredrik gesprochen hatte, hatte er geheimnisvoll getan. Er hatte gesagt, dass er ihr etwas zeigen wollte. Und er wollte sie nach Feierabend im Tessinparken treffen. Gab es da einen Zusammenhang? Nein, sie wurde langsam paranoid. Aber sie konnte Fredrik unmöglich verraten, was Erik vorhatte, entschied sie mit einem Seitenblick auf Erik. Wenn sie merkten, dass er kurz davor war, alles aufzudecken, würden sie kurzen Prozess mit ihm machen. Nein, Erik da rauszuhalten, musste sie schon allein schaffen. Ihm durfte nichts passieren.

Die Pressekonferenz begann mit ein paar Minuten Verzögerung. Madeleine hatte bereits ihr halbes Beef Madras aufgegessen, als die vier Parteivorsitzenden der Opposition auf dem Podium im Pressezentrum des Parlamentsgebäudes Platz nahmen. Die Kamera zoomte die Vorsitzende der Moderaten heran, die sich räusperte und den Blick über die Presseleute schweifen ließ. Sie erinnerte Madeleine an eine Lehrerin am Enskilda-Gymnasium. Der Gedanke an die alte Lehrerin verflog allerdings in dem Moment, als die Parteivorsitzende das Wort ergriff.

Als sie vier Minuten später verstummte, befand sich Schweden in einer Regierungskrise. Die Opposition hatte einen Misstrauensantrag gegen Stefan Löfven gestellt, wegen seines Umgangs mit der Flüchtlingsfrage und der Bedrohung durch Terroristen. Verschärfungsmaßnahmen seien zu spät ergriffen worden, und sie seien bei Weitem nicht ausreichend. Die einhundertfünfundsiebzig Stimmen, die es brauchte, um den Misstrauensantrag im Parlament durchzubekommen, waren der Opposition allemal sicher. Sofern sich auch die Schwedendemokraten anschließen würden. Was, wie das *Nyhetsbladet* bereits enthüllt hatte, der Fall war. Staatsminister Stefan Löfven blieb eine Woche, um das Parlament aufzulösen und Neuwahlen auszurufen. Eine Woche, um das Vertrauen der Wähler zurückzugewinnen – ein Vertrauen, das ihm nicht entgegengebracht wurde, das wusste jeder.

Madeleine lächelte. Stefan Löfvens Kopfschmerzen waren ihre Rettung. Selten war eine Regierungskrise gelegener gekommen. Sie wandte sich an Erik.

»Ich will, dass du dich da voll reinhängst, um einen Kommentar von Löfven zu kriegen«, sagte sie. »Vergiss die anderen. Löfven und kein anderer.«

Um 19:30 Uhr ging Madeleine durch den Tessinparken Richtung U-Bahn. Die Schwedendemokraten hatten am Nachmittag offiziell erklärt, dass sie sich dem Misstrauensvotum anschlossen. Die Regierung sei zu lasch im Kampf gegen den Terrorismus und könne das Volk nicht länger vor Angriffen schützen, hatte der Parteivorsitzende der Schwedendemokraten behauptet. Stefan Löfven hatte seinerseits verkündet, dass es Neuwahlen geben würde. Das Misstrauensvotum hatte zwar noch nicht stattgefunden, aber das war nur noch eine Formalität. Die Journalisten des Politikressorts waren sich einig: Zum ersten Mal in Schwedens Geschichte würde ein Misstrauensvotum erfolgreich sein. Das genaue Datum für die Neuwahlen stand noch nicht fest, aber vermutlich würden sie im Laufe des März stattfinden, im selben Monat wie das Misstrauensvotum.

Als Fredrik Nord sie entdeckte, gab er ihr unauffällig ein Zeichen, ihm zu folgen. Madeleine runzelte die Stirn. Nur wenige Passanten waren unterwegs, sie hätten genauso gut nebeneinandergehen können. Sie war alles andere als in Stimmung für Heimlichtuerei. Fredrik kreuzte die De Geersgatan und bog in die Strindbergsgatan ein. Nach fünfzig Metern erreichten sie ein gelbes Haus. Er machte die Haustür auf und ließ ihr den Vortritt.

»Fredrik, was ...«

Er bedeutete ihr, leise zu sein, während die Fahrstuhltür aufglitt. Sie betraten den Fahrstuhl und fuhren in den vierten Stock. Im Treppenhaus ging er zu einer Wohnungstür ohne Namensschild und öffnete sie.

»Willkommen in meinem Reich«, sagte er.

Sie machte einen Schritt in die Diele einer geräumigen Dreizimmerwohnung. Die Zimmer waren unmöbliert, abgesehen von einem breiten Bett im Schlafzimmer. Fredrik machte die Balkontür auf, und Madeleine trat hinaus. Sie blickte auf die Stadt hinunter. In der Ferne war der Globen zu erkennen, und wenn sie zur Seite schaute, konnte sie den Kaknästornet sehen. Sie gingen wieder ins Wohnzimmer.

»Ich dachte, wir könnten uns Pizza bestellen, und wenn du willst, schläfst du heute Nacht hier.«

Madeleine trat einen Schritt auf Fredrik zu und zog ihn an sich.

»Ja, sehr gerne«, flüsterte sie.

Sie aßen die Pizza auf dem Fußboden, ihre Rücken gegen das Bett gelehnt.

»Ich hoffe, dass du und ich es eines Tages jeden Abend so haben werden«, sagte Fredrik.

Madeleine nickte.

»Ich auch.«

Dann schwiegen sie. Madeleine wollte ihr erstes normales Treffen nach Ewigkeiten nicht dadurch verderben, indem sie über etwas anderes als sie beide redete. Doch bald hielt sie es nicht mehr aus.

»Fredrik, ich muss dich was fragen. Die Journalisten. Habt ihr denen per E-Mail gedroht?«

Fredrik sah sie fragend an.

»Wieso?«

»Ich frage mich das einfach.«

»Ja, unter Pseudonym. Von Mail-Accounts, die sich nicht zurückverfolgen lassen.« Er nahm ihre Hand und hielt sie fest. »Madeleine, wir werden nicht geschnappt. Wir gehen genau wie eine Stadtguerilla vor. Wir sind extrem vorsichtig. Wir machen Pläne und Probeläufe. Andere Gruppierungen, die den gleichen Kampf ausfechten wie wir, werden oft geschnappt, weil sie Geld brauchen. Damit gehen sie Risiken ein. Für ihre Kriegskasse überfallen sie Banken. Aber wir sind dank Carl finanziell unabhängig und können uns auf unsere Aufgaben konzentrieren.«

»Wie sollen wir nach dem Anschlag auf der Fähre leben? Ich meine – du und ich?«

»Genau so will ich leben, genau das hier will ich. Aber wir haben eine Verantwortung. Loyalität uns gegenüber, aber auch Schweden gegenüber und gegenüber den Schweden, die sich nicht wehren können.«

Sie nickte.

»Mir ist schon der Gedanke gekommen, ob du nur so tust, als wärst du in mich verliebt, weil ihr mich braucht«, sagte sie leise.

Fredrik starrte sie an.

»Das ist nicht dein Ernst.«

»Als Carl und ich uns kennengelernt haben, hat er nicht gewusst, dass ich beim Nyhetsbladet arbeite. Und nachdem ihr mir dann draußen auf Djurö erzählt habt, was ihr vorhabt, musstet ihr euch sicher sein, dass ich nicht zur Polizei gehen würde. Du musst gewusst haben, dass ich in dich verliebt bin.«

Fredrik drückte ihre Hand.

»Ja, das wusste ich. Und ja, es wäre schwieriger gewesen, das ohne dich durchzuziehen. Aber ich bin auch in dich verliebt.«

»Du liebst mich wirklich? Und ihr nutzt mich nicht nur aus?«

»Du bist ja verrückt. Ich liebe dich mehr als alles andere auf der Welt. Ich tue alles für dich und unsere Kinder.«

Sie beugte sich vor, um ihn zu küssen, wurde aber von ihrem Telefon unterbrochen. Sie warf seufzend einen Blick aufs Display. Es war Emma Axelsson vom Nyhetsbladet.

»Ja, hallo?«, meldete sie sich.

»Hier ist Emma. Entschuldige, dass ich störe, aber ich dachte, ich rufe dich am besten direkt an.«

Madeleine machte sich von Fredrik los, der angefangen hatte, ihre Schenkel zu streicheln.

»Kein Problem. Ich sitze eh zu Hause und arbeite ein bisschen«, log sie. »Du solltest inzwischen auch zu Hause sein. Worum geht es denn?«

Sie trat ans Fenster.

»Fatima Chamsai, die Frau von dem Terroristen. Sie ist tot. Sie hat sich vor ein paar Stunden in Polizeigewahrsam erhängt«, sagte Emma Axelsson.

Madeleine riss die Augen auf.

»Woher weißt du das denn?«

»Die Polizei hat eine Pressemitteilung rausgegeben.«

»Dann sind die Angehörigen schon informiert?«, fragte Madeleine.

»Es gibt ja keine Angehörigen. Ibrahim Chamsai ist tot, und seine Tochter ist noch immer abgetaucht.«

»Dann veröffentliche das«, entschied Madeleine.

Sie berichtete Fredrik, was passiert war. Er zuckte mit den Schultern. Eine Stunde später, als sie noch immer arbeitete, ging er schlafen. Bevor er aus dem Zimmer ging, drehte er sich noch einmal um.

»Wir brauchen übrigens deine Hilfe bei Amanda Lilja. Wir müssen wissen, wann sie allein ist, damit sie leichte Beute für uns ist.«

KAPITEL 48

Der schwarze Audi A3 Mietwagen glitt über den Fridhemsplan durch die Stockholmer Nacht. Lars Nilsson saß am Steuer. Carl Cederhielm saß auf dem Beifahrersitz und blickte nach draußen. Er ließ die Seitenscheibe herunter, um frische Luft hereinzulassen. Eigentlich mochte er es nicht, wenn er im Auto saß, ohne selbst zu fahren, aber es wäre unpassend gewesen, Lars zu bitten, auf den Beifahrersitz zu rutschen.

»Wie können wir sicher sein, dass die Hure heute Abend allein ist?«, fragte Lars, ohne die Straße aus den Augen zu lassen.

»Madeleine hat das gecheckt. Ihr Mann oder Ex-Mann oder was auch immer ist mit ihrer Tochter nach Skåne gefahren. Eine günstigere Gelegenheit kriegen wir nie wieder«, sagte Carl.

Lars murmelte etwas davon, dass er es gar nicht mochte, wenn er unvorbereitet war.

»Wir sind nicht unvorbereitet. Sie gehört zu unseren Zielpersonen von der Liste«, entgegnete Carl. »Sei nicht so pessimistisch. Sie ist allein zu Hause. Wir klingeln und rammen ihr ein Messer in den Bauch. Dann machen wir uns unauffällig wieder aus dem Staub. Danach teilen wir uns auf zwei Autos auf. Brauchst du das noch schriftlich?«

Nachdem sie Fredrik am Brommaplan eingesammelt hatten, fuhren sie weiter nach Äppelviken.

»Alles klar?«, fragte Carl.

»Ja, das Auto steht an der vereinbarten Stelle«, gab Fredrik zurück.

»Mobiltelefon?«

»Nein, verdammt. Ihr eure auch nicht, hoffe ich.«

Carl wandte sich um und verzog das Gesicht.

»Wir werden allmählich richtig gut. Schade, dass es vorerst das letzte Mal ist. Wie war dein Treffen mit Madeleine?«

Fredrik sagte nichts. Carl grinste in sich hinein.

Eine Viertelstunde später bogen sie in die Straße ein, in der Amanda Lilja wohnte. Sie fuhren langsam an dem großen weißen Haus vorbei. Die Straße war verlassen, aber in mehreren Fenstern brannte noch Licht – in Amanda Liljas und auch in den benachbarten Häusern.

Sie konnten nirgends anhalten, ohne unnötig aufzufallen, also beschlossen sie, das Auto ein paar Straßen weiter abzustellen. Fredrik und Lars tauschten den Platz.

Eine ganze Weile lang sagte keiner etwas, und sie saßen schweigend in der Dunkelheit. Nur manchmal knarzte es, wenn sich einer von ihnen auf den Ledersitzen bewegte.

»Es geht los«, sagte Lars zähneknirschend.

Carl warf einen Blick auf die Uhr. Halb zwölf.

Sie stießen die Autotüren auf. Carl und Lars gingen die Straße hinunter. Sie trugen dunkle Kleider, jeder von ihnen hatte ein Armeemesser eingesteckt. Die Sturmhauben hatten sie hochgerollt, sodass sie wie Mützen aussahen. Eigentlich brauchten sie sie im Haus gar nicht, Amanda Lilja würde die einzige Zeugin sein, aber Lars hatte darauf bestanden. Es gab vielleicht Kameras.

Carl fror. Das Thermometer war in den letzten Nächten unter null gefallen. Sie machten vorsichtig das schwarze Gartentor auf, schlossen es lautlos hinter sich und schlichen zur Rückseite des Hauses, wo es eine Veranda mit Glastür gab, die ins Obergeschoss führte. Carl korrigierte seinen rechten Handschuh und zog seinen schwarzen Pulloverärmel darüber, damit keine Haut zu sehen war.

»Du nimmst das Erdgeschoss, ich das Obergeschoss«, sagte er. »Wer sie zuerst sieht, macht sie kalt, versichert sich, dass sie wirklich tot ist, und dann hauen wir ab. Verstanden?«

»Verstanden«, bestätigte Lars.

Carl hielt mit dem Polizisten Augenkontakt und zählte lautlos von drei bis null herunter. Dann drehte er das Messer um und schlug mit dem Schaft ein Loch in die Glasscheibe der Tür.

Er hatte damit gerechnet, dass es einen lauten Knall geben würde, aber das war nicht der Fall.

Carl steckte die rechte Hand durch das Loch und tastete nach dem Schlüssel, um die Tür von innen aufzumachen. Er lauschte auf Geräusche. Doch alles blieb still. Dann schob er die Tür auf, und sie gingen ins Haus.

KAPITEL 49

August Novak lag im Bett, die Hände hinter dem Kopf verschränkt, als sein Mobiltelefon klingelte. Er setzte sich auf und suchte es. Sein Herz machte einen Freudensprung, als er Amanda Liljas Namen las.

»Hej«, sagte er, so neutral er konnte.

»Hej, ich bin's«, sagte Amanda.

Es entstand eine kurze Pause.

»Ich wollte fragen, ob du Lust hast, mich zu sehen?«, sagte sie. »Christoffer ist mit Andrea nach Skåne gefahren, ich habe meinen Artikel fertig und starre Löcher in die Luft.«

August warf einen Blick auf die Uhr. Er wollte gar nicht wissen, warum sie auf einmal ihre Meinung geändert hatte.

»Klar. Abendessen inklusive, oder soll ich unterwegs was besorgen?«

Amanda musste lachen.

»Ich habe den ganzen Tag noch nichts gegessen.«

»Gut. Ist McDonald's okay?«

Sie juchzte vor Freude, und August brach in Gelächter aus.

»Ich habe seit drei Jahren nichts mehr von McDonald's gegessen. Ich würde sterben für einen Bi…«

»Big Mac Menü mit McFeast Dip? Und dann teilen wir uns noch die McNuggets, wie früher?«

Amanda konnte sich vor Lachen nicht mehr halten.

»Das weißt du noch?«

»Na klar. Ich musste das mindestens hundert Mal bestellen«, erwiderte er.

»Danke, August«, sagte Amanda und wurde plötzlich ernst.

»Für was?«

»Dafür, dass du keine Fragen stellst. Außer, was ich essen möchte, aber die Frage gefällt mir.«

Sie nannte ihm die Adresse und legte auf.

August wusch sich das Gesicht, schlüpfte in Jacke und Schuhe und schloss die Tür hinter sich. Es war schön, nicht noch einen weiteren Abend tatenlos zu Hause zu sitzen.

Er schlenderte über den kleinen Platz, bog rechts in die Hornsgatan und ging zu McDonald's. Das Fast-Food-Restaurant war fast leer, nur eine Kasse war geöffnet. Ein Bettler in einer weiten blauen Jacke stand davor und zählte Münzen, um sich einen Kaffee und einen Cheeseburger zu kaufen. Ihm fehlten zwei Kronen. August tippte ihm auf die Schulter und sagte auf Englisch, dass er beides bezahle. Der Mann lächelte ihn an und bedankte sich. Die Kassiererin taxierte August, während er für sich und Amanda bestellte. Anstelle des Cheeseburgers kaufte er zwei Big Mac für den Mann, der in gebrochenem Schwedisch »Vielen Dank« sagte und das Lokal verließ. August sah ihm nach.

»Deine McNuggets dauern noch drei, vier Minuten«, sagte das Mädchen hinter der Kasse tonlos und wandte sich ab, um die Getränke in die Becher zu füllen.

August nahm sich eine *Metro*-Zeitung, die jemand liegen gelassen hatte. Der Artikel auf Seite eins berichtete über den Nachrichtenchef vom *Nyhetsbladet*, Markus Råhde. Die Polizei wollte keine Angaben machen, inwieweit sein Verschwinden mit den Morden an den Journalisten zu tun hatte. Einem Informanten aus Polizeikreisen zufolge gab es eindeutige Unterschiede zwischen dem Fall Markus Råhde und den anderen Angriffen.

Die junge Frau an der Kasse rief, dass Augusts Essen fertig sei, und reichte ihm die Tüte. August bedankte sich lächelnd und trat zurück auf die Hornsgatan, um nach einem Taxi Ausschau zu halten.

Eine Viertelstunde später stieg er vor Amandas Haus aus dem Taxi. Als er das Gartentor hinter sich geschlossen hatte, blieb er stehen und betrachtete das riesige Haus. Er durchquerte den Garten bis zu einer schmalen Steintreppe. Amanda machte ihm auf, noch bevor er klingeln konnte.

August hielt die Tüte hoch.

»Rettungspaket für eine Einwohnerin von Bromma in Not«, sagte er.

Sie gab ihm einen flüchtigen Kuss auf die Wange, der sie beide überrumpelte. Es entstand eine verlegene Pause. Dann trat August in die Diele. Ein paar Gummistiefel lagen auf dem Fußboden, an der weißen Wand hing eine Fotografie von Andrea. Das Mädchen lachte in die Kamera, im Oberkiefer hatte sie eine Zahnlücke.

»Wie hübsch sie ist«, bemerkte August mit einem Blick auf Amanda. »Sie sieht dir sehr ähnlich.«

»Das sagt fast jeder«, antwortete sie und nickte.

»Was? Dass sie hübsch ist, oder dass sie ihrer Mutter ähnlich sieht?«

»Beides«, entgegnete Amanda und lächelte. »Komm, wir gehen ins Wohnzimmer.«

Sie führte ihn durch die Diele an einer Treppe vorbei und in einen großen Raum. An den Wänden hing Kunst, von der August annahm, dass sie ein kleines Vermögen gekostet hatte.

Amanda zog die Vorhänge zu und setzte sich aufs Sofa. August und sie hatten beide einen Bärenhunger. Als sie aufgegessen hatten, räumten sie alles in die Tüte und Amanda verschwand damit in der Küche, um mit einer Weinflasche und zwei Gläsern zurückzukommen. Den Korkenzieher hatte sie zwischen die Zähne geklemmt.

Sie schenkte ein, legte die Füße aufs Sofa und lehnte sich zurück.

»Ich bin froh, dass du da bist.«

»Ich wollte dich eigentlich nicht fragen, aber warum hast du deine Meinung geändert?«

»Ich glaube, ich hatte vergessen, wie glücklich ich mit dir zusammen war. Ich kann mich gut leiden, wenn wir miteinander reden.«

»Bist du traurig, Amanda?«

Sie balancierte das Glas auf ihrem Knie.

»Du hast dir noch nie viel aus Small Talk gemacht.«

»Stimmt.«

»Ja, irgendwie schon«, sagte sie. »Ich weiß nicht, was ich machen soll. Ich weiß nicht, wie ich Andrea ohne Vater ein gutes Leben bieten soll. Das war alles nicht so geplant.«

»Ich bin bei meiner Mutter aufgewachsen«, sagte er. »Und genau genommen nicht mal das.«

»Ich weiß. Und du siehst ja, wohin das geführt hat«, sagte sie und legte ihren Zeigefinger an die Schläfe.

»Der Unterschied besteht wohl darin, dass meine Mutter alkoholabhängig war«, sagte er und merkte, dass er ernster klang, als er wollte.

»Ich weiß, ich wollte nur witzig sein.«

August legte eine Hand auf ihren Fuß und streichelte ihn mit dem Daumen. Sie betrachtete seine Hand.

»Das Leben ist jetzt viel komplizierter«, sagte sie.

»Behandelt er dich schlecht?«

»Christoffer?« Sie verzog das Gesicht. »Scheidungen fördern das Schlimmste der Menschen zutage. Man sagt Dinge, die man eigentlich gar nicht so meint. Er ist zwar nicht gerade ein Engel, aber er ist kein schlechter Mensch. Meinst du das, was im East passiert ist?«

»Er hatte einfach nur zu viel getrunken.« August führte sein Glas zum Mund und nahm einen Schluck. »Hast du Angst?«

»Vor Christoffer? Nein, natürlich nicht.«

August schüttelte den Kopf.

»Ich meine die Journalistenmorde. Ich habe mich darüber informiert. Wie du schon das letzte Mal gesagt hast, haben sie alle in den letzten Jahren irgendwann die White-Supremacy-Bewegung unter die Lupe genommen oder über Einwanderer geschrieben. Ich weiß, dass du eine Artikelserie darüber gemacht hast. Das habe ich im Taxi auf dem Weg hierher nachgeschaut.«

Amanda sah ihn prüfend an.

»Nein, ich habe keine Angst. Aber ich bin vorsichtiger als früher. Ich nehme an, du hast auch die Posts auf *Flashback* gesehen, dass ich die Nächste sein soll?«

»Nein, habe ich nicht. Und du solltest diesen Mist auch nicht lesen.«

»Ich weiß. Und ich habe gelogen, als du gefragt hast, ob ich Angst habe. Ich habe sogar Todesangst. Und das macht mich wütend. Weil es genau das ist, was die wollen. Mir Angst machen.«

»Angst haben ist menschlich.«

»Und du? Hattest du nie Angst?«

»Wie meinst du das?«, entgegnete er.

»Afghanistan und Irak. Du bist sicher auch in Situationen geraten, ohne zu wissen, ob du da je wieder heil rauskommst.«

»Manchmal hatte ich wirklich Angst um mein Leben«, räumte er ein. »Wenn wir in die Menschenmengen reingegangen sind, nachdem sich ein Selbstmordattentäter in die Luft gejagt hatte, und ich wusste, dass jederzeit eine zweite Bombe hochgehen könnte.«

»Bist du nie verletzt worden?«

»Doch. Ein Scharfschütze hat mich an der Schulter erwischt.«

»Das habe ich nicht gewusst«, sagte sie und ließ den Blick auf seiner Schulter ruhen. »Wann war das?«

»2009«, sagte August und seufzte. »Ich weiß, das klingt komisch, aber manchmal vermisse ich die Fremdenlegion sogar.«

»Warum das?«

»Weil das Leben so einfach war. Morgens hat dir einer gesagt, was du zu tun hast, und dann hast du das gemacht. Es gab keine Zeit für Grübeleien.«

»Und was beschäftigt dich jetzt die ganze Zeit?«

»Du vor allem«, sagte August und wunderte sich über seine Offenheit. Es war ihm einfach so rausgerutscht. »In all den Jahren habe ich dich auf einen Sockel gestellt, der alle anderen Menschen haushoch überragt hat. Ich war unsicher, wie ich reagieren würde, als wir uns wiedergesehen haben und ich gemerkt habe, dass du auch nur ein ganz normaler Mensch bist.«

»Und, bist du enttäuscht?«

»Nein, mir ist jetzt klar, dass es richtig von mir war, dich auf den Sockel zu stellen. Du stehst immer noch da oben und blickst hinunter, keine Bange.«

Amanda lachte, dann legte sie den Kopf schief.

»Ich habe dich wirklich vermisst. Ich habe mir zwar lange eingeredet, dass das nicht der Fall ist, weil du mich so sehr verletzt hast. Aber wir werden langsam zu alt für diesen falschen Stolz. Vor zehn Jahren hast du mich sitzen lassen, aber ich denke, dass du das heute nicht noch mal machen würdest.«

In dem Moment hörten sie, wie eine Fensterscheibe splitterte. Amanda machte den Mund auf, um etwas zu sagen, aber August hob abwehrend die Hand und stand langsam vom Sofa auf.

»Bleib, wo du bist, und ruf die 112«, flüsterte er.

August ging ein paar Schritte, dann warf er einen Blick auf seine Füße, zog die Socken aus und steuerte auf die Holztreppe zu. Er hörte Schritte aus dem ersten Stock. Jemand war ins Haus eingedrungen. August war sofort klar, dass es sich nicht um gewöhnliche Einbrecher handeln konnte. Er war unbewaffnet, und Amanda konnte sich auch nicht zur Wehr setzen. Sie könnten durch die Haustür flüchten, aber er wusste nicht, wie viele da draußen waren und ob sie das Haus umzingelt hatten. Und im Garten wären Amanda und er leichte Beute. Bei ihren Angriffen auf Frauen waren jedes Mal Messer zum Einsatz gekommen. Vermutlich war das auch jetzt wieder der Fall. August hielt inne und lauschte, um auszumachen, wo im Haus sich die Eindringlinge befanden.

Rechts von ihm lag die Küche. Er beschloss, sich dort ein Messer zu holen, als er die Treppe knarren hörte. August ging lautlos zurück und stellte sich an die Wand bei der Treppe. Er konnte Schritte hören, die leise auf das Holz aufsetzten. Waren es ein oder zwei Gegner? Vermutlich einer, aber August meinte, er hätte ein Geräusch gehört hinter dem Mann, der hinunterkam.

Die Schritte wurden lauter. August spürte, dass jemand in seiner Nähe war, und wappnete sich. Er drückte sich an die Wand rechts neben der Treppe. Eine Waffe auf jemanden zu richten, der so dicht neben einem auf der rechten Seite steht, ist schwieriger als auf jemanden, der auf der linken steht, weil sich die Handgelenke nur nach innen anwinkeln lassen. Neun von zehn Menschen sind Rechtshänder. Um August anzugreifen, musste sich der Gegner also zu ihm umdrehen und ihm seinen Oberkörper zuwenden.

Im nächsten Augenblick sah August, dass der Mann ein Messer in seiner Rechten hielt. August rührte sich nicht. Dann packte er mit seiner Linken die Messerhand des anderen, baute sich so vor ihm auf, dass er ausholen konnte, und verpasste ihm mit maximalem Krafteinsatz vier Schläge gegen Kehle und Schläfe.

Mit der Linken drehte er das Handgelenk des Mannes Richtung Bauch. Der Überraschungseffekt machte alles ganz leicht. Hätte er eine Pistole gehalten, hätten sich die Schüsse vermutlich gelöst und den Unterleib des Gegners getroffen.

Diesen Angriff hatte August unzählige Male aus verschiedenen Winkeln trainiert. Der Mann schrie vor Schreck auf und ließ das Messer fallen. August ließ es liegen und traktierte den Mann mit weiteren Schlägen und Tritten.

Doch dann nahm August zwei Geräusche wahr: Jemand rannte die Treppe herunter, und Amanda schrie vor Panik im Wohnzim-

mer. Dem Mann, den August malträtierte, war die Sturmhaube
verrutscht. In seinen Augen stand die nackte Angst geschrieben.
Als August zurückging, um sich zwischen Amanda und der
Treppe zu positionieren, fiel ihm auf, dass ihm der kahle Schädel
und das pockennarbige Gesicht bekannt vorkamen.

»Zurück«, brüllte er Amanda zu, die sofort wieder ins Wohnzimmer rannte.

Der nächste Angreifer erschien auf der Treppe. Er war größer
als der erste und von kräftigerer Statur. Auch er hatte eine Sturmhaube über den Kopf gezogen. Der Mann hielt inne, als er August
entdeckte, drehte den Kopf und betrachtete seinen Partner, der
reglos am Boden lag. Dann stürzte er sich mit einem Schrei auf
August.

Er hielt das Messer nah am Körper, er war also kein Dilettant
und wusste, was er tat. Einen halben Meter vor August hatte er
immer noch nicht zu erkennen gegeben, wohin er stechen wollte.
Instinktiv drehte August sich zur Seite, als der Hieb auf ihn zugeschossen kam.

Um einen Zentimeter verfehlte das Messer seinen Bauch, und
August befand sich nun direkt neben dem ausgestreckten Arm
seines Gegners. Er packte das Handgelenk des Mannes mit seiner
Rechten, spürte, wie die Messerklinge seinen Arm streifte, führte
mit der Linken einen Ablenkungsschlag gegen den Hals aus und
bekam seinen Arm zu fassen. Mit ganzer Kraft drehte er dem Angreifer den Arm um. Das Schultergelenk knackte, das Messer fiel
zu Boden.

Schnell hob August es auf und behielt es in der Hand. Alles
schien eine Sekunde lang stillzustehen, dann wandten sich die
beiden Männer zur Haustür um, rissen sie auf und rannten in die
Dunkelheit. August warf einen Blick auf seinen rechten Arm.
Eine Schnittwunde, nicht tief, aber sie blutete stark. Sollte er hin-
terherrennen? Zumindest einen von ihnen sollte er schnappen.
Aber es könnte noch mehr Angreifer geben, und dann wäre es

falsch, Amanda allein im Haus zu lassen. Er stieß die Haustür zu und schloss ab.

Amanda saß auf dem Sofa. Sie schrie, als sie die Wunde an seinem Arm bemerkte.

»Ist nicht schlimm«, sagte er und legte das Messer auf den Sofatisch. »Bist du okay?«

Sie nickte.

»Gut. Sie sind weg«, sagte er dann.

Plötzlich waren Sirenen zu hören.

»Die Polizei wird dich fragen, wer ich bin«, sagte August. »Ich bin Amerikaner, du hast mich am Wochenende im East kennengelernt, und ich habe dir meine Nummer gegeben. Ich habe mich als Michael vorgestellt. Mehr nicht. Du hast mich vorher noch nie gesehen. Klar?«

»Klar«, sagte Amanda leise.

Er setzte sich neben sie und legte ihr einen Arm um die Schultern. Sie zitterte und brach in Tränen aus. In dem Moment begriff August, wer ihn angegriffen hatte: Charlie, der Mann, dem sie im El Minero in Vallenar die Waffen verkauft hatten.

KAPITEL 50

Jemand hatte am Abend Pizza bestellt.

Am ganzen Nachrichtentresen roch es nach Capricciosa. Madeleine saß an ihrem Platz und war nervös. Sie musste die ganze Zeit an Amanda Lilja denken. Sie wusste, dass sie in diesen Minuten in ihr Haus eindrangen. Dann würden sie auf sie einstechen, bis sie tot war. Madeleine schielte immer wieder auf die Uhr rechts unten in der Ecke des Bildschirms. Vielleicht war Amanda jetzt schon tot. Madeleine machte den Newspilot auf und schaute die Artikel für die morgige Ausgabe durch. *Stefan Löfvens neuer Rückschlag*, lautete die Überschrift, die auf Seite eins prangen würde. Madeleine war völlig in die Texte versunken, las Korrektur und mailte den Layoutern ein Bild, mit dem sie nicht zufrieden war. Es war null Uhr siebzehn, als Emma Axelsson, eine der beiden Nachtreporterinnen für den Abend, rief: »Großes Polizeiaufgebot in Bromma!«

»Weißt du, worum es da geht?«, rief Madeleine, so unbeteiligt sie konnte, zurück.

Dass die Polizei bereits vor Ort war, war kein gutes Zeichen. Es musste bedeuten, dass Amanda den Einbruchsalarm aktivieren oder die 112 anrufen konnte, bevor sie starb.

»Versuchter Raub, heißt es. Zwei Männer mit Messern sollen in eine Villa eingedrungen sein, sind aber dann geflohen. Ob jemand verletzt wurde, ist unklar«, berichtete Emma, während sie auf Madeleines Platz zusteuerte.

Die Welt drehte sich. Hatte der Mord nicht geklappt? Lebte Amanda noch? Das war ausgeschlossen. Sie musste jetzt einen klaren Kopf bewahren. In erster Linie war sie Journalistin. Emma hatte noch nicht herausgefunden, dass die Adresse ihrer Kollegin gehörte, einer der bekanntesten Journalistinnen des Landes.

»Schau nach, wer dort wohnt«, murmelte Madeleine, obwohl sie die Antwort bereits wusste.

»Okay«, sagte Emma und eilte zurück an ihren Platz.

Dreißig Sekunden später rief sie durch die Redaktion: »Das ist die Adresse von Amanda, von Amanda Lilja.«

Nachrichtenredakteur Lukas Besic sprang von seinem Stuhl auf und eilte zu Madeleine.

»Das waren bestimmt wieder diese Nazis. Was können wir jetzt machen?«

»Immer mit der Ruhe. Wir müssen erst mal abwarten, es kann sich auch um einen ganz normalen Einbruch handeln. Hol bitte Emma und Peter.«

Kurz darauf saßen ihr die beiden Nachtreporter gegenüber. Sie wirkten hektisch.

»Ich will, dass du, Emma, gleich rausfährst zum Haus. Nimm noch jemanden vom Fernsehen mit. Wenn es ein Mordversuch war, senden wir live. Ruf die Polizei an, vielleicht können die dir mehr sagen. Ich rufe den Chef vom Dienst an und erkundige mich, ob wir Amanda anrufen dürfen. Wenn sie Opfer eines Gewaltverbrechens ist, könnte das zu heikel werden.«

»Und was kann ich tun?«, wollte Peter wissen.

»Schreib zwei Versionen über das, was passiert ist. Eine kürzere, bei der du von versuchtem Einbruch ausgehst. Und eine längere, sagen wir ungefähr viertausend Zeichen, mit dem Ausgangspunkt, dass es sich um einen Mordversuch handelt.«

Madeleine wandte sich noch einmal an Emma.

»Schick die Infos, die du von der Polizei bekommst, an Peter, und mach dich dann gleich auf den Weg, okay?«

Emma lief an ihren Platz zurück, Madeleine griff zum Telefon und rief die Chefredakteurin Anita Sandstedt an. Sie klang wie immer, vollkommen hellwach, egal, wie viel Uhr es war. Madeleine erläuterte, worum es ging.

»Verdammt, das hat uns gerade noch gefehlt«, rief Anita, als Madeleine ihr den Stand der Dinge berichtet hatte.

»Das kann man wohl sagen.«

»Gut, ich will, dass du Amanda anrufst, aber probier es nur ein Mal. Wenn sie sich nicht meldet, schreib ihr eine SMS. Mehr nicht. Sie soll von uns nicht zum Reden gedrängt werden«, sagte Anita und seufzte hörbar. »Mist, die Lage ist wirklich ernst, Madeleine. Das ist die schlimmste Zeit, die das *Nyhetsbladet* jemals erlebt hat. Die nehmen sich einen nach dem anderen von uns vor ... Als ich angefangen habe, dachte ich noch, wir hätten mit sinkenden Auflagenzahlen zu kämpfen. Aber das hier habe ich mir in den kühnsten Träumen nicht vorgestellt.«

Madeleine wusste nicht recht, was sie darauf antworten sollte.

»Sonst noch etwas?«, fragte sie stattdessen.

»Nein, ich denke, nicht.«

Madeleine konnte Amanda nicht erreichen, weder per Telefon noch per SMS. Was sollte sie jetzt machen? Madeleine wusste ja, dass es sich um einen Mordversuch handelte. Das war ein Aufmacher, erste Seite, auch wenn sie nicht schreiben konnten, wer das Opfer war – jedenfalls noch nicht heute Nacht. Zunächst mussten die Angehörigen informiert werden. Sie ging in die Teeküche und setzte sich an einen Tisch, damit sie eine Weile ihre Ruhe hatte.

Das Problem war, dass Madeleine nicht begründen konnte, warum sie so sicher war, dass es sich um einen Mordversuch handelte. Anita Sandstedt würde einen solchen Artikel nicht veröffentlichen, ohne vorher eine Erklärung von ihr zu verlangen.

Aber es gab, wie fast immer, einen goldenen Mittelweg.

Madeleine sprang vom Stuhl auf und kehrte an ihren Schreibtisch zurück.

Bekannte Journalistin in ihrer Villa überfallen, tippte sie in ihren Rechner. Das war eine gelungene Formulierung. Und das Wichtigste: sie stimmte. Madeleine dachte kurz nach. Dann suchte sie ein Bild von Amanda heraus, auf dem sie beim Morgenmagazin von TV4 mitwirkte.

Madeleine rief dem leitenden Redakteur zu, Stefan Löfvens Niederlage zu einem kleineren Artikel auf Seite eins einzudampfen, sie wolle alles auf die Amanda-Story setzen. Peter Janssen hatte das gehört und trat an Madeleines Platz.

»Wie soll ich am besten vorgehen?«, fragte er.

»Schreib einfach alles, was wir wissen. Aber nicht zu viele Details. Und nimm was aus den Polizeimeldungen mit rein. Ruf bei der Polizei an und frag, ob sie diesen Überfall mit den vorangegangenen Morden an den Journalisten in Zusammenhang bringen. Sie werden dazu zwar nichts sagen, aber es schadet nicht, danach zu fragen. Nimm die Frage auch in deinen Text mit auf.«

Peter nickte und ging wieder. Madeleine war besorgt. Woran waren sie gescheitert? Es musste etwas Unvorhersehbares passiert sein. Amanda hatte ihr doch erzählt, dass sie allein zu Hause sein würde. Und das hatte sie an Carl weitergegeben. Hatte sie Amanda falsch verstanden?

»Frag sicherheitshalber auch, ob sie schon jemanden fassen konnten«, rief Madeleine Peter nach.

Die nächsten Stunden verbrachte sie damit, neue Informationen zu recherchieren. Die Zeitung war zwar schon im Druck, aber sie wollte am folgenden Tag schneller sein als die *Aftonposten* und die *Kvällspressen*. Aufgrund der brisanten Situation würde sie bis zum Morgengrauen durcharbeiten müssen. Das wurde von einem Nachrichtenchef beim *Nyhetsbladet* erwartet. Als sie dann vor Müdigkeit fast zusammenbrach, schlüpfte sie schnell in den Aufenthaltsraum, legte sich aufs Sofa, deckte sich mit ihrer Jacke zu und schlief sofort ein.

Um Punkt neun Uhr stand sie in der Redaktion, umringt von acht ernst dreinblickenden Journalisten. Madeleine hatte im Fitnessstudio geduscht und sich die Zähne geputzt und fühlte sich ausgeruht, obwohl sie nur vier Stunden geschlafen hatte. Sie versah ihre Kollegen mit Aufgaben und schloss mit der Bitte, dass sich alle vor dem Lunch für ein Briefing wiedertreffen sollten.

Erik Gidlund wollte sich mit ihr unter vier Augen unterhalten, und während die anderen den Raum verließen, trat er auf sie zu.

»Ich habe jetzt die E-Mails von meinen Quellen bekommen. Ich kann außerdem Ingrid Törnbloms Mail-Eingang durchsehen, auch die Drohungen, die sie nicht zur Anzeige gebracht hat.«

»Wie geht es ihr denn?«

»Sie ist noch krankgeschrieben, aber sie will unbedingt, dass die Täter geschnappt werden«, sagte Erik. »Ich glaube wirklich, Madeleine, dass dies der richtige Weg ist. Wir kommen der Sache näher. Und wenn doch nicht, kann ich einfach zehn Mails auswählen, und wir machen einen Artikel darüber, wie übel wir Journalisten dran sind heutzutage. Es gibt Leute, die von einem Meinungskorridor reden, damit ihnen auf Twitter widersprochen wird. Aber das hier ... Du weißt ja selbst, was man für Mails kriegt, wenn man über Einwanderung schreibt, und es nicht darum geht, dass alle Muslime abgeknallt werden sollten.«

Sie musste ihn weiterrecherchieren lassen, ihr blieb keine andere Wahl. Alles andere wäre aus journalistischer Sicht idiotisch. Aber wie viel würde er finden?

Fredrik hatte ihr gesagt, dass es von ihnen Mails im Posteingang der Opfer gab. Zwar von anonymen Accounts und unter Pseudonym verschickt, aber trotzdem. Es konnten immer Fehler passieren. Und wenn es jemanden gab, der Fehler aufdeckte, dann war das Erik. Dennoch, sie war gezwungen, das Risiko einzugehen.

»Dann bleib da dran«, sagte Madeleine.

»Danke«, sagte Erik und wandte sich zum Gehen.

Madeleine hatte ihren Laptop in die Tasche geschoben und sie sich über die Schulter gehängt, als Erik noch mal auf sie zukam. Der Tag war wie im Flug vergangen. Sie hatte Carl Cederhielm und Fredrik Nord ausblenden und sich auf ihre Rolle als Journalistin konzentrieren können. Und sie hatte Amanda erreicht, die ihr bestätigt hatte, dass sie von zwei maskierten Männern zu Hause überfallen worden war, und dass es sich wahrscheinlich nicht um einen Raubüberfall handelte. Damit war die morgige Ausgabe so gut wie fertig.

»Hast du eine Minute?«, fragte Erik.

»Ja, klar, komm mit.«

Sie warteten vor dem Fahrstuhl.

»Wie ist es gelaufen?«, fragte sie.

»Also, das ist nur so ein Gefühl«, sagte Erik und senkte die Stimme. »Aber mir ist da etwas aufgefallen. Findest du nicht auch, dass diese Männer verdammt gut informiert sind? Nicht nur dieses Mal, sondern die ganze Zeit schon?«

»Wie meinst du das?«

»Kann es sein, dass sie einen Insider haben, der sie mit Informationen über ihre Opfer versorgt?«

Sie spürte einen Stich in der Brust, aber durfte sich auf keinen Fall etwas anmerken lassen. Sie klopfte ihm auf die Schulter.

»Du meinst einen anderen Journalisten? Ist das nicht ein bisschen zu konspirativ? Als Nächstes siehst du noch einen Zusammenhang mit dem Palme-Mord«, sagte sie lachend.

Erik hob die Brauen.

»Möglich. Aber ist es nicht seltsam, dass sie sich gleich drei Journalisten vom *Nyhetsbladet* ausgesucht haben? Sie haben genau gewusst, wie und wo sie zuschlagen mussten. Amanda hat Mann und Kind, aber ausgerechnet gestern war sie allein zu Hause. Und Markus Råhde war Nachrichtenchef. Von ihm gibt es nicht mal ein Bild in der Verfasserzeile der Zeitung, aber jetzt ist er verschwunden.«

Madeleine schüttelte den Kopf.

»Ich weiß nicht, Erik«, sagte sie matt. »Halt dich an die Fakten und verlier dich nicht in Verschwörungstheorien. Das kostet Zeit und Kraft, und dafür ist jetzt nicht der richtige Moment.«

Unten vor dem Gebäude wartete bereits ihr Taxi. Sie nannte die Adresse, griff nach ihrem Mobiltelefon und ging auf das Facebook-Profil, das sie mit Fredrik Nord und Carl Cederhielm für den absoluten Notfall teilte. Das Profil war so konfiguriert, dass es für andere Anwender nicht sichtbar war. Sie änderte alle ihre Interessen in der Präsentation, das war das Erkennungszeichen dafür, dass jemand von ihnen Kontakt mit ihr aufnehmen musste. Sie hoffte, dass es Fredrik sein würde.

Als sie nach Hause kam, legte sie sich mit dem Laptop auf dem Schoß ins Bett und arbeitete eine Weile. Als sie Hunger bekam, rief sie in der Sushi-Bar unten an der Ecke an, bestellte »Das Gleiche wie immer« und machte sich auf den Weg, das Essen abzuholen. Auf dem Rückweg stieß sie vor dem Eingang auf Fredrik. Sie nickten sich kaum merklich zu und fuhren nach oben in ihre Wohnung.

Sie schloss die Tür hinter ihnen und fuchtelte mit den Armen.

»Was zum Henker ist bei Lilja passiert?«

»Das wissen wir auch nicht genau. Lars und Carl sind ins Haus rein. Ich bin im Auto geblieben und habe die Stellung gehalten. Sie sind hinten über die Verandatür ins Haus eingestiegen. Lars ist die Treppe runter und wurde plötzlich von einem Typen angegriffen und zusammengeschlagen. Carl ist ihm nach, um ihm zu helfen, aber der Kerl ist dann auch auf ihn los.«

»War das ihr Mann?«

»Wir wissen nicht, wer das war. Aber ganz offensichtlich war es jemand, der wusste, wie man einem Angreifer die Waffe abnimmt. Beide sind richtig vermöbelt worden. Carl meint, der Mann ist beim Militär. Es war jedenfalls kein Kampfsport-Fuzzi.«

»Woher will Carl das denn wissen?«

»Er ist Küstenjäger. Und er ist sich sicher, dass der Typ militärische Nahkampftechnik angewandt hat. Und nachdem ich ihre Verletzungen gesehen und mir ihre Beschreibungen angehört habe, glaube ich das auch.«

Madeleine seufzte.

»Ich verstehe das nicht. Hat sie einen Leibwächter engagiert?«

»Eure Chefredakteurin hat das doch auch.«

»Das ist etwas völlig anderes. Anita erhält seit Jahren Morddrohungen, und sie ist die verantwortliche Herausgeberin. Ich kann mir aber kaum vorstellen, dass die Zeitung einen Bodyguard für Amanda organisiert. Außerdem hätte ich das in der Redaktion mitbekommen, und sie hätte es mir auch erzählt. Ich werde sie fragen, wenn ich sie das nächste Mal sehe.« Madeleine ging in die Küche und stellte die Tüte mit dem Sushi auf die Anrichte. »Wir müssen noch über etwas anderes reden«, sagte sie gedehnt.

Madeleine überlegte, wie sie ihm sagen sollte, was Erik Gidlund erzählt hatte, ohne dass sie ihn sofort umbringen würden.

»Ein Kollege in der Redaktion denkt, dass ihr einen Maulwurf habt, der euch mit Infos versorgt.«

»Und wer ist dieser Kollege?«

»Das ist es ja gerade. Es ist Erik. Wir haben zusammen studiert. Er ist der einzige Freund, den ich in dieser verfluchten Redaktion habe. Er ist immer für mich da, ich bin ihm wichtig. Ihr dürft ihm nichts ...«

»Das spielt überhaupt keine Rolle«, sagte Fredrik schroff. »Das ist eine ernste Sache. Er hat kapiert, dass wir einen Insider haben. Sei nicht albern, wir haben keine Zeit für solchen Kinderkram. Ich habe ein paar von seinen Texten gelesen. Er ist ein Verräter, eine indoktrinierte, politisch korrekte Null.«

Madeleine wusste, dass es zwecklos war, zu widersprechen, aber sie konnte nicht an sich halten.

»Das weiß ich. Aber er war für mich da, als Carl und du weg

wart, als ich allein klarkommen musste. Er kümmert sich um mich.«

Fredrik fasste sie am Arm.

»Das entscheidest nicht du, Madeleine. Du musst Carl davon erzählen, sonst tue ich es.«

»Ihr werdet ihn umbringen«, sagte sie.

»Wenn du ihn nicht auf andere Gedanken bringst, müssen wir das tun.«

KAPITEL 51

Carl Cederhielm saß zu Hause auf dem Sofa und beugte sich über seinen Laptop.

Ihm taten alle Knochen weh nach dem Zwischenfall mit dem Mann in Amanda Liljas Diele. Fredrik hatte seine verletzte Schulter untersucht, und bei der kleinsten Bewegung hatte Carl vor Schmerz aufgeschrien. Sie hatten bis zum nächsten Morgen warten müssen, um ihn in die Ambulanz zu fahren, wo sie den Ärzten gesagt hatten, dass er Badminton gespielt habe und gestürzt sei. Der Arzt hatte ihm Schmerzmittel verschrieben und Ruhe empfohlen.

Dann war Carl nach Hause in die Grevgatan gefahren. Von dem Besuch im Krankenhaus abgesehen, hatte er seine Wohnung nicht verlassen, nicht geduscht und kaum gegessen seit der missglückten Aktion bei Amanda Lilja.

Er war den Ablauf der Ereignisse immer wieder durchgegangen. Als Carl die Treppe hinuntergerannt war und Lars reglos am Boden hatte liegen sehen, hatte er spontan gehandelt, aber dennoch gemäß seiner militärischen Ausbildung. Trotzdem war er seinem Gegner klar unterlegen gewesen. Carl hatte keine Chance gehabt, der andere hatte jede seiner Bewegungen vorhergesehen. Ihm war alles wie in Zeitlupe vorgekommen.

Mit seinem gesunden Arm reckte er sich nach der Kaffeetasse neben dem Rechner. Die Schulterschmerzen waren nichts gegen die Wut, die in ihm aufstieg, als er die Kommentare auf Facebook las.

Im Radio und Fernsehen und auch im Netz wurde berichtet, dass es sich bei der Journalistin, die einem Mordversuch in ihrem Haus entgangen war, um Amanda Lilja handelte. Carl hatte ihre

Popularität eindeutig unterschätzt. Natürlich gab es Stimmen, die der Ansicht waren, sie hätte den Tod verdient – nicht zuletzt wegen ihrer Texte im Zusammenhang mit dem Grand Hôtel, als sie wie gewohnt mehr an die Muslime als an die toten Europäer dachte –, aber das waren verschwindend wenige.

Carl knirschte mit den Zähnen, als er an eine Formulierung dachte, die sie in ihrem Text über das Grand Hôtel verwendet hatte.

Macht euch nicht zu Helfershelfern der IS-Terroristen. Liefert ihnen nicht noch mehr Soldaten, indem ihr das schräge Weltbild von einem Europa bestätigt, in dem Muslime Bürger zweiter Klasse sind, hatte sie geschrieben.

Und nun verteidigten viele Schweden sie. Sie ließen sich blenden von ihrer blank polierten Fassade, ihrer Schönheit, ihrer freundlichen Art, wodurch sie wie ein Filmstar wirkte und nicht wie die militante Feministin und Landesverräterin, die sie war. Einige der Kommentatoren bezeichneten Carl sogar als feige. Er hatte sich ihre Namen und Adressen notiert.

Sein Phantombild war überall.

Politiker und renommierte Journalisten kritisierten die polizeilichen Ermittlungen, die bisher nichts ergeben hatten. Obwohl es auch noch ein zweites Phantombild gab, das Lars zeigte. Der Mann, der sie niedergeschlagen hatte, hatte ihn mit Amanda Lilja zusammen dem Zeichner der Polizei beschrieben. Und die Zeichnung von Lars war authentischer als die von Carl.

Er erhob sich vom Sofa. Der Schmerz schoss ihm in die Schulter. Er verzog das Gesicht und tigerte im Wohnzimmer hin und her. Vor Michaels Foto hielt er inne.

Er blickte seinem kleinen Bruder in die grünen Augen, musterte seinen Mund, die breiten weißen Zähne. Wie immer wurde er ruhiger, während er das Bild betrachtete.

Es half nichts, sich aufzuregen. Sie hatten einen Rückschlag einstecken müssen, aber das war nur von vorübergehender Natur. Um sich aus dieser Situation wieder herauszumanövrieren, brauchte er einen klaren Kopf. Er war der Anführer, er hatte die Verantwortung. Er ließ sich wieder aufs Sofa fallen.

Es ging darum, dass die Bevölkerung ihre Perspektive änderte. Wenn die Menschen trotz der Anschläge auf das Grand Hôtel und in der Drottninggatan nicht begriffen, dass das Land in Gefahr war und die muslimische Invasion von Europa nicht aufgehört hatte, so war Carl gezwungen, sie daran zu erinnern.

In einer halben Stunde würden Lars und Fredrik eintreffen. Dann würde er ihnen unterbreiten, dass sie trotz dieser Niederlage weitermachen mussten. Er stellte seinen Rechner auf die Oberschenkel und machte sich Stichpunkte zu den wichtigsten Argumenten, die er vorbringen wollte. Vielleicht würden sie protestieren, dann musste er sie von der Notwendigkeit überzeugen, jetzt nicht aufzugeben.

»Wir hatten gesagt, dass die Aktion gegen die Chefredakteure des *Sveriges Allehanda*, des *Nyhetsbladet* und der *Aftonposten* die letzte sein würde, zumindest für ein Jahr«, begann Carl. Er ging vor dem offenen Kamin mit Michaels Foto auf und ab. Er bildete sich ein, dass Michael zuhörte.

Lars uns Fredrik saßen mit ausdruckslosen Gesichtern auf dem Sofa.

»Dabei bleibt es auch. Es ist wichtiger denn je, der Propaganda einen Riegel vorzuschieben, gerade vor den Neuwahlen. Wenn wir die Verräter unschädlich gemacht haben, verschwinden wir von der Bildfläche, ziehen Bilanz und stellen uns neu auf. Wir sind keine Idioten. Wir lassen uns nicht schnappen.«

»Ich dachte, wir halten den Ball erst mal flach«, sagte Lars.

Das brachte Carl aus dem Konzept. Er starrte den Polizisten an.

»Was zum Teufel soll das heißen?«, schrie er beinahe.

»Ich meine, nach allem, was passiert ist. Mein Gesicht ist auf jedem Zeitungskasten und deins genauso. Außerdem bist du verletzt. Ich weiß nicht, ob ...«

Carl schnaubte.

»Sei einfach still und hör zu«, sagte er harsch. »Die Hornochsen sollen ihre gerechte Strafe kriegen. Ohne ihre Chefredakteure gehen die Zeitungen unter. Besser als jetzt können wir es nicht treffen. Und Madeleine wird uns helfen. Vor den Neuwahlen wird die Propagandamaschine der Regierung zum Schweigen gebracht.«

Carl warf Fredrik einen raschen Blick zu, der ihn gelassen erwiderte.

»Fähren sind geradezu lächerlich simple Ziele. Die Sicherheitsmaßnahmen sind nicht der Rede wert. Keine einzige Kontrolle, wenn man an Bord geht. Und während der Fahrt sind nur zwei bis drei bewaffnete Wachmänner da, um die Besoffenen in die Ausnüchterungszelle zu sperren. Es gibt kein Entkommen. Wir werden die Schweine töten, die für diese islamfreundliche Propaganda verantwortlich sind.«

Lars machte eine zweifelnde Miene. Carl trat an den Kamin und nahm das gerahmte Foto von Michael herunter. Er stellte es so auf den Tisch, dass Lars es sehen konnte.

»Mein Bruder ist tot«, sagte er und deutete auf das Bild. »Deine Frau ist tot. Im ganzen Land sitzen Tausende Familien, die ihre Söhne und Töchter betrauern, die unter dieser Regierung gestorben sind. Wenn wir nichts unternehmen, wird es noch mehr Tote geben. Ich will dem ein Ende machen, und, ehrlich gesagt, habe ich gedacht, du willst das auch. Diese Journalisten haben Blut an den Händen, jeder Einzelne von ihnen. Ein kleiner Rückschlag darf uns nicht stoppen.«

»Du hast recht«, sagte Lars nach einer Weile.

Carl machte eine ausholende Geste.

»Danke, Lars.« Carl atmete hörbar aus. Er setzte sich in den Sessel neben dem Couchtisch. »Ich bin dafür, dass wir als reine

383

Sicherheitsmaßnahme die Waffen in dein Haus in Hökarängen bringen.«

»Klar, ich kümmere mich darum«, antwortete Lars.

»Ich und Fredrik gehen auf die Fähre. Ich weiß, dass du schon dort warst, Fredrik, aber wir müssen das noch mal prüfen. Das muss alles sitzen. Außer den üblichen Sicherheitskräften wird mindestens ein Bodyguard vor Ort sein, um die Verräter zu schützen. Den müssen wir ausschalten. Und damit uns das gelingt, müssen wir alles auf die Minute genau planen.«

Lars und Fredrik waren ernst und entschlossen. Eine Woge des Stolzes übermannte Carl. Er schluckte, ehe er weitersprach.

»Ich kann euch gar nicht sagen, wie dankbar ich euch bin und wie sehr ich euch bewundere. Die Geschichte wird uns recht geben.«

Als die anderen gegangen waren, machte Carl sich ans Haare Färben. Diesmal wählte er einen rötlichen Farbton. Zufrieden stellte er vor dem Spiegel fest, dass er immer besser wurde. Weder die Polizei noch sonst jemand würde ihn so wiedererkennen. Er war zu schlau, nicht zu bremsen, ein strategisches Genie. Carl wusch sich die Hände, steckte seine Pistole ein, warf sich seine Jacke über und machte sich auf den Weg ins Solarium.

Aber auf der Sonnenbank konnte er nicht abschalten. Er war aufgeregt und drehte sich hin und her. Bis zu ihrem Coup auf der Helsinki-Fähre waren es noch zehn Tage. Sie würden damit Schweden und Europa im Sturm erobern, und die ganze Welt würde wissen, wer Carl war.

Abgesehen von der Überprüfung der Fähre mit Fredrik, würde er sich abschotten müssen. Sich rarmachen. Vielleicht sollte er nach Djurö übersiedeln? Aber was sollte er dann seinem Vater sagen? Er könnte vorgeben, er müsse ins Ausland reisen. Nach dem Anschlag müsste er ohnehin das Land verlassen. Alles andere wäre Wahnsinn. Er würde auch für Lars und Fredrik aufkommen, wenn sie das Gleiche vorhatten. Carl würde nach Kambodscha oder auf die Malediven reisen, um sein Buch über die Guerillakriegsführung im urbanen Raum fertigzuschreiben. Endlich hatte er auch einen Titel dafür gefunden. *Widerstand* sollte es heißen. Die folgenden Generationen würden im Kampf gegen die Islamisten und Kosmopoliten Europa zurückgewinnen. Die Zeit der liberalen Demokratien wäre am Ende. Und der Name Carl Cederhielm hätte Unsterblichkeit erlangt.

KAPITEL 52

August war seit dem Mordversuch nicht mehr von Amandas Seite gewichen. In der polizeilichen Vernehmung hatte August Englisch gesprochen und sich als Amerikaner ausgewiesen. Die folgende Nacht und den folgenden Tag verbrachten sie in seiner Wohnung. Draußen war es schon lange dunkel, auch wenn die Hornsgatan weiß verschneit war.

Sie lagen im Bett. August sog ihren Duft ein, hielt sie im Arm und strich ihr übers Haar. Seit über einer Stunde hatten sie kein Wort gewechselt.

Da wandte Amanda sich ihm zu und sah ihn an.

»Wenn du nicht gewesen wärst, wäre ich jetzt tot. Ich hätte Andrea nie wiedergesehen. Alles wäre ... finster geworden, für immer«, flüsterte sie.

»Aber ich war bei dir. Du lebst.«

Amanda nickte langsam.

»Was hast du getan, um sie ... Wie konntest du sie überwältigen?«

»Ich habe sie überrascht. Sie dachten, du wärst allein, und dadurch war ich im Vorteil.«

Sie verdrehte die Augen.

»Du hast sie überrascht ... So einfach war das?«, sagte sie ungläubig.

»Ganz so einfach war es nicht, nein. Es ist nie einfach.«

Er reckte sich nach der Heineken-Dose am Boden. Er trank zwei Schlucke und stellte die Dose zurück.

»Was hat Christoffer gesagt?«, fragte August.

»Er wollte heute früh zurückfahren. Aber ich habe ihm gesagt, dass er ruhig noch bleiben soll. Ich kann jetzt sowieso nicht richtig für Andrea da sein. Es ist besser, wenn sie nicht hier ist, so, wie die Situation ist.«

»Wollte er wissen, wo du bist?«

»Nein«, sagte Amanda, »wollte er nicht. Er geht wohl davon aus, dass ich im Hotel übernachte.«

Amanda sah mit leerem Blick aus dem Fenster.

»Woher haben die das gewusst?«, fragte sie.

»Was gewusst?«

»Dass ich eigentlich allein gewesen wäre.«

»Die haben das alles ausgekundschaftet. Das sind keine Hohlköpfe, die arbeiten kompetent und zielorientiert. Und seit gestern bin ich ziemlich sicher, dass sie auch mit Waffen umgehen können.«

»Denkst du, sie versuchen es wieder?«

Er wollte ehrlich sein, aber Amanda auch keine Angst machen. Doch er hatte sich geschworen, sie nie anzulügen.

»Ich weiß es nicht.«

Amanda seufzte.

»Was soll ich denn jetzt machen?«

»Früher oder später gehen sie der Polizei ins Netz. Bis dahin musst du vorsichtig sein. Keine unnötigen Risiken eingehen.«

Sie stand auf, kramte in ihrer Tasche, bis sie Zigaretten und Feuerzeug fand, und machte das Fenster auf.

»Genau das wollen sie ja erreichen. Sie wollen, dass ich nichts mehr sage und von der Bildfläche verschwinde. Ihnen keinen Widerstand leiste.«

»Ja.«

»Das kann ich einfach nicht machen, verstehst du das? Vielleicht sehe ich das alles ja auch ganz falsch, aber wenn ich mich nicht mehr irren darf, dann ist die ganze Idee mit dem unabhängigen Journalismus hinfällig. Das klingt zwar ganz schön überheblich, aber so ist es doch.«

August schwieg.

»Weißt du, wie ich meinen ersten Job bei der Zeitung bekommen habe?«, fragte sie.

Er schüttelte den Kopf.

»Das war zwei Jahre, nachdem du weg warst. Andrea war gerade geboren, ich war zu Hause mit ihr und fand, ich hätte keine Zeit, vier Jahre an der Uni zu vergeuden. Ich war damals einundzwanzig. Ich wollte leben und etwas aus mir machen. Ich ging zur *Aftonposten* und sagte am Empfang, ich wolle mit dem Chefredakteur sprechen. Dann habe ich gewartet, bis er nach drei Stunden rausgekommen ist. Er hat gemeint, es gebe keine freien Stellen, und ich solle studieren und dann wiederkommen.«

»Und was hast du dann gemacht?«

»Ich bin wieder gegangen. Aber am nächsten Tag bin ich zurückgekommen«, sagte Amanda und lachte. »Nach zwei Wochen mussten sie einsehen, dass sie mich nicht loswerden würden. Der damalige Chefredakteur, Gary Hellman, hat mich einen Text schreiben lassen, gesagt, er sei in Ordnung, und mich als Nachrichtenreporterin in Vertretung eingestellt.«

August schmunzelte.

»Das passt zu dir.«

Amanda setzte sich auf die Bettkante.

»Ja, offensichtlich«, entgegnete sie.

Sie schwiegen eine Weile.

»Ich liebe dich, weißt du das?«, sagte er.

»Ja, das weiß ich«, sagte sie ernst. »Und ich sage das nicht nur, weil du mir das Leben gerettet hast. Ich weiß, dass du das auch so meinst. Und ich glaube nicht, dass mich sonst jemand so liebt wie du, ausgenommen vielleicht Andrea. Ich begreife nur nicht, wieso.«

August streckte sich wieder nach seinem Bier, trank davon und verzog das Gesicht. Amanda musterte ihn belustigt.

»Weißt du, was wir machen sollten?«, rief sie aus.

»Nein.«

»In eine Kneipe gehen und uns in die Steinzeit zurücksaufen.«
August prustete los. Ihm lief das Bier am Kinn hinunter und
aufs T-Shirt.
»In die Steinzeit? Was soll das denn heißen?«
»Keine Ahnung. Ich habe das einen Kollegen aus der Anzeigen-
abteilung sagen hören, und es klang witzig. Wahrscheinlich ist
man dann dermaßen dicht, dass man nicht mehr weiß, wo rechts
und links ist.«
August sprang aus dem Bett und klatschte in die Hände.
»Worauf warten wir dann noch?«

Sie nahmen ein Taxi zum Stureplan, zahlten und liefen geduckt
durch die tanzenden Schneeflocken ins East. Draußen saßen
keine Gäste. Bei dem Barmann in schwarzer Winterjacke bestellten sie eine Flasche Wein. Ein Obdachloser mit Weihnachtsmütze
und Mundharmonika blieb an der Balustrade stehen, lupfte seine
rote Mütze, machte einen Diener und begann zu spielen. Es
war unmöglich herauszuhören, welches Lied er spielte, aber sie
klatschten im Takt, und der Mann schwang die Hüften, die Mundharmonika fest gegen die Lippen gedrückt. Als er geendet hatte,
verbeugte er sich wieder und ging weiter.
      Amanda drehte sich zu August.
      »Als ich Andrea gezwungen habe, Klavier zu spielen, hat sich
das genauso angehört.«
      »Warum hast du das getan?«
      »Ich wollte wohl alles richtig machen. Als ich klein war, haben
Mädchen Klavier gespielt. Das hat meine Mutter immer gesagt.
Du glaubst gar nicht, wie viele Dinge man wiederholt, wenn man
selbst Mutter wird. Man wird zu einer Kopie seiner eigenen Eltern. Was machen wir zwei hier eigentlich?«
      »Wir sitzen hier und saufen uns zurück in die … Was hast du
gesagt, wie das heißt?«
      »Die Steinzeit.«

»Ja, genau«, sagte August. »Die Steinzeit.«

»Dann brauchen wir Shots. Und danach will ich tanzen.«

»Tanzen? Weißt du noch, was passiert ist, als wir das letzte Mal zusammen getanzt haben? Zu Hause bei einer von deinen Oberschichtfreundinnen? Dabei ist ein kompletter Glastisch draufgegangen.«

»Das soll tanzen gewesen sein?« Amanda brach in Gelächter aus.

Die Weinflasche ging langsam zur Neige, während sie weiter in Erinnerungen schwelgten.

August erhob sich, um eine zweite zu holen. Als er darauf wartete, schielte er zu Amanda hinüber, die in die Dunkelheit blickte.

Als sie auch die zweite Flasche geleert hatten, verließen sie das East und bogen links in die Birger Jarlsgatan.

»Ich weiß noch was«, sagte Amanda und deutete die Richtung an.

August hielt seine Jacke über ihre Köpfe, und sie liefen zum Humlegården. Als sie an einem Schild mit der roten Aufschrift Oxid vorbeikamen, blieben sie stehen. Ein einsamer Türsteher zuckte mit den Schultern und ließ sie eintreten.

Der DJ spielte *Take Me Home*. Die Gäste waren in den Zwanzigern. Amanda eilte auf den Barkeeper zu und bestellte Shots.

»Wir dürfen ja nicht auffallen«, erklärte sie und prostete August zu.

Vor der Bar tanzten sie zu Green Day, bis sie keine Lust mehr hatten, bestellten sich einen Drink und setzten sich, um zu verschnaufen.

»Du erinnerst dich nicht mehr, oder?«, rief Amanda.

»An was denn?«

»Dass du mich mal hierher mitgeschleppt hast.«

»Nein, das weiß ich wirklich nicht mehr. Aber hier hast du zum ersten Mal Leandro getroffen. Du bist mit einer piekfeinen Freundin aufgetaucht. Sie fand, dass es hier drinnen nach Urin stank.«

»Alice, ja, die liebe Alice. Und sie hatte recht. Sie hat das Gleiche gesagt, als ich sie zum ersten Mal zum Hauptbahnhof mitgenommen habe. Sie fand Leandro übrigens süß.«

»Ich werd's ihm morgen ausrichten. Das wird ihn freuen.«

Der DJ legte *Ramlar* von Håkan Hellström auf. Vor August drehte sich alles, und er schloss die Augen. Es war lange her, dass er so viel getrunken hatte. Sie hätten besser zu Hause bleiben sollen.

»August, sind wir verrückt?«, fragte Amanda, als hätte sie seine Gedanken gelesen.

Er machte die Augen wieder auf.

»Was ist das denn für eine Frage? Natürlich sind wir verrückt.«

Amanda beugte sich zu ihm und küsste ihn. Sie ließ die Stirn an seiner ruhen und biss sanft in seine Unterlippe.

»Warte kurz«, sagte August.

Er nahm sie bei der Hand und führte sie zur Tür hinaus.

»Wohin willst du?«

August sagte nichts, beschleunigte seinen Schritt, und sie überquerten die Birger Jarlsgatan vor der nächsten grünen Welle. An der Bushaltestelle auf der anderen Straßenseite blieb er vor ihr stehen. Schneeregen klatschte auf das Glasdach. Amandas Haar war feucht.

»Was machen wir hier?«, fragte sie.

»Wir küssen uns. Das habe ich mal in einem Film gesehen, und ich habe mir geschworen, das mit keiner anderen zu machen außer mit dir. Im Film war das zwar ein Sommerregen, aber trotzdem. Ich habe ...«

»Sei still«, sagte Amanda, schlang die Arme um seinen Hals und küsste ihn.

Mehrere Minuten verharrten sie in ihrer Umarmung, während die Taxen an ihnen vorbeibrausten.

»Können wir jetzt nach Hause fahren?«, fragte Amanda fröstelnd.

Hinterher lagen sie nackt in seinem schmalen Bett und blickten an die Decke. Das Fenster stand offen. Amanda zündete sich eine Zigarette an und reichte sie August.

»Ich mag diese Wohnung«, sagte sie nachdenklich.

August runzelte die Stirn.

»Ich muss bald etwas anderes finden. In zwei Monaten werde ich einunddreißig.«

Amanda lachte und musterte ihn.

»Das sieht man dir nicht an«, kicherte sie. »Wir benehmen uns wie zwei frischverliebte Zwanzigjährige. Sollen wir morgen erwachsen werden und mit dem Rauchen aufhören?«

»Ich finde ... ja.«

Es entstand eine Pause.

»Dann ... dann sind wir jetzt zusammen?«, fragte sie.

»Willst du das denn wirklich?«

»Ja. Das habe ich schon immer gewollt. Aber es wird nicht mehr so sein wie früher«, sagte Amanda plötzlich ernst.

»Nein?«

Sie fuhr sich mit einer Hand durchs Haar.

»Ich muss dir was sagen.«

»Okay«, entgegnete August gedehnt und setzte sich auf, den Rücken gegen die Wand gelehnt. Er gab ihr die Zigarette zurück, und sie nahm einen tiefen Zug.

»Danke, das habe ich gebraucht. Also, bist du bereit?«

August schwieg.

»Als ich nach Paris geflogen bin, um dich zu sehen«, begann sie, »war ich schon mit Christoffer zusammen, das stimmt. Und er hat gedacht, ich würde einen alten Klassenkameraden besuchen. Aber wir ... Andrea ist nicht Christoffers Tochter, sie ist von dir.«

KAPITEL 53

Vier Tage nach dem Überfall war Amanda Lilja bereits wieder in der Redaktion. Madeleine saß am Nachrichtentresen, als ein paar Kollegen auf Amanda zugingen, um sie zu begrüßen und sich zu erkundigen, wie sie sich fühlte. Madeleine irritierte das, und sie senkte den Blick, als Amanda in ihre Richtung sah. Sie wirkte überhaupt nicht so, wie Madeleine es sich vorgestellt hatte, knapp dem Tode entronnen nach einem Überfall im eigenen Haus. Sie hatte rosige Wangen und schien glücklich. Als Amanda am Nachrichtentresen vorbeikam, hielt sie inne.

Madeleine war klar, dass sie nicht drumherumkam. Sie erhob sich und ließ sich von Amanda in den Arm nehmen.

»Schön, dich zu sehen«, sagte Amanda gut gelaunt.

»Ebenfalls«, sagte Madeleine unsicher. »Zum Glück hat sich alles geklärt, oder wie soll ich sagen?«

Sie brachte Amanda keine Sympathie entgegen und hatte auch keine Ambitionen, sich der Fangemeinde anzuschließen, die in ganz Schweden mit jedem Tag größer wurde. Über zweihundert Blumensträuße waren bereits an die Redaktion geschickt worden.

»Das ist schon komisch«, sagte Amanda und ließ ihren Blick über die Redaktion schweifen.

»Was denn?«

»Dass Markus immer noch verschwunden ist. Er war schwierig und eigentlich ein richtiger Chauvi, aber seit ich dabei bin, war er einfach immer da.«

Madeleine hatte sich wortlos wieder auf ihren Stuhl sinken lassen.

»Sorry«, rief Amanda plötzlich. »Das habe ich ganz vergessen.«

»Das macht wirklich nichts.«

Amanda schielte auf Madeleines Bildschirm. Madeleine ärgerte sich darüber. Es kam ihr so vor, als kontrollierte Amanda, ob sie ihren Job auch ordentlich machte.

»Sollen wir heute zusammen Mittagessen?«

Madeleine konnte schlecht Nein sagen, zumindest nach dem, was passiert war. Außerdem hatten Fredrik und Carl sie gebeten, alles über den Mann herauszufinden, der an jenem Abend bei Amanda gewesen war.

»Klar, das wäre nett«, sagte sie zögerlich. »Um zwölf?«

»Klasse. Ich hole dich ab.«

Madeleine richtete den Blick auf ihren Bildschirm, machte den Newspilot auf und gab Erik Gidlunds Namen ein. Sie wollte sehen, wie weit er mit seiner Recherche über die E-Mails von den Hotmail-Absendern im Posteingang der ermordeten Journalisten gekommen war. Sie wollte gerade seine Notizen durchlesen, als sie bemerkte, wie Anita Sundstedt sich hinter ihr aufbaute. Sie drehte sich auf ihrem Stuhl um.

»Hast du kurz Zeit?«, fragte die Chefredakteurin, machte kehrt und steuerte sofort wieder auf ihr Büro zu.

Madeleine stand auf und folgte ihr.

»Mach die Tür hinter dir zu«, sagte Anita und setzte sich an ihren Schreibtisch.

Madeleine zog die Glastür zu und nahm Platz. Durch die Scheibe registrierte sie, wie die Kollegen neugierig in ihre Richtung blickten, um zu erraten, worum es bei dem Treffen ging. Für einen Moment schwiegen sie. Anita tippte etwas in ihren Laptop und klappte ihn dann zu.

»Ich finde, dass du einen super Job machst«, begann Anita. »Ich bin begeistert, wie du dich da reinhängst, nachdem du mehr oder weniger ins kalte Wasser geworfen worden bist. Du bist ein Naturtalent.«

»Danke. Das freut mich zu hören.«

»Aber so kann das nicht weiterlaufen.«

Madeleine spürte, wie sich ihr Magen zusammenzog.

»Nicht?«

Mehr brachte sie nicht heraus. Sie wartete, dass ihre Chefin fortfuhr.

»Nein«, antwortete Anita mit einem schiefen Lächeln. »Du bist ja nur vorübergehend die Nachrichtenchefin. Aber ab jetzt ist das dauerhaft. Natürlich nur, wenn du willst.«

Madeleine atmete aus und lächelte erleichtert.

»Und ob ich das will«, sagte sie.

Anita stand auf und reichte ihr über den Tisch die Hand. Madeleine fand das ein bisschen übertrieben, aber sie tat es Anita gleich.

»Wir warten noch etwas, bis wir das kommunizieren«, entschied Anita dann. »Markus ... gilt ja bislang nur als vermisst. Aber angesichts der Schicksale unserer Kollegen glaube ich, dass er nicht mehr am Leben ist.«

Madeleine nickte. Anita war für ihre knappe präzise Art bekannt, und Madeleine machte Anstalten, den Raum zu verlassen.

»Bleib bitte noch kurz. Ich muss mit dir noch über ein paar andere Dinge reden.«

Madeleine sank wieder auf den Stuhl.

»Die Zeitung, ja die ganze Medienwelt macht im Moment eine extrem harte Phase durch«, sagte Anita. »Die schwerste in unserer Geschichte. Wir stehen unter Beschuss auf eine Art und Weise, wie ich es mir nicht im Traum hätte vorstellen können. Mir ist klar, dass ich oft kühl wirke. Zwei Kollegen sind einem Mordversuch zum Opfer gefallen, ein dritter ist spurlos verschwunden, und ich mache einfach weiter. Mache dich zur Nachrichtenchefin und tue so, als wäre nichts gewesen. Aber ich muss das so machen. Das *Nyhetsbladet* muss erscheinen. Das *Nyhetsbladet* muss überleben. Verstehst du das?«

Madeleine war überrascht. Sie wusste nicht recht, was sie sagen sollte. Anita Sandstedt hatte noch nie ein so vertrauliches Gespräch mit ihr geführt.

»Ja, das verstehe ich. Ich denke, alle verstehen das, niemand verurteilt dich dafür.«

»Das ist gut. Und noch etwas, ich will, dass du mitkommst nach Helsinki. Du bist jetzt schon ein Star, aber es gibt trotzdem noch dies und das, was du lernen kannst.«

Madeleine schlug das Herz bis zum Hals, und sie bemühte sich, überrascht zu wirken.

»Helsinki?«

»Am achtzehnten Dezember. Wir richten eine Medienkonferenz aus, und ich habe die *Aftonposten* und das *Sveriges Allehanda* dazu überredet, mit uns gemeinsam die Fähre zu nehmen. Auf der Fahrt wird es einen Vortrag geben. Ich dachte mir einfach, wir könnten redaktionsübergreifend und in ungezwungenem Rahmen Kontakte pflegen. Bevor wir unsere internationalen Kollegen in Finnland treffen. Nicht nur das *Nyhetsbladet* hat, wie gesagt, einen schweren Herbst gehabt. Ursprünglich sollte ja Markus mitkommen, aber ich möchte, dass du seinen Platz übernimmst. Halte Augen und Ohren offen, du kannst von dem Wissen der Kollegen profitieren und Kontakte knüpfen. Das schadet nie.«

»Das ist wirklich super. Ich kann sicher viel lernen.«

»Schön, diese Einstellung gefällt mir. Dann ist das ausgemacht. Ich will dich nicht länger aufhalten und melde mich wieder mit den Einzelheiten.«

»Kann ich dich trotzdem noch etwas fragen?«

»Ja?«

»Die Sicherheitsvorkehrungen. Dass sich drei von Schwedens größten Redaktionen an einem Ort versammeln, erscheint mir etwas ... riskant.«

Anita musterte sie nachdenklich.

»Wir müssen den Menschen, die uns an den Kragen wollen, zeigen, dass wir keine Angst haben. Wir müssen weiterhin unsere Arbeit machen, wir können uns nicht einigeln. Ich habe mit den anderen Chefredakteuren gesprochen, und sie denken genauso. Und wir machen das ja nicht publik, wie wir nach Helsinki kommen.«

Madeleine kehrte wieder an ihren Platz zurück. Sie wusste nicht recht, was sie davon halten sollte, was Anita Sandstedt gesagt hatte. Sie würde mit an Bord sein, wenn Carl, Fredrik und Lars zur Tat schritten. Sie würden ihre Kollegen kaltmachen. Wie würde es sein, das mit anzusehen – hatte sie genug Kraft, das durchzustehen?

In ihren Augen waren die schwedischen Journalisten feige Verräter, und zugleich gehörte sie unweigerlich auch dazu. Sie waren auf ihrer Seite. Unterstützten sie. Und manche von ihnen waren ihr wichtig. Sie vertrauten ihr blind. Was würde Erik Gidlund sagen, wenn er wüsste, dass sie da mit drinhing? Und dass sie wusste, dass Ibrahim Chamsais Tochter gekidnappt worden war, damit er den Anschlag auf das Grand Hôtel verüben würde. Carl und seine Komplizen hatten sie umgebracht. Sie hatten Journalisten getötet. Sie hatten zweiunddreißig Menschen in die Luft gesprengt.

Wir, korrigierte sie sich, haben Journalisten und unschuldige Menschen getötet.

Madeleine war mitschuldig. Und dennoch war das, was ihren Kollegen widerfahren war, nichts gegen das, was am achtzehnten Dezember passieren würde. Ihr wurde schwindelig.

Carl und Fredrik zu helfen, indem sie das Leben der Opfer auskundschaftete, war eine Sache, aber dabei zu sein, wenn sie hingerichtet wurden, war etwas völlig anderes. Stumm zuzusehen, wie sie durch Kugeln starben. Und dann? Madeleine müsste so tun, als hätte sie Glück gehabt.

Wurde sie allmählich paranoid? Bisher hatte sie nie Gewissensbisse gehabt, aber aus irgendeinem Grund, den sie nicht kannte, hatte das Gespräch mit Anita Sandstedt in ihr etwas angestoßen. Sie schüttelte den Kopf. Eigentlich war es gar nicht die Unterhaltung mit Anita. Es war dieses verdammte Kind in ihrem Bauch, das ihre Gedanken vergiftete. Daran musste es liegen. Die Schwangerschaft machte ein Weichei aus ihr. Es war unbegreiflich, dass es so lange gedauert hatte, einen Termin für den Abbruch zu bekommen. Aber mit dieser Gefühlsduselei war jetzt Schluss.

Madeleine berief auf die Schnelle ein Meeting ein.

Während die neun Nachrichtenreporter, die sich in der Redaktion befanden, Bericht erstatteten, hörte sie kaum zu. Sie wollte nur noch weg. Madeleine schloss das Meeting zum ersten Mal, seit sie Nachrichtenchefin war, ohne einen einzigen Punkt beigetragen zu haben.

Sie aßen ihr Lunch bei Oscars im Narvavägen – ein kleines Restaurant mit erlesener Speisekarte und antiken Möbeln. Sie bestellten beide Köttbullar mit Kartoffeln, brauner Soße, Preiselbeeren und eingelegter Gurke. Madeleine fühlte sich unwohl und war nervös. Sie wusste, dass Carl und Fredrik alles über den Mann wissen wollten, der Amanda das Leben gerettet hatte. Sie wollte aber auch nicht zu neugierig und penetrant wirken. Madeleine atmete aus, als Amanda das Thema selbst anschnitt, nachdem ihnen das Essen serviert worden war.

»Erinnerst du dich noch an August, von dem ich dir erzählt habe?«, sagte sie und legte sich die Serviette auf den Schoß.

Madeleine nahm sich ein Besteck.

»Dein Freund aus der Arbeiterschicht?«

Amanda beugte sich zu ihr rüber.

»Er war bei mir zu Hause. Das war ein unglaublicher Zufall. Ein paar Tage, nachdem wir bei dir zu Hause über ihn geredet hatten, ist er nach Schweden zurückgekommen. Nach zehn verdammten Jahren.«

Madeleine verschluckte sich beinahe und trank einen Schluck Wasser.

»Das ist wirklich unfassbar. Was hat er denn die ganze Zeit gemacht im Ausland?«

»Er war Soldat. Ein paar Jahre hat er auch in Südamerika gewohnt.«

»Aber wieso war er gerade dann bei dir, als du überfallen worden bist?«, fragte Madeleine mit einem verschwörerischen Lächeln. »Habt ihr wieder angefangen, euch zu treffen?«

Amanda warf einen Blick über die Schulter, um sicherzugehen, dass keiner der Gäste etwas von ihrer Unterhaltung mitbekam.

»Es hat sich einfach so ergeben. Er hat sich ungefähr vor einer Woche gemeldet, und wir sind ein Glas Wein trinken gegangen. Danach habe ich versucht, ihm aus dem Weg zu gehen, aber das hat nicht funktioniert. An dem Abend, als es passiert ist, war ich allein. Christoffer war mit Andrea nach Skåne gefahren, und ich habe August angerufen. Ich konnte mich einfach nicht beherrschen.«

»Und dann?«

»Nach dem ... Überfall sind wir zu ihm nach Hause. Ich weiß nicht. Es war wie in einem Glücksrausch. Ich war so froh, dass ich noch am Leben war. Am nächsten Tag sind wir ausgegangen, obwohl die Polizei mir geraten hat, ich sollte mich nicht draußen aufhalten. Und danach, na ja, du weißt schon ...«

»Wart ihr zusammen im Bett«, stellte Madeleine trocken fest.

Amanda lachte.

»Seitdem bin ich jeden Tag mit ihm zusammen. Ich weiß auch nicht, was da gerade passiert. Aber ich bin so verliebt, ich kann gar nicht klar denken. Was damals war ... Ich denke gar nicht mehr darüber nach.«

»Dann ist das wohl so – dass alte Liebe nicht rostet.«

»Ja, sieht so aus.«

»Und was ist dein Plan, oder wie soll ich das formulieren?«, fragte Madeleine, die vermeiden wollte, dass Amanda das Thema wechselte.

»Keine Ahnung. Ich muss es Christoffer sagen. Er kann ja nichts dagegen tun, darüber mache ich mir keine Sorgen. Aber mit Andrea wird es heikler.« Sie trank einen Schluck Wasser. »Heute kommen sie wieder nach Hause. Ich habe zu Christoffer gesagt, dass ich Ruhe brauche, um zu verarbeiten, was passiert ist. Ich weiß ja nicht mal, wie ich Andrea erklären soll, dass jemand versucht hat, ihre Mama umzubringen. Aber das muss ich wohl. Und dann muss ich ihr auch noch sagen, dass ihre Eltern nicht mehr zusammenwohnen werden.«

Als Madeleine in die Redaktion zurückkehrte, wartete Erik Gidlund an ihrem Platz. Er drehte sich ungeduldig auf ihrem Bürostuhl hin und her. Als er sie sah, erhob er sich und ging auf sie zu.

»Ich muss mit dir reden«, sagte er.

»Worum geht's?«

»Um die Nazis.«

Madeleine dachte angestrengt nach. Sie musste Zeit gewinnen. Sie musste Erik dazu bringen, mit seinen Recherchen aufzuhören, zu seinem eigenen Wohl. Sie wollte nicht, dass ihm etwas zustieß.

»Komm mit«, sagte sie und führte ihn an den Büros der Chefs vorbei in eines der Telefonzimmer, wo man ungestört reden konnte.

Sie ließ ihm den Vortritt und schloss die Tür.

Madeleine setzte sich mit dem Rücken zur Glaswand und holte ihr iPhone aus der Hosentasche, um eine eingegangene Nachricht zu lesen.

»Entschuldige«, sagte sie und legte das Telefon aus der Hand. »Ich bin heute etwas unkonzentriert.«

»Ist was passiert?«

Madeleine biss sich auf die Lippe und blickte ins Leere.

»Nein, nein. Ich will dich nicht damit belästigen. Du hast schon genug um die Ohren.«

»Ach, komm, du kannst mir das ruhig sagen, Madeleine.« Sie ließ ein paar Sekunden verstreichen und fuhr sich mit der Hand durchs Haar. Sie sah bedrückt aus.

»Ich bin schwanger.«

»Aber ... aber das ist doch schön, oder?«

Madeleine schüttelte den Kopf.

»Du willst es nicht behalten?«

»Nein, das geht nicht. Nicht jetzt. Ich habe morgen einen Termin im Söderkrankenhaus.«

Erik sah sie mitfühlend an.

»Kommt der Vater mit?« Er rückte mit seinem Stuhl neben Madeleine und ergriff ihre Hand. »Du musst da nicht allein hin. Ich nehme mir frei und begleite dich, wenn du willst.«

»Das brauchst du nicht. Ich komme zurecht.«

»Klar tust du das. Aber ich möchte gerne mitkommen. Wir sind doch Freunde, Madeleine, du musst nicht immer so verdammt tough sein. Ich bin für dich da.«

»Danke«, sagte Madeleine bekümmert. »Das bedeutet mir sehr viel.«

»Wer ist ... Weißt du, wer der Vater ist?«

»Das spielt keine Rolle. Was wolltest du mir erzählen?«

»Ach, das kann ich auch machen, wenn es dir besser geht. Du hast jetzt Wichtigeres im Kopf.«

»Schick mir heute Abend einfach, was du hast, ich schaue es mir an. Es tut mir gut, mich auf die Arbeit zu konzentrieren, statt daran zu denken, was für ein schrecklicher Mensch ich bin.«

Am späten Abend lag Madeleine im Bett und arbeitete. Erik hatte um 22:04 Uhr eine Mail geschickt, die eine verschlüsselte Datei enthielt. Das war ungewöhnlich und wurde nur bei brisanten Veröffentlichungen gemacht. Mithilfe des Entschlüsselungsprogramms der Zeitung wandelte sie die Datei in ein normales Dokument um.

Während Madeleine las, beschleunigte sich ihr Puls.

Über seine Quellen bei der Polizei hatte Erik Carls Identität herausgefunden.

Noch während der Lektüre griff sie nach ihrem Mobiltelefon und spürte, wie Panik von ihr Besitz ergriff. Sie loggte sich auf Facebook ein und änderte ihre Interessen.

Als Carl anrief, war sie völlig aufgelöst.

KAPITEL 54

Carl war guter Dinge, als er seinen schwarzen Volvo XC90 um den Karlaplan herumlenkte. Nachdem er zwei Tage auf der Fähre Silja Serenade verbracht hatte, um sich zu erholen, waren sie nach Stockholm zu Ikea gefahren, um Möbel für Fredriks Wohnung zu kaufen. Den Nachmittag und Abend hatten sie damit zugebracht, die neuen Möbel zusammenzuschrauben.

Trotzdem strotzte er nur so vor Energie. Er meinte, es läge an der Meeresluft, dass die Endorphine in seinem Körper verrücktspielten. Er fühlte sich frei und glücklich. Wahrscheinlich hing das auch damit zusammen, dachte er, dass bald alles vorbei sein würde.

An Weihnachten würde er in einem Liegestuhl auf den Malediven liegen und auf das blaue Meer blicken. Oder vielleicht in Kambodscha. Er hatte sich noch nicht entschieden. Aber Carl wollte sich endlich nicht mehr ständig umsehen müssen. Darunter litt seine Psyche.

Nicht, weil er feige war oder Angst hatte. Aber es laugte ihn aus zu wissen, dass sie hinter ihm her waren. Wenn er in seinem Liegestuhl lag, brauchte er nur noch an sein Buch zu denken, das er hinterlassen würde. *Widerstand* würde alles verändern. Er hatte seine Pflicht erfüllt, seinen Feinden enormen Schaden zugefügt, ohne auch nur ansatzweise ins Visier der Polizei zu geraten. Und Schweden war wachgerüttelt worden. Der gescheiterte Mordversuch an Amanda Lilja war ein Ausrutscher. Mehr nicht. In Anbetracht dessen, was am achtzehnten Dezember passieren würde, würde sich ohnehin niemand mehr daran erinnern. Carl würde in einer waghalsigen Operation, die in der schwedischen Militärgeschichte am ehesten mit der Schlacht bei Narva verglichen werden konnte, drei von Schwedens bedeutendsten Chefredakteuren unschädlich machen: von der *Aftonposten*, dem *Nyhetsbladet* und dem *Sveriges Allehanda*. Sie standen symbolisch für den Verrat, den sich das politische und mediale Establishment zu Schulden hatte kommen lassen.

Er dachte wieder an die Überfahrt mit der Fähre.

Carl hatte ein Ticket gekauft und war mit seinem Volvo an Bord gefahren, um die Abläufe auf dem Autodeck kennenzulernen, denn sie planten, ihre Ausrüstung mitsamt den Waffen in einem Mietwagen zu lagern.

Fredrik hatte ein normales Einzelticket gekauft. Keiner von ihnen beiden war kontrolliert worden. Die Sicherheitsmaßnahmen waren, wie Carl vermutet hatte, nicht der Rede wert. Während der Überfahrt nach Helsinki waren sie auf der halb leeren Fähre herumspaziert. Carl hatte sogar eine Dame der Besatzung überreden können, ihm die Konferenzräume zu zeigen, unter dem Vorwand, er wolle sie eventuell für eine Firmenveranstaltung buchen. Als sie ihn herumgeführt hatte und sie wieder an der Information standen, fragte er, ob der Konferenzraum am achtzehnten Dezember frei wäre.

»Nein«, erwiderte sie nach einem Blick auf den Bildschirm. »Da ist er leider ausgebucht.«

Carl hatte sich ein Schmunzeln nicht verkneifen können, als er sagte: »Wie schade.«

Was ihnen das größte Kopfzerbrechen bereitete, war die Frage, wie sie die Fähre verlassen sollten, nachdem sie die Verräter unschädlich gemacht hatten. Eine Möglichkeit bestand darin, dass Lars bei der Aktion nicht dabei sein und ein Boot mieten würde, um zur vereinbarten Zeit am vereinbarten Ort in der Nähe der Silja Serenade zu warten. Im Anschluss daran würden sich Carl und Fredrik in das Boot abseilen und über die Ostsee verschwinden.

Doch ein solches Manöver war viel zu riskant. Was würde passieren, wenn einer der Passagiere den Helden spielen wollte und das Seil durchtrennte, an dem sie sich herabließen? Im Dezember in der Ostsee zu landen, kam einem Todesurteil gleich. Die Lösung befand sich bereits an Bord der Fähre: die Rettungsboote. Carl hatte vor der Probefahrt bereits die Pläne studiert und sich über ihre Leistung und Beschaffenheit informiert.

Sie waren hochseetauglich. Man konnte in die Rettungsboote einsteigen und sie dann zu Wasser lassen, was bedeutete, dass potenzielle Helden sich nicht in den kritischsten Moment der ganzen Operation einmischen konnten. Sie mussten lediglich die in die Boote eingebauten GPS-Sender entfernen, die dazu dienten, eine mögliche Rettungsaktion zu unterstützen. Im weiteren Verlauf der Woche würde Carl sich die Seekarten vornehmen, um nachzuvollziehen, an welcher Position auf der Route der Silja Serenade sie das Schiff verlassen würden.

Den Zeitpunkt ihres Anschlags würden sie exakt darauf abstimmen.

Im Autoradio lief die Originalversion von *Jag och min far* von Magnus Uggla. Carl gähnte und stellte das Radio aus. Er war hungrig. Eigentlich sollte er sich gesund und reichhaltig ernähren, um topfit zu bleiben, aber aus irgendeinem Grund schrie sein Körper nach Junk Food.

Er beschloss, zum Arengrill in der Erik Dahlbergsgatan zu fahren, um sich einen Hamburger zu kaufen. Schlimmstenfalls musste er in ein paar Stunden eine Runde joggen gehen. Statt den Narvavägen hinunterzufahren, fuhr er denselben Weg zurück, den er gekommen war. Am Zebrastreifen vor der Östermalmsschule zückte er sein Mobiltelefon und rief Lars an. Der Polizist hatte während Carls und Fredriks Überfahrt die Aufgabe gehabt, die komplette Ausrüstung inklusive der Waffen vom Sommerhaus auf Djurö in sein Reihenhaus in Hökarängen zu verfrachten.

Außerdem hatte Carl ihm aufgetragen, alle eventuellen Spuren von ihnen zu beseitigen.

»Ich bin's«, meldete Carl sich kurz angebunden.

»Ja, außer dir hat eh keiner diese Nummer«, gab der Polizist gereizt zurück.

Carl nahm an, dass er verärgert war, weil er den Transport der Waffen und die Reinigung des Sommerhauses allein hatte stemmen müssen, aber er beschloss, Lars' Ton zu ignorieren.

»Ich wollte nur hören, ob alles geklappt hat«, sagte Carl unbeteiligt.

Er warf einen Blick auf die Uhr. Es war halb zehn.

»Ja, ja.«

»Ist alles bereit?«

»Ja, verdammt.«

Carl bog in den Valhallavägen ein. Er hatte nicht vor, sich von Lars die gute Laune verderben zu lassen.

»Gut«, sagte er. »Fredrik und ich kommen morgen bei dir vorbei. Wir haben unsere Planung ein bisschen geändert.«

»Okay, kein Problem.«

Carl beendete das Gespräch. Am Grill arbeitete eine Frau. Ihr gelber Nikab ekelte ihn an.

»Blödes Osterweib«, murmelte er vor sich hin, ehe er ausstieg.

Während er zur Essensausgabe ging, stellte er sich vor, wie er eine Handgranate in den Laden warf und alles in die Luft sprengte.

Carl aß seinen Hamburger im Auto, mit einem Auge auf seinem Mobiltelefon. Madeleine Winther hatte kürzlich den Kontakt zu ihm gesucht, indem sie ihre Interessen auf Facebook geändert hatte. Er beschloss, sich später bei ihr zu melden, und rief stattdessen seinen Vater an. Er erkundigte sich, ob er zu Hause sei. Das war der Fall, was bedeutete, dass Carl sein Auto nicht in der Tiefgarage unterm Haus abstellen konnte.

Nachdem er eine Viertelstunde lang den Karlavägen auf und ab gefahren war und vor sich hin geflucht hatte, fand er schließlich unten am Strandvägen eine Parklücke. Er parkte rückwärts ein und stieg aus. Carl ließ die Tasche im Wagen, er hatte keine Kraft mehr, sie zu tragen. Er schloss ab und zog den Reißverschluss seiner Jacke zu. Als er in die Grevgatan einbog, wollte er Madeleine anrufen. Er blieb stehen, zückte sein Telefon und suchte mit Fingern, die taub vor Kälte waren, nach der Nummer, die sie momentan verwendete. Es pfiff ein eisiger Wind, und er trat auf der Stelle, damit er nicht anfing zu frieren. Als er die Nummer gefunden hatte, setzte er sich wieder in Bewegung, das Telefon ans Ohr gedrückt. Sie meldete sich nach dem ersten Freizeichen.

»Du musst verschwinden, die wissen, wer du bist«, schrie sie sofort.

Carl sah sich im Gehen instinktiv um. Er hatte noch fünfzig Meter bis zum Hauseingang.

»Beruhige dich«, gab er zurück. »Wer weiß, wer ich bin?«

»Die Polizei, verdammt.«

Sein Magen krampfte sich zusammen, er hatte Mühe, die Fassung zu bewahren. Schwächlinge verfielen in Panik, aber nicht Carl Cederhielm. Er zwang sich, nicht stehen zu bleiben, und ging weiter, als wäre nichts geschehen. Die Grevgatan war verlassen, kein Mensch war unterwegs. Wenn sie wirklich wussten, wer er war, observierten sie sowohl das Haus auf Djurö als auch seine Wohnung. Aber sie hatten Lars nicht geschnappt. Konnte er ihn verpfiffen haben? Nein, das war ausgeschlossen. Wenn das stimmte, was Madeleine gesagt hatte, war der Polizei im Laufe des Tages ein Durchbruch gelungen. Sonst hätten sie Lars schon längst dingfest gemacht.

»Bist du noch dran?«, fragte Madeleine verunsichert.

»Ja?«, antwortete Carl. Er fühlte sich schon wieder ruhiger.

»Wo bist du denn? Was hast du vor?«

»Mach dir keinen Kopf«, sagte Carl und spähte die Straße hinunter. Zuerst fiel ihm nichts Außergewöhnliches auf. Die meisten Autos hatten zugefrorene Scheiben, sodass man nicht hindurchsehen konnte, aber die Rückscheibe eines schwarzen Volvo auf der anderen Straßenseite war frei.

Carl meinte, die Schemen von mindestens zwei Männern zu erkennen, die darin saßen.

»Ich rufe zurück«, sagte er schroff.

Vielleicht würden sie ihn auf Anweisung der Regierung unschädlich machen und hinterher behaupten, er hätte zu fliehen versucht.

Zwei Meter noch bis zur braunen Haustür. In dem Augenblick, als er das Telefon in die Jackentasche schob, rannte er Richtung Storgatan. Er hörte, wie eine Autotür hinter ihm aufgestoßen wurde. Er warf schnell einen Blick über die Schulter und sah zwei Männer auf die Straße springen. Carl lief weiter, und bei einem Auto, vermutlich dem Volvo, wurde der Motor angeworfen.

Der Fahrer würde wenden müssen, um die Verfolgung aufzunehmen. Die Männer, die hinter ihm her waren, schrien ihm zu, er solle stehen bleiben. Nun waren es mehr als zwei. Diejenigen, die im Hauseingang gewartet hatten, mussten sich ihnen angeschlossen haben. Carl arbeitete sich die Grevgatan hinauf und verfluchte sich, weil er unbewaffnet war. Was sollte er tun? Er würde dem Auto niemals entkommen, wenn es gewendet hatte. Außerdem war er in den menschenleeren Straßen ein leichtes Ziel.

Ein Taxi kam die Storgatan entlanggebraust. Carl hatte keine Zeit zu verlieren. Er rannte auf die Straße, und um Haaresbreite hätte ihn das Taxi erfasst.

Der Fahrer legte eine Vollbremsung hin und hupte.

Carl war schon gute fünfzig Meter weiter.

Ohne nachzudenken, bog er rechts in die Linnégatan. Vor ihm lag das Historiska museet.

Sollte das das Letzte sein, was er sah? Würden sie ihm in den Rücken schießen?

Nein, dachte er, er würde überleben. Er würde es schaffen. Er schaute zurück und wurde von den Scheinwerfern des Volvo geblendet, der entgegen der Einbahnstraße die Storgatan entlangfuhr. Auf dem Gehweg hinter ihm sprinteten mindestens fünf Männer, doch der Abstand zu ihnen schien sich zu vergrößern. Das Auto fuhr an ihnen vorbei. Carl legte noch einen Zahn zu.

Sein Lauftraining zahlte sich aus. Wären es nur die Männer, die ihn zu Fuß verfolgten, würde er sie abhängen, ganz bestimmt. Das Adrenalin rauschte durch seinen Körper.

Er bemühte sich, kontrolliert zu atmen. Wenn die Lunge sich von dem ersten Schock erholt hatte und wieder mitmachte, ging es gleich noch besser. Er dachte fieberhaft nach. Diese Straßen kannte er in- und auswendig.

Hier war er aufgewachsen.

Das war sein Vorteil.

Er war Guerillasoldat in seiner Stadt.

Der kleine Park hinter dem Museum lag auf einer Anhöhe. Er erinnerte sich daran, wie Michael und er vor langer Zeit auf den grauen Felsen gestanden und die vorbeifahrenden Autos mit Schneebällen beworfen hatten. Carl hatte einen Volltreffer gelandet, direkt auf die Frontscheibe eines weinroten BMW. Der Fahrer hatte ihnen durch den Park nachgesetzt, aber sie hatten ihn abgehängt, hatten sich unter einem der Häuser versteckt. Auch diesmal war der Park seine Rettung. Das Auto, das ihn verfolgte, war aus dem Spiel, und er hatte wieder eine Chance.

Carl war sich sicher, dass die Polizei Verstärkung angefordert hatte. Er musste sich beeilen, ein paar Minuten nur, und sie würden ihn schnappen. Er überquerte die Straße und hörte, wie der schwarze Volvo seine Fahrt verlangsamte, die Polizeibeamten rechneten sich offenbar aus, was Carl vorhatte, und würden jeden Moment aus dem Auto springen, um die Verfolgungsjagd zu Fuß fortzusetzen. Als Carl sich über den Zaun schwang, hörte er, wie der Wagen bremste und die Türen aufgingen.

»Stehen bleiben! Ich schieße!«, rief einer von ihnen.

Im nächsten Augenblick wurde ein Schuss abgefeuert.

Carl fuhr zusammen, aber er rannte, ohne langsamer zu werden, durch den spärlich beleuchteten Park. Er sah sich um und machte die Konturen zweier Männer aus, etwa vierzig Meter hinter ihm. Vor ihm lagen ein paar ockerfarbene Backsteinhäuser. Hatte er die anderen Verfolger abgehängt? Wahrscheinlicher war, dass sie um den Park herumgelaufen waren, um ihm den Weg abzuschneiden. Wie dicht hinter ihm war die Verstärkung? Sie hatten einen Warnschuss abgegeben, beim nächsten Mal würden sie treffen. Er sah das gelbe Haus, unter dem Michael und er sich vor fünfzehn Jahren versteckt hatten. Er überlegte kurz, es wieder zu tun, aber er musste raus aus dem Park, sonst würden sie ihn finden.

Er schlug einen Haken nach rechts, sprintete über eine Rasenfläche und sprang über eine kleine Holzbank. Er hielt auf den drei Meter hohen Zaun zu. Erneut hörte er Rufe hinter sich. Würde er drüberklettern, käme er wieder auf die Storgatan und hätte sie an der Nase herumgeführt. Dann könnte er zum Strandvägen oder Richtung Gärdet laufen. Oder Richtung Innenstadt und ein Taxi anhalten. Aber eins nach dem anderen. Er musste sich konzentrieren. Zuerst kam der Zaun an die Reihe. Danach konnte er sich für einen Fluchtweg entscheiden.

Er schlüpfte zwischen zwei Häusern hindurch. Der dunkle Zaun ragte vor ihm empor. Er warf einen letzten Blick über die Schulter, ehe er beschleunigte. Er stemmte sich mit dem rechten Bein nach oben und zog sich mit den Händen hoch. Er konnte ihre Schritte hören, so dicht waren sie hinter ihm. Er schwang das rechte Bein über den Zaun, sah die verdutzten Blicke der Polizisten, grinste spöttisch zu ihnen hinunter und ließ sich fallen. Er landete weich.

Seine Ortskenntnisse hatten alles entschieden.

Während er die Banérgatan hinunterlief und das Garnison-Karree hinter sich ließ, beschloss er, mindestens ein Kapitel seines Buches darüber zu schreiben, wie wichtig Ortskenntnisse für die Stadtguerilla waren.

In der Ferne hörte er Polizeisirenen.

Sollte er es darauf ankommen lassen, zu seinem Auto laufen und losfahren, oder sich lieber in einem Hauseingang verstecken? In der gesamten Gegend würde es in Kürze vor Beamten nur so wimmeln. Er überholte eine ältere Dame, die stehen blieb und ihm verärgerte Blicke zuwarf, als er vorbeilief. Morgen würde ganz Schweden ihn kennen, er würde in allen Zeitungen stehen, in allen Nachrichten sein, die Polizei würde nach ihm fahnden, und ihm fiel auf, dass er weder Angst davor hatte, noch sich dafür schämte.

Er war ein Soldat, der für sein Land kämpfte. Keinem anderen wäre das gelungen, was er vollbracht hatte.

Carl lief Richtung Östermalmsschule, bog am Karlavägen links in die Allee, die zum Karlaplan führte. Er konnte zur U-Bahn hinunterlaufen, auf der anderen Seite im Tessinparken wieder heraufkommen und sich dann Richtung Gärdet und Starrängsringen halten. Von dort wollte er Lars anrufen und ihn bitten, ihn abzuholen.

Als er die Treppen hinunterstürmte, hörte er abermals Rufe hinter sich und drehte sich um. Ein Mann mit kurzen Haaren setzte ihm nach. Carl beschleunigte und schwang sich vor den Augen eines desinteressierten Schalterbeamten über die Durchgangssperre. Die Schritte des Polizisten hallten hinter Carl. Er verfluchte sich, weil er nachlässig gewesen war. Eine Frau wich nach rechts aus, um ihn vorbeizulassen, in ihrem Blick erkannte er Todesangst. Er rannte die Rolltreppe hinunter, auf halber Strecke erschien sein Verfolger oben an der Treppe. Sekunden später war Carl unten und drückte den roten Knopf für den Notstopp.

Sein Verfolger wurde fluchend die Rolltreppe hinunterkatapultiert.

Die junge Frau, die er überholt hatte, schrie auf. Kurz darauf hörte Carl nur noch den Klang seiner Schritte. Er wollte seine Verfolger kein zweites Mal unterschätzen. Während er den Bahnsteig entlangsprintete, bekam er sein Mobiltelefon zu fassen und rief Lars an. Die Mailbox. Carl verwünschte sie und rief gleich noch mal an. Diesmal meldete Lars sich. Carl schilderte knapp, was passiert war, und bat ihn, zur Uni zu fahren und ihn dort einzusammeln.

»Wann bist du da?«, keuchte Carl ins Telefon.

»Ich schaff's in einer Dreiviertelstunde.«

»Gut, ruf mich an, wenn du da bist, dann gebe ich dir Anweisungen.«

Er beendete die Verbindung. Auch diesmal waren seine Ortskenntnis und das Konditionstraining, das er sich in den letzten Monaten auferlegt hatte, die Rettung. Als er den Tessinparken erreichte, hörte er in der Ferne wieder Polizeisirenen. Sie schienen vom Karlaplan herüberzuschallen.

Er schlug im Laufschritt den Weg Richtung Gärdet ein. Alle zwanzig Meter wandte er sich um, damit er eventuelle Verfolger sofort entdeckte. Doch die einzigen Fußgänger waren Hundebesitzer, die ihn kaum eines Blickes würdigten. Es hatte unter null Grad, aber Carl fror nicht, das Blut pulsierte durch seine Adern, die Füße trugen ihn.

Am Ende des Parks überquerte er die Askrikegatan und bog links in die Erik Dahlbergsgatan ein. Am Lidingövägen missachtete er die rote Ampel und schlug den Storängsvägen ein. Als Carl die Tennishalle am Lill-Jansskogen erreicht hatte, folgte er der beleuchteten Loipe. Zwanzig Minuten später lief er an der Parfümerie Stora Skuggan vorbei. Seit seinem ersten Kontakt mit der Polizei vor seiner Wohnung war eine halbe Stunde vergangen.

Was machten sie wohl mit seinem Vater? Stellten sie ihm Fragen? War die Polizei bereits im Haus gewesen, als er seinen Vater angerufen hatte?

Er beschloss, zum Lappkärrsberget zu laufen, wo Fredrik und er kürzlich Mitra aus dem Studentenwohnheim entführt hatten. Die Erinnerung daran war bereits verblasst. Carl lief nun langsamer, joggte nur noch und suchte sein Telefon in der Jackentasche. Lars war zehn Minuten von ihm entfernt.

Carl gab ihm Instruktionen, wo er langfahren sollte, drückte das Gespräch weg und lief wieder schneller. Er spürte die Milchsäure in seinen Oberschenkeln und biss die Zähne zusammen. Er wartete vor der Garage am Lappkärrsberget. Daneben lag ein kleiner Garten mit einem Baum, der bis zum dritten Stock hinaufreichte. Das Fenster war erleuchtet. Er ging auf und ab, um sich warm zu halten.

Dann sah er, wie Lars links abbog, hob eine Hand und ging auf das Auto zu. Lars wurde langsamer, Carl riss die Tür auf und ließ sich auf den Beifahrersitz fallen.

»Was ist denn passiert?«, fragte Lars, während er wendete.

»Die wissen, wer ich bin«, sagte Carl. »Beinahe hätten sie mich geschnappt, aber ich bin ihnen entwischt.«

»Und wie?«

»Ich bin gerannt und konnte sie abhängen. Die haben mich unterschätzt, die Dreckschweine.«

Carl massierte seine Schenkel. Er wollte nicht, dass sein Körper auskühlte.

»Kannst du die Heizung hochdrehen?«

Lars justierte ein Rädchen im Armaturenbrett.

»Was machen wir denn jetzt?«, fragte er.

»Wir fahren zu dir und halten den Ball flach, bis wir wieder zuschlagen.«

»Glaubst du, dass sie ...«

»Nein, dann hätten sie dich längst. Das müsstest du als Bulle doch wissen. Hast du mit Fredrik geredet?«

»Ja, ich habe ihn von unterwegs angerufen. Er ist okay. Das ist alles.«

Sie fuhren schweigend Richtung Norrtull. Carl überlegte, sich in den Kofferraum zu legen, falls sie inzwischen Straßensperren aufgebaut hatten. Aber in Norrtull war alles ruhig, als wäre nichts geschehen.

»Nimm die E4. Von jetzt an kein Risiko mehr. Bis zu unserer Aktion wohnen wir alle drei bei dir. Du gehst zur Arbeit wie sonst auch, nichts darf Aufmerksamkeit erregen. Wenn wir uns nicht verdächtig machen, läuft alles glatt. In einer Woche schlagen wir zu, danach sind wir weg.«

Lars sagte nichts.

Carl griff nach seinem Mobiltelefon und rief Madeleine an.

»Bist du okay?«, fragte sie sofort beunruhigt.

»Ja, mach dir keine Sorgen. Wir sind unterwegs zu einem Versteck«, sagte er und schielte zu Lars hinüber. »Ich brauche dich jetzt, Madeleine. Du musst mir sagen, woher du das alles weißt, und rausfinden, wie die mich gefunden haben.«

»Warte kurz …«, erwiderte sie. Carl hörte sie eine Tür aufmachen und wieder schließen.

»Wo bist du?«

»In der Redaktion«, flüsterte sie. »Ich bin vor einer halben Stunde angerufen worden. Dein Fahndungsfoto ist in allen Medien, die Polizei hat's rausgegeben. In ein paar Minuten wissen alle über dich Bescheid. Was genau soll ich jetzt machen?«

Madeleine war eiskalt, die Einzige, die es mit ihm aufnehmen konnte, wenn es galt, die Nerven zu behalten.

»Finde raus, wie sie mich aufgespürt haben. Und halt mich auf dem Laufenden, was sie mit meinem Vater anstellen. Morgen musst du mir außerdem noch einen anderen Gefallen tun.«

»Kein Problem, das schaffe ich.«

»Gut. Mein Auto steht im Strandvägen, mit meinem Rechner. Den dürfen sie auf keinen Fall in die Finger kriegen. Du musst meine Autoschlüssel holen und den Rechner so schnell wie möglich an dich nehmen.«

»Verstanden. Meld dich einfach morgen wieder. Ich muss zurück.«

»Alles klar.«

Sie fuhren den Essingeleden entlang. Zu ihrer Linken ragte das *Sveriges-Allehanda*-Hochhaus in den Himmel.

»Carl ...«, begann Madeleine.

»Ja?«

»Ich bin so froh, dass du unverletzt bist. Ich hatte solche Angst, dass sie dich schnappen, und dann alles vorbei wäre.«

KAPITEL 55

August hatte Mühe, den Blick von ihr abzuwenden. Von dem Mädchen, das seine Tochter war, wie er nun wusste. Auf einmal erkannte er Ähnlichkeiten zwischen sich und Andrea, die ihm im Nachhinein viel eher hätten auffallen müssen, wie er fand.

Sie saß ihm im Café in Hornstull gegenüber, eine Zimtschnecke in der Hand. Amanda saß neben ihm. Immer wieder fassten sie sich unter dem Tisch an den Händen.

Er traf Andrea nun schon zum dritten Mal.

Amanda hatte August als einen Freund vorgestellt, und ihre Tochter hatte nur mit den Schultern gezuckt. Sie war nicht abweisend gewesen, aber auch nicht sehr aufgeschlossen seinen Versuchen gegenüber, ein Gespräch anzufangen. August war auf eine Weise schüchtern, die er bisher nicht von sich gekannt hatte. Sie war so klein, so zart. Er genoss jeden Augenblick, in dem sie ihm ihre Aufmerksamkeit schenkte. Amanda hatte bemerkt, wie er sich in Anwesenheit seiner Tochter benahm, und ihn damit aufgezogen. Das hatte ihn nur noch mehr verunsichert.

Sag doch was, grimassierte sie lautlos in seine Richtung.

Andrea nahm keine Notiz davon, sondern blickte aus dem Fenster auf das graue Wasser und die Fabriken am anderen Ufer.

August räusperte sich, machte den Mund auf und wieder zu. Amanda begann zu kichern.

»Andrea ... was, eh, was magst du denn heute noch so machen?«

»Weiß nicht. Ist mir egal«, antwortete sie tonlos.

»Wir könnten ins Kino gehen. Magst du ... Filme?«

»Klar«, sagte Andrea.

Amanda verfolgte interessiert die stockende Unterhaltung. »Das klingt doch super«, sagte sie begeistert. »Danach können wir Pizza essen gehen.«

»Ja«, entgegnete Andrea. Kein Zweifel, sie vergötterte ihre Mutter. August würde alles tun, damit sie ihn auch einmal so anlächelte wie Amanda. Aber ihm war auch klar, dass die Situation für Andrea verwirrend sein musste. Der Mann, mit dem sie aufgewachsen war und den sie für ihren Vater hielt, war nicht mehr präsent.

Als Amanda Christoffer erzählt hatte, dass sie einen anderen Mann kennengelernt hatte, hatte er am darauffolgenden Tag seine Taschen gepackt, sich Urlaub genommen und war abgereist. Sie hatten ausführlich darüber diskutiert. August hatte gemeint, sie sollten die Sache behutsam angehen, aber Amanda war beharrlich geblieben. Sie hatten nicht einmal die Frage in den Raum geworfen, ob sie Andrea die Wahrheit sagen sollten. Sie hatten ihr einfach gesagt, wie es war: dass ihr Papa in den Urlaub gefahren war.

August war sowieso gezwungen, sich in Amandas Nähe aufzuhalten. Das *Nyhetsbladet* bemühte sich, Personenschutz und eine sichere Wohnung zu organisieren, aber bis das geregelt war, wich er ihr nicht von der Seite.

Als Andrea am Abend eingeschlafen war, schlich August in ihr Zimmer. Sie lag auf der Seite, mit dem Rücken zur Wand. Die Decke hatte sie weggestrampelt. Ihr dunkelblondes Haar floss über das Kissen, ihr Gesicht sah friedlich aus, ihr Atem ging regelmäßig und langsam. August wollte sie wieder zudecken, damit sie nicht fror, aber er traute sich nicht, weil er Angst hatte, sie zu wecken. Stattdessen blieb er einfach in der Tür stehen. An den Wänden hingen lauter Poster: Pferde in verschiedenen Größen und Farben, ein junger Kerl mit nacktem Oberkörper, schwarzen glänzenden Haaren und Sonnenbrille. August nahm an, es handelte sich um einen Popstar. Am Fenster stand ein Computer, der Bildschirmschoner zeigte Fotos von ihren Klassenkameraden. Das war Andreas Welt. Und er wollte nichts lieber, als daran teilhaben. Aber er wusste nicht, wie er das anstellen sollte.

Minutenlang ließ er seinen Blick auf ihr ruhen, dann ging er wieder hinunter zu Amanda, die im Wohnzimmer auf dem Sofa saß. Sie hatte eine schwarze Teetasse in der Hand, eine zweite stand auf dem Sofatisch.

»Atmet sie noch?«, fragte sie belustigt. »Und sie ist auch nicht heimlich aus dem Fenster geklettert?«

August schmunzelte und setzte sich aufs Sofa. Amanda wandte sich ihm zu und legte ihre Beine auf seinen Schoß. Er begann, ihr die Füße zu massieren.

»Ich weiß nicht recht, wie ich das machen soll. Das ist ... Ja, das ist einfach überwältigend. Das ist wie ...«

»Wie verliebt sein?«

»Ja«, sagte er nachdenklich. »Und ich weiß nicht, wie ich mit dieser Verliebtheit umgehen soll. Ich will Andrea im Arm halten, sie um Entschuldigung bitten, ihr sagen, dass ich sie liebe, ihr zuhören, wie sie von sich erzählt. Alles auf einmal.«

»Das alles wirst du eines Tages auch tun. Aber noch nicht jetzt.«

Amanda trank einen Schluck Tee.

»Hast du was von ihm gehört?«, fragte August.

»Er ist in Thailand. Er weiß nicht, wie lange er bleibt. Aber so, wie sich das anhört, kommt er erst im neuen Jahr wieder.«

»Und was passiert dann?«

»Wenn er wieder zurückkommt? Wir verkaufen das Haus und erzählen Andrea von uns. Es gibt jeden Tag Paare, die sich scheiden lassen, August. Wir hätten das schon längst tun sollen.«

August wollte endlich die Frage loswerden, die ihm auf den Nägeln brannte, seit er die Wahrheit kannte.

»Wie willst du Andrea erklären, dass sie meine Tochter ist?«

»Das weiß ich, ehrlich gesagt, auch nicht.« Sie hielt die Teetasse in beiden Händen. »Christoffer ist ja jetzt weg, vielleicht könntest du am Wochenende auf Andrea aufpassen? Ich will sie nur mit dir allein lassen, nach allem, was passiert ist.«

»Ja, klar«, sagte er.

»Ich muss doch zu dieser Konferenz in Helsinki. Oder willst du einfach mitkommen? Wir fahren mit der Fähre rüber. Und es wäre doch auch schön für Andrea, eine Schiffsfahrt zu machen.«

»Sehr gern«, entgegnete August glücklich.

Amanda lächelte, dann wurde sie ernst.

»Ich habe noch nie jemanden erlebt, der sie so ansieht wie du.«

Sie tauschten einen Blick und lächelten kaum merklich.

»Willst du mich heiraten?«

Amanda brach in Gelächter aus.

»Meinst du das ernst?«

»Seit ich zwanzig war, will ich das. Nichts will ich mehr als das.«

»Gut.«

»Ist das ein Ja?«

»Das ist ein Ja«, sagte sie und rückte näher an ihn heran. »Ich liebe dich, und natürlich will ich dich heiraten.«

Er zog sie an sich und küsste sie.

KAPITEL 56

Kleine Schneeflocken wehten ihr ins Gesicht.

Madeleine Winther blickte in den Himmel über dem Söderkrankenhaus und wünschte sich an einen anderen Ort. Die windelartige Unterhose, die sie nach dem Abbruch tragen musste, scheuerte in der Leistengegend.

Neben ihr ging Erik Gidlund.

Sie spürte seine permanenten besorgten und wachsamen Blicke. Drei Mal hatte er gefragt, ob er sie nach Hause begleiten, sie ins Bett bringen und für sie einkaufen sollte.

Warum hatte er sie so gern?

Warum kümmerte er sich so um sie?

Er war der einzige Mann, den sie kannte, der nicht mit ihr ins Bett wollte. Nur warmherzige Fürsorge. Es war sein aufrichtiger Wunsch, dass es ihr gut ging. Sie hatte oft darüber nachgedacht, ihm Avancen zu machen, nur um zu sehen, wie er darauf reagierte, aber aus irgendeinem Grund war es nicht dazu gekommen. Ehrlich gesagt, war sie sich nicht sicher, ob er überhaupt wollen würde, selbst wenn sie einen Vorstoß wagte.

Und während Erik sich um sie Sorgen machte, führte sie ihn seinem Ende entgegen. Unwillkürlich drehte sie den Kopf nach links, als sie an der Bushaltestelle vorbeikamen, um einen Blick auf Carl oder Fredrik zu erhaschen, wer auch immer Erik nun umbringen würde. Hinter ihnen musste ein Mann niesen, und Madeleine zuckte zusammen.

Erik legte ihr eine Hand auf den Arm.

»Ist alles in Ordnung?«, fragte er.

Madeleine nickte. Sie konnte ihm nicht in die Augen sehen.

Wie Carl ihr aufgetragen hatte, hatte sie Erik gesagt, sie wolle ein Stück am Ringvägen entlanggehen, bevor sie ein Taxi nahm. »Ich reagiere auch seit einer Weile auf laute Geräusche. Wegen allem, was passiert ist. Davor habe ich mich nie umgesehen, nie überlegt, ob ich die Haustür abgeschlossen habe oder nicht. Die Morde an unseren Kollegen haben uns mehr mitgenommen, als wir denken«, sagte Erik.

Madeleine murmelte eine unverständliche Antwort und beschleunigte ihren Schritt.

»Aber sei unbesorgt«, sagte er. Seinem Tonfall war anzumerken, dass er Spaß machte. »Ich beschütze dich.«

Sie gingen die Treppe zum Ringvägen hinunter. Ein schwarzer Audi fuhr an ihnen vorbei. Madeleine konnte den Fahrer nicht erkennen, aber der Wagen fuhr weiter und bog rechts ab.

War es schon zu spät? Konnte sie Carl noch anrufen und ihn bitten, Erik zu verschonen? Um sein Leben betteln, schwören, dass er keine Gefahr für sie darstellte. Wie könnte Carl ihr das abschlagen, nach allem, was sie für sie getan hatte?

Es war Madeleines Verdienst, dass die Polizei Carl nicht geschnappt hatte, sie war es gewesen, die ihn gewarnt hatte. Doch sie wusste auch, dass es vergebens war. Vor dem Anschlag an Bord der Fähre durfte nichts mehr schiefgehen. Und Erik war wie besessen von den Journalistenmorden und davon überzeugt, dass irgendjemand vom *Nyhetsbladet* ein Komplize der Mörder war. Vor allem nach dem missglückten Versuch der Polizei, Carl vor seinem Haus festzunehmen.

Sollte sie Erik warnen? Sie biss sich auf die Lippe und dachte nach. Konnte sie Erik bitten, er möge nach Hause fahren, und Carl anlügen, Erik habe einen Anruf bekommen und hätte wegmüssen?

Das könnte klappen.

Vorausgesetzt, sie wurden nicht schon von Carl oder einem der anderen beiden beschattet. Und was würde Carl tun, wenn er herausfand, dass Madeleine Erik gewarnt hatte? Wenn er an ihrer Loyalität zweifelte, würde er sie umbringen. Zu viel stand auf dem Spiel. Madeleine war schließlich eine der vier Personen, die die Wahrheit kannten, wer hinter dem Terroranschlag auf das Grand Hôtel steckte.

Als sie eben noch durch die langen Krankenhausflure gegangen waren, war ihr das Schild *Ambulanz für Vergewaltigungsopfer* ins Auge gefallen. Vor einem Jahr hatte sie mehrere Tage dort verbracht, um eine Reportage über Frauen zu schreiben, die Opfer sexueller Gewalt geworden waren. Sie hatte sich ihre Geschichten angehört, mit ihnen geweint und sie noch Monate nach den Übergriffen zu Hause besucht.

Madeleine erinnerte sich wieder an die Gespräche und die jungen Frauen, die sie kennengelernt hatte.

Für sie und ihre Tränen musste Erik sterben. Damit nicht noch mehr Frauen zu Opfern wurden und unter den frauenverachtenden Vergewaltigern leiden mussten, die die Politiker und die Medien so bedenkenlos in Schweden willkommen hießen. Sie durfte nicht egoistisch und naiv sein. Sie befand sich in einer Kriegssituation. Da gab es keinen Platz für Gefühle.

Er musste sterben. Er war mitschuldig. Er war ein Verbrecher und feiger Verräter.

Carl und ihr Fredrik waren diejenigen, die sich ernsthaft um sie sorgten, die die Schwedinnen beschützen wollten und auch Manns genug waren, das durchzuziehen, wovon andere nur träumten oder redeten. In einem derart wichtigen Kampf waren Opfer unvermeidlich.

Egal, was Madeleine für Erik empfand, im großen Ganzen war er unwichtig, Makulatur im Krieg gegen den Islam. Sie war jetzt ruhiger und hatte ihre Gefühle wieder unter Kontrolle.

»Deine Reportage von hier gehört zu den besten, die du je geschrieben hast«, sagte Erik, als hätte er ihre Gedanken gelesen.

»Ich weiß. Deswegen haben sich die Chefs ja dann auch dazu

bewegen lassen, mir mehr Zeilen zu geben. Ich habe die Reportage ja in meiner Freizeit geschrieben. Zuerst wollten sie gar nicht, dass ich darüber schreibe.«

»Ach, wirklich? Das habe ich nicht gewusst. Gut, dass du nicht lockergelassen hast. Viele andere hätten bestimmt aufgegeben, hätten ›ach so, ja dann‹ gesagt und weiter die Artikel geliefert, die ihre Chefs von ihnen haben wollen.«

»Das hast du mir doch so beigebracht«, sagte Madeleine.

»Beigebracht? Was denn?«

»Nach den ersten zwei Wochen beim Nyhetsbladet saßen wir im Dovas in Skanstull, du hast mir tief in die Augen geschaut und mich gebeten, dich nicht auszulachen. Und dann hast du gesagt, dass wir beide, obwohl wir Anfänger seien, fähiger als die erfahreneren Kollegen seien. Die haben immer nach demselben Muster geschrieben. Wenn wir unsere Ideen umsetzen, hätten wir uns in ein paar Jahren einen Namen gemacht und wären unersetzlich. Und ... schau uns an!«

Erik grinste.

»Ja, als ich angefangen habe, hatte ich Angst und habe die ganzen wichtigen Schreiberlinge mit großen Augen angeguckt. Aber schon nach ein paar Wochen habe ich gemerkt, dass es gar nicht so schwer ist.«

Ein Junge, ungefähr zehn, und ein jüngeres Mädchen überquerten den Ringvägen. Sie hielten sich an der Hand, aber das Mädchen hüpfte die ganze Zeit einen Schritt voraus. Vermutlich Bruder und Schwester, dachte Madeleine.

Zu ihrer Rechten lag ein Kiosk. Überall waren die Titelseiten mit Carls Foto zu sehen. Darum wurde Carl Cederhielm zum Mörder, schrieb die Aftonposten. Die Fehler der Polizei bei der Fahndung nach Carl Cederhielm, konterte das Nyhetsbladet.

Das war Eriks Artikel.

»Aber irgendwie ist es schon unfassbar, dass jeder, der heute in einen Supermarkt oder Kiosk geht, die Schlagzeilen sieht«, meinte Erik und blieb vor dem Kiosk stehen. »Und dass der Text dazu auch noch von mir ist. Das hätte ich mir nie träumen lassen. Es ist jedes Mal überwältigend.«

»Ich weiß«, sagte Madeleine. »Mir kommt es auch jedes Mal wieder so vor. Und daran wird sich wohl nie etwas ändern.«

Madeleine hörte das Auto nicht, das hinter ihnen bremste, und auch nicht, wie die Tür geöffnet wurde. Plötzlich stand Fredrik mit Sturmhaube, schwarzer Bomberjacke und in Jeans rechts neben ihnen.

In der Hand hielt er eine Pistole. Madeleine stand zwischen ihm und Erik.

Sie dachte, warum erschießt er ihn nicht von hinten?

Sie wollte nicht, dass Erik einen Schreck bekam und Zeit hatte zu begreifen, was passierte.

Als Fredrik mit der Waffe zielte, machte Erik zwei Schritte auf ihn zu und stellte sich wie ein Schutzschild zwischen ihn und Madeleine.

»Tu ihr nichts, sie ist unschuldig«, sagte er.

Er klang überraschend gefasst. Sie hatte geglaubt, er würde zusammenbrechen. Fredrik warf einen raschen Blick zur Seite. Auf dem Ringvägen war alles ruhig. Madeleine wunderte sich, warum er so lange zögerte.

Da feuerte Fredrik in schneller Folge drei Schüsse ab. Madeleine fuhr bei dem Geräusch zusammen und hörte sich schreien. Erik wurde nach hinten geschleudert und blieb am Boden liegen.

Sie begegnete Fredriks Blick. Sie starrten sich an. Er hielt die Waffe noch immer im Anschlag, und für einen Moment schien es, als wollte er auch sie erschießen. Doch dann nickte er ihr zu und rannte zum Auto. Madeleine drehte sich um und sah ihm nach. Der Fahrer, vermutlich war es Lars, legte einen Kavalierstart hin, noch bevor Fredrik die Beifahrertür geschlossen hatte.

Madeleine ging neben Erik in die Knie. Sein Brustkorb war blutüberströmt, er rollte mit den Augen, und seine Beine zuckten. Er lebte. Sie ergriff seine Hand und hielt sie fest. Eine Frau kam aus einem Haus gerannt, das Mobiltelefon in der Hand, und schrie, sie habe den Krankenwagen gerufen.

Schnell bildete sich eine Menschentraube um sie herum. Als kurz darauf die Sirenen näher kamen, flüsterte Madeleine, die noch immer Eriks leblose Hand hielt: »Verzeih mir.«

KAPITEL 57

Es war längst dunkel, als sie mit dem Mietwagen, einem Volvo V70, auf die Rampe zufuhren. Carl Cederhielm und Fredrik Nord lagen im Kofferraum unter zwei Decken, Lars Nilsson saß am Steuer. Der Polizist kaute hektisch Kaugummi, und Carl konnte sogar im Kofferraum hören, wie er schmatzte. Er wirkte nervös und trommelte mit den Fingern auf das Lenkrad. Carl lugte unter der Decke hervor und sah die Rücklichter eines Minibusses.

Fredrik seufzte hörbar und klopfte gegen die Innenverkleidung. Carl verstand nicht, warum die beiden so unruhig waren. Er war froh, dass er endlich dem Keller in Lars' Reihenhaus entkommen war.

Mit einem dumpfen Geräusch setzten die Vorderräder auf der Rampe auf, Lars beugte sich über das Lenkrad und fuhr auf die Fähre.

Carl beschloss, seine Mitstreiter aufzumuntern. Die Stimmung musste passen, wenn sie zu Ende bringen wollten, was sie sich vorgenommen hatten.

»Also, wie war das noch mal? Erik, diese pathetische Null, hat wirklich gedacht, ihr hättet es auf Madeleine abgesehen«, fragte er.

»Exakt«, gab Fredrik tonlos zurück.

Carl runzelte die Stirn. Er hatte geglaubt, das Gesprächsthema würde Fredrik aufheitern. Seit den Schüssen im Ringvägen hatten sie mehrmals über die offenkundig eingeschränkten geistigen Fähigkeiten des Journalisten gelästert.

»Und was hat der Idiot dann gemacht?«, fragte er rhetorisch und lachte auf.

»Er hat sich vor sie gestellt und um ihr Leben gefleht«, sagte Fredrik noch immer tonlos.

Carl gab auf und drückte den Rücken durch. In seinem Kellerversteck war er zu dem Schluss gekommen, dass er es nie ertragen könnte, in Haft zu sein. Ging in den folgenden Stunden irgendetwas schief, wollte er lieber sterben, als sich gefangen nehmen zu lassen. Der Hass, den er für sie alle empfand – für die Parasiten, Politiker und Schreiberlinge –, war in den ereignislosen Tagen noch größer geworden. Carl hatte jede einzelne Zeile gelesen, die über ihn geschrieben worden war, und die Live-Übertragungen gesehen, in denen maskierte Beamte seine Habseligkeiten in Plastikwannen aus seinem Haus in der Grevgatan trugen. Und er hatte gesehen, wie sie das Sommerhaus auf Djurö versiegelten, während die Journalisten durchs Gebüsch krochen. Die Polizei gab täglich Pressekonferenzen, auf denen sie Funde präsentierten und berichteten, wie die Fahndung nach ihm voranschritt.

Sein Vater hatte in den Nachrichten Carl aufgefordert, sich zu stellen. Anschließend war sein Vater den Abendzeitungen zufolge in eine Schutzwohnung gebracht worden. Die Polizei fürchtete, dass er andernfalls mit Repressalien der autonomen Linken rechnen musste.

Carl war überzeugt davon, dass die Beamten seinen Vater dazu gezwungen hatten, sich von ihm zu distanzieren. Eigentlich war sein Vater auf seiner Seite, das wusste er. Das waren die meisten Schweden. Man brauchte nur einen Blick auf *Flashback* zu werfen, um zu begreifen, dass Carl auch außerhalb der sogenannten schwedenfreundlichen Kreise ein Held war.

Als Lars gehalten und noch kurz im Auto sitzen geblieben war, um sicherzugehen, dass niemand Notiz von ihnen nahm, tauschten der Polizist und Carl den Platz. Lars und Fredrik mussten bis viertel vor neun im Kofferraum bleiben, dann würde einer von ihnen die Tür zum Parkdeck öffnen, um Carl wieder hereinzulassen.

»Ist das wirklich so schlau, dass du dich unter die Passagiere mischst?«, fragte Lars.

Er stellte dieselbe Frage zum zweiten Mal in der letzten Stunde. Carl irritierte das, aber es wäre kontraproduktiv gewesen, deswegen aus der Haut zu fahren. Er hatte hier das Sagen, trotz allem.

»Mich erkennt doch keiner«, sagte er gelassen und strich sich über den Bart. »Nicht mal mein Vater würde mich so wiedererkennen.«

»Das ist ein unnötiges Risiko für dich. Und für uns«, murmelte Lars.

»So habe ich das aber nun mal geplant«, entgegnete Carl und rückte seine runde Fensterglasbrille zurecht, die Lars ihm an einer Tankstelle gekauft hatte. »Ihr habt alles? Wasser? Essen?«

»Alles da«, sagte Fredrik.

»Gut. Der Countdown läuft. Wenn wir uns das nächste Mal sehen, gibt es kein Zurück mehr«, sagte Carl.

Aus dem Kofferraum kam kein Kommentar. Carl machte die Autotür auf und verschwand.

August Novak lag auf seiner Pritsche, die Hände hinter dem Kopf verschränkt. In dem kleinen Fernseher, der auf dem Schrank stand, lief *Friends*. Bisweilen drangen Stimmen und Schritte vom Korridor herein. In einer halben Stunde würde Amanda mit Andrea vorbeikommen. Um sechs Uhr sollte das Redaktionsleitermeeting stattfinden, und August würde zum ersten Mal mit seiner Tochter allein sein. Er freute sich darauf und hatte doch zugleich auch etwas Angst. Auf der Webseite der Silja Line hatte er alles über Aktivitäten für Kinder an Bord ausgedruckt, um sich zu informieren. Er nahm sich vor, Andrea zu fragen, ob sie baden wollte. Danach dürfte sie entscheiden, was sie zu Abend essen würden.

Eigentlich, dachte er, war es merkwürdig, dass die Reise überhaupt zustande gekommen war.

Der Mord an dem Journalisten vom *Nyhetsbladet*, Erik Gidlund, lag erst wenige Tage zurück. Amanda hatte versucht, ihm die Haltung der Chefredakteurin Anita Sandstedt zu erklären. Die Freiheit der Presse konnte, ja durfte nicht zum Schweigen gebracht werden. August sah das Argument ein, aber nur theoretisch – er fand die Entscheidung taktlos. Er hatte Amanda gefragt, wie umfassend der Personenschutz sein würde, und sie hatte geantwortet, dass es sich um ein Ein-Mann-Team handele. Die drei Chefredakteure der Zeitungen waren übereingekommen, so wenig Aufmerksamkeit wie möglich auf sich ziehen zu wollen. Und gleichzeitig zu zeigen, dass sie sich von den antidemokratischen Kräften keine Angst einjagen ließen.

Es klopfte an der Tür, und August machte auf. Draußen stand Amanda mit einer jungen blonden Frau. Hinter ihr stand Andrea.

»Hej«, sagte er überrascht. »Ist es schon sechs?«

»Nein, aber ich möchte dir jemanden vorstellen«, sagte Amanda. »Das hier ist Madeleine, die jüngste Nachrichtenchefin des *Nyhetsbladet* aller Zeiten.«

Sie streckte ihm die Hand entgegen. August fand, dass sie sehr hübsch war.

»Allerdings nur vertretungsweise«, sagte Madeleine. »Ich habe schon viel von dir gehört.«

»Warst du nicht dabei, als Erik Gidlund …«

»Ja«, gab Madeleine zurück und schielte zu Amanda hinüber.

August machte einen Schritt zur Seite, damit sie in seine kleine Kabine eintreten konnten. Amanda setzte sich aufs Bett. August war verwirrt. Sie hatte gesagt, sie wolle ihren Kollegen vorerst noch nichts von ihnen beiden erzählen.

Er war verlegen, wusste nicht recht, was er sagen sollte, und wandte sich Andrea zu.

»Sollen wir nachher baden gehen?«, fragte er.

Andrea, die den Blick auf den Fernseher geheftet hatte, sah auf und lächelte.

»Das können wir machen, aber ich habe keinen ...«

»Doch, Liebes, ich habe deinen Badeanzug dabei«, unterbrach Amanda sie. »Ganz zufällig wusste ich, dass August gerne baden geht.« Sie warf einen Blick auf die Uhr. »Ich und Madeleine wollen gleich nach oben gehen, wir nehmen noch einen Drink an der Bar, bevor es losgeht. Zuerst gibt's ein paar Ansprachen, dann kommt ein Vortrag, Anita Sandstedt hat jemanden eingeladen. Ich gebe August den Schlüssel zu unserer Kabine, dann könnt ihr die Badesachen holen«, sagte sie.

Amanda wandte sich an August.

»Kann ich kurz mit dir reden?«, sagte sie und nickte Richtung Flur.

Mit einem kurzen Blick auf Andrea registrierte August, dass sie ihn gar nicht beachtete.

Im Korridor beugte Amanda sich vor und küsste ihn.

»Ich habe mit Christoffer gesprochen«, begann sie. »Nur, damit du Bescheid weißt. Er kommt Weihnachten zurück. Ich habe ihm gesagt, dass du der neue Mann in meinem Leben bist.«

»Hast du etwas über Andrea gesagt?«

Amanda schüttelte den Kopf.

»Nein, damit will ich noch warten. Jedenfalls noch ein paar Wochen. Ist das okay für dich?«

»Klar ist das okay für mich. Du weißt am besten, wann der richtige Zeitpunkt ist. Ich will nur das Beste für Andrea.«

»Ich liebe dich so sehr, August. Ich sehne mich nach unserem neuen Leben zusammen, wenn das alles hier vorbei ist.«

»Ich mich auch.«

August schlang die Arme um Amanda und drückte sie an sich.

»Alles in Ordnung?«, fragte er.

»Ja, aber ich verstehe einfach nicht, wie wir uns einen Vortrag anhören sollen, nach dem, was mit Erik passiert ist.«

»Deiner Freundin scheint das nichts auszumachen, wenn man bedenkt, was sie mitansehen musste.«

»Ich denke, das ist der Schock. Anita hat sie gefragt, ob sie lieber zu Hause bleiben will, aber Madeleine wollte mitkommen. Ich verstehe sie, ich würde auch nicht alleine sein wollen, nach dem, was sie durchgemacht hat. Außerdem ist sie hier sicherer.« Amanda machte die Tür der Kabine wieder auf, um Madeleine Bescheid zu sagen, dass sie jetzt gehen sollten. Bevor sie Andrea und August sich selbst überließen, streckte Madeleine ihm erneut die Hand entgegen.

»Es hat mich gefreut, dich kennenzulernen«, sagte sie.

Madeleine Winther hatte ein weiteres Mal bewiesen, dass sie Gold wert war – sie hatte herausgefunden, in welcher Kabine August schlief. Carl las die SMS ein letztes Mal und legte das Mobiltelefon aus der Hand.

Seit er angegriffen worden war, als sie Amanda Lilja umbringen wollten, hegte er den Wunsch nach Rache, er wollte August Novak sterben sehen.

Aber damit nicht genug.

Nicht nach dem, was passiert war.

Zuerst sollte August Novak zusehen, wie Amanda Lilja starb. Ihre lächerliche Liebesgeschichte, von der Madeleine berichtet hatte, würde ein abruptes und blutiges Ende finden. Für einen kurzen Moment sah Carl vor sich, wie er Amanda Lilja ein Messer in den Unterleib stieß und es umdrehte, während August Novak dabei zusehen musste. Er würde ihm in die Augen sehen, während er das Messer nach oben riss und sie aufschlitzte, wie er es auch bei Hannah Löwenström getan hatte, als er sie in ihrer Wohnung umgebracht hatte. Erinnerungen tauchten vor seinem inneren Auge auf. Sie lagen Ewigkeiten zurück, kam es ihm vor.

Er war nicht mehr derselbe Mensch. Er war ein größerer, ein bedeutenderer Mensch geworden, ein Mensch, zu dem alle Schweden einen Bezug hatten.

Der Mord an Hannah Löwenström war das wichtigste Ereignis in Carls Leben. Und vielleicht einer der wichtigsten Augenblicke in der schwedischen Geschichte, weil dieser Mord der Startschuss für das Aufbegehren gegen das Establishment gewesen ist.

Carl baute sich vor dem Spiegel auf und stellte erneut fest, dass er nicht wiederzuerkennen war. Er schob die Kappe in die Stirn, rückte seine Brille zurecht und trat auf den Korridor.

Er wollte August Novak sehen, mehr über ihn erfahren.

Carl ging langsam über den roten Teppichboden. Eine Kabinentür stand offen, und er blieb stehen. In der Kabine saßen vier junge Kerle, hörten Musik und tranken Bier. Einer von ihnen sah auf. Er hatte einen Bürstenschnitt, trug Jeans und ein schwarzes T-Shirt mit der Aufschrift Metallica.

»Willst du ein Bier?«, fragte er in värmländischem Dialekt.

»Nein, danke«, entgegnete Carl und ging weiter.

Er dachte, dass der Mann ihn bestimmt aus den Medien kannte, aber keine Ahnung hatte, dass Carl Cederhielm höchstselbst vor ihm gestanden hatte. Vielleicht hätte er Ja sagen, das Bier nehmen und sich dazusetzen sollen, über das Wetter reden und an etwas anderes als den Anschlag denken sollen. Aber das wäre verantwortungslos gewesen. Dieser Art von Zeitvertreib konnte er sich widmen, nachdem er seine Pflicht erfüllt hatte.

Carl erreichte die Fahrstühle und schaute nach, auf welchem Deck August Novaks Kabine lag. Bevor die Türen sich schlossen, schlüpfte noch eine Frau zu ihm in den Lift. Sie lächelte Carl zu und drückte die Taste für die fünfte Ebene.

Es war Anita Sandstedt, die Chefredakteurin vom Nyhetsbladet. Anscheinend fühlte sie sich sicher an Bord, da sie sich ohne Personenschutz bewegte. Sie roch nach Rauch. Der Lift fuhr nach oben und hielt auf Deck vier. Carl lächelte zurück, ehe er ausstieg. Bald, dachte er, bist du nicht mehr am Leben.

Vor der Fahrstuhltür blieb Carl erneut vor den Schildern stehen.

Rechts von ihm führte ein Flur zu August Novaks Kabine. Vor einem Restaurant suchte Carl sich einen freien Tisch, von wo aus er eine gute Sicht hatte. Er bestellte ein Ramlösa und fragte nach einer Zeitung, aber schon nach wenigen Minuten entdeckte er August Novak mit einem Mädchen, bei dem es sich um Amanda Liljas Tochter handeln musste. Sie trug einen lilafarbenen Bademantel und weiße Badelatschen. August Novak hatte eine Plastiktüte in der Hand und trug Jeans und ein schwarzes T-Shirt. Das Mädchen sagte etwas und brachte August zum Lachen. Carl wartete ein paar Sekunden, bevor er aufstand und ihnen die Treppe hinauf folgte. Er hatte keine Eile, denn es war offensichtlich, wohin sie wollten.

Carl kaufte eine Badeshorts und mietete bei einer kurz angebundenen Rezeptionistin in weißem Poloshirt ein Badetuch. Er zahlte bar. Als er seinen Kaffeebecher auf einem runden Plastiktisch abstellte, trug er die schwarze Badeshorts, aber die Kappe hatte er aufbehalten. Ehe er sich setzte, stellte er das gebrauchte Geschirr auf dem Tisch zur Seite. Nun hatte er alles im Blick.

Außer Andrea Lilja und August Novak waren zwei lärmende Familien da, und ein paar Teenies saßen im Whirlpool und tranken Dosenbier, das sie vermutlich in den Poolbereich hineingeschmuggelt hatten.

August Novak ließ die Beine ins blaue Wasser baumeln und legte den Kopf in den Nacken. Auf seiner linken Schulter fiel Carl eine Narbe auf, er war sicher, dass es sich um eine Schusswunde handelte. Das passte zu Madeleines Information, dass August Novak in der Fremdenlegion gewesen war.

Andrea Lilja stand auf einer kleinen Stufe und übte die Rolle vorwärts.

Carl wollte ihnen noch näher kommen, um zu hören, worüber sie sich unterhielten, aber ihm war klar, dass dadurch der ganze Coup platzen könnte. Auch ihnen zu folgen, war im Grunde nicht nötig gewesen, aber er hatte es nicht lassen können. Carl grinste bei der Vorstellung, wie Lars reagieren würde, wenn er wüsste, wo Carl gerade war. Draußen vor den Panoramafenstern war es dunkel geworden, nur hin und wieder war ein erleuchtetes Haus zu sehen. In eineinhalb Stunden würde er auf dem Autodeck wieder zu den anderen stoßen. Hatte er irgendetwas vergessen? Selbst wenn – jetzt wäre es zu spät.

Die Fluchtroute war eingegeben.

Per GPS – der Sender lag in einer der Sporttaschen – würden sie in die äußeren Schären fahren, zur Insel Häfsön. Dort lagerten Proviant, Bargeld und gefälschte Pässe. Wenige Tage später würden sie nach Stockholm zurückkehren und über Värmland nach Norwegen fahren, bis rauf zur russischen Grenze, wo sie sich als Fjellwanderer ausgeben würden. Anschließend wollten sie weiter nach Finnland, dort ein Auto mieten und nach Helsinki fahren.

Von der finnischen Hauptstadt aus wollten sie dann nach Thailand. Das war ein genialer und unkonventioneller Fluchtplan. Wenn etwas schiefging, lag das nicht an Carls Planung, sondern an Umständen, auf die er keinen Einfluss hatte. Teil eins der Operation, die Medienbosse zu eliminieren, war nicht schwer.

Laut Wetterbericht würde es über der Ostsee stürmen und schneien. Bei dieser Witterung war es so gut wie unmöglich, per Helikopter Einsatzkräfte abzusetzen.

Das unbewaffnete Sicherheitspersonal der Reederei würde ihren Feuerwaffen nicht viel entgegenzusetzen haben. Genauso wenig wie der eine Personenschützer, der Madeleine zufolge mit den Zeitungsleuten mitfuhr.

Carl folgte Andrea Lilja mit dem Blick. Das Mädchen übte an der kurzen Beckenseite Brustschwimmen.

Bald würde sie Halbwaise sein. Amanda indoktrinierte ihre Tochter bestimmt mit Lügen und marxistischer Propaganda. Zwang sie dazu, Männer zu hassen. Carl erwies dem kleinen Mädchen einen Dienst, wenn er sich um Amanda kümmerte, ehe sie ihrer Tochter komplett den Kopf verdrehte. Für Mädchen wie Andrea Lilja, für ihre Zukunft und ihre Freiheit, musste er töten.

»Schau«, rief Andrea außer Atem, machte einen Purzelbaum in der Luft und landete mit einem Bauchklatscher im Wasser.

Beinahe wäre sie mit dem Hinterkopf am Beckenrand aufgeschlagen. Er wollte sie schon ermahnen, vorsichtiger zu sein, aber er besann sich.

»Super«, sagte er stattdessen. »Meinst du, du kannst auch zwei hintereinander machen?«

»Vielleicht«, erwiderte sie, während sie zu ihm schwamm. Dann stemmte sie sich neben ihm aus dem Wasser. Sie wollte für den nächsten Sprung Anlauf nehmen, aber hielt im letzten Moment inne. Sie starrte auf seine Schulter.

»Was hast du da denn gemacht?«, fragte sie.

Zuerst überlegte er, ob er lügen sollte, er befürchtete, Amanda zu verärgern, wenn er die Wahrheit sagte.

»Das ist eine lange Geschichte«, sagte er, »und ich bin nicht sicher, ob du dir die wirklich anhören willst.«

Andrea setzte sich neben ihn und hielt die Füße ins Wasser. Sie sahen so klein aus neben seinen.

»Tut dir das nicht weh?«, sagte sie.

»Nein, jetzt nicht mehr.«

»Darf ich mal anfassen?«

»Ja, klar.«

Sie streckte ihre Hand aus und fuhr vorsichtig über die vernarbte Haut.

»War das ein Unfall?«

»Nein, das würde ich so nicht sagen ... Weißt du, wo Afghanistan liegt?«

Andrea schüttelte den Kopf.

»Aber ich weiß, dass das ein Land ist.«

»Vor ein paar Jahren war ich dort und habe gedient ...«, sagte August und unterbrach sich, als er Andreas fragenden Blick bemerkte. »Im Krieg, kann man sagen, als Soldat. Und als ich oben in den Bergen war, hat mich ein anderer Soldat angeschossen.«

»Warum hat er auf dich geschossen?«

»Weil ich nach seinen Kameraden gesucht habe, oder wie man sie nennen soll. Und die wollten uns da nicht haben. Das waren eigentlich ... Schurken.«

»Waren die böse?«

»Das kann man sagen, auch wenn man höllisch aufpassen muss, wen man als bösen und wen als guten Menschen bezeichnet. Das ist nicht so einfach.«

»Warum soll man das nicht machen?«

»Weil er jetzt vielleicht in Afghanistan sitzt und seiner To... einem kleinen Mädchen erzählt, wie er einen Mann angeschossen hat, der ihm sein Land wegnehmen wollte. In seiner Welt bin vielleicht ich der Böse. Und wenn jeder von uns beiden das über den anderen sagt, würden das andere Mädchen und du nie miteinander reden können.«

»Wolltest du auch auf ihn schießen?«

»Ja, wenn ich ihn zuerst entdeckt hätte, hätte ich auf ihn geschossen, bestimmt.«

»Hast du gedacht, dass er böse ist?«

August lachte auf.

»Du solltest Journalistin werden, genau wie deine Mama, weißt du das? Ich glaube, ich habe mir eingeredet, dass ich gut war und er böse. Dann ist es leichter, andere Menschen zu verletzen. Wenn man anderen wehtun muss, weil das zum Beruf gehört, tut man alles, um sich selbst davon zu überzeugen, dass man ehrenwerte Gründe dafür hat. Aber das ist nur selten der Fall.«

Carl hörte, wie die Klinke der grauen Tür betätigt wurde, die zum Autodeck führte, und drehte sich um. Sie wurde einen Spalt aufgeschoben. Er versicherte sich, dass ihn niemand sah, und schlüpfte hindurch.

Carl sog den feuchten Geruch nach Abgasen ein, den hatte er schon immer gemocht. Seine Schritte hallten, als er zwischen zwei Autoreihen hindurchging. Je näher er dem Auto kam, desto schneller wurde sein Puls.

»Wie sieht's aus da oben?«, fragte Fredrik.

»Alles klar. Die sind absolut ahnungslos.«

»Und ... er?«

»Ist im Restaurant. Wir nehmen uns erst den Konferenzraum vor, danach holt Lars ihn.«

Der Polizist nahm mit beiden Händen eine Sporttasche und stellte sie mit einem lauten metallischen Knall auf das Deck. Carl wartete, bis Lars die zweite Sporttasche abgestellt hatte. Sie war leichter und enthielt drei Beutel mit ihren Kleidern, Knie- und Ellbogenschützern, Sturmhauben, je einer Pistole und zwei Handgranaten. In der schweren Tasche lagen die Westen und die Kalaschnikows.

Carl griff sich den Stoffbeutel mit seinen Initialen, die auf einem Stück Gaffatape standen, zog den Pullover aus, besah sich in der Autoscheibe, legte erst die Schutzweste an und dann die Kleidung. Fredrik und Lars taten es ihm gleich.

Carl freute sich darüber, wie gut organisiert sie waren und wie professionell alles geplant war.

20:52 Uhr.

Sie waren ihrem Zeitplan voraus. In acht Minuten würde der größte Angriff auf das schwedenfeindliche Establishment stattfinden, den es je gegeben hatte. Er wollte diesen Moment nicht unkommentiert verstreichen lassen. Er wollte den anderen beiden deutlich machen, was das für Schweden und für ihn selbst bedeutete. Er räusperte sich. Fredrik und Lars drehten sich gleichzeitig zu ihm um.

»In wenigen Stunden werden wir drei für immer in die schwedische Geschichte eingehen, als die Ersten, die den Aufstand wagten. Als die Ersten, die es wagten, sich aufzulehnen, während alle anderen nur schweigend zusahen. Gäbe es mehr von unserer Sorte, hätte unser Land nie vor der Invasion kapituliert, der Schweden, unser Schweden, seit den letzten Jahren ausgesetzt ist. Bis jetzt haben wir einzelne Verräter bestraft, Untermenschen, die nicht genug Grips zum Selberdenken hatten. Heute Abend aber nehmen wir uns diejenigen vor, die ihre Gehälter zahlen und die die Lügen bestellen, mit denen unsere Landsleute abgespeist werden«, sagte Carl, deutete zur Decke und wurde lauter. »Die Verantwortlichen sitzen da oben. Diejenigen, die mit den Politikern kungeln, die sie eigentlich unter die Lupe nehmen sollen, diejenigen, die an der totalen Einwanderung noch verdienen, weil sie selbst in durch und durch weißen Wohnvierteln wohnen, während die schwedischen Arbeiter und ihre Kinder keinen Job haben. Heute Abend zeigen wir ihnen, dass Schweden die Nase voll hat. Heute Abend zeigen wir ihnen, dass ihr multikulturelles Schweden zur finstersten Zeit gehört, die unser Land je durchgemacht hat. Dieses Schweden wird heute Abend sterben, zusammen mit ihnen.«

Er umarmte Fredrik fest und klopfte ihm auf den Rücken. Dann wandte er sich zu Lars um und wiederholte die Geste.

Zwei Frauen, die in dem Augenblick an der Tür vorbeikamen, als sie sich öffnete, schrien auf. Ihre Hände schnellten in die Höhe, als sie die maskierten Männer sahen. Carl ignorierte sie und setzte seinen Weg fort. Vor ihm ging Fredrik, hinter ihm Lars, der sich alle zehn Meter umdrehte, um zu schauen, ob ihnen jemand auf den Fersen war.

Einige Passagiere blieben wie paralysiert stehen, andere drehten sich um und rannten in die entgegengesetzte Richtung. Sie erklommen die Treppe, die zum Konferenzraum auf Deck fünf führte.

»Weg da, verdammt«, brüllte Fredrik und meinte einen kleinen Mann mit Brille, der sie noch nicht bemerkt hatte und langsam die Treppe hochstieg.

Der Mann schrie erschrocken auf, begann zu schlottern und sank auf die Knie, reckte die Hände in die Luft und flehte um sein Leben. Carl grinste unter seiner Sturmhaube. Der heikle Moment war nicht das hier, sondern der, den sie nicht voraussehen konnten: Wo hatte das Sicherheitspersonal Position bezogen? Vor dem Saal? Oder drinnen bei den Türen? Das war der einzige Teil von Carls Plan, den er nicht selbst beeinflussen konnte. Aber der Überraschungseffekt war auf ihrer Seite. Keiner rechnete mit einem Überfall.

Die Schreie der Passagiere waren ihm egal, er konzentrierte sich darauf, mit Fredriks Tempo mitzuhalten. Er lag eineinhalb Meter vor Carl, der keine Schwäche zeigen wollte und zwei Stufen auf einmal nahm. Hinter sich hörte er seine schweren Atemzüge. Er hatte die schlechteste Ausdauer von ihnen dreien. Die Milchsäure brannte in den Schenkeln, aber Carl wusste, dass das rasch nachließ.

Im Restaurant drängten sich Familien und weißhaarige Rentner. Andrea und August wurde ein Tisch mitten im Lokal zugewiesen, nur wenige Meter von den langen Büfetttischen entfernt, denen

Andrea vor ihrer riesigen Portion Köttbullar hungrige Blicke zuwarf.

»Wenn du Nachtisch möchtest, kannst du dich gerne bedienen«, sagte August, der ihre Blicke richtig gedeutet hatte.

»Muss ich nicht erst aufessen?«, fragte Andrea verwundert.

»Wenn du deiner Mama nichts sagst ... Ich habe kein Problem damit«, entgegnete August und konnte sich ein leises Lachen nicht verkneifen.

Er sah ihr nach, wie sie zum Desserttisch hüpfte und mit großen Augen die gigantischen Torten und das aufgetürmte Backwerk anstarrte. Sie trug jetzt Jeans und T-Shirt, ihre Haare waren noch feucht.

»Ich liebe dich«, murmelte August, ertappte sich dabei und sah sich um. Keiner der anderen Gäste schien bemerkt zu haben, dass er mit sich selbst redete.

Andrea kam mit einem Teller zurück, der mit Gebäck und Schokoladeneis beladen war. Sie strahlte über das ganze Gesicht und wollte den Teller gerade auf dem Tisch abstellen, als August hinter sich Schreie hörte.

Er warf einen Blick über die Schulter und sah, wie zehn Personen ins Restaurant stürmten. Er hörte, wie jemand »Terroristen« rief, und kurz darauf brach ein einziges Chaos aus, als die Gäste von ihren Plätzen aufsprangen. Eltern nahmen ihre Kinder auf den Arm und rannten zur Küche. August wandte sich Andrea zu, die mit offenem Mund den Tumult bestaunte. Im letzten Moment konnte er sie auf die Seite ziehen, sonst hätte ein stämmiger Mann sie umgerannt. Er nahm Andrea schützend in den Arm und versuchte zu begreifen, was gerade passierte.

Terroristen waren im Volksmund gleichgesetzt mit muslimischen Fundamentalisten. Wenn das tatsächlich der Fall war, würde es ein Blutbad geben. Es gab kein besseres Ziel als ein Passagierschiff im Dezember auf der Ostsee, um ungestört zu morden – die Einsatzkräfte würden erst nach Stunden zu Hilfe kommen können. Draußen war es dunkel, und es stürmte. Hatten die Terroristen ausreichend Munition, würde die Zahl der Todesopfer die der Estonia-Katastrophe übertreffen.

Aber bis jetzt war noch kein einziger Schuss gefallen. Bei anderen Anschlägen des IS auf zivile Ziele hatten die Terroristen keine Zeit verloren und auf alles geschossen, was sich bewegte, um die Anzahl der Todesopfer so weit wie möglich nach oben zu schrauben. Die Passagiere strömten durch die Türen herein. Doch keiner schien verletzt zu sein. August warf einen Blick auf Andrea, die sich mit bleichem Gesicht an ihn klammerte.

»Bist du okay?«

Sie antwortete mit einem kurzen Nicken.

»Ich weiß nicht, was hier passiert, aber es ist wirklich wichtig, dass wir Ruhe bewahren und nicht in Panik geraten.«

Wieder nickte sie.

In dem Moment hörte August, wie zwei Schüsse fielen. Die Gäste kreischten, das Gedränge wurde dichter. August nahm Andrea auf den Arm und steuerte auf die Küche zu.

Dort herrschte ein einziges Durcheinander. Kinder weinten, Frauen und Männer schubsten sich gegenseitig. Einige hatten ihre Mobiltelefone in der Hand und versuchten mit zitternden Fingern, den Notruf zu wählen. Essen, Teller und Küchenutensilien lagen überall verstreut. Eine ältere Dame war in Ohnmacht gefallen und lag mit blutender Kopfwunde am Boden, ihr Mann schrie um Hilfe. Zwei Männer prügelten sich darum, wessen Kind in einem Schrank aus rostfreiem Stahl versteckt werden sollte.

»Ich nehme dich huckepack«, sagte er zu Andrea. Er setzte sie ab, drehte sich um, ging in die Hocke und spürte, wie sie ihre Arme um seinen Hals schlang. Eine Haarsträhne, die nach Chlor roch, streifte seine Wange.

Konnte er Andrea in diesem Chaos allein lassen? Wenn einer der Terroristen hierherkam, würde es ein Massaker geben.

Fluchtwege gab es keine. Aber er hatte auch Todesangst um Amanda. Sie befand sich drei Ebenen über ihm. Sollte er Andrea mitnehmen und Amanda holen oder allein gehen und danach beide in Sicherheit bringen? Der sicherste Ort an Bord müsste das Autodeck sein. Aber wenn sie auf dem Weg dorthin einem Terroristen begegneten, hatten sie keine Chance.

Eine Schusssalve wurde abgefeuert.

Dieses Mal gab es keinen Zweifel – es waren Automatikwaffen. Die Hilferufe wurden immer lauter und verzweifelter. August entdeckte zwei junge Männer, die vorhin ins Restaurant gestürmt waren. Sie wirkten zwar panisch, aber nicht völlig kopflos.

»Hört mal her, habt ihr gesehen, wer geschossen hat?«

Einer von ihnen machte den Mund auf, brachte aber kein Wort heraus. Sein Freund, den Schirm seiner dunkelblauen Kappe in den Nacken geschoben, nickte.

»Ja, wir haben sie gesehen. Sie sind zu dritt und ...«

August hob eine Hand, und der Bursche verstummte.

»Was hatten sie an?«

»Ähm, ich weiß nicht ... Sie sahen wie Soldaten aus, vielleicht ... Verdammt, ich weiß es nicht mehr.«

»Soldaten?«

»Ja, wie von so einem SWAT-Team aus den Filmen«, sagte der junge Mann.

»Waren sie maskiert?«

Beide Männer nickten.

»Haben sie auf jemanden geschossen?«

Wieder waren Schüsse zu hören. Der Mann riss die Augen auf und schüttelte den Kopf.

»Nein, soweit ich gesehen habe, nicht.«

In diesem Moment ahnte August, dass der Anschlag der Konferenz galt. Das waren keine IS-Terroristen, sondern Nazis, die die führenden Medienköpfe des Landes aus dem Verkehr ziehen wollten.

Und irgendwo da oben war Amanda. Bei dem Gedanken wurde ihm übel.

Er ließ Andrea wieder absteigen und ging vor ihr in die Hocke. Eine Frau rammte ihm im Vorbeigehen ihr Knie in die Seite. August biss sich auf die Lippe. Er wollte Andrea die Situation so erklären, dass sie sie verstand, aber mit jeder Sekunde, die er verstreichen ließ, stieg das Risiko, dass Amanda nicht mehr am Leben war.

»Ich muss deine Mama holen.«

Vor der Tür blieben Carl Cederhielm und Fredrik Nord stehen, um auf Lars Nilsson zu warten. Der Polizist keuchte. Carl hob ungehalten eine Hand und horchte an der Tür. Aus dem Konferenzraum drang kein Laut.

»Fredrik, du deckst rechts, Lars, du links. Ich gehe nach vorne durch. Ihr nehmt euch zuerst den Mann vom Sicherheitsdienst vor.«

»Verstanden«, antwortete Fredrik dumpf.

Lars rückte seine Sturmhaube zurecht und hob den Daumen. Carl legte eine Hand auf die Klinke und zog die Tür auf.

Vorne in dem dunklen Saal stand ein kahlköpfiger Mann in Hemd und Jeans auf einem Podium und erzählte etwas neben einer weißen Leinwand. Sein Gesicht wurde von dem Licht des Projektors angestrahlt. Vor ihm saßen etwa dreißig Zuhörer, die Carl den Rücken zuwandten. Der Mann vom Sicherheitsdienst saß rechts neben der Tür. In dem Moment, als Carl ihn entdeckte, hallte ein Schuss. Der Kopf des Mannes flog nach hinten, und die weiße Wand hinter ihm färbte sich rot von Blut und Hirnmasse. Fredrik hatte nicht gezögert.

Carl rannte nach vorne. Er schoss zwei Mal in die Decke. Dann ging das Licht an.

Der Redner war wie gelähmt. Als Carl zwei Meter von ihm entfernt war, hob der Mann die Arme über den Kopf. Carl wollte sofort schießen, aber er musste die Geiseln in Schach halten. Er wollte ihnen die Hoffnung vorgaukeln, dass sie überleben würden, das machte sie kooperativer. Er packte den Vortragenden an der Schulter und trat ihm in die Kniekehle, sodass ihm die Beine wegknickten. Er drückte dem Mann seine AK-47 in den Nacken und blickte in den Raum. Das bläuliche Licht des Projektors blendete ihn.

Fredrik und Lars hatten sich zu beiden Seiten der Tür aufgebaut, damit die Leute nicht aus dem Saal rannten. Sie hielten sie mit ihren Waffen unter Kontrolle. Keiner tat einen Mucks. Carl sah bekannte Gesichter, und sein Blick begegnete Madeleine Winthers. Neben ihr saß Amanda Lilja, vor den beiden Anita Sandstedt. Die Chefredakteurin des *Nyhetsbladet* war leichenblass. Eine Frau neben ihr wimmerte. Carl deutete auf Lars und machte dann eine Geste Richtung Projektor. Der Polizist nahm einen Stuhl, stellte sich darauf und zog das Kabel. Als er seinen Platz neben der Tür wieder eingenommen hatte, zog sich Carl die Sturmhaube vom Kopf.

»Setzt euch zurück auf die Stühle«, befahl er.

Ein Schauer lief ihm über den Rücken. Vor ihm saßen die Verantwortlichen für den Systemkollaps. Er unterdrückte den Impuls, seine Automatikwaffe in Anschlag zu bringen und sie alle abzuknallen. Die Frau, die Carl schluchzen gesehen hatte, weinte jetzt hemmungslos. Anita Sandstedt legte ihr einen Arm um die Schulter.

Carl ging langsam zwischen den Stuhlreihen auf und ab und musterte die verschreckten Gesichter. Alle schauten zu Boden, als er vorbeikam. Dann blieb er vor Anita Sandstedt stehen, die seinem Blick trotzig standhielt.

Er zerrte sie am Blazer vom Stuhl, zog sie nach vorne und zwang sie vor dem Redner auf die Knie.

»Ihr wisst, wer ich bin. Über mich habt ihr eure Lügen geschrieben. Aber ein paar von euch haben schlimmere Verbrechen begangen als andere«, sagte Carl. »Ich will, dass Amanda Lilja nach vorne kommt, um Anita Gesellschaft zu leisten.«

Amanda Lilja keuchte auf. Während sie auf ihn zusteuerte, rief Carl drei weitere Namen auf. Chefredakteurin Patricia Qvist und den renommierten Reporter Niklas Holmlund, beide vom *Sveriges Allehanda*, und Thorbjörn Svensson, Chefredakteur von der *Aftonposten*. Die meisten im Raum würden sterben, aber er wollte sich Zeit lassen mit denjenigen, die er nach vorn rief. Lars gab Amanda noch einen Schubser, damit sie schneller ging. Carl musterte die anderen Journalisten. In der vorletzten Reihe saß Helga Olander, Leitartikelschreiberin von der *Aftonposten*.

»Helga Olander, kommst du bitte auch«, sagte Carl ruhig.

Sie schüttelte den Kopf. Carl hob die Brauen und setzte eine verwunderte Miene auf.

»Du willst nicht?«

Helga Olander war wie versteinert. Sie umklammerte krampfhaft die Armlehnen ihres Stuhls.

Carl ging neben Thorbjörn Svensson in die Hocke, der vor ihm kniete.

»Thorbjörn, würdest du Helga bitten, mir zu gehorchen?«

Der Chefredakteur der *Aftonposten* reagierte nicht. Carl packte die kalte Wut. Er musste sich Respekt verschaffen. Er stand wieder auf, trat zwei Schritte zurück und verpasste Thorbjörn Svensson einen Tritt, dass er nach vorn aufs Gesicht fiel.

Dann feuerte er vier Kugeln in seinen Rücken.

Schreie wurden laut. Ein Mann stürmte Richtung Ausgang. Fredrik verpasste ihm einen Bauchschuss. Der Mann fiel um, schleppte sich noch ein paar Meter weiter, ehe er zusammensackte. Thorbjörn Svenssons Körper zuckte spasmisch, Blut pulsierte aus seinem Rücken und floss auf den Boden.

Carl gab eine Schusssalve in die Decke ab, und die Situation beruhigte sich wieder.

»Wer mir nicht folgt, wird erschossen«, brüllte Carl. »Kapiert?«

Sechs Minuten waren vergangen, seit sie den Raum gestürmt hatten. Sie hatten die Geiseln vollkommen unter Kontrolle. Jetzt wurde es Zeit, dass Lars August Novak holte.

Carl fing den Blick des Polizisten auf und zeigte nach unten. Lars war mit ein paar Schritten bei der Tür, riss sie auf und verschwand.

Carl ging auf Helga Olander zu, zog sie vom Stuhl und führte sie nach vorn aufs Podium. Er stellte sie neben Amanda Lilja. Einige der einflussreichsten Journalisten des Landes würden schon bald nicht mehr leben. Aber zuerst würden die Auserwählten, die er am meisten hasste, mit dem Messer abgestochen. Er beugte sich zu Amanda vor.

»Du wirst sterben, du Hure. Ich werde dir ein Messer in die Fotze rammen, und dein Freund darf zusehen, wie du verblutest«, flüsterte er.

KAPITEL 58

Durch das runde Fenster in der Küchentür nahm August Novak eine Bewegung im Restaurant wahr. Bevor er sich duckte, registrierte er einen maskierten Mann in dunkler Kleidung mit einer Automatikwaffe im Anschlag.

Von den anderen hatte bisher niemand den Mann entdeckt. Einige redeten leise miteinander, andere beteten zu Gott, wieder andere kniffen die Augen zusammen. Wenn sie den Bewaffneten sahen, würde die angespannte Starre in totale Panik umschlagen. Das Problem war, dass August keine Ahnung hatte, was der Mann im Restaurant vorhatte. Lag er falsch mit seinen bisherigen Schlussfolgerungen? Konnte es sich doch um IS-Terroristen handeln, die so viele Menschen wie möglich töten wollten, bevor sie sich in die Luft sprengten oder von der Polizei erschossen wurden?

Nein, folgerte er, bisher waren nur sporadisch Schüsse gefallen. Sie hatten es also auf die Chefredakteure abgesehen.

Es konnte kein Zufall sein, dass sich die Chefredakteure der wichtigsten schwedischen Medien an Bord der Silja Serenade befanden. Der Mann im Restaurant musste ein konkretes Ansinnen haben. Er suchte nach jemand ganz Bestimmtem.

Vermutlich nach mir, dachte August. Die Terroristen wollten sich für das rächen, was in Bromma passiert war. Wenn er eine Chance haben wollte, Amanda zu retten, musste er sich in die Gewalt des Mannes begeben, damit er ihn zu ihr führte. Natürlich bestand das Risiko, dass er sofort erschossen wurde, aber darauf musste er es ankommen lassen.

Der Terrorist stand sicherlich mit seinen Komplizen in Funkkontakt. Wenn er sich nicht mehr meldete oder die Verbindung unterbrochen wurde, würde Amanda sterben. August warf einen Blick auf seine Tochter. Begriff sie, was vor sich ging? Dass ihr Mutter schon tot sein könnte? August ging rasch zu ihr.

»Ich weiß nicht, was hier gerade passiert, aber ich versuche, deine Mama zu holen«, flüsterte er.

Der junge Mann mit der Kappe, der neben ihnen stand, starrte August mit aufgerissenen Augen an. Andrea machte den Mund auf und wollte etwas sagen.

»Ich muss das machen, Andrea. Ich muss deiner Mama helfen. Egal, was passiert oder was du hörst, du bleibst hier.«

August streichelte ihre Wange. Sie fühlte sich warm und zart an. Eine Haarsträhne hatte sich gelöst, und er führte sie vorsichtig wieder hinters Ohr.

Der Terrorist steuerte auf die Küche zu.

August machte die Tür auf, ohne sich ein letztes Mal umzusehen, und schlüpfte hinaus. Er hob die Hände gut sichtbar über den Kopf.

Der Terrorist hielt inne und zielte mit seiner Waffe. August suchte seinen Blick hinter der Sturmhaube.

»Umdrehen. Beine breit und Hände an die Wand. Keine Bewegung«, kommandierte der Mann mechanisch.

Der Maskierte war auf der Hut. Er hängte sich das Maschinengewehr über die Schulter, zog eine Pistole aus dem Holster und richtete sie auf August, während er ihn mit geübten Griffen abklopfte.

Dann trat er zwei Schritte zurück.

»Dreh dich langsam um und geh vor mir her. Die Hände gut sichtbar.«

August wandte sich um und ging mit leerem Blick Richtung Ausgang.

»Ich hab ihn und komm mit ihm rauf«, sprach der Mann schnell in sein Funkgerät, als sie durch die Tür traten.

Es waren keine Passagiere zu sehen. Welche Maßnahmen wurden vom Personal bei einer Entführung ergriffen? Die Polizei hatten sie sicher schon kontaktiert. Mehr konnten sie vermutlich auch nicht tun.

»Wie viele seid ihr?«, fragte August, um den Mann aus dem Konzept zu bringen.

»Halt die Klappe und geh weiter.«

»Wohin denn?«

»Zum Fahrstuhl.«

August überlegte, ob der maskierte Mann Charlie war, einer der beiden Männer, die versucht hatten, Amanda in ihrem Haus umzubringen. Die Stimme kam ihm irgendwie bekannt vor, und die Größe stimmte auch, wenn August sich recht erinnerte. Er befand sich etwa zwei Meter hinter August. Wenn August jetzt versuchte, ihn zu entwaffnen, würde er erschossen werden. Aber er sollte wohl leben, bis sie nach oben kamen. Sonst würden sie sich nicht die Mühe machen, ihn extra zu holen. August wollte ihn verwirren.

»Schlechte Wahl.«

»Was?«

»Du musst in meiner Nähe bleiben, aber so kann ich dir deine Waffe abnehmen«, sagte August ruhig. »Ehe du dich versiehst, bist du bewusstlos.«

Der Terrorist sagte nichts, er schien nachzudenken. August blieb vor dem Fahrstuhl stehen. Der Mann hielt immer noch ein paar Meter Abstand zu ihm.

»Rauf oder runter?«, fragte August tonlos.

»Rauf.«

August drückte den entsprechenden Knopf.

Der Mann richtete weiter seine Pistole auf ihn.

Diese Bastarde holen mich nach oben, um Amanda vor meinen Augen zu töten, dachte August.

Der Lift hielt mit einem Pling, und die Türen glitten auf.

»Vergiss nicht, was ich gesagt habe«, sagte August und stieg in die Kabine.

Der Mann blieb in der Lichtschranke stehen, damit die Türen nicht zuglitten. Er nahm die AK-47 vom Rücken und schob die Pistole ins Holster zurück. Dann führte er die linke Hand zu dem schwarzen Funkgerät an seinem Gürtel.

»Alles ruhig. Wir sind jetzt im Fahrstuhl und fahren rauf.« August wartete mit seitlich hängenden Armen. Wenn der Knopf am Funkgerät nicht gedrückt war, hörten die anderen nichts.

»Verstanden«, sagte der Mann nach ein paar Sekunden, zielte mit dem Maschinengewehr auf Augusts Kopf und trat in den Lift. August entging nicht, wie nervös der Mann war.

»Du musst einen Knopf drücken, sonst funktioniert der Fahrstuhl nicht«, meinte August und nickte in Richtung der Knöpfe.

Der Mann schnaubte, drückte mit dem Ellbogen einen Knopf und stellte sich neben August. Der Abstand zwischen der Mündung des Maschinengewehrs und Augusts Stirn betrug keine zehn Zentimeter. In den blauen Augen, die August, abgesehen vom Mund, hinter der Sturmhaube erkennen konnte, glühte Hass.

Es gab keinen Zweifel: Das war der Mann, der sich Charlie genannt hatte.

August hielt die Hände vor die Brust, die Handflächen zeigten nach außen. Er hatte den Blick auf die Anzeige oberhalb des Terroristen geheftet, um abzulesen, durch welche Stockwerke sie gerade fuhren. Er machte den Mund auf, um etwas zu sagen, riss gleichzeitig die Arme nach oben und griff nach dem Lauf der Waffe. Im selben Augenblick trat er mit dem linken Fuß einen Schritt zurück, sodass er kleiner wurde und sein Kopf unterhalb der Schusslinie war.

Charlie rang fieberhaft um die Kontrolle über das Maschinengewehr. August drückte den Lauf zur Seite und trat auf den Mann zu, sodass sie nebeneinanderstanden. Dann zog er die Waffe zu sich und nach unten.

Der Mann war stärker, als August gedacht hatte, aber wenn er seinen Griff nicht löste, würde er ihm die Finger brechen. Wie August vorausgesehen hatte, ließ er die Waffe los. Mit der freien Hand versuchte Charlie, seine Pistole zu zücken.

August hielt mit seiner Rechten die AK-47 von seinem Körper weg und suchte nach einer geschickten Angriffsmöglichkeit. Er führte einen leichten Ablenkungsschlag ins Gesicht aus, und Charlie hob reflexartig eine Hand zur Abwehr. Dabei entblößte er seinen Hals, und August schlug mit voller Kraft auf den Kehlkopf. Als hätte er dadurch einen Schalter umgelegt, wichen sämtliche Kräfte aus Charlies Körper und er sackte zu Boden. Der Lift blieb stehen, und die Türen gingen auf.

August prüfte schnell, ob der Flur leer war.

Danach beugte er sich wieder in den Fahrstuhl und griff sich die Pistole. Er zog dem Mann die Sturmhaube vom Gesicht und musterte seine aufgerissenen Augen. Es war tatsächlich Charlie, der Mann, der in Vallenar gewesen war und später versucht hatte, Amanda umzubringen.

August wollte sich gerade wieder umdrehen, als er eine Bewegung hinter sich wahrnahm. Er konnte nicht mehr reagieren, als sich ein kräftiger Arm um seinen Hals legte. Der Angreifer schleifte August rückwärts, doch nach ein paar Metern stolperten beide und stürzten rücklings zu Boden. August lag auf dem Mann, ließ seinen Kopf nach hinten schnellen und versuchte, seine Hände zwischen seinen Hals und den Arm des Gegners zu schieben, um wieder Luft zu bekommen. Zur gleichen Zeit klemmte der andere seine Beine um Augusts Taille.

August rollte sich hin und her, um sich aus der Umklammerung zu befreien, aber durch den Sauerstoffmangel wurden seine Bewegungen immer schwächer. Er war kurz davor, das Bewusstsein zu verlieren. August ließ vom Arm seines Angreifers ab, hob sein Becken an und tastete hektisch dessen Schenkel ab, bis er den Schritt fand, dann packte er ihn an den Hoden und drückte mit letzter Kraft zu.

Der Mann ließ Augusts Hals sofort los und schrie auf. Als wieder Luft in seine Lunge strömte, rollte August sich auf den Bauch und stürzte sich auf den Mann. Erst jetzt erkannte er, dass es sich um einen Wachmann der Besatzung handelte. Er hatte einen kahlrasierten Schädel und wog sicher hundertzwanzig Kilo, sein Gesicht war blau angelaufen, und er rang nach Luft.

»Ich bin Passagier. Wir sind auf derselben Seite«, keuchte August.

Der Mann nickte mit aufeinandergepressten Lippen.

Ihnen lief die Zeit davon. Bald würden sich die anderen Terroristen fragen, warum Charlie nicht auftauchte. August musste weiter. Der Wachmann lag noch immer auf der Seite und drückte sich die Hände auf den Schritt, aber langsam beruhigte er sich wieder.

»Weißt du, wie die Lage ist?«, fragte August.

»Zwei Männer haben im Konferenzraum Geiseln genommen«, sagte er. »Ich glaube, das sind Terroristen. Also Muslime, meine ich, aber der da im Fahrstuhl sieht ja schwedisch aus.«

»Woher weißt du, dass sie zu zweit sind?«

»Es gibt Fenster, die Richtung Außendeck zeigen«, sagte der Wachmann. »Ich habe mich hingeschlichen und einen Blick riskiert.«

»Wie viele Opfer?«

»Vier, soweit ich sehen konnte. Also fünf mit dem da«, fügte er hinzu und nickte Richtung Fahrstuhl. »Wer bist du, und wie zum Henker hast du es geschafft, ihm die Waffe abzunehmen?«

August überging die Frage.

»Ich nehme an, du hast Kontakt mit der Polizei aufgenommen. Wann können wir mit Hilfe rechnen?«

»In zwei Stunden. Frühestens. Es kommt darauf an ...«

Ein ferner Schrei unterbrach ihn. August schickte ein Stoßgebet gen Himmel, dass es nicht zu spät war, um Amanda zu retten. Der Wachmann holte tief Luft, ehe er fortfuhr.

»Verdammt, was passiert hier eigentlich ...« Er fuhr sich nervös mit der Hand übers Gesicht und versuchte, sich zu sammeln. »Es hängt alles vom Wetter ab. Sie müssen mit dem Helikopter landen können. Wenn die Wellen zu hoch sind, kann das schwierig werden.«

»Wir können nicht länger warten. Der Konferenzraum hat Fenster, hast du gesagt. Was ist mit Notausgängen?«

»Ja, einer rechts vorne. Und dann gibt's natürlich noch den normalen Eingang.«

August nickte und sah sich um.

Er reichte dem Mann seine Hand und half ihm auf. Wieder auf den Füßen, überragte er August um einen halben Kopf.

»Wir müssen uns beeilen, auch wenn das wehtut«, sagte er und deutete auf den Schritt des Mannes. »Das ist schnell vergessen. Also zwei Ausgänge. Kann man diesem Stockwerk den Strom abdrehen?«

»Ja, wieso?«

»Wie lange brauchst du dafür?«

»Keine zwei Minuten.«

»Bist du ganz sicher?«

»Der Sicherungskasten ist vorne bei der Treppe. Ich muss nur schnell hinlaufen.«

»Gut«, sagte August. »Hast du ein Mobiltelefon?«

Der Wachmann zog ein iPhone aus der Tasche. Die Hülle des Telefons zierte das Vereinswappen des AIK. August griff ebenfalls nach seinem Telefon.

»Stell die Stoppuhr auf drei Minuten. Dann stellst du den Strom ab. Genau fünfzehn Sekunden später stellst du ihn wieder an. Klar?«

»Und was machst du?«, fragte der Wachmann mit skeptischem Blick.

»Ich schieße in letzter Sekunde. Dann gehe ich rein. Wenn du den Strom wieder angestellt hast, kommst du schnell her und bringst einen Erste-Hilfe-Koffer und alles Personal mit, das Erste Hilfe leisten kann. Geht das?«

»Wir haben kaum eine andere Wahl.«

»Nein, haben wir nicht. Wie heißt du?«

»Peter Blomquist«, sagte der Wachmann und streckte ihm seine enorme Hand hin.

»August.« Er legte seine Hand in die Pranke des anderen. »Okay, Peter Blomquist, die Zeit läuft genau ab ... jetzt.«

Der Wachmann rannte überraschend flink los. August nahm dem Toten im Lift das Maschinengewehr und eine Handgranate ab, die er sich in die Jeanstasche steckte. Nach kurzem Abwägen nahm er auch die Sturmhaube an sich – so wurde er nicht so schnell entdeckt, wenn er sich vor dem Fenster befand.

August folgte den Schildern Richtung Konferenzraum. Als er die Treppe erreichte, fiel sein Blick auf die Tür, hinter der sich die Geiseln befanden. Er blieb stehen und horchte, aber es drang kein Laut aus dem Raum. Zwei Glastüren führten nach draußen ins Freie. August schlich sich zu einer davon und drückte sie vorsichtig auf. Sein schwarzes T-Shirt flatterte im Wind. Der gefallene Schnee hatte sich wie ein Film auf das weiße Außendeck gelegt. Es war spiegelglatt. August legte sich bäuchlings auf den Boden, ignorierte die Kälte und die Nässe, die durch seine dünnen Kleider drang, und robbte vorwärts.

Oberhalb von ihm befand sich die Fensterreihe. Er konnte die Umrisse der Personen im Raum erkennen. Er musste sich mehrmals beherrschen, nicht innezuhalten, um nach Amanda zu spähen. Als er zehn Meter weit gekommen war, griff er nach seinem Telefon.

Eine Minute und zehn Sekunden, dann würde das Licht ausgehen.

Eine Minute und neun Sekunden, dann würde er schießen.

Zu dem Zeitpunkt mussten sie sich fragen, wo ihr Komplize blieb. August kauerte sich hin. Er wollte sich einen Überblick verschaffen, wie es da drinnen aussah. Er hoffte, die beiden anderen Terroristen würden nah beieinanderstehen und sich vor allem in großem Abstand zu Amanda befinden. Er zog die Sturmhaube über und hob rasch den Kopf. Er sah einen Mann, bei dem es sich um den gesuchten Carl Cederhielm handeln musste. Der Terrorist saß vorne auf dem Podium, vor ihm knieten fünf Personen, darunter auch Amanda. Am anderen Ende des Raumes, rechts neben der Tür, stand ein maskierter Mann mit Maschinengewehr. Die übrigen Geiseln saßen auf Stühlen in der Raummitte. August sank der Mut, als er feststellte, dass es unmöglich war, Carl Cederhielm aus diesem Winkel zu treffen. Wenn er in den verbleibenden fünfundvierzig Sekunden nicht seinen Standort änderte, müsste August zuerst den anderen Mann ausschalten. Das aber würde Carl Cederhielm genügend Zeit geben, mindestens zwei oder drei der Geiseln zu erschießen, die vor ihm knieten, oder mit seiner Kalaschnikow in den Raum auf die anderen Geiseln zu feuern.

August setzte sich mit dem Rücken zur Wand und blickte über das Meer.

Noch dreißig Sekunden bis zum Schuss. Die folgenden Minuten würden über Augusts Leben entscheiden.

Er schlotterte am ganzen Körper und knetete seine Hände, damit sie besser durchblutet wurden.

Erst in den letzten zehn Sekunden wollte er entscheiden, wie er vorgehen würde. Carl Cederhielm konnte sich noch vom Fleck rühren, auch wenn das nicht sehr wahrscheinlich war. Hätte er den Wachmann bitten sollen, noch drei Sekunden länger zu warten, bis er den Strom abstellte? Vielleicht könnte August dann noch einen weiteren Schuss abfeuern, bevor der andere Terrorist anfangen würde, wild um sich zu schießen. Aber das spielte jetzt keine Rolle mehr. August blieben ein oder zwei Schuss. Dann musste er sich Zutritt zu den Geiseln im Konferenzraum verschaffen. Die Dunkelheit erschwerte es dem Terroristen, den er nicht erwischte, weitere Geiseln zu töten. Es gab keine Alternative, August war allein.

Noch fünfzehn Sekunden bis zum Schuss.

Er überprüfte routiniert seine Waffe, bewegte die Finger seiner rechten Hand, um sie aufzuwärmen, und spähte nochmals durch das Fenster.

Carl Cederhielm war aufgestanden und ging hinter den Geiseln auf und ab. Er wirkte angespannt. Der Schuss war immer noch unmöglich. August sah in die andere Richtung. Der zweite Terrorist hatte sich nicht gerührt. August holte tief Luft, korrigierte seine Position, sodass ein Knie auf dem Boden ruhte, und brachte langsam das Maschinengewehr in Anschlag.

Sein Mobiltelefon legte er neben sich ab, mit dem Display nach oben. Es wurde sofort nass, aber es war unwichtig, wenn es dadurch nicht mehr funktionierte. Er würde es ohnehin nicht mehr brauchen, es kam jetzt nur noch darauf an, im richtigen Moment zu schießen.

Im besten Fall würde Carl Cederhielm sehen oder sich zumindest ausrechnen, woher der Schuss kam, wenn die Fensterscheibe splitterte, und auf August schießen, anstatt auf die Geiseln.

Noch zehn Sekunden bis zum Schuss.

August dachte an Andrea und begriff, dass er seine Tochter vielleicht nie wiedersehen würde. Wenn sein Plan scheiterte, wäre Andrea sehr wahrscheinlich in wenigen Minuten Vollwaise. Er zwang sich, den Fokus auf sein Vorhaben zu richten, und musterte die Personen in der Mitte des Raumes. Er hoffte, sie würden geistesgegenwärtig genug sein, sich auf den Boden zu werfen, wenn der Schusswechsel losging. Zwischen ihnen und der Tür lag ein Mann in einer Blutlache. August nahm an, dass er zu fliehen versucht hatte.

Er wollte den Schuss hoch ansetzen und auf den Kopf des Terroristen zielen, auch wenn es dadurch schwieriger war zu treffen. Aber der Mann trug genau wie Charlie eine schusssichere Weste. August drehte unweigerlich den Kopf, um einen Blick auf Amanda zu werfen, obwohl er sich das verboten hatte. Sie kniete, die Hände über dem Kopf, und starrte auf den Boden. Sie war blass, und in ihrem Gesicht klebte geronnenes Blut. Neben ihr lag ein Mann in gekrümmter Haltung.

Noch fünf Sekunden bis zum Schuss.

Vier.

Drei.

August visierte den maskierten Terroristen bei der Tür an und krümmte den Finger um den Abzug.

Zwei.

Zum ersten Mal in seinem Leben wusste August Novak, dass er so etwas wie Befriedigung dabei empfinden würde, einen anderen Menschen zu töten.

Eins.

In schneller Folge gab er zwei Schüsse ab. Als der zweite Schuss erschallte, gingen sämtliche Lampen aus.

Er stand auf und lief das Deck entlang; er musste seinen Standort ändern, damit er nicht zur leichten Zielscheibe wurde, da Carl Cederhielm nun wusste, aus welcher Richtung der Schuss gekommen war. August drehte seine Waffe um und schlug den Kolben gegen die Scheibe. Das Glas hielt stand. Im Stillen zählte er die verbleibenden Sekunden, bis das Licht wieder anging. Er hörte eine Schusssalve, aber verzichtete darauf, in Deckung zu gehen. Erneut rammte August den Kolben gegen die Scheibe, diesmal fester. Das Glas splitterte. Er hörte die Passagiere panisch kreischen, sah Gestalten, die kreuz und quer durch den Raum rannten und einen Ausgang suchten. Nach einer gefühlten Ewigkeit, die in Wirklichkeit nur fünf Sekunden dauerte, hechtete August durchs Fenster. Er stürzte und schlug der Länge nach hin. Glassplitter schnitten ihm in Bauch und Brust und in die Unterarme. Am Boden liegend, schoss er in die Decke, um Carl Cederhielm zu verwirren und ihn wenn möglich zum Rückzug zu bewegen. August stand auf und musste feststellen, dass er die Zeit aus dem Blick verloren hatte. Wie viele Sekunden blieben ihm noch, bis wieder Strom floss und es hell wurde im Raum?

Es spielte keine Rolle.

August lief gebückt an der Fensterseite entlang Richtung Podium. Er stolperte über einen am Boden liegenden Mann, stürzte und stöhnte, als die Glassplitter tiefer ins Fleisch drangen. Er stemmte sich rasch wieder auf die Beine. Die Sturmhaube war verrutscht, er konnte nichts mehr sehen, also streifte er sie ab.

August ging noch ein Stück weiter und richtete die Waffe auf das Podium. Das Licht würde jeden Moment wieder angehen. Dann musste er in Schussposition sein, um Carl Cederhielm zu treffen. Doch ein Mann rannte in August hinein, und er verlor das Gleichgewicht.

»Aus dem Weg«, brüllte August und trat nach dem Mann, damit er ihm nicht dazwischenfunkte.

Der Mann stieß einen Schrei aus, stürzte und kroch auf die Seite.

Der Strom war wieder da.

Die Deckenlampen flackerten kurz, ehe sie angingen. Die Geiseln schrien und weinten und riefen um Hilfe. Am Ausgang schubsten sie sich gegenseitig, um aus dem Saal zu kommen. August versuchte, Carl Cederhielm zu erspähen, aber der Terrorist war nirgends zu sehen, ebenso wenig wie Amanda.

Auch unter den Passagieren, die sich an der Tür drängten, fand er Amanda nicht. August sah eine Frau, die mit einem Schrei zusammenbrach und liegen blieb. Keiner kümmerte sich um sie. August zielte mit der Waffe in den Raum, dann ließ er sie sinken und trat auf das Podium, um sich einen besseren Überblick zu verschaffen. Er durfte jetzt nicht die Nerven verlieren.

Da entdeckte er den Notausgang. So musste Carl Cederhielm entwischt sein. Er konnte überall sein auf dem Schiff, und er konnte Geiseln mitgenommen haben. In dem Fall war Amanda auch darunter.

Er ließ den Blick durch den Raum schweifen und zählte acht Tote, die am Boden und auf dem Podium lagen. August rannte zu dem zweiten Terroristen, der ein paar Meter neben der Tür auf dem Bauch lag. Er drehte den Mann auf den Rücken und nahm seine Sturmhaube ab. August hatte ihn am Hals getroffen. Einen Zentimeter tiefer, und die schusssichere Weste hätte ihm das Leben gerettet. Nun war er außer Gefecht und rang höchstwahrscheinlich mit dem Tod. August scherte sich nicht um sein Röcheln und nahm ihm stattdessen sein Funkgerät und den In-Ear-Kopfhörer ab. Er wischte das blutige Funkgerät ab, nestelte an dem Kopfhörer herum, drückte ihn sich ins Ohr und steckte das Kabel ins Funkgerät. Dann lief er durch den Notausgang, der über eine schmale Treppe aufs Außendeck führte.

Schnell stellte er fest, dass das dunkle Deck menschenleer war. August drehte sich um und sah zehn Meter weiter oben die erleuchtete Kommandobrücke.

War Carl Cederhielm so verrückt, dass er das ganze Schiff unter seine Kontrolle bringen würde? Nein, er wollte überleben. Er hatte einen Fluchtplan, sonst wäre er niemals mit den Geiseln abgehauen. August drückte den Knopf am Funkgerät.

»Wo bist du?«, fragte er schroff.

Die Verbindung knackte.

»Fredrik?«

Carl Cederhielm klang überrascht.

»Fredrik ist tot.«

August ging die Treppe hinunter, während er auf eine Antwort wartete. Ein paar Sekunden verstrichen. Er zog sich mit einem Ruck eine Glasscherbe aus dem Unterarm.

»Ich habe Geiseln«, sagte Carl Cederhielm.

August hielt auf der Treppe inne und blickte über das Außendeck. Nichts rührte sich. Er nahm den Hörer aus dem Ohr und schloss die Augen, um die Geräusche besser wahrnehmen zu können. Aber nur das Heulen des Windes und das Rauschen des Kielwassers waren zu hören. Er schob den Hörer wieder ins Ohr und drückte auf den Knopf.

»Du musst nicht sterben, heute muss niemand mehr sterben«, sagte August kontrolliert.

Als es wieder im Ohr rauschte, versuchte August auszumachen, ob Carl Cederhielm drinnen oder draußen war.

»Ich werde nicht sterben«, gab Carl Cederhielm zurück. »Und von den Toten hat jeder Einzelne seine Strafe verdient. Ich habe die Strafe ausgeführt, die ein Gericht hätte verhängen müssen.«

Es klang, als sei er draußen.

August griff nach dem kalten Geländer und ging die Treppe hinunter. Auf dem nächsten Deck knisterte der Funk wieder.

»Übrigens, ich habe ganz vergessen zu erwähnen, dass Amanda bei mir ist. Aber das hast du dir wohl schon gedacht, oder?«

August erstarrte.

»Wenn du mich daran hinderst, von Bord zu gehen, bringe ich sie um. Am liebsten würde ich sie jetzt sofort erschießen. Sie verdient es nicht, zu leben. Aber wenn wir von hier verschwunden sind, habe ich noch genug Zeit, um ... mich mit ihr zu vergnügen.«

Carl Cederhielms Stimme klang verändert, längst nicht mehr so triumphierend und überheblich wie vorhin, als er über die Leichen im Konferenzraum geredet hatte. Er klang eher ungehalten.

August musste Zeit gewinnen. Solange Carl Cederhielm in seinem Ohr zu hören war, war das Risiko gering, dass er Amanda umbrachte. August riss sich zusammen, obwohl er ihm eigentlich sagen wollte, dass er ihn so qualvoll und langsam wie möglich töten würde.

»Das verstehe ich, Carl.«

Es entstand eine Pause. Er wollte, dass Carl Cederhielm seine Wut gegen ihn richtete.

»Trotzdem muss das richtig beschissen sein«, sagte August und ging rechts um die Treppe herum. Vor ihm hingen die Rettungsboote aufgereiht, es war niemand zu sehen. Er beugte sich über die Reling und sah die Wellen gegen den Schiffsrumpf schlagen.

Die Reaktion kam prompt.

»Was denn?«, wollte Carl wissen.

»Dass du alles so perfekt geplant hast. Du wolltest die Landesverräter umbringen, Vergeltung für das, was sie deiner Meinung nach verbrochen haben, aber dann ... haust du einfach ab und ziehst den Schwanz ein. Du bist doch nur deshalb noch am Leben, weil du deine Waffe auf wehrlose Menschen richtest.«

Carl Cederhielm lachte auf.

»Deine Provokationen kannst du dir sparen«, entgegnete er. »Ich weiß, dass du nur Zeit gewinnen willst.«

»Das sind keine Provokationen, Carl, das sind Tatsachen. Du bist feige.«

Der Wind schien aufzufrischen, die Fähre begann, stärker zu schwanken. Der Mond versteckte sich hinter den Wolken.

Als August die Rettungsboote erreichte, ergriff Carl Cederhielm wieder das Wort.

»Jetzt quatsch nicht so einen Blödsinn und hör mir zu, August. Weißt du, woran ich gerade denke?«

Woher kannte Carl Cederhielm seinen Namen? Augusts Name war im Zusammenhang mit dem Überfall auf Amanda Lilja nicht veröffentlicht worden.

»Ich denke, dass ich sie vom Bauch bis zum Hals aufschlitzen werde wie Hannah Löwenström. Wie findest du das, wenn du sie so sehen würdest?«

August antwortete nicht und eilte im Laufschritt an den Rettungsbooten vorbei.

»Bist du noch da?«, fragte Carl Cederhielm.

»Ja.«

»Und?«

»Was willst du hören? Ihr seid genau die gleichen Idioten, Menschen wie du und IS-Terroristen wie Ibrahim Chamsai, und ihr seid euch gegenseitig auch noch nützlich«, sagte August.

Er bemühte sich, gleichgültig zu klingen, fühlte sich aber zunehmend verzweifelt.

»Wenn du mich noch einmal mit denen vergleichst, ist Amanda tot«, sagte Carl Cederhielm.

August hörte ein metallisches Geräusch unter sich. Er hielt inne und lauschte. Das Geräusch ertönte erneut. Er beugte sich, so weit er konnte, über die Reling. Schräg unter ihm fiel sein Blick auf drei Personen bei den Rettungsbooten. Er erkannte Amanda eindeutig.

Am Treppenabsatz wäre er beinahe ausgerutscht, und er verlangsamte seinen Schritt. Als er das untere Deck erreicht hatte, drückte er sich an die Wand und reckte den Kopf vor. Der Abstand zwischen ihm und Carl Cederhielm betrug rund fünfzig Meter.

Amanda stand an die Wand gelehnt, die Hände hinter dem Rücken. Sie war blass, ihr weißes Hemd hatte Blutflecken. Sie wirkte einsam und verletzlich. Dass August jetzt nicht bei ihr sein konnte, tat weh. Neben ihr hockte Madeleine, die Frau, mit der Amanda in seiner Kabine vorbeigeschaut hatte.

Carl Cederhielm machte sich am Rettungsboot zu schaffen. Er hatte eine Pistole in der Hand, die AK-47 hatte er neben sich an die Aufhängung des Rettungsbootes gestellt. Er hatte August den Rücken zugewandt, der sich mit schnellen Schritten hinter eine

Bank flüchtete. War es möglich, bei dieser Witterung ein Rettungsboot zu Wasser zu lassen? Die Wellen waren mehrere Meter hoch. Er war nun etwa vierzig Meter von Carl Cederhielm entfernt.

August hob das Maschinengewehr an und zielte probeweise auf Carls Kopf. Das würde kein leichter Schuss werden. Die Fähre schlug bei dem Wellengang zu hart auf. Verfehlte August sein Ziel, hätte Carl genug Zeit, sich umzudrehen und sowohl Amanda als auch Madeleine Winther zu erschießen.

Doch bekäme er eine bessere Gelegenheit?

Carl Cederhielm gestikulierte in Amandas Richtung und rief etwas. August kniff die Augen zusammen, um besser sehen zu können. Amanda hatte sich nicht gerührt, Madeleine Winther stand langsam auf und stellte sich neben Carl Cederhielm. Sie befand sich nun genau zwischen dem Terroristen und August.

Er musste näher an seine Zielperson herankommen, um sie treffen zu können. Also schlich August sich ein paar Meter vorwärts und duckte sich hinter ein Rettungsboot. Er wollte Carl Cederhielm um jeden Preis erschießen und dem ganzen Grauen ein Ende machen, aber er wusste auch, dass er nichts überstürzen durfte. Plötzlich rauschte es in seinem Ohr, und August zuckte zusammen.

»Suchst du noch?«

August wollte schon antworten, besann sich dann aber eines Besseren.

Er lehnte sich langsam nach vorn, um zu verfolgen, was sich am Rettungsboot abspielte. Es konnte sofort zu Wasser gelassen werden. Carl Cederhielm hatte sich Amanda zugewandt, Madeleine Winther befand sich unverändert zwischen August und Carl. August musste verhindern, dass das Rettungsboot seinen Platz verließ. Saß der Terrorist erst einmal drin, hatte er keine Verwendung mehr für die Geiseln. August musste ihn also vorher ausschalten. Aber dafür musste Madeleine sich bewegen.

Oder konnte er Carl dazu bringen, seine Position zu ändern und ein paar Schritte auf Amanda zuzugehen? Den Blick auf Carl Cederhielm gerichtet, drückte August den Knopf am Funkgerät. Ein paar Sekunden wartete er noch, doch dann musste er es darauf ankommen lassen.

»Ich ziele auf deinen Kopf«, sagte er.

Carl Cederhielm fuhr herum, griff sich die AK-47 und richtete sie auf Amanda.

»Du bluffst. Wenn das so wäre, hättest du längst geschossen.« Madeleine Winther stand noch immer in der Schusslinie. August fluchte innerlich. Wenn Carl Cederhielm nur einen Schritt auf Amanda zumachte, würde August schießen können und mit Sicherheit auch treffen. Carl Cederhielm schaute sich zu beiden Seiten um, die Waffe stets auf Amanda gerichtet, die vor der Wand zusammensank. Über Funk hörte August, wie sie um ihr Leben flehte.

»Ich warne dich. Ich puste ihr den Schädel weg.«

August atmete tief durch die Nase ein und aus. Carl Cederhielm klang, als würde er jeden Moment die Beherrschung verlieren.

»Zeig dich. Ich weiß, dass du in der Nähe bist. Wenn ich dich in fünf Sekunden nicht zu Gesicht bekomme, schieße ich der Hure in den Bauch.«

Er hatte begriffen, dass August ihn sehen, aber aus irgendeinem Grund nicht schießen konnte, deshalb bewegte er sich nicht. Und wenn August seine Deckung verließ und sich zeigte, konnte Carl Cederhielm immer noch auf Amanda schießen, bevor er August ins Visier nahm. Eine andere Möglichkeit gab es noch: Feuerte August direkt von vorne, würde Madeleine Winther zusammensacken, und er könnte Carl Cederhielm treffen. Konnte August einen unschuldigen Menschen opfern, um den Menschen zu retten, den er liebte? Für Amanda ja, ohne zu zögern. Aber Carl Cederhielm könnte in dem Moment, in dem Madeleine Winther neben ihm einknickte, dennoch auf Amanda schießen, er würde sie auf keinen Fall verfehlen.

»Fünf«, begann Carl Cederhielm in den Funk zu zählen.

August berührte mit dem Zeigefinger den Abzug.

»Vier.«

Unvermittelt schoss Carl Cederhielm. Amanda schrie laut auf, und August wäre beinahe aus seiner Deckung gesprungen.

»Ich meine es ernst. Der nächste Schuss sitzt.«

Er hatte neben ihr in die Wand geschossen. Dabei hatte Carl Cederhielm unwillkürlich einen Schritt nach vorn gemacht. Seine linke Flanke war nun frei. August konnte nicht mehr warten. Er musste schießen. Um Carl Cederhielm auf keinen Fall zu verfehlen, zielte er auf seinen Oberkörper. Er holte Luft und schoss beim Ausatmen.

Der Terrorist fiel auf die Seite und blieb hinter Madeleine liegen.

August sprintete über das glatte Deck.

Die Waffe lag ungefähr einen Meter von Carl Cederhielm entfernt, neben Madeleines Füßen. Carl Cederhielm konnte sie nicht erreichen, aber August musste damit rechnen, dass er noch eine weitere Waffe bei sich hatte. Amanda und Madeleine waren also immer noch in Gefahr. Im Laufen rief er ihnen zu, in Deckung zu gehen.

Carl Cederhielm lag wimmernd am Boden. August hatte seinen linken Arm getroffen. Jetzt hielt er seine Waffe auf ihn gerichtet, nahm ihm die Pistole ab und schleuderte sie von sich. Sein Blick traf Amandas. Sie hatte ihn mit glasigen Augen angesehen, als würde sie nicht richtig verstehen, was vor sich ging. August wollte sie am liebsten in den Arm nehmen, ihr sagen, dass alles vorbei war und sie schon bald Andrea wiedersehen würde. Er warf einen Blick auf Carl Cederhielm. Eigentlich sollte ich ihm einen Kopfschuss verpassen, dachte August, ihn umbringen für den Schmerz und den Tod, mit dem er Schweden monatelang gequält hatte. Aber das war nicht Augusts Aufgabe. Carl Cederhielm würde verurteilt werden und vermutlich für den Rest seines Lebens hinter Gitter wandern. Also packte er ihn an der Jacke und zog ihn unsanft auf die Füße. Der Terrorist stöhnte, griff sich an die Schulter und hielt Augusts Blick trotzig und mit mahlendem Kiefer stand. Carl Cederhielm wollte etwas sagen, aber er besann sich und fokussierte etwas hinter August.

Amanda schrie auf, als der Schuss fiel.

August wurde gegen Carl Cederhielm geschleudert, der rückwärts stolperte und zu Boden ging. August stürzte auf ihn. Wer hatte auf ihn geschossen? Waren noch mehr Terroristen an Bord, hatte er einen übersehen? Er hörte Schritte hinter sich, hatte aber keine Kraft, sich umzudrehen. Madeleine umrundete die beiden Männer und stellte sich vor ihre Köpfe.

August musste ins Rückenmark getroffen worden sein, er konnte seine Beine nicht spüren und sie auch nicht bewegen. Er war müde und konnte kaum die Augen offen halten.

Madeleine war eine von denen. Sie würde zuerst ihn erschießen und danach Amanda. August tastete langsam mit der Rechten nach der Handgranate in seiner Tasche. Er bekam den Ring zu fassen. Er spürte, dass er bald das Bewusstsein verlieren würde und nicht mehr viel tun konnte. Wie weit war Amanda von ihm entfernt? Er hoffte, dass sie sich nicht vom Fleck gerührt hatte.

Amanda würde leben, sie musste leben. Er würde weder sie noch Andrea jemals wiedersehen, aber sie sollten leben.

»Erschieß sie zuerst«, sagte Carl Cederhielm, gepresst unter Augusts Gewicht. »Er soll dabei zusehen, wie sie verreckt.«

Die Stimme klang blechern.

August zog den Sicherungsstift aus der Handgranate.

Madeleine Winther musterte Amanda.

August schob die Handgranate langsam an Carl Cederhielms

Körper nach oben. Der Terrorist merkte nichts davon, er hatte den Kopf zur Seite gedreht, um Amanda sterben zu sehen. Madeleine Winther hob die Waffe an.

Carl Cederhielm sah zu ihr auf. Er lächelte.

»Erschieß sie«, wiederholte er.

Der Terrorist schrie, als August mit der Linken seine schusssichere Weste hochriss und mit der Rechten die Granate darunterschob. Madeleine Winther ließ die Waffe sinken und sah die Männer perplex an. August hielt seine Rechte auf die Weste und auf die Granate gedrückt. Carl Cederhielm versuchte, sich zu wehren, doch nichts konnte August dazu bringen, loszulassen. Eine halbe Sekunde später war August Novak tot.

EPILOG

Der Schnee schmiegte sich zwischen die Grabsteine auf dem Waldfriedhof in Stockholm. Der Februarhimmel erstrahlte in einem
hellen Blau. Amanda hatte ein Tuch eng um ihren Hals gebunden, ein leichter Wind fuhr in ihre Mantelschöße. Wenn sie aus-
atmete, stieg eine fast durchsichtige Wolke vor ihrem Gesicht
auf.

Sie trat noch einen Schritt auf Augusts Grabstein zu, der Schnee
knarzte unter ihren Sohlen.

Hinter ihr stand Andrea.

Das Mädchen hielt einen Strauß rote Rosen in der Hand. Sie
zögerte, doch dann schloss sie zu ihrer Mutter auf. Zum ersten
Mal seit der Beerdigung besuchten sie Augusts Grab.

In den vergangenen Monaten hatte Amanda von allen größeren Zeitungen Schwedens Interviewanfragen erhalten. Sie hatte
sie alle abgelehnt. Was sollte sie auch sagen? Was sie wusste,
hatte sie in den zahllosen Vernehmungen der Polizei zu Protokoll
gegeben.

Die Information, dass Madeleine Winther Teil von Carl Cederhielms Terrorzelle gewesen war, hatte eingeschlagen wie eine
Bombe und war sofort an die Presse durchgesickert. Die Beamten
hatten sie zunächst skeptisch beäugt, als sie berichtet hatte, dass
Madeleine es gewesen war, die August in den Rücken geschossen
hatte. Dann hatten sie mehrmals nachgefragt, ob sie sich wirklich korrekt an den Tathergang erinnerte.

Madeleine Winthers Leben war daraufhin bis ins letzte Detail
auseinandergenommen worden. Ihr Ruhm in rechtsextremen
Kreisen hatte mythologische Proportionen angenommen. Aber
niemand fand eine Antwort darauf, wie sie Mitglied einer Terror-

zelle hatte werden können, die die Zeitungsredaktionen in Angst und Schrecken versetzt hatte.

Auch Mitra Chamsais Leben war komplett durchleuchtet worden. Nach ihr wurde europaweit gefahndet wegen Beteiligung an dem Anschlag auf das Grand Hôtel. Ihre Verwicklung darin hatte sich zwar nicht nachweisen lassen, aber in den Augen der Bevölkerung trug sie eine Mitschuld. Warum sich Vater und Tochter radikalisiert und beschlossen hatten, eine Bombe zu zünden, die zweiunddreißig Menschen in den Tod gerissen hatte, war nach wie vor ein Rätsel. Der Einzige, der Mitra verteidigte und ihre Unschuld beteuerte, war ihr Freund Åke. Er hatte sich von verschiedenen Medien interviewen lassen, um den Namen seiner Freundin reinzuwaschen. Das Problem war nur, dass er keine überzeugende Erklärung für ihr Verschwinden vorbringen konnte.

Aber das war Amanda nicht wichtig.

Sie suchte keine Antworten.

Alles, was von August Novak geblieben war, lag vor ihr, verwandelt zu Asche in einer schwarzen Urne.

Andrea stampfte mit den Füßen.

»Soll ich die Blumen hier hinlegen?«, fragte sie.

Amanda zuckte zusammen, fasste sich wieder und nickte.

»Ja, mach das.«

Andrea bückte sich und zog einen Handschuh aus.

Mit dem Zeigefinger malte sie ein Herz in den Schnee am Fuß des Grabes, dann legte sie die Rosen in das Herz hinein.

DANK

Zuallererst danke ich meinen Eltern dafür, dass ihr mich meinen eigenen Weg habt gehen lassen. Obwohl dieser für alle Beteiligten – den Autor ausgenommen – bisweilen recht kurvig verlaufen ist. Ich liebe euch so sehr. Und ich danke meinen Geschwistern – kein Mensch steht mir auf dieser Welt näher als ihr. Ihr seid die wichtigsten Menschen für mich, und ich würde alles für euch tun. Großmutter, liebe kleine Oma. Du bist der klügste und lustigste Mensch, den ich kenne, und du hast mich mehr geformt, als du glaubst. Opa Bengt, du bist der wunderbarste Großvater, den man sich denken kann.

Alice, ohne dich würde es dieses Buch nicht geben. Camilla, ich danke dir für deine motivierenden Worte, deine Zeit, deinen unschätzbaren Input und für deine Hilfe, die Figur der Madeleine Winther zu erschaffen. Christina, danke, dass du immer für mich da bist und mich dazu bringst, Dinge auf neue Arten anzugehen. Ann-Marie und Anna, danke, dass ihr es mit mir aushaltet und an mich geglaubt habt, von Tag eins an.

Und zu guter Letzt: Danke, Alex, du weißt, wofür!

www.tropen.de

Mons Kallentoft / Markus Lutteman

Die Fährte des Wolfes

(Zack Herry, Band 1)
Thriller
Aus dem Schwedischen von
Christel Hildebrandt
456 Seiten, Klappenbroschur
ISBN 978-3-608-50371-5
€ 16,95 (D) / € 17,50 (A)

In den Fängen des Löwen

(Zack Herry, Band 2)
Thriller
Aus dem Schwedischen von
Christel Hildebrandt
384 Seiten, Klappenbroschur
ISBN 978-3-608-50372-2
€ 14,95 (D) / € 15,40 (A)

Das Blut der Hirsche

(Zack Herry, Band 3)
Thriller
Aus dem Schwedischen von
Ulrike Brauns
400 Seiten, Klappenbroschur
ISBN 978-3-608-50364-7
€ 14,95 (D) / € 15,40 (A)

Actiongeladene Hochspannung aus Schweden!

Tropen